衰勢

초판 1쇄 발행 2025. 12. 10.

지은이 블루나일
펴낸이 김병호
펴낸곳 주식회사 바른북스

편집진행 김재영
디자인 심연보
마케팅 송송이 박수진 박하연

등록 2019년 4월 3일 제2019-000040호
주소 서울시 성동구 연무장5길 9-16, 606호 (성수동2가, 블루스톤타워)
대표전화 070-7857-9719 | **경영지원** 02-3409-9719 | **팩스** 070-7610-9820

•바른북스는 여러분의 다양한 아이디어와 원고 투고를 설레는 마음으로 기다리고 있습니다.

이메일 barunbooks21@naver.com   **원고투고** barunbooks21@naver.com
홈페이지 www.barunbooks.com   **공식 블로그** blog.naver.com/barunbooks7
공식 포스트 post.naver.com/barunbooks7   **페이스북** facebook.com/barunbooks7

ⓒ 블루나일, 2025
ISBN 979-11-7263-702-6 03810

•파본이나 잘못된 책은 구입하신 곳에서 교환해드립니다.
•이 책은 저작권법에 따라 보호를 받는 저작물이므로 무단전재 및 복제를 금지하며,
이 책 내용의 전부 및 일부를 이용하려면 반드시 저작권자와 도서출판 바른북스의 서면동의를 받아야 합니다.

서(序) 1

프롤로그(prologue)

1
가족회합(家族會合) 008

2
낙오(落伍) 015

3
하지정맥류(varicose vein) 020

4
모친상(母親喪) 025

5
사십구재(四十九齋) 031

1부 서(西)편

1
이승물 서편: '선이(송말)'와 '구실(벽동)' 037

2
수양딸 050

3
의붓아들 114

4
가시버시 135

5
그냥 가족 157

6
바람이 분다 218

목차 目次

서(序) 2

2부 동(東)편

7
이승물 동편: '약산' 278

8
사랑 없이 낳은 자식 300

9
독립운동가의 자식 317

10
쑥고개 333

11
아프지 않은 사랑이 어디 있으랴 366

에필로그(epilogue)

1
유지(遺志) 417

2
파국(破局) 421

<작가후기> 봄, 양재천에서

---

* 일러두기
본 소설은 일부 역사적 사실을 바탕으로 하였으나, 대부분의 인물은 가공된 인물이며 심리묘사와 사건의 전개에는 상당한 허구적 상상이 개입되어 있습니다.
즉, 소설의 내용은 실제 역사적 사실과는 다른 것임을 밝힙니다.

| 서(序) 1 |

"아미타불의 서방정토는 여기서부터 서방 십만 억의 불국토를 지나서
극락이라 하는 세계에 있느니라. 그 국토에 아미타라고 불리시는
부처님이 계시는데 현재도 설법을 하고 계시느니라." 하였다.
불교의 이상세계인 정토는 '청정불국토'(1)로서 보살이 스스로 그 몸을 청정
하게 한다는 것이며, 다른 하나는 중생의 마음을 청정히 하고 청정한 도를
행하여 모두의 인연이 청정하므로 원하는 청정세계를
얻게 하는 것이라 하였다.

이승물 동쪽 해가 서쪽으로 저문다.
해가 뜨는 동쪽은 찬란하고 아련하다.
해가 지는 서쪽은 고요하고 아름답다.
해가 뜨는 곳은 생(生)하고 해가 지는 곳은 사(死)하는가?

진정 당신은 서방정토로, 해 지는 서편 저 멀리 가고자 하는가?
서방 십만 억의 불국토는 저 '이승물' 너머 서편으로
얼마를 더 가야만 하는 것인가?
서편으로 가다 보면 어느새 십만 억의 불국토를 지나서
다시 지금 이 자리에 서는 것은 아닐까?
모두가 부처인 정토에서 당신은 행복할 수 있을까?
정녕, 얽혀진 인연 속에 스스로 청정해질 수 있을까?

유종헌은 '이승물' 강둑 위에 해 뜨는 동편, 해 지는 서편의 경계에 서 있었다.

---

(1) '정불국토(淨佛國土)'를 의미하며 불국토를 청정하게 한다는 뜻이다.

프 롤 로 그
(prologue)

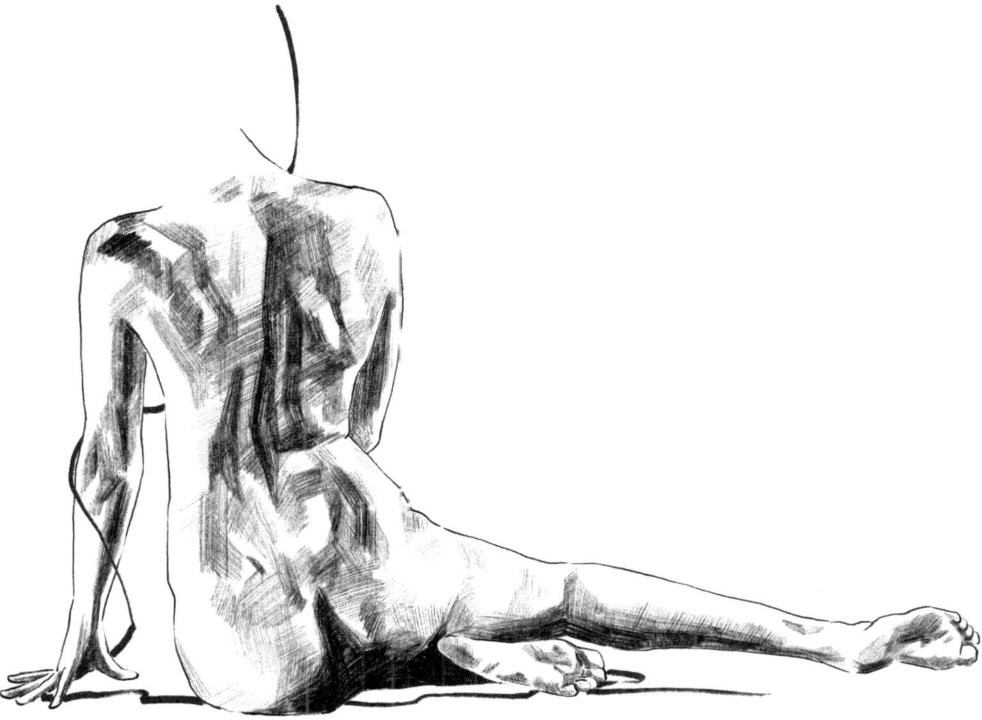

1. 가족회합(家族會合)

(작년 여름에 떨어진 냉이 씨앗이 싹을 틔웠다.
여린 잎을 사방으로 펼치고 가는 실뿌리를 땅속으로 뻗었다.

모진 비바람에 흙탕을 뒤집어쓰고
따가운 햇살에 단물을 찾아 뿌리를 깊이깊이 내렸다.

어김없이 오는 겨울을 처음 맞았다.
눈 덮인 언 땅바닥에 엎드린 채 시린 동통을 견뎠다.

마침내 봄이 되어 여린 꽃대를 세우고 수많은 씨앗을 바람에 흩뿌렸다.

다만,
홀로 하얀 동삼월을 버텨낸 묵은 냉이 뿌리에는
질기고 아픈 심지가 박혔다.)

1994년 배초향 진한 가을 어느 날, 얼마 전 이승물 서편 '부처내' 버스 정류장 건너편 떡 방앗간 2층에 '정다방'이 새로 간판을 내걸었다. 낡은 회색 시멘트 벽 한 켠의 뿌연 흙먼지를 닦아낸 뒤, 붉은 글씨의 선명한 간판을 높이 매달았다.

나른한 오후 정다방에 유일하게 앉아 있는 손님이 있었다. 남쪽으로 유리창이 난 다방 한쪽 구석에 장민경이 고개를 숙인 채 앉아 있었다. 그녀는 유수길이 돌아오기만 기다렸다. 다방 안쪽 구석엔 개업선물로 보이는 커다란 '몬스테라' 화분이 놓였다. 먼지가 겹겹이 쌓인 검은색 플라스틱 화분 위, 메마른 흙을 뚫고 나온 여러 갈래 착생식물의 줄기가 마른 나뭇가지 하나를 기둥 삼아 정신없이 얽혔다. 낮게 처진 줄기 밑으로 몇 가닥 곁뿌리가 새로 돋았다. 그 끝동이 메마른 채 흙냄새를 찾아 어딘가 닿기를 간절히 바라는 듯했다. 장민경의 시야에 비스듬히 마주친 널찍한 몬스테라 잎 한 장이 들어왔다. 그 몬스테라 잎은 가운데 잎맥을 주위로 군데군데 구멍이 숭숭 나 있고 좌우로 나란하게 가녀린 여러 장의 잎으로 갈라지니 기괴했다.

단단한 콘크리트 바닥은 암갈색 격자무늬 타일로 덮였다. 몬스테라 화분에서 출발한 차가운 격자무늬가 날카롭게 사방으로 방사되더니 어느덧 민경의 비칼진 시선의 끝에 도달했다. 무심한 평면에 빼곡하게 채워진 타일의 격자무늬는 무른 공깃돌 같은 알량한 낙하물에도 산산이 부서질 것처럼 위태롭다. 아니 민경은 딛고 있는 격자무늬 바닥이 지금 당장에라도 산산이 부서져 끝 모를 어딘가로 무너지길 바랐다. 저 바닥 밑 끝없는 심연, 그 속이 완전한 암흑으로 채워져 있다 한들 상관없었다. 그 영원한 공허 속으로 자신이 끝없이 빨려 든대도 지금 당장엔 그곳으로 뛰어내리고 싶었다.

장민경은 지금 몬스테라 화분 옆 격자무늬 타일 위에 위태롭게 존재했다.

민경은 힘겹게 고개를 세우려 했다. 유리창으로 쏟아져 들어오는 따가운 햇살은 차가운 가을의 기운을 걷어내고 고개 숙인 그녀의 머리카락을 스쳐 동그란 코끝에 떨어졌다. 시간이 지날수록 그녀의 심장은 더욱 귓전에서 뛰었다. 스스로 긴장하고 있음을 애써 눈치 차릴 필요 없었다. 사선으로 쏟아져 들어오는 햇살은 견고한 테이블의 수평에 미끄러져 다시 격자두늬 바닥으로 흩어졌다. 한동안 먹먹한 어지럼증이 그녀의 머릿속을 채웠다. 중년의 다방 여주인이 내려놓은 작은 팔각 엽차 잔의 희미한 수증기가 마지막인 듯 피어올랐다. 그 모습을 쫓아 민경의 초점 없는 시선이 가까스로 수평을 회복했다. 민경은 이제라도 흐트러진 기운을 차려 간신히 자신의 턱을 앞으로 밀어냈다. 멀게만 보이는 다방 문을 응시하며 자신을 찾아 들어올 그들에 의해 발견되어질 순간을 힘겹게 기다렸다. 민경은 스스로가 만들어 낸 이 돌이킬 수 없는 상황에 그냥 힘없이 떠밀려가고 있는 자신을 잠시나마 되돌아보았다.

'나는 더 이상 버려지진 않을 거야!' 민경이 속에서 치미는 울먹임을 되삼켰다. 그러나 그 처절해 보이던 스스로의 다짐은 하나의 굳건한 신념으로 야무지게 남아 있질 못했다. 한 번의 헛헛한 호흡을 내쉬는 동안 그냥 하얗게 희미해졌다. 보잘것없는 민경의 다짐은 눈 아래 격자무늬 타일의 미세한 선을 타고 흘러 다시 몬스테라 줄기에 매달려 있는 자신의 처지로 객관화되더니 끝내 허망해졌다. 민경은 수길을 버팀목 삼아 이리저리 휘감고 그의 목을 죄어가는 자신의 괴물 같은 모습이 덩굴성 착생식물 몬스테라와 뚜렷이 겹쳤다. 다만, 그 끝에 오로지 자신의 줄기만이 얽히고설켜 끝없이 스스로를 지탱하고 버텨야만 생존할 수 있게 된다는 것을 지금의 민경은 알 수 없었다.

마침 유일하던 다방 아가씨가 인근 복덕방에 커피 배달을 나간 후라 중년의 다방 주인 이미애만이 무표정하게 민경을 바라봤다. 이미애는 몬스테라 옆 몬스테라처럼 고개를 숙이고 한 시간이 넘도록 꼼짝없이 앉아 있는 아가씨의 다음이 궁금했다. 커다란 눈매에 요즘 유행하는 파마머리를 했지만 미숙한 화장솜씨가 아직은 앳되어 보이는 아가씨였다. 다만, 구석진 자리에 불안하게 앉아 있는 그 아가씨의 처진 어깨 위로 20여 년 전 자신의 모습이 불현듯 스쳤다.
　잠시 후 정다방 문을 밀고 먼저 들어오는 이들이 있었다. 아무런 설명

없이도 그들은 유수길의 부모 유종헌과 최순정이었다. 유종헌은 가을볕에 그을어 거칠어진 피부에 어느 농약상에서 얻었는지 살충제 이름이 큼지막하게 적혀 있는 갈색 모자를 눌러썼다. 정리되지 않은 머리카락을 감추지는 못했다. 그나마 최순정은 처음 맞는 예비 며느리를 배려했는지 지난봄에 사놓은 얇은 반짝이 반코트를 갖춰 입었다. 검은색 바지는 방금 전 짚 먼지를 뒤겪어쓴 채 들판에서 일하다 들어온 티를 지워내지 못했다.

몇 걸음 뒤 긴장된 표정으로 유수길이 들어서고 다방 문이 닫혔다. 민경은 수길의 발걸음이 그의 부모를 앞서지 못한 것을 보면서 무엇인가 제대로 일이 풀리지 않은 것임을 직감했다. 장민경이 자리에서 일어나 앞서 들어온 유수길의 부모님에게 다소곳이 인사를 했다. 다만 그녀의 얼굴은 해맑은 미소는 고사하고 억눌린 불안감을 감추지 못했다. 고개는 마치 무거운 죄책감에 눌린 듯 낮게 숙인 채였다.

유종헌과 최순정이 맞은편 의자에 나란히 앉았다. 최순정이 민경의 얼굴을 바라보며 어정쩡한 미소를 머금은 반면, 유종헌의 냉정한 표정에는 당장 눈앞에 서 있는 이 문제적 실체에 대한 해법에만 집중하는 듯했다. 반대편에 유수길과 장민경이 나란히 앉았다. 잠시 후 이미애가 엽차를 세 잔 더 따라와 내려놓았다. 테이블 위로 넘쳐나는 긴장된 분위기에 눌려 그저 말없이 누군가의 주문을 기다렸다. 유수길이 눈치껏 원두커피 넉 잔을 주문했다. 커피를 내리는 동안 지금은 중년의 정다방 주인인 이미애의 안색이 점차 굳어졌다. 방금 전 들어온 중년의 유종헌을 흘깃 보다가 갑자기 그를 온몰으로 기억해 내고 말았다. 동시에 자신이 낳아서 버린 그 딸아이가 떠올랐다.

잠시 이미애가 커피를 가져올 때까지 마주 보고 앉은 네 사람은 말이 없었다. 떨리는 이미애의 두 손이 간신히 커피잔을 잔 받침 위에 내려놓았다. 이미애가 쟁반을 가슴에 안은 채 테이블에서 뒤돌아서자, 유종헌이 진작부터 몇 번이나 속으로 되뇌었던 말을 거칠게 쏟아냈다.

"여봐요, 아가씨! 오늘 이렇게 당사자 앞에서 대놓고 할 소리는 아닌 줄 알지만…."

민경은 시아버지 될 사람으로부터 뒤늦게 터져 나온 첫마디가 조금도 자신을 배려하고 있지 않음을 알아차린 순간 가슴이 허무하게 내려앉았다. 굳이 들어서 확인해야 할 뒷말이 이어지지 않기를 바랐다.

"수길이 이놈은 군대 제대해서 인자 대학교 3학년이여, 아직 사법고시는 1차도 한번 못 붙은 놈이고 우리는 시골 사는 형편인데, 지 앞가림도 못 하는 놈을 어떻게 장개를 들여."

"아부지…! 저, 제가 고시 공부도 더 열심히 할 것이고, 당분간 민경이가 직장도 열심히 다니기로 했으니까 부족한 대로 서로 의지하면서 살아볼게요."

몇 달 전, 우연히 오산 장날 장터에 들렀던 최순정이 데이트를 즐기던 아들 수길과 민경의 뒷모습을 훔쳐본 일이 있었다. 그리고 몇 차례 아들의 연애사를 캐물어 사정을 이미 알고 있던 최순정이 거들었다.

"여보, 그려요. 애들 계획도 좀 들어보고…."
"옘비! 들어보긴 뭘 더 들어봐, 저놈이 미친놈이지 고시공부나 열심히 해서 판검사 따고 나면 앞길이 창창할 놈이 뭐에 미쳐 돌아가지고 개뿔도 없는 놈이 장개부터 들었다고 주접을 떠는 겨! 그리고 아가씨헌티는 미안한 말이지만 우리가 무식한 시골 농사꾼 출신이래도, 이래 봬도 뼈대 있는 전주 유씨 장사곤파 대종손 가문이여, 아무리 지들끼리 좋아서 그런다고 치더라도 아가씨가 언 놈의 씨인지는 알고 나서 들여야 할 것 아녀."

"아부지! 민경이가 고아 출신인 게 뭐가 죄여요? 고아로 자란 게 민경이 탓은 아니잖아요."

"안 돼야 이눔아, 너 시험이나 붙고 나서 이야기혀, 내 그때는 두말없이 허락해 줄 테니께."

듣고 있던 장민경의 커다란 눈에서 동그란 눈물 한 방울이 힘없이 떨어졌다.

"여보! 그냥 좀 애들 해달라는 대로 해줍시다."
"시끄러! 저눔이 장개가믄 시험에나 붙을 수 있을 것 같어? 택도 없는 소리여."
"…"

잠시간 정적이 흐른 후 고개를 숙이고 있는 수길이 가까스로 입을 뗐다.

"…아부지, 사실 민경이가 임신을 했어요!"
"…"

유종헌이 기가 차서는 눈동자가 흔들리고 표정은 더욱 굳어졌다. 옆에서는 이미 알고 있었다는 듯 최순정이 별말 없이 남편 유종헌을 설득하고 있었다.

"…여보!?"
"니 맘대로 혀, 이눔아!"

유수길의 부친 유종헌이 자리를 박차고 일어나 커피값을 계산하러 다방 입구 카운터 앞에 섰다. 그 앞에 다방 주인 이미애가 마주 섰다. 유종헌이 고개를 들자 그의 눈빛이 애써 외면하고 있던 이미애의 눈빛과 부덮혔다. 순간에 부딪힌 눈빛에서 유종헌은 이미애를 금세 알아차렸다. 20년이 한참 넘어서 그녀를 이런 곳에서 다시 만나다니…. 서로는 서로에게 서로를 어제처럼 생생히 살려내고 있었다. 먼저 눈빛을 거둬들인 쪽은 이미애였다. 이미애는 장민경이 눈에 들어왔다. 멀지 않은 자리에서 이야기를 듣고 있던 이미애는 고아로 자라 혼전 임신까지 하게 된 장민경의 처지가 자신의 인생과 겹쳐 보였다. 그녀가 마냥 딸아이처럼 안쓰럽다. 이미애는 다방 문을 나서는 장민경의 뒤에서 그녀의 처진 어깨에 살며시 손을 올린 후 알 듯 모를 듯 부드럽게 토닥였다.

유종헌이 장민경을 처음 대면한 다음 날 저녁, 유종헌은 술에 잔뜩 취해 이미애를 찾아 정다방으로 향했다. 젊어서 자신을 불러대던 낯선 여인이 다시금 그를 부르고 있었다. 유종헌이 정다방 입구에 도착할 무렵, 퇴근을 준비하던 정다방 안으로 귀를 찢을 듯 날카로운 자동차 브레이크 소리와 함께 무엇인가 심하게 부딪히는 소리가 들렸다. 저녁 안개가 자욱한 이승물 다리를 건너 달려오던 트럭이 유종헌을 발견하지 못했다. 유종헌은 그만 트럭을 피하지 못하고 부처내 정다방 입구에 쓰러졌다. 이미애가 다방 창문을 열고 아래를 내려다보니 누군가 다방 입구 계단 앞에 쓰러져 있었다. 다방 계단을 뛰어 내려간 이미애가 유종헌을 발견했다. 그녀는 두 손으로 입을 가린 채 피투성이가 된 유종헌을 내려다보았다. 마지막 숨을 거칠게 쉬고 있던 유종헌의 눈에 이미애의 얼굴이 들어왔다. 그리고 서서히 희미해졌다. 그는 그렇게 유종헌이란 이름으로 생을 마감했다.

다음 해 늦은 봄, 장민경은 첫째 딸 유민서를 낳았다. 가을에는 유수길과 결혼식을 올렸다.

2. 낙오(落伍)

(청명한 가을하늘 아래 만국기가 펄럭이고 아이들의 운동회가 열렸다. 국민학교 1학년 아이들의 달리기 시합이 있었다.

귓전에서 터지는 화약총 소리가 무서워 귀를 막고 있는 아이가 있었다. 흰색 결승선을 통과한 아이들의 손등에 1등, 2등, 3등 스탬프가 찍혔다.

늙은 교장선생님은 출발선에 아이들을 세 명씩만 세웠다.
모두에게 선물이 주어졌다.)

    세월이 흘러 2013년 10월 어느 날, 유수길이 양재동 '로고스 논술학원'의 삐거덕거리는 반투명 유리문을 박차듯 밀고 나왔다. 출근한 지 두 시간 만에 다시 보는 햇살은 주변 얼룩진 회색 건물에 빗겨 사방으로 흩어졌다. 한쪽 눈을 지그시 실눈으로 떴다. 오른손으로 이마에 그늘을 드리워 보지만 쏟아지는 햇살은 온몸을 관통할 기세다. 수길은 숨이 가빠오고 머리가 멍해졌다. 제법 길게 이명이 계속됐다. 잠시 자신의 작동하지 않는 뇌를 들어내고 정체 모를 백색소음으로 그 속을 가득 채운 듯했다. 자신의 각막을 뚫고 무한대의 광자가 쏟아져 들어온들 머릿속 깊숙하게 자리 잡은 이 흐릿한 혼돈을 날려버리지 못했다. 오로지 규칙적으로 벌렁거리는 심장 소리와 어김없이 짙은 가래가 눌러 붙은 자신의 기관지를 긁어대는 답답한 숨소리만이 주변을 채웠다. 시선을 돌릴 만한 특별한 대상이 모두 지워진 빈 공간에 재앙과도 같이 쏟아지는 이 은빛

눈부심을 피하고 싶었다. 이 사정없이 쏟아져 내리는 분명함이 자신의 보잘것없는 실체를 숨김없이 드러내는 것 같았다. 수치심이었을까? 늘 자신의 상처받은 뼈다귀를 더욱 명백하게 드러내 흉물로 만드는 이 용서 없는 빛의 직진으로부터 숨고만 싶었다. 이미 도드라진 관자놀이 핏줄은 갑자기 햇볕에 노출된 탓인지 꿈틀꿈틀 부풀어져 지끈거렸다. 수길은 자신의 다음 걸음을 어디로 떼야 할지 결정하지 못했다. 눈부신 햇살 속 짙은 해무에 갇힌 듯했다.

언제 재개발이 될지 모르는 제1종 주거지역, 4층짜리 빌라들 사이에 길게 늘어진 전깃줄과 통신케이블이 정신없이 얽혔다. 그 아래로 군데군데 곰보 자국처럼 아스콘이 파인 도로가 지났다. 그 옆 낮고 작은 계단 위, 목이 축 늘어진 러닝셔츠 차림의 노파가 60bpm으로 설정된 메트로놈처럼 규칙적인 부채질을 연신 해댔다. 메마르고 주름진 피부에 또박또박 해대는 부채질이 초여름 이른 더위를 경제적으로 이겨내는 현명한 노인의 지혜로 다가오진 않았다. 그보다는 지금 수길의 발아래 뜨거운 시멘트 바닥에 눌어붙어 버린 굵은 지렁이의 아직은 살아 있음을 증거하는 미세한 꿈틀거림과 같았다. 노파의 부채질이나 굵은 지렁이의 미세한 진동처럼 수길이 아직은 살아 숨 쉬고 있다는 생명의 신호가 급하게 그리고 무겁게 쏟아졌다.

'으아아~ 악!' 그것은 부지불식간 들이마신 한 번의 긴 호흡이 모두 다 소진될 때까지 이어졌다. 공명을 없애고 스스로의 목구멍 속으로만 깊이깊이 내지르는 비명! 다만 공기란 매질을 타고 요동치는 파동의 형태로 만들어지지는 않았지만 강력한 원폭처럼 터져나가 주변을 잿빛으로 쓸어버렸어야 할 그 울분이 자신의 목구멍 깊숙이 속으로, 속으로 또다시 그 속으로만 쏟아졌다. 마침내 엉성한 갈비뼈를 부수고 이미 썩어

버린 자신의 폐부를 갈라 산산이 부서진 파편의 형태로 온몸을 갈기갈기 찢으며 터져버릴 것 같은 울분이었다.

'이렇게 늙은이들만 잔뜩 사는 동네에 논술학원이 잘될 리 없다.'라는 합리적 판단이 없었던 것은 아니다. 10년 전 '사스'에 이어 작년에 유행한 '메르스' 바이러스의 공포가 연일 신문지면을 뒤덮고 또다시 계절성 독감이 유행을 하는 상황에서는 자신의 보잘것없는 처지가 특별하지 않아서 그나마 위안이 되었던 것도 사실이다. 이 도시 어디에나 급성 중증 호흡기 증후군의 공포는 잠시나마 세상을 공평하게 만들었다. 길을 걷다 마주치는 사람들이 '쿨럭쿨럭' 잦은 기침을 쏟아내도 모든 인플루엔자 바이러스가 자신의 콧속을 뚫고 들어오는 것은 아니지 않는가! 자신이 다만 생물학적 세포호흡의 과정 중에 그 산소 분자의 농도가 지랄 맞게도 형편없는 미천한 환경에 비자발적으로 놓인 상황 정도로 인식했다. 수길은 자신이 재수 없이 독감에 걸린 것과 다를 바 없다며 지금을 버텨내고 있었다.

어느덧 주말특강을 한 강좌도 열지 못하는 인기 없는 퇴물강사가 되었다. 남들의 경계 너머 어딘가에 무심코 존재해 왔었다. 비정규직 단시간 근로자만도 못한 노동권 밖에 존재하는 나약한 학원 강사가 수길의 직업이다. 그마저도 한순간 희번덕 날이 선 사각 중식도에 사정없이 잘려진 고등어 대가리처럼 그렇게 힘없이 분리되어 또다시 세상 밖으로 내팽개쳐졌다. 수길은 방금 전까지 '로고스 논술학원'의 논술 강사였다.

물론 이제는 아니다.
수길은 이제 '로고스 논술학원' 유리문 앞 사거리에서 한 걸음 앞으로 떼어본다. 이 사정 변경의 충분한 핑곗거리는 아니겠지만, 이미 10년 동안에 사시 합격의 영예를 얻은 대학 동기와 고시원 선후배들이 천지삐

까리다. 교대 앞 번듯한 법률사무소를 골라서 사무장 자리 하나 내달라고 부탁하면 들어줄 법조 선후배들이 없지 않을 것이다. 아니면 10년을 한 우물 파며 버텨온 나름 재야의 고수일 텐데 그나마 남아 있는 법무사 시험이라도 다시 한번 정성껏 준비한다면 아마도 어렵지 않게 합격하지 않을까 하는 보잘것없는 기대가 스스로의 위로로 남아 있었다. 갑자기 수길을 진정시킬 무언가가 머릿속을 스쳤다. 퇴직위로금 조로 몇 푼 더 보냈다는 대학후배 출신인 젊은 학원장의 당당한 마지막 말이 떠올랐다. 다시 사거리 한복판에 멈춰 서서 핸드폰을 열고 통장 잔액을 확인했다. 아침 일찍 백화점으로 출근하며 던진 아내의 요구사항부터 해결해야 했다.

'여보 오늘 카드값 150만 원 보내줘야 해.'

이제 수길의 발걸음은 성큼성큼 옮겨졌다. 특별한 이유 없이 지난 몇 달간 주기적으로 걸었던 자신의 뒷모습이 앞서갔다. 이후로도 반복해서 다가오고 있을 것 같은 자신의 무표정한 앞모습이 뒤이어 그려졌다. 오늘도 수길은 양재동 한신빌라 회색 담벼락을 따라 나란히 걸었다. 작년부터 낮은 담장 너머 까만 개복숭아 등걸에 하얗게 곰팡이가 폈다. 몇 차례 재개발추진위원회와 반대대책위원회의 현수막이 개복숭아 등걸에 바뀌어 걸렸다. 그렇게 세상은 바뀌어 갔고 수길은 그대로 멈춰 섰다. 이제 수십 미터 앞 '동가식'이라는 백반집 간판을 끼고돌면 '로또판매점'이라는 색이 바랜 낡은 간판이 보일 것이다. 수길은 10년 넘게 같은 번호의 로또를 매주 다섯줄씩 사 왔다.

'1, 9, 18, 19, 21, 42'

로또 1등 당첨이 그냥 될 리는 없는 일 아닌가? 이미 사법고시 10수 낭인의 고초를 가엾게 여겨, 누군가 단번에 그 고초를 보상해 주려 한다면 그것은 로또 말고는 없지 않겠는가? 아내의 계좌로 150만 원을 송금하고 로또 다섯줄을 사서 지갑에 고이 접어 넣었다. 10년째 5만 원짜리 한두 번 당첨된 것이 전부인 보잘것없는 희망이지만 10년째 여전히 무심한 세상의 그 흔한 모두의 유일신을 믿느니 불쌍한 후손의 애절한 소망에 응답할 단 하나 조상신의 보살핌을 기대하는 것이 그나마 논리적이라 생각했다. 자신의 운명을 거머쥔 행운의 숫자는 조부모, 외조부모, 그리고 돌아가신 아버지가 태어난 해를 따서 만들었다. 앞의 1, 9는 그들이 1900년대에 태어난 사람들이라는 의미다. 자신의 친할머니와 외할머니가 같은 해에 출생한 덕에 여섯 숫자가 완성됐다. 다만 10년째 당첨되지 않는 6개의 로또 번호에 아직도 논리를 달아놓고 여전히 같은 번호에 매달리는 자신의 불합리성은 무슨 논리로 설명할 것인가? 논리, 논리, 그놈의 논리는 논리를 논리로 논리적이지 않았다. 논리강사인 수길은 스스로가 논리적이지 않다는 자기 모순적 한계에 빠져 있음을 인정하고 있었다.

수길은 스스로를 불렀다.
'에고 천하에 한심한 낙오자 새끼!'
아무튼 수길은 수명을 다시금 연장해 놓은 자신이 10년간 천착한 논리적 희망을 가슴에 품고 아무 일 없었다는 듯 집으로 돌아왔다.

3. 하지정맥류(varicose vein)

(꽃이 피어 설레는 것은 어느새 꽃잎이 지고 슬플 것을 알기 때문이다.
결핍이 풍요의 씨앗이 되고 지독한 외로움이 사랑할 용기를 만들 수 있을까?
행복하게 산다는 것은 다만 고통을 견딘다는 것과 다른 말이 아니다.)

"쾅!!!"

잠자코 있던 회색의 아파트 현관문이 사정없이 닫혔다. 그 소리는 낮고 긴 주파수의 파장으로 한참을 가라앉아 있는 집안 분위기에 긴장감을 불어넣었다. 밤 10시가 다 되어 아내 '장민경'이 돌아왔음을 알렸다. 뜬금없이 전철역 위에 세워져 구경하는 손님도 별로 없는 썰렁한 백화점이 어이없이 폐점 시간까지 연장해 가며, 영락없이 고참 매니저인 자신을 이렇게나 힘들게 한다고 찐득한 투덜거림을 앞세우고 아내 장민경이 현관문을 들어섰다. 30분 폐점 시간의 연장이야 백화점에서 한 시간이나 떨어져 있는 이곳 경기도 위성도시 구도심 언덕 위 보증금 1억 원에 13평짜리 전세 아파트로 퇴근하는 내내 그 영향력은 어느 정도 사그라졌을 만한데도 굳이 아내는 아파트 현관문에다 대고 폐점 시간의 연장 통보를 지금 당장에라도 받은 것처럼 그 심리적 부작용의 결과를 아낌없이 그리고 있는 힘껏 쏟아 부었다. 그녀는 한마디 말도 밖으로 내뱉지 않은 채 숨 가빠했다. 현관과 거실의 보잘것없는 경계를 넘어서며 퇴근 전 새로 바른 듯 아직은 선명한 그녀의 붉은 입술이 무심히 벌어졌다. 그리고 흠잡을 데 없이 강력한 무표정은 그녀의 발언에 무게감을 더했다.

"나 이번 주 주말에 '에스모침대 언니'하고 관악산 등산 가."

오늘도 아내는 일방적인 불가역적 '통보'로 하루 종일 고객에게 한껏 저자세로 눌려 있던 그녀의 언어생활을 역전해 냈다. 자신의 주말 휴식을 언제 끝날지 모를 백화점 매니저생활의 수명 연장을 위한 건강 증진에 쓰겠노라는 (그러니 그 명백히 의기 있는 자신의 산행에 토 달지 말라는) 불굴의 의지가 내포되었다. 오늘 남편에게 무슨 일이 있었는지, 저녁은 먹었는지, 사춘기가 한창인 중학생 둘째 딸 해인은 학교를 잘 다녀왔는지 따로 묻지 않았다. 아내는 작년에 새로 산 S급 짝퉁 프라다 가방을 소파 모서리에 던진 후 집 안을 구석구석 살피기 시작했다. 그다음에 그녀가 확인시켜 줄 '일하는 아내'란 존재의 증명 방식은 틀림없이 '불평'일 게다. 남편의 예상이 빗나갈 리는 없었다. 아내는 15년 된 통돌이 세탁기에 탈수가 다 된 빨래가 왜 아직 그대로 있는지를 시작으로 재활용 쓰레기와 음식물 쓰레기는 왜 제때 안 버렸는지, 남자라고는 남편 혼자밖에 없는 집안에서 왜 오줌은 서서 누는지, 왜 타지도 않는 자전거를 몇 년째 현관 앞에 세워두는지, 화장실 수챗구멍에 엉겨 붙은 머리카락은 왜 그대로 쌓아두는지, 빨래 바구니 옆에 흐트러진 양말은 왜 그대로인지…, 10년째 되감기 후 리플레이되는 그 뻔한 레퍼토리를 여지없이 틀어놓았다. 이제 아내는 특별할 것 없는 반복된 불평을 게의낸 덕에 얼마 남지 않은 오늘 하루가 다소 편안해질 것이다. 그러나 남편은 아내가 집 안을 구석구석 살핀 끝에 불평으로 획득한 이니셔티브에 작은 흠이라도 내보려 했다.

"이번 주말에 엄마한테 가면 안 돼?"

자신의 필요에 의해 감히 아내의 주말 시간을 같이 나눌 수 있겠는가? 그나마 시한부로 받아 놓은 시어머니의 시간이 이제는 거의 다 되었다는 핑계를 대본 것이다.

"…당신 주말에 특강해야 되잖아! 그리고 페넬진[2]은 먹었어? 거르지 말랬지!"

아내는 자신의 계획을 위협하는 상대의 노림수 따위는 하찮다는 듯 남편의 약점을 잡아 일거에 제압해 버렸다. 남편은 더 이상 자신을 위해서는 붉은 립스틱을 바르지 않는 아내를 위해 이쯤에서 그냥 해본 소리라고 에둘러쳤다. 아직은 로고스 논술학원에서 해고됐다는 소리가 입 밖으로 나오지 않았다. 아내 장민경은 수길이 사법고시를 열 번이나 보는 동안 잘 팔리지도 않는 백화점 가구코너에서 10년을 넘게 버텨온 여자다. 왼쪽 허벅지의 시퍼런 핏줄이 부풀어 오른 지 꽤 됐다. 조만간 하지정맥류 수술을 해야 한다며 주말 산행의 핑계를 몇 년째 피워대는 중이다. 하지정맥류는 백화점 매니저들 대부분이 가지고 있는 고질병이다. 매일같이 일어선 채로 어차피 오지 않을 고객을 기다리는 백화점 매니저의 처지는 실적 부진에서 오는 정신적 스트레스와 다리정맥의 압력이 높아져 통증을 유발하는 하지정맥류라는 고질병으로 보상받았다. 허벅지 표면에 파랗게 부풀어 오른 채 탄력을 잃은 아내의 정맥은 이제 '스트리핑(stripping)'이라는 의료용 철사를 정맥 속에 집어넣어 혈관 자체를 몸 밖으로 제거해 내거나 정맥 내에 경화제를 채워 넣어 아예 혈관으로서 기능을 못 하도록 폐쇄시켜 버리는 방법으로 해결하거나 그도 저도 아니면 그냥 참고 살거나….

수길은 자신을 아내의 또 다른 오른쪽 하지정맥류라 정의했다. 아내는 언젠가 왼쪽 하지정맥류를 잘라 내거나 폐쇄해 버릴 것이다. 오른쪽 하지정맥류는 이혼해 버리거나, 죽여버리거나 어떤 방법을 써서라도 제

---

(2) 우울증 치료제의 일종으로 부작용이 심한 편으로 알려져 있다.

거해 버릴 수밖에 없을 것이다. 지금의 아내는 힘겹게 양쪽 모두를 참고 버티는 중이다. 아니 오른쪽 하지정맥류는 스스로 사라져 주기를 기다리는지도 모른다. 그녀의 인생이 '성심보육원'이라는 아동보호시설에서 출발해 평생을 외롭게 살아온 세월이 아파서였을까, 가짜 여대생 신분에 사법고시 준비생을 만나 우여곡절 끝에 출산 후 결혼을 하고 여전히 남편을 포함한 가족의 생계를 부양하며 살아가야 하는 자신의 노고가 헛된 것임을 인정하기 싫어서였을까, 그녀는 어려서부터 자신을 키워준 원장할머니 '김정자'가 돌아가신 후 자신이 가까스로 만든 가족이라는 굴레를 스스로 벗고 싶지는 않았다. 그것은 가족이라는 것이 유일하게 그녀를 세상과 구분해 경계를 짓고 자기 존재의 의미를 확인시켜 주는 도구였으며, 여전히 그 굴레 속에 악착같이 머물러 있음으로써 자신을 무참히 버린 부모란 생물학적 존재들을 끝없이 단죄하기 위함이기도 했다. 다만 그런 아내에게 '가족'이란 굴레의 경계가 이따금 허물어질 때가 있었다. 아내가 백화점에 다니기 시작한 후 수길은 지난 10년간 주말을 아내와 함께한 기억이 없었다. 한동안 주말이면 친정 드나들 듯 용인에 있는 '성심보육원'을 다녀온다던 아내가 백화점에 다니면서부터 주말 일과가 산행으로 바뀐 지 3년이 넘어섰다. 그리고 거의 쉼 없이 이어졌다. 물론 아내의 건강을 위한 산행에 동행하는 파트너가 가끔은 '에스모침대 언니'가 아닌 나이스침대 점장 '박상길'이라는 사실은 여동생 '유수인'으로부터 익히 들어서 알고 있었다. 10년 묵은 사시 장수생 출신 정도 되면 자신의 섣부른 가벼운 행동이 불러일으킬 불상사의 법률적 책임과 그에 따른 자식들과 주변인에 발생할 수 있는 사회적 파장 정도는 헤아려 볼 수 있는 일이었다. 더 이상 자신의 실패담을 보태 주변의 입방정에 오르고 싶지 않았다. 당분간, 아내의 불륜사실이 없었던 일은 아니겠지만 스스로가 모르는 일이라 해두기로 했다. 게다가 자신은 아내가 언젠가 수술대에 올라 제거해야 할 기능 부재의 절제대상 장기 아닌가? 아내의 하지정맥류 수술에 대한 결정권은 온전히 아내 스스로의 권리로 인정하고 있었다. 정말로 두려운 것은 아직도 꿈을 꾸면 사법고시 2차 합격자명단에서 여지없이 자신의 이름을 찾을 수 없다는 나락의 악몽이 몇 년째 계속된다는 것이다. '이놈의 통제되지 않는 악몽의 고통은 언제쯤에나 사라지려는지!' 악몽의 횟수는 줄어들지 않았다. 그것이 더 큰 고민이었다. 오늘도 아내가 건네는 '페넬진'을 목구멍으로 삼켜야 했다.

두 달 후, 매일 아침 시간에 쫓기어 출근을 서둘러야 했던 아내 민경이 무슨 일인지 아침 방송에서 눈을 떼지 못하고 소파에 눌어붙었다. 태어난 지 석 달 만에 미국으로 입양된 중년의 흑인 혼혈 여인이 자신의 어머니와 가족을 찾는다는 애틋한 방송이 송출됐다. 그 여인의 이름은 '비앙카 스미스'이고 한국 이름은 '순자'로 알고 있으며 성은 모른다고 했다. 태어난 지 3개월 만에 일산의 '홀트아동복지회'를 통해 미국으로 입양됐다고 했다. 자신이 혼혈아이고 맡겨질 때 이름이 지어졌던 것을 보면 그녀의 모친은 자기를 기억하고 있을 것이라 했다. 그 여인이 흑인 남편 '조 스미스'와 함께 서울로 자신의 친모를 찾으러 온 모양이다. 그 여인의 애절한 개인사를 듣고 있던 아내 민경은 눈가 주변이 붉어진 채 자리를 털고 일어서지 못했다. 고아 출신인 아내 민경이 이따금 어려서 부모를 잃어버렸다거나 해외입양아 출신으로 가족을 찾는 이를 보면 하루 종일 동병상련에 힘들어하는 모습이었다. 결국에 흐르는 눈물에 화장이 망가진 채로 아내 민경이 소파에서 일어섰다. 아내의 시선은 한동안 TV 옆 액자 속 딸 민서와 해인에게로 옮겨졌다. 그간 수없이 고민해 왔던 남편과의 이혼이나 오래전 아이들을 방치한 채 홀로 집을 떠나려 했던 자신의 모습이 그려졌다.

4. 모친상(母親喪)

(모든 만남은 처음부터 이별을 정하고 있었다.
이별이 더욱 아려올 때는 언젠가는 다시 만날 수 있다는 것을 알아차릴 때다.
죽음이 던져준 이별이 그렇게 아프지 않은 것은 다시 만날 수 없다는 것을 알아차리기 때문이다.)

그날 아내의 늦은 출근 후 점심 무렵이었다. 올해는 유난히 늦장마가 지루할 것이라는 별반 도움도 안 되는 정보만 띄우던 핸드폰 화면 위로 누군가의 공식적인 메시지라는 듯 '031' 지역번호가 찍힌 문자메시지가 떴다. '더사랑 요양원'으로부터 모친 최순정이 위독하다는 소식이 전해졌다. 며칠째 낮 동안 올빼미처럼 머물던 양재동 구립도서관의 구석진 자리에서 일어나, 급히 대체 알바를 구한 아내를 백화점 입구에서 픽업하기로 했다. 한 시간쯤 지나 백화점 앞에 도착해 아내를 기다렸다. 아내는 아침에 TV를 보며 완전히 망가졌던 화장을 어느새 다시 고쳤는지 짙고 화려한 화장으로 변신해 있었다. 방금 전까지는 미소를 잔뜩 머금었을 아내의 무표정한 얼굴을 맞이했다. 구입한 지 10년이 넘은 중고차에 아내를 태우고 이승물 '선이' 남쪽 능선에 자리 잡은 '더사랑 요양원'으로 향했다. 안양역 1번가 좁은 골목마다 빨간색 신호등을 보란 듯 무시하고 무단으로 도로를 횡단하는 사람들이 많았다. 백화점을 출발한 지 10분도 안 되어 자동차 대시보드의 엔진 온도 게이지가 이상해졌다. 평소 머물던 자리를 넘어서 붉은 선의 경계에 다다르는 것이 눈에 들어올 때쯤 조수석에 타고 있던 아내가 차에서 연기가 난다고 호들갑을 떨어댔다. 금세 자동차의 속도가 느려지고 가속페달을 밟아도 앞으로 나가지를 않았다. 엔진룸에서 불쾌한 냄새가 차 안으로 들어왔다. 다행히 다른 차량이 비켜 갈 정도의 도로 위 공간을 확보하고 비상등 버튼을 눌렀다. 사람이나 기계나 10년 정도의 반복된 동작이 가져오는 부작용은 어쩔 수 없는 일이었다. 이미 여러 차례 엔진오일 누유와 엔진 노킹으로 돈푼깨나 잡아먹은 상태여서 이번에 자신의 중고차에 발생한 문제는 그 결과가 치명적일 것이라 예상했다. 아마도 10년 된 중고차는 먼저 생명을 다한 듯싶었다. 어쩔 수 없이 아내는 전철을 타고 요양원으로 먼저 출발했다. 수길이 늦어진 이유로 '논술학원의 강의가 불가피하게 늦어져서….'라는 그럴듯한 핑계를 마련해 주었다. 이제 아내는 1호선 신창행 열차를 타고 오산에서 내려 택시를 잡아타고 요양병원을 찾아갈 것이다. 수길은 운전석에 앉아 디씨다이렉트 자동차보험의 대표전화를 찾았다. 간단한 사고 접수 후 견인차 기사가 출발하면서 전화를 드릴 것이라는 신뢰감 높은 전화 속 누군가의 상냥한 목소리가 귓속을 맴돌았다. 한참을 기다렸지만, 요란한 소리를 내며 도착했어야 할 견인차의 모습은 보이질 않았다. 거리는 여전히 재잘거리며 걷는 불법적인 청춘들의 모습만 가득했다. 잠시나마 어머니가 위독하다는 사실을 잊고 있었다. 자신의 급한 사정을 보태 다시 견인차를 재촉해야겠다는 생각에 핸드폰을 들려는 순간, 마침 요란한 벨 소리가 울렸다. 어차피 도착할 견인차 기사에게 늦었다고 푸념해 본들 무슨 소용이 있겠는가, 잠시 후 역시나 긴장감 높은 견인차 소리가 주변의 소음을 모두 잠재우고 수길의 차 앞에 멈춰 섰다. 익숙한 손놀림으로 견인을 마친 기사는, 마치 어미처럼 늙어버린 중고차를 간판이 다 바래버린 허름한 인근 카센터에 내려놓았다. 차를 내리자마자 기름밥을 얼마나 많이 먹었는지 온통 기름때가 찌든 작업복 차림의 카센터 사장이 무언가를 가져다 대고 이리저리 테스트를 해대더니 심각한 표정으로 수길을 찾았다. 수길의 차는 이미 너무 오래되어서 워터펌프 고장에 따른 엔진 과열에 엔진 개스킷이 모두 눌어붙었는데 엔진 보링으로는 해결이 안 되고 재생 엔진으로라도 교환을 해보겠냐는 주문이었다. 아니면 그냥 폐차를 추천한다고 했다. 수길은 잠시나마 10년 된 중고차의 생명을 연장하기로 했다. 모친 순정의 경각에 달린 생명이 중고차의 생명을 잠시 연장시켰다. 아직 자신도 열 번의 낙방 속에도 여전히 숨 쉬고 있고, 아내도 아직은 양쪽 허벅지 정맥류를 매달고 있지 않는가! 수길이 보험처리 후 대차를 부탁하니 카센터 사장은 금세 다 낡은 경차를 한 대 끌어다 놓았다. 잠시 후 핸드폰이 요란하게 울렸다. 아내의 전화였다. 아무래도 어머니가 금방이라도 돌아가실 것 같다는 급박한 목소리를 전해왔다. 수길이 카센터를 급히 출발했다. 익숙하지 않은 차를 몰고 고속도로 톨게이트에 들어서자 또다시 핸드폰이 울렸다.

"여보! 방금 어머니 돌아가셨어!"
"뭐?"
"어차피 장례를 치르려면 여기로 오면 안 되고 '함백산 장례식장'으로 오라는데, 거기서 장례를 치른다나 봐."
"그려! 그리로 갈 테니까, 수완이 보고 엄마 장례식장 영안실로 모시라고 해."

수길이 모친의 임종을 놓쳤다. 30년 가까이 매일 같은 시간을 살며 눈 뜨고 마주 보고 외면하고 같이 잠들었던 모친의 마지막 눈 뜬 모습을 놓쳤다. 모친의 평온히 눈감는 모습을 자신의 눈에 담았으면 좋았을 것을 왜 하필 그 시간에 왜 하필 그런 일이 자신의 귀향길에 발목을 잡고 모친의 저승길을 재촉해 댔는지 모를 일이다. 이런 것을 남들은 부르기 편하게 '운명'이라 한다면, '운명'이란 대수롭지 않은 일이 큰일에 문제를 생기게 하는 것을 말하는 듯했다. 그간 수길은 자신의 짧은 인생에 나름의 풍파가 많았는데 그 대수롭지 않았던 일들 모두를 '운명'이라 치부하면 되는 편리한 논리를 하나 만들어 낸 듯했다. 장례식장은 얼마 전 문을 연 광역시립장례식장으로 장례와 화장, 납골이 한 번에 해결되는 원스톱 서비스를 자랑한다고 광고를 해댄 곳이다. 수길은 오가는 차량이 거의 없는 한적한 산길을 한동안 달렸다. 창문을 내리니 신선하고 상큼한 바람이 가슴을 채워왔다. 어머니의 임종소식에도 눈물이 흐르지 않았다. 수길은 낡은 경차 덕에 돌아가신 어머니보다 먼저 장례식장에 도착해 예약된 망자 명을 확인했다.

'망자: 최순정(1945 生)
상주: 유수길, 유수완, 유수인'

유씨 상가의 분향실은 2층 맨 구석 204호다. 텅 빈 분향실엔 썰렁한 기운만 가득했다. 잠시 후 소리 없이 불빛만 번쩍이는 구급차가 영안실 입구에 도착했다. 흰색 천을 뒤집어쓴 모친 최순정의 시신이 안치실로 향했다. 막냇동생 수인이 헝클어진 머리에 손으로 입을 가린 채 힘겹게 그 뒤를 따랐다. 수길은 터벅터벅 2층 계단을 내려와 안치실 문을 열었다. 이미 네모난 시신 안치실 냉장고의 문이 열리고 길게 나와 있는 시신 받침대에 모친 최순정이 누워 있었다. 수길을 본 막냇동생 수인의 입에서 울음이 쏟아졌다. 수길이 모친 순정의 얼굴을 덮고 있던 흰색 천을 걷고 편안히 잠들어 있는 모친을 바라보았다. 사망한 모친을 물끄러미 바라다보는 자신의 모습이 차가운 안치실 냉장고 문에 비쳐 다시 자신의 동공 속으로 들어왔다. 이제 무엇인가 그녀와의 마지막을 의미 있게 만드는 오래된 기억을 되살려 내야만 할 것 같은 가벼운 강박이 머릿속을 스쳤다. 젊어서 아리땁던 모친의 웃는 모습이, 자신을 나무라며 매질하던 그 성난 모습이, 10수 끝에 시험을 포기하는 자신을 붙들고 눈물짓던 그 안쓰럽던 모습들이 겹쳤다. 울컥 쏟아지는 눈물이 절제되지 않으면, 죽은 어미가 품었던 애틋한 모정보다는 산 자식이 지은 죄의 그림자가 더 도드라져 보일까 하는 염려가 수길의 울음소리를 겨우겨우 막아 세웠다. 이미 오래전부터 수길은 자신의 감정을 밖으로 표출하기보다는 속으로 삭이는 데 익숙했다. 수길이 흰색 천으로 모친 순정의 얼굴을 덮자 옆에 검게 차려입고 흰색 장갑을 낀 누군가가 그녀를 냉장고 속으로 조심스레 밀어 넣었다. 그렇게 모친 최순정은 세상의 인연으로부터 분리되어 갔다. 잠시 후 차량 두 대가 장례식장 주차장으로 들어왔다. 동생 수완과 아내 민경이 차에서 내리자 또 다른 승용차에서 외삼촌 최태식이 내렸다. 수길이 장례식장 입구에서 외삼촌 태식을 맞이하자, 태식은 임종을 지키지 못한 큰조카에 대한 아쉬움에 한마디를 건넸다.

"좀 서두르지 그랬어, 니 엄니 마지막 가시는 것도 못 보고…."

고개를 숙이고 죄송하다는 조카가 안쓰러워 태식은 수길의 어깨를 다독이고는 장례식장 안으로 들어갔다. 장례식장 사무실에서는 분주히 모바일 부고장이 만들어지고 다른 자식들은 부고장 보내기에 바빴다. 저녁 무렵 204호 분향실 앞으로 조화가 몇 개 도착했다. '로고스학원장 안성태', '평택시 자동차정비사업소협회장 김수열', '디씨생명 영등포지점장 홍경자', '나이스침대 안양백화점장 박상길'. 마지막 조화가 도착하자 막냇동생 수인이 수길의 팔을 붙들고 분향실 밖으로 끌어냈다.

"큰오빠! 저년이랑 계속 살 거여? 오빠는 아예 속이 없는 거야? 나이스침대 '박상길'이 누군지 몰라?"

수길은 말없이 줄곧 고개만 숙인 채 있다가 수인의 팔을 끌고 다시 분향실로 들어가려 했다. 수인은 수길의 무덤덤함에 더욱 화가 치밀어 오

프롤로그(prologue)

르고 한숨만 나왔다. 작년 가을에 수인이 제법 큰 종신보험을 들어준 스크린골프연습장 사장과 단둘이 북한산 산행을 했었다. 먼저 산행을 마치고 내려오는 큰올케 민경의 뒷모습을 우연히 훔쳐본 일이 있었다. 큰올케가 일전에 수인이 백화점에서 보험을 팔려고 만났던 옆 매장 나이 스침대 점장 박상길과 팔짱을 다정히 끼고 근처 모텔로 들어가고 있었다. 수길이 자신을 답답해하며 양팔을 겨드랑이에 낀 채 꿈쩍도 않는 수인에게 모친 순정의 마지막 유언에 대해 물었다.

"작은오빠는 동남아 여자라도 구해서 장가가라고 했고, 큰오빠 얘긴 꺼내다 말고 그냥 우시기만 했어."

수길은 말없이 발길을 돌려 혼자 분향실로 들어가야만 했다. 마지막에 어미 순정은 자신에게 무슨 말을 하고 싶어 했던 것일까? 아무 말도 없이 우시기만 했다는 그 눈물의 의미는 장남인 자신에 대한 원망이었을까? 아니면 아직도 첫 자식에 남아 있는 미련과 사랑이었을까? 다음 날 분향실엔 '선이' 사람들과 '구실' 친가 쪽 친척들이 다녀갔다. 모친의 시신은 모든 상례가 마무리된 후 옆 건물 화장로로 옮겨지고 서너 시간 후 수골되어 작은 항아리에 담겨 다시 옆 건물 납골당 구석진 곳에 놓였다. 그렇게 그녀가 남긴 이승에서의 흔적은 짧고도 간결하게 지워졌다.

5. 사십구재(四十九齋)

 유수길의 모친 최순정이 사망한 지 40일이 지났다. 그 주 일요일 저녁, 얼마 전 어느 지방자치단체 도시공사 필기시험마저 떨어진 큰딸 민서가 집으로 돌아왔다. 일찍 집에 들어와 있던 수길이 민서를 맞았다. 거듭된 딸아이의 실패에 작은 부담이라도 될까 봐 목소리를 최대한 부드럽게 가다듬고 편안히 민서를 맞았다. 우선 손발을 씻고 푹 쉬라 일렀다. 조금 있으면 동생 해인이 학원에서 돌아올 테니 그때 저녁을 먹자 했다.

 "아냐 됐어, 나 먹을 컵라면 사 왔어."
 민서가 퉁명스럽게 같이 저녁을 먹지 않겠다는 의사를 비쳤다. 수길은 민서의 계속된 시험에서의 실패가 자신의 수많은 실패의 연장선인 것 같아 미안함을 넘어 고통스러웠다. 수길은 민서에게 다음 시험을 잘 보면 된다고 위로했다.

 "…뭐, 아빠처럼 끝까지 버티라고?"
 민서는 끝내 식탁에서 저녁을 먹지 않았다. 식탁 위엔 학원에서 돌아온 둘째 딸 해인을 위해 아침에 끓여놓은 미역국을 데우고, 며칠째 같은 밀폐용기에 담긴 김치를 한 번 더 뒤집고, 그리고 고추참치 캔을 열고, 일회용 조미김을 뜯었다. 식탁을 둘러본 둘째 딸 해인도 밥을 먹지 않겠다며 방으로 들어갔다. 잠시 후 산행을 마친 아내 민경이 치킨 한 마리와 작은 택배박스 하나를 들고 현관을 들어섰다. 아내는 늘 머리가 반쯤은 젖은 채인데, 등산 후 백화점 언니들과 여성전용 불한증막에 다녀와서 그렇다고 했다. 아내는 남편이 먹고 있던 식탁의 반찬접시를 한쪽 구석으로 밀어낸 후 민서와 해인을 불렀다. 민서가 표정 없이 식탁으로 다가서자 아내가 한마디 했다.

"해인이도 나오라 그래."
"엄마, 해인이 '인공와우수술'인가 해줘요. 쟤 이젠 보청기 빼면 못 알아들어."
아내가 둘째 딸 해인을 부르며 영숙이 이모가 해인의 운동화를 사서 보냈다고 말했다. 해인의 반응이 없자, 아내가 방문을 열고 택배박스를 해인에게 건네주고 다시 식탁에 앉았다. 아내 민경이 깊은 한숨을 내쉰 후, 한참 동안 민서의 얼굴을 바라보다 말을 이었다.

"민서야, 다음 시험 한 번 더 보자."
"뭐, 아빠처럼 시험에 떨어지면서 이렇게 계속 살라구?"
수길은 이미 수차례 자기 탓을 해대는 민서의 얼굴을 쳐다볼 수가 없다. 답답해하던 아내 민경이 끓어오르는 속을 가라앉히고 민서에게 말했다.

"니가 아빠 딸이라서 자꾸 시험에 떨어질 리는 절대 없어. 그냥 재수 없어 그런 거야. 내일 아빠가 학원비하고 고시원비 보내줄 거니까, 아침에 다시 서울로 올라가."
"엄마!?"
"뭐?, 그러면 내가 이 집구석에서 백수를 둘씩이나 데리고 살아야 되니? 여기서 뭉갤 생각 말고 아침에 올라가."

수길은 민서의 학원비와 고시원비 그리고 이번 달 카드값을 아내에게 보내주기에는 통장 잔액이 부족했다. 고심 끝에 수길이 핸드폰을 눌러

인터넷에서 찾았던 '러브캐쉬대부'라는 대부업체에 전화로 대출에 대해서 문의했다. 상냥한 대부업체 상담사는 300만 원 정도의 금액을 요구하는 수길에 대해 주민번호를 묻고 신용조회를 한답시고 아까운 시간만 잔뜩 끌더니 결국에는 신용등급을 문제 삼아 자신들이 대출을 실행하는 것은 어렵겠다는 거절의 통보를 꽤나 절차를 지켜가며 진지하게 해댔다. 장남 수길은 다가오는 모친의 사십구재를 어떻게 차려야 할지 고민됐다. 어디에도 얼마 전 돌아가신 모친 제사상 차릴 돈이 모자라 빌린다고 할 수는 없었다. 간혹 수길은 베란다에서 담배를 피우다 말고 난간을 붙들고 짙은 가래침을 뱉으며 떨어지는 동그랗고 허연 침 위에 자신의 얼굴을 얹어보곤 했었다. 몇 년째 자신이 아파트 베란다에서 떨어지는 상상이 이어졌다. 토친 순정의 마지막을 지키지 못한 장남의 죄의식에 더해 끝까지 부모의 기대를 저버리고 세상에서 가장 무능한 남편으로, 자식으로, 아비로 여전히 숨을 쉬고 있어야 한다는 것이 버거웠다. 오늘도 아내의 눈치를 보며 '페넬진'을 입속에 털어 넣었다.

결국에 수길의 고민을 눈치챈 아내 민경이 그간 아이들 학비나 생활비가 부족할 때마다 돈을 빌려오던 보육원 처제 '조영숙'에게 다소간의 돈을 융통해 모친의 사십구재를 치르기로 했다. 처음에는 요즘 누가 사십구재를 지내느냐는 아내의 불평이 갑자기 날을 잡아 무엇인가를 정리해야 된다는 필요로 바꾼 후 사십구재는 일사천리로 진행됐다. 조영숙은 아내보다 네 살 어린 '성심보육원' 출신 동생으로 선천적으로 청각장애가 있어 '텔레그램'으로만 이야기하는 사이인데 한 번도 얼굴을 마주친 적은 없었다. 둘째 해인이 난청이 있다는 것을 알고부터 영숙이 처제는 해인이 뒷바라지를 친자식같이 해왔었다. 영숙이 처제가 해인에게 무엇인가를 보내올 때는 꼭 발신지가 '성심보육원 조영숙'이라 적힌 것을 보면 영숙이 처제는 아직도 자신이 자란 그곳을 벗어나지 못하는 듯했다.

모친의 사십구재가 있는 그날, 낮부터 대체 알바를 세운 아내 민경이 정성껏 제사음식을 마련했다. 그간 20년 넘게 결혼 전 한 번밖에 보지 못한 시아버지 유종헌의 제사상을 차려온 아내 민경은 특별할 것 없다는 듯 금세 상다리가 휘어지도록 제사상을 그득 차려냈다. 2년째 주인 없이 빈집이던 모친 최순정의 집에서 사십구재를 올렸다. 모친의 사십구재에 참석할 사람이라곤 수길의 동생 수완과 수인밖에 없었다. 간단히 제사가 마무리되어 가자 누구도 티를 내고 있지는 않았지만 예외 없이 의식하고 있는 긴장감이 고조되고 그 정점에서 먼저 포문을 연 건 아내 민경이었다. 아내 민경은 눈을 살짝 내리뜨더니 낮은 목소리로 모친이 살던 집은 팔아서 형제들이 똑같이 나누고 집 앞 텃밭은 매년 부모님의 제사라도 모시려면 장남인 수길 앞으로 해야 한다고 똑 부러지게 얘기했다. 이에 질세라 기다렸다는 듯 한쪽 입꼬리가 올라간 막내 수인이 한마디 해댔다.

"아니 언니가 언제 한번 엄마한테 따뜻한 밥 한 끼라도 차려봤다고 텃밭 욕심을 내요?"
"아가씨가 그렇게 얘기하면 안 되지! 아가씨 어려서 화장품 다단계 한다고 날려먹은 돈이 얼만데?"
"안 돼요, 텃밭도 팔아서 똑같이 나눠야지, 작은오빠도 어디 가서 색시라도 하나 구해 와야 되고, 나도 더 이상 보험 팔아먹기 힘들어서…."
"아가씨 힘든 건 아가씨가 바람피워서 이혼하는 바람에 그런 거고…."
　올케의 일정한 톤으로 사정없이 내뱉는 말끝에 결국 막내 수인이 폭발했다.

"야! 니년이 내가 바람피우는 데 보태준 거 있어? 누가 누굴 보고 바람을 피운다고 타박이야, 똑같은 년이."

"뭐라고? 어린년이 보자 보자 하니까."
"야 이년아, 니가 나보다 한 살밖에 더 처먹었어. 니가 가구 팔아먹는 거나 내가 보험 팔아먹는 거나 뭐가 달라, 이놈 저놈 팔아줄 놈한테 붙어먹는 거는 똑같은 거지."
듣다 못한 수완이 동생 수인을 진정시킨다.

"수인아! 그만하라, 형수님도 그만하시고."
"작은오빠! 저년이 큰오빠가 아직도 멀쩡하게 살아 있는데…."
수길은 그 싸움 끝에 자신의 이름이 올려지는 그 순간을 참을 수가 없었다.

"그만해 이 씨발년아! 그만 하…."

"따르릉! 따르릉! 따르릉!"

말 중간에 요란하게 수길의 핸드폰이 울렸다.

| 1부 |

서(西)편

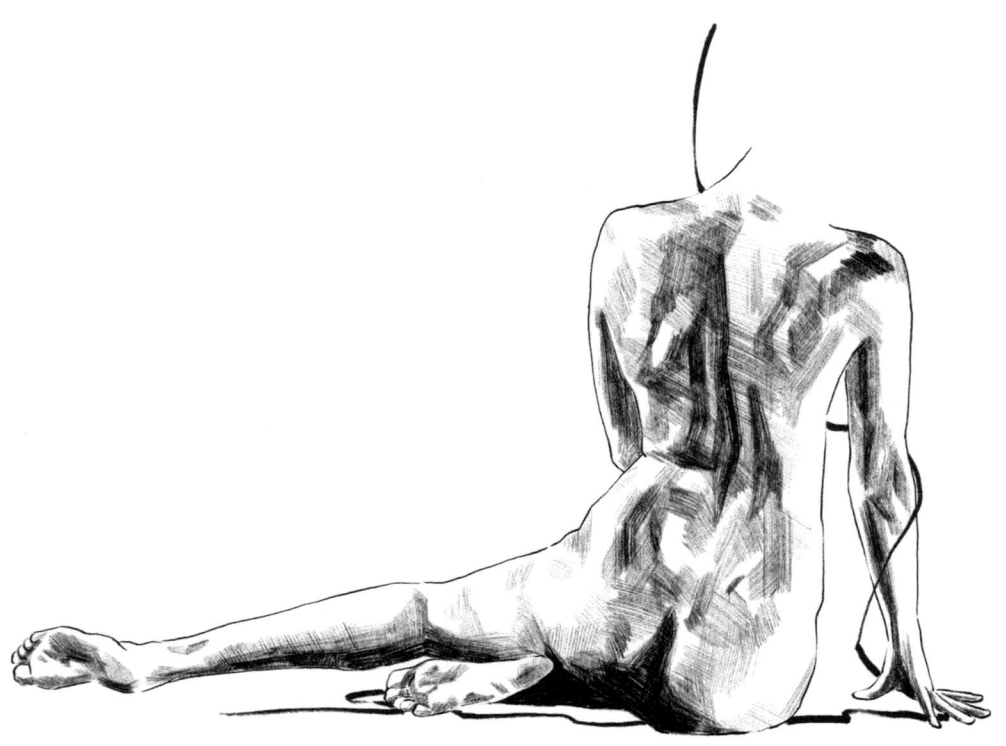

1. 이승물 서편: '선이(송말)'와 '구실(벽동)'

최순정은 최성칠과 황동숙의 둘째 딸이다.

서봉산의 검푸른 소나무 군락이 남동으로 흘렀다. '한두골', '삼미재'와 '요골'의 참나무 숲을 가로질러 당재산[3]에서 잠시 솟았다가 이승물까지 부드럽게 내달려 회화리 벌판[4]을 바라보고 마지막에 서 있는 곳. 그곳을 '송말(松末)'이라 불렀다. 송말은 뒷마을 '후곡'이나 개울 건너 '월촌리'에서는 교회 종탑 높이 솔숲에 가려져 전혀 보이지 않았다. 그래서 안쪽 깊숙한 곳에 자리 잡은 동네라는 뜻의 '속말'이라는 말이 '송말'로 유성음화되었는지는 분명치 않다. 마을을 둘러싸고 아름드리 소나무가 많다는 것은 익히 알려진 사실이라 '송말'이 소나무 숲속 끄트머리 마을일 것이라는 데는 별다른 이견이 없었다. '송말'을 등지고 서면 뒷산인 당재산 아래 서북쪽 중턱에 자리 잡은 마을은 '후곡(後谷, 뒷굿말)'이다. 당재산 북쪽 능선에서 시작한 옅은 실개천이 동으로 흘렀다. 그 실개천을 따라 '월촌리'와 '작은말'이 나란히 놓였다. 그 실개천을 흐르는 깨끗한 물은 '송말' 앞 들판을 지나 '이승물(황구지천[5])'로 돌아 나갔다. 그 실개천과 '송말' 사이의 나란한 좁은 들을 '도리채'라 불렀다. 한편, 후곡에

---

(3) 화성시 양감면 송산리 소재 야산이다.
(4) 평택시 서탄면 회화리 일대의 들판을 이른다(경기평야).
(5) 황구지천은 총연장 30.4km의 하천으로 의왕시 오봉산에서 발원하여 왕송저수지, 일월저수지, 이동저수지의 물이 수원천, 호매실천, 서호천 등의 지천으로 모여들고 진위천과 합류하여 아산만으로 흐르는 하천이다.

서 남동쪽으로 '송말'을 돌아 내려오는 계곡 지형의 좁은 들이 '귀숭굴'이다. '송말' 앞 15만 평의 넓은 들을 '번개들', 그 너머 이승물을 건너면 드넓은 '회화리 벌판'이 뿌옇게 펼쳐졌다. 당재산 동남쪽 줄기 그 소나무 숲속 움푹한 지형에 삼십여 호가 옹기종기 모여 사는 '송말'을 먼 데 사람들은 달리 '선이'라 불렀다. 이승물을 따라 남쪽으로 이십 리나 떨어져 있는 평택의 '구실' 사람들도 '송말'은 몰라도 '선이'는 어딘지 알고 있었다.

#1-1 〈길 위 모녀〉

　1953년 7월 종전협정이 체결되고 지루한 전쟁이 끝이 났다. '선이(송말)'에서 태어난 최순정은 국민학교를 4학년까지만 다녔다. 딸년을 뭐하러 국민학교까지 졸업시켜야 하느냐는 아버지 최성칠의 성화에 4학년 겨울방학을 끝으로 더 이상 학교에 다니지 못했다. 그녀의 아비에게는 언문을 뗀 둘째 게다가 딸년에게 그 이상의 투자를 하는 건 불필요한 사치였다. 순정은 학교를 다니기 전부터 어미 황동숙(6)을 따라 고된 행상길에 동행하고는 했다. 순정은 눈이 크고 볼은 탐스러웠으나 어미 동숙이 입힌 옷은 늘 허름해 보였다. 부끄러움이 많은 아이라 적잖이 수줍어하는 모습에 가는 곳마다 머리를 쓰다듬는 사람이 많았다. 이따금 어미 동숙의 동료 행상인을 만나는 날엔 늘 수양딸 삼았으면 좋겠다는 인사치레가 뒤따랐다. 간단한 주전부리를 손에 쥐여주는 이도 있었다.

　이승물의 수위가 허리 아래로 낮아질 때쯤, 동숙이 둘째 딸 순정을 데리고 이승물 모래턱을 넘었다. 동숙은 무거운 피륙 보따리를 이고 이승물을 건넌 후 다시 이승물을 되돌아 건너선 순정을 둘러업고 이승물을 재차 건너는 수고를 마다하지 않았다. 이승물을 건넌 후 허리까지 자란 띠풀 사이로 난 작은 모캣길을 따라 새장둑에 올랐다. 기나긴 새장둑 길을 따라 걷다 보면 황곶진 앞까지 걸어 내려가야 했다. 높이 쌓은 새장둑 위엔 그 흔한 미루나무 한 그루 심어져 있지 않았다. 간혹 키 작은 갯버들만 장둑 비탈에 군데군데 무리 지었다. 넓은 회화리 벌판에 강바람

---

(6)　황동숙은 피륙 장사를 했다.

타고 초록이 물들면 강 건너 이승물산에서 날아온 새하얀 백로가 점점이 내려앉았다. 진위천 합수부에서 좌로 돌아 한참을 걸어 들어가면 드문드문 초가집이 놓여 있는 서탄면 회화리가 나온다. '선이'에서 이승물 건너 반대편 마을인 회화리 입구에는 품 넓은 느티나무가 짙은 그늘을 넓고 둥글게 드리웠다. 따가운 햇살을 막아주고 더운 바람이 금세 식어 시원한 곳이다. 길 위에 무거운 짐을 진 행상인들도 그나마 회화리 느티나무가 가까워지는 것에 힘을 얻어 지친 걸음을 재촉할 수 있었다. 그 넓은 느티나무 품 안에 이고 진 무거운 짐을 내려놓고 이마의 땀을 닦으며 긴 한숨 속 보잘것없는 스스로의 노고를 대견해했다. 그곳은 이따금 동료 행상인을 만나는 장소이다. 그들은 주변 마을의 특별한 소식과 쏠쏠이가 큰 부인네들의 신상정보를 아낌없이 공유했다. 그러나 각자의 내밀한 삶의 사정은 될 수 있으면 그들 사이의 얘깃거리로 올리지 않았다. 다만, 힘든 세월을 살아가는 서로를 늘 위로하고 응원했다. 어느새 이승물 강둑 위로 서풍이 불어 진위천 건너 키 큰 버드나무 줄기가 동쪽으로 늘어져 하늘하늘 품을 넓혔다. 회화리 넓은 들판 군데군데 무게를 이기지 못해 쓰러진 벼이삭이 물결치고 강가의 부드러운 갈대꽃 솜털이 일렁이며 길가의 코스모스마저 한들거리는 가을이 익어가고 있었다. 부쩍 해가 짧아진 날, 동숙이 느티나무 밑 등받이 없는 좁고 긴 나무의자 위에 떨어진 낙엽을 쓸고 순정을 앉혔다. 잠시 후 도착한 쪽찐 머리에 기름기가 잔뜩 끼고 뻐드렁니에 반짝이 스댕을 덧씌운 중년의 기름 장수가 도착했다. 기름 담은 함지박과 짐 보따리를 나무의자에 걸쳐 놓고는 누런 코를 '팽' 풀어댄 후 자신의 치맛자락 안쪽에 손을 쓱쓱 씻었다.

"에휴, 바람이 고집 쎈 팔순 노인네 심사로 배꼈나 벼, 웬 감기가 이렇게나 지랄 맞어…, 자네 딸이여?"

그냥 기름 장수가 멋쩍은 자신의 행동 끝에 의미 없이 던져보는 말이다. 자신도 집에 두고 나온 자식이 여럿 있을 터라 그중 유독 자기를 닮은 예쁜 자식의 얼굴이 겹쳤을 법했다. 누구에게라도 집구석에 두고 온 자식은 자신의 귀소(7)에 등불 같은 존재일 터, 이 멀고 험한 고생길에 자식까지 데리고 나온 동숙의 연유를 물을 생각까지는 없었다.

"우리 둘째여유."
동숙은 옆에 앉아 있는 순정의 작은 머리를 부드럽게 쓰다듬었다.

동숙은 제법 머리가 커진 큰딸 순분에게는 자신이 집을 비우는 동안 밥과 빨래를 맡겼다. 가끔은 이승물을 건너 멀리 회화리를 지나 쑥고개까지 둘째 순정을 데리고 행상을 나오고는 했다. 왜 쓸데없이 어린 딸년을 데리고 다니냐고 남편 성칠의 타박이 잦았지만 동숙이 파는 물건이 그다지 필요 없던 사람들도 다소곳한 순정이 젊은 어미를 따라다니는 모습이 안쓰러워서라도 물건을 하나둘씩 사주는 경우가 있었다. 무엇보다도 순정이 작은 짐 보따리라도 나눠 들어주면 이승물을 넘어 집으로 돌아오는 길이 한결 수월했다. 게다가 동숙은 위로 아이 둘을 잃은 후라, 아직 어린 순정을 집에 두고 싶지 않았다. 힘겨운 날이면, 예쁜 자식이 곁에 있다는 것만으로도 제법 힘이 되는 편이었다.

"이쁘구나, 너 워디서 왔어?"
기름 장수가 순정을 뚫어지게 쳐다보며 물었다. 이승물 일대에서 행상을 하는 사람들은 저마다 제법 쓰린 속사정들이 있을 터라 그저 보따

---

(7)   동물이 집이나 둥지로 돌아감.

리 장사 문제만을 화제로 내세울 뿐 각자가 도대체 어디에서 어떻게 사는지는 관심이 없었다. 피륙을 파는 동숙이 어디 사는지를 안다면 굳이 순정에게 그런 질문을 해댈 일은 아니었다. 어미 동숙이 머리에 인 피륙 보따리를 풀어 헤치고 사람들 앞에서 하루 종일 갖은 애교를 떨어가며 물건을 팔아봤자 어쩌다 한두 사람이 물건을 사 줄 뿐이란 것을 눈치껏 알고 있던 어린 순정이다. 이따금 작업복 한 벌 제대로 팔지 못하고 이승물 너머 집으로 돌아가는 길에는 어미 동숙의 한숨이 순정의 작은 가슴에도 깊이 내려앉았다. 그러저러한 보따리 행상의 사정을 얼핏 알기에 어린 순정이 어미의 동료 행상인을 만나면 자신도 모르는 애틋한 동질감과 반가움 따위가 생겼다. 물끄러미 바라보던 순정이 반색을 하고 야무지게 대답했다.

"선이유!"
"선이? 그려, 선이가 워디여?"
다시 기름 장수가 순정을 빤히 쳐다보며 물었다. 늙은 여우 같은 기름 장수가 이승물 일대에서 모르는 곳이 어디 있겠는가, 단지 순정이 얼마나 야무진지 궁금해서 묻는 말이다. 뻔히 회화리 느티나무에서 출발해 한동안 메마른 자갈길을 걸어서 이승물을 건너 선이로 넘어가는 여정이 한눈에 그려졌을 터였다. 앞으로도 상당한 거리를 힘겹게 걸어갈 모녀가 안쓰러웠을 것이다. 순정은 대답 대신 작은 손가락으로 바람이 시원하게 불어오는 이승물 서쪽을 가리켰다. 그 손끝에 붉은 해가 서쪽 하늘 중턱에 매달렸다.

"이! 저기 부처내 아래 '선이'말여? 근데, 왜 늬 동네를 '선이'라고 부른다냐?"
순정은 어찌 대답해야 할 바를 모르고 어미 동숙의 눈치만 살폈다. 동숙도 기름 장수가 쓸데없는 질문을 해댄다는 생각을 할 때쯤 멋쩍은 기름 장수가 순정의 머리를 쓰다듬고는 다음에 또 보자는 말을 끝으로 자리에서 일어섰다. 똬리를 주워 머리 위에 올리고 그 끝에 매달린 끈을 입에 물자 동숙이 기름 담은 뭉툭한 함지박을 그녀의 머리 위로 올렸다. 기름 장수가 쑥고개 방향으로 먼저 출발했다. 동숙은 겨우 순정의 뱃고래만 한 작은 쌀 보따리를 어린 딸에게 건넸다. 서둘러 해가 지기 전 이승물을 건너야 남편과 자식들을 먹일 수 있었다. 동숙이 주변을 주섬주섬 챙기고 집으로 향할 준비를 마쳤다. 순정이 어미 동숙에게 물었다.

"엄마? 왜 우리 동네를 '선이'라 불러?"
"나두 몰러! 빨리 가자 해 떨어지겄다."
동숙과 순정은 무심히 자리를 털고 가던 길을 재촉해서 이승물 서편으로 방향을 잡았다.

집으로 돌아가는 길.
매번 어미 동숙의 아주 먼 친척뻘 된다는 생선 장수 너더리 장 씨[8]를 만났다. 유독 선이 사람들은 드넓은 회화리 벌판을 '너더리'라 불렀다. 언제부터인가 아침마다 회화리 넓은 들을 가로질러 이승물을 넘어오는 생선 장수를 '너더리 장 씨'라고 부르기 시작했다.

"순정이 엄마 따라 나왔구나!"
"야, 아저씨! 안녕하셔유."
"그려 지난달 다친 손가락은 다 나았어?"

---

(8) 장승연: 겨울엔 얼은 생선이나 굴을 주로 팔았으며 가끔 조개류를 자전거에 싣고 다니며 팔았다.

"야, 그때 반창고 붙여주셔서 싹 다 나았어유."
"그려, 앞으로도 깨진 사금파리 가지고 놀고 그러면 안 된다. 조심해야 혀."
"야!"

장 씨 아저씨는 순정의 고무신을 벗기고 작은 발이 부르트지 않았는지 만져본다. 장 씨 아저씨는 커다란 짐 자전거에 동숙이 손에 들고 있는 쌀 보따리를 이승물 앞까지 실어다 놓았다. 이승물 '새장둑' 위에 기대앉아 지는 해를 바라보며 이승물을 건너는 동숙과 순정이 강을 안전하게 건너는 것을 확인한 후 돌아가고는 했다. 한 달 만에 너더리 장 씨가 동숙과 순정 모녀를 회화리 느티나무 밑에서 다시 만났다. 장 씨 아저씨를 먼저 본 순정이 반갑게 뛰어가 그의 거칠지만 따뜻한 손을 붙들었다. 장 씨는 포근한 눈으로 순정에게 여느 부모나 다 묻는 '순정이 엄마를 닮아서 예쁜지 아빠를 닮아서 예쁜지'를 물었다. 순정은 자기는 아무도 안 닮았다고 다리 밑에서 주워 왔다며 언니 순분이 놀린다고 장 씨 아저씨에게 하소연했다. 너더리 장 씨가 한참 동안 순정의 작은 얼굴을 들여다보더니 한마디 했다.

"아냐, 넌 니 아부지 빼다 박았어. 걱정하지 말어."

오늘도 장 씨 아저씨가 내민 눈깔사탕 한 봉지에 순정은 날아갈 듯 즐겁다. 이 상황을 지켜보는 동숙은 자기 딸을 아껴주는 장 씨가 고맙다. 오늘도 너더리 장 씨는 동숙의 짐 보따리를 이승물 앞까지 자전거로 실어다 주었다.

#1-2 〈선이〉

'선이'라는 명칭에 대한 유래는 세 가지 정도가 유력했다. 그 논쟁은 선이 안에서 시작해 선이 밖 후곡이나 월촌리에서도 결론을 내지는 못했다. 그 유력설은 일제 강점기 '사창리' 양곡 창고에서 공출[9] 담당 주사보를 역임하고 소학까지 뗐다는 '동짓골' 송 회장에서 비롯됐다. 원래 선이는 '선리(善里)'인데 착한 마을이라는 뜻의 '선리'가 발음하기 편한 '선이'가 되었다는 것이다. 특별히 선이 사람들이 착하다고 생각하는 주변 동네 사람들은 아무도 없었다.

피륙 장사를 하는 황동숙의 막냇동생 황태국이 '숯고개(일명 '쑥고개'라고 함)'[10]를 드나들면서 생겨난 또 하나의 유력설이 있었다. 그날은 황태국이 최작은식(순정의 사촌 동생)이 점방에서 막걸리를 받아 월촌리 해나무[11] 밑에서 이마에 잔주름이 자글자글한 월촌리 중늙은이 최태기와 대폿잔을 나누고 있었다. 황태국은 월촌리가 고향이고 최태기와는 알고 보면 먼 사돈지간이다. 황태국의 볼륨 높은 허세에 주변 할 일 없는 노인들과 해나무에 매달려 놀던 아이들이 모여들었다. 황태국이 해나무 밑 흙바닥에 삽자루를 엎어놓고 그 위에 널찍한 엉덩이를 걸치고 앉았

---

(9) 일제 강점기 식량의 자유로운 유통을 통제하고 농민으로 하여금 할당받은 일정량의 농산물을 정부에 의무적으로 팔도록 한 제도이다.
(10) 숯고개는 지금의 송탄 일대를 말하며 1914년 행정구역 개편 때 송장면과 탄현면이 합쳐서 송탄이 되었고, 일대의 일탄면, 이탄면, 서탄면이 행정구역으로 존재하여 숯이 생산되던 곳임을 알 수 있다. 현저 미군 제7공군기지인 오산에어베이스는 원래 '숯고개비행장(charcoal hill air base)'다 불리다 '오산비행장'으로 명칭이 바뀌었다.
(11) 마을 입구 느티나무를 부르는 고유명사. 수령은 350년이며 화성시 보호수로 지정되었다.

다. 군데군데 찌그러진 누런 막걸리 잔에 가득 채운 막걸리를 쭉 들이켰다. 비늘이 나풀대는 큼직한 멸치를 보란 듯이 대가리 채 고추장에 푹 찍어 우적거리며 최태기를 바라봤다. 최태기가 씨익 웃으며 말했다.

"메루치 똥이나 발라내구 먹어 인마!"
"이 동니는 해나무 없었으면 어떡헬 뻔했슈? 그나마 해나무가 있으니께 동니 같지, 개뿔도 없는 그지 같은 동니에 해나무가 아주 큰 재산이라니께. 아주 그늘이 좋아!"
"그러는 저 송말 구석탱이 늬 동네는 누가 알아준다구 그랴?"
"내가 이승물 건너서 쑥고개 넘어가잖유, 그럼 어디서 왔냐구 꼭 물어봐유, 그럼 써니!, '서니'서 왔다 그러믄 쑥고개 사람들두, 쑥고개비행장 미군들두 죄다 알아먹는다니께."
"옘비[12] 시팔! 그 잘나빠진 몇 가구나 산다구 코딱지만 한 늬 동니를 쑥고개비행장 전체가 다 알아준다구 뺑을 치구 지랄여!"
"어라… 옘비, 사람 말을 그렇게나 못 믿어유? 실지라니께, 걔네 미군들 툭하면 이승물 너머 와서 번개들에서 훈련하잖아유, 그때마다 '송말' 애들 죄다 쫓아 나가 쪼꼬렛 동냥질할 때 다 들은 얘기유, 미군 애들 '송말'이 '서니'라는 거 다 안다니께 그러네."
태국의 말에 최태기의 한쪽 입꼬리가 씨익 찢어지자 태국의 중언부언이 이어졌다.

"긍까, 선이가 미국말로 써니유. 써니가 햇볕이 좋다 뭐 이런 뜻인디, 우리 동네 아시잖유. 햇볕 좋기로 유명한 거. 그래서 미군 애들이 '써니'

---

[12] 염병(장티푸스를 속되게 이르는 말)의 다른 비속어.

라 부르는데 우리 동니 등신 같은 애새끼들이 헷바닥이 션찮아서 '서니', '서니' 이딴 식으로 김빠지게 불러서 우리 동니가 '서니'가 된 거라니께."

"웃기구 자빠졌네! 인마, 일전에 내 다 들었는디, 늬 동네가 왜정 때 일본 놈들 말만 하도 잘 듣는 착한 놈들만 산다 혀서 선이라고 쪽바리들이 붙여줬다더라, 왜놈들 이름으루다 몽조리 바꾸고!"

"에이 씨팔 내 말이 맞는다니께, 개좆이나! 선이 사는 놈치고 착한 놈이 누가 있슈? 나부터도 그렇구. 하여튼 최씨 종자들은 싹 다 틀려먹었어! 고집만 쎈 게 아녀, 의섭도 그냥 드럽게 많어."

그때 삽자루를 어깨에 둘러멘 채 해나무 밑을 지나 작은말로 내려가던 정승환을 태국이 불러 세웠다.

"야! 승환아. 이루 와 막걸리 한잔하구 가!"

지나가던 정승환이 태국의 부르는 소리에 못 이기는 척 옆에 자리를 잡았다.

"태국이 세월 좋네! 니 귀숭굴 밭에 심어놓은 고구마는 멧돼지가 다 파먹었더라."

"괜찮어, 원래 양반은 짐승하구 종놈 멕이구 나서 남는 거 먹는 겨."

"아니 돼지새끼가 홀라당 파먹어서 먹을 게 없겠다구!"

"그러면 그 짐승 잡아먹구 그다음에 종놈도 팔아먹구 하는 거지."

"이놈아 멧돼지를 어떻게 잡냐?"

"하 그놈 참, 멧돼지야 종놈 시켜서 잡는 거지. 그러니까 니가 멧돼지 좀 잡아 놔라. 그것은 그렇고, 너 선이로 들어오기 전에 저기 '구실' 살았다구 그랬지, 거 '구실'에서도 여기가 '선이'인지는 다 안다고 그랬잖어?"

"그려. 후곡이나 월촌리는 몰라도 '선이'는 알지!"

"거봐유, '구실'이 여기서 물경 이십 리도 더 떨어졌슈, 그 먼 데서 어떻게 송말이 선이인 줄 알것슈, 다 미군들이 동네방네 소문내서 아는 거래니께."

"말이 되는 소릴 혀라, 이눔들아! 승환이 이눔두 그렇게 안 봤는데, 무슨 동네 처녀 달거리 따라 허냐, 태국이 이놈 따라 개뺑을 치게. 미군들이 왜 니 동네 소문을 내고 댕겨, 그놈들은 훈련받느라 그냥 군장 둘러메고 돌아 댕기기도 힘든 놈들여 인마!"

"아이구! 기냥, 아저씨 좆대로 생각허셔유."

"이런 씨부럴새끼가…."

서로 간의 실랑이는 한참을 더해가도 접점을 찾을 수 없었다.

또 다른 주장은 얼굴에 심술보가 가득한 '송말' 고참 과부 순미 어미의 주장이 얼굴에 주근깨가 가득한 '월촌리' 중고참 과부 현석 어미를 통해 퍼졌다. 황태국과 최태기의 해나무 밑 일전이 있었던 그 주 토요일, 현석 어미가 송말 피륙 장수 황동숙에게 빌린 돈을 갚으러 들렀다가 대문이 반쯤 열려 있는 아랫집 순미네로 들어섰다. 순미 어미는 햇볕 잘 드는 툇마루 끄트머리에 작고 동그란 맷방석을 깔고 서리태를 뿌린 후 다리 가랑이를 잔뜩 벌린 채 잔 돌멩이와 찌그러지고 덜 여문 쭉정이 콩을 골라내고 있었다.

"성님? 반팽일 날, 민화투나 치고 놀 일이지 뭔 잔일을 그렇게나 이 잡아먹듯 허는 겨? 그것도 냄새나게 가랭이를 쫙 벌리고 앉아서."

"잉, 현석아! 어서 와, 주녀니 콩 좀 같이 골러!"

"하이고, 그냥 대충 먹고 나머지는 돼지 새끼나 삶어주지…."

"근데 웬일로 송말을 다 들어왔댜?"

"윗집 아줌니 빌린 돈 갚으러유. 근데 성님! 엊그제 여그 태국이 양반

하구 우리 동네 태기 아저씨하고 해나무 밑에서 술판 벌이다 실갱이가 붙어서 대판(13) 쌈 날 뻔했잖어!"

"씨팔!, 왜 태국이는 남이 동네까정 들어가서 술을 처먹구 지랄이냐!"

"아니 술도 술인디, 여가 왜 '선이'냐 하구 싸웠는디, 태국이는 미군 애들이 '써니'라고 불렀다 그러구, 태기 아저씨는 왜정 때 일본 순사 말 잘 듣는 놈들만 살어서 '선이'라고 했다구 맞댐을 했나 벼!"

두 과부 간의 관심사는 언제나 인근 또래 서방이나 아직은 돈 많고 힘 좀 쓸 것 같은 중늙은이들의 소식들이었다.

"하이고 지랄들 하구 있네. 개콧구멍 같은 소리여 죄다. 그냥 여가 이승물 서쪽 첫 동니잖어. 옛날부터 이승물 너머서 보따리 장사 하던 놈들이 이승물 넘어 들어올 때 제일 처음 들르는 동네라 그냥 대충 서편 동니란 뜻으로 '서니'라 불렀댜!"

어쨌든 '송말'을 '선이'라 불렀다.

---

(13) 행사나 싸움 따위를 크게 한 판.

2. 수양딸

지난 2012년 '향남'에서부터 달려온 고속도로가 후곡을 거쳐 도리채를 돌아 번개들로 내달렸다. 번개들 한복판에 감양IC 톨게이트[14]를 턱하니 내려놓았다. '선이'에서 멀리 회화리 벌판이 내려다보이고, 화창한 날 삼십 리 밖 무봉산[15]이 선명히 보이던 시절은 사라졌다. 넓은 번개들은 이승물과 나란하게 반토막으로 나뉘고 그 가운데를 가로지르는 고속도로엔 자동차 소리만 요란했다. 선이 마을 어디에서도 톨게이트 불빛만을 밤새 쳐다봐야 하는 신세가 되었다. 후곡과 월촌리 사이에는 없던 사거리가 생겨났다. 그 옆으로 여러 동 늘어서 있던 임 씨네 비닐하우스는 고속도로 너머 월촌리 개울 쪽으로 밀려났다. 3년째 묵은 후곡 박준서의 자갈밭은 하얀 개망초가 꽃밭을 이뤘다. 후곡에는 편의점이 몇 년 전부터 생기더니 지금은 세 군데로 늘었다. 송말교회 아래 후곡 이 씨네 비탈배미는 어느새 메꿔지더니 4층짜리 상가건물이 번듯하게 올라갔다. 1층에 '굿모닝할인마트'와 '일리오카페', '팔구사구공인중개사 사무실'이, 2층엔 '골프존파크'가 간판을 내걸었다. '선이' 신작로 입구에 있던 버스정류장은 후곡 경로당 앞으로 옮겨지고 그곳을 이용하는 사람은 이제 낯선 외국인 근로자들밖에 없었다. 예전에 정동(正東)으로 시원스레 뚫려 있던 '선이' 신작로는 할인마트와 카페를 지나 '경

---

(14) 평택파주고속도로 4번 교차로로 향남2지구 동서간선도로 개설사업으로 신설되었으며, 실제로는 2019년 8월 30일에 개통되었다.
(15) 용인시 처인구 이동읍 서리에 위치한 산으로 선이에서 바라다 보이는 산이다.

동택배' 창고를 끼고돌아 '케이지 전문기업 주식회사 신화'라 쓰인 입간판을 지나야지만 찾을 수 있게 되었다. 길옆에 하늘 높이 솟아 있던 미루나무는 모두 베어지고 아이들 키 높이로 코스모스가 흐드러지게 피어 있던 신작로는 지난겨울에 (신작로와 나란히 흐르던 개울을 복개하고 남쪽으로 축대가 쌓여져 두더지 한 마리 지니다닐 수 없는) 시커먼 아스팔트로 덮였다. 선이는 이제 옛 모습을 찾아보기 힘들 정도로 변했다. 그나마 여전한 것은 선이 마을을 내려다보고 있던 송말교회뿐이다. 그마저도 침례교회 간판을 감리교회로 더욱 길게 바꿔 달고 다만 간절한 교회 종소리를 멀리멀리 회화리 벌판까지 뿌려대고 있었다.

#2-1 〈외삼촌: 황태국〉

황태국은 황동숙의 막냇동생으로 최순정의 외삼촌이다.

그날, 유난히 밤바람이 찼다. 마을 건너편 송전방죽에서 불어오는 차고 습한 바람에 목덜미 잔털이 잔뜩 일어섰다. 그믐 밤하늘, 시린 별빛은 희미했다. 멀리서 들려오는 소쩍새 울음소리만 오싹한데 낯선 마을에 들어서니 몸은 더욱 굳어져만 갔다. 무장한 경찰 서너 명이 마을 입구 빨래터를 지나 공용 비료창고를 끼고 돌아 그의 친척 집 쪽 골목으로 몰려갔다. 남사면 청년단원에 의하면 교회 바로 아랫집 뒤란에 김칫독을 넣어둔 작은 토굴 속에 그가 숨어 있다 했다. 그 소식을 전달받았을 때 윤 부단장은 경찰 쪽에는 알리지 말라고 했다. 그도 무장을 하고 있을 가능성이 있다는 소리에 긴장은 한층 고조됐다. 어떡해서든 그를 찾아서 안성 방향으로 도주로를 찾아줘야 한다고 윤 부단장이 말했다. 그나마 달빛이 거의 없는 밤인데도 이제 어둠에 익숙해진 눈에 어지간한 형체는 또렷이 보였다. 구석진 시골 동네 겁 많은 개들이 낯선 인기척에 이따금 짖어댔다. 산 중턱 교회 아랫집의 낮은 토담을 뛰어넘어 뒤란에 접어들었을 때 곧바로 토굴이 눈에 들어오지는 않았다. 담장 밑 한쪽 구석에는 땔감으로 보이는 마른 들깨 단이 시커멓게 쌓여 있었다. 뒤란에 들어선 윤 부단장이 들릴 듯 말 듯 낮은 목소리로 그를 찾았다.

'병구 있어? 병구! 나여! 봉진이.'

그러나 아무 대답도 들려오지 않았다. 윤 부단장이 마른 들깨 단을 들추고 약간의 길을 내자 안쪽 허리 높이에서 낡은 가마니로 가려진 조그마한 토굴 입구가 보였다. 깊이가 제법 된다는 소리를 들은 터였다. 토굴 안에서는 약간의 온기와 퀴퀴한 곰팡이 냄새가 배어 나왔다. 새어 나오는 불빛은 전혀 없었다. 윤 부단장이 앞장을 서서 가마니 자락을 살며시 걷어 올리며 토굴 안으로 들어서고 태국이 그 뒤를 따랐다. 태국이 부단장 옆으로 허리를 한참 굽히고 토굴 속으로 발을 내딛는 순간 갑자기 발밑으로 무릎 높이의 턱이 푹 꺼지고 태국이 허우적대며 축축한 토굴 바닥으로 엎어졌다.

그 순간
'탕!'
태국이 손에 쥐고 있던 M1칼빈총이 발사됐다.

"아 아! 안 돼! 안 돼!"
황태국의 처가 남편을 흔들어 깨웠다.

"여보 인나 봐! 자꾸 뭔 꿈을 꿔대길래 뭐가 그렇게나 안 된다고 연방 잠꼬대를 해대고 그려?"
태국이 색이 누렇게 바랜 누비이불을 걷어치우고 자리에 앉았다. 꿈속의 장면인데도 코앞에는 여전히 화약 냄새가 진동하는 것 같았다. 아직도 자그마한 창 너머 보이는 밖은 어두침침했다. 겨우 눈을 비벼 벽시계를 보니 새벽 4시를 넘지 않았다.

"허이구… 여보!, 물 한 사발만 갖다줘."
태국 처는 짧은 한숨 소리 후 꾸물꾸물 이불을 걷어치웠다. 우물가에 나아가 두레박을 우물 속에 던져 이리저리 서너 번 뒤집은 후 맑은 냉수를 한 바가지 떠왔다.

"벌컥, 벌컥, 벌컥… 꺼어억! 휴!"

"하이고, 이게 뭔 냄새여, 뭘 먹고 댕기길래 입에서 수챗구녕 썩은 내가 나, 아주!"
"아녀, 거시기 시큼한 냄새는 내 방구 냄새여. 아니 코는 무슨 개코여?"
"하여튼 위아래로 가지가지 헌다. 아니 뭔 놈의 꿈을 꾸기에 등판이 다 젖어가지곤 새벽부터 잠을 설쳐대구 그려!"
"기냥 신경 쓰지 말구 어여 자, 이 사람아."
"이 냥반아 날 다 샜어, 그리고 오늘도 또 쑥고개 넘어갈 꺼유? 당신 귀숭굴 수렁배미 팔어 먹은 돈으로 죄다 술 퍼먹고 댕기는 거 아녀?"
"이 여편네가 씰데없는 소릴⋯."
아내를 물끄러미 바라보던 태국이 아내의 손목을 잡아끌었다.

"그라지 말구 이짝으로 누워봐."
"어머! 이 냥반이 새벽부터 왜 그려."
"새벽이라 그려."
태국이 아내의 입으나 마나 한 아래 속곳을 벗겼다. 오늘도 태국은 별일 없이 이승물을 건너 쑥고개로 넘어갔다.

젊어서 황태국은 선이 마을 '성기네' 아랫집에 살았다. 윗집 아이 성기는 자기 아비와 영 딴판으로 머리카락은 노리끼리하고 눈꺼풀이 반쯤 처져 꺼벙했다. 비 오는 날 하굣길에 멜빵바지의 단추가 빠지질 않아 동네 여자애들 앞에서 오줌을 싼 뒤부터 앞에서 사람이 오면 어느 쪽으로 비켜야 할지를 결정하지 못했다.[16] 항상 무리의 뒤에서 옆을 보며 걷다가는 아예 뒤돌아서서 뒷걸음질로 걷는 버릇이 생겨서 제 어미가 여간

---

(16) 결정장애증후군(햄릿증후군)을 이른다.

걱정이 아니었다. 아랫집 태국의 처는 늘 윗집 성기를 불러 튀밥을 붙여 만든 강정을 나누고 앞마당 자두가 빨갛게 익을 즈음 성기 몫을 챙겨 보냈다. 그러나 태국의 집 앞 비탈진 2평짜리 채마전(17)에는 늘 희멀건 지칭개와 탐스러운 바랭이만 꽃을 피울 뿐이었다. 성기 어미는 늙은 시아버지가 새벽마다 뉘런 오즘을 뿌려가며 키운 실한 배추포기를 태국의 처와 아낌없이 나눴다. 며칠 전 성기 편에 쟁반만 한 대소쿠리 가득 핏빛 자두를 건네받은 성기 어미가 아침나절 텃밭의 빼곡한 얼갈이를 솎아서 대소쿠리가 넘치도록 담아 태국 처를 찾았다.

"아줌니?"
"잉, 그려. 웬일이여? 들어와."
"지난번 따주신 자두는 엄청 잘 먹었슈, 하여튼 송말에선 이 집 자두가 젤로 단 거 같어! 엊그제 순미네 자두를 한두 개 얻어먹어 봤는데 을매나 신지 당최 덕을 수가 없슈. 이것 아침나절 얼갈이 솎아 다듬은 게 있어서 한번 무쳐 잡숴 보시라고유."
"아이고 뭘, 맨날 얻어먹기만 하고 미안해서 워쩌!"
"아자씨는 며칠째 안 보이셔유?"
"잉, 맨날 쑥고개 가셔서 술 잡숫고 못 들어오셔. 뭔 사업 준비를 한다고 그렇게나 바쁘댜."

뻔히 남편 태국의 계집질이 며칠째 이어지고 있음은 서로 간 말 없이도 인정하는 기실(18)이지만 태국 처는 태연스레 남편의 공사가 다망하다는 방향으로 말끝을 가다듬었다. 며칠째 남편 태국이 집에 들어오고 있지 않아 독수공방을 하던 차에 생각 없이 던진 성기 어미의 한마디에

---

(17) 먹거리나 입을 거리로 식물을 가꾸는 밭.
(18) 실제의 사정.

약간 기분이 상한 태국 처가 화제를 바꿨다.

"요새 성기는 인자 오줌 안 지려? 후곡 천복이네는 귀숭굴 수렁배미 물꼬에서 참개구리 잡아다 삶아 멕이고는 그때부터 오줌 안 싼다든 디!"
"참개구리유?"
"그려, 참개구리! 배는 허여멀겋구 등줄기에 꺼먼 줄 있는 거 있잖여! 배 뺄건 거 말구, 서너 마리 삶아서 멕여봐! 성기 멕일 때 성기 아부지도 실그머니 한 사발 멕여. 그게 남정네들 거시기에 그렇게나 좋댜! 사내는 무조건 기운이 씨고 볼 일이여."
"그려유? 아자씨도 참개구리 삶아 잡수신 거유?"
"울 아자씨는 그런 것 안 멕여두 뭐…!"
태국 처가 무심한 듯 낮게 뜬 눈에 한껏 여유로운 말투로 마무리하니 부러운 듯 성기 어미가 말을 이었다.

"하이고, 어쩜 그러신데유? 아자씨는 젊어서 경찰질 하시구 그러신 거유? 맨날 보면 일본 순사맹키로 평소에도 가죽잠바에 까만 고무장화만 신고 다니시잖아유?"
"뭐, 경찰은… 아마 어려서 청년단인지 자경단인지 허는 데 들어가서 빨갱이 잡으러 댕기시기는 했다나 봐!"

돌아오는 금요일에 오산에 오일장이 섰다. 태국의 처가 아침 일찍부터 서리태 한 말을 이고 오산장으로 향했다. 그날 점심이 다 되어갈 무렵 성기 어미가 태국의 집 대문에 들어섰다. 집에는 태국이 할 일 없이 건넌방 봉당 댓돌에 앉아 있었다.

"아줌니!, 아줌니?"

"이, 성기 엄마가 웬일이여?"
"아이고, 아자씨가 계셨네유. 아줌니는…?"
"이, 장에 갔어. 서리태 한 말 산다고."
"야. 거시기 이거 아자씨 한번 드셔보시라고 쑥개떡을 쪄봤는디…."
"아이고 그려, 성기 엄마는 얼굴만 고운 게 아니네…, …저기 내 사실 자네 줄려고 몇 달 전부터 마누라 몰래 사 놓은 게 하나 있는디, 이짝으로 좀 들어와 봐."
 태국이 어쩔 줄 몰라 하는 성기 어미의 손목을 잡고 댓돌 너머 건넌방으로 들어갔다. 태국이 건넌방 벽장 속에 감쳐둔 '코티분' 한 곽을 꺼내어 성기 어미 손에 건넸다.

"저기, 자네는 여전히 이쁘구먼…."
 태국의 손이 성기 어미의 허리춤을 감쌌다.

"어머! 이거 왜 그러셔유…, 이러다 큰일나유."
"왜는 왜여? 좋아서 그러는 거지, 자네하고 나만 알고 있으면 되는 거여. 이미 큰일은 나버린 것이고!"
 태국이 성기 어미의 젖가슴을 움켜쥐고 방구석에 쌓여 있는 이불 위로 쓰러졌다. 금세 태국이 있는 대로 뜸을 들이며 허옇게 벗은 성기 어미의 구석구석 온몸의 솜털을 일으켜 세웠다. 잔뜩 애가 탄 성기 어미의 목이 베개 뒤로 젖혀지더니 손은 태국의 허벅지를 쥐어뜯고 허리가 부러질 듯 위로 들렸다. 태국이 성기 어미의 허리를 두 손으로 받쳐 들더니,

"자, 인자 들어가네."
"아자씨!, 이거 아자씨만 알고 있어야 돼유."
"말해 뭘 혀, 걱정은…, 우리 집 개새끼도 모를껴."

"이러면 안 되는디…."

"안 되긴 엠비…."

성기 어미가 간신히 태국의 폭풍 같은 떡방아질을 견뎌낸 후 주섬주섬 옷을 챙겨 입더니 '코티분' 한 곽을 손에 쥐고 집으로 돌아갔다.

태국의 집은 언제 쓰러져도 이상하지 않을 집이었다. 안방과 건넌방 사이에 마루를 놓지 않아 흙바닥인 봉당(19)에는 단단한 다듬잇돌을 양쪽 방문 아래 놓았다. 봉당 구석에는 군데군데 쥐구멍이 뚫려 있어 군불 연기가 새어 나왔다. 몇 달째 쭈글쭈글한 감자 바구니만 덩그러니 놓여 있었다. 잔뜩 그을린 부엌 한 켠 나뭇간에는 젖은 삭정이만 몇 가닥 이리저리 얽혔다. 부엌 천장을 가로지르는 전깃줄엔 거미줄이 정신없이 이어졌다. 부엌 뒤편 서늘한 처마 밑에는 허옇게 소금에 절어진 술안주 대구포가 서너 마리 매달렸다. 작년에 잡아 말린 고라니 껍질이 누런 먼지를 뒤집어쓴 채 쓸데없이 걸렸다. 태국은 각진 얼굴에 송충이 같은 눈썹 끝이 살짝 들려 있고 짧게 자른 머리는 늦여름 밤송이처럼 촘촘했다. 배짱 하나는 부른 배만큼 두둑했다. 다만 얼마 안 되는 농사일은 젬병이었다. 어차피 농사일로는 먹고살기 어렵겠다는 판단은 부부가 매한가지였다. 무슨 기회라도 잡을 수만 있다면 구불구불한 '귀숭굴' 수렁배미에서 벗어날 생각뿐이었다. 얼마 전 태국 처는 남편의 설득에 귀숭굴 수렁배미 세 마지기를 팔기로 했다. 누가 푹푹 빠지는 수렁배미를 제값을 쳐서 사 주겠냐고 걱정을 하자 태국은 윗집 성기 어미에게 가보라고 했다. 태국 처는 수렁배미 세 마지기를 윗집 성기네에 팔아치웠다. 그 돈으로 지난해 장리쌀 빚을 갚고 나머지를 태국에게 건넸다.

---

(19) 마루를 깔지 않은 흙바닥으로 된 방, 토방이라고도 한다.

그해는 1968년. 황태국은 이승물 건너 쑥고개를 오가다 반건달 토미 박(박달서)을 만나 평생을 친구로 지냈다. 태국은 토미 박을 만나기 전 귀숭굴 수렁배미 세 마지기 판 돈을 모두 날린 상태다. 남동생 태국에 관한 심상치 않은 소문을 들은 누이 황동숙의 부탁으로 매형 최성칠이 태국을 부처내 버스정류소 닺은편 대폿집으로 불러냈다. 최성칠은 태국보다 열 살 많은 매형이다. 자그마한 깡통 테이블에 앉자마자 막걸리 한 사발을 쭉 들이켠 매형 최성칠이 단도직입적으로 작년에 수렁배미 팔아먹은 돈의 용처를 물었다. 한동안 태국은 대답하지 못했다. 이미 그 돈은 바닥이 난 상태라 태국의 처가 이만저만 필요한 돈을 아래윗집으로 융통하느라 '선이' 마을 내에 제법 안 좋게 소문이 돌았었다. 최성칠이 막걸리 잔을 거칠게 내려놓으며 재차 대답을 재촉해 댔다.

"말을 혀봐, 이눔아!"
태국이 매형의 술잔에 슬그머니 막걸리를 다시 채웠다. 성칠이 그 잔을 다시 들려 할 때 드디어 태국이 고심 끝에 입을 뗐다.

"매부! 나 이건 누이 귀에 들어가면 안 돼유. 아마 누이 승질에 죽인다고 낫 들고 쫓아올 거유."
"그려, 뭔 소리를 하든지 내 그 비밀은 지켜줄 테니께 어디 한번 혀봐!"
태국은 자신이 내뱉을 말이 결국 비밀로 지켜지지 않을 것이란 것을 뻔히 알고 있었다. 내심 이참에 매형에게 아쉬운 부탁을 해야 할 처지여서 어쩔 수 없이 그간의 사정을 불기로 했다. 자리를 고쳐 잡고 태국이 그간의 사정 이야기를 풀었다. 태국이 대폿집 뿌연 유리 창문 너머로 시선을 돌리며 내뱉은 첫가디는 이랬다.

"갸는…, 암사마귀가 뒤꼬랑지를 하늘 높이 말아 올리듯끼, 잘 익은 복숭아같이 쫙 쪼개진 뽀얀 엉덩이를 한껏 뒤집어 들이대는데…, 언 놈인들 베겨낼 재간이 없는 애였슈!"

약 6개월 전. 며칠 전 귀숭굴 수렁배미를 팔아치운 태국이 매일 신고 다니던 까만 고무장화를 벗어버리고 미제 가죽장화를 하나 사러 쑥고개에 들렀다. 우연히 들른 미군 부대 카브머리 '공주집'이라는 술집에서 그 집 수양딸 이미애를 만났다. 이미애는 처음엔 달랑 몸만 와도 된다고 해서 나이 스물에 성환으로 시집을 갔었다. 시집간 지 아홉 달 만에 피부가 까무잡잡하고 머리카락이 꼬시래기 털인 흑인 혼혈 딸아이를 낳고 1년도 안 되어 '공주집'으로 다시 쫓겨 온 공주집 주인 김정자의 수양딸이다. 이미애는 귀여운 얼굴에 몸매가 좋아 토미 박을 비롯한 쑥고개 주변 한량들에게 인기가 많았는데 우연히 들른 태국의 눈에도 쏙 들었던 것이다. 태국은 미애를 꼬드겨 '공주집' 밖으로 몇 번을 불러내어 돈푼깨나 쥐여줘 가며 그녀를 품어보았었다. 그 매끈하게 몸에 착착 감기는 것이 자신과의 속궁합이 더할 나위 없는 애여서 양부로부터 독립을 원하는 미애를 위해 단칸방 보증금을 빌려준 적이 있었다. 그런데 미애가 태국의 돈을 건네받은 지 채 삼 일이 되지 않아 성환에서 헤어졌던 원래 자기 서방과 함께 서울로 야반도주를 하는 사건이 벌어졌었다.

매형 성칠이 이야기를 듣고 있자니 결국 쥐뿔도 없던 자신의 처남이 농사짓던 땅을 팔아서 두 집 살림을 차려보려다가 사기를 당했다는 이야기였다. 결국 돈을 찾을 수 있을 것인지가 궁금했던 성칠이 그 이후의 사정을 마저 물었다. 태국의 나머지 대답이 이어졌다.

"그래서 며칠 동안을 생선 장수 너더리 장 씨 있잖유? 그니하고 같이 이리저리 수소문하고 갸를 찾아댕겼슈."

"아니, 너더리 장 씨는 왜 갸를 찾아댕기냐?"

"야, 갸가 알고 보니 너더리 장 씨 수양딸이더라구유."

"그래서, 찾았어?"

"아니 그냥 한 이틀 생각 없이 갸가 갈 만한 곳이라는 데를 찾아댕기는디…, 근디, 지랑 똑같이 당한 놈이 하나 나타나더라구유. 그놈이 '토미 박'이란 놈인디, 둘이 술집에서 만나 서로 신세 한탄을 하구 있자니, 그놈이 지랑 죽이 맞는 놈이드라구유, 그래 니나 내나 한 구멍 파던 동서지간이니께 친구 먹구서, 서로 잘 지내보자 하면서 똥구녕을 살살 긁어줘 봤더니 엊그제 지 보고 용산에 올라가서 장사를 한번 해보라잖아유, 자기는 쑥고개서 미군 부대 쓰레기차에서 양담배, 양주, 햄, 씨레이션 같은 이런저런 쓸 만한 물건을 따로 받아서 보따리장수한테 팔어먹는데, 저보고는 용산 가서 해보라는 거여유, 거기 쓰레기차는 용산시외버스터미널 근처에다 대는디, 낮에는 용산터미널에서 버스에 오르내리며 오징어 장사 하다가 틈에 미군 부대 물건 받아서 남대문이나 청계천에다 넘기고, 그때 자기 물건도 모아두었다가 한꺼번에 넘기자는 거여유. 용산터미널에서 사정 봐줄 놈이 있다기에 미리 후다를 따보고 엊그제 올라가서 만나봤는디 몇 푼 쥐여주면 오징어는 버스에서 팔게 해주겠다는 게 대충 틀림없는 것 같어유. 그래서 그 일을 한번 혀볼라구유."

잠시 멍하니 말을 듣그만 있던 매형 성칠에게 태국이 불쑥 제안을 해 댔다.

"매부가 한 10만 원만 대주셔유!"

#2-2 〈수양어미: 김정자〉

황태국이 들렀던 쑥고개 카브머리 술집의 이름은 '공주집(princess)'이다. 공주집의 주인은 '김정자'다. 김정자는 충남 공주군 상왕동 왕촌 풍대골에서 태어났다. 정자는 그냥 봐도 깊은 눈에 어려서 안방 아궁이에서 불티가 날려 왼쪽 눈꼬리가 살짝 집혔는데 나름 쌍까풀이 더욱 짙게 보여 매력적인 아이다. 귀밑머리가 유난히 길고 하얀 턱살이 복스러워 사랑스러운 딸이다. 정자의 부모는 넉넉한 살림은 아니지만 곱게 키운 외동딸을 공주 읍내 고등학교에 입학시켰다. 이제 열일곱 정자는 웅진여고 신입생이다. 귀밑 단발머리에 가지런히 실핀을 몇 개씩 꽂았다. 새 하얀 교복은 널찍한 옷깃에 허리는 잘록한데 끝단이 살짝 올려졌다. 풍대골 유일한 여고생인 정자의 꿈 많던 여고 시절의 시작은 행복하고 눈부셨다. 그날은 6월 하순의 해가 유난히 긴 하루였다. 등교 전 우물가에 터질 듯 새빨갛게 익은 앵두를 한입 가득 물고 정자가 부엌에 있는 엄마에게 일렀다.

"엄마! 나 오늘 늦어!"
"아니 왜?"
"오늘 숙자네 놀러 갔다 올 거예요."

며칠 전부터 마음먹었던 대로 여고생이 된 후 처음으로 친해졌던 같은 반 단짝 친구 숙자네 집에 놀러 가기로 한 날이다. 숙자네 집은 '공산성' 근처에 있는 단정한 한옥이다. 둘은 산성 안쪽 금강이 내려다보이는 느티나무 밑에 기대앉아 새로 나온 연애소설을 읽느라 여름날 긴 해가 기우는 줄 몰랐다. 어슴푸레 날이 저물어 숙자네 집으로 돌아온 정자는 그 후로도 한동안 숙자 방에서 홑이불을 같이 뒤집어쓰고 축음기에 레코드판을 돌리며 즐거운 한때를 보내고 있었다. 정자가 공산성 입구에서 유성행 마지막 버스를 잡아타고 왕촌 입구 오이교에 도착한 시간은 밤 10시가 다 되어서다. 구름 낀 하늘엔 이따금 별빛이 스칠 뿐 왕촌천 주변 산자락 주름은 초여름 신록이 더해져 더욱 짙은 먹빛으로 어둠이 내려앉았다. 때 이른 매미 소리와 철 지난 개구리 소리가 유난히 요란했다. 정자가 사는 상왕동 왕촌 풍대골은 오이교에서 왕촌천을 따라 산길을 굽이굽이 돌아 들어가야 하는 외진 곳이다. 주변은 얼마 전 지나간 장맛비에 강변 억새가 물길 따라 나란히 누웠다. 개여울을 굽이쳐 돌아가는 물소리는 여전히 세찼다. 저녁달이 구름 속으로 이따금씩 사라졌다. 금강에서 불어오는 습한 강바람 탓인지 주변의 공기는 무겁게 내려앉았다. 왕촌길 따라 한참을 걷고 있던 정자가 낯선 인기척을 느낀 것은 상왕교 다리를 지나면서다. 어두운 산길을 혼자 걷던 정자 뒤에 별다른 인기척 없이 성큼성큼 내딛는 발걸음 소리가 들려왔다. 멀리 정자가 사는 왕촌 풍대골의 희미한 호롱 불빛들이 하나둘 눈에 들어왔다. 걸음을 재촉하는 정자의 뒤편에서 들려오던 누군가의 발걸음 소리도 더욱 급해지는 것을 느꼈다. 불안한 느낌에 잠시 뒤를 돌아보려는 순간, 물 먹인 몽둥이처럼 굵직한 누군가의 팔뚝이 정자의 목덜미를 우악스레 감싸 잡았다. 그와 동시에 차갑고 거친 손바닥이 정자의 입을 틀어막았다. 그 자리에서 정자는 손에 쥔 책가방을 놓친 채 온몸이 굳어 버렸다. 정자는 누군가의 팔뚝에 목이 감싸 쥐어지고 입이 틀어 막힌 채 왕촌천 변 옥수수밭 길게 난 이랑으로 힘없이 질질 끌려가고 있었다. 길고 긴 옥수수밭을 지나 왕촌천이 굽이쳐 흐르는 개울가 자갈밭에 정자가 쓰러졌다. 정자는 순식간에 당한 봉변에 소리를 지를 엄두도 내지 못했다. 시커먼 모자를 깊게 눌러쓰고 옷깃을 세워 입 주위를 가린 그놈이 미리 준비한 듯 광목 뭉치 한 주먹을 꺼내더니 정자의 입을 틀어막았다. 정자가 머리를 돌려 그놈의 손아귀를 뿌리치려 버둥거리자 우악스러운 그놈의 두 손이 정자의 목을 힘껏 조여 왔다. 잠시 후 정자의 귓속은 일정하게 낮은 진동으로 채워지고 의식은 점점 희미해져 갔다. 깊게 눌러쓴 모자 아래, 짐승처럼 가늘게 찢어진 그놈의 번뜩이는 눈빛이 정자의 각막에 새겨졌다. 정자가 옅은 신음과 함께 정신이 돌아오고 있을 때 그녀는 이미 발가벗겨진 상태였다. 정자의 새하얀 교복의 단추는 한두 개가 떨어져 나갔다. 속옷의 일부는 찢어진 채로 주변에 널브러졌다. 정자의 희미한 젖꽃판 위로 그놈의 잇자국이 선명했다. 그나마 다행히도 늦은 시간까지 돌아오지 않는 정자를 찾아 그녀의 부모가 왕촌천을 따라 걸어 내려오고 있었다. 정자의 아버지가 길가에 버려진 정자의 가방을 발견하고는 주변을 찾아 헤매던 중 강변에서 희미하게 신음을 내는 정자를 발견했다.

    그날 이후 한동안 정자는 학교에 나가지 못했다. 이따금 늦은 밤에 우물가에서 우는 소리가 들렸다. 정자는 한참을 쭈그려 앉아 뒷물을 하며 그날의 상처를 씻어내려 했다. 한 달가량의 시간이 흐른 뒤 학교에 다시 가보았지만 더 이상 늦은 시간에 집으로 돌아오는 길을 다시 걸을 수는 없었다. 정자는 여름방학과 동시에 학교를 그만두었다. 풍대골 마을 안 부녀들 사이에서도 정자가 당한 안타까운 사정이 얘깃거리의 앞자락으로 깔렸지만 뒤따르는 수많은 상상과 천박한 입방정이 난무했다. 정자는 외딴길이나 어두운 길을 걸을 수 없었다. 작은 소리에도 소스라치게 놀랐다. 그 사건 이후 공주경찰서는 인근 우범자를 상대로 광범위한 수사를 진행 중이라고는 했지만, 몇몇 억울한 날건달을 잡아 족칠 뿐 범인을 찾아내지는 못했다. 시간은 무심히 흘러가고 있었다. 한 해가 다 지나도록 정자는 더욱 스스로를 죄인으로 낙인찍고 주변 사람들과 고립되어 살았다.

그리고 또다시 한 해가 지나 봄이 되었다. 아지랑이 피는 봄날에 당진 사는 오빠의 친구가 여름이 될 때까지 몇 차례 왕촌 풍대골을 찾았다. 그간 남자라면 눈도 마주치지 않으려 했던 정자에게 멀쩡하게 생긴 오빠 친구가 눈에 들어오기 시작했다. 점잖고 차분한 눈빛으로 자신을 바라보는 그의 시선이 부담스럽지 않았다. 그 오빠 친구도 약간은 지나치다 싶게 수줍어하는 친구의 여동생이 싫을 리 없었다. 오빠 친구가 세 번째 풍대골을 찾았을 때는 정자에게 소설책을 한 권 사서 건넸다. 괴테의 《젊은 베르테르의 슬픔》이라는 책이다. 정자는 오빠 친구가 전해준 소설을 읽는 내내 소설 속 여주인공 '샤를로테'에 빙의되어 과거 자신의 상처를 어루만지고 있었다. 정자는 나이 어린 친구 여동생에게 허물없이 대하는 그 오빠 친구가 어느새 좋아지기 시작했다. 그간에 자신이 겪어온 고통을 감추고 누군가의 여자로 조용히 살고자 하는 희망이 싹텄다. 금세 정자의 눈치를 살핀 친오빠는 정자가 자기 친구를 어떻게 생각하는지 알아차렸다. 그동안 지옥 같은 세상을 살아온 여동생에게 그리고 형제 없이 외롭게 지내온 자신의 친구에게 서로의 사랑이 되어 어루만져 주길 바랐다. 결국 친정오빠 바람 덕에 정자는 스무 살이 되던 해 당진에 사는 오빠 친구 이 아무개에게 시집갔다. 시댁은 아산만 남쪽 고대면 슬항리 양지바른 곳에 단정하게 자리 잡은 초가였다. 잘 깎아 만든 주춧돌 위에 높은 툇마루를 놓은 작지만 제법 기품이 있어 보였다. 시아버지는 남편이 어릴 때 뱃일을 하던 중 사고로 돌아가시고, 정자가 시집간 지 얼마 되지 않아 밭은기침을 하던 시어머니마저 돌아가신 후 부부가 단출하게 살아가고 있었다.

해방 후 정자의 친정 오빠와 남편은 함께 조선공산당 산하 청년 단체인 '조선청년전위대'의 대원으로 좌익 활동을 하면서 동지가 되었다. 대한민국 정부수립 후 1948년 12월에 〈국가보안법〉이 발효됐다. 자신의 좌익 활동에 부담을 느껴오던 친정 오빠의 설득으로 정자의 남편도 우익으로 전향해 둘은 '국민보도연맹 충남연맹'의 일원이 됐다. 국민보도연맹은 '대한민국을 절대 지지, 북한 정권에 대한 절대 반대, 인류의 자유와 민족성을 무시하는 공산주의 사상을 배격한다.'는 강령하에 결성된 전국적인 반공 조직이었다. 그러나 1950년 한국전쟁이 발발하자 국민보도연맹원은 좌익에서 전향한 자들이라는 낙인이 찍혀 정부의 요시찰 단속 대상이 되었다. 한국전쟁 개전 직후 1950년 6월 28일에 장석윤 내무부 치안국장은 '보도연맹 및 기타 불순분자를 구속, 본관 지시가 있을 때까지 석방금지'라는 '국민보도연맹원 예비검속'의 통첩을 내렸다. 그해 7월 초부터 대대적인 국민보도연맹원에 대한 구속과 학살이 충남 일대에서 벌어졌다.

1950년 7월 10일 이른 아침, 아산만으로 불어오던 남풍이 멎은 탓인지 슬항리 북쪽 바닷가에 짙은 해무가 드리워져 시야가 답답했다. 정자의 남편은 며칠 전 이승만 정권의 〈농지개혁법〉 실시에 따른 농지불하 신청을 위해 서산 읍내를 다녀오던 길에 당진경찰서 국민보도연맹원 예비검속에 단속되어 경찰서 유치장에 며칠째 감금된 상태였다. 정자는 남편의 속옷 두 벌과 요깃거리가 될 만한 덜 익은 토마토 서너 개를 씻어 작은 흰색 광목 보자기에 싸서 남편을 면회하러 집을 나섰다. 어느새 새벽안개는 걷히고, 이른 아침인데도 광활한 용두리 벌판의 아침이슬은 7월 햇살에 금세 마르기 시작했다. 점점 강해지는 햇살에 정자의 발걸음이 느려졌다. 이마에 땀이 송골송골 맺혔다. 더운 여름날 밤새 좁은 철창 안에 갇혀 있을 남편 생각에 흐르는 땀이 턱 아래로 고여서야 겨우 소매 끝으로 닦아냈다. 정자는 우두리 고개 넘어 당진 읍내에 도착했다. 서둘러 당진경찰서에 접어들었다. 당진경찰서 안쪽에서는 아침부터 무슨 일이 벌어졌는지 서너 명의 경찰들이 분주하게 뛰어다니고 있었다.

정자가 경찰서 정문에 총을 들고 긴장한 채 서 있는 순경 앞에 다가섰다.

"저기요, 아자씨! 우리 남편 면회를 좀 왔는디요."
"아! 오늘은 면회가 안 돼유. 돌아가셔유."
"거시기 우리 남편이 저 유치장 안에 있은 지 며칠이나 지났는디, 요 속옷이라도 좀 전달해 주면 안 되겠슈?"
"오늘 아침 유치장에 갇혀 있던 사람들 모두 다 트럭에 태워 이동했어유. 유치장에 아무도 없으니 기냥 돌아가셔유."
"그려유?, 그럼 풀려난 규유? 워디다 풀어줬대유?"
순경은 말을 더 이상 이으려 하지 않고 알 수 없는 표정 끝에 버럭 소리를 질러댔다.

"기냥, 돌아가라니께!"
'아니, 왜 소리를 지르고 지랄이여!' 정자는 이맛살을 찌푸리며 속으로 투덜댔다.
시간이 지나자 경찰서 정문으로 사람들이 하나둘 모여들기 시작했다. 서로가 경찰서에 잡혀 있던 가족에 대해 묻는 사람들이었다. 잠시 후 당진경찰서 정문이 닫히고 총을 든 순경 서너 명이 경찰서 정문을 통제하기 시작했다. 정자가 옆에 서 있던 한 아주머니에게 물었다.

"경찰서에 무슨 일이 났나 봐유?"
"저기 유치장에 있던 사람들 죄다 끌려갔댜, 긴 포승줄 하나에 10여 명씩 묶어 트럭에 태워서 아산만 쪽으로 출발했다는디, 총을 든 경찰 한 무데기가 뒤차를 타고 따라갔다니께 혹시나 총살이라도 시켰나 싶어서 이렇게 난리가 난 거여."

1부 서(西)편　　　　　　　　　　　　　　　　　　　　　　　　67

그날 아침 당진경찰서에서 20km 떨어진 당진군 송악면 한진포구 근처, 해안선이 휘어진 '목캥이'에서 당진군 보도연맹원들에게 총살이 집행되었다. '목캥이'에서는 그날 이후에도 며칠 동안 학살이 계속 되었다. 희생된 보도연맹원은 160여 명에 달했다. 경찰서 정문에 눌러앉아 어찌할 바를 몰라 하던 정자에게 남편에 대한 총살과 집단 매장으로 시신을 개별적으로 수습할 수 없다는 소식이 전해졌다. 일시에 경찰서 앞은 유족들의 항의와 울음소리로 아수라장이 되어버렸다. 정자는 넋을 잃은 채 7월의 뙤약볕 아래 주저앉고 말았다. 그간 정자의 남편은 주변과 가깝게 지내는 것을 꺼려하는 정자를 위해 밤마다 다니던 마실을 끊고 문예지나《사상계》같은 잡지를 읽었다. 정자는 그런 남편 옆에 앉아 바느질을 하거나 전날 아산만에서 캐 온 바지락을 까고는 했다. 자상하고 배려심 깊은 남편과의 평범한 일상에 잠시나마 그녀는 행복했었다. 갯가 냄새가 익숙해지고 주변 아낙들에게 인사를 건네는 게 자연스러워지자 정자는 아이를 갖고 싶어졌다. 남편은 아이 갖길 원하는 정자와 언젠가 태어날 2세를 위해 지난 3월에〈농지개혁법〉이 실시되자 농지불하신청을 서두르고 살림살이를 좀 늘려보려 소작논을 알아보는 중이었다. 그러나 이제 남편이 허망하게 죽자 정자가 슬항리에서 남아서 할 수 있는 일이라고는 아무것도 없었다. 보도연맹원 출신인 남편에 대한 학살 사실에, 정자의 걱정은 친정 오빠에 대한 안위로 옮겨졌다. 전쟁 중에 정자 홀로 슬항리에 남아 있을 수 없었.

   남편이 죽고 삼 일이 지난 뒤 정자가 약간의 옷가지를 싸 들고 친정인 공주군 왕촌 풍대골로 향했다. 도착해보니 친정집은 이미 빈집이었다. 급하게 떠난 흔적이 곳곳에 있었다. 대문은 밖에서 제멋대로 생긴 나뭇가지를 빗장 삼아 질러두었다. 안마당엔 이리저리 호미며 삽이 정리되지 않은 채 흩어졌다. 정자가 이웃 주민을 만났을 때, 오빠는 남편이 죽기 하루 전날인 7월 9일에 공주형무소 특별경비대원들에게 체포됐다고 했다. 다음 날 공주형무소에 있던 오빠는 300여 명의 공주 지역 국민보도연맹원들 틈에 끼어 제무시트럭 짐칸에 태워진 채 금강 줄기를 따라 대전 방향으로 향하다가 도로 옆 야산 골짜기로 끌려 들어가 총살됐다는 소식을 들었다. 정자의 친정 오빠가 학살된 장소는 정자가 태어난 동네 북쪽 상왕동 왕촌 '살구쟁이'라는 곳이다. 그녀의 친정 부모와 올케는 유족에 대한 추가 학살 우려에 천안 방향으로 급하게 피신한 듯했다. 그러나 친정 부모와 올케가 향한 목적지가 어디인지는 알 수 없었다. 정자는 하룻밤을 이웃집에 신세를 진 후 다음 날 공주를 벗어나 천안으로 향했다.

#2-3 〈이모: 김수연〉

　전쟁은 유엔군의 참전에 더욱 치열해지고 있었다. 1950년 7월 초 천안에서는 미 제24사단 제34연대와 인민군과의 치열한 전투가 성환에서 시작되어 천안 읍내 시가전으로 번졌다. 인민군 전차에 밀린 미군은 연대장이 전사하고 60여 명이 포로로 잡히는 패배를 한 후였다. 이미 미군과 국군이 대전 방향으로 밀려난 상태에서 천안읍 역시 인민위원회가 장악하고 있었다. 세상이 바뀌었다. 정자는 수소문 끝에 천안읍 인민위원회 사무실을 찾아 공주를 떠난 친정 가족을 찾으려 수소문했으나 소용없었다. 그간의 남편과 오빠의 학살에 대한 사정을 들은 인민위원장은 현재는 빈집인 천안읍 방공단장(의용소방대장)의 집에 방 한 칸을 마련해 주고 보리쌀 서너 되를 건넸다. 다행히 여름철이라 날씨는 문제될 것이 없었다. 인민군이 점령한 후라 좌익 인사의 가족이었다는 사실이 그나마 생존에 보탬이 되는 편이었다. 정자가 주변 마을을 다니며 김매기, 빨래, 설거지 등 온갖 허드렛일로 먹을 것을 구하며 지낸 지 두 달 가까이 지나가고 있었다.

　1950년 9월 15일에는 인천상륙작전을 개시한 유엔군의 반격이 있었다. 낙동강 전선에서 밀리기 시작한 인민군의 후퇴가 계속되던 어느 날, 정자는 천안 읍내에서 남쪽으로 제법 떨어져 있는 마을인 세교리 강가에서 늙은 노부부의 밭일을 거들고 있었다. 일을 마친 후 저녁 무렵이 되어 옥수수를 조금 얻어 천안 읍내로 돌아오는 길에 갑자기 근처 옥수수밭에서 나타난 앳된 처녀 하나가 정자를 급하게 따라잡았다. 인민군복 차림의 처녀는 한눈에 보아도 부대가 후퇴할 때 낙오된 것으로 보였다.

"저기요, 좀 도와주시겨."
"…누구셔유?"

그녀는 몹시 불안한 모습으로 눈도 제대로 못 마주치더니 다시금 용기를 내어 말을 이었다. 인민군 간호원인 그녀의 이름은 김수연이고 나이는 19세, 턱선이 날렵하고 목덜미가 마른 데다 겁 많은 눈에 몸에 맞지 않은 군복을 입어 재봉선이 어깨 밑으로 한참을 내려와 있는 그녀는 황해도 개풍군 출신이라 했다. 그녀는 북진하는 유엔군을 피해 천안 읍내로 숨어들 작정이었다. 며칠째 제대로 씻지 못하고 먹지도 못해서인지 몰골이 말이 아니었다. 약간의 이북사투리를 알아차릴 수 있었다. 정자는 난리 통에 인민군 복장을 한 여인과 말을 섞을 이유가 없어서 그냥 지나치려 했다.

"제발 살려주시겨! 제발요."
그녀의 흐느끼는 목소리가 들려왔다.
정자의 뒷덜미를 잡아끄는 수연의 간절한 목소리가 정자의 발걸음을 붙들었다. 한눈에 봐도 어려 보이는 처녀아이가 피가 튀는 전쟁 통을 어찌 감당해 냈을까 상상이 가질 않았다.

"옷이 필요합니다. 옷을 좀 구해주셨으면…."
정자의 대답은 길지 않은 시간 안에 나왔다.

"저기 수풀 속 산소 더미 뒤에 숨어 있어요. 내가 옷가지를 가져올 테니께."
정자는 전쟁 통에 홀로된 자신의 처지와 비슷한 수연을 외면하지 못했다. 자신이 머물던 집에서 여분의 옷가지를 가지고 수연을 다시 찾았다. 가져온 옷가지로 갈아입힌 후 밤늦게 천안 읍내 자신이 머물던 곳으로 그녀를 데려왔다.

　며칠 후 낙동강 전선을 돌파한 국군이 대구와 대전을 통과해 천안 읍내로 입성했다. 곧바로 천안 읍내에서는 군경에 의한 인민군 부역자 색출이 있었다. 며칠간 정자와 함께 지내던 수연이 '도민증'이나 '피난민 증명서' 불소지로 단속되어 천안 주둔 국군의 임시막사에 감금됐다. 반나절도 안 되어 수연은 인민군 간호원 출신이란 사실이 밝혀지고 신분이 전쟁포로 신세로 바뀌었다. 무심코 그녀를 도운 정자에게도 감당하기 힘든 여파가 불어닥쳤다. 곧바로 정자가 군인들에게 체포됐다. 정자와 수연이 체포된 그날, 상당수 혐의자가 경찰서 유치장에 감금된 것과는 달리 정자와 수연은 자그마한 군 막사에 감금된 상태였다. 검푸른 천막이 사방을 단절하고 좌우로 나란한 평상이 놓였다. 밤이 깊어질 무렵 막사에 나이와 계급이 제법 되어 보이는 군인 둘이 들어섰다. 구석에 쪼그려 앉아 있던 정자와 수연이 고개를 숙인 채 불안한 듯 일어섰다. 제법 계급이 높아 보이는 부사관이 모자를 깊이 눌러쓴 채 폭압적으로 정자와 수연을 막사 구석으로 몰아세웠다.

　"너희들은 앞으로 국군의 '특수위안대' 대원이 되어 온몸을 다해 국가에 충정을 다하여야 한다. 알겠나?"

　말이 끝남과 동시에 그는 수연의 얇은 적삼의 옷고름을 잡아당겼다. 나머지 한 명은 정자의 팔목을 잡아채더니 바닥에 내동댕이치고는 정자의 저고리 옷깃을 젖히고 치마를 풀어 헤쳤다. 반항이라곤 엄두도 낼 수 없는 무지막지한 폭력 앞에 정자와 수연은 막사 바닥에 알몸으로 널브러졌다. 늙은 군인의 거칠고 차가운 손이 수연의 작은 가슴을 우악스럽게 움켜쥐었다. 정자는 누운 채 발가벗겨져 흐느껴 우는 수연의 모습을 바라보면서 오래전 왕촌천 강변에서 당한 자신의 끔찍한 기억이 되살아나고 있었다. 정자의 눈에 왕촌천 그날 밤 그놈의 짐승 같은 눈빛이 들어왔다. 정자는 자신이 처한 상황보다는 수연이 당하는 참혹한 상황을 어떻게든 막아내고 싶었다.

"그 앤 건드리지 마! 이 개새끼들아!"

정자는 덮쳐오는 군인의 목덜미에 깊은 손톱자국을 내고 그의 팔뚝을 물어뜯었다. 정자의 맹렬한 저항 끝에 돌아오는 것은 전쟁터에서 생사를 넘나든 거친 군인의 구둣발뿐이었다. 몇 차례의 내리찍는 발길질에 정자는 막사 바닥에 대자로 늘어지고 말았다. 그리고 예전 왕촌천 강변에서처럼 힘없이 폭력을 받아내야만 했다. 한동안 위에서 짓누르던 늙은 군인이 수연의 뒷 머리카락을 한 움큼 쥐어 잡고 그녀를 반쯤 일으켜 세우더니 결국에 뿜어져 나오는 마지막 폭력을 그녀의 목구멍 깊숙이 쏟아부었다. 그렇게 정자와 수연은 처절하게 그리고 철저히 물건으로 취급되었다. 그다음 날, 막사 안은 간이 천막으로 방이 나뉘고 얇은 매트리스가 구석에 놓였다. 하루가 더 지나고 그다음 날 오전부터 정자와 수연은 각자의 공간에서 10여 명의 병사를 감당해야 했다. 그다음 주에는 임시막사가 한 동이 더 늘더니 서너 명의 인민군 간호원 포로와 인민군 부역자 가족 중 어린 처녀들이 임시막사에 추가로 감금되었다. 손바닥 크기의 티켓을 들고 순서를 기다리는 국군 병사들을 알몸으로 받아내야 했다. 전쟁 중에 국군은 '특수위안대'를 창설했다. 병사들은 뜨거운 창자가 쏟아지고 눈알이 터져나가는 전장에서의 공포와 긴장을 가녀린 그녀들에게 쏟아냈다. 그녀들은 '제5종 군보급품'으로 명명되고 국군의 위안부 신세가 되어 전방부대에 돌아가며 배속되었다. 1950년 9월 28일 서울이 수복되자 몇 주 후 '특수위안대'가 서울로 부대를 이전했다. 부대 이전이 결정된 다음 날 군의관에 의한 특수위안대원의 간이 성병 검사가 있었다. 매독균에 대한 육안 검사와 임질균 검사를 위해 질 내 분비물 검체에 대한 현미경검사가 이어졌다. 이때 수연은 군의관에게 자신으로부터 말미암은 정자의 억울한 사정을 호소하고 정자만이라도 특수위안대에서 벗어날 수 있게 해달라고 간청했다. '특수위안대'가 천안을 벗어나 평택에 도착했을 때 수연의 호소로 정자가 유부녀였다는 점과 첫날 정자의 맹렬한 반항의 양상을 들은 부대장의 선처로 정자는 홀로 평택역에서 내릴 수 있었다. 그렇게 정자와 수연은 헤어졌다.

그날 이후,

평택역과 피난민 임시수용소를 전전하던 정자는 하룻밤을 묵을 장소와 한 끼를 해결해야 하는 문제에 봉착해 살았다. 오로지 세찬 풍파에 생명을 부지하고 있을 뿐이었다. 더 이상 자신의 몸뚱이 따위는 어떻게 되든 상관없었다. 한 달여 가까운 국군의 위안부 신세에 그녀의 신체는 이미 만신창이가 되어 있었다. 여전히 가족을 찾을 길은 없었다. 그녀의 전쟁 통 비천한 삶을 구해낸 건 평택에서 활동하던 한 여성운동가다. 우연히 평택의 미군들이 주둔하던 부대 근처에서 허드렛일을 돕고 먹을 것을 구하던 정자가 밀가루 한 자루를 구해가던 한 여성운동가를 무턱대고 따라갔다. 그 여성운동가의 집에 며칠 밤 지낼 수 있게 해달라는 정자의 부탁을 그녀가 받아주었다. 정자가 찾아오기 얼마 전 그 여성운동가는 평택군 송탄면 서정리에 전쟁고아와 기아들을 위한 '성육보육원'이라는 아동보호시설을 열었다. 이후 전황이 복잡해지자 '성육보육원'은 금세 전쟁고아 등 30여 명의 대가족이 됐다. 그 여성운동가는 자기를 도와 아이들을 돌볼 사람이 필요했고 거처가 불분명하고 의지할 곳이 없었던 정자에게 전쟁고아를 돌보는 일을 함께할 것을 제안했다. 김정자가 이미애를 만난 건 1950년 12월 말 '성육보육원'에 다섯 살 난 미애가 미군의 손에 이끌려 들어오면서부터다.

그날 아침, '성육보육원' 원장이 정자를 불러 오전 중에 미군이 여자아이를 한 명 데려올 것이라 했다. 아이를 잘 씻기고 옷을 갈아입히라며 깨끗이 세탁된 여자아이 옷을 건넸다. 점심이 다 되어갈 무렵 먼지를 잔

뚝 뒤집어쓴 미군 지프차가 '성육보육원'의 정문에 들어섰다. 지프차의 조수석 문이 열리더니 덩치 큰 흑인 병사가 먼저 내리고 잠시 후 뒷자리에 앉아 있던 여자아이를 안아서 내려놓았다. 그 아인 얇은 천으로 만든 누렇게 색이 바랜 강아지 인형을 꼭 끌어안고 있었다. 아무 말 없이 미군은 여자아이만을 내려놓은 채 '성육보육원' 정문을 금세 빠져나갔다. 정자가 쪼그려 앉아 그 여자아이와 눈높이를 맞추고 물었다.

"이름이 뭐야?"
"미애!"
"미애야, 네가 살던 집이 어디야?"
"느치미요!"
"아부지와 엄마는 어떻게 되셨어?"
"몰라요."
"그려… 이리 와!"
정자는 미애를 포근히 끌어안았다. 미애는 정자에게서 잊고 있었던 엄마 냄새를 맡고 있었다.

"이 인형은 뭐야?"
"…엄마가 사 주신 거예요."
"미애는 강아지를 좋아하는구나!"
"네."
미애는 강아지 인형을 다 해져 솜뭉치가 쏟아져 나올 때까지 손에서 놓지를 않았다. '성육보육원'에 있는 동안에는 보육원에서 키우던 바둑이를 매일 같이 쓰다듬고 놀았다. 미애가 엄마를 총상으로 잃으며 생긴 트라우마는 소음에 대한 과민반응으로 나타났다. 약간의 큰 소리에도 소스라치게 놀라곤 했다. 미애는 '성육보육원'에서 지내면서 자율성을 잃고 타인의 통제에 의존해 살았다. 자신에게 약간의 관심이라도 보이는 대상에게 맹목적으로 애착을 가지는 기질이 생겼다. 그렇다고 그것이 가족 같은 소중한 연대 의식이나 정서적 안정감을 느끼는 것은 아니었다. 스스로의 낮은 자존감 덕분인지 자신에게 호의적인 사람에게 무조건 의지하고 따르려는 경향이었다. 자식이 없던 정자는 미애를 딸처럼 대했다. 엄마를 잃은 미애는 정자를 엄마처럼 의지하기 시작했다.

#2-4 〈천애고아: 이미애〉

이미애는 1946년 화성군 태장면 병점리 이승물 동편 '느치미'에서 태어났다.

1950년 한국전쟁 개전 직후인 7월 5일. 순식간에 수원이 함락되고 수원 남쪽 태장면 병점리에도 인민군이 진주했다. 이미애의 부친 '이병구'는 해방 후 양정고보를 졸업하고 수원 시내에서 잠시 국민학교 교사로 재직하다가 개전 당시는 교사직을 그만두고 선친의 누룩 공장을 관리하고 있었다. 그는 그나마 좌익 편에 서 있던 지식인 출신이라 인민군 점령 후 병점리 '인민위원장'이라는 감투가 본인의 의사와 무관하게 씌워졌다. 개전 후 6월 30일에 미 극동군 사령관 더글라스 맥아더는 주일미군이었던 미 제8군 산하 제24보병사단을 한국으로 전개시켰다. 이에 따라 제24보병사단 제21연대 제1대대가 주축이 되어 특수임무부대가 편성되었다. 그 부대는 7월 1일 부산에 공수된 후 대전에 도착했다. 제1대대의 대대장은 찰스P. 스미스다. 대대장의 이름을 딴 '스미스 특수임무부대'는 태장면 병점리 남쪽 '죽미령'에서 인민군과의 첫 교전을 치렀다. 스미스 부대는 밀려드는 인민군 4사단을 감당하지 못하고 150명이 전사하고 26명이 실종되는 대패를 겪었다. 이후 태장면 일대는 조선인민공화국 세상이 되었다. 우익 인사들에 대한 무차별 체포가 이어졌다. 태장면 병점분주소 옆 양곡 창고에는 수많은 우익 인사들이 갇혔다. 이때 이미애의 부친이 체포되어 있던 대한청년단 병점리 부단장이었던 동네 형 윤봉진을 탈출시켜 그의 목숨을 구해준 적이 있었다. 미애의 부친은 맥아더의 인천상륙작전 이후 1950년 9월 28일에 군경에 의해 서울이 수복되자 인민위원장 출신인 자신을 군경이 가만히 놔둘 리 없다고 판단했다. 그는 부인 민 씨와 어린 딸 미애를 데리고 이승물을 따라 먼 친척이 산다는 용인군 남사면으로 급히 몸을 숨겼다. 그러나 그 사실은 좁은 시골 마을에 금세 소문이 났고 남사면 대한청년단원의 제보에 힘입어 경찰의 체포 작전이 전개되었다. 그 과정에 미애를 남긴 채 부인 민 씨가 사망하는 사고가 발생했다. 이후 체포된 미애의 부친은 1951년 1.4후퇴 이전에 처형되었다.

이미애 부친을 위한 대한청년단 병점리 부단장 윤봉진의 구명활동에도 불구하고 스미스 부대가 대패한 원인에는 인근 좌익분자들의 밀고가 있었을 것이고 그 밀고 덕에 미애의 부친이 인민위원장이 된 것이 아니겠느냐는 추측이 그를 죽음으로 몰고 간 것이다. 부친의 체포 과정에 어머니 민 씨가 가슴에 총을 맞아 그 자리에서 사망하고 미애는 한 젊은 대한청년단원의 손에 이끌려 부대로 복귀하던 미군 병사들에게 넘겨졌다. 평택에 주둔하고 있던 미군은 겨울이 되자 미애를 인근 고아원인 '성육보육원'에 맡겼다. 그곳에서 미애는 정자를 만나 어린 시절을 그녀에게 의지했다. 종전 후인 1960년에 현 오산비행장 인근인 고덕면 당현리에는 '오산소년촌고아원'이 미군에 의해 설립되었다. 정자와 미애가 '성육보육원'에서 나와 '오산소년촌고아원'으로 이주하면서부터 정자와 미애는 쑥고개에서 함께 살게 되었다.

그로부터 몇 년이 지난 후, 김정자가 머물던 '오산소년촌고아원'에 후원을 하던 한 미군 병사의 눈에 들어 잠시 그 병사와 동거를 시작했던 정자는 그동안 알뜰히 모아놓은 돈을 가지고 쑥고개에서 셋방을 구하고 자신을 끔찍이 따르던 미애를 데리고 나와 미군 부대 근처에 '공주집'이라는 대폿집을 차렸다. 정자가 쑥고개에서 미애를 데리고 달리 할 수 있는 일이 없었다. 이제 미애도 어느덧 소녀티를 내고 있었다.

정자가 술집을 연 지 며칠이 지나서 미군 부대 앞 쑥고개 기지촌 양공주 일행이 '공주집'을 들렀다. 새로 생긴 술집이라 호기심에 들른 것으로 보였다. 그중 나이가 어려 보이는 아가씨가 막걸리와 빈대떡을 주문하는 사이 정자의 눈은 한쪽 구석에 말없이 앉아 있는 한 아가씨에게 꽂혔다. 그녀는 그중 나이가 가장 많아 보였는데 맘보바지에 다리를 꼬고 목에는 노란색 스카프를 두른 채 담배를 피워 물고 시선은 초점 없이 허공에 머물러 있는 듯했다. 정자는 한눈에 그녀를 알아차렸다. 10여 년 전 서울행 기차 안에서 헤어진 김수연이다.

"저기, 너 수연이지? 수연아!"

수연이 고개를 들어 정자를 바라보는 순간 커다란 두 눈에서 눈물이 흘렀다.

"언니!"

정자와 수연은 서로를 부둥켜안고 한참을 울어대며 서로의 상처를 어루만졌다.

정자와 헤어진 후 수연은 '특수위안대' 제2소대 소속으로 서울 신당동에 머물다 국군이 전진함에 따라 전방부대를 이리저리 떠돌며 군인들의 욕정을 받아내야 했다. 전쟁이 끝나갈 무렵 성병에 걸려 동두천 '몽키하우스(낙검자 수용소)'[20]에 감금되어 오랜 시간 치료를 받은 그녀는 수용소를 출소한 후 한동안 인천에서 미군을 상대하는 양공주로 살다가 얼마 전 쑥고개로 넘어오게 되었다. 지금도 간혹 미군들의 야전 훈련부대를 따라다니는 '담요 부대'의 일원이기도 하다는 그간의 인생사를 풀

---

(20) 과거 주한미군 기지촌 여성들의 성병을 관리하던 수용소.

었다. 수연은 휴전협정 당시 전쟁포로 송환과정에서 본인의 의사와 무관하게 '반공포로'로 분류되어 고향으로 돌아가지 못하고 전쟁이 끝난 후로도 오랜 세월을 위안부 신세로 살아야만 했다. 정자는 그간 자신이 '특수위안대'에서 풀려난 영문을 모르고 지냈는데 수연을 만나면서 자신이 평택역에서 내리게 된 사연을 알 수 있었다. 그날 이후 수연이 쑥고개에 머무르는 동안 정자와 수연은 자매처럼 서로 의지하며 지냈다. 정자는 수연의 건강을 챙기고 수연은 '공주집'으로 미군을 소개해 밀어 넣기 시작했다. 쉬는 날에는 정자의 집에서 미군을 직접 상대하거나 '공주집' 뒷방에서 미군을 접대할 다른 양공주를 소개하기도 했다. '공주집'은 이따금 찾아오는 미군들 덕에 제법 장사가 되는 편이어서 정자는 연신 부엌 뒷방으로 아가씨를 밀어 넣을 수 있었다.

그리고 몇 년이 지난 어느 날, 김정자의 수양딸 이미애가 제법 처녀티를 내더니 가끔 팁을 받는 재미에 부엌 뒷방을 들락거리다가 하루는 사고가 터졌다. 미애가 덩치 큰 흑인 병사에 깔려 죽다 살아났다. 미애의 처녀성이 술 취한 흑인 병사에 의해 무너졌다. 방 안에 쪼그려 울고 있는 미애를 정자가 나무랐다.

"니년 인생에 파도가 높아서 그런 겨, 이까짓 백파(白波)에 자지러지구 지랄이여. 언능 소금 풀어 뒷물이나 깨끗이 허면 아무 일도 없었던 겨."

정자의 현실적인 위로 덕분에 미애는 그 일이 있은 후 더욱 자연스레 공주집의 허드렛일을 직접 챙기기 시작했다. 원래 뒤태가 고운 미애를 보는 사내들은 하나같이 술자리에 앉히고 싶어 했다. 취기가 오르면 제법 돈푼깨나 쥐여주며 공주집 부엌 뒷방으로 미애를 데려갔다. 미애가 사내들의 술자리에 동석하기 시작한 지 한 달이 안 되어 성환 사는 배 과수원 허 부자 넷째 아들 허 민이 보름 동안을 매일 공주집 문턱이 닳도록 드나들었다. 허 민은 큰 키에 마른 편이었다. 항상 얇은 입술에는 새로 나온 권련을 비스듬히 물었다. 매일같이 긴 목에는 자줏빛 비단 스카프를 둘렀는데 하관이 날렵해 보이기는 하나 살이 없어서 그런지 유난히 울대뼈가 퉁그러져 나올 듯 두드러졌다. 앞 머리카락은 소가 핥은 듯 들려 부성한데 가지런한 이마를 드러내고 뒤로 넘겼다. 어려서 소아마비를 앓았는지 한쪽 다리가 짧거나 관절에 변형이 있는 것은 아니지만 걸을 때면 왼쪽 다리가 살짝 늦게 따라오는 것이 저는 게 분명해 보였다. 서울에서 미술을 전공한 화가지망생이라고는 하는데 지금은 시를 쓰고 있고 결국엔 영화감독이 될 것이라 했다. 미애의 수줍은 눈매를 보고는 영화 〈춘희〉의 '그레타 가르보'를 닮았다고 했다. 허 민이 보름간 갖은 공을 들이더니 기어코 미애를 데리고 성환으로 내려갔다. 그 후 잘 사는가 싶던 미애는 임신을 하고 9개월 만에 아이를 낳았는데 뜻밖에도 '튀기'[21]를 출산한 것이다. 결국 희멀건 아들 손자를 기대했던 시아버지 허 부자의 난리통에 미애는 갓난애를 둘러업고 쑥고개로 돌아올 수밖에 없었다. 미애의 특별한 딸아이는 정자 손에 맡겨져 고양군 일산의 한 입양기관에 보내졌다. 자기 깜둥이 '파더(father)'보다 빨리 미국으로 가게 될 것이라는 소식과 함께 아기 이름은 '비앙카'라 지었으며, 한국 이름은 '순자'라고 미애에게 전했다. 이후 비앙카와는 달리 미애는 평생 자신이 낳은 딸을 다시 찾지는 않았다.

 이미애가 친정인 '공주집'으로 돌아온 지 며칠이 지났다. 아직도 수유기에 잔뜩 불은 젖이 흘러내려 앞가슴을 적시고 여전히 젖비린내가 몸에 배어 있을 때였다. 미애는 지난 보름간 겪은 풍파에 심신이 지쳐 얼

---

(21) 혼혈인을 낮잡아 이르는 말.

룩지고 메마른 눈을 반쯤만 게슴츠레 뜨고 살았다. 그날, 오토바이용 미제 가죽장화를 사기 위해 쑥고개에 들어왔던 황태국이 담뱃가게를 찾다가 우연히 '공주집'에 들어섰다. 회화리 벌판을 지나 이승물을 건너가려면 가는 길이 멀고도 지루해서 술이라도 한잔 걸치고 출발할 작정이었다. 담뱃가게를 끼고 돌면 낮은 처마 밑 나무간판에 '공주집'이라 적고 그 아래에 작은 글씨로 'princess'라 적혀 있었다. 작고 네모난 유리창들이 박혀 있는 미닫이문 너머 안쪽으로 서너 명의 사람이 비쳤다. 스르륵 문을 열고 내딛는 발밑은 단단히 다져진 흙바닥에 이리저리 쏟아진 막걸리 흔적과 안주 부스러기가 지저분했다. 이리저리 작은 나무의자가 정리되지 않은 채 놓여 있고 안쪽은 부엌으로 보이는 곳에 빨간색 백열등이 매달려 있었다. 태국은 들여놓은 발을 되돌릴까 하던 생각이 잠시 스치는데 마침 입구 깡통 탁자에 아는 이가 앉아 있었다. 생선 장수 너더리 장 씨와 그의 오래된 지인으로 보이는 거칠한 늙은이가 대폿잔을 기울이고 있었다. 태국은 갑자기 아는 사람을 만나게 된 것이 기뻐서 살갑게 인사를 건넸다.

"우짠 일이래, 너더리 장 씨 아니유? 아니 굴 장시는 언제 할라구 아직 해가 중천인디 막걸리나 자시구 있데유?"
"어여 와, 태국이가 이 먼 데까지 우짠 일이여?"
"야, 미제 가죽장화 하나 살라구 왔는디, 드럽게 비싸데!"
"그래서 샀어?"
"사긴 뭘 사유, 니미 씨부릴! 고무장화 신은 놈은 사람 취급도 안 하는지 차비도 안 빼준다잖아유, 그래서 승질 나서 그냥 왔슈!"
태국이 너더리 장 씨 옆에 앉아 있던 늙은이의 눈치를 슬며시 살폈다.

"거시기 죄송혀유, 일행이 있으신데…."

"아녀, 괜찮어, 그냥 여기 앉어. 내가 젊었을 때 웬수 진 분이여, 괜찮어!"
"그럼 실례하겠어유! 그런데 뭐 하시는 분이셔유?"
"이, 옛날 왜정 때는 순사까지 하시고, 얼마 전엔 저기 부처내 버스정류소 앞에 2층 건물 짓고 뜨 방앗간 사장님 되신 분이신데, 사실 나 젊어서 징용 보내준 사람이여!"
"아이고, 장 씨도 징용 끌려갔다 왔슈?"
가만히 듣고만 있던 늙은이가 너더리 장 씨를 나무라듯 한마디 하며 주름이 깊이 파인 얼굴을 태국에게 돌렸다.

"그만혀! 이 사람은 징용도 지가 좋아서 간 겨, 내가 등 떠밀어서 갔나? 지 발로 좋다고 가놓고선! 떡 방앗간이야 내가 냈나 평생 마누라가 기름 장수 혀서 벌어서 낸 거지."
"자! 술이나 자셔유! 성님이 뭔들 제대로 했겠어!"
너더리 장 씨가 오래된 그향 형님을 대하듯 막걸리를 지인에게 따르며 깊은 한숨을 곁들였다. 쾌국이 막걸리 주전자의 기울기를 보고 주인아주머니를 불렀다. 공주집 벽에는 '대포, 소주, 전, 김치찌개, bottled beer, bulgogi, kimchi stew, mixed nuts' 한글 메뉴와 영어 메뉴가 동시에 붙어 있었다.

"아줌니! 여기 막걸리 한 주전자하고 잔 하나만 더 주셔유! 근디 여기는 미군들도 꽤 오나 보네. 안주도 죄다 꼬부랑글씨여."
태국이 주문을 하고 잠시 뻘쭘하게 앉아 있는데 갑자기 부엌 안쪽 어딘가에서 날카로운 아가씨의 목소리가 술집 주인을 부르자 부엌에 있던 술집 주인이 대답을 했다.

"왜 수연아?"

"아휴 그만 좀 핥어. 터럭 다 빠지겠다! 언니? 이 새끼 아무래도 안에다 쌀 것 같어. 삭구(22) 좀 가져다줘요."

태국이 멀지만 분명하게 들려오는 소리에 벙쪄서는 너더리 장 씨를 보고 물었다.

"아니 저 안쪽에서는 뭐 허는 거여요?"
"이, 기냥 신경 쓰지 말어. 미군들 술 먹는 거여."

잠시 후 미애가 낡은 양은 쟁반에 막걸리 주전자와 부족해진 안주 접시를 채워왔다. 미애는 펑퍼짐한 남자 셔츠를 구해 입은 듯했다. 셔츠에 묻어난 그녀의 굴곡진 가슴선과 얼핏 봐도 두툼한 젖꼭지가 셔츠 면을 밀고 나와 있었다. 태국이 미애의 얼굴을 뚫어져라 쳐다봤다. 무심한 미애는 양아버지 너더리 장 씨만을 쳐다보며 힘없이 막걸리 주전자와 안주 접시를 내려놓았다. 흐트러진 앞 머리카락 아래 가늘게 뜬 미애의 초점 없는 눈에는 태국이 들어설 틈이 없어 보였다. 미애는 장 씨를 '아버지'라 부르고 다른 안줏거리를 더 가져다드릴지를 물었다. 장 씨는 술집 일에 힘겨워하는 미애가 안쓰러워 불필요한 심부름을 시키려 하지 않았다. 미애가 빈 접시를 챙겨서 부엌으로 들어가자, 태국이 너더리 장 씨의 귀에다 대고 낮은 소리로 조심스레 물었다.

"누구유? 장 씨 딸이유?"
"이, 얼마 전부터 수양딸 삼은 애여!"
그동안 공주집에 안줏거리를 대주던 생선 장수 너더리 장 씨와 공주집

---

(22) '콘돔'의 일본어 표현.

정자는 지난해부터 서로의 외로운 처지를 이해하고 함께 살고 있었다.
 "여기 촌구석 술집에서 있기엔 아까운 애네! 그나저나 장 씨는 쑥고개에서 선이까지 이 먼 데를 생선 팔러 그렇게나 자주 들어오시는 거유? 거의 이삼일에 한 번꼴은 들어오시는 것 같던디, 선이에 무슨 애끼는 마나님 하나 숨겨놨슈?"
 "그려 이 사람아! 어디 마나님뿐이었어, 자식들도 숨겨놨지! 어여 잔이나 비워!"
 "아무리 생각해도 쑥고개에서 선이는 너무 멀어…."

 이후 황태국은 별일 없이도 가끔씩 이승물을 건너 쑥고개를 넘어와 공주집을 드나들었다. 태국이 공주집을 다니기 시작한 후 6개월이 지난 어느 날 미애는 허 민의 손에 이끌려 다시 서울로 야반도주를 했다. 미애의 야반도주 사건 이후 공주집 김정자는 가게를 정리한 돈으로 주변의 빚을 정리하고 황태국과 토미 박에게도 얇은 돈봉투를 내밀었다. 황태국과 토미 박은 사흘 동안 쑥고개에서 주거니 받거니 술값으로 빈 봉투를 만들어 버렸다.

#2-5 〈황태국의 서울 생활〉

그해 늦은 가을,

태국은 '선이'에서 이승물을 건너 쑥고개를 거쳐 서울로 이사했다. 태국은 매형 최성칠이 마련해 준 돈 5만 원과 태국 처가 윗집 성기네로부터 빌린 돈 2만 원을 들고 용산으로 상경했다. 집은 후암동 해방촌 비탈길 반지하에 사글세를 얻고 한 달 치 방세를 보증금으로 걸었다. 그때부터 태국은 '타이 황'이라 불리고 늘 라이방을 쓰고 콧수염을 짙게 길렀다. 태국은 한동안 용산시외버스터미널에서의 '버스잡사이'[23]와 미군부대에서 흘러나오는 물건을 되넘겨 돈을 모아갔다.

1970년 '남서울개발계획'이 발표되고 5년이 지났다. 태국은 후암동 해방촌을 떠나 한강다리를 건너 서초동 향나무 너머 군부대 앞 판자촌으로 다시 이사했다. 여전히 서초동 언덕배기는 나무 한 그루 없는 시뻘건 민둥산이었다. 거름기라고는 하나도 없는 땅이라 배추 한 포기 여물 자리가 마땅치 않았다. 판잣집 똥간은 들어찰 새 없이 시뻘건 민둥산에 뿌려지고 그나마 무와 배추를 길러낸 이들은 '말죽거리 영동시장'에서 제멋대로 채소 난전을 열었다. 태국이 작년에 사둔 채소밭에서 제법 먹을 만한 배추와 무가 나왔다. 그해 가을 황태국은 '말죽거리 영동시장'을 기웃거리는 인근 서초동 불량배들을 시장 공터에서 서너 차례 때려 눕히더니 매일 양어깨를 펼치고 잔뜩 배를 내민 후 시장의 이곳저곳을 순찰하며 돌아다니기 시작했다. 태국은 상인들에게 채소 난전의 규율을

---

[23] '잡사이' 열차에서 물건을 파는 잡상인을 이르는 은어.

바로잡고 부당한 행정관서의 단속에 앞장서 싸워줄 것이라는 믿음을 강권했다. 채소 상인들이 마지못해 거둬준 돈으로 인근 말죽거리 공터를 주차장으로 빌렸다. 그 위에 2평짜리 허름한 시장 관리사무소를 열었다. 책상 위에는 '시장번영위원회 위원장' 명판이 올려졌다. 그의 고향 동생 하승옥에게는 '질서유지'라 적힌 모자를 씌웠다. 이따금 시장이 파장할 때쯤이면 하승옥은 상인들이 팔고 남은 배추우거지와 무시래기를 거둬 한 자루씩 시장 관리사무소 앞에 가져다 놓았다. 농사일이 없던 겨우내 태국은 영동시장과 근처 우면산 약수터를 오갔다.

이듬해 봄에 우면산 등산로 입구 약수터 옆 공터에 국방색 천막을 치고 민물매운탕집을 열었다. 작년 김장철에 널어 말린 우거지와 시래기는 실했다. 젊어서부터 이승물을 오가며 메기를 수없이 잡아다 매운탕에 막걸리를 기울였던 터라 태국 처는 제법 그럴싸한 메기매운탕을 끓여 냈다. 영동시장 난전의 배추우거지와 무시래기를 거둬다가 약수터 입구에 줄을 쳐 널어놓고는 커다란 고무함지박에 그물망을 덮어 붕어, 메기를 담고 그 위로 가느다란 고무호스로 약숫물을 끌어들였다. 고무함지박 물은 넘치게 되도록 졸졸 흘렸다. 구수한 우거지와 시래기에 담백한 민물새우를 듬뿍 넣어 약수로 끓인 짭조름한 메기매운탕은 등산객들의 술안주로 혹은 인근 회사원들의 별미로 인정받았다.

어느 날 황태국에게 쑥고개의 토미 박으로부터 귀국하는 미군이 맡겼다는 개 한 마리를 잡아도 자는 전갈이 왔다. 개 이름은 '토미(tom)'다. 자기 개 이름과 같다고 평소 알고 지낸 미군하사관이 토미를 토미 박에게 맡기고 귀국했다. 토미는 [래브라도 리트리버] 잡종으로 제법 잘 훈련된 개였다. 꼬리를 치고 지랄을 떨다가도 '스탑(stop)' 한마디면 그 자리에서 엉덩이를 내리고 미동도 하지 않는다고 토미 박이 자랑을 해댔다.

한참 동안 토미를 어루만지며 생각에 잠긴 태국은 토미 박에게 돈 5천 원을 쥐여주고 토미를 차에 싣고 서울로 올라왔다. 황태국은 사흘 내내 황학동과 을지로를 오갔다. 저녁마다 망치질과 톱질로 낑낑대더니 조그마한 수레를 하나 만들어 냈다. 매운탕 가게에서 음식물 찌꺼기가 많이 나오는 터라 도사견 한 마리를 천막 뒤 벚나무에 묶어 키웠다. 덩치가 송아지만 한 도사견은 의외로 순했다. 태국의 처는 그 개를 '만수'라 불렀다. 황만수는 몇 년 전 타이 황 시절 태국의 돈을 떼먹고 현재도 잠적 중인 태국의 7촌 아저씨의 이름이다. 수레는 눈대중으로 도사견 '만수'의 체장에 맞추어 만들었는데 그럴싸했다. 열흘이 지나 도사견 만수의 우람한 어깨엔 가죽으로 만든 멍에가 얹어졌다. 하승옥에게 이끌려 '만수'가 끄는 수레는 털털거리며 잘 굴러다녔다. 수레 위 기특한 토미는 '어서 오세요, 청수매운탕'이라 적혀 있는 푯말을 주둥이로 물고 꼼짝없이 앉아 있었다. 이 광경은 우면산 등산로를 오가는 사람들에게 금세 소문이 났다. 토미는 '청구동 회장님이 100만 원을 준다는데도 안 팔았다.'는 태국의 허풍이 더해져 서초동 인근에 명물이 됐다. 이 소식은 유난히 개를 좋아하던 서초경찰서 방범과장의 귀에도 들어갔다. 다음 날 방범과장은 점심 메뉴를 메기매운탕으로 정했다.

"요즘 우면산 약수터 근처에 매운탕 잘하는 데 있다매?"
점심 무렵 검은색 지프차가 우면산 인도에 반쯤 걸친 채로 멈춰 섰다. 차에서 내린 방범과장은 형사 셋과 청수매운탕집 입구를 뒤로 하고 저 앞 작은 수레 위 쪼그려 앉은 토미에게 터벅터벅 걸어갔다.

"야! 이놈 만져도 안 물어예?"
방범과장은 순한 토미를 연신 쓰다듬고, 토미는 고개를 숙인 채 방범과장의 눈치를 좌우로 살폈다. 방범과장은 가게 입구로 들어가며 사장을 찾자 태국이 방범과장을 맞았다.

"사장님이 뉘신가?"

"예, 어서 오세유!"

"나 서초경찰서 방범과장인데, 메기매운탕 한 냄비 끓여주이소."

"아예, 저 안쪽 평상으로 모시겠습니다."

방범과장과 형사 셋이 빙 둘러앉았다. 방범과장은 땀이 밴 양말을 벗으며 태국을 빤히 쳐다봤다.

"사장님… 여! 시원하네. 근데 여 그린벨트 아녀예? 어떻게 영업허가를 받으셨으까? 그리고 저 앞에 개들 안 위험해요?"

태국은 잠시 망설이다 방범과장 옆으로 슬며시 다가가서 앉았다.

"저 방배동 황 회장님께서, 여와 약수를 맨날 떠 잡숫길래 제가 매일 아침 운동 삼아 약수를 들통에 날라드렸더니 같은 창원 황씨라구 약수터 옆 놀고 있던 대지를 그냥 쓰라 하셔서, 그냥저냥 먹고살려고 조용조용히 하고 있습니다."

방범과장이 다른 형사들을 쳐다보고 묻자, 나이가 제법 돼 보이는 형사 한 명이 대답을 했다.

"방배동 황 회장이 누꼬?"

"우리 청장님 장인 되시는, 각하 조카분이신 박 위원과 가깝다는 분 있잖습니까?"

"그분 평해 황씨 아이가? 쪼매 정확히 알아봐라. 아이고 사장님! 내 담에 우리 서장님 함 모시고 오께예!"

그 소리를 듣자 태국이 안도의 한숨을 쉬며 말을 이었다.

"예, 그냥 아무 때라도 제가 없어도 다 준비되도록 단단히 일러두겠습니다."

"아이고, 고맙습니데이!"

태국은 작년에 담근 더덕주와 그간 미군 부대에서 구한 아끼던 양주를 두세 병을 방범과장 앞에 꺼내 놓았다.

"요즘 날도 더워지는데 근무하시느라 고생이 많으시지요? 저도 젊어서 '한청' 시절에 빨갱이 잡느라 하도 고생을 혀봐서…, 요놈은 10년 묵은 더덕주인데 예서 드시고, 나머지는 미군 부대에서 구한 양주인데 가져가셔서… 요놈은 분 냄새 맡으면서 마셔야 제맛이라 제가 따로 한번 좋은 곳으로 모시겠습니다."

"허허! 고맙습니데이, 그러면 담에 같이 한잔하입시데이!"

#2-6 〈재회〉

황태국의 청수매운탕은 서울 시내 경찰서 방범과장 모임의 아지트가 되었다. 서초경찰서 방범과장은 태국을 형님이라 부르기 시작했다. 태국은 틈만 나면 500cc 가와사키 쌍기통 오토바이를 타고 서초경찰서 1호차 주차 칸에 주차를 해뒀다. 경찰서장 방을 호기롭게 열고 들어오는 태국을 경찰서장이 맞았다. 서장은 항상 태국이 자기 방에 들어서면 늘 주변을 물리고 둘만의 은밀한 대화를 나눴다.

"서장님! 엊그제는 어쩜 그리 남진이 노래를 잘하신데요! 거 요즘 영동카바레 새로 출연하는 신인가수 있잖습니까, 갸를 다음 주에 한번 부를라구 하는데, 서장님 함 듀엣으로 노래 한 곡 해보실랍니까?"
"어데예, 누누 가실라구예?"
"동대문 채 사장이 가뜩 자기 별장에서 보자 혀서 천호동에서 룸살롱 하는 김 사장 보고 딸내미들 몇 명 델구 나오라 했습니다. 지가 금요일 퇴근 무렵에 직접 모실 티이께 가볍게 입고 나오시죠."

다음 주 금요일 오후 황태국은 자신의 승용차에 경찰서장을 태우고는 가평 채 사장의 별장으로 향했다. 채 사장은 동대문 이스턴호텔 인근에서 성인오락실 사업을 하고 있는데 자신의 사업과 관련하여 믿을 만한 경찰 쪽 줄을 대고 있는 차였다. 채 사장의 별장은 깊이가 제법 되어 보이는 명지산 구석에 있었다. 깊은 계곡 건너편으로 다리를 놓아 지은 집인데 마당 앞 다리를 통하지 않고는 접근이 불가능한 요새같이 지어진 집이었다. 계곡의 수량도 제법 풍부해 주변의 모든 소음은 계곡 물소리에 묻히고 있었다. 채 사장은 솜씨 좋은 동네 아줌마를 섭외해서 각종 음식과 안줏거리를 오전부터 준비하고 있었다. 황태국과 경찰서장이 도착하자 잘 깔린 잔디밭 식탁에 와인과 반쯤 익어 핏기가 흥건한 꽃등심이 올려졌다. 기대에 찬 경찰서장이 태국을 힐끗 보고 입을 뗀다.

"아이 황 사장님예? 어째 와인부터 시작하실러는교?"
"서장님! 마, 딸내미들 오기도 전에 먼저 꽐라 되면 안 되잖겠습니까? 우선 천천히 순한 보르도와인으로 입가심부터 하시면서 목젖도 좀 푸시고 다음에 들어가서 노래 한 곡 하시면서 양주 한 잔 쫙 빨면 정신도 번쩍 나고 거시기도 뻣뻣해지고… 그래야 션하게 함 싸시는 것 아닙니까?"
"하이고 마, 오늘은 간만에 몸 좀 푸는 겁니꺼?"
"거시기 뭐 중간에 심심하시면 파트너도 바꿔서 하시고…, 저번처럼 막 때리지는 마시고…, 지난번 애기 엉덩이에 멍이 들어가지고 김 사장이 지랄을 하고 그랬다니까요. 서장님! 허허허!"
"하이고 마, 장난 좀 친 것 가지고 참! …김 사장 그 새끼 그렇게 안 봤는데…."
"아이고 아닙니다요, 서장님! 제가 괜한 소릴… 저를 봐서…."
"아이 알았심다. 그런데 한 번은 조심하라 하이소."
"아, 예!"

마침 고기를 다 구워 온 채 사장이 합석을 하자 새롭게 술잔이 오갔다. 술잔이 한두 잔 오고 가며 미아리 건달과 청량리 건달의 등쌀에 시달리는 채 사장 성인오락실 사업에 대한 고충을 꺼낼 때쯤 천호동 김 사장의 봉고차와 자그마한 승용차 한 대가 도착했다. 천호동 김 사장이 아가씨 네 명과 내리고 뒤이어 승용차에서는 영동카바레 신인가수 김 모 양이 매니저와 함께 내려서 별장으로 걸어 들어왔다. 모두가 영동카바레 신인가수 김 모 양에 눈이 꽂혀 있을 때 태국의 눈에 들어온 것은 봉고차에서 마지막에 내리는 나이가 제법 되어 보이는 아가씨였다.

　그녀는 이미애였다. 짙은 화장으로 눈 밑 나잇살을 가리긴 했어도 윤기 없는 머리칼에 초점 없는 눈빛이 아직 어제 마신 술이 덜 깬 듯 보였다. 태국이 흠칫 놀라며 미애를 빤히 쳐다보니 미애도 곧 태국을 알아보고는 인사를 건넸다.

　오래전 이미애가 쑥고개에서 정자를 떠나 서울로 올라온 그다음 해, 그녀가 다시 쑥고개를 찾아간 적이 있었다. 그 전날 미애가 다니던 술집에 취객 간 싸움이 일어나 경찰이 출동하고 영업 마감이 늦어져 새벽녘이 되어서야 퇴근하는 미어가 봉천동 반지하 월세방 문을 열고 들어섰다. 그간 노름판을 전전하던 허 민이 보름 만에 집에 들어와서는 초저녁부터 혼자 마시던 술에 잔뜩 취해 있었다. 미애가 현관문을 열고 들어오는 순간 그는 반쯤 비운 소주병을 들어오는 미애를 향해 사정없이 집어 던졌다. 다행히 소주병은 미애의 얼굴을 살짝 빗겨 날아가 현관 유리창에 그대로 박혔다. '와장창' 소리를 내며 유리창이 깨지자, 유리파편들이 현관문 아래로 쏟아져 내렸다. 놀란 미애가 차가운 마룻바닥에 털썩 주저앉자, 허 민은 보란 듯이 보잘것없는 집안 살림살이를 모조리 때려 부수기 시작했다. 조그만 싱크대 위에 쌓여 있던 그릇들이 부엌 바닥에 쏟아지고 문갑 위에 뭉툭한 다리미는 반지하 유리창을 깨고 밖으로 날아갔으며, 작은 식탁 밑 의자는 TV 브라운관에 처박혔다. 입에 담을 수 없는 욕설과 괴성으로 주변의 이웃을 모두 깨워낸 그날 새벽이 걷히고 나서야 허 민이 제풀에 지쳐 떨어졌다. 고개를 숙이고 있는 허 민에게 미애가 입에 담았던 흐르는 눈물을 내뿜었다.

　"이제 제발!, 더 이상은 제발!, 보지 말자."

미애는 쏟아지는 눈물을 훔치며 겨우 집을 빠져나올 수 있었다. 그 새벽에 미애가 무작정 집을 나서보니 찾아갈 곳이라고는 쑥고개 양어머니 김정자밖에 없었다. 막상 평택행 버스에서 내려 쑥고개에 도착해 보니 이미 '공주집'은 간판이 내려졌고 그 자리엔 '근대화연쇄점'이 새로 들어서 있었다. 다행히 '공주집' 옆 담배 가게 할머니를 통해 쉽게 정자를 찾을 수는 있었다. 정자가 불쑥 나타난 미애를 반기지 않은 것은 아니었다. 그러나 정자는 미애를 더 이상 자신의 가족으로 받아들일 생각은 없어 보였다. 딸자식처럼 키운 미애에게 '너는 더 이상 아이를 갖지 말라. 너 같은 인생을 또다시 만들지 말라.'는 말을 끝으로 미애는 쑥고개 정자의 집에서 매정하게 내쳐졌다. 정자의 집 대문을 나서 한껏 밀려오는 서러움에 미애의 발걸음이 빨라졌다. 미애가 도착한 곳은 쑥고개에 있는 '송탄시외버스정류장'이었다. 쑥고개에서 버스를 타고 서울로 돌아가려던 미애는 잠시 후 망설임 끝에 다음 버스정류장에서 내려버리고 말았다. 미애가 다시 돌아갈 곳은 반지하 셋방뿐이었으나 하루도 안 되어 전쟁터같이 폐허가 된 그 집구석을 다시 찾아갈 수는 없었다. 결국 그녀가 버스에서 다시 내린 곳은 몇 정거장 지나 '오산시외버스정류장'이었다.

미애에게 오산 읍내는 낯선 곳이었다. 오산은 쑥고개에서 멀지 않은 곳이지만 처음 와보는 곳이었다. 그날, 미애는 어쩌다 그곳에서 이름 모를 순박한 유부남을 만났다. 갈 곳을 잃은 미애는 그 유부남과 뜨거운 하룻밤을 보냈다. 그리고 다음 날 서울로 돌아온 미애는 허 민과 영영 이별을 맞았다. 오산에서 그 유부남과의 하룻밤을 보낸 뒤, 미애에게 뜻하지 않은 둘째 아이가 들어섰다. 열 달이 지나 그녀가 출산한 둘째 아이 역시 딸이었다. 미애가 홀로 둘째를 출산한 지 한 달이 지나갈 무렵 미애의 수중에 남은 돈은 한 푼도 없었다. 미애가 기거하던 사글셋방 옆집 새댁에게 사정 끝에 약간의 돈을 빌렸다. 그녀가 갓난아이를 둘러업고 찾아갈 곳은 역시나 쑥고개 양어머니 김정자뿐이었다. 그날 점심이 지나갈 무렵, 정자의 집에 초인종이 울렸다. 뜻밖의 초인종 소리에 정자가 현관문을 열어보니 갓난아이를 둘러업은 미애가 고개를 숙인 채 서 있었다. 정자는 한 치의 망설임도 없이 열린 현관문을 급하게 닫아버렸다. '철커덕' 현관문 안쪽에서 걸쇠 걸리는 소리가 들려왔다. 그러나 반투명 현관문 유리에 비치는 정자는 현관문 앞을 떠나지 못하고 뒤돌아서 있는 모습이었다. 미애는 정자의 뒷모습에 울음이 쏟아져 나왔다. 낮은 목소리로 '엄마! 엄마!'를 목 놓아 부르며 서 있었다. 한동안 둘은 닫힌 현관문을 사이에 두고 그 모습 그대로였다. 미애의 울음소리가 잦아질 때쯤 현관문이 다시 열렸다. 얼마나 울었는지 정자의 주름진 짙은 눈가에도 눈물 자국이 흥건했다. 미애가 정자를 따라 안방으로 들어섰다. 정자는 정확히 11개월 만에 피붙이를 달고 다시 찾아온 수양딸 미애를 앞에 두고 또다시 30분이 넘도록 뒤돌아 앉아 말이 없었다. 미애의 흐느끼는 울음소리가 다시 커져갈 때쯤 정자가 뒤돌아서서 미애를 바라보았다. 정자는 아무 말도 없이 미애의 딸아이를 건네받아 아랫목에 눕히고 장롱에서 주섬주섬 무엇인가를 꺼냈다.

"애 애비가 누구여?"
"몰라요!"
"미친년!"
"넌, 이 애를 다시는 찾지 말어, 니년이 받아야 할 천벌은 니년이 알아서 달게 받고."
"…."
"이 돈 가지고 올라가, 그리고 다시는 나를 찾지 말어. 다음번에 다시 보는 날엔 니년을 찢어 죽일 테니께."

정자는 미애를 홀로 서울로 올려 보냈다. 그리고 곧바로 아이를 수원에 있는 '경기도아동일시보호소'에 맡겼다. 아이의 이름을 남편의 성씨를 따서 '장' 씨로 이름은 '민경'이라 지은 메모를 남겼다. 정자 덕분에 미애가 낳은 둘째 딸아이는 '장민경'이란 이름을 갖게 되었고 맡겨진 날이 생년월일이 되었다. 떠나는 미애에게 아이의 이름을 알리지는 않았다. 정자의 망설임 없는 신속한 행동으로 남편 장 씨도 수양딸 미애가 둘째를 출산한 사실조차 알 수 없었다. 정자는 젊어서 '오산촌고아원' 시절부터 버려지는 아이들이 어디에 맡겨지는지 이미 잘 알고 있어서 미애의 둘째 딸아이를 고아원으로 보내는 것은 그리 어려운 일이 아니었다. 정자가 미애의 둘째 딸을 맡긴 지 한 달이 지나갈 무렵 정자는 다시 '경기도아동일시보호소'를 들러서 미애의 둘째 딸 '장민경'의 행방을 찾았다. 미애의 둘째 딸 '장민경'은 용인에 새로 생긴 '성심보육원'에 맡겨진 것을 알았다. 이후에도 정자는 '성심보육원'을 주기적으로 찾아 미애 둘째 딸이 커가는 모습을 지켜보고 있었다. 남편 장 씨가 주차장 사업으로 어느 정도 돈을 모으고 토미 박의 주선으로 미군 부대 내 크고 작은 공사에 손을 대면서 여유가 생기자, 정자는 남편을 설득해 매년 상당액의 후원금을 '성심보육원'에 보냈다. 그녀가 죽기 5년 전에는 '성심보육원'의 원장으로 취임했다. 그녀의 원장 취임 2년 차에 야간고등학교를 졸업하고 수원에서 섬유공장을 다니던 '장민경'이 서울에서 대학을 다니던 법대생을 만나 아이를 낳고 결혼식을 올릴 때 신부가 준비한 살림살이의 대부분을 '성심보육원' 원장 김정자가 마련해 주었다.

김정자는 젊어서 결혼을 한 후 남편의 아이를 갖고자 했다. 남편이 죽고 나서는 수없이 더럽혀진 몸으로 아이를 가질 수 없었다. 정자는 자식의 자식을 손수 버렸다. 그리고 버려진 수많은 남의 자식을 손수 키웠다. 정자는 자신이 아이를 가지려 기도하고, 아이를 버리며 죄를 짓고,

아이를 키우며 용서를 구하고 있는지를 의식하지 않았다. 다만 그녀 앞에 놓여진 선택일 뿐이었다.

이미애는 양어머니 김정자를 통해 둘째 딸을 버린 후부터 여기저기 룸살롱과 스탠드바, 때로는 방석집을 전전할 때도 있었다. 미애가 자신이 낳은 둘째 딸 '장민경'을 찾는 일은 없었다. 미애는 축복 속에 아이를 가져본 적이 없었다. 사랑 없이 태어난 아이란 존재가 자신에게 가져오는 고통이 버거웠을 뿐이었다. 그저 자신이 세상에 버려졌듯이 자신이 낳은 딸들이 또다시 그렇게 버려지는 것은 미애가 겪고 있는 지금의 상황이 자신이 버려질 당시의 전쟁 상황과 크게 달라진 게 없어서 이기도 했다. 그렇게 자신이 버려졌고 그렇게 자신이 버려야만 했던 현실이 있었을 뿐 미애에게 희망찬 내일이란 없었다.

오늘, 이곳 가평에서 이제 그나마 과거 자신의 모습을 기억하고 있는 몇 안 되는 사람 중 태국을 다시 만난 것이다. 태국과 미애 사이에 과거지사의 속 쓰린 얽힘이 없는 것은 아니지만 그 과거지사야 여전히 비참한 미애의 처지와 이제는 넉넉해진 태국의 처지가 특별한 합의 없이 처음부터 없었던 일처럼 서로가 말없이 묻어버리고 있었다. 미애는 태국이 반가웠고, 태국 또한 미애를 그리워했었다.

"아저씨 오랜만이야! 많이 변했네, 콧수염도 기르고 더 멋있어졌어!"
"니가 여긴 우짠 일이여?"
"나, 김 사장 가게에서 일한 지 꽤 됐어."
이때 둘의 이야기를 흘려듣던 천호동 김 사장이 말을 섞었다.

"아니, 형님? 아는 아입니까?"

"그려, 나 젊어서 연애하던 애여."
"간만에 회포 좀 푸시겠네요! 미정이도 옛날 오빠 만나서 추억이 새록새록 하겠다?"
"미정이?"
"작년에 김 사장님 가게 오면서 이름을 바꿔서 그래, 미정이로."
"그래, 우짜 됐던 오늘은 옛 생각이나 하면서 술이나 한잔해 보자, 미애야!"

태국과 미애는 10년이 넘는 세월이 흘렀음에도 어제 본 듯 반갑게 주거니 받거니 술잔을 기울였다. 자정이 넘도록 경찰서장은 한참을 카바레 김 모 양과 듀엣으로 노래를 부른 후 옆에 끼고 있던 아가씨를 데리고 2층 방으로 올라갔다. 채 사장도 자신의 파트너와 또 다른 2층 방으로 사라졌다. 카바레 김 모양이 서울로 떠나고 태국과 미애, 천호동 김 사장과 그의 파트너가 술자리를 이어갔다. 천호동 김 사장이 눈을 게슴츠레 뜨고 태국에게 물었다.

"형님, 젊어서 무슨 경찰 하셨소? 어찌 경찰서장을 다 달고 다닌데요, 다음에 서울청장 할 사람이라면서요?"
"경찰은 무슨…, 내가 자유당 때 '대한청년단'이라고 있어, 거기엔 들어갔었지."
"그래서 뭐, 빨갱이 좀 때려잡고 그러셨소? 왜 계속 그쪽으로 나갔으면 형님도 경찰 간부쯤 됐을 것 아니요?"
태국이 한참을 생각에 잠겼다.

"야! 말도 말어. 그 당시 내 위로 같이 다니던 형님 중에 '윤봉진'이라고 있어. 그 형님이 6.25사변 터지자마자 빨갱이들한테 잡혔다가 간신히 도망을 쳤는데, 그때 그 동네 인민위원장이 몰래 빼내서 살려준 거여. 근데 미군들이 들어와서 서울이 수복된 후에 인민군에 부역한 빨갱이들 소탕한다고 찾아다닐 적에 그 인민의원장 잡으러 용인까지 갔었는데, 사실은 어떻게든 봉진이 형님이랑 나는 경찰보다 먼저 그 사람을 찾아서 어디든 살려 보내야 한다고 한 건데, 옙비! 오발 사고가 나 가지고 그 인민위원장 부인이 그 자리에서 죽은 거 아녀! 옆에는 네댓 살 먹은 딸아이가 하나 있었는데, 지 아부지는 경찰한테 잡혀가고 지 에미는 그 자리에서 오발 사고로 죽고 그래서 어쩔 수 없이 니가 그 애를 데려다가 부대로 복귀하는 미군들 손에 맡긴 적이 있어. 내가 그때 얼마나 놀랬는지 그담부턴 경찰들 근처에는 얼씬도 안 했는데 서울 올라와서 먹고살다 보니까 어쩔 수 없이 맨날 경찰 비유나 맞추고 살게 되더라구!"

그 소리를 가만히 듣고 있던 미애는 아버지가 체포되던 그날 밤 자신의 손을 잡고 어딘가로 자신을 데려간 어떤 젊은 청년이 있었음을 기억해 냈다. 아주 어린 시절의 일이지만 눈앞에서 엄마가 쓰러지고 아버지가 체포되어 끌려가던 장면은 평생 잊을 수 없는 일이었다. 미애는 얼굴을 돌려 힘없이 흐르는 눈물을 연신 훔쳤다. 그렇다고 그때 그 아이가 자신이었음을 태국에게 들키고 싶지는 않았다. 자신의 불행한 과거사를 들춰서 잘잘못을 따지기엔 이미 자신의 인생은 너무도 멀리 벼랑 끝 낭떠러지에 와 있었다. 미애는 상경 후 원래서방 허 민의 잦은 외도와 도박에 결국 스스로를 몸 파는 술집 여종업원 신세라는 구렁텅이에 던져 버렸다. 잦은 다툼 끝에 허 민은 자신을 떠나 아비에게 돌아가 다른 여자와 결혼을 했으며 천안 어딘가에 작은 극장을 연 것 같다는 과거사를 남의 이야기 하듯 털어놓았다. 태국과 미애는 오랜만에 한 이불을 덮고 누웠다.

"아저씨! 아까 하던 옛날이야기 있잖아, 그때 그 인민위원장인가 하는 사람의 부인은 누구 총에 맞아 죽은 거야? …아저씨가 쐈어?"
"…아녀, 있어!"

짧은 말끝 뒤에 이어지는 긴 침묵이 반쯤은 자백 같은 거라 미애는 알아차렸다. 그렇다고 시비를 따지자고 자리를 털고 일어설 힘이 없었다. 미애에게 복수나 용서 같은 감성적인 반응이 일어나기에는 그녀의 정서적 밑천이 완벽하게 메말라 있었다. 미애는 태국의 얼굴을 마주 보고 누워 태국의 머리카락을 쓸어 넘겼다. 태국은 미애의 눈가가 촉촉이 젖은 채로 자신의 머리를 쓰다듬는 손길의 의미를 알아차릴 수 없었다. 태국은 굳이 잊혀진 과거사에 자신이 오발 사고의 당사자였음을 이야기할 필요는 없다고 생각했다. 태국은 오랜만에 따뜻한 미애의 가슴에 얼굴을 묻고 잠들었다. 그날 이후 태국은 김 사장에게 미애가 진 빚을 청산해 주고 자신의 가게 카운터에 미애를 앉혔다. 예전에 그러했듯이 태국은 간혹 미애를 들여다볼 요량으로 가락동시장 인근에 방 한 칸을 마련해 주었다. 몇 년 뒤 청수매운탕이 '예술의 전당 건립 및 주변정비사업'에 속하게 되자, 경찰서장은 건너편 카센터를 밀어내고 그 자리에 태국은 갈빗집을 연이어 열었다.

#2-7 〈황태국의 귀향〉

　1990년도 10월 어느 날, 황태국이 서울에서 매운탕 장사, 고깃집 장사로 제법 돈을 벌면서부터 매년 10월 선친 기제사 다음 날이면 어김없이 자식들을 대동하고 산소를 둘러보러 '선이'로 내려왔다. 태국의 처는 10월에도 추위를 타는지 여우 목도리를 귀가 덮이도록 두르고 퍼레이드하듯 '선이'를 한 바퀴 돌아봤다. 마을회관 앞에서 알밤을 입으로 까먹던 마을 아낙네들과 살가운 인사를 나눴다.

"안녕들 하셨어요!"
　태국의 처와 눈이 마주친 순미 어미가 입에 물고 있던 알밤 보늬(속껍질)를 뱉으며 비꼬듯 태국 처에게 한마디 했다.

"튓! 여름감기 들었어? 뭔 개털을 목에 두르고 댕겨?"
　멈칫하는 태국 처의 눈치를 살핀 진수 어미가 정색을 하며 인사를 했다.

"하이고 아줌씨 내려으셨슈!"
"잉, 그려요, 잘 지내셨죠들?"
　전에 윗집 살던 성기 어미가 반가워하며 인사를 더했다.

"암요 우덜은 다 잘 지내요, 지난번 아자씨 내려오셔서 마을에 돼지한 마리 잡아주신 통에 동니 어르신 덜 모두 다 배때기에 기름기가 잔뜩 꼈슈!"
"아, 뭘 그려, 그깟 거 가지고, 그런데 성기 엄마? 할부지는 여전허셔?, 성기는 장가갔나?, 안 갔으면 꼭 연락혀. 이웃지간이라 그런지 우리 집

양반이 이따금 성기 엄마 잘 지내냐고 물어보네. 옛날에 성기 엄마가 가져다준 쑥개떡이 그렇게나 쫀득혔다."

"야, 요즘 우리 노인네가 이가 죄다 빠지셔서 물 말어 잡숫는데도 닭다리엔 살점 한 첨 안 남아유, 그리고 성기 장가간 지는 10년도 더 됐슈! 아자씨는 여전허시쥬?"

"어쩜 그리 장수하신데, 한 여든다섯도 넘으신 거 아닌가?"

"여든다섯이 뭐여요, 발써 아흔 둘이신디… 안적까지도 맨날 12시까정 테레비를 보신다니께요. 맨눈으로."

옆에서 성기 어미와 태국 처의 이야기를 듣고 있던 진수 어미가 거든다.

"그려 참 거시기혀. 성기네 홀시아버지 살이 몇 년째여? 한 40년 돼야 가나, 어지간허면 아침에 안 일어나실 때도 되얐는디, 사실, 노골적으로 말해서 그 어르신 친구분들은 죄다 양지바른 뒷동산에 나란히 누워 계시잖유, 때 되면 절 두 번씩 받으시구, 차례주 드시구 그러잖여?"

"뭔 소리여, 새벽에 요강은 아직도 당신이 버리셔유, 배추밭에 골고루다. 평생이여, 뭐 특별히 해드리는 것도 없는디 기력이… 하여튼 새장가 보내드려도 된다니께."

오고 가는 이야기를 듣고 있던 순미 어미가 이야기를 정리해 버렸다.

"아녀, 자네네 어르신이 장수하는 건, 진작에 젊어서 당신 아부지 산소 옆이다 자기 공갈묘를 써놔서 그려."

"그기, 왜유?"

"시제 때 부처내 만신한테 들어서 쓰게 된 건디, 긍께 공갈묘를 쓰고 나서는 그 냥반이 언제 죽어도 들어갈 음택[24]이 생겼잖어, 그라니께 그나마 살아서 해야 할 걱정이 싹 다 사라지는 겨, 그다음부터 기냥 일사천리로 장수하는 거라니께. 일백 살 될 때 까정!"

이야기를 듣고만 있던 태국 처가 진중한 표정으로 순미 어미에게 물었다.

"부처내 절 이름이 뭐여?"
"이, 그 만신은 죽은 지 꽤 돼얐고, 인자 그 딸년이 점을 치는디, 맨날 쥐 잡아먹은 년처럼 구치베니[25]를 시뻘겋게 처바르구 어찌나 꼬랑지를 치고 댕기는지, 너머 동네 땅 안 팔아먹은 성한 서방이 한나도 없다 잖어!"
"그려?"
"아주 매미 새끼처럼 사내 몸에 착 달라붙어서 아랫도리를 기가 막히게 돌려 덴야!"
"그 새끼 무당도 용하댜?"

태국의 처가 계속해서 진중하게 묻자, 옆에 있던 진수 어미가 간드러지게 웃으면서 말을 받았다.

"까르르…, 하이고 갸가 뭔 점을 제대로 쳐유, 일전에 갸가 뭐라냐면 유월에 동쪽으로 가면 물조심하고, 섣달엔 불조심하고, 춘삼월에 북쪽으로 가면 사내조심 하래유. 그딴 점을 누가 못 쳐유. 송말이 이승물 서편짝인디 그러면 동쪽으로 가면서 물조심허야지 뭐 개조심 허겠슈, 한겨울에 나무 때고 사는 년이 당연히 불조심혀야지. 그리고 송말 북쪽이라야 기껏해야 후곡하고 월촌리인데 봄바람 나봤자 인자 거긴 숟가락

---

(24) 무덤을 사람 사는 집에 상대해서 이르는 말.
(25) '구치베니, 구찌베니'는 립스틱, 루주의 다른 명칭이다.

들기도 힘든 쭈그렁탱이들만 잔뜩 사는데 뭔 사내조심이유."
"그래도 가끔은 맞을 때가 있는 거 아녀?"
"작년 정월 그르게 저 아줌니 순미 데리고 그 새끼 무당년한티 점치러 갔잖아유. 그럼 뭘 혀, 엊그제 순미 이혼했는데."
그 소리를 듣던 순미 어미가 성질이 나서는 들고 있던 알밤을 진수 어미 대갈통에 던져버렸다.

"저 씨부랄 여편네가…. 너 뒤진다."

이 소리는 태국 처를 통해 태국에게 들어갔다. 다음 주, 아침 댓바람에 태국이 목에 빨간색 스카프를 둘러 묶고 가와사키 쌍기통 오토바이를 털털거리며 조카사위 유종헌을 찾았다.

"야! 종헌이! 종헌이 있냐?"
외양간에서 소똥을 치우던 종헌이 굳이 냄새나는 쇠똥을 오삽에 한가득 떠서 태국의 앞으로 가지고 나와 섰다. 쇠똥냄새가 진동을 했다.

"잉? 또 오셨슈!"
"그려 인마, 내 뭐, 또 오면 안 되냐? 거 소똥 좀 먼저 버리구 와."
종헌이 두엄 더미 위로 소똥을 시원하게 던져버리고 삽자루를 탁탁 털고는 다시 태국 앞에 섰다.

"어쩐 일이셔유?"
"거시기…, 돼지 한 마리 잡아야겄다."
"지난달 한 마리 내셨는디 뭘 연방 돼지를 잡어유? 여기 사람들도 인자는 돼지괴기 잘 안 먹어유."

"인마, 그려도 일할 때는 기름진 돝괴기가 최고지. 뭔 소리여!"
태국이 가죽 장지갑에서 주섬주섬 돈을 꺼낸다.

"아뉴! 15만 원이면 잡냐?"
"지금 생돼지 먹을 따서 단도리를 혀야 하는디 그깟 귀때기나 몇 첨 얻어먹겠다고 그 짓을 해유."
"자식이. 얀마 18만 원! 돼지는 15만 원짜리로 잡고 3만 원은 순쟁이 빤스나 하나 사 줘."
종헌은 속으로 궁시렁댈 뿐 싫다는 소리를 하지는 않았다. 인기척에 순정이 현관문을 열고 나왔다.

"오삼춘 오셨슈!"
"그려, 순쟁이 넌 니 엄니 돌아가시고는 서울엔 왜 한 번도 안 오냐? 니도 애들 다 중핵교 이상 댕기는 거 아녀? 겨우내 놀지 말구 우리 가게 와서 김치 좀 담그고 그뉴, 그리고 김장하고 묻어둔 배차 꼬랑지 남았거든 몇 개만 챙겨봐라."
"야! 오삼춘은 그거 뭐 먹을 것 있다구 맨날 찾으셔유?"
"그거 먹으면 옛날 생각나서 그려, 매쿰하구 들쩍지근헌게 먹을 만허다니께."
"쫌 있다 가이당에 올켜놓을 테니께 올라가실 때 챙겨 가셔유."
종헌은 매번 일꾼 부리듯 조카사위를 부려 먹고 순정을 파출부 취급하는 태국의 태도가 영 못마땅했다. 대신 종헌은 항상 순정에게 태국의 태도에 대해 궁시렁댔다.

"저 씨부럴, 지도 고기 장사 하는 눔이 돼지값을 모를 리가 있어? 하여튼 드런 놈이여, 저놈은 돈도 많음서, 그 좋다는 태국에나 가서 살지 왜

이 촌구석에는 자꾸 기드르와 돈지랄인지 몰러! 평생을 맨날 젊은 애덜 꼬셔다가 방 한 칸 얻어주고 들락거리며 두 집 살림 산 것을 뭔 자랑이라고 떠벌리고."
"아이, 들겄어!"

종헌이 저만치 앞서가는 태국의 뒤를 따라 찬우물로 향했다. 걸음을 바삐 옮겨 태국의 뒤를 따라잡은 종헌이 돼지 잡을 날짜를 묻자 금주 금요일 점심으로 정하고 그 이유를 설명했다.

"저기 찬우물 옆에 우리 산소 있잖냐, 거 장비 불러 이단으로 쌓고 윗단에 부모님 산소를 다시 모실라고 그라니께, 동네 사람들 산소 좀 잘 밟아달라고 내는 겨. 큰 소리로 달공방아(26) 좀 단단히 쪄달라고, 그리고 아랫단에는 내 가묘를 써야겄다. 니가 십장이여. 봉분 아래로 물 잘 빠지게 나라시를 비스듬히 치고, 품값으로 반목은 더 줄 탱께 단도리를 잘혀야 혀! 그리고 승옥이는 데모도로 쓰고…."
태국 부친의 뫼자리는 하루 종일 햇볕이 내리쬐고 토질은 마사토질이라 유골은 분명 황골(27)이 되어 있을 것이고 덕분에 태국은 자신에게 재복이 많은 것이라 확신했다. 어느덧 종헌은 도념 너머 돼지막에 중돼지 한 마리를 주문해 놓았다. 돼지 대가리에 도끼질할 사람은 후곡에 사는 친구 만식으로 정했다. 금요일 오전, 앞뒤로 다리가 묶인 꺼먼 흑돼지의 대갈통에 만식의 야무진 도끼질이 꽂혔다. 잠시 경련에 떨던 돼지다리

---

(26) '달구' 방아의 방언으로 달구는 집터나 무덤을 다지는 데 쓰는 도구로 여러 사람이 힘을 모아 공중에 들었다가 땅에 떨어뜨리는 일을 의미하며 '달구질'이라고 한다.
(27) 무덤 속에서 누렇게 된 해골. 풍수지리에서 그런 무덤을 길혈(吉穴)이라 하며 후손들에게 복이 온다고 알려져 있다.

가 뻣뻣해지자 종헌이 잘 벼린 무쇠 칼을 돼지멱에 들이대고 쑤셔 박았다. 시뻘건 선지가 널찍한 스테인리스 함지박 가득 쿨럭쿨럭 쏟아졌다. 이미 한참을 끓고 있던 양은 솥단지의 뜨거운 물을 돼지주둥이로부터 시작해서 짧달막한 꼬리까지 꼼꼼히 뿌려댔다. 서너 명의 장정이 달려들어 꺼먹 털을 뜯었다. 장정 둘이 앞뒤에서 돼지 네다리를 잡고 벌리자 종헌의 칼질이 뚫린 돼지멱에서 시작해 한 번에 돼지 배를 갈랐다. 종헌이 친구 만식에게 말했다.

"구렁이 창시 훑어 내듯끼 한 방에 내장을 긁어내야 혀."
 잘린 돼지목줄을 잡고 만식이 돼지 내장을 들어내자 '뻐어억' 나무토막 갈라지는 소리를 내며 시원하게 돼지부속이 아래로 쏟아졌다. 잠시 후 구경하던 장정들 모두가 뜨끈뜨끈한 시뻘건 생간을 베어 물었다. 십여 길은 족히 넘을 배배 꼬인 돼지창자가 나뭇가지에 걸려 뒤집어지며 덜 영근 돼지 똥을 토해냈다. 누런 오줌보는 노끈으로 양쪽이 단단히 묶인 채 아이들의 발 앞에 던져졌다. 마침내 잘려나간 돼지대가리가 뿌옇게 삶아져 이장하는 태국 부친의 묘소 앞에 근사한 재물로 놓였다. 한동안의 처절한 난장이 지나간 후에야 멀쩡하던 돼지 한 마리가 누군가의 축복으로 변해버렸다. 온 동네가 기름진 술판으로 무너진 금요일을 지나 월요일이 되어서야 요란하던 장비들이 철수했다. 태국의 선친 묘는 맨 아래쪽에 석축을 쌓았다. 동그라니 좌청룡 우백호를 자연스레 만들어 아랫단에는 자신의 가묘를 지었다. 윗단에는 자신의 부모님 묘소를 다시 썼다.

 이듬해,
 태국은 노년에 내려와 살 집을 마련하고 3년 뒤 처와 함께 고향인 이승물 서편 '선이'로 귀향했다. 또다시 몇 년 후엔 이미애를 설득해 부처내 떡 방앗간 2층에 다방을 하나 얻어주고 미애를 데리고 내려왔다. 간판은 미정이란 이름 끝 자를 따서 '정다방'이라 붙였다. 이미애는 1998년 양부 너더리 장 씨의 재산 일부를 상속받아 정다방 건물 전체를 사들였다. 태국의 '선이' 집은 현관문을 들어서면 정면에 넓은 거실 벽면이 눈에 들어왔다. 그곳엔 벽지 대신 젊어서 구룡령 커브 길에서 찍은 태국의 오토바이 라이딩 사진을 전면에 꽉 차도록 붙였다. 사진 속 태국의 허리춤을 잡고 젖가슴이 터져라 매달려 있는 아리따운 여자는 태국의 처도 미애도 아니었다. 몇 년 전부터 마을에 고속도로가 지나간다고 뒤숭숭했다. 톨게이트가 들어선 후로는 수없이 쏟아지던 동편 하늘의 별빛은 회화리 벌판에 내리지 않았다. 저 멀리 오산비행장 활주로 할로겐 램프만 점점이 박혔다. 귀향한 지 3년이 지나지 않아 태국의 처는 요양병원으로 거처를 옮겼다. 다시 3년이 넘어가는 겨울엔 태국이 오토바이가 아닌 네 발 달린 전동차로 바꿔 타야 했다. 태국은 그놈의 고속도로 톨게이트가 자신의 가묘 앞에 떡하니 들어선 후 온통 가묘의 기를 막은 탓이라고 자신의 건강 상태의 원인을 찾았다.

"이 선이 이장 새끼는 허는 일이 없어! 아니 동니 한복판에 뭔 톨게이트를 만든다는데 그걸 못 막어?, 아니 선이 바닥에서 대통령이 나왔냐, 정주영이 나왔냐! 왜 이 촌구석에 톨게이트를 짓고 지랄여! 저 톨게이트 불빛에 언 놈이들 잠이나 제대로 잘 수 있겄냐!"

태국의 수발은 얼마 전부터인가 큰딸과 작은아들이 가끔씩 챙기고 있었다. 큰아들 춘성이 매달 보내오는 돈으로 먼 친척 조카뻘인 옆집 진수 어미에게 조석을 부탁했다. 오늘도 태국은 늦은 아침을 먹고 깔끔하게 면도를 한 후 뒷걸음질로 힘겹게 현관 계단을 내려와 전동차에 올랐다. 건너편 현승이네 앞마당에는 고참 과부 순미 어미가 아침 일찍 캐온 쑥을 다듬고 있었다. 신참 과부 현승 어미가 태국이 출발하는 모습을 빤히 쳐다보며 순미 어미에게 물었다.

"아니 저 노인넨 전동차 타고 맨날 부처내는 뭐 하러 나가신데요?"
"부처내 '정다방' 가는 겨!"
"설 사람들은 다 늙어서도 갠날 커피를 마셔야 하는가 보네."
"설 사람이라고 맨날 다방 커피를 처먹냐! 요즘 커피믹스가 얼매나 잘 나오는디."
"아니, 원래 커피 중에 젤토 맛있는 것이 남이 타 준 커피라잖어유."
"아녀, 저 노인네 다방 년한테 부랄 만져달라고 가는 겨."
"세상에 아니 별모레 죽을 노인네가 뭔 노망이래!"
"손으로 잘 주물러서 한 번 세워주면 만 원씩 젖가슴에 찔러준다더라, 그래도 요즘 뜸하게 나가는 게 인자는 잘 안 서는 갚다, 그러지 말고 현승이 니가 쫓아가서 세워준다 혀봐, 멀리 갈 것 뭐 있어. 우선 웃짱 까고 손바닥에 '퉷퉷' 침 잔뜩 밭라서 세워주면 한 3만 원은 안 주겠어? 아마 입으로 해주면 5만 원도 줄 꺼다. 니 젖통이 정도면 충분혀."
"미쳤슈, 이 아줌마 봐… 하이고 참!"
"허긴, 성기 에미도 있는데 니까지 그럴 거야 읎것다…."
"성기네 아줌니가 왜요?'
"성기 에미가 젊어서 태국이 작은집이잖여! 니도 서방 죽은 지 3년 지났으면 뭔 지랄을 혀도 괜찮어. 팔십 먹은 버커리[28]도 마음만 동하든 새로 시집가는 겨. 사실 니나 내만 과부인 것 같지? 여기 송말에서 서방 거시기 붙들고 잔다믄서 자랑질하는 년들 사실상 죄다 과부여. 그년들두 대충 3년 안에 호적상 미망인 돼야 비로소 복받는 겨."

---

(28) 늙고 병들거나 고생을 많이 해서 쭈그러진 여자.

"아니 그래도 서방 있는 게 좋지, 과부가 뭐가 좋다구 그려요?"

"이 등신아, 니 집에 달구베슬꽃[29]이 저렇게나 벌렁거리며 시뻘겋게 벌어져 있어도 벌이 안 찾으면 무슨 소용인 겨, 과부는 은이 서 말이고 홀애비는 이가 서 말이라고 했어. 같은 값이면 과붓집에서 머슴살이한다는 말도 몰러."

몇 년 전, 미애가 정다방 건물을 사들인 날이었다. 미애가 그날 오후에 태국에게 전화를 해 다방으로 불렀다. 웬일이냐는 물음에는 이승물 건너 용인 송전방죽 근처에서 매운탕이나 한 그릇 사달라는 것이었다. 태국은 간만에 미애와의 데이트에 들떠 즉시 오토바이를 끌고 정다방에 도착했다. 둘은 오토바이를 타고 이승물 새장둑을 타고 내려갔다. 새장둑 안쪽의 수십 년 농작물을 키워내던 하천부지는 억새밭으로 변했다. 흰 모래가 쌓여 있던 모래턱은 몇 차례 준설 이후 그 자취를 감추었다. 진위천 합수부 앞에서 쑥고개로 방향을 틀어 진위천을 따라 송전방죽에 다다랐다. 넓은 방죽이 내려다보이는 허름한 매운탕집 한 군데를 찾아 들어갔다. 제법 키가 큰 고무함지박에는 그날 아침에 잡은 시커먼 월척 붕어가 이리저리 헤엄치고 있었다. 태국이 매운탕집 주인에게 주문을 했다.

"사장님, 요놈하고 요놈으로 잡아주시고, 산초 있으면 붕어 뱃속에다 좀 넣어주쇼."

"예, 한 30분 정도 기다리시면 바로 끓여 올리겠습니다."

미애가 한동안을 방죽 건너편 움푹 파여 평평한 지형을 바라보고 있

---

(29) 맨드라미꽃.

었다.

"아저씨, 우리 30분 기다려야 한다는데, 저 건너편 기슭에 한번 가보자."
"그려? 사장님, 저 건너까지 길이 있어유?"
"네. 들어가는 길 있습니다.'
"아저씨, 길 있어, 저기가 듣당골이라고 부르는 데야."
"아니 니가 그걸 어떻게 알어?"
"맞아요. 저기를 금당골이다 불러요. 잘 아시네."

태국은 미애를 오토바이에 싣고 송전방죽 아래에 있는 마을을 돌아 소나무밭을 지나 듣당골로 들어갔다. 금당골 아래 남쪽으로 펼쳐진 송정방죽은 바다처럼 넓고 평온했다.

"이곳은 사람 하나 살지 않는데, 예전에 절이 있었나, 왜 금당골이라 부른다냐?"
"아저씨! 여기 금당골을 보러 온 게 아니라 저 방죽 너머 산 중턱에 교회 하나 보이지 않나?"

태국이 실눈으토 방죽 건너를 자세히 보니 산 능선 중턱에 몇 가구의 낮은 지붕과 그 꼭대기에 교회 종탑이 눈에 들어왔다.

"그려, 저 멀리 보이네!"
"아저씨 저기 교회 생각 안 나?"
"…?"
"저 교회 밑에서 아저씨가 어려서 내 손잡고 내려왔잖아. 교회 밑의 그 집은 없어진 지 오래됐고, 지금은 내가 엄마 아빠하고 숨어 있던 토굴도 다 무너졌어."

태국은 아무 말도 할 수가 없었다. 벌어진 입은 다물어지지 않았다. 미애를 똑바로 바라다볼 수 없었다.

"미애야… 미안하다."

"아니야, 아저씨도 많이 힘들었잖아. 내가 더 고마운 일이지, 그냥 아저씨랑 꼭 한 번은 와보고 싶었어. 저 교회 이름이 '아리실교회'야, 혹시 아저씨보다 내가 먼저 죽거든 나 화장해서 아리실교회 밑에다 뿌려달라고 부탁하러 온 거야!"

"그런 부탁이야 자식들에게나 하는 일이지…."

"아저씨! 사실 내가 딸을 둘씩이나 낳았어도 그 아이들이 어디서 어떻게 사는지를 몰라. 에미 노릇이라고는 해본 적이 없는 내가 어떻게 아이들을 찾아서 내 뒤를 부탁해요."

"딸아이 하나가 아니었어?"

"아니요, 서울 올라와서 하나 더 낳았다가 도저히 키울 수가 없어서 버렸어요."

"아니 애 아비가 누군데, 그 아비한테라도 맡기면 될 것 아녀."

"그냥, 하룻밤 스쳐 가다 만난 인연인데 하필 애가 들어서드라구."

"그래도 왜 찾아가 보지 그랬어."

"무슨 감당하지 못할 인연을 또 엮는대요? 죄 많은 년이 그나마 양부모를 만난 것이나 늙고 나서 아저씨 같은 사람을 만난 것으로 만족하고 살다 조용히 가는 거지…."

"…."

"사실은 정다방 열고 며칠 지나 그 남자를 만나기는 했어요, 그런데 만난 다음 날 죽어버리더라고."

미애는 매운탕집으로 돌아오는 길 내내 태국의 허리를 꼭 끌어안고 있었다. 미애는 매운탕을 맛있게 먹었다. 태국은 수저를 들지 못했다. 미애만을 바라보고 있던 태국이 갑자기 물었다.

"미애야? 그때 쑥고개에서 왜 날 버리고 갈라섰던 서방이랑 다시 서울로 도망을 갔다냐?"

"그 사람이 다시 찾아와서 그랬어요. 자기네 3천 평짜리 배 과수원에 하얀색 배꽃이 지천으로 핀대요. 그 한가운데 복숭아나무가 한 그루 있는데 내가 흰 배꽃 속에 핀 빨간색 복사꽃 같다고, 지금 생각해 보면 맞는 말이긴 해요. 난 배꽃 천지에 홀로 핀 복사꽃처럼 외로웠으니까."

태국은 미애가 3년 후 자궁암으로 죽기 전까지 자주 정다방에 들렀다. 그동안 정다방 앞에 서 있던 태국의 오토바이는 어느새 네 바퀴 전동차로 바뀌었다. 태국은 쓴 커피를 좋아하지 않았다. 다만 하루하루 시들어 가는 미애를 외롭지 않게 하기 위해서였다. 미애가 죽고 그녀 앞으로 있던 재산은 그녀의 유언대로 처분해서 고양시 일산에 있는 해외입양기관에 기부금으로 보내졌다.

이미애는 화장 후 '아리실교회' 아래 수풀 속 주인 없는 복숭아나무 아래 뿌려졌다.

3. 의붓아들

유장용은 유종헌의 숙부다.

#3-1 〈숙부: 유장용〉

 '선이'에서 이승물 따라 남쪽으로 이십 리쯤 내려와 넓은 '한판들'을 넘어서면 '구실' 마을이 놓여 있다. 마을 안쪽 남으로 난 신작로 오른쪽에 오래된 정미소가 있었다. 그 길 건너편에 유종헌의 부친 유석용이 집을 짓고 살았다. 유석용의 첫째 부인 성필례가 사망한 후 둘째 부인을 들이기 전에 기존의 집터에 자그맣게 새집을 지었고, 유석용의 계모 이귀분과 그의 이복동생들은 근처에 오래된 초가를 사서 이사를 나갔다.

 신작로 입구 개똥이네 집 옆 마을회관, 그 앞엔 삐뚠 소나무를 깎아서 초가를 씌운 낡은 정자가 서 있었다. 정자가 놓인 자리는 사실상 죽을 날 받아놓은 노인네들이 지는 해를 바라보는 자리였다. 그 앞 작은 공터에는 농한기를 맞아 할 일 없는 동네 총각들의 척사놀이와 막걸리 술판이 일상이었다. 정자 안쪽엔 지는 노을을 아쉬워하는 쭈그렁탱이 늙은이들과 정자 바깥은 하루가 마냥 번잡하고 여전히 맨질맨질한 젊은것들이 마주했다. 남북으로 앞뒤가 트인 정자 기둥 모서리에는 윷 말판이 새겨졌다. 충분히 물에 적셔진 채 널브러진 가마니 윷판은 두세 짝이나 깔렸다.

소소히 막걸리 내기 장기를 두는 노인네들은 이미 기울인 막걸리 잔에 취기가 거나한 상태로 윷놀이를 새로 시작했다. 펑퍼짐한 바지춤은 허리에서 흘러내려 골반께 걸쳐지고 발목을 감싼 대님이 풀어져 바짓자락이 고무신에 밟히는지도 몰랐다. 오줌 줄기의 반은 바짓가랑이에 질질 흘리기 일쑤였다. 아직은 젊은 축에 드는 유오균은 연신 유장용의 말을 잡을 때면 '지화자'를 외쳐댔다. 동시에 한쪽 발을 제기차기하듯 들어 올리며 한 바퀴 돌면서 손은 번갈아 가며 아래위로 휘저으며 춤을 추어댔다. 막걸리 한 사발을 쭉 들이켜고 고린내 나는 짠지를 한입 가득 우적거렸다. 시큰한 윷판은 저녁 무렵 쇠죽 끓이던 아이들이 그들을 데리러 오고 나서야 끝이 보이곤 했다.

　유장용의 형인 유석용은 여전히 투전판에서 그러하듯 윷놀이꾼들 술시중을 들었다. 연신 남의 장기판에 놓인 말을 어떻게 세우는 게 유리한지 골몰할 뿐 대놓고 훈수를 두지는 않았다. 유석용의 바로 손아래 동생 유장용은 형과 여섯 살이나 나이 차이가 났다. 장딴지가 터질 듯 굵고 이마가 훤하며 성격이 늘 유쾌해서 형인 유석용과는 확연하게 달랐다. 덩치도 형보다는 훨씬 큰 데다 각지고 허연 얼굴에 어깨가 떡 벌어지고 등판이 넓어 형과는 닮은 구석이 없었다. 구실에서는 이승물 모래턱에서 유장용을 씨름으로 넘긴 사람은 아무도 없었다. 게다가 유장용의 모친 이귀분은 구실에서는 보기 드문 천주쟁이라 안방 서쪽 벽 높이 거룩한 십자가를 걸었다. 모친 이귀분의 말솜씨가 늘 조심스럽고 온화한 데다 누구와도 시비 거는 일 없는 집안 가풍 덕에 유장용은 유씨 가문의 둘째 아들로 굴곡 없이 살아왔었다.

　그해, 1945년 2월 그리고 그날, 음력 정월 보름이 지나자 삭풍이 순해지고 간만에 햇살이 온화했다. 양지바른 마을 길엔 겨우내 얼어붙어 있던 땅이 녹아 푹푹 빠지는 진창으로 변했다. 수많은 털고무신 발자국이 신작로 위에 선명히 찍혀 있었다. 늦잠에서 깬 장용에게 엊그제 새로 시집온 형수가 늦은 아침 밥상을 차려냈다. 제법 귀찮을 법도 했을 터인데 손아래 시동생의 밥상에 꽤 신경 쓴 흔적이 느껴졌다. 3년 전 조카 둘을 낳고 젊은 형수가 사고로 죽은 후 3년 만에 새 형수의 정성 어린 밥상을 받아 본 것이다. 그날 그렇게 장용의 하루는 기분 좋게 시작되었다. 밥상머리 자리를 털고 일어나서 관심을 밖으로 돌리니 '구실 마을' 남정네들 대부분이 어디에 모여서 무슨 짓을 하고 있는지 대뜸 짐작이 갔다. 주섬주섬 바지춤에 돈푼깨나 찔러 넣고 장용은 마을 정자 앞 윷판으로 향했다.

　장용은 술을 좋아하지는 않았으나 힘쓰는 일이든 노름이든 누구에게 지고 사는 일은 스스로 용납하지 않는 성격이었다. 동네 젊은 치 중 나이가 가장 적은 축에 끼었지만 늘 '갑오잡기 윷놀이'는 장용을 중심으로 벌어졌다. 가마니 윷판을 가운데 두고 서 있는 이가 몇 명이 되었든 한 판에 10원씩 가마니 윷판 밑에 깔아놓고 시계방향으로 돌아가며 윷을 던지면 가장 높은 수(모·윷·걸·개·도)를 던진 이가 그 판돈을 모두 거둬 가는 큰 놀음이다. 지난해 장용은 오성면 일대를 전전하며 타동네 윷판을 돌았다. 돼지 한 마리 값을 날리고 난 뒤부터 집 뒤뜰에 물먹인 가마니를 펴놓고 쉴 새 없이 윷가락을 던지며 연습을 해댔다. 최소한 한 가락을 자신의 머리 높이 위로 던져야 하는 것과 윷가락 두 가락이 가마니를 완전히 벗어나면 안 된다는 것은 일대에 통하는 명백한 규칙이었으며 대부분 자세를 낮추어 쪼그리고 앉아서 모가 나오든 윷이 나오든 각자의 요령껏 윷가락을 던지고는 했다.

　유장용은 모 아니면 도이고, 되도록 모가 나와야 판돈을 먹을 수 있다는 것을 잘 알고 있었다. 어차피 머리 위로 던져진 윷가락 하나는 엎어지든 젖혀지든 운에 맡기는 것이고 나머지 세 가락은 물 먹인 가마니짝에 살며시 잘 굴려서 될 수 있으면 엎어지도록 요령을 피웠다. 수천 번의 연습은 헛되지 않았다. 장용의 윷가락 중 한 가락은 머리 위로 높이 던져지고 나머지 윷가락 세 짝은 그의 손바닥에서 적정한 간격으로 교묘하게 던져졌다. 대부분 가위표시가 그어진 면이 위로 가면서 엎어지는 경우가 다반사였다. 그 끝과 모 아니면 도가 주로 장용의 결과물이었다. 연습의 결과는 긍정적이어서 유장용의 '갑오잡기 윷판'은 장용의 모에 어지간한 놈은 이겨낼 재간이 없었다. 장용이 모가 나오는 판이면 읍내 기생집 명월이 같이 몸을 팔자로 비틀고 윷을 던짐과 동시에 살짝 뒤로 물러나면서 어차피 모가 나올 것이라는 확신을 가진 듯 곧바로 한쪽 다리를 들고 춤을 출 준비가 이어졌다. 그 모습은 온 동네 치기들에게 불공정과 불합리로 다가왔다. 상당수의 윷판은 돈을 거둬가는 장용의 모습으로 끝을 맺고는 했다. 그해 겨울 보리가마니 값이나 잃어버린 유오균은 더 이상 이 불공정을 참을 수 없었다. 네댓 명이 둘러선 윷판에서 장용이 윷가락을 손에 쥐고 뜸을 들이자 홑바지 허리춤에 두 손을 찔러 넣은 손위 동네 청년이 재촉해 댔다.

"어여 놀어, 인마!"
"그려 잘 봐라. 내가 윷가락을 싹 다 깔아버릴 테니께. 허이! 호로로로… 모다! 허이쿠! 모네 모여. 헤헤헤!"
"니미 씨팔! 또 모여?"
장용이 윷판에 놓인 돈을 쭉 거둬가자, 지켜보던 유오균의 속이 뒤집어져 꾹 참아왔던 한마디를 장용에게 해댔다.

"어이 거, 장용이! 그렇게 윷가락을 땅바닥에 딱 붙여서 굴리는 거는 아니지. 그건 후루꾸여. 반칙!"

오균은 나이가 장용보다 십여 살 위로 촌수로는 아저씨뻘이어서 함부로 장용에게 한마디 할 수 있는 몇 안 되는 동네 유지였다.

"아니, 뭔 냉수 마시다 이빨 부러지는 소리를 허신대요, 똑띡이 봐유! 내가 윷가락 한 가락을 얼매나 높이 던지나 아마 한 길은 될 거구먼, 그리고 나머지 세 가락이야 적당히 던지는 것이지 뭐가 잘못된 거래유? 내 참, 아니 저 냥반이 썩은 막걸릴 자셨나벼!"
"아니제, 한 가락을 니 대가리 위로 높이 던지는 것은 당연헌 거고, 나머지도 니 도가니 언저리에서 던져야지 거는 발바닥에서부터 기냥 냅다 굴리는 거잖여! 그랑께 후루꾸지!"
유오균의 태도가 점점 더 단호해져 갔다.

"아니 씨팔! 지금 아자씨가 심판까지 봐유? 어느 동니에서 그따구로 된통 따져가며 윷을 놀어?"
"야! 뭐, 씨팔? 내가 이 새꺄, 니 아자씨 뻘여. 저 호로새끼가 어디서 집안 어른 앞에서 욕지거리를 입에 담고 지랄이여."
"니미 씨부럴, 뭔 아자씨는 아자씨여! 내가 지난 한식 때 저 집 산소 죄다 벌초를 해댔는데도 막걸리 한잔 안 내주면서 아자씨 타령은 니미럴…"
"야, 이 후레자식아, 니 성 석용이가 어렸을 때부터 늬 집에서 계속해 오던 거여, 벌초는! 그게 어디 우리 산소이기만 하냐? 아니지, 저 새낀 우리 유씨도 아녀. 넌 새꺄, 니 에미가 이 동니에 들어올 때 이미 핏덩이인 네놈 둘러업고 들어왔응께, 넌 유씨도 아녀. 이런 쌍놈의 새꺄!, 저런 종자도 다른 새끼가 어디서 감히!"

"…"
순간 일시에 고요한 정적이 흘렀다. 주변에 싸움 구경을 하던 치들도 모두 다 얼어붙었다. 장용은 아무 말도 할 수 없었다. 장용의 발걸음이 떨어지기 전까지 그 정적은 깨지질 않았다.

유장용은 유씨 집안일이라면 제일 앞장서서 도맡아 처리해 왔었다. 팔촌의 제사에 저녁부터 기다렸다 자정에 제사를 지내고 돌아오고는 했다. '구실'에서 유씨 집안과 부딪히는 일에는 늘 장용이 나서서 문제를 해결했다. 그런 유장용이 '전주 유씨'가 아니라니. 20년간 그의 형인 유석용과 그의 모친 이귀분간이 그 사실을 알고 있었다. 그 누구도 장용이 유씨가 아님을 알 수는 없었다. 유오균의 고모가 양성면 미산리 약산마을에 있는 장용의 모친 이귀분의 친정에 다녀올 일이 있었고, 유오균은 그의 모친과 고모 사이의 대화에서 장용의 출생에 얽힌 비밀을 들어서 알고 있는 지금은 유일한 마을의 한 사람이었다. 유장용의 모친 이귀분은 유학규의 재취로 시집와서 화용과 기용 두 아들과 막내딸 화숙을 낳았다. 지금은 화용의 집에서 부양되는 처지였다. 유장용은 그 길로 모친 이귀분이 있는 동생 화용의 집으로 한걸음에 달려갔다.

"엄니… 내가 무슨 씨여? 날 어디서 배서 들어온 거여?"
장용은 축 늘어진 모친의 어깨를 쥐어 잡고 흔들며 따져 물었다. 장용의 충혈된 두 눈을 모친 이귀분은 똑바로 응시할 수 없었다. 폐부를 찔러오는 말이었다. 그것도 강사자인 아들의 입에서 튀어나온 것이다. 그냥 잠시 멍할 뿐이었다. 모친 이귀분은 넋을 잃고 저 멀리 처마에서 마루 끝으로 떨어지는 햇살만 눈에 담으려 했다. 처녀가 임신을 해서 아비 없이 낳은 핏덩이를 업고 이 먼 곳까지 들어와서 살았건만, 무심한 듯 별 일 없이 남의 자식을 받아준 남편이 고맙기도 했었다. 그런 남편의 수많은 외도는 당연히 참아내야만 했던 자신의 평생이 무너지는 기분이었다. 다만, 사실은 22년간 한시도 떠나보내지 못했던 그 사람을 그의 아들이 다시 불러내 이렇게 자신 앞에 끌어다 놓고 있었다. 모친 이귀분의 흐르는 눈물은 22년 전 그때처럼 생생하고 다시 뜨거워졌다.

유장용은 그의 아비 성씨가 정(鄭)씨라는, 잠시 양성면 미산리 약산마을에 날아들어 씨앗만 뿌리고는 어디론가 날아가 버린 누에나방 같은 존재였다는, 그리고 평생을 그리워했으나 만날 수 없었다는 사실을 받아들였다. 그는 이승물을 건너 약산마을 외갓집을 찾아 나서기로 했다. 다음 날 구실을 떠나 율북에서 나룻배를 탔다. 이승물을 건너 약산마을까지 오십 리 길을 내달린 유장용은 며칠 후 황곶진 나룻배를 타고 돌아왔을 때 '정승환'으로 자신의 이름을 바꿔 달았다.

유장용은 별다른 소득 없이 다시 이승물 너머 서편으로 돌아왔다. 유장용(정승환)은 돌아와서 어머니 이귀분과 형인 유석용에게 인사를 하고 구실을 떠나기로 했다. 그간 엄하긴 하나 제법 의지가 되는 친형인 줄 알았던 석용이 사실은 피 한 방울 섞이지 않은 남이었다는 사실이 여전히 가시지 않는 충격으로 남았다. 그러나 석용이 이부형제도 아닌 오롯이 남이라 생각해 보니 그간 자신에게 얼마나 살갑고 고마운 사람이었는지를 깨닫고 있었다. 그날 사건이 터지고 유석용이 유오균을 찾아 아무리 야무지게 따져본들 이미 돌이킬 수 없는 일이 벌어진 후였다. 집을 나가겠다는 장용을 앉혀놓고 석용이 나무랐다.

"이놈아, 나가긴 어디로 간다는 거여?"
"미리내 성당 신부님 소개로 이승물 따라 올라가면 '부처내'라는 곳이 있는데, 그곳에 있는 작은 성당 일을 봐주기로 했어!"
잠시 동안 말없이 허공만 바라보던 유석용이 말을 이었다.

"…내 엄니하구 상의를 좀 해볼테니께, 며칠만 기둘려 봐!"

유석용의 말이 끝나자 두 형제는 한참을 말이 없다가 유장용(정승환)이 고심 끝에 물었다.

"성?"
"왜 그려!"
"내가 약산 다녀오는 내내 생각해 봤는데, 어찌 성은 나 같은 놈을 아우로 받아들이고 여태 안 들키고 키웠소?"

유석용은 말없이 장죽에 담배를 꼭꼭 눌러 담고 빡빡 연기만 피워댔다.

"내도 어린 나이에 엄니를 잃고 한동안 외롭게 자라서 그려, 지금의 엄니가 새로 오신 덕에 덤으로 동생이 생겼는데 더 바랄 게 있었겠냐! 피가 섞이든 말든 그냥 니는 내 동상이여."

유석용과 이귀분은 급하게 '건눈들' 땅 한 자리를 팔아서 집이라도 구해보라고 유장용(정승환)의 손에 쥐여주었다.

#3-2 〈중신애비: 정승환〉

　1945년 3월, 구실을 떠난 정승환(유장용)은 부처내 공소에서 남쪽으로 한참 떨어진 선이 마을 '작은말'로 들어왔다. 부처내 공소 인근에는 농사짓기에 적당한 땅이 부족하고 부쳐 먹을 소작논도 흔치 않았다. 다행히 선이의 번개들은 넓은 들에 땅값도 제법 싸고 이승물 넓은 하천부지의 갈대밭을 거둬내면 밀 포기라도 심을 수가 있었다. 정승환은 선이에서도 여전히 말이 거칠고 힘이 좋아서 누구도 함부로 얕보지 못했다. 황씨 집성촌의 텃세에 늘 반감을 보인 최씨 집안과는 특별히 가까이 지냈다. 정승환은 오산 읍내 술친구의 소개로 부인을 얻어 첫딸 정순을 낳았다. 정순이 젖을 뗄 무렵 그 부인을 병으로 잃고 곧바로 후덕하게 생긴 후처를 얻었다. 선이 사람들은 후처를 빗대어 정순이를 '돼지'라 부르기 시작했다. 정승환의 집은 작은말 '돼지네'가 사실상의 문패가 돼버렸다.

　정승환의 선이 살이도 이제 20년이 다 되어가고 있었다. 선이에서 처음부터 정승환의 완력을 알아본 이는 황태국이다. 황씨 집안의 텃세에 황태국은 늘 정승환의 편에 서 있었다. 둘은 가끔 술잔을 기울이는 친구로 가깝게 지냈다. 정승환은 친구의 누이이자 근래 행상을 다시 시작한 '황동숙'을 찾아가 '구실' 가는 행상길에 모친 이귀분의 근황을 알아봐 달라고 부탁하고는 했다.

　1966년 늦은 여름날, 간만에 정승환이 황동숙의 집을 찾았다. 이미 열려 있는 대문 앞에서 헛기침을 한번 해대고 조심스레 안을 살피니 안마당에서 닭똥을 쓸어 담고 있던 안주인 황동숙이 보였다. 황동숙은 인기척을 느낀 후 대문을 나와 정승환을 맞았다.

"이? 돼지아부지가 왠일이여?"

"누님? 언제 구실 댕겨 오셨슈?"

"엊그제 댕겨 왔는디, 거'큰집은 별일 없던디, 아줌니는 동생 집에서 뵌 것 같은디 여전하신 것 같고."

"요즘 동생들 본 지도 몇 년이 지나서, 또 우리 성님은 어떻게 지내는지, 어머니는 무탈허신지 자꾸 신경이 쓰여서유."

"구실은 너무 멀어서 내가 자주 못 가봐, 그냥 서방님이 한번 댕겨와. 그리고 거기 큰댁 둘째 아들이 고용살이해서 사들인 송아지가 벌써 새끼를 여러 마리 쳐서 살림살이는 좀 나아졌다든디."

"그 조카 놈은 키는 작즈 볼품은 없어도 저 이승물 모래판에 내다 버려도 지 혼자 잘 먹고 잘 살 놈이어요."

"그려?, 사내는 그려야지!"

"누님네, 큰딸은 여읜 지 꽤 되얏고, 둘째 딸 시집보낼 때 다 된 거 아녀요? 그러잖아도 태국이도 그러고, 생선 장수 너더리 장 씨도 누님네 둘째 딸 순정이가 근동에서 제일로 야무지고 이쁘다고 허든데!"

"너더리 장 씨, 그 니가 그려? 허긴 우리 순정이도 시집갈 나이는 되얏지! 요즘 부쩍 머리손질에 정신없는 걸 봉께, 근동에 이쁘다고 제법 소문도 났고."

"누이 잘됐네. 내가 슨정이 우리 둘째 조카랑 중신해 볼 테니 그리로 시집보내요."

"순정이가 말을 들을랑가? 신랑 자리가 그 정도로 독해 묵었으면 아깝긴 한디."

황동숙이 신랑 후보의 부모에 대해 묻자, 정승환은 시아버지 될 사람이 속이 깊고 남의 잘잘못을 겉으로 내색해 불편하게 만드는 일이 없는 성품이라며, 지금은 시집살이시킬 시어머니도 없다는 말을 덧붙였다.

마침내 황동숙으로부터 지난해 둘째 딸 순정이 친구들과 오산 읍내에서 찍어온 독사진 한 장을 받아 들었다. 드디어 정승환이 고향 '구실'을 다녀올 제법 근사한 핑곗거리를 만들어 냈다.

#3-3 〈유장용의 귀향〉

　정승환은 송말 황동숙을 만나고 돌아온 날부터 며칠간 귀향 준비에 바빴다. 그동안 부엌 찬장에 모아둔 달걀을 꺼내 젖은 면수건으로 겉을 깨끗이 닦았다. 마당 끝에 타작 후 쌓아놓은 벼 낟가리에서 푸른 기가 남아있는 긴 짚단을 꺼내 물을 뿌린 후 하루가 지나 겉 검불을 훑어내고 정성껏 달걀 꾸러미를 삼았다. 지난 오산 장날에 모친 이귀분을 위해 발목 높이에 털이 빼곡해 보이는 털신을 한 켤레 장만했다. 형님 유석용을 위해 '백조' 담배 한 보루와 조카들을 위한 박하사탕 몇 봉지를 사 왔다.

　주말이 되어 정승환이 10년 만에 이승물을 따라 고향마을 '구실'로 향했다. 그간 막냇동생 결혼식 참석차 평택에서 형제들을 한 번 본 적은 있으나 고향인 '구실'로 모친을 찾아가는 것은 근 10년 만의 일이다. 승환은 흰색 광목으로 단단히 묶은 선물 보따리와 서너 줄 달걀 꾸러미를 양쪽 손에 들고서 이승물 갓둑을 따라 걸었다. 그간 몇 차례 홍수로 이승물 물줄기가 바뀌고 긴 장둑 곳곳에 돌을 쌓아 보강공사를 해놔서 이승물의 강폭은 넓게만 보였다. 주변의 번개들이며 강 너머 회화리 벌판이 온통 황금빛으로 물들고 있었다. 누구나 풍요로운 가을 끝에 한가위를 맞아 가족 간에 정을 나누었으련만 승환은 그 오랜 세월을 홀로 외롭게 가을을 견뎌왔다. 여전히 황곳진 검푸른 강물은 소리 없이 흐르고 어려서 뛰어놀던 모래턱의 추억은 승환을 과거로 잡아끌고 있었다. 가족을 떠나 20년의 세월을 고집 피우며 외롭게 살아온 자신의 인생이 흐르는 강물과도 같이 허망하다는 생각이 떨쳐지지 않았다. 멀리 구실이 다가서 보일 때쯤 발길을 '어연리'로 돌렸다. 푸줏간에서 소고기 한 근을 끊어 여분의 손아귀 틈을 마저 채우고 황곡을 넘어 구실로 접어들었다.

점심이 다 되어갈 무렵 정승환이 모친 이귀분을 모시고 사는 동생 유화용의 집에 들어섰다. 유독 높아 보이는 마루 밑 댓돌 위에 코가 하얀 옥색 고무신이 가지런히 놓여 있었다. 마당 끝 무릎높이 낮은 우물은 오래된 이끼가 층층이 내려앉아 있고 끝이 해진 고무 두레박이 예전 그대로 매달려 있었다. 낮은 담장을 넘어온 아랫집 밤나무의 알밤이 서너 개 쏟아져 안마당 구석에 나뒹굴고 철 지난 매미 소리가 끊어지다 다시 이어졌다. 마침, 부엌에서 나오던 유화용의 큰딸이 정승환을 먼저 맞았다.

"하이고 큰아부지, 어서 오셔유! 할머니! 선이 둘째 큰아부지가 오셨슈!"
"그랴, 잘 있었냐?"
허리가 반쯤 굽은 정승환의 모친 이귀분이 조그만 건넌방 방문을 급하게 열어 젖혔다. 금세라도 터질 듯한 눈물을 눌러 참으며 아들 정승환을 맞았다. 정승환은 모친을 마루 가운데 앉히고 큰절을 올렸다.

"엄니! 그간 별고 없으셨슈?"
"그랴, 먼 길 오느라 얼매나 욕봤어."
그새 부엌을 나온 조카딸이 동네를 한 바퀴 돌며 선이 정승환의 귀향 소식을 알렸다. 잠시 후 승환의 귀향 소식에 큰집 석용 일가와 막내 작은집 기용 일가 모두가 모여들었다. 승환의 10년 만의 귀향에 화용의 집 작은 부엌에는 형수와 두 제수, 셋이나 되는 여자 조카들이 분주히 오가고 있었다. 뒤란 한편에서는 녹두를 맷돌에 갈고, 들기름을 둘러 큼직한 두부를 부쳤다. 조금 전 닭장 구석에서 암탉을 올라타 부리를 쪼아대던 덩치 큰 수탉과 횃대 위에서 졸고 있던 묵은 암탉의 목이 비틀어졌다. 구실의 그들끼리는 정승환을 여전히 '유장용'으로 부르고 있었다. 그들은 그냥 오랜만에 가족이 모두 모여 즐거울 뿐이었다. 10년간의 그리운 가족사를 모두 풀어놓기에는 그 밤을 꼬박 새운대도 부족했겠지만 여전히 승환만은 유씨와 정씨의 경계에서 이리저리 혼란스러웠다.

구실에 도착한 다음 날, 정승환은 최순정의 사진을 형님인 유석용에게 보여주고 둘째 조카 유종헌의 배필로는 훌륭한 신붓감이니 조속히 날을 잡아 유종헌을 보내라 일렀다. 정승환은 첫날을 큰집 유석용의 집에서 묵으며 그 옛날 어린 시절 형제간의 이야기로 밤새는 줄 몰랐다. 그리고 그다음 날 오전 정승환은 형 유석용과 함께 동생 유화용의 집으로 향하는 중에 마을 어귀의 마을회관에 들렀다. 그전의 초가였던 정자에 번듯하게 기와가 얹었다. 지팡이를 턱 밑에 받친 늙은이들의 면면이 바뀌어 있었다. 승환이 정자 밑 노인들을 향해 허리를 굽혀 인사를 드렸다.

"안녕들 하셨유?"
"누구여?"
시커먼 돋보기를 쓰고도 상대방 성별이 제대로 구별이 안 되는 병태 할아버지가 물었다.

"저기 선이로 이사 간 장용이잖어유!"
붉게 뺑끼칠을 한 답싸리 지팡이를 짚고 나란히 앉아 있던 유오균이 아는 척을 했다.

"이? 장용이가 살아 돌아왔어?"
"아니 언제 장용이가 죽었대유?"
"어려서 지 아부지 찾는다고 이승물 건너가다 빠져 죽었다믄서!"
"아니유, 이승물에서 빠져 죽은 건 장용이 형수구요…, 잘 살아 있나 봐유!"

정승환이 알 수 없는 옅은 미소를 띠며 유오균의 앞에 다가섰다.

"아자씨? 왜 벌써 지팽이를 짚고 그러셔유?"
옆에 서 있던 유석용이 말을 거들었다.

"이, 아자씨가 풍이 왔어."
"아이고, 워쩌다가…."
말끝에 유오균이 한 손을 지팽이에서 떼어 승환의 손목 위를 잡으며 말을 이었다.

"내가 주둥이가 가벼워 벌받아서 바람이 든 거여, 너 잘 살고 있지?"
"…야."
정승환이 갑자기 울컥했다. 자신의 인생행로가 꺾인 그 대목이 사무쳤다. 젖은 목소리를 감추려 고개를 돌리고 유석용에게 얼핏 눈치를 주며 어정쩡한 인사로 자리를 뜨고 있었다. 그길로 구실을 떠나기 전 모친 이귀분을 찾아 인사를 올리려 유화용의 집을 다시 찾았다. 정신없이 이틀을 보낸 아들을 위해 모친이 건넌방 아랫목에서 간신히 일어나 앉았다. 귀한 사람을 만난 듯 쪽찐머리를 양손으로 찬찬히 쓸어내렸다. 벌어진 저고리 동정을 가지런히 하고 나서야 아들 승환의 얼굴을 마주했다. 승환이 서너 발 멀리 무릎을 꿇고 앉았다.

"엄니! 지 가볼게유!"
모친 이귀분이 말없이 두 손을 힘겹게 승환 앞으로 내밀자, 승환이 무릎걸음으로 다가가 모친의 두 손을 마주 잡았다. 늙은 어미 이귀분이 흐느끼며 눈물 줄기를 보였다.

"그려, 장용아! 더 이상 약산 가서 니 아부지 찾고 그러지 말어! 여기 니 성이랑 아우들이랑 그냥 부대끼고 살면 되는 거여. 에미 죽기 전에 또 와야 헌다."

"야…! 엄니!"

늙은 어미의 울먹임에 이것이 마지막이 될 수도 있다는 생각이 겹치자 승환의 굵은 목소리도 울컥 잠겼다. 정승환이 자기 성씨를 찾겠다고 약산을 다녀온 것은 한두 번이 아니었다. 다시 무엇인가가 궁금해져서 작은 단서라도 찾아보려 약산에 들어가 본들 옛이야기를 나눌 사람들은 점점 더 줄어들었다. 낯선 이의 잦은 방문을 반기는 이도 없었다. 그럴수록 그의 아비는 자신으로부터 점점 더 멀어져 갔다. 정승환은 주변에 친인척 한 명 없는 오로지 단 한 사람인 정 씨였다. 결혼 후 그의 첫 부인은 친인척 하나 없는 본래의 씨가 무슨 소용이겠냐고 그냥 모른 척 하고 유씨로 살아가면 안 되겠냐는 만류가 없지는 않았다. 정승환은 결혼을 해서 자식을 낳기 전까지는 스스로를 이승물 황무지에 던져진 작은 돌이라 생각했다. 어느로 방향을 잡아 굴러야 할지 모르는 박힌 상태를 방금 벗어난 정처 없는 돌 같은 신세였다. 그 굴음 속에 이리저리 부딪혀 멍울지는 고통이야 자신의 몸뚱이로 감당해 내면 될 일이지만 홀로 지내는 설날, 추석, 단오의 허전함은 쉽게 사라지지 않는 고통으로 남았다. 이제는 아픈 시절이 남긴 마음의 굳은살도 제법 붙었고 딸자식이기는 하지만 자신의 성씨를 나눠 쓰는 핏줄이 생겼으니 다시 돌아갈 일 없는 유씨 집안과는 겉보기에라도 일정한 거리를 두어야 한다는 생각을 해왔었다.

이제 모친 이귀분과 또다시 이별이다. 열아홉 꽃다운 나이에 아비 없이 낳은 자식을 업고 생경한 남의 집 문턱을 넘었을 어미를 상상했다.

언제 다시 볼지 모를 어미 얼굴에서 깊게 파인 눈가의 주름이 들어왔다. 어미는 아비 없이 홀로 낳은 자식이라는 커가는 혹 덩이를 붙이고 얼마나 많은 눈치를 보며 주름을 겹겹이 쌓아갔겠는가, 그 주름 사이로 수많은 눈물 줄기가 흘렀을 것이다. 정승환은 손끝을 부드럽게 하고 어미의 처진 두 눈에 깊이 잡힌 주름살을 한두 번 쓸며 흐르는 눈물을 닦아주었다. 그렇게 정승환은 모친 이귀분의 마지막 모습을 담고 다시 선이로 돌아왔다.

정승환은 자신의 씨를 퍼트려서 일가를 이루는 것이 평생의 목표였다. 정승환이 쉰 살이 넘어가던 그해 가을, 부처내 대폿집에서 한동안 홀로 막걸리 잔을 기울이고 있었다. 대폿집 유리창 너머 오토바이가 한 대가 털털거리며 멈춰서더니 '드르륵' 요란한 소리를 내며 대폿집 문이 열렸다. 황태국이 정승환을 발견하자 껄껄거리며 반갑게 다가섰다.

"승환아! 웬 청승이여?"
"어서 와라. 내려오는 길이여, 올라가는 길이여?"
"이, 인자 내려오는 길이여. 목이 칼칼해서…."
"그려 잘 왔다. 앉어라…."
정승환이 황태국의 술잔에 막걸리를 가득 채우자, 태국이 한 모금에 술잔을 모두 비워냈다.

"여기 막걸리는 발안 탁주지? 맛이 괜찮다니께. 그런데 뭔 똥 씹은 얼굴로 혼자 청승을 떠냐? 얼른 들어가서 돼지엄마 젖퉁이나 좀 주물러주고 그러지."
"이눔아. 내가 시방까지 낳은 딸이 다섯이다. 이러다가 젯밥 한 그릇 못 얻어 먹겄다. 내가 더 이상 일을 해서 땅땡이를 사 모은들 뭔 소용이 있겄냐, 물려줄 아들놈도 없는디."

"야, 개차반인 아들놈 낳느니 아예 없는 게 나서, 딸 잔뜩 낳아서 앞으론 비행기만 타고 댕기것구만 뭘 그려."

"…."

"내가 괜한 소리는 아닌디, 돼지엄마 성정이면 그냥 모른 척하고 밖에서라도 아들 하나 낳아서 드루와, 건넌방에 첩실을 두는 것도 아니고, 뿌리가 안 내리면 밭을 바꿔서 씨를 뿌려야 하는 겨, 내가 아들놈만 낳는 젊은 여자 하나 구해볼까?"

"어디서 여잘 구혀?"

"내가 좀 알아보게, 우선 논 한 서너 마지기만 팔어놔, 내 친구 놈 중에 쑥고개에 토미 박이라고 있어. 그놈한테 부탁하면 틀림없이 아들 낳아줄 샥시 하나쯤 알아볼 수 있을 겨."

후처 '돼지엄마'를 들인 후 내리 딸아이 넷을 더 낳은 후 승환은 두 번씩이나 밖에서 사내아이를 낳아서 들여왔었다. 딸을 넷이나 낳은 후처는 남편의 과거지사를 알고 있어서 성씨를 이으려 부지기 애를 쓰는 남편이 벌인 사달을 고스란히 받아내야만 했다. 그러나 매번 100일을 넘겨 데려온 아들들은 돌상을 받아보지 못했다. 몇 차례나 무당의 요란한 굿판이 정승환의 마당에서 벌어졌다. 얼굴도 생사도 알 수 없는 정승환의 아버지 원혼을 달래지 않아 자신의 아들들이 죽어나간다는 무당의 신점에 평생 자신이 감당해 온 외로움과 억울함에 화가 치밀어 무르익은 굿판을 때려 엎으려고도 해보았었다. 다만 후처 '돼지엄마'의 간절한 치성이 지극하기에 자신은 그저 참아낼 수밖에 없는 상황임을 인정하며 혹시나 하는 막연한 기대를 이어가고 있었다. 그러나 정승환은 끝내 아들을 얻어 정씨를 그다음 세대로 이어가지는 못했다.

세월이 흘러 1995년 가을 어느 날, 정승환의 큰딸 정순이 아버지를 찾았다. 지난 1990년 8월 1일 〈남북교류협력에 관한 법률〉이 제정됨에 따라 이산가족 교류의 법적 토대가 마련되었다. 남북 당국의 자세 변화와 주변 국제사회의 환경이 개선되어 남북 이산가족의 개별적인 상봉이 중국 연길 등지에서 이루어지기 시작했다. 1년 전 정승환의 큰딸 정순이 다니던 교회 목사님의 소개로 중국 내 조선족 주선인에게 정승환의 아버지 '정시영'에 대해 알아봐 달라는 부탁을 한 적이 있었다. 정순이 자신의 할아버지에 대한 이름과 나이 정도를 알렸을 뿐인데 석 달이 지나지 않아 연락이 왔다. '정시영'이란 분은 북한의 인민군 창설에 공로가 많은 분으로 널리 알려진 사람이고 그 자식들이 남아 있는데 머리카락을 얻어다 줄 테니 유전자 검사를 해보는 것이 어떻겠냐는 제안이 있었다. 곧바로 정순이 수수료 명목으로 2천 달러를 중국으로 보냈고, 얼마 전 조선족 주선인이 보내온 서류봉투를 목사님으로부터 전해 받았다. 그 봉투 안에는 비닐에 싸인 몇 가닥의 머리카락이 넣어져 있었다. 그리고 어제 정승환의 유전자와 머리카락 소유자의 부계유전자검사(y-str) 결과가 나왔다.

"아부지! 맞대요."
"응?"
"아부지랑 북한에서 머리카락 보내온 분이 같은 아버지의 형제분이래요. 99.99%! 아버지 형제를 찾은 거예요."
"…"
정승환은 아무 대답도 하지 못하고 마른 눈물을 흘렸다.

그리고 또다시 6개월이 지나고 있었다. 정순이 목사님을 통해 북한에 있는 아버지 형제의 임시통행증 발급 비용과 주선 수수료 명목으로 수천 달러로 보내고 연길의 조선족 아파트에서 아버지의 형제를 만나보기로 했다. 정승환이 연길에 도착한 지 사흘째 되는 날 저녁에 초로의 노인과 그의 자식으로 보이는 젊은이가 정승환이 머물고 있던 아파트 현관문을 밀고 들어섰다. 정승환은 아무 말도 하지 못하고 자신과 비슷하게 늙은 그의 두 손을 마주 잡고 바닥에 주저앉았다. 나이를 물으니 승환보다 다섯 살 아래의 동생이며 이름은 '정현태'라 했다. 큰딸 정순이 옆에서 아버지의 뜨거운 눈물을 손수건으로 닦아주자 정승환이 입을 뗐다.

"아버지 성함이?"
"정 시 자 영 자 쓰십니다."
"언제 돌아가셨소?"
"돌아가신 지는 한 30년은 되었시오."
"혹시 남쪽에 그 어른의 아들이 있다는 사실은 알고 있으셨소?"
"아닙니다. 전혀 알지 못했습니다. 아마 돌아가신 아바이도 모르셨던 것 같습니다."
"그래, 아버님은 북에서 어떻게 지내셨소?"
옆에 있던 조카로 보이는 젊은이가 대신 입을 열었다.

"예, 조부께서는 경성에서 올라오셔서 고려공산당원이 되신 후 팔로군에 합류하시어 비밀 항일투쟁에 나서셔서 조선인 출신 일경 '나리타 진하케(성진수)'를 암살하시고, 인민군 창설 당시 고급간부로서 중요한 역할을 하셨으며 '김일성군사종합대학'의 설립에도 기여를 하신 분이셨습니다. 그리고 혹시나 해서 조부님의 옛적 사진이 한 장 남아 있어서 가져와 봤습니다."

그 빛바랜 사진 속에는 어느 성당 앞 계단에 젊은 정시영이 신부님과 나란히 서 있었다. 주변에는 아이들과 젊은이들 여럿이 모여서 기념 촬영을 한 것으로 보였다. 정승환이 사진을 자세히 들여다보니 부친 정시영의 옆에 수줍게 그의 팔을 붙들고 사진을 찍은 처녀가 있었다. 어머니 이귀분의 젊어서 모습이다. '어머니'를 낮게 부르는 정승환의 고개가 떨어졌다. 사진 속 다정한 아버지와 어머니의 모습을 보며 하염없이 울었다. 울며 벌어진 그의 입가에 눈물 섞인 회한이 흘러내렸다. 평생을 그려온 아비의 모습을 눈에 담으며 이루지 못한 가족의 씨앗으로 오랜 세월 외롭게 살아온 자신의 지난날이 서럽게 스쳤다.

4. 가시버시[30]

구종헌은 유석용과 성필례의 둘째 아들이고 최순정은 최성칠과 황동숙의 둘째 딸이다.

#4-1 〈맞선〉

원래 월촌리 최 씨네가 본가인 최성칠은 해방 전 '선이' 안쪽 들인 귀숭굴 논을 한 마지기 사들이면서 '선이'로 들어왔다. 선이가 황씨 집성촌이지만 월촌리 최씨의 서가 만만치 않고 사실상 한마을 사람처럼 지내는 터라 최성칠이 '선이'로 들어와 사는 것에 텃세를 부리는 황씨는 없었다. 게다가 최성칠의 처가 황씨라서 멀게는 대부분 친척이나 다를 바 없었기 때문이기도 했다. 최성칠은 보기 드물게 훤칠한 키에 곱슬머리로, 성격은 꽤나 까탈스러웠다. 최성칠은 삼미재가 고향인 황동숙을 부인으로 맞아들여 아들 둘에 딸 여섯을 두었다. 사랑채 툇마루에 앉아 가끔 아랫집 순미 아비를 불러놓고는 마당 끝을 지나가는 마음에 들지 않는 치에 대해 품평을 늘어놓는 것을 좋아했다.

---

(30) 부부를 이르는 옛말.

"저눔은 지 마누라 안방에 재우고 건넌방에서 첩하고 산 놈이라니께."
"저눔은 지 애비 때부터 일본 순사 쫓아댕기다 맞아 죽을 뻔한 놈이여."
"저눔은 기냥 빨갱이여, 아주 빨갱이여. 이번에도 공화당은 절대로 안 찍을 놈이구먼."

그는 맥고자 대신에 초록색 새마을 모자를 매일 쓰고 다니면서도 매주 신작로 옆 개울 부역은 이 핑계 저 핑계로 거르기 일쑤였다. 매주 별반 필요한 것도 없으면서 인근 오일장은 꼭 찾아다녔다. 그의 억척같은 부인의 행상 덕에 실어 나르는 곡식을 되팔아 이문을 남기는 것을 자랑스럽게 떠벌렸다. 면사무소에서 있었던 특용작물 재배법 설명회를 꼬박꼬박 찾아다니면서도 넓은 집 앞 텃밭에 비닐하우스 한번 지어본 적이 없었다. 매일같이 잘 벼린 면도칼로 턱수염을 깨끗이 밀었고 반짇고리함에서 손바닥만 한 작은 가위는 자신의 코털을 자르는 전용가위로 늘 같은 빼다지(31)에 넣어두면서도 며칠 전 던져놓은 낫을 찾느라 이리저리 헛간을 뒤져야 했다. 집 앞 기름진 고실논(32)은 건갈이(33)를 했으며 논두렁의 풀베기는 처삼촌 산소 벌초하듯 대충이었다.

그의 처 황동숙은 열여덟에 첫딸 순분을 낳았다. 황동숙은 큰딸 순분을 열여덟에 후곡에서 넘어와 살던 조씨 집안의 용태에게 일찌감치 시집보냈다. 딸 순분이 시집간 지 1년 만에 첫째 손녀를 낳았고, 며칠 뒤 황동숙은 자신의 막내딸을 낳았다. 갑자기 최성칠의 둘째 딸인 순정은 자신의 엄마와 언니 집을 오가며 이중으로 해산구완을 해야 했다. 동숙

---

(31) 서랍의 방언.
(32) 수렁이 있어 물이 풍부한 논.
(33) '마른갈이'의 사투리.

은 해산한지 일주일 만에 피륙 보따리를 머리에 이고 다시 행상 길을 나섰다. 하던 대로 이승물의 얕은 곳을 찾아 치마 춤을 허벅지쯤 올리고 강을 건넜다.

1966년, 정승환의 순정에 대한 중신 제안은 황동숙이 보따리 장사를 다시 나선 지 채 한 달이 지나지 않은 때였다. 큰딸 순분의 산후조리도 그렇고 집안일도 벅찬 터라 순정을 쉬이 시집보낼 수 있는 처지는 아니었다. 덕분에 순정은 시집가기 전 막내 여동생을 둘러업고 무척 고된 친정살이를 했다. 어미 황동숙이 작은말 돼지아부지 정승환에게 순정의 사진을 넘긴 지 채 한 달이 되지 않아 신랑 측에서 먼저 보자는 기별이 왔다. 구실의 시아버지 자리 유석용은 통통하니 볼살이 오른 순정의 사진을 보고 맘에 들어 했다. 외양간 옆에 행탕을 한 칸 마련해서 신접살림을 차려주면 되겠다 싶어 둘째 아들의 선 자리를 며느리로 받아들일 생각이었다.

선이 황동숙의 집안 분위기는 셋째 딸 용순과 넷째 딸 임순의 응원에 힘입어 제법 진전이 있었다.

"엄니, 작은언니 빨리 시집보내요. 임순이하고 내가 밥해 대면 돼."
"니 언니 빨리 치워야 니가 시집갈 것 같아서 그러냐, 순정이 너 시집갈래?"
"어디루? 난 이 집구석 근처로는 죽었다 깨나도 시집 안 가유, 가면 아주 멀리 갈겨!"
"그랴, 한 이십 리는 뚤어져 있는디, 너 승섭 에미 친정 알지, 저기 '구실'이라구. 그짝에 엄마 친척도 제법 살구, 생각 있냐?"
순정은 작은말 돼지아부지의 방문 이후 자신에 대한 중신이 상당 부분 진척되고 있음을 알 수 있었다. 예비 신랑 자리에 대한 조건도 어미 황동숙과 언니 순분의 이야기를 얼핏 엿들었다. 정확하게는 어미 황동숙이 순정의 의중을 떠보기 위해 순분을 통해 일부러 흘렸던 것이다.

"거기. 우리 동네 애자 언니도 그곳 근처로 시집간 거 아녀유? 뭐 신랑만 술주정 안 하고 바지런하다면야, 그런데 엄니? 돼지네 아저씨는 성이 정씨인데, 그 냥반 조카라면서 왜 신랑이 유씨여유?"
"잉, 돼지아부지가 젊어서 성씨를 유씨에서 정씨로 바꿔서 그런 것이여, 돼지아부지도 원래 유씨였어!"
순정은 내심 귀로 듣는 신랑 자리의 첫인상이 그리 나쁘지는 않아 만약을 전제로 시집은 얼마나 먼 곳으로 가는 것인지, 주변엔 아는 사람은 있는지, 혼수로는 어떤 것을 준비해야 되는지, 혼자만의 견적서를 뽑아대고 있었다.

1966년 추석이 지나고 돌아오는 토요일, 최성칠의 집에서는 유종헌과 최순정의 맞선 준비로 오전부터 분주했다. 아랫집 막내딸을 업은 순미 어미와 올 초에 갓 시집와서 임신 6개월에 살짝 배가 부른 옆집 새댁(영미 엄마)이 음식 준비를 도우려 동숙의 부엌으로 들어섰다. 며칠 전 남편에게 얻어맞은 왼쪽 광대 아래가 여전히 보랏빛인 순미 어미가 부엌 뒷문을 넘어서려는 동숙을 불러 세웠다.

"아니, 그냥 선이나 본다면서 곧장 잔치를 하실라나 보네. 뭔 음식을 이렇게나 잔뜩 차리신대요?"
"부엌이 매운데 뭐 하러 왔어? 애까정 들쳐업고… 그나저나 니는 주딩이는 차돌맹키로 땡그런디 왜 남편 단도리는 골은 무시처럼 허벌렁하냐, 맨날 쥐어 터지기나 하고."
사실 며칠 전 노름밑천이 떨어진 순미 아비가 건넌방에 숨겨놓은 순미 어미 비상금을 몰래 꺼내 대든 밖을 나선 적이 있었다. 그 모습을 부엌에서 본 순미 어미가 부리나케 대문 밖으로 남편을 쫓아 나가 바짓가랑이를 잡고 늘어졌었다. 순미 어미의 애걸복걸에 갑자기 순미 아비 핫바지 허리춤의 고무줄이 '툭' 끊어지자 순미 아비의 핫바지가 엉덩이를 타고 힘없이 미끄러지더니 시커먼 거시기가 그대로 덜렁거리는 꼴을 하필 순미네 마당을 지나가던 마을 여편네들이 모두 지켜본 것이다. 순미 아비가 성질이 나서는 매달려 있는 순미 어미의 면상을 주먹으로 내지른 적이 있었다. 같이 부엌에 들어선 옆집 새댁이 눈치껏 분위기를 바꿨다.

"기냥 어느 운수대통한 사람이 우리 순정 아가씨 데려가나 귀경 온 거유."
순미 어미가 거들었다.

"그려! 새댁도 순정이 탐댕이 봤지! 갸는 아들을 열쯤은 기냥 왜무시 뽑아내듯이 쑥쑥 뽑아낼 겨, 신랑은 무조건 복 터진 겨! 맨날 이 아줌니 이승물 넘나들 때 순정이가 이 집 살림살이는 죄다 한 거잖어."

"그려! 그래서 걱정이여. 그러고 봉께 새댁도 인쟈 배가 좀 불러오나벼?"
"야. 인자 여섯 달 됐슈."
순미 어미가 아궁이 앞에 솥뚜껑을 뒤집어 놓고 들기름에 부치고 있는 두부부침을 뒤집으며 옆집 새댁에게 대단한 조언이라도 하려는 듯 심각한 말투로 한마디 던졌다.

"배가 불러온다고 신랑 돌아눠면은 안 돼야, 한 아홉 달 될 때까정 내리받아 줘야지, 힘들다고 앙탈 부리잖어, 바루 딴 데 가서 기집질하는 겨! 재수 없으면 금방 어 하나 델구 들어온다니께. 맞쥬 아줌니?"

"니는 아홉 달 될 때까정 신랑을 그렇게나 내리받아 줬어…? 그려, 애썼다! 그나저나 인자 순미애비는 노름 안 하고 집엔 잘 들어와?"
"돈 떨어지면 들어오겠쥬, 애나 밖에서 안 까지르면 다행이구유."
"인자라도 쥐어 잡지 못하면 평생 맞고나 사는 겨. 넌 왜 그리 니 서방한테만 절절매냐?"
"애들 아부지잖어유."
"애들 아부지 전에 니 서방이여, 수틀리면 니가 걷어찰 수도 있는 세상이여."

정승환이 중신 얘기를 꺼낸 지 두 달 만에 유종헌이 이십 리 길을 걸어서 장래 처갓집 동네인 '선이'에 들어섰다. 선이 최 씨네는 사실상 둘째 사위가 될지 모를 종헌을 맞으려 뒤란 가득 들기름 냄새를 풍기고 사납게 짓는 개를 외양간 안쪽에 안 보이게 묶어두었다. 순정은 전날 오산의 '정배미용실'에서 불에 달군 고데기로 윗머리는 한껏 부풀리고, 옆머리를 안쪽으로 둥글게 말아 요즘 유행하는 '김지미 스타일'로 제법 멋을 부렸다. 하얀 동정[34]을 새로 단 연분홍색 한복을 단정히 차려입고, 작은 손거울을 이리저리 비춰가며 안으로 살짝 말아 올린 머릿결을 토닥이며 뿌듯해하고 있었다.

순정은 건넌방 재봉틀 위에 놓아둔 새로 누빈 요를 내려 바닥에 깔았다. 그 위에 반쯤 엎드려 봉창 밑에 붙여놓은 조그마한 유리창 너머로 조만간 대문을 들어설 예비 신랑의 모습을 기다리고 있었다.

한편 구실에서는, 종헌이 선이로 출발하기 보름 전, 종헌은 쑥고개 '영

---

(34) 저고리나 두루마기의 깃 위에 다는 희색의 좁고 긴 천.

진라사'에서 검은색 가다마이와 기지바지를 맞춰 입었다. 그의 형수는 평택시장에서 종헌의 밤색 가죽구두를 한 켤레 사 왔다. 그리고 시동생 종헌에게 '선이'로 시집간 '승섭 어미'를 통해 들었다며 색시 자리가 엉덩이도 펑퍼짐하고 허리는 잘록한데 가슴은 상당하다는 소문을 자신이 수소문 끝에 알아냈다며 자랑스럽게 이야기했다. 형수도 이번 기회에 손아랫동서를 두는 것이 나쁠 이유가 없어서 어떻게 해서든 시동생의 혼례를 성사시켜야 한다고 생각했다.

"서방님, 그냥 손에 물 한 방울 안 묻히게 할 자신 있다고 막, 그렇게 질러버려요. 알았죠. 잉?"
"얼굴이나 안 얽었으면 좋겠어유, 곰보딱지만 아니면…."
종헌은 자신의 고단한 삶에 비추어 터무니없는 거짓이 될 것이 분명해 보이는 입에 발린 말을 헤맬 생각은 없었다. 다만, 부지런하고 일 잘하는 살림꾼이 다행히도 부족한 자신을 받아줄 사람이라면 충분하다고 생각했다. '선이' 최 씨 집의 위치는 작은아버지 정승환에게 충분히 들어서 쉽게 찾을 수 있었다. 누가 봐도 시끌벅적하고 이곳저곳에서 연기가 피어나는 모습이 이 집이 분명했다. 바깥사랑채는 검은색 찰흙 점토기와를 올리고 널찍한 참나무 우물마루로 툇마루를 깐 것이 제법 집안 어른의 위신을 세워 지은 집이란 생각이 들었다. 사랑채 왼쪽으로 각진 기둥이 반듯하게 세워진 솟을대문은 입춘방(立春榜)이 큼지막하게 붙은 채 활짝 열려 있었다. 대문 옆 사랑채 툇마루 구석에 수염이 허연 마을 노인이 탕건 밖으로 삐져나온 흰머리가 산발인 채 지팡이에 의지해 앉아 있었다. 그 옆으로 이미 거나하게 지나간 듯 보이는 술판에 대여섯 살 먹은 어린애들 서넛이 둘러앉아 있었다. 여름내 넓은 벌판에서 뛰어놀았을 아이들은 모두가 이부가리로 바리깡질을 해댄 머리에 목덜미가 새까맣게 그을린 것을 보면 무척이나 개구진 녀석들로 보였다. 아이들은 아무 간섭도 없이 애비에게 배웠을 젓가락 장단을 치면서 "노세, 노세 젊어서 놀아, 늙어지면 못 노나니. 화무는 십일홍이요 달도 차면 기우나니라." 노랫가락을 부르며 제법 어른 흉내를 내며 놀고 있었다. 그 모습을 수염 허연 마을 노인이 대견한 듯 바라보고 있었다.

드디어 종헌이 순정의 집 대문을 넘어섰다. 안채는 제법 넓은 안마당을 지나 규모 있게 잘 지어진 집으로 새 이엉(35)을 얹어 끝단을 야무지게 단정한 초가집이었다. 안마당보다 한 단을 높여 기단(36)을 단단히 다지고 주춧돌을 놓아 올려 지은 초가집은 안마당 어느 한구석 풀 한 포기 없었으며 마루 밑 물건 하나하나가 모두 가지런한 것이 빈틈없어 보이는 집이었다. 한눈에도 안주인의 검소함과 부지런함이 충분히 드러나 보였다. 새 구두에 이십 리 길을 걸어온 종헌은 발뒤축이 다 까진 것을 아랑곳하지 않고 씩씩한 걸음걸이로 최 씨 집 안마당에 들어섰다. 오는 내내 수없이 반복했던 인사말을 시작했다. 우선 누가 있든 없든 마루 한가운데를 보고 꾸벅 절을 하며, '구실'에서 온 유종헌이라고 인사를 올렸다. 크진 않지만 또박또박한 말투로 입을 떼고는 이 집을 떠날 때까지 묻는 말에 대한 짧은 대답 이외는 별다른 말을 하지 않을 작정이었다. 아무래도 신랑 자리가 과묵하다는 소리를 듣는 편이 나을 거란 생각이 들었다. 사실 변변히 내세울 만한 그 무엇도 없는 자신의 사정이 그럴 수밖에 없기도 했다. 유종헌을 맞이한 건 갓난애를 포대기에 둘러업은 순정의 언니 최순분이다. 최순분은 얼굴은 넙데데하고 아직도 부기가 덜 빠졌는지 심술 살이 늘어진 데다 목뒤 어깨살이 올라붙은 것이 사진 속 최순정과는 영 딴판이었다.

---

(35) 초가지붕을 이기 위해 집으로 엮어 만든 물건.
(36) 건축물의 터를 반듯하게 다듬은 다음에 터보다 한층 높게 쌓은 단.

"어서 오셔유. 엄니! 신랑 자리 왔슈!"
"그려, 고생하셨네, 어서 오시게."
 황동숙이 유종헌을 반갑게 맞았다. 이 상황을 건넌방 봉창 작은 유리창으로 지켜보던 순정은 쿵쾅거리는 심장을 진정시킬 길이 없었다. 두꺼운 요를 뒤집어쓰고 숨고 싶어지면서도 자기 손으로 가린 입가엔 기분 좋은 미소가 흘렀다. 얼핏 보기에 신랑 자리가 나름 작은 키도 아니었으며 각진 얼굴에 단정한 거리 모양새는 어디 하나 흠잡을 데 없어 보였다. 사랑방에 길게 누워 라디오를 듣고 있던 최성칠이 밖의 상황을 짐작하고 미닫이문을 열고 나서자 유종헌이 정중히 인사를 올렸다.

"안녕하셔유!"
 최성칠이 이끄는 손짓으로 자리는 반지르르하게 닦인 안채 마루로 옮겨졌다.

"자네, 어르신들은 모두 무탈하시구?"
"야, 다들 편안하셔유."
"자네 작은아부지에게 얼핏은 들었네만, 소를 몇 마리 키운다고!"
"야, 지금은 세 마리인디 한 달 있으면 송아지 한 마리가 더 늘 거여유."
"소를 네 마리나 키울라면, 외양간이 제법 넓어야 되겠네?"
"아니유, 늙은 소는 팔어서 논을 조금 사볼려구유."
"왼손잽이라고 들었네만, 젓가락질하고 글씨는 오른손으로 쓰는가?"
"야."
"품앗이로 모내기할 때 왼손잽이가 줄잽이 하고 덜 무른 논둑에서부터 모를 심으려면 왼손이 퍽이나 고될 텐디…."
"괜찮아유, 젊은 놈이 손가락 좀 까지면 어때유."
"그려, 우리 집 논은 고실 논이 많어, 수렁은 그리 깊지는 않구. 낭중에

벼 베기가 힘들어서 그렇지 모내기는 쉬이 심길 겨!"

"…야!"

유종헌은 최성칠의 말끝에 이미 자신을 사위로 받아들이고 있음을 알아차렸다. 마루 기둥 뒤에 반쯤 몸을 감추고 있던 최성칠의 사촌 여동생이 고개를 들이대고 느닷없이 물었다.

"근디, 핵교는 워디까정 배웠슈?"

최순정의 집에서는 신랑 자리가 초년에 어려운 가정형편으로 제대로 못 배우고 심지어 고용살이를 한 적이 있다는 것을 미리 알고 맞은 자리라 굳이 묻지 않으려 한 질문을 주책없이 순정의 고모가 끄집어내니 지켜보고 있던 황동숙이 불편한 눈치였다. 잠시 머뭇거리던 유종헌이 용기를 내어 입을 뗐다.

"뭐 딱히 지대로 배운 건 없슈, 기냥 동짓달과 섣달, 정월에 서당 댕기면서 한글은 다 뗐구유, 동몽선습은 서당 선생님 앞에서 책거리[37]를 했구유, 혹시나 면서기나 해볼라구 엊그제 육법전서 사서 쪼매 읽구 있슈, 영어는 어지간한 건 붙여서 다 읽을 수 있구유…."

"그럼 돼얐지 뭐, 가시버시 오순도순하면 되는 겨, 근디 군대는 마쳤것지?"

최성칠의 의도는 주제를 빠르게 다른 곳으로 넘기고자 군대 이야기를 꺼내든 것이었다. 그러나 사실 유종헌은 아직 군 미필자 신분이라 정작 아픈 질문은 군대 이야기였다. 그러나 어쩔 수 없다는 생각에 천연덕스럽게 거짓 대답을 해댔다.

---

(37) 서당에서 학동이 책 한 권을 다 배우면 훈장께 대한 감사의 표시로 간단한 음식과 술을 대접하는 행사.

"야, 월남전 끝물이라 참전은 못 하구 시원찮게 마쳤슈."
"워디서?"
"야, 저기 51사단 비봉서유."
"그려? 거기는 훈련이 제법 씨다믄서…."
"그냥저냥 헐 만했슈!"

다행히 지난달 유종헌의 친구인 문신기가 비봉에 있는 향토사단인 51사단에 입대한 사실이 이렇게 도움이 될 줄은 몰랐다. 유종헌이 불편한 듯 이리저리 엉덩이를 들썩이자 최성칠이 공식적인 절차를 마무리했다.

"저기 여, 신랑 자리 술상 차려주고 순쟁이 들여보내여!"

최성칠의 말이 떨어지자 큰딸 최순분이 서둘러 유종헌을 사랑방으로 안내했다.

"야, 아부지. 거 신랑 자린 이짝 방으로 오셔유."

마루에서 오간 대화는 그간 어지간히 돼지아부지 정승환에게 들은 이야기와 비슷해서 부지런하다는 면 하나가 키가 작다거나, 왼손잡이라거나, 제대로 배운 게 없는 단점을 가려줄 만했다. 다만 유종헌의 병역 문제는 추후에 어떤 형태로든 최순정으로부터 원성을 살 문제로 남겨졌다. 사랑채로 자리가 옮겨지고 유종헌은 널찍한 교자상을 받았다. 잠시 후 언니 손에 이끌려 최순정이 들어왔다. 최순정이 유종헌의 반대편에서 왼쪽으로 살짝 비껴 다소곳이 왼 무릎을 세우고 앉아서 힐끗 유종헌을 쳐다보았다.

"안녕하셔유, 유종헌이라 헙니다."
"아, 네!"

최순정은 그간 서울에서 식당 하는 외삼촌 댁(황태국)에 용돈벌이로 들락거리면서 서울 말씨를 제법 배운 터라 이도 저도 아닌 선이 사투리를 쓰는 편은 아니었다. 그녀의 삼선교 이모부가 '넌 미용기술 배워서 서울서 살어, 촌구석에 있긴 아깝다.'는 말을 훈장처럼 생각하고 살아왔었다. 자신을 부르러 온 언니 순분의 눈치가 이미 신랑 자리에 대해서는 그녀의 부모로부터는 합격 판정을 받았다는 표정이었기에 유종헌이 불편해할 질문을 할 생각은 없었다.

"근데, 차남은 맞는 거죠?"
차남이 맞으면 합격이라는 듯 최순정은 유종헌을 안심시키는 질문을 던졌다.

"아, 예! 그럼요!"
최순정은 차남이면 시부모 모시고 살 일은 없다는 사실이 그나마 그녀의 결정에 마지막 정당성을 부여하는 것이었다. 유종헌은 언니 순분을 보고 나름의 실망이 마음 한구석에 남아 있었는데, 막상 순정이 방 안으로 들어서자 눈꼬리가 기분 좋게 올라갔다. 머리끝이 둥글게 말리고 이마 위로는 까만 머릿결이 잔뜩 부풀어 순정의 얼굴을 더욱 작아 보이게 했다. 큼직한 눈과 오똑한 코, 작은 입술은 도톰하고, 가는 목선은 아래로 깊게 이어졌다. 분홍색 한복에 몸매는 가려졌으나 작지 않은 키에 다리를 저는 기색이 없으며 허리를 곧추세워 앉아 있는 모습이 제법 기품 있어 보였다. 목소리가 가늘지 않은데 부드럽고 눈빛이 온화하고 맑았으며 길지 않은 손톱이 가지런했다.

"근데, 대문에 들어오기 전에 바깥 툇마루에 웬 아이들이 술을 마시고 젓가락 장단을 허든데요?"
"아! 우리 태식이예요 막내아들, 이제 일곱 살인데 늘 술상머리에 같이 앉아서 어른들한테 막걸리를 받아먹고 노랫가락을 제법 하더니 언제부턴가 자기 친구들을 데리고 와서는 가끔 저래요."
"아, 예!"
잠시 서먹한 시간이 흐르고 유종헌이 사랑방 천장을 한 바퀴 둘러보고 흰색 사기그릇에 담긴 수정과로 마른 목을 한 모금 적시는데 밖에서 태식의 자지러지는 울음소리가 심각하게 들려왔다. 그 소리에 놀란 최순정이 벌떡 일어나 툇마루 문을 열고 나가더니 맨발로 바깥마당에 소를 매어놓은 두엄더미 앞으로 뛰어갔다. 순정이 살짝 뒤를 살피니 툇마루에 종헌의 모습이 보이자 소리를 줄여 태식에게 야단을 쳐댔다.

"이런 엠병할 새끼! 하필 누이 선보는 날 술은 처먹고 왜 그 쇠 말짱은 들이받고 지랄이여, 어멈! 이 피 좀 보소, 이마가 째졌는갑네."
유종헌은 최순정이 쇠똥 밭에 주저앉아 있는 태식을 거뜬히 들어 안고 대문을 넘어 안마당으로 들어가는 모습을 바라보고 있었다.

유종헌도 최순정에게 합격 점수를 주었다.

#4-2 〈어린 처남: 최태식〉

최태식은 최성칠과 황동숙의 막내아들이다.

어린 최태식은 둘째 누이 순정의 선보는 날 취중 낙상사고 이후 송말에서 골목대장으로 자리 잡았다. 대문짝만하게 왼쪽 이마에 비스듬히 흉터를 달고 한 살 위 외가 먼 친척 형인 '땜통' 황군서와 항상 같이 놀았다. 땜통 황군서는 까까머리 군데군데 기계충 자국에, 입가엔 마른버짐이 잔뜩 피어 거칠했다. 그나마 주먹 하나는 나름 야무진 차돌주먹인데도 늘 한 살 아래 태식의 말 대포에 기가 눌려 상똘마니 아우 짓을 해댔다.

태식이네 윗집 사는 인선은 황씨 집안 딸인데 눈은 오목눈이고 머리가 작았다. 팔삭둥이로 태어나 '반푼이' 소리를 들었다. 태식은 자기보다 두 살이 많고 약간의 간질 끼가 있는 인선을 그냥 '미친년'이라 불렀다. 인선은 열여섯이 될 때까지 아랫집 태식이네를 비롯해 송말 안 집들을 모두 제집 드나들 듯했으며 혼자 산으로 들로 싸돌아다니는 것이 일이었다. 뉘 집이든 대문에 들어서면 엉덩이를 하얗게 까대고 그대로 주저앉아 오줌을 누는 일이 다반사였다. 늘 오줌 줄기가 세서 인선이 쪼그려 앉은 자리에서 한 발 앞의 땅이 노랗게 젖었다. 송말 안 집들은 대부분은 황 씨네 친척들이고 일부가 타지에서 들어온 치들인데 인선이 이따금 남의 집 부엌에 들어가 찬장을 뒤져 먹을 것을 찾는 것을 대수롭지 않게 여겼다. 그런 인선이 열일곱이 된 이른 봄날 난데없이 배가 불러오더니 아비를 알 수 없는 아이를 임신하자 급히 인선 아비가 용인에 지붕이 하얀 정신병원에 큰딸 인선을 입원시켰다.

인선이네는 마을에서 언덕 위 높은 집인데 송말 유일한 구멍가게다. 큰 안마당을 끼고 높이 솟은 대문 좌우로 시원한 광을 놓았다. 언젠가부터 한쪽 광에서는 생필품과 주전부리를 놓고 팔았다. 반대편 광의 바닥에는 커다란 막걸리 항아리를 깊이 묻었다. 진작부터 태식은 아버지 최성칠의 막걸리 심부름을 뻔질나게 해온 터라 태식이 막걸리를 사 가는 것은 전혀 이상할 것이 없는 노릇이었다. 국민학교 학생이 된 태식은 일 년 늦게 학교에 입학을 해 동급생이 된 군서와 종종 인선이네에서 막걸리를 받아다가 군서네 뒷뜰 토끼장 앞에서 사과 궤짝을 받쳐놓고 그 위에 술판을 벌였다. 안주는 주로 군서네 쉰내 나는 김치에 이따금 동네 친구 이만덕이 가져온 오리알을 들기름에 부쳐 먹었다. 가끔은 인선이 아랫집 태식을 따라 군서네 술판에 따라올 때도 있었다. 태식이 인선을 보면 늘 하는 말이 있었다.

　"미친년아 꺼져!"
　인선은 태식의 그 소리가 늘 듣기 좋았는지 아랫집 태식이 보이면 늘 따라다니곤 했다.

　군서네 토끼장은 닭장처럼 지어져 덩치 큰 수토끼 한 마리와 서너 마리 암토끼를 한꺼번에 넣어 길렀다. 한 달에 한 번 정도 암토끼는 돌아가면서 발정이 났다. 수토끼는 발정 난 암토끼를 팔짝팔짝 쫓아다니다가 어느새 암토끼를 올라타고는 잠시 뒷다리와 꼬리를 심하게 떨다가는 금방 '꽥' 하고 기절하듯 쓰러지며 아쉬운 교미를 끝내곤 했다. 태식과 군서는 가끔 풀을 베어 토끼장을 찾아서는 막걸리 잔을 기울이며 수토끼가 벌이는 애정행각의 충격적 장면을 유심히 관찰했다. 이따금 평소 '대갈장군'이라고 늘려대던 동급생 이만덕을 불러다 놓고 이유 없이 겁박해 가며 안주 삼아 가지고 놀았다. 태식이 군서에게 조금 전 수토끼가 벌인 충격적인 장면의 결과에 대해 물었다.

"오늘 접붙인 건 새끼가 언제 나오는 겨?"

"한 달 있으면 줄줄이 나올 겨."

"야! 만디기 너 다음 달에 군서네 토끼 한 쌍만 사라. 2백 원에 싸게 줄 탱게."

"나 돈 없어."

군서가 답답하다는 투로 나무랐다.

"아, 요 새끼 이거 주둥아리가 니주가리네! 니 돈만 돈이냐, 니 할아버지 돈 있잖어, 씨방새야?"

태식의 계속되는 겁박이 쏟아졌다.

"그리고 니 할아부지 새마을담배 벽장에 넣어놓는 거 있지… 한 갑만 빼서 내일 아침에 달긴네 블로끄 쌓아놓은 데다 갖다 놔라. 밑에서 세 번째 구멍에 넣어놔야 돼야. 너 또 까먹으면 이번엔 대갈장군 이만디기는 아주 깨구락지 씹창 나는 겨!"

"알었어!"

"일루와, 너도 막걸리 한 잔 마셔봐, 그리고 너는 내가 부르면 니네 집 오리알 몇 개 가져오라고 했잖냐? 내놔봐!"

"음써, 지난주 울 삼촌이 와서 싹 다 가져가서 그려."

"너 이번 한 번만 봐주는 겨, 담번에도 빈손이면 귀신 나오는 순미네 똥간에서 니가 대신 오리알 낳다가 똥독에 빠져 디지는 줄 알어."

그해 가을이 될 때까지 태식의 인선이네 외상술값은 늘어만 갔다. 어느덧 태식의 인선이네 막걸리 외상값이 3천 원을 넘었을 때, 인선 엄마는 아랫집 대추나무에 매달려 놀고 있던 태식이를 불러들였다.

"너 태식이 외상값 원제 갚을 겨? 낼 모래 막걸리 몇 통 받아야 하는디 그때까정 안 갚으면 니 엄니한테 쫓아간다. 알어들어?"

태식은 머리를 긁적일 뿐 대답을 할 수가 없었다. 그간 몰래 한 됫박씩 받아먹은 것은 아버지의 술값에 묻어서 같이 해결될 것이라 생각했었다. 그러나 인선 엄마는 여덟 살 태식이 외상값장부를 따로 달고 있던 것이다. 이후 인선 엄마의 외상값 독촉은 몇 차례 계속됐다. 태식이보다 두 살 어린 인선의 동생인 오혁을 통한 새로운 협박이 시작됐다. 태식은 불알 한 쪽이 유난히 큰 오혁을 '토산부랄 황오해기'라 불렀다.

"태시기 엉아! 울 엄마가 엉아 외상값 빨리 안 갚으면 학교 선생님한테 이른대."
"에이 씨, 너 토산부랄 가새끼 쥑이뿐다!"

태식이 오혁을 어르자 오혁이 쏜살같이 자기 집으로 뛰어 들어갔다. 그날 저녁 태식은 군서네 토끼장 앞에서 군서와 만덕을 불러놓고 대책회의를 했다. 그날따라 도리채 일대에서 뜸부기 울음소리가 우렁차게 들려왔다.

'뜸… 뜸… 뜸.'

뜸부기 소리를 심각하지 듣던 군서가 한마디 했다.

"저번에 회관 앞 정자나무 밑에서 닭 장수가 그러는데 닭 말고 뜸부기도 잡아서 팔면 사 준다던디… 꽤 비싼가 봐, 그게 약으로 쓰나 봐!"

태식이 솔깃하다는 표정으로 군서에게 물었다.

"한 3천 원은 주까?"
"닭보다는 더 쳐주겄지, 뜸부기 잡기가 얼매나 어려운 건디."
"너 만디기 오리알 갖고 왔어?"

"…."
오늘도 대갈장군 이만덕은 오리알을 가져오지 못했다.

"엊그제부터 만디기 니네 도리채 논두렁에서 뜸부기가 우는 것 같은디, 너 내일 니네 논 싹 다 뒤져서 뜸부기 둥지를 찾어놔! 너 그러면 이번 오리알은 한번 봐준다."
"뜸부기를 어떻게 찾어? 그 새는 귀신 같어서 한 번도 사람한테는 안 들킨다는디!"
"이 씨부럴 새끼 봐라, 내가 새꺄! 뜸부기를 찾으랬어? 뜸부기 둥지를 찾으랬지. 둥지를 찾아서 올무를 놔야 뜸부기를 잡을 거 아녀, 이 존만아! 그냥은 그 새를 못 잡는 겨! 아니면 니네 집 오리를 몇 마리 잡으까?"
군서가 만덕이네 오리를 잡자는 소리에 태식에게 손사래를 쳤다.

"닭이나 오리는 우리가 못 팔어, 바로 난리 날 겨."
"씨발, 땜통하고 대갈장군! 니네 둘이 뜸부기 집 찾어 놔! 못 찾는 새끼는 인선이하고 빠구리 한판 뜨는 겨."
삼 일간 군서와 만덕이 도리채 일대를 돌아다녔으나 허리까지 자라 우거진 논바닥에서 뜸부기 둥지를 찾을 수는 없었다.

그 주에 시집간 둘째 누이 순정이 1년 만에 친정에 다녀간다는 기별이 왔다. 주말이 되어 둘째 누이 순정은 정종 한 병과 돼지고기 두 근, 동생들 나눠 줄 종합선물세트 한 상자를 들고 부처내에서 선이로 향하고 있었다. 최순정을 제일 먼저 반긴 것은 태식이었다.

"누나!"

태식이 매형인 종헌은 쳐다보지도 않고 오랜만에 보는 누이 순정만 와락 껴안았다.

"그래 잘 있었어? 인제 술 안 마시고, 핵교는 잘 댕겨?"
"응!"
"어디 이마 좀 보자. 에이 이거 숭졌네!"
　순정은 태식의 손을 쥐어 잡고 아버지와 어머니를 부르자, 어미 동숙이 순정을 맞았다.

"엄마!, 아부지! 저 왔슈!"
"그래 어서 와라. 오느라 힘들었지! 석 달이 다 되었다는데 배가 하나도 안 나왔냐. 왜 이렇게 말랐어?"
　사랑방에 누워 있던 최성칠이 나와서 반갑게 새 사위 유종헌을 맞았다. 순정의 동생들은 1년 간에 파마머리에 살짝 배가 나온 둘째 언니가 생경했지만 손에 들려 있는 커다란 선물 박스는 반가울 따름이었다. 동숙이 순정의 짐을 받아 들고는

"그려, 어서 들어가서 용순이 옷이라도 찾아서 갈아입어."
　순정은 건넌방 옷장을 젖혔다. 옷장이라야 뻣뻣한 광목에 꽃수를 몇 개 놓은 천을 덮은 게 다였다. 입고 온 한복을 벗고, 좀 넉넉한 넷째 임순의 추리닝 바지를 챙겨 입었다. 시집갈 때 마련했던 비단으로 감싼 분홍색 클러치백은 옷장 선반 위에 가지런히 올려놓았다. 유종헌은 사랑방 안에 멍하니 벽에 기대앉아서 윗목에 쳐 놓은 병풍 속 그림을 찬찬히 살필 뿐이었다. 단지 1년 전 어린 막내처남 태식의 취중 낙상사고가 자꾸 떠올라 태식의 모습을 자꾸만 찾게 되었다. 사랑방 문틈을 살짝 열어

밖을 내다보니 동네 아이 서넛이 토끼치기[38]에 여념이 없었다. 태식이 보이질 않자, 안채 쪽 문을 슬며시 열어 태식의 모습을 찾았다. 태식의 모습은 오간 데 없고 부엌에서 순정과 여동생들 간의 수다가 끊이지 않았다. 유종헌이 쪽문을 닫으려는 순간 태식이 조심스레 건넌방 문을 나와 마루를 까치발로 걷는 게 눈에 박혔다. 순식간에 태식은 대문을 뛰쳐나와 언덕 위 인선이네 집 쪽으로 달려가는 게 보였다.

그날 저녁이 다 될 무렵 장인 최성칠은 인선이네 언덕에서 내려오는 생선 장수 너더리 장 씨를 불러 세웠다.

"굴 한 탕기 주고 가!"
"누가 왔나 봐요, 집 안이 시끌시끌하네!"
"둘째 순정이 시집간 지 1년 만에 근친(覲親)[39] 왔네 그려."
"그려요…, 그럼 쫌 더 드려야겠네!"
너더리 장 씨는 굴을 두 탕기나 담아서 성칠에게 건네며 한마디 더 붙였다.

"인자, 누이도 보따리 장사는 그만 시키시지 그려유, 무릎을 아파하는 것 같던디."
"그랴, 내도 인자 이승물 건너서는 댕기지 말라고 하는디 여편네가 원체 고집이 씨나서…."

저녁은 솜씨 좋은 장모의 갖은 나물과 장아찌, 순정이 사 온 돼지볶음

---

(38) 자치기의 경기 방언.
(39) 신부가 혼례 후 처음으로 친정 부모를 뵈러 오는 일.

에, 짚불에 석쇠를 대고 고소하게 김을 구워냈다. 그리고 방금 산 생굴을 동치미 국물에 한 사발 가득 말아 고운 고춧가루와 얇게 썬 파를 얹어 냈다. 저녁상을 물리고 종헌과 순정은 건넌방을 차지하고, 안방은 나머지 딸들과 장모 동숙이, 태영과 태식 두 처남은 사랑방에서 장인 성칠과 잠이 들었다. 밤이 깊어지고 늦게까지 동생들과 이야기를 나누던 순정이 건넌방으로 들어와 한참 동안을 옷장 앞에서 서성이다 종헌의 옆에 누웠다.

"여보, 내가 지갑에 만 원을 넣어왔는데 돈이 비어요, 5천 원짜리가 없어졌어! 애들한테 천 원씩 주고 엄마한테 5천 원 드리고 갈려고 맘먹었는데, 딱히 잃어버릴 데도 없는데."
"…그냥 동생들만 천 원씩 줘. 태식인 주지 말고!"
"응…! 태식인 왜?"
종헌이 왜 태식에게는 천 원을 주지 말라 했는지는 순정이 시댁인 구실에 도착해서야 알 수 있었다.

다음 날, 아침 일찍부터 인선이네 막걸리를 받아 간 동네 사람들이 모두 인선네로 몰려들었다.

"아줌니, 막걸리에 뭘 어떻게 했길래 당최 먹을 수가 없슈!"
"아니 왜유? 어제 아침에 받아놓은 막걸리가 쉬었을 리도 없는데…."
"도대체 비린내가 나서 먹을 수가 없데니께."
"아니 그럴 리가 없는데…."
인선엄마가 다섯 말짜리 막걸리 독을 모두 퍼내고 나서야 독바닥에 잘 저려진 자반고등어 한 손을 꺼낼 수 있었다.

"아니 언 놈이 막걸리 독에 간고등어를 집어 던졌대?"
"어제 생선 장수한테 간고등어 산 놈이 누군지 알면 찾아낼 수 있겠구먼."
"아녀, 어제는 생선 장수가 생굴을 가지고 다니던데…."
"도대체 어떤 썩을 놈이 간고등어를 술독에 집어넣는데요?"

태식은 외상술값을 모두 갚은 후부터 '대갈장군 이만디기'를 대신해 '토산부랄 황오해기'를 안주 삼아 데리고 놀기 시작했다. 그날 생선 장수 너더리 장 씨는 엊그제 팔다 남은 자반고등어 한 손을 까만 비닐 봉투에 담아왔었다.

어느덧 태식이 열네 살이 됐다. 땜통 황군서도 대갈장군 이만덕도 모두 코밑이 짙어지고 아래 거웃이 거무스레해졌다. 얼마 전부터 군서네 골방에서 태식이 얻어 온 그 귀하다는 '미군들이 보는 성인잡지'를 펼쳐 놓고는 잔뜩 꼴린 물건을 꺼내 들고 서로 번갈아 가며 손장난을 쳐댔다. 인선이 임신을 해 정신병원으로 들어갈 때 앞줄에 의심을 받는 놈들은 태식이를 포함한 친구 세 놈이었다. 사건이 터지자 인선 아비는 인선을 임신시킨 당사자를 찾아내 문제를 크게 만드는 것을 원치 않았다. 그 대신 인선을 정신병원에 입원시켜 사건 자체를 송말에서 걷어내 버렸다. 인선은 1974년 7월에 정신병원에서 사내아이를 낳았다. 몇 달 후 인선은 어려서부터 앓아왔던 뇌전증 발작으로 급사했다.

5. 그냥 가족

#5-1 〈순정, 선이로 돌아오다〉

1966년 음력 10월, 선이 사는 황동숙의 둘째 딸 최순정은 스물한 살에 평택의 '구실'이라는 곳으로 시집을 갔다. 시집가기 전 행상을 하는 어미를 대신해 집안의 살림살이를 도맡아 하다가 친정에서 멀리 떨어진 곳으로 시집가기를 원해서 이승물 따라 이십 리나 떨어진 먼 곳까지 시집을 간 것이다. 그러던 순정이 시집간 지 5년 만에 친정인 '선이'로 돌아가고 싶어 한 이유는 시댁보다 살기 좋은 친정의 따뜻한 햇살과 시원한 바람의 기억 때문이었다. 어쨌든 순정은 '선이'로 돌아가고 싶었다.

2년 전 가을, 최순정의 신랑 유종헌은 이미 서너 차례 처가 동네 '선이'를 다녀왔기에 그곳은 토질과 수량, 햇살과 바람이 자신의 전답이 있는 '구실'의 '한판들', '건눈들', '칠산들'보다는 훨씬 나을 것이라는 확신이 있었다. 지난 늦여름 태풍이 지나간 후 벼 이삭이 들판에 장판처럼 쫙 깔려서 1년 내 공들인 논농사를 망쳐보니 어딘가 새로운 돌파구가 필요했다. 더욱이 순정이 결혼 첫해엔 10명이 넘는 대가족의 부엌살림을 그런대로 감당해 내더니 첫째 수길을 낳고부터 육아가 더해지자 힘에 부치는지 남편 종헌에 대한 하찮은 불만이 하나둘 늘어갔다. 그해 가을일이 시작될 무렵 아침 잠자리를 털고 일어나지 못하는 순정을 종헌이 나무라자 순정이 다 죽어가는 목소리로 하소연을 늘어놓았다.

"여보! 나 그냥 자다가 안 일어나고 죽어버렸으면 좋겠어! 왜 그렇게 잠만 물밀듯 쏟아지는지 몰러!"

"아니 왜 또 그려?"

"애는 밤새 보채 울고, 빨래는 산더미지, 성님은 자기네 텃밭 생긴 후로는 부엌살림은 다 내가 해야 되구, 도련님하고 아가씨 도시락 챙길라니 뭐 변변히 싸 줄 게 있어야지. 지난달부터 입덧을 시작한 후로는 냄새나는 건 먹을 수도 없구, 아예 이대로 그냥 죽어버렸으면 좋겠다니게."

순정이 한동안 이불을 다시 뒤집어쓰고 베개를 끌어안은 채 엎드려 종헌을 외면했다. 종헌도 더 이상의 잔소리는 사정을 악화시킬 뿐이란 걸 눈치챈 듯 더 이상 보채지는 않았다. 그렇더라도 이 상황을 바꿔내기 위해 전면에 나서야 하는 것은 순정이 아닌 종헌이란 것이 자명하기에 순정은 남편의 참전에 앞서 약간의 양념 같은 용기를 북돋워야 했다.

"여보! 우리 세간 나면 안 돼? 아버님한테 당신이 말 좀 꺼내봐, 나 몸져누웠다고 하고, 사실 당신이 어려서 고용살이해서 늘린 살림살이잖어! 좀 정리해서 내보내 달래 보면 안 돼?"

그해 가을 내내 힘든 일 중간중간 유종헌은 아비 유석용으로 하여금 자신의 독립을 서두르도록 재촉해 댔다. 한판들 유석용의 마지막 논의 누런 벼를 두 부자가 열심히 베고 있었다. 논배미를 한두 번 왕복해서 낫질을 해대니 유석용의 허리는 끊어질 듯 저렸다. 이마에 흐른 땀을 닦고 막걸리라도 한 모금 축이려 논둑에 앉아서 한참을 쉬어도 둘째 아들 종헌은 뒤도 돌아보지 않고 경쾌한 낫질을 계속해 댔다.

"얘, 좀 쉬었다가 해라."

"아부지나 쉬셔유, 베던 줄은 다 베고 쉬어야지…."

아비 유석용이 둘째 아들 종헌의 속내를 모를 리는 없는 데다 그 표정에는 무엇인가가 드러나는 사람이 아니었다.

'저놈이 나보고 미안해하라고 부러 저러는 것이여….'
유석용이 막걸리 잔을 비우고 잠시 멀리 백봉산을 쳐다보고 있는 사이, 종헌이 아비 석용에게 다가와서는 자신의 노고 끝에 매달아 놓은 요구사항을 뱉어냈다.

"아부지!, 인자 종상(종헌의 아래 동생)이도 고등핵교 졸업해서 농사일 도울 테고, 성님네 식솔도 금방 또 늘 텐데 가뜩이나 비좁은 집구석이 얼마나 붐비겄슈? 기냥 지가 세간을 나게유!"
유석용은 장기판의 상대방 꼼수를 발견해 낼 때마다 내심 찾아오던 쾌감 같은 것이 느껴졌다.

"아부지! 수길이도 돌 지났고, 조금 있으면 둘째도 낳아야 하는디…."
"수길 애미가 시키든?"
며칠째 보채대는 둘째 아들놈의 속을 훤히 들여다보고 있던 아비 유석용은 성화에 못 이긴 척 결론을 내려주었다.

"그러면 올해 가을일 끝내고 공판[40] 한 돈으로 섣달에 저 너머 '황곡'이나 '한뫼'쯤 세간을 나봐, 그래야 일 철에 와서 늬 성도 도와주고 헐 것 아녀!"
"…, 이야!"

---

(40) 공동판매의 줄임말.

종헌은 내심 고향 구실 땅을 멀리 벗어나고 싶었다. 아비 유석용의 고집이 쉬이 꺾이지 않을 것이 뻔하기에 적당히 받아들이기로 했다.

그해 겨울, 유종헌은 한동네 작은집(유화용) 너머 언덕 아래 구옥을 구해 세간을 났다. 둘도 없는 친구 문신기의 윗집을 '장리쌀'[41]을 얻어 사들였다. 낡은 집이긴 하나 복잡한 본가를 벗어나 단출한 살림살이에 이제야 신혼살림을 하는 것 같아 순정도 불만이 없었다. 그러나 종헌은 여전히 궁극에는 '구실'을 벗어날 구실을 찾고 있었다. 겨울이 지나가고 날이 풀리자 윷놀이판에서 하루를 보낸 종헌이 아랫집 친구 문신기의 집에서 막걸리로 거나하게 취한 채 집 안으로 들어섰다. 이미 저녁상을 차리고 있던 순정이 밥상을 남편의 무릎 앞에 내려놓았다. 순정이 눈까지 빨개져 들어온 남편이 못마땅해 이것저것 바가지를 긁어대자 종헌이 화제를 돌렸다.

"여보! 저기… 종기라고 종식이 사촌이 있어, 어려서 같이 뛰놀던 놈인디 지금은 오산에서 복덕방을 한다. 그놈이 그러는디 우리 가진 것 정도면 방 세 칸짜리 서너 채는 살 수 있을 거라네, 오산 읍내에서 집이나 서너 채 사서 사글세나 받고 한 켠에서 싸장사나 해보는 게 어떻겠냐고 허는디! 그리고, 말 나온 끝이여. 신기 친척은 '성환'에서 배 과수원 하는디 한 천 평짜리 과수원을 매짜놨댜!"

종헌의 말끝에도 순정은 아무런 반응이 없었다. 단순히 관심을 드러내고 말고 할 문제가 아니었다. 당장에 남편이 꺼낸 말은 무엇이 됐던

---

(41) 장리(長利)로 빌려주거나 또는 장리로 갚기로 하고 꾸는 쌀(장래쌀이라고도 함).

자신 인생의 중요한 이정표가 될 만한 중대사였다. 이를 생각 없이 툭 던져보는 남편이 한심스러워 대꾸를 하지 않았다. 순정이 한참을 아무런 반응이 없이 앉아 있자 종헌이 순정에게 대답을 재촉해 댔다.

"여보?"

"그래서 뭐? 어쩌라구? 나 두 달 있으면 애 낳아요. 뭔 쓰잘데기 없는 소릴 나불댄다! 그리고 아직 군대도 안 댕겨온 사람이 어디 사정도 모르는 남의 동네까지 들어가서 일을 저지를 생각을 한대요? 일만 잔뜩 벌여놓고 그러다가 군대라도 곧장 끌려가고 나면 나 혼자서 새끼들 데리고 뭘 어떻게 하라는 겨? 좀 생각이란 걸 하구 살어!"

"에잇 나두 몰러, 그놈으 군대 군대. 아무튼 내일이라도 오산 가서 종기를 만나보고 올 테니께 그런 줄 알어."

#5-2 〈하룻밤 애인: 이미애〉

　다음 날, 종헌은 여전히 화가 치밀어 아침밥을 차리지 않는 순정을 뒤로하고 오산으로 향했다. 주섬주섬 옷을 차려입고 돈푼깨나 주머니에 챙겨서는 어연리 넘어 율북으로 향했다. 율북에서는 이승물을 배로 건너 황곶진에 내려 쑥고개로 걸음을 옮겼다. 쑥고개 넘어 자그마한 '송탄시외버스정류장'이 있었다. 간신히 얼굴만 보이는 매표원에게 오산 가는 버스표를 한 장 사서 대합실 의자에 앉아 버스 시간을 기다렸다. 잠시 후 삐걱거리는 대합실 문을 힘겹게 열고 들어오는 긴 머리의 여인이 종헌의 눈에 들어왔다. 헝클어진 머리와 대충 걸치기만 한 옷매무새와 초점 없이 두리번거리는 표정이 종헌의 눈길을 끌어당기고 있었다. 그녀는 한참을 고민하는 듯 보이더니 대합실 가운데 서서 한참 동안을 행선지와 버스 시간표를 응시하고 있었다. 종헌은 버스 출발시간이 임박해 대합실을 빠져나가 정차해 있는 서울행 버스에 올랐다. 잠시 전 대합실에서 보았던 묘한 분위기의 그녀가 자꾸만 종헌의 머릿속을 가득 채우고 있었다. 버스 기사가 출발하려 시동을 걸고 앞문이 닫히려 할 때쯤 성급히 닫히던 문이 다시 열렸다. 좀 전에 대합실에서 보았던 그녀가 버스에 마지막으로 올랐다. 그녀는 종헌이 앉은 자리 바로 건너편 창가에 앉아 유리창에 머리를 기댄 채 미동도 없이 마치 모든 것을 내려놓은 사람처럼 축 처져 있었다.

　어느덧 버스는 송탄을 벗어나고 진위면을 지나 오산 읍내에 접어들었다. 금세 오산버스정류장에 도착했다. 종헌이 버스에서 내리면서 여전히 앉아 있는 그녀를 흘낏 보고는 버스를 내려서 대합실 쪽으로 향하고 있었다. 잠시 후 뒤에서 작지만 분명한 목소리가 들려왔다.

"저기요, 아저씨?"

종헌은 좌우를 두리번거리다 누군가 다가오는 인기척에 뒤돌아보았다. 그녀였다.

"예? 저요?"
"네, 여기서 가까운 시장이 어디에 있나요?"
"저 위에 오산시장이 있는데 여기서 한참은 걸어가야 하는디, 마침 내가 시장 쪽으로 가는 길이니 날 따라오시면 될 것 같은디."
"아, 네. 고맙습니다."
"그려요, 그럼 갑시다."

'송탄시외버스정류장'에서 서성이던 그녀 모습이나 급하게 버스를 타고 내리는 모습, 그리고 오산시장이 어디에 있는지를 묻는 모습에서 왠지 그녀가 서울 사람일 것이라는 생각이 들었다. 한참을 앞서 걷던 종헌이 살짝 고개를 돌려 따라 걷고 있는 그녀에게 물었다.

"근디, 시장은 뭘 사러 가시려는디요?"
"그냥, 식사하고 혼자 술 한잔할 수 있는 곳 찾으려는 거예요."
"아!, 그럼 거기 가시면 되겠네, 오산시장에선 유명한 설렁탕집이 있어유, '할매집'이라구. 내가 그리 모셔다드릴 테니께 거서 드셔유."
"아저씨는 여기 오산 사람이세요?"
"아녀요, 나도 거시기처럼 쑥고개에서 잠깐 다녀갈려고 온 거여요. 내가 버스 탈 때부터 봤어유 하두 이쁘셔서…."

종헌은 갑자기 너무도 솔직하게 터져 나온 자신의 마지막 말에 스스로의 용기가 더해졌다.

말없이 뒤따라 걸어오던 그녀가 시장 한복판 약장수가 벌여놓은 난전 앞에 멈춰 섰다. 아구빨이 좋은 약장수가 구경꾼들 사이를 오가며 정체 모를 약을 만병통치약이라며 사설을 늘어놓았다. 한쪽 구석에는 상투를 틀고 검버섯이 잔뜩 핀 노인네가 무표정하게 손작두에 한약재로 보이는 나무토막을 자르고 있었다. 난전 정면에 구경꾼들을 마주 보고 어린 아이 서넛이 아랫도리를 내리고 신문지 위에 쪼그려 앉아 볼일을 보고 있었다. 한눈에 보아도 마르고 얼굴에 윤기가 없어 보이는 어린애들을 추려내 회충약을 먹인 후 대변을 보라고 앉혀놓은 것이다. 잠시 후 약장수가 단발머리에 검정 고무신을 신은 어린 여자아이를 어깨 위로 집어 들더니 그 아이의 엉덩이 사이를 벌려 스멀스멀 기어 나오는 기생충을 보여주며 구경꾼들 사이를 오가고 있었다. 얼마나 놀랐던지 약장수의 어깨 위에 얹혀 있던 여자아이가 끝내 울음이 터졌다. 그녀는 한동안 그 여자아이에게서 눈을 떼지 못했다. 그녀를 지켜보던 종헌이 재촉의 의미로 말을 건넸다.

"약장사 처음 보셨슈?"
"아, 네! 저 여자아이 괜찮을까요?"
"뭔 일 있겠슈! 걔도 다 부모가 있을 터인데…."

그녀는 한동안 무슨 생각에 사로잡혀서인지 자리를 뜨려 하지 않았다. 결국 종헌이 먼저 발길을 돌리자 그녀가 뒤를 따랐다. 둘은 한참을 걸어 오산시장 끝자락에 도착했다. 종헌은 그녀를 '할매집' 안에 자리를 잡고 소머리 수육과 막걸리 한 병을 주문해 주고는 그녀에게 일렀다.

"혼자이신 것 같은디, 지가 잠깐 일 보고 다시 올 테니께 여기서 편안히 한잔허시고 계셔요, 술값은 내가 내드릴 테니께."

잠시 어리둥절해하던 그녀를 두고 종헌은 서둘러 시장을 한 바퀴 돌아볼 작정이었다. 당초 만나볼 생각이었던 종식이 사촌 종기는 머릿속에서 사라진 지 이미 오래였다. 종헌은 지금까지 유부남인 자신의 가슴을 이렇게 뛰게 했던 기억이 없었다. 그녀는 도대체 누구일까? 어쩌다 낯선 작은 읍내에 내려 혼자 술을 마시려 하는 것일까? 시장을 한 바퀴 도는 동안 눈에 들어오는 것은 아무것도 없이 그녀의 모습만이 앞을 가리고 있었다. 마침내 종헌이 '할매집'에 다시 들어섰을 때 그녀는 혼자서 이미 막걸리 한 병을 모두 비워버린 상태였다.

"어, 아저씨 진짜 오셨네?"
"어떻게 안주가 드실 만해유?"
"벌써 일을 다 보신 거예요? 나 때문에 그냥 오신 건 아니구요?"
"…, 일이야 담에 또 보면 되쥬! 근디 어디 사시는 분이셔유?"
"서울 살아요."
"이, 그려 내 그럴 줄 알았다니께, 역시 서울 여자가 곱다니께."
"아저씨는 어디 사셔요?"
"난 쩌기 구실이라고 평택 촌구석에 살어유."
"아! 들어본 것 같아요. 구실!"
"그리유, 허허 어떻게 구실을 다 아신대유? 근대 뭔 일로 이렇게 참하신 분도 대낮에 막걸리 생각이 나신대유?"
"술 생각에 밤낮이 어딨어요. 사는 게 힘들면 그때그때 생각나는 거지."
"그려유, 나두 마누라가 지랄 맞게 바가지를 긁어대서 가끔은 사는 게 힘들대니께."
"결혼하셨어요?"
"야, 어쩌다가 했슈. 그 짝은 미혼이셔유?"
"아니요, 호적상은 미혼인데, 결혼은 몇 번썩이나 한 것 같아요."
종헌은 단박에 그녀가 허튼계집으로 살아왔음을 실토 받고는 머뭇거리던 마음 한구석에 한결 자신감이 붙기 시작했다. 사연을 듣지 않았어도 예쁜 얼굴에 슬퍼 보이는 눈빛의 그녀가 안쓰러움을 넘어 사랑스러 웠다. 그녀는 대폿집을 두 군데를 더 옮겨가며 이어지는 술잔을 쫓아오고 있었다. 둘은 이미 얼큰하게 취기가 오른 상태였다.

"그리유 누구나 사는 것 자체가 힘든 일이유. …그런데 쑥고개는 왜 내려오셨대유?"
"네, 거기가 고향이에요. 아저씨는 오산에는 왜 오신 거예요?"
"난 고향을 떠볼라구 이 생각 저 생각하다가 오산에서 싸장사나 해보까, 성환에서 배 과수원이나 해보까 고민 중이라서유."
"혹시 성환에 허 씨네 배 과수원 아세요?"
"아니유, 몰러유!"
"다행이네!"
"…?"
"그냥요. 근데 아저씨…! 나 오늘 하룻밤만 재워주실 수 있어요?"
"아이고, 어디 숨었다 인자 나타났댜! 진작에 좀 만났어야지…."
종헌은 마른침을 꿀꺽 삼키고 그의 거친 손으로 미애의 가녀린 손목을 잡고서 자리에서 일어섰다. 대폿집 안쪽 골목에는 '대동여관'이라고 적힌 작은 간판이 보였다.

둘의 처음이자 마지막 하룻밤은 세상 시름을 잊은 채 뜨거웠다. 다음 날 아침 종헌과 그녀는 여관 근처에서 국밥으로 아침을 때우고 오산버스정류장으로 향했다. 종헌이 송탄행 차표와 서울행 차표를 한 장씩 사서는 그녀에게 서울행 차표를 내밀었다.

"이것도 인연이라면 인연일 텐데, 이름이라도…?"
"미애라고 불러요. 이미애."

"나는 종헌이라 합니다. 우종헌."

둘은 서로 반대 방향으로 떠나는 버스에 올랐다. 그렇게 둘은 헤어졌다. 점심이 지나갈 무렵에 종헌이 집으로 돌아왔다. 종헌은 예정에 없던 하룻밤 외박에 종식이 사촌 종기 핑계를 해댔다.

"아따 그놈이 얼마나 술을 멕여 쌌는지…."
"그려 잘했어. 왜 아예 잔뜩 처먹구 이승물에라도 빠져 죽지 그랬어!"

그해 여름내 순정은 둘째를 임신해서 불러오는 배를 안고 수길을 업은 채 머나먼 '칠산들' 비탈밭을 매일같이 오갔다. 언덕 너머 본가에도 달리 수길을 맡아줄 사람이 없어서 수길을 데리고 햇살이 쏟아지는 들판으로 나가야 했다. 순정이 아직 자고 있는 수길을 둘러업고 칠산리 밭으로 향할 때면 밭 끄트머리 소나무 밑 그늘에 자고 있는 수길을 누였다. 순정이 일에 속도가 붙을 만하면 어느새 여름 해는 고도를 높이고 수길은 그늘을 벗어나 뙤약볕에 얼굴이 벌겋게 달아올라 울음이 터졌다. 어린 수길이 깨어 있는 동안에는 흙바닥을 기어다니며 애써 심어 키운 새순을 따버리는 모습에 어찌할 바를 몰랐다. 더욱이 내년에 둘째를 낳아서는 대책이 서지 않을 것이 분명했다. 그간 종헌이 늘어놓는 대책이 미덥지 않고 평생을 흙만 파먹고 산 사람이 쌀장사나, 안 해본 배 농사를 짓는다는 것은 믿을 만한 일이 못 되었다. 그해 눈 내리는 겨울 저녁, 몇 달을 고민한 순정이 결론을 내렸다.

"여보, 내년에 둘째도 키우고 할려면 아무래도 애 봐줄 동생들도 있고, 인쟈 엄니도 효순이(순정의 막내 여동생) 다 키우시고 더 이상 보따리 장사는 안 하실 거라는데, 그냥 '선이'로 돌아갈까 봐유."
"그려…? 내가 내일이라도 선이 작은아버지를 찾아뵙고 올게."

종헌은 바라던 바였다. 종헌은 이제야 '구실'을 벗어날 수 있을 거라는 기대가 생겼다. 결국, 순정은 선이로 돌아가기로 했다. 구실로 시집간 지 5년 만에.

#5-3 〈소 시집가는 날⁽⁴²⁾〉

1972년 이른 봄, 평택의 '구실에' 살던 유종헌과 최순정이 친정 동네 '선이'로 이사를 가는 날이다. 미리 빌려놓은 낡은 두 돈 반 도라꾸⁽⁴³⁾에는 순정의 안살림살이를 실었다. 넉 자짜리 농과 시아버지에게 물려받은 작은 뒤주와 반닫이, 옷가지와 부엌 세간살이, 장독대에서는 된장과 간장 그리고 고추장 항아리를 조심스레 추려 실었다. 순정은 수길과 낳은 지 두 달 된 둘째 아들 수완을 안은 채 도라꾸 옆자리에 타고 먼저 선이로 출발했다.

전날부터 종헌은 우마차에 자신의 바깥 살림살이를 싣고 있었다. 쌀 두 가마니와 씨앗용 겉벼와 겉보리, 각종 잡곡과 채소 씨앗을 정리해서 실었다. 우마차 뒤편에는 보습을 끼운 쟁기와 나래 날을 매단 써레, 구유와 옹구⁽⁴⁴⁾, 둥글레통⁽⁴⁵⁾과 홀태⁽⁴⁶⁾를 싣고 물건 사이 틈틈이 낫과 호미, 괭이, 삽을 끼우고 얼마 전 긴 생나무로 자루를 새로 만든 가래를 실었다. 키우던 늙은 소의 등 한가운데 질마⁽⁴⁷⁾를 얹고 우마차의 양쪽 긴 쳇대⁽⁴⁸⁾의 쇠고리를 질마 중간 걸쇠에 걸었다. 소의 목 부위에 걸쳐진 멍에의 양 끝을 쳇대 쇠고리에 걸고 늙은 소의 굳어진 멍에목에 멍에를 깊숙이 걸친 후 멍에 아래로 늘어진 끈을 늙은 소의 목을 한 바퀴 둘러

---

(42) 중송아지 코뚜레 뚫는 날.
(43) 2.5톤 트럭.
(44) 소 등에 올려 길마에 설치하는 농작물을 나르는 데 쓰는 농기구.
(45) 발로 밟는 회전통에 V자 형 강철을 거꾸로 박아 만든 곡식을 터는 일종의 탈곡기.
(46) 촘촘한 날 사이에 곡식의 이삭을 넣어 훑어내어 낟알을 터는 농기구.
(47) 소등에 짐을 싣기 위해 얹는 일종의 안장으로 '길마'의 사투리. '지르마'라고도 함.
(48) 마차의 본체와 길마를 연결하는 마차 앞쪽의 두 개의 긴 대.

묶어 고정했다.

　지난달 종헌이 칠산리 들판으로 일을 나간 후 목매기 수송아지가 외양간에서 내뛰는 바람에 아랫집 신기네 텃밭을 엉망으로 만드는 사달이 났다. 지나가던 생선 장수 너더리 장 씨가 가까스로 송아지를 붙들어 외양간에 묶어둔 덕에 다행히 그 사달이 정리된 적이 있었으나 신기 어머니의 야단이 며칠간 계속되자 종헌은 평택장에 목매기 수송아지를 팔고 돌아왔다. 마당 끝에 묶어 키우던 네눈박이 검둥개는 이사 전날 큰집에 매어두고 왔다. 이제 우마차 가득 실은 짐을 선이로 끌고 가야 하는 부담은 종헌이 키우던 늙은 암소의 몫으로 남겨졌다.

　종헌이 열다섯 살에 고용살이를 시작해 3년 뒤 송아지 한 마리를 얻었다. 그 송아지가 몇 차례 새끼를 낳고, 사고팔기를 반복했다. 그중 얼마 전부터 키우던 뿔이 못난 늙은 암소를 세간을 나면서 끌고 나왔다. 오른쪽 뿔은 제법 하늘로 뻗친 듯 올라가다 귀 뒤로 뒤틀리고, 아래로 제멋대로 내리뻗은 왼쪽 뿔은 늙은 소의 큰 눈 밑으로 처져 있었으며 말라붙은 엉치뼈는 엉성한 윤곽을 그대로 드러내고 있는 볼품없는 소였다. 종헌은 이삿짐을 모두 싼 후에도 3년이라는 짧은 세월이지만 그간에 정이 제법 들었던 집이라 그런지 쉬이 발길이 떨어지지 않았다. 한참을 툇마루에 걸터앉아, 늘 투덜거리던 순정을 데리고 칠산리 들판을 앞세워 걷던 늙은 소를 고마워하며 지긋이 바라보고 있었다. 지난달 팔아치운 목매기송아지가 이미 어스레기[49]가 된 후 팔아치운 것이라 그렇게 늙은 소에게 미안해할 일은 아니라고 생각했다. 떠나가는 친구를 보내려 아랫집 문신기가 올라왔다. 그간 아래윗집이 형제처럼 지낸 친구

---

(49) 코를 뚫기 전의 제법 큰 중송아지.

문신기의 따뜻한 격려에 힘입어 종헌은 늙은 소의 걸음을 '선이' 방향으로 재촉했다. 종헌은 '선이'로 가는 내내 고삐를 짧게 쥐고 늙은 암소의 옆에서 함께 걸었다. 몇 년간 이십여 마지기 거친 논밭에서 끊임없이 부딪힌 두 농사꾼이 전장을 낯선 곳으로 옮겨가며 치열한 사투를 이어가게 됨을 알기에 조금은 느리게 걷는 늙은 소의 걸음을 굳이 거스르려 하지 않았다.

쉬엄쉬엄 걷던 이십 리 길도 조금씩 줄어들더니 어느덧 지난달 마련해 둔 '선이'의 새집에 도착했다. 이제야 종헌이 암소의 멍에를 벗기고 배 아래 묶은 질마 줄을 풀자 늙은 암소는 스르르 미끄러지며 우마차를 벗어냈다. 늙은 소는 물 한 양동이를 모두 비우고 새로 마련된 제 집을 찾아 들어갔다. 이사 이후 날이 풀리기 전 며칠간 늙은 소에게도 달콤한 휴식이 찾아왔다. 다만, 치열한 봄날의 노동은 올해도 어김없이 예고되어 있었다. 종헌은 닥쳐올 노고를 사전에 보상하려는 듯 그다지 춥지 않은 날에도 두툼한 '덕석'을 소 잔등에 올렸다. '등긁개'로는 뒷다리에 눌어붙은 소똥을 떼어주고, 덜 여문 콩과 쌀겨를 듬뿍 넣어 쇠죽을 끓여댔다. 한편으로는 물 먹인 지푸라기로 가는 새끼줄을 꼬아 부리망[50]을 만들며 서로의 치열한 봄낱의 혈전을 준비하고 있었다. 그해 이른 봄부터 늙은 소는 묵묵히 쟁기로 낯선 종헌의 전답을 갈아엎고 써레와 나래질로 논밭을 평평히 골라냈다. 간혹 깊이 빠지는 논 한가운데 힘에 겨워 멈춰 서게 되면 어김없이 종헌도 힘에 부쳐 쟁기나 써레를 의지해 기대야 하는 상황이었다. 서로 간의 휴식이 충분해지면 늙은 소는 종헌의 신호를 기다렸다.

---

(50) 소가 풀을 뜯지 못하도록 주둥이에 씌우는 그물망.

"이랴! 이놈의 소 새꺄!"

종헌의 고삐가 늙은 소의 엉덩이에 철썩였다. 늙은 소가 논일을 마치는 날에는 잔등의 털은 모두 땀에 젖어 있었다. 한동안 데워진 몸은 쉬이 식지를 않아 온몸에서 하얀 김이 피어오르고는 했다. 다행히 봄 일을 끝내고 나니 넓은 이승물 장둑 아래에서 휴식이 찾아왔다. 종헌은 약간의 그늘이라도 찾을 수 있게 키 큰 미루나무 옆에 쇠말뚝을 박아 풀을 뜯게 하고 저녁엔 쑥 연기를 피워 극성맞은 모기떼를 쫓았다. 그러나 종헌의 여름내 늙은 소에 대한 친절은 다가올 가을날의 또 다른 고역에 대한 예고일 뿐이었다.

종헌의 가으내 도리채 말린 논은 그나마 우마차가 들어갈 수 있는 농로가 닿았기에 볏단을 우마차에 실어 나를 수 있었다. 그러나 귀숭굴 논은 수렁이 많은 데다 다랑논이라 논과 논 사이의 단차가 크고 그 폭이 좁아 마차로 볏단을 실어 나를 수 없는 상황이었다. 결국 십여 마지기 논의 볏단을 늙은 소와 종헌이 지고 날라야만 했다. 늙은 소의 등에는 질마를 얹고 옹구를 걸어 질마 좌우로 볏단을 잔뜩 매달고 종헌도 지게 가득 볏단을 쌓아 둘은 나란히 선이 입구 종헌의 집 앞 마당까지 쉴 새 없이 볏단을 날랐다. 둘의 발길은 늦은 저녁까지 이어졌으며 종헌이 볏단의 무게를 도저히 이기지 못해 지게를 바닥에 내려놓을 때도 여전히 고삐가 종헌의 손에 쥐어져 있으면 늙은 소도 걸음을 멈추고 종헌을 기다려 주었으며, 종헌이 아예 고삐를 내려놓으면 늙은 소는 스스로 알아서 종헌의 집으로 길을 찾아갔다. 들녘의 일을 마치고 집에 돌아온 종헌은 늙은 소 먹일 쇠죽 끓이는 일을 게을리하지 않았다. 구유 가득 구수한 쇠죽을 부어주고 넓은 등판을 쓰다듬었다. 종헌의 늙은 소에 대한 친근한 태도는 고통을 함께한 자신에 대한 위로이기도 했다.

종헌에게 늙은 소는 가족과 다를 바가 없었다.

늙은 소에게 종헌은 가족과 다를 바가 없었다.

그해 늦은 가을밤, 늙은 소는 예쁜 수송아지를 한 마리 낳았다. 이미 여섯 번째 출산이었다. 산기가 보인 그날 저녁 종헌은 외양간 가득 마른 볏짚을 어슷어슷 두툼하게 깔았다. 늙은 소는 모로 누워 부를 대로 부른 배를 옆으로 하더니 한두 번 뒤척인 끝에 희멀건 송아지를 몸 밖으로 쑥 밀어냈다. 기다리던 종헌은 마른 수건으로 송아지의 코와 입 주변을 닦기 시작했다. 늙은 소는 긴 혀로 종헌은 마른 수건으로 새로 태어난 송아지를 번갈아 가며 정성껏 닦고 핥았다. 어느새 기운을 차린 송아지는 힘겹게 다리를 버티더니 늙은 소의 젖꼭지를 찾아 물었다. 선이로 이사 온 종헌에게 새로운 가족이 찾아온 것이다. 그 주 종헌은 수송아지의 겨울나기를 위해 못 쓰는 옷감과 쌀자루를 누벼 송아지용 덕석을 만들어서 덮어보았다. 그해 겨울이 지나갈 무렵 외양간을 벗어난 수송아지는 어느새 목매기송아지가 되어 있었다. 늙은 소는 젖 뗄 무렵이 한참 지난 후에도 수송아지에게 젖을 물렸다.

그리고 그다음 해 봄 일이 다시 시작되기 전, 종헌은 물푸레나무를 몇 가지 잘라 껍질을 깠다. 적당히 자른 물푸레나무의 한쪽 끝을 뾰족하게 버린 후 쇠죽 쑤는 부엌에서 불에 그을려 동그랗게 구부렸다. 노끈으로 양 끝을 단단히 묶어 코뚜레를 만들어서는 외양간 기둥에 걸쳐놓고 말렸다. 그해 오월 단옷날, 어스레기 수송아지는 종헌에게 코청이 뚫리고 코에는 동그란 코뚜레를 걸기 시작했다. 그리고 또 여름이 되기까지 늙은 소는 종헌의 논밭에서 힘겨운 봄날을 이겨냈고, 여전히 가을에는 질마에 매달린 옹구 가득 볏단을 지고 날랐다. 또다시 가을이 깊어지고 소슬바람이 불 무렵 늙은 소는 이번에도 예쁜 송아지를 낳았다. 암송아지였다. 재작년에 낳은 수송아지는 이미 굵은 뿔이 돋고 제법 등판의 높이가 오르더니 나름대로 황소 티를 내고 있었다. 종헌은 두 돌을 맞은 어스레기 황소를 위해 '끙개'를 만들기 시작했다. 아침부터 분주한 종헌을 보고 순정이 물었다.

"여보 뭘 만드는 거예요?"
"인자 에미 소는 팔아야겠어!"
"그럼, 농사일은 어떡할려고 부리는 소를 판대요?"
"그래서 요 수놈을 일소로 부릴려고 끙개를 만드는 거여! 멍에를 지울라믄 멍에목(51)에 뼈가 퉁그러지기 전에 눌러줘야 한다니께, 끙개를 무겁게 만들어 끌어줘야 혀!"
"그래서 에미 소는 언제 판다는 거예요?"
"이, 인자 암송아지를 낳았으니께, 내년 단옷날 암송아지 코 뚫을 때 에미 소는 팔아야지 뭐."
"구실부터 여태 고생고생 같이 지냈는데, 어떻게 판대요?"
"…."
종헌은 고개를 숙인 채, 순정의 물음에 답을 하지 않았다.

지난봄부터 늙은 소는 종헌의 야무진 고삐질과 심한 말 재촉에도 늘 힘쓰는 것을 버거워했다. 가을 추수가 한창일 때 귀숭굴 수렁배미에서 질마 가득 매단 볏단을 이겨내지 못하고 주저앉은 일이 있었다. 질마에 실려 있던 볏단을 모두 내리고 나서야 가까스로 수렁을 벗어났다. 종헌은 더 이상 늙은 소에게 자신의 살림살이를 감당케 할 수는 없었다. 어떤 새 주인을 맞게 될지는 늙은 소 나름의 운명이고 제 복일 것이라

---

(51) 말이나 소의 멍에가 닿는 목 부분.

생각했다. 종헌은 값을 얼마를 받든지 간에 자기가 만든 인생의 그늘에서 늙은 소를 벗어나게 할 생각이었다.

그해 된내기[52]가 내릴 무렵, 뭉툭한 소나무를 썰매 모양으로 잘라 만든 '끙개'에 제법 큰 바윗돌을 묶어 달고는 어스레기 황소의 코뚜레를 야무지게 움켜쥐고 '끙개'를 끌게 했다. 어린 황소의 끙개 끌기는 열흘이 넘게 이어졌고, 다음 해 봄에는 순정의 고삐질에 이끌려 헛쟁기질을 해낼 수 있었다. 그해 겨우내 늙은 소는 키가 자신만큼 커진 아들 황소의 등을 여전히 핥아주었고, 갓 낳은 암송아지를 곁에 품고 잠이 들었다.

그다음 해 단옷날, 선이 앞 이승물 물길 주변에는 미루나무가 줄지어져 있었다. 그 한복판에는 십여 길 높이의 플라타너스 몇 그루가 군락을 이뤘다. 마을 청년들은 긴 동아줄을 겹겹이 엮어 동네 처녀들을 위한 그네를 매달았다. 따뜻한 6월의 햇살이 너른 번개들에 평화롭게 쏟아졌다. 작년 가을에 낳은 늙은 소의 암송아지도 어느덧 목매기송아지가 되어 제법 잡아끄는 힘이 생겼다. 이제 늙은 소는 틈만 나면 아직 어린 암송아지의 옆구리를 핥았다. 금년 봄 일에 종헌은 무리하여 늙은 소를 채근하지 않았다. 며칠 전부터 늙은 소의 쇠죽에는 작년에 묵혀둔 맷돌 호박을 썰어 넣거나 특별히 잔칫집 콩비지를 얻어다 쇠죽을 끓이기도 했다. 그리고 단옷날을 맞아 선이 사람들은 번개들 한복판에서 그네를 뛰며 모두가 즐거워했다. 종헌은 그들을 뒤로하고 조용히 어린 암송아지를 끌어다 목에 묶인 밧줄을 외양간 기둥에 바투 묶은 후 날카롭게 벼린 밤나무 '코뚫개'로 어린 암송아지의 코청을 뚫어버렸다. 그렇게 목매기

---

(52) 늦가을에 아주 되게 내리는 서리.

어린 암송아지는 코를 뚫고 코뚜레를 걸었다. 마른 물푸레나무 코뚜레에 빨간 핏빛이 선명하게 배어 나왔다. 고통스러워 울어대던 암송아지의 울음소리를 들어서였을까 아니면 자신이 더 이상 이 집에 머물 수 없다는 것을 알아서였을까 늙은 소의 눈가가 흥건히 젖어 있었다. 잠시 후 종헌의 마당으로 자그마한 트럭이 한 대 들어왔다. 늙은 소는 소 장수의 손에 이끌려 힘없이 트럭에 태워졌다. 종헌은 소 장수가 전해주는 돈을 쥐어 들고 더 이상 늙은 소를 바라보지 않았다. 마당 끝 두엄더미 앞에 매어놓은 어린 황소는 늙은 어미 소의 모습에 불안했는지 연신 쇠말뚝을 뽑아댈 듯이 흥분해 뛰며 뱅뱅 돌고 있었다. 다만 늙은 소는 낮게 울며 남겨진 황소와 어린 암송아지를 찾았고, 뒤돌아 집으로 들어가는 종헌의 뒷모습을 바라보고 있었다.

그렇게 목매기 암송아지가 시집가는 날, 늙은 어미 소는 자신의 외양간을 떠나게 되었다.
그렇게 또 하나의 가족은 이별했다.

#5-4 〈할아버지 : 유석용〉

　유수길이 그의 아비 유종헌에 대해 그러하듯 유종헌은 그의 아비 유석용에 대해 별반 자랑스러워하지 않았다. 종헌이 결혼을 해서 수길을 낳고 3년 후 신접 세간을 나기 전까지 30년 가까이 안으로는 구실 마을 한 울타리에서 밖으로는 바람 세찬 칠산리 벌판에서 부자간에 앞서거니 뒤서거니 온갖 야단과 회유가 부딪혔을 텐데 굳이 내놓는 얘기는 아비 석용에 대한 혐담 조의 일화들뿐이었다. 아비 종헌으로부터 조부에 대해 별반 좋은 소리를 들어본 적 없는 수길로서는 설날, 추석, 제삿날 하루이틀이지만 조부 유석용을 만나는 것이 늘 마음에 내키지 않았다. 유석용은 수길의 사촌 형이자 집안의 장손인 유수정을 애지중지 아꼈다. 이따금 오는 둘째 아들네 손주는 보기에도 빼쩍 마르고 눈꺼풀이 얇고 눈썹이 처진 데다 팔다리가 가는 게 농사일에 도움이 될 가능성이 없다고 판단해서인지 늘 다가서는 눈길에 애정이 없었다. 어린 수길이 신기해하며 화투를 가지고 노는 것을 본 석용은 영락없이 트집을 잡아 장죽의 끄트머리로 시커먼 놋재떨이를 '탕탕탕' 두드리며 야단을 쳐댔다.

　유석용은 희끗한 백발과 속절없는 대머리를 가리려 아예 머리를 밀고 다녔다. 오십이 되기 전이 허리는 크게 마음을 먹어야 펴볼 수 있을 정도로 굽었다. 명아주를 갈려 만든 지팡이에 의지해서 골반을 안쪽으로 말고 갈지자로 긴 마고자 자락을 휘저으며 느릿느릿 걸었다. 그나마 발목의 대님을 나비모양으로 가지런히 매어서 흰 고무신에 얹힌 모양이 누가 봐도 깐깐함이 묻어났다. 그는 첫 부인 성필례에게서 아들 둘을 낳았고, 첫 부인이 사고로 일찍 죽은 후 둘째 부인 김순복을 맞아 자식 다섯을 더 낳아서 그중 셋이 죽고 아들과 딸을 하나씩 더 얻었다. 유석용의 큰아들 유종서는 그저 말 잘 듣는 순한 아들이었다. 별 볼 일 없는 집안이지만 장손 유종서를 소학교에 보내야 된다는 생각은 있었다. 두 살 터울의 둘째 종헌은 여덟 살이 되었을 때 제법 체격이 다부진 데다 일욕심이 있어서 일찌감치 농사일을 데리고 시켜야겠다고 마음먹었다. 유석용이 종헌에게 만들어 준 것은 그 흔한 굴렁쇠가 아닌 여덟 살 어린애 몸에 맞는 자그마한 나무 지게였다. 종헌은 이미 여덟 살에 위아래 형제들의 생계를 짊어져야 할 팔자에 놓여질 수밖에 없었다. 종헌이 열다섯이 되던 해, 부친은 그를 먼 친척 태화네 집의 고용살이로 보냈다. 내키지 않는 일이었으나 부친이 엄한 탓도 있었고 자기 입을 덜면 나머지 형제들의 생계에 보탬이 된다는 것을 잘 알고 있었다. 종헌은 어린 마음에 두말없이 친척 집 머슴살이를 받아들였다. 종헌은 평생을 제대로 된 학교 한 군데를 못 보내고 글자 한 자 제대로 못 가르친 자식을 열다섯에 고용살이를 시킨 그 아비에 대한 서운함을 지울 수는 없었다. 게다가 어릴 적 그 아비의 야무진 매질은 엄한 부친의 훈육이라기에는 그 피가 터질 듯한 고통이 너무도 생생히 기억에 남아 있었다. 종헌은 자신이 그 아비의 핏줄이 맞기나 한 것인지 의심을 가진 적이 한두 번이 아니었다. 종헌은 그 아비의 속을 들여다본 적이 없었다. 그 화풀이를 자기 자식에게 그의 아비를 흉봄으로써 과거 자신의 불행을 어루만지고 싶은 마음인 듯했다.

종헌은 어린 수길을 쇠죽을 끓이는 아궁이 옆에 앉히고 늘 자신의 신세타령을 해댔다. 타동네에서 '선이'로 들어와 사는 집이 몇 집 없는 데다 제법 많은 전답에서 대부분의 시간을 보내는 터라 허드레 말이라도 나눌 친구가 쉬이 생기지 않았다. 몇 년째 앞장둑 안쪽까지 물이 졌다.

벼 이삭 줄기가 논바닥에 깔리는 탓에 흙투배기⁽⁵³⁾가 된 볏단으로 쇠죽을 쑤는 해엔 먼지가 이만저만한 것이 아니었다. 그런 해엔 볏짚 대신 후곡 방앗간에서 왕겨를 얻어다 쇠죽을 끓였다. 왼손으로 풍구를 휘휘 돌리며 오른손으로는 연신 왕겨를 아궁이 안으로 뿌려주면 8월 저녁 붉은 노을처럼 불꽃이 일었다. 종헌은 이따금 수길을 옆에 앉히고 그날 아침 '당너머' 밭이랑을 파고 있던 두더지를 잡아다가 구워주고는 했다. 낫으로 쉬이 내장을 발라내고 신앙촌 담요 같은 털이 촘촘히 박혀 있는 두더지를 통째로 구우면 노린내를 한참 풍기다 겉은 숯덩이처럼 변했다. 불에 그을린 두더지를 낫으로 닥닥 긁어내면 누룽지 색깔을 띤 두더지는 어느새 통바비큐가 돼어 종헌의 왼 낫질에 잘게 찢겼다.

"묵어봐… 이게 제법 묵을 게 있는 겨, 그리고 이게 사내한테 특히 좋은 겨! 소금 찍어 묵어봐!"

말해놓고도 갓 국민학교에 들어간 아들에게 적당한 말인가 싶었으나 괘념치 않았다. 마년 소금을 사들여 몇 년째 간수를 뺀 신안천일염을 쇠죽 국물이 흘러 누렇게 말라붙어 있는 부뚜막 위에 올려놓았다. 종헌은 얼마 전 작년에 낳은 수송아지가 젖을 떼고 나서부터 가뜩이나 커다란 쇠죽솥에 여물을 가득 채워 쇠죽을 끓였다. 소당뚜껑에 눈물이 한두 줄기 흐르고 다소간의 시간이 지나고 나면 하얀 김이 시큼한 쇠죽 냄새를 잔뜩 배고 건넌방 부엌을 가득 채웠다. 종헌이 그 잠시의 때를 메꿀 시답잖은 이야깃거리를 머릿속 해마 어딘가 깊숙한 곳에서 꺼내 들었다.

"이놈아! 니 할가부지7- 왜 오 전짜린 줄 알어?"

---

(53) 흙투성이의 충청도 방언.

"…오 전?"

"그랴 옛날엔 돈을 일 전, 이 전 이렇게 셌었어, 그러니까 지금으로는 50원쯤 되겄다. 느그 할아부지가 겨울에 자식 여섯을 한방에 몰아넣고 춥고 배고파하는 것을 어떻게 볼 거여, 그래서 맨날 동네 노름방에 가서 끼니를 해결한 겨. 노름꾼들 국수도 삶아대고, 담배심부름도 해주고, 가끔 개평을 뜯어서 당신이 섰다판에 앉을라치면 그래봐야 오 전 이상을 못 거는 겨, 돈이 아까워서, 그러니까 동네 사람들이 '오 전짜리' '오 전짜리' 하고 놀리고 그랬다니께!"

유종헌의 고개가 처지더니 침묵이 잠시 흘렀다.

"느그 할아부지도 허리 다 꼬부라지도록 고생을 엄청 혔어! 농사일 다 하고 방앗간에서 쌀가마니 후크질하고 쌀기울 받아다가 자식들 멕이고 한 겨!"

종헌이 재미있으라 한 이야기는 아니었다. 종헌의 목소리가 미세하게 떨리고 옅은 울음이 묻어 있는 것을 어린 수길도 바로 알아차릴 수 있었다.

"나는 할아버지가 무섭던데, 구실 가면 맨날 꿀밤 때리구, 막 야단쳐."
"그려, 내도 니 할아부지한테 어려서 다듬잇방망이로 막 맞고 자라고 그랬어."
"…."
"느그 할아부지 며칠 내로 오신단다."

잠시 후 부엌 가득 시큼한 쇠죽 냄새가 가득 차올랐다.

할아버지 유석용은 처가 동네로 이사 간 둘째 아들네를 2년에 한 번 꼴로 다녀갔다. 며느리 순정은 허리가 굽어 간신히 지팡이를 짚고 걷는 시아버지가 굳이 용건도 없이 '선이'까지 오시는 이유를 헤아릴 수는 없었다. 그나마 시아버지의 방문이 격년주기로 있는 일이라 남편에게 특별히 투덜거릴 일은 아니었다. 그러나 종헌은 아비 석용이 굳이 자신을 찾아온다는 것이 자신의 얼굴을 보고 싶어서는 아닐 터이고 지난해처럼 아비 석용과 '구실' 형님네 간에 제법 속 터지는 갈등이 있었거나 아니면 뭔가 자신에게 특별히 할 말이 있어서일 것이라 짐작하고 있었다. 유석용은 둘째 아들 종헌이 낳은 두 손주를 위해서 백 원짜리 사탕 두 봉지를 저고리 안쪽 조끼 주머니에 나란히 넣어 오고는 했다.

며칠이 지나서 유석용이 오기로 한 날이다. 순정은 다섯 살 난 둘째 수완을 무릎 위에 앉히고 반나절째 숫자 다섯을 가르치고 있었다.

"따라 혀봐, 하나, 하나, 들, 둘, 셋, 셋, 넷, 넷, 다섯, 다섯!"
"인자, 니 혼자 세봐."
"하나, 둘, 셋, ….'
"넷 해야지."
"다시 혀봐!"
"하나, 둘, 셋, 넷, ….'
"이눔아 다섯!, 아이고 속 터져. 느그 할아부지 오신다는데 그깟 다섯을 못 세냐, 누굴 닮아서 그러는 겨!"

그날 오전 내내 순정과 수완의 다섯 씨름은 계속됐다. 남편이 나름 야무진 것을 생각해 보니, 자기가 서방질을 해서 낳아 온 아들이 아닌 이상 누구를 탓할 일은 아니었다. 점심때가 다 되어 굽은 허리에 마고자 자락을 이리저리 휘저으며 명아주 지팡이를 쥔 유석용이 대문에 들어섰다.

"아이고, 아버님 오셨슈! 워떻게 뻐스는 잘 타고 오셨슈?"
"그랴, 애들 잘 건사하그 있었냐?"

"야! 근디 둘째 놈이 허구한 날 갈쳐도 아직도 다섯을 못 세네유 어떡한대유!"

"허허… 그냥 내비둬두 돼야, 지절로 알 거구먼, 근디 애비는 안적 들에 있냐? 옜다, 애들 줘라!"

유석용은 저고리 안쪽 조끼 주머니에서 박하사탕 두 봉지를 건넸다.

"아니유, 아버님 오신다니께 수송아지 끌고 오산장에 갔슈, 텔레비를 사 온다나 봐유!"

"이런 써글 놈… 텔레비가 월만디 그 비싼 걸 산다냐! 근데 큰놈은 어디 갔냐? 가서 막걸리 한 되 받아 오라 심바람[54] 좀 시켜라."

"야, 아마 옆집 순석이네서 딱지 치고 있을 건디 금방 들어올 거여유!"

그리고 석용은 입이 텁텁한 차에 담배 한 대 생각이 나서 바지춤 담배 쌈지에서 무엇인가를 꺼내려 더듬거렸다.

"아니, 내 성냥갑이 어디로 갔다냐?"

"아니 왜유, 아버님 성냥갑이 없어지셨슈? 불 갖다드려유?"

"그려, 거기다 천 원짜리 한 장을 잘 접어서 넣어 왔는디, 이놈이 어디로 갔다냐?"

석용은 난감한 표정으로 좌우를 살펴본들 소용이 없었다.

"아버님 저 툇마루에 좀 앉아 계셔유… 후딱 막걸리 받아 올게유, 근디 돈을 어디다 잃어 잡쉈댜…!"

순정은 말끝을 흐리고 노란색 양은 주전자를 들고는 서둘러 집을 나

---

(54) 심부름의 사투리.

섰다. 옆집 현석이네 앞마당에서 시끌벅적 놀고 있는 수길을 불렀다.

"수길아! 일루와 봐, 심부름 좀 혀, 구실에서 할아부지 오셨어. 사탕사 오셨어!"
"아이 싫어… 사탕이나 잘 숨켜놔, 나 지금 부처내로 딱지 사러 갈 거란 말여."
"에이, 저런 옘병할 새끼!"

순정은 한 모금 축이려는 시아부지를 두고 아들과 실랑이를 벌일 틈이 없었다. 순정이 큼지막한 노란색 양은 주전자를 들고 마을 입구 최작은식이네 점방에 도착할 두렵, 종헌은 택시 트렁크에 삼성 텔레비전을 반쯤 걸치고 월촌리에 접어들었다. 작은식이는 어려서 우물 속으로 떨어지는 바람에 두 다리를 잃고 마을 입구에서 점방을 차려 끼니를 잇고 있는 순정의 사촌 동생이다. 순정이 점방 문을 밀고 들어섰다.

"동상! 나 술 한 됫박 받아 갈라구."
"누이가 웬 술을 다 받으러 왔댜, 매부는 막걸리 직접 담가 먹잖어?"
"이, 벌써 다 먹었지, 구실서 시아부지가 오셨어. 안적 술 안 쉬었지? 그리고 거기 센베이 과자도 한 봉다리 줘봐."
"그 어르신 허리도 많이 굽으셨던데. 어떻게 먼 길을 걸어오셨댜?"
"아녀, 오산서 버스 타고 부처내서부터 걸어오셨으니께 그만 허셨을겨!"

작은식이네 부엌 한구석엔 항아리가 몇 개 묻혀 있었다. 나무로 둥글게 뚜껑을 맞춘 술독은 큼지막한데 집집마다 매일 한 주전자씩 사다 먹다 보니 장사가 제법 쏠쏠했다. 부엌 기둥엔 나무 됫박이 매달렸다. 됫박 옆에는 한두 자 정도 돼 보이는 제법 긴 자루가 매달려 있어도 항아리가 깊다 보니 술이 좀 팔리고 나면 다리를 벌리고 머리를 항아리에 넣은 채 휘휘 저어서 술을 떠 담고는 했다.

그사이 종헌은 마당에 도착해서 택시 크락숀을 으기양양 눌러댔다. 어제는 안테나 세울 나무로 뒤란의 창중나무[55] 가지를 베어서 잘 다듬어 놓았고, 2년 만에 오실 아버지에게 텔레비전을 보여드릴 생각에 신이 난 듯했다. 반닫이만 한 삼성 텔레비전이 트렁크에서 내려지고 택시를 보고 달려온 순정이 텔레비전의 한쪽을 들자 부부는 신이 나서 단숨에 마루에 앉혀놓았다.

"아부지 오셨슈!"
"그랴, 그기 텔레비냐?"
"야. 소 한 마리랑 바꿔 온 거유, 뒤에 14만 5천 원이라 써놨잖아유!"
"이런, 소가 시골선 월매나 큰 재산인데, 그걸 팔아다 이딴 걸 산다냐?!"
종헌은 이제 자신이 늙은 아비로부터 핀잔이나 들을 나이가 아닌지라 자신이 궁금한 용건으로 말머리를 돌렸다.

"성네는 별일 없어유?"
"갸네도 별일 없지, 뭐!"
"근데 뭐 하실 말씀이 있으셔서 오신 거여유?"
한참을 아비 유석용은 말이 없었다.

"…아녀! 그냥 와본 거여, 심심해서."
유석용은 시작하려던 말을 한참이나 멈추다가는 싱겁게 심심해서라고 말했다. 종헌은 아비가 뒤에 이으려 한 말을 물으려 하지 않았다. 물론 아픈 허리를 이끌고 심심해서 오셨을 리는 없었을 테다. 아비가 속에

---

(55) 참죽나무의 경기도 방언.

서 가득 차 있는 무언가를 꺼내놓으려다 다시 집어넣는 것이 읽힐 뿐이었다. 어지간한 일에 속내를 드러내지 않는 아비가 다 저물어 가는 말년에 아직도 뭔가를 또 삭이고 있는 모습이 안쓰럽기도 했다. 종헌이 관심사를 다시 텔레비전으로 돌렸다.

"지난달에 에미 소한테 새끼가 또 들어찼슈, 그래도 월촌리에선 지가 첨으로 텔레비 사는 거유!"
이때 순정이 끼어들었다.

"수길이 아빠, 근디 아버님 부처내에서 들어오시다가 돈을 잃어 잡수셨다는디!"
"아니 뭔 돈을 다 잃어버려유, 애들도 아니구, 정신을 어디다 팔어 잡숫고 다니신댜!"
"아이 글씨, 내 담배쌈지 속 성냥갑에다 잘 넣어 왔는디 어디론가 읎써져 버렸다. 부처내에서 들어오다가 힘이 들어 마루테기 바위 턱에 잠깐 앉아서 한 대 피운 게 다인디, 그거이 돌아갈 차비인디, 이십 리를 걸어가야 할 참이다."
"당신은 빨랑 텔레비나 좀 틀어봐유. 아버님 전부터 '묵계월(경기민요 국악인)' 좋아하시잖아유, 그거 창하는 것이나 좀 나왔으면 좋겄네!"
"텔레비가 그냥 튼다고 나오냐! 안테나를 달어야지, 그리고 며칠 기시다가 '김일'이 레시링 나오면 그거나 보고 가셔유!"
"에미야, 김치 쪼가리하구 혀서 술상이나 좀 봐라!"
"야!"

"일전에 평택장에서 초파일 공연(56) 헐 때 보니께 '안비취'가 괜찮더라, 기냥 인물이 좋드만!"
"아버님! 워쩍히 '안비취'같이 생긴 늙은 과부라도 하나 알아봐 드려유?"
"아녀, 이미 봐둔 과부는 따로 있어!"

순정이 급하게 둥글게 꽃무늬가 그려진 양은 밥상에 신김치와 짠지무침 한 접시에 좀 전에 사 온 센베이 과자를 뜯어 놓고 국대접 가득 막걸리를 따라 시아버지 앞에 얌전히 내려놓았다.

"아버님, 쪼매 기다리셔유, 부리나케 자반 한 마리 짚불에 구워 드릴게유."
"웬 자반이냐?"
"야, 어지께 너더리 장 씨가 싣고 다니길래 한 손 샀어유."
"…그 자식은 안적도 여기까정 들어와서 생선 팔고 댕기냐?"
"야? 그 아저씨랑 뭔 안 좋은 일 있으셨슈?"
"아녀."
"야! 쫌만 기다리셔유."

순정이 짚불에 거뭇거뭇 그을린 자반을 구워서 술상에 올렸는데도 시아버지 석용은 자반에는 젓가락을 가져다 대지 않았다. 그날 저녁 6시가 다 되어 종헌은 우여곡절 끝에 안테나를 창죽나무 가지에 매달고 이리저리 돌리며 전파를 잡았다.

"수길아, 딴 데도 틀어봐, 잘 나오냐?"

---

(56) 부처님 오신 날을 기념하여 음력 사월 초팔일에 장터에서 열리던 공연 행사.

"아니 계속 치직거리기만 허는데. 안테날 잘 좀 돌려봐유. 아부지! 9번은 나오는디 11번이 잘 안 나와, 나 11번에서 마징가 봐야 되는 데…."

늦은 밤까지 마루엔 오렌지색 백열등이 달빛같이 은은히 비치고, 윗목 마루 뒤주 옆 텔레비전은 잠을 잊은 수길의 얼굴을 훤하게 비췄다. 이리저리 정신없는 하루인 테다 먼 길에 피곤했던 아비 석용은 둘째 아들에게 털어놓고 싶었던 무엇인가를 여전히 끌어안고 건넌방에서 일찌감치 잠이 들었다. 안방에 종헌과 순정이 누워서 아직도 마루에서 텔레비전을 보고 있는 수길을 기다리며 잠들지 못하고 있었다.

"아버님은 무슨 일로 오신 거래요?"
"몰러, 말씀을 하실라다가 삼키시는 것 같은디, 속을 알 수 없는 양반이라."
"수길이 쟈는 아침에 어떻게 일어날라구 저러나 몰러요."
"수길아! 이눔아 낼 핵교 갈라면 빨랑 들어와 자빠져 자!"

종헌의 재촉에도 수길은 마지막 애국가를 다 듣고 안방으로 들어와 순정을 보고 물었다.

"낼부터 동네 애들 우리 집에서 텔레비 보라 해도 돼?"
"안 돼!"
"치, 아니 왜?"
"그냥 안 된다면 안 되는 줄 알어!"

순정의 태도는 나름 단호했다.

동네에 처음으로 텔레비전이 들어왔는데, 동네 아이들이 볼 수 없다니, 동네 아이들이 종헌의 집 대문에 쇠똥을 처바르고 나서야 순정은 동네 아이들의 텔레비전 시청을 허락하게 됐다.

다음 날. 마을 어귀 빨래터에 동네 아낙네가 모두 모였다. 순정이 빨래가 담긴 고무함지박을 내려놓으며 반대편에 앉은 사촌 올케에게 말을 건넨다.

"뭔 재미난 얘기를 그렇게들 허신데요?
"맨날 새 물에 빨래하느라 일찍 일찍 나오더만 오늘은 왜 늦었어?"
"아니 어제 수길이 아빠가 그 비싼 텔레비를 사 왔잖아유, 게다가 시아부지가 오랜만에 오셔선 조반 챙기느라 좀 늦었슈!"
"아니 수길아! 어제 순석이가 부처내 딱지 사러 가다가, 바위틈에 성냥갑이 하나 있길래 열어봤더니 시상에나 천 원짜리 한 장이 떡허니 들어 있었다지 뭐여!"
"예?! 그래서 워떻게 했대유?"
"아마 부처내 '두일상회'에서 딱지하구 다마하고 잔뜩 사 왔다지… 거 수길이도 같이 사 왔나 보던데!"
그날 저녁 수길은 순정에게 알 수 없는 핀잔을 들어야 했다.

"이눔아 두 눈깔을 똑바로 뜨고 댕겨야 할 것 아녀, 아니 왜 순석이 눈에는 성냥갑이 보이고 니 눈깔에는 성냥갑이 안 보인 거여?"
"아이 씨, 엄만 맨날 쿠사리여!"
순정의 화살은 수완으로 다시 수길로 넘어가더니 최종적으로 작은식이 탓에 이르렀다.

"아니 이눔의 새끼는 하루 왼종일 갈쳐도 다섯을 못 세고, 수길이 너 숙제는 했어? 맨날 순석이 하구 뭐 하구 싸돌아댕기는겨?"
"작은식이 아저씨네 돼지 먹인다구 깨구리 잡느라 그렇지."
"그 인간 아직도 애들 시켜 깨구리 잡아다 돼지 새끼 멕인다냐?!"
그날 이후 마을 아이들은 부처내로 딱지나 구슬을 사러 갈 때마다 길가에 버려진 담뱃갑이나 성냥갑에 돈이 들어 있지나 않을까 뒤지고 다녔다. 종헌의 집에서 하루를 더 머문 유석용은 며느리가 쥐여주는 돈을 가지고 부처내에서 버스를 타고 평택을 돌아 구실로 돌아왔다. 이것이 유석용의 마지막 둘째 아들네 방문이 되었다. 끝내 종헌은 아비 석용이 자신에게 하고 싶어 했던 말이 무엇이었는지 알 수 없었다. 이듬해인 1976년 11월, 갑자기 종헌의 부친 유석용이 심장마비로 사망했다는 소식이 전해졌다. 시끄러운 방앗간 모퉁이에 앉아 있다가 돌아가신 터라 임종을 지킨 자식은 아무도 없었다. 돌아가시고 나서 굽은 허리가 곱게 펴지고 보니 생각보다 키가 큰 편이었으며 장의사가 염습할 때 변실금이 있어 시간이 제법 걸린 후 수의를 입혔다는 후일담이 남겨졌다.

몇 년 후 유석용의 기제사에 종서, 종헌, 종상과 막내딸 명숙, 그리고 손주들인 수정, 수홍, 수길이 참석했다. 제사상은 '홍동백서 어동육서'[57]에 따라 차려졌고 각종 나물과 전이 정성스럽게 올려졌다. 어김없이 '조율이시'로 제상의 첫 줄을 놓아야 한다는 오촌 당숙의 지루한 주장이 있었지만 장손 종서의 무시로 금세 잦아들었다. 지방(紙榜)의 왼쪽에는 **顯考學生府君神位**(현고학생부군신위), 오른쪽에는 **顯妣孺人昌寧成氏神位**(현비유인창녕성씨신위)라 적혔다. 제주인 종서의 젓가락 구름 소리에 참신[58], 초헌[59]이 끝나고 종헌이 어려서 서당에서 배운 솜씨로 독축[60]을 했다. 독축이 끝나자 뜬금없이 제주인 종서가 자신의 아들 장손 수정에게 설명을 시작했다.

---

(57) 홍동백서: 붉은색 과일은 동쪽에 흰색 과일은 서쪽에 놓고, 어동육서: 생선은 동쪽에 육고기는 서쪽에 차리는 예법.
(58) 참신: 제상에 지방을 붙이고 참사자 전원이 재배를 하는 것.
(59) 초헌: 제주가 신위에 첫 번째 잔을 올리고 재배를 하는 것.
(60) 독축: 제사에 참석한 자가 모두 무릎을 꿇고 부복하며 축관이 앉아서 축문을 읽는 것.

"여기 왼쪽이 니 할아버지 위패고 오른쪽이 니 할머니 위패여, 여기 창녕 성씨라고 쓴 것은 니 할머니가 성가이고 이름은 '필례'여, 성필례."
 듣고 있던 종헌이 종서에게 물었다.

"형님… 원래 이름이 '필녀' 아녀유?"
"아녀, 우리 할아부지 둘째 부인 있잖어 양성할머니! 그분하고 어머니가 같은 동네 출신인데, 그 할머니가 분명히 일러줬어, '필례'라고."
"하긴 얼마 전이긴 헌데, 한번은 선이에 들어온 생선 장수 너더리 장씨가 울 엄니를 아는지 '니 엄니 함자가 뭔지는 아니.'라고 묻길래 '필녀'라고 하니께 필녀가 아니라 '필례'라고 얘기를 하더라구요."
 듣고 있던 장손 수정이 아버지 종서에게 물었다.

"아부지! 근데 왜 뫼를 세 그릇이나 올려유?"
"잉, 니 할머니가 일찍 돌아가셔서 할아버지가 새 부인을 들여서 그분까지 세 분 상을 차리는 거여."
"형님은 엄니 기억이 나유?"
 종헌이 형 종서에게 다시 물었다.

"뭘, 니 낳고서 바로 돌아가셨다는디 낸들 기억이 나것냐!"
"엄니는 어떻게 돌아가신 거래유?"
"나도 잘은 몰러, 어려서 아부지한테 물어보면 하도 승질을 내시면서 물어보지 말라고 하셔서. 그냥 사고랴, 익사 사고."
"아니 외갓집 엄니 형제들이라도 있었을 것 아녀유?"
"외삼촌이 한 분 계시기는 했는디 해방 전에 일본으로 들어가셔서 연락이 완전히 끊어졌다나 봐."
 그렇게 가족은 3대를 걸쳐 단편적인 작은 사실들을 이어가고 있었다.

#5-5 〈사촌 동생 : 최작은식〉

최작은식은 최순정의 사촌 동생이다.

'해나무'는 월촌리 마을 어귀의 느티나무로 수령이 350년 된 고목이다. 후곡에서 넘어오는 길이 다리를 건너면 해나무를 지나친다. 나무 아래 다리 전체를 그늘 지우는 품이 넓은 마을의 수호신 같은 존재다. 여름이면 사방 50평도 넘는 그늘이 일손을 놓아 인생의 종점에 다다른 힘없는 노인들의 더위를 달래주었다. 젖 뗀 강아지마냥 천방지축인 동네 아이들에겐 큰 놀이터이기도 했다. 여름날 아이들은 늘어진 해나무 가지에 매달려 하루 종일 시원한 바람을 맞았다. 한 키도 넘는 다리 밑 모래톱으로 멀리뛰기를 하며 담력을 자랑하기도 했다. 다리 아래 개울은 삼미재에서부터 이승물까지 꽤나 길게 흘러내렸다. 아이들 손에도 어레미(61) 하나면 붕어 한 사발은 순식간에 잡을 수 있는 세상 즐거운 곳이다. 언젠가부터 땅바닥 근처 옹이가 썩어 들더니 몇 해 전 정월 보름에 누구라 특정이 되지 않는 어떤 썩을 놈이 그 썩은 옹이 속에 불을 질렀다. 다음 날 마을 노인들이 긴급회의를 거쳐 불에 그을린 옹이에 시멘트 공구리를 치기로 했다. 마을에 버스가 들어오기 전 다리 보수공사를 면사무소에서 해준다기에 후곡의 이장이 월촌리 반장의 동의를 얻어 해나무 주위를 모두 시멘트 포장을 하기로 했었다. 공구리를 치면 빗물이 스며들지 않아 해나무가 죽을 수 있다는 주장과 해나무 크기를 봐서는 다리 아래 개울까지 뿌리가 깊숙이 뻗어 있어 멀쩡할 것이라는 주장이

---

(61) 밑바닥의 구멍이 굵고 큰 채.

일주일을 맞선 끝에 월촌리 최씨 집안의 가장 큰 어른이신 최태희의 결론으로 어차피 치기로 한 공구리니 그냥 치는 것으로 하고 혹여 잘못되더라도 벌받을 일은 사전에 면하자는 계책으로 해나무에 고사를 지내주자는 제안이 채택됐다.

그 후로 해나무에는 아이들이 함부로 올라가지 못하도록 하였다. 늘 해나무를 지켜보고 사는 최작은식이에게 동네 아이들을 관리해야 하는 특별한 임무가 부여됐다.

최작은식이는 해나무 밑에서 태어나 평생을 해나무만 바라보고 살았다. 작은식이의 형님은 '최대식'인데, 최씨 집안에서 큰식이 작은식이 이렇게 구분해서 불러서 작은식이가 된 것인지, 아무도 호적상의 이름이 작은식인지는 정확히 알 수 없었다. 아마도 호적상 이름은 '최소식'일 거라고 짐작하는 이도 많았다. 작은식이는 스물 후반에 자기 집 건넌방에 잡동사니를 치우고 점방을 차렸다. 마당 구석엔 돼지우리를 짓고 새끼 돼지 두 마리를 넣었다. 어려서 빈 우물에 떨어지는 사고로 다친 두 다리를 제때 치료하지 못했다. 서른이 넘은 나이에는 허벅지 아래를 모두 잘라내야만 했다. 노모와 형님 가족이 한집에 살고 있었으나 방 두 칸에 형님네 식구를 포함해 여덟 명이 나뉘어서 지내야 하는 처지에 가진 전답이 없어 늘 끼니 걱정을 하고 살았다. 그나마 월촌리가 최씨네 집성촌이라 아래위 친척들이 이것저것 먹을 것을 나누는 덕에 일부 도움을 받을 수는 있었다. 최작은식이는 해나무 밑에 널찍한 의자를 하나 가져다 놓고는 가끔 양쪽 목발을 짚고 움직이지 않는 다리를 끌고서 해나무 밑에서 더위를 피하곤 했다. 이따금 해나무 밑에서 정신없이 뛰어놀고 있던 동네 아이들에게 큰소리로 호통치는 것도 모자라, 목발로 의자 옆을 '탕탕' 울려대며 으름장을 놓았다. 해나무 위를 제법 높이 오르는 아이들에게는 유독 심한 야단을 쳐댔다. 그것은 어려서 자신이 우물

속에 떨어졌던 트라우마 탓이기도 했다. 게다가 작은식이 점방을 비우고 해나무 밑에 쉬고 있을 때 아이들이 주전부리를 사려면 점방에서 물건을 가지고 나와 해나무 밑 작은식이에게 돈을 건네고 간단한 주머니 검사를 마친 후에 가져가야만 했다. 간혹 있을 수 있는 소소한 도난 사고를 예방하고자 작은식이는 동네 아이들에게 어느 정도 세워야 하는 위엄 같은 것이 필요했다. 작은식이는 무릎 위쪽의 기능은 멀쩡해서 배변이나 발기에는 전혀 문제가 없었다. 교복을 벗어 던진 주변 처녀들에게 관심이 많았으나 드물게 자신의 점방에 주전부리를 사러 오는 처녀 말고는 얼굴을 마주할 일이 별로 없었다. 나이가 서른이 넘도록 동네 또래 장정들이 이따금 친구처럼 아는 척을 해주었으나 열 살 이상 어린놈들이 늘 자신을 무시하는 반말투로 친구 대하듯 하는 꼴을 그대로 참고 살아야 했다.

해나무 아래로 펼쳐진 넓은 들은 4월이면 논갈이를 끝내고 써레질이 한참이었다. 종헌은 겨우니 무너진 논두렁을 삽으로 쳐올리고 쇠뿔이 아래위 제멋대로 난 늙은 소를 끌고 힘겹게 써레질을 해대고 있었다. 어차피 한 자나 넘는 드렁허리(웅어)가 구멍을 이리저리 뚫어놓을 텐데도 찰진 흙을 떠서 논두렁을 찰싹찰싹 삽으로 때려가며 빈틈없이 정돈했다. 판판한 논두렁 위에는 수많은 개구리가 봄날 저녁 내내 시끄럽게 울어댔다. 그 소리가 어찌나 시끄럽던지 하루 종일 점방에 앉아서 졸고 있던 작은식이는 밤새 잠을 이룰 수 없을 지경이었다.

작게 난 작은식이의 점방 창문 너머로 해나무가 액자 속 그림같이 들어왔다. 그 아래에선 동네 아이들이 날마다 정신없이 뛰놀았다. 그날은 아지랑이가 모락모락 피어오르던 5월의 어느 날이었다. 해나무 밑에서 놀고 있던 수길이 작은식이 점방으로 뛰어왔다.

"아저씨! 아직 뽑기 1등 안 나갔죠?"

네모난 종이판 맨 위에 뽑기 1등 상품 마징가Z가 그려진 큼직한 하얀 칼이 그대로 매달려 있었다.

"자요 2백 원, 아이스케키 하나 주시고 백 원은 뽑기 할 거예요."

작은식이가 양쪽 목발을 겨드랑이로 꽉 조인 채 얼마 전 새로 들여놓은 아이스케키 통의 동그란 뚜껑을 열고 얼음이 담긴 노란 고무주머니를 뒤적인 후 아이스케키 하나를 수길에게 건넸다.

"그려 몇 번 뽑을라구?"

뽑기판 아래 반쯤은 동그란 구멍이 뚫려져 있었다. 남아 있는 번호 중 수길이 한참을 고민하다 번호를 하나 불렀다.

"11번요."

수길이 번호를 불러댄 후 작은식이가 잠시 고민을 하더니

"수길아, 42번 뽑아봐."

"예? 아니…."

"해보라면 해봐, 이눔아!"

"에이 모르겠다. 그래요 그럼 42번!"

작은식이가 뽑기판의 42번을 뒤집자 당당히 '1등'이라 적힌 동그란 딱지가 떨어졌다.

"우와, 1등이다. 1등."

"그려, 우리 수길이 운도 좋은 놈이네."

"고마워요, 아저씨."

작은식이는 뽑기판 맨 위에 붙어 있던 1등 상품을 북 뜯어 수길에게 건넸다.

"아저씨, 그럼 이 칼 좀 맡아놔 줘요. 지금은 깨구리 잡으러 가야 돼서

이따 와서 가져갈께요."

"그려라."

작은식이는 신이 나서 뛰어가는 수길의 뒷모습을 보며 흐뭇했다. 그리고 그다음 날, 작은식이는 동네 골목대장 현석이를 불렀다.

"현석아! 이루와 봐, 너 이거 쫀디기 하나 먹어볼텨?"

"예? …예!"

"너, 애들 데리고 저 도리채 논둑에 가면 지금 깨구락지 잔뜩 있잖녀! 그거 한 꾸러미씩 잡아 오면 아저씨가 쫀디기 한 줄씩 줄 텡께 한번 혀볼텨?"

현석은 한 치의 망설임도 없이 씩씩하게 동의를 하고 쫀디기 한 줄을 받아 들었다. 다음 날 수길이 학교에서 돌아오자마자 뭔가를 찾기에 분주한 모습이었다. 이를 보다 못해 답답해하던 순정이 문제를 해결해 주려 나섰다.

"야! 너 뭘 그렇게 찾어?"

"엄마! 거, 아부지 고무신 한 짝 찢어져서 못 쓰는 것 있었잖어?"

"그걸 왜 찾어?"

"아이 그냥 빨리 찾어줘 나 바쁘단 말여!"

"니 깔랑 게 바쁘긴 뭐가 바뻐? 숙제 한번 하는 꼴을 못 본 것 같은데."

"아이참, 얼른!"

"뭐 하게 찢어진 고무신을 찾어?"

"현석이 형이랑, 순석이랑 깨구리 잡으러 가기로 했단 말여."

"저기 광 안쪽에 삼태기에서 찾어봐, 게쯤 있을 겨."

수길은 아버지의 찢어진 고무신을 헛간을 짓다 남은 얇은 각목에 못질을 해서 파리채 모양의 개구리채를 완성하고 도리채로 달음질쳤다. 그해 봄철 내내 도리채 개구리의 상당수가 아이들의 개구리채에 맞아 죽어나갔다. 저녁 무렵이면 동네 아이들은 긴 개구리밥 줄기 가득히 개구리를 꿰어서 작은식이의 쫀디기와 바꾸기 시작했다. 작은식이는 동네 아이들이 잡아 온 개구리를 마당 끝 낡은 양은솥에 푹 삶아 돼지 먹이통에 넣었으며 작은식의 돼지는 양질의 단백질을 섭취하고 무럭무럭 자랐다.

하루는 종헌이 오늘도 오전 내 도리채에서 일을 마치고 해나무 아래 노인들과 막걸리 잔을 나눴다.

"아니, 우리 동네 애새끼들이 깨구락지 잡는다고 논둑을 이리저리 뛰어다니고 지랄이더니. 나라시 쳐 놓은 논둑을 기냥 죄다 망가트려 놨슈. 거, 가만히 보니께, 저 작은식이가 애들 시켜서 돼지 새끼 멕일라구 잡아 오라 시키나 보드라구유!"
"이 사람아… 자네 아들 수길이가 젤로 많이 잡아 오드만!"
"그려유. 이눔의 시키를 그냥!"

저녁 무렵 일을 마친 종헌은 만화영화 보느라 텔레비전 앞에 쪼그려 앉아 있는 수길을 나무랐다.

"야! 이눔아! 그깟 만화가 뭐가 재밌냐? 사람이 혀는 걸 봐야지! 아주 텔레비 속으로 기어들어 가겄다. 너 왜 동네 애새끼들이랑 도리채에서 깨구락지 잡구 지랄이여. 깨구락지가 있어야 인마, 벌레도 잡아먹구 농사도 잘돼는 겨, 그거 잡아가지구 작은식이한테 팔어서 돈 좀 벌었냐?"
"돈은 무슨, 쫀디기 하나하고 바꿔 먹는 거여!"
"인마, 그럴 바엔 그냥 깨구락지 뒷다리나 구워 먹는 게 낫겄다. 너 빼짱 말라가지구 작은식이 돼지 새끼 멕일 게 아니라 니가 처먹는 게 나서!"
"아이참! 작은식이 아저씨는 다리가 없잖어!"
"…."

1년이 지나, 작은식이의 돼지는 무럭무럭 자랐고 새로 새끼도 여섯 마리씩이나 낳았다. 7월이 지나 작은식이의 돼지우리에는 새끼 돼지 두 마리만이 남아 있고 며칠째 작은식이는 보이지를 않았다. 작은식이 없는 점방에서 만화껌을 사 들고 굴렁쇠를 앞세워 집으로 향하던 수길은 멀리서 버스 기척을 느끼며 굴렁쇠를 붙들고 버스가 날리는 먼지를 피해 숨 참을 준비를 하고 있었다. 버스는 어김없이 흙먼지를 잔뜩 몰고서 해나무 못 미쳐 작은식이 곁방 앞에 멈춰 섰다. 지팡이를 짚은 작은식이가 번쩍이는 구둣칼로 어기적어기적 버스를 내려 당당하게 자신의 점방 쪽으로 걸어가는 것이었다. 수길은 굴렁쇠를 한 손에 쥐고 집으로 달렸다. 수길은 그가 본 세상 신기한 광경을 생생히 펼쳐 볼 요량으로 순정을 불러댔다.

"엄마! 엄마! 엄마!"
"아, 왜?"
"있잖어 엄마, 작은식이 아저씨가 걸었어! 막 버스에서 내려서 집으로 걸어서 갔데니까 가다마드 입었어."
"그려, 어디 가보자!"
순정은 뛰다시피 걸음을 재촉하고, 수길이 그 뒤를 따랐다.
순정은 작은식이 점방 문 앞에 지팡이를 짚고 서 있는 모습을 보았다.

"거시기 잘 걷었어?"
"웅! 근데 안적 허벅지가 눌려서 아퍼!"
"그랴~ 거 군살이 배겨야 좀 낫겠지!"
순정은 눈앞이 아른거리고 목이 메어서 말을 잇지 못했다.

"돈은 안 모자랐어?"

"돼지값이 좋아서 누이가 빌려준 돈도 조금 남었어. 팔어먹은 돼지 중 절반은 수길이 이놈이 깨구리 잡아다 멕여준 덕이여!"

작은식이는 수길의 머리를 부드럽게 쓰다듬었다. 최작은식이는 양쪽 의족에 지팡이를 짚고 선이와 후곡을 무리 없이 오갔다. 몇 년 후 작은식이 집 낮은 돌담 너머 노랗게 익은 여주가 새빨간 속살을 터트릴 무렵 오산에서 외목발을 짚는 입술이 유독 붉은 여인을 색시로 맞았다. 한동안 밤마다 붉은 입술 여인의 교성이 문틈 밖으로 새어나오더니, 결국엔 딸아이를 하나 낳아서 '최은미'라 이름을 지었다. 최작은식이는 두 다리로 뛰어노는 은미를 자신의 생명처럼 사랑했다. 그러나 은미가 국민학교에 들어갈 무렵부터 작은식이의 작은방에서는 이따금 싸우는 소리가 해나무까지 들려왔다.

그날은 초저녁부터 후곡 정 씨 상가의 건넌방에 노름판이 섰다. 인근 노름꾼들이 기회다 싶어 죄다 모여들었다. 그 한쪽 구석에 양쪽 의족을 모두 뺀 채 작은식이가 앉아 있었다. 이따금 두 팔로 바닥을 짚고 뒤뚱거리며 자세를 바꾸고 저린 다리를 풀었다. 한편 월촌리 입구에서는 저녁 무렵 도넘을 지나 '발안탁주' 막걸리차가 작은식이 점방에 도착하자 막걸리를 받으려는 은미 엄마가 선반 위 돈 통을 뒤지고 있었다. 제법 남아 있어야 할 돈 통에는 동전 몇 개만 데굴거렸다.

"세 말이요. 근데 아저씨 이번 것까지만 외상으로 줘요."
"안 돼요, 지난달 것도 밀렸는데 어떻게 세 말이나 또 외상으로 드려요. 이번엔 걸리면 사장한테 지가 짤려요."
"미안해요. 오늘은 애 아빠가 돈을 모두 들고 나가서 그래요. 다음에 받을 때 두 달 치 모두 드릴 테니, 제발 이번 한 번만 봐주세요."

그날 정 씨 상가의 노름판은 새벽으로 넘어가고 있었다. 문상객 너덧이 빙 둘러앉은 노름판엔 독한 담배연기가 자욱한데 간만에 구땡을 잡은 작은식이 얼굴이 벌겋게 상기되어 갔다. 그간 잠잠하던 후곡의 박준서가 크게 판돈을 키웠다.

"자, 나는 섰어, 10만 원."
"나도 섰어."
"그려 난 그럼 10만 받고 10만 더."
"에이씨, 그럼 난 그냥 죽어."
"작은식이는 서 있기도 힘들 텐디 그냥 죽지 그려?"
"뭔 소리여, 자 여기 10만 원에다가 우리 집에 있는 돼지 새끼 두 마리를 10만 원에 쳐줘."
"그랴 뭐, 받어! 그럼 까봐."
"자, 내가 구땡이여."
작은식이가 당당히 화투장을 내리친 후 판돈을 쓸어가려 하자, 옆에서 박준서가 작은식의 손목을 잡아챘다.

"여봐, 장사여 장사. 초상집에서는 장사가 대장인 건 알지."
작은식이의 두 손이 힘없이 물러섰다.
"돼지 새끼는 내일 아침에 내가 끌고 갈 테니께 그런 줄 알어."

그다음 달이 되어서도 막걸리 외상값을 제때 갚지 못한 작은식의 처가 결국에 은미를 데리고 집을 나갔다. 부인과 딸이 집을 나가는 모습을 보고도 그들을 붙잡을 수 없었던 것은 두 팔이 없어서가 아니라 두 다리가 없어서였다. 30년 가까이 두 다리 없이 잘 버텨온 작은식이는 자신의 딸을 잃은 후부터는 3년을 버티지 못했다. 최작은식이는 그때부터 밥 대신 술로 끼니를 해결했다. 다만, 문지방에 기대앉아 은미가 뛰어놀던 빈 마당만이 눈에 들어왔을 뿐인데 하염없이 마른 눈물은 그의 거친 볼에 비치고 있었다.

그리고 3년 후, 최작은식이의 절단 난 다리가 붓기 시작했다. 허벅지 봉합 부위에서 누런 고름이 흘렀다. 최작은식이가 요양병원으로 옮겨진 후 한참이 지났다.

사실은 요양병원으로 옮겨진 다음 날부터 그의 생사를 아는 사람도 알려는 사람도 없었다.

#5-6 〈자식들〉

　월촌리 마을 앞을 서에서 동으로 흐르는 개울은 삼미재에서 시작해 야트막한 최 씨네 배 과수원에서 흐르는 물과 합해져 도리채로 흘렀다. 개울 너머 후곡(뒷굿말) 쪽엔 꼬불꼬불 다랑논들이 제멋대로 펼쳐졌다. 집집마다 개울 앞에 마당을 두고 마당과 마당 경계엔 수챗물 흐르는 작은 도랑이 파여 있었다. 기껏해야 괭이로 한두 번 찍어내 파놓은 정도의 낮은 하수구였다. 수길이 여덟 살이 되던 해 종헌은 감양면 주체 '퇴비증산 풀베기대회'에서 당당히 3등을 하여 부상으로 리어카를 한 대 받아 와 마당 한편에 세워 놓았다. 수길은 리어카의 손잡이가 내려져 있는 것을 보면 그 작은 몸으로 리어카를 끌고 냅다 달리는 게 재미있었다. 며칠 전부터 국민학교에 입학한 수길은 동생 수완을 리어카에 싣고 널찍한 마당을 달리고는 했다. 수완은 간신히 빤스만 입고 불룩한 배를 내놓고 맨발에 고무신 한 짝을 다른 한 짝에 반쯤 접어 넣어 자동차라고 들고 다니는 수길의 동생이다.

　종헌이 밤낮으로 남의 논을 붙인 터라 경제적 사정이 나아져 수유기 때 순정의 젖이 풍족했고 삐쩍 마른 수길과는 달리 수완은 동그란 얼굴에 살집이 붙고 종헌을 닮아 누가 봐도 다부진 체격이었다. 동네 총각 최 아무개는 삐쩍 곯아 등이 안쪽으로 말린 수길이를 '수구리'라고, 볼록한 배에 땅딸한 수완을 '베트콩'이라 놀려댔다. 종헌은 동네에서 뛰어노는 수길을 볼 때마다 '이눔아 가슴을 펴고 댕겨, 그러니까 수구리라고 놀려대지.'라며 핀잔을 주었다. 아들 수길이 자신의 아비 석용을 닮아 구부정한 것이라 생각했다.

1974년 어느 봄날, 종헌의 마당 끝에 놓인 리어카 앞에 수길과 수완이 서 있었다. 수길은 동생을 리어카에 싣고 신나게 달리는 자신의 모습을 그려보니 즐겁고, 수완은 수길이 끄는 리어카를 탈 생각에 신이 나서 입가에 웃음이 가득했다.

"엉아가 리어카 태워주까?"
"응!"
"그려 리어카 올라타서 그 앞에 철근을 잘 잡고 있어, 쎄게 달릴 거여!"
　수완은 리어카 짐칸 맨 앞, 가로지른 철근을 감싸 쥔 채 엉거주춤 앉아서 수길이 내달려 주기를 기다렸다. 현석이네부터 마지막 상희네까지 다섯 집의 마당이 한 줄로 이어져 있어 한참을 내달릴 수 있는 터라 처음부터 속도를 내지는 않았다. 현석이네 마당을 지나쳐 자기 집 마당을 지나 지숙이네 마당을 지날 때는 제법 속도가 붙었다. 지숙이네 마당 끝에 다다랐을 때 리어카가 '덜커덩' 요동을 쳤다. 앞에서 끌던 수길의 몸이 리어카 손잡이에 털썩 얹혔다. 수길이 멈칫 놀란 사이, 뒤에서는 수완의 울음소리가 요란하게 터져 나왔다. 봉기네 수챗물이 흐르는 얕은 도랑에 리어카 바퀴가 끼었던 것이다. 갑자기 멈칫한 리어카에 매달려 있던 수완의 앞니가 리어카 철근에 그대로 부딪히고 말았다.

"으악! 앙!"
　동네가 떠나갈 듯 수완의 울음소리는 점점 더 커졌다. 뒤를 돌아본 수길은 피가 흐르는 수완의 주둥이만 눈에 들어올 뿐이었다. 수완은 스스로 리어카를 기어 내려와 한 손에 쥐고 있던 고무신 자동차도 내팽개치고 맨발로 울면서 집으로 달려갔다. 순간 수길은 수완이보다 먼저 엄마 순정을 만나야 한다는 생각으로 힘껏 집으로 내달렸다. 잰걸음을 눈물과 피범벅으로 재촉하는 수완을 제치고 대문 앞에 먼저 다다른 수길은 엄마 순정을 불러댔다.

"엄마! 엄마! 엄마!"

평소 들어보지 못한 재촉이었다. 순정이 부엌에서 뛰쳐나왔다.

"왜?"

"수완이가 다쳤나 봐!"

동시에 난리가 난 수완이 숨넘어갈 듯 엄마를 불러대며 들어왔다.

"엄마, 앙!"

"아니 너 왜 그려?"

"엉아가….."

"엉아가 뭘 어쨌다는 겨?"

수완은 말을 잇질 못하고 상황을 설명할 여유가 없었다.

"어디 봐. 이를 우짠다냐! 앞니가 부러져 버렸네. 너 수길이 이 쌍놈의 새끼, 그깟 하나밖에 없는 동생을 어쨌길래 애가 이 지경이 된 겨!"

이미 이성을 반쯤 잃고 부지깽이를 찾는 순정을 보자 수길은 어쩔 수 없이 도망이 최선이라는 생각밖에 없었다.

"아이 씨!"

수길은 반쯤 울먹인 목소리로 좋은 말로는 끝나지 않을 것 같은 이 상황을 피해 해나무 방향으로 내달려 도망치기 시작했다. 우선 급하게 갓 빨아 널은 수건으로 수완의 주둥이를 닦고 연신 이를 어찌할 것인가 걱정하던 순정은 분을 풀 상대로 여전히 수길을 찾을 수밖에 없었다. 안 쓰던 포대기를 찾아 수완을 둘러업고,

"아니 애를 어떻게 델고 놀다 이 지경을 만든 겨~!"
혼잣말을 하고 건넌방 아궁이 앞에 놓여 있던 부지깽이를 집어 들고 수길을 찾아 나섰다.

"너, 이리 안 나와, 너 잡히면 아주 죽을 줄 알어, 좋은 말 헐 때 빨랑 터 나와!"
마을을 한 바퀴 다 돌고도 수길을 찾을 수 없었던 순정은 자신의 등에 업혀 있는 내내 칭얼거리며 우는 수완의 얼굴을 다시 보고는 놀라서 남편을 찾을 수밖에 없었다. 수완의 입술은 이미 오리주둥이를 넘어서 윗입술이 자줏빛으로 멍들어 있고 당장이라도 터질 듯이 부풀어 있었다. 남편이 일하는 도리채에 다다른 순정은 갑자기 급해진 듯 논바닥의 남편을 불러냈다.

"수길 아빠! 빨랑 좀 나와 봐요, 수완이가 많이 다친 것 같어."
흠칫 놀란 종헌은 첨벙첨벙 논둑을 기어올라 급하게 달려 나왔다.

"아니 왜 그려?"
둘째 아들놈의 얼굴을 본 종헌은 마디마디 갈라진 시커먼 손가락으로 조심스레 수완의 부푼 오리주둥이를 제쳐 보고는 부러진 앞니를 살며시 흔들어 보았다.

"아니 집구석에서 애도 하나 제대로 못 보고 이게 뭔 짓거리여?"
"빨랑 애 좀 둘러업고 부처내 금니쟁이한테 델구 가봐요, 돈은 담 장날 나갈 때 쌀로 준다고 하구요. 근데 수길이 이 새끼는 지 동상을 이렇게 맨들어 놓고 어디로 도망을 쳤는지 뵈지가 않어요."
"뒷산 최 씨네 배 과수원 어디메로 도망갔겠지. 이런 여리새끼 같으니!"

속이 터진 종헌은 수완을 둘러업고 급한 걸음을 부처내로 옮겼다. 순정은 시선을 뒷산 산속으로 꼼꼼히 옮겨가며 수길을 찾았다. 봉기네 마당에 도착해서 널브러진 리어카를 보고는 대충 무슨 일이 있었는지 짐작할 수 있었다.

부처내 야매 금니쟁이가 수완의 입속을 살피고는, 찢어진 입술 안쪽은 꿰맬 것까지는 아니라 하고, 부러진 이빨이야 어차피 빠지고 새 이가 날 것이니 김약국에서 진통제 몇 알을 사서 해열제에 잘게 부숴 먹이라는 처방을 내리고는 솜뭉치 가득 요오드를 발라서 수완의 오리주둥이 전체를 알밤 색깔로 색칠을 하고는 치료를 간단히 끝냈다.

"치료비는 수길이 에미 담 장날에 버스 타러 올 때 쌀로 드릴게유, 애쓰셨슈!"
"그려, 한 되만 가져와, 약콩 있으면 그것도 받어!"
종헌은 부처내길 끄트머리 김약국에 들러 진통제를 분홍색 해열제에 개어 수완의 입속에 우적 틀어 넣고는 김 약사를 골똘히 응시했다.

"원기소(62) 하나만 줘봐. 그리고 달아놔!"
김 약사는 익히 종헌이 제법 성실하다는 소문을 들었기에 두말없이 약장 안에서 원기소 한 통을 까만 비닐봉투에 넣어 종헌의 손에 들려줬다. 약발이 들어서인지 수완의 힘든 하루는 그렇게 종헌의 넓은 등판에 널브러져 마무리됐다. 사방이 어둑어둑해져 종헌이 집에 돌아올 때까지 순정은 수길을 현석이네도 지숙이네로 봉기네로 동네방네 부르고 다녔

---

(62) 1950년대 출시된 어린이 건강보조제.

으나 찾을 길이 없었다. 순정의 분주한 모습을 대문 안에서 바라보고 있던 옆집 지숙 엄마를 순정이 발견했다.

"아줌니, 우리 수길이 못 봤슈?"
"왜 잘 뛰어놀더구만 뭔 일 났어?"
"아 글씨 지 동생 놈의 앞니를 작살을 내놓고 어디로 숨었는지 뵈지를 않어유. 날도 다 저물었는데, 이승물 쪽으로 도망갔으면 안 되는디!"

순정의 분함 속에 슬슬 걱정이 쌓여 첫째 아들을 찾는 게 더욱 간절해질 때쯤 종헌은 자고 있는 수완을 업고 집으로 들어섰다.

"수길이는?"
"아니 이눔이 어디로 도망을 쳤는지 여태 안 들어와요!"
"아니 배 과수원 옆에 최 씨네 산소 더미 근처에 없어? 맨 옆집 진숙이 손잡고 산소 너머로 숨곤 하드만."
"온 동네를 다 찾아다녔는데, 안 봬요, 수완이는 어떻대요?"
"어차피 갈인데, 괜찮을 거려, 한동안 앞니 빠진 빼트콩이라고 놀림받겠어!"

그날 저녁 짙은 어둠이 내리고 9시 뉴스가 시작될 무렵, 삐그덕 대문 열리는 소리가 들렸다. 종헌과 순정의 시선은 작은 어깨를 들썩이며 훌쩍이는 수길에게 박혔다.

"아니 이눔의 새꺄! 어디를 갔다 왔어, 엄마가 얼마나 찾았는 줄 알어!"

순정의 손바닥이 수길의 엉덩이를 힘없이 철썩였다. 수길은 원망보다는 안도의 매질임을 금방 알아채고는, 그동안의 무서움과 서러움에 통곡을 해댔다.

"으엉, 엉!"

"뚝 그쳐 인마, 사내자식이 울기는!"

 종헌의 호통은 한마디로 끝나고 원기소 한 통을 수길이 앞에 슬쩍 밀어 놓았다. 늦은 저격상을 물리고 여러모로 피곤한 자식들은 이미 깊은 잠에 들고, 모로 누워 수완을 안고 있는 순정의 허리를 종헌이 꼭 끌어안았다.

"수길이는 어디서 숨어 있었댜?"

"해나무 다리 밑에 쪼그리고 앉아서 다섯 시간이나 버텼나 봐요."

"허, 그놈 참! 이짝으로 누워봐!"

"아이, 애들 깨는디…."

 그로부터 열 달 후 순정은 셋째 딸아이를 낳았다. 셋째의 이름은 '유수인'이라 지었다.

#5-7 〈가문의 문장-이마 흉터〉

　수완의 앞니가 깨진 지 한 달이 지난 어느 날, 오늘도 두 형제는 마당에 나와 무슨 놀이로 지루한 하루를 보낼 것인가 골똘했다. 옆집 순석이 자기 집 옆 개울둑 위에서 새끼줄에 뭔가를 매달아 돌리며 놀고 있는 걸 발견했다. 돌팔매질이다. 혼자 돌팔매질에 여념 없던 순석이 수길을 발견했다.

"수길이 형, 이거 해봐! 엄청 재밌어. 새끼줄 사이에 돌멩이 끼워가지고 돌리면 휙휙 소리가 나다가 돌이 휙 하고 막 날라가!"
"그래, 재밌겠다. 지나가던 참새도 잡을 수 있겠는데!"
　수길은 대문 옆 종헌의 새끼틀에 감겨 있는 새끼줄을 낫으로 잘라내어 수완이 손에도 들려주고 자기도 한 줄 끊어서 순석에게 달려갔다.

"야, 돌은 어딨냐?"
"저기 밤나무 밑에 우리 밭에서 골라낸 돌 많어, 저기 뚱딴지(돼지감자) 심군 데도 돌멩이 지천이여!"
　새끼줄 꼬인 사이를 벌려 제멋대로 생겨먹은 돌을 끼워서 아래위로 돌리기 시작했다. 두 형제는 매년 정월 대보름에 종헌이 복숭아 간스메 빈 통을 뚫어 만들어 준 망우리를 제법 돌려본 터라, 처음 해봐도 익숙한 놀이였다. 제법 '쒹쒹' 바람 소리가 났다. 새끼줄에 매달린 돌멩이가 소리를 내다가 어느 틈엔가 새끼줄을 벗어나 개울 너머로 휙 날아갔다. 이따금 돌멩이는 뒤쪽으로도 날아가니 순석이네 감자밭 한복판에 떨어질 때도 있었다. 돌멩이가 이리저리 날아다니는 광경이 순석이네 툇마루에 앉아서 졸고 있던 순석이 할미의 눈에 들어온 순간 옆집 순정을 찾았다.

"거, 수길 애미야, 자들 저 돌멩이 던지며 노는데, 건너편 이 씨네 논이랑, 우리 밭에 전부 떨어진다."

"아! 예, 아주머니! 수길아~ 너 빨랑 이리 안 나와!"

멀리서 순정이 부르는 소리가 수길의 귓전에 닿았다. 지난번 수완이 앞니가 부러진 사건 이후 수길의 반응은 늦는 법이 없었다.

"응? 왜?"

월촌리 개울둑 위 밤나두 근처에서 돌멩이를 돌리던 수길은 여전히 쌩쌩 돌멩이를 돌리는 순석과 수완을 피해서 자신을 부르고 있는 엄마 순정에게 가야만 했다. 두 아이가 앞뒤로 돌멩이를 돌려대니 지나갈 길이 없었다. 잠시 후 수길이 찾은 길은 개울 아래로 지나가는 것이었다. 허리를 숙여가며 개울 바닥을 엎드려 기다시피 순정에게 걸어갔다.

그때,

'딱!'

"악!"

하필 그때 돌멩이 하나가 날아왔고 머리를 숙이고 지나가는 수길의 이마를 기필코 맞추어야 했다는 듯 정확히 이마 중앙에 상처를 냈다. 뜨거운 피 한 줄기가 수길의 미간을 흘러, 콧볼 근처에 다다랐을 때 수길은 본능적으로 콧볼을 손으로 훑고는 손바닥 가득 시뻘건 피가 묻어나자 기절할 듯 울어대기 시작했다. 수길을 뺀 두 아이의 돌멩이 중의 하나가 빠져나가서 수길의 이마를 강타한 것이다. 이 광경을 맥없이 지켜보던 두 아이의 새끼줄 중 여전히 순석의 새끼줄은 쌩쌩 돌고 있었고, 수완의 새끼줄만이 힘없이 늘어져 있었다. 수길은 금방 누구의 짓인지 알 수 있었다.

"엉엉, 엄마 저 수완이 새끼가 돌멩이로 맞혔어…!"
수길의 울음소리에 놀란 순정은 한걸음에 순석이네 마당에 다다랐고, 이내 탄식이 터져 나왔다.

"이눔의 새끼들이 돌아가면서 지랄이야, 에고! 어쩜 마빡에 상처가 나도 지 애비랑 똑같은데 나는 겨!"
종헌의 이마 한가운데도 상처가 있었다. 안마당엔 어둠이 내리고 엊그제 새로 깐 병아리들이 어미 닭 깃을 파고들 무렵에야 종헌이 돌아와서 심란한 집안 분위기를 접수했다.

"뭔 일 있어?"
"아니 형제 새끼들끼리 이빨을 분질러 먹지 않나, 마빡을 깨트리지 않나, 아주 속 터져 못 살겠어요. 어쩜 당신 마빡의 상처랑 수길이 터진 데가 똑같데요. 당신도 어려서 아버님이 던진 다듬잇방망이에 이마를 맞아서 그랬다면서?"
종헌은 말없이 자기의 이마 한가운데 파인 상처만 매만졌다.

#5-8 〈뭐가 중한겨!〉

　순정이 시집가고 2년이 지난 그해 시댁인 구실 마을엔 아들이 여덟이나 태어났다. 장손 유종서가 넷째 딸을 낳았으나 그해를 넘기지 못했다. 종헌의 막내 작은아버지 유기용이 딸아이를 낳았으나 세 살 무렵 옆집 담장 밑에 심은 아주까리 열매를 따 먹고는 병원을 나오지 못했다. 순정은 예상과는 다르게 애가 빠르게 나오질 않아 산통에 고생이 이만저만 아니었다. 그해 낳은 구실 가을의 여덟 아들들은 넉넉한 평택평야 덕분에 뽀얗게 볼두덩이 살이 올랐으나 순정의 아들만은 맨날 젖이 모자라 칭얼대고 맥아리가 없어 보였다. 백일이 넘어 쥐벼룩에게 물려 온몸에 좁쌀만 한 발진이 돋고 고열에 고생을 해대서인지 더디 자라는 편이었다. 옆집 병태네 할매는 매일 아침 순정의 아들을 보러 와서는 부엌 소당뚜껑⁽⁶³⁾을 열어 누룽지 한 조각을 쭉 떼어 들고는 우적우적 씹어대며 한마디씩 해댔다.

　"아줌니 오셨슈?"
　"그려, 첫애로 아들 낳으니께 좋지?"
　"뭘요, 올핸 이 동네 죄다가 아들만 낳은 것 같은데."
　"원래, 우리 동넨 딸이 귀혀. 백봉산 하발치⁽⁶⁴⁾라 말 불알에 털 나듯이 듬성듬성 딸을 낳는다니께."
　"아줌니도 참 세상에 그런 게 워딨슈?"
　"아녀, 저기 택봉산이 성난 말자지 처럼 불뚝 서 있잖어. 그래서 기가

---
(63)　솥뚜껑의 경기도 방언.
(64)　기슭의 경기도 방언.

쎄서 여기선 대충 낳았다 하면 무조건 아들이여, 근데 아야, 애가 똥을 괭이 새끼 맹키로 가늘게 싸냐! 자네 젖이 물젖이라 그려, 된똥을 싸야지 묽은 똥을 싸는디 뭐라도 좀 사다 멕여!"

"아니 뭔 소리여유? 난 다들 얼핏 봐도 참젖이라 허던디, 그리고 뭐가 있어야지 사다 멕이쥬, 분유 한 깡만 사다 멕여봤으면 쓰겄는디…."

"자네 젖이 생긴 건 야무진데 자네가 제대로 못 먹어서 젖이 묽게 나오는 거고, 그래서 애가 묽은 똥을 싸는 거라니께."

"엊지녁에 풀을 쒀서 멕여봤는데 애가 패깍질[65]을 해대서 아주 혼났슈. 멕이는 게 션찮아서 그런지 더디 자라 걱정이여유!"

"그리고 원래 무녀리[66]는 좀 작어!"

"아니 내가 뭐 개 새끼를 낳았슈? 무녀리는 무슨 무녀리여유?"

"아녀, 사람도 첫애는 좀 작게 낳는 겨!"

그래도 순정은 겨우내 젖을 빨리고 이른 봄이 되어 아들 수길의 돌잔치를 해줄 수 있었다. 수길의 팔은 금방이라도 부러질 듯 가늘고, 등은 살짝 말린 데다, 허리는 구부정하게 앉아서는 아직도 첫발을 제대로 떼지 못하고 돌상을 받았다. 유석용의 둘째네 손주 녀석에 대한 못 미더움은 그때부터 시작되었다.

"애가 이래 맬맬 자라서 이눔이 지대로 사람 구실 허겄냐?"

"그래도 아버님! 인자 돌도 지났는데, 출생신고를 해서 호적에 올려야 되지 않겠어요!"

"그랴! 작은집 막내 아들 녀석도 한 해 생이니께 면에 가서 한꺼번에

---

(65) 딸꾹질.

(66) 문열이가 본래 말임. 한 태에서 태어난 여러 마리의 새끼 가운데 맨 먼저 나온 새끼, 주로 짐승에 사용하는 말이다.

올려야것다!"

 수길의 나이가 한 살이 줄어 있는 것을 안 것은 수길이 여덟 살이 되어 국민학교를 보낼 무렵 취학통지서가 나오지 않았다는 것을 알고 나서다.

 1975년, 날이 풀려 바람이 순해진 2월 중순. 하루 종일 텃밭에 똥을 뿌리고 들어오는 종헌을 보고 순정이 물었다.

 "옆집 진숙이는 취학통지서가 나왔다는데, 우리 수길이는 왜 안 나온대요?"
 "나오겄지! 기둘려 봐!"
 순정은 입학하기 전 자기 이름을 제법 쓰고, 구구단을 삼단이나 외우는 수길이 기특해 마징가Z가 그려져 있는 까만 가방을 장만해 두었다. 종헌은 오산읍 원리체육사에서 플라스틱 네모난 이름표를 하나 새겨왔다.

 "내일이 입학식이라는데 우리 수길인 취학통지서가 안 나와서 어떡해요? 이장한테라도 가봐야 되는 것 아녀요?"
 "그러게 내일 수길이 델고 학교 가다 면사무소에 가서 해결을 해볼니께, 애 손수건이나 옷에 잘 매달아 놔!"
 아무래도 불안했던 종헌은 수길을 옆집 진숙 어미보고 맡기라고 이르고는 본인은 새벽녘에 감양면 면사무소로 먼저 출발했다. 면사무소에 도착한 종헌이 일찍 출근한 면서기를 만났다.

 "울 아들놈이 올해 여덟 살이고 갸가 3월생인데, 취학통지서가 왜 안 나왔대요?"
 "애 주민번호 좀 불러보세요!"

"글씨, 이름은 유수길인디!"
"그럼 아버님 주민번호 불러보세요!"
"여깄슈!"
종헌은 안주머니에서 본인의 주민등록증을 내밀었다. 면서기는 책상 머리 안쪽 넓은 문을 열어 철제앵글로 가득 들어찬 문서고에서 무언가를 집어 들고나왔다.

"거시기, 수길이가 69년생으로 되어 있어서 내년에 취학통지서가 나올 거예요!"
"아녀, 갸가 유종금이랑 한 해 생이라 같이 핵교를 다녀야 하는데…!"
"잠시 기다려 보세요, 학교로 전화해 보고 자리가 나면 받아줄라나 물어보고요"
"꼭 좀…!"

한편 사창국민학교 운동장에서는 입학식이 시작되었다. 80여 명이 넘는 신입생이 줄지어 서 있고, 아이를 데리고 온 그만큼의 젊은 부모들이 모여 있었다. 한쪽 구석에는 아이들 장난감과 학용품을 싣고 온 부처내 두일상회 주인과 자반고등어를 팔고 있는 생선 장수 너더리 장 씨도 보였다. 옆집 순석 엄마가 몇 차례 교문 쪽을 바라보아도 수길 아비의 모습이 보이지 않자 수길의 등을 슬쩍 떠밀었다.

"수길아 니 아버지 왜 안 오시냐?, 저기 진숙이 옆에 그냥 같이 서 있어!"
얼마 남지 않은 정년을 앞둔 교장선생님의 신입생 환영사와 두 분의 1학년 담임 선생님 소개가 있었다.

"유구한 역사와 전통을 자랑하는 명문 사창국민학교에 새로이 입학하게 된 신입생 여러분을 진심으로 환영합니다. 봉제산 정기를 받아 1945년 설립된 우리 사창국민학교는 …(중략)… 호시탐탐 남침을 노리는 북한 괴뢰 집단의 야욕에 맞설 수 있는 투철한 반공 의식을 고취시키고 새 시대 새 역사가 필요로 하는 희망찬 새 역군으로 성장시키기 위해 여기 계시는 모든 선생님들께서 최선의 노력을 다할 것이라는 말씀을 드리면서 다시 한번 물심양면 우리 아이들을 훌륭히 키워내 주신 부모님들의 노고를 치하하면서 신입생 여러분의 입학을 진심으로 환영하는 바입니다. 감사합니다."

두 분의 1학년 담임 선생님의 그해 입학하는 신입생에 대한 호명이 있었다. 수길은 본인이 호명되지 않은 입학식에 혼자 참석할 수밖에 없었다. 종헌은 내심 면사무소에서 빨리 일을 해결하고 수길을 데리고 자장면이라도 한 그릇 사 먹일 생각이었으나 제때 입학식에 도착할 수 없었다. 본의 아니게 식구가 는 현석 어미는 집으로 돌아가는 내내 보리밥에 된장과 설탕을 뿌려 비벼줄 테니 그걸 맛있게 먹자고 진숙이와 수길에게 되풀이했다. 사정인즉 그해 구실 마을에서 여덟의 아들 중 세 명이 유 씨네 아들이라 석용은 세 아이 이름만 적어 가선 면사무소에 모두를 같은 날짜로 출생신고해 버렸던 것이다. 그나마 수길을 3월 스무날 낳았다는 것을 기억하여 정확히 1년이 늦은 1969년 3월 20일생으로 늦게 호적에 올리게 되었던 것이다. 덕분에 나머지 두 아이들은 그다음 해에 국민학교에 입학하게 되었다. 수길은 다행히 학교에서 받아준 덕에 종헌은 주민등록등본을 떼서 학교에 제출하고 입학을 시킬 수 있었다. 입학식이 끝난 후 한참 뒤에야 돌아온 종헌으로부터 시아버지의 뒤늦은 호적신고가 자신을 성가시게 했다는 푸념을 들은 순정은 빨래터에서 큰집 사촌 올케에게 남편의 푸념을 늘어놓았다.

"언니, 글씨 우리 시아부지더러 수길이 출생신고 좀 해달라고 했드만 애를 1년씩이나 늦게 호적에 올려가지구 엊그제 갠신히 핵교에 보냈다니께!"

"그려 노인네들이 면에 가다가 막걸리 한잔 걸치면 애 태어난 날짜가 기억에 나간디, 죄다 까처먹지. 저기 윗집 '피리'네 말여, 그 집 할아부지가 '피리' 출생신고할 때 면사무소 넘어가다 사창주막에서 막걸리 한잔 드시곤 출생신고할 손녀딸 이름을 홀라당 까먹어 버린 겨. 그래서 고민고민하는데 도대체 손녀딸 이름은 생각이 안 나는디 전날 라지오에서 국악한마당 할 때 흘러나오던 피리 소리만 그렇게나 생각이 나드랴, 그래서 갸 이름을 기냥 '피리'라고 지은 거 아녀. 갸 원래 이름이 '정숙'이여 '황정숙', 근데 지금 죄다 '황피리'라고 부르잖어!"

"허이구, 옘병할 노인네들!"

옆에서 가만히 이야기를 듣고 있던 현석 어미가 힘주어 한마디 거들었다.

"사실 개뿔이나 성씨고 이름이고 그게 뭐 중한 거여! 저기 아랫말 '조택길'이 봐. 이름이 얼매나 좋아 풍양 조씨에 택할 택 자에 길할 길자, 그거 '주덕사' 땡중한테 돈 많이 들여서 지은 이름이여, 근데 허구한 날 동네 서너 살 먹은 애새끼들도 '태끼리'니 '코끼리'니 놀리고 도망가잖어. 어제도 술 잡숫고 해나무 지나다가 또랑에 자빠져서 그냥 풀숲에서 그대로 한숨 푹 잤댜!"

"그러게 그 냥반은 맨날 같은 자리에 쓰러져서 자나 봐요! 젊어서 배우기도 제법 배웠다면서 어쩌다 그리된 거유?"

"성한 놈도 한 40년 술 퍼마시면 그렇게 되는 겨, 원래는 수원에서 중핵교까지 배우고 똑똑했댜, 그러다 당신은 징용 끌려갔다가 다리를 다쳐서 한쪽은 절고, 원폭 피해 입어서 눈도 제대로 안 뵈고 평생 부스럼 달고 살구, 징용 가기 전 언약했던 정남 '귀래리' 살던 샥시는 위안부로 끌려갔는디 못 돌아왔다잖어. 제정신으로 살기는 힘든 세상을 살다 보니께…, 어쩌면 지금처럼 풀숲에 쓰러져 잘 때가 그 냥반한테는 세상

제일로 행복한지도 몰러!"

수길의 등굣길.

월촌리 아이들이 해나무 밑에 모두 모였다. 5학년 최현석이 초록색 마을깃발을 높이 매단 장대를 들고 맨 앞에 섰다. 다음에 5학년에서 2학년까지 아이들이 줄을 맞추어 섰고 그다음에 1학년 수길과 진숙이 가방을 둘러멘 채 따라 섰다. 마지막에 6학년 아이들이 대열을 정비했다. 동네에서 제일 큰 6학년 윤봉기가 목청을 가다듬고 소리쳤다.

"부대 앞으로 가!"
"왼발, 왼발, 발 맞추고. 행군 중에 군가 한다. 군가는 6.25의 노래. 하나 둘 셋 넷!"
아이들이 목청을 높여 노래를 부른다.

"아~ 아~ 잊으랴, 어찌 우리 이날을.
조국을 원수들이 짓밟아 오던 날을."

그해 가을에 타작이 끝난 번개들에 삐라가 날렸다. 삐라를 잔뜩 주워 모은 아이들이 감양면 파출소에서 연필 한 자루에 삐라를 바꿨다. 얼마 후 '무장공비 색출훈련'에 붉은 모자를 쓴 공비를 보면 신고하라고 했다. 유신헌법 찬반투표에 찬성하자는 수길의 선거포스터가 장려상을 받아 교실 복도에 높이 걸렸다.

그리고 몇 년이 지난 후 새벽종이 울리고 새 아침이 밝은 송말에는 나라에서 제일 높다던 늙은이가 젊은 애를 데리고 술 마시다 총에 맞아 죽었다는 소식이 들렸다.

6. 바람이 분다

#6-1 〈춤바람 후 소나기〉

유종헌과 최순정이 선이로 들어와서 처음부터 월촌리에서 산 것은 아니었다. 선이 처가 동네로 이사 온 종헌은 도리채와 번개들, 귀숭굴의 전답을 사들였다. 집은 마을 입구 신작로 두 번째 있는 작은 초가집을 구했다. 마당에 커다란 대추나무와 우물이 있는 집이다. 남쪽으로 번개들이 한눈에 내려다보이는 곳에 자리 잡았다.

유종헌은 맞선 볼 때와는 달리 군 문제를 해결해야 했다. 결혼 후 입영통지서를 받고도 순정에게 군입대에 대해 이야기할 수 없어 순정을 데리고 몇 달간 서울 영등포로 도망을 다녀온 처지였다. 다행히 1969년부터 실시된 방위병 제도 덕분에 학력 및 군소요 지역을 이유로 보충역으로 병역의무가 재판정되었다. 지역방위병으로 18개월간 출퇴근하며 병역의무를 마칠 수 있게 되었다. 종헌은 농사일에, 방위병 복무에 정신이 없었다. '선이'로 이사 오고 6개월이 안 되어서 종헌은 쇠죽 쑤는 부엌의 불씨를 제대로 단속하지 못해 초가집 전체에 불이 번졌다. 종헌이 보초근무를 서러 간 사이 벌어진 일이다. 순정이 매콤한 연기에 잠에서 깨어나니 이미 초가집 지붕 위에서 연기가 심하게 올라오고 있었다. 놀란 순정은 '불이야! 불이야!' 고래고래 소리 지르며 한편으로는 두꺼운 겨울 솜이불을 우물가에 펴고 아이들을 이불 위에 내려놓고는 늙은 소와 엊그제 낳은 수송아지를 외양간에서 꺼내어 대추나무에 묶었다. 어느새 주변 마을 사람들이 모두 다 양동이를 들고 물을 퍼 날라 불을 꺼보았지만 역부족이었다. 다음 날 아침 시커멓게 변한 집터에는 화독내만 가득했다.

다음 날 오전 보초근무를 마치고 돌아온 종헌은 잿더미가 된 집과 망연자실하고 있는 순정을 닿아야 했다. 주변 이웃들 덕에 가까스로 건진 몇몇 살림살이는 당분간 친정인 동숙의 집에 맡겼다. 종헌이 급하게 새집을 구해 들어간 곳은 월촌리 현석이네 옆집이었다. 근무를 같이 섰던 '선창' 사는 방위병 동기의 도움으로 동숙의 집에 맡긴 세간을 보름 만에 선이에서 월촌리로 옮겨 이사를 마쳤다.

월촌리로 이사 간 지 4년이 지난 1976년 봄, 종헌은 다시 선이 신작로 옆의 넓은 밭에 새집을 짓기 시작했다. 그해 가을부터 종헌의 선이 생활이 다시 시작됐다. 그간 자신이 사들인 전답이 월촌리에서 오고 가기에는 너무 멀었다. 순정이 친정과 좀 더 가까운 곳에 사는 것이 좋겠다는 의사가 있었지만, 사실은 그냥 선이가 살기 좋아서였다. 그러나 매년 농사는 수해를 입어 남는 것이 없는 데다 그간 집을 짓느라 빚을 얻은 것이 부담되어 살림살이가 나아지지 않았다. 구실은 유씨 집성촌이라 농사일에 친척들이 서로 발 벗고 나서주는 분위기였으나, 선이는 누구 하나 종헌의 농사일에 나서서 도와주는 사람이 없었다. 게다가 장인 성칠은 사위 종헌이 자신의 농사일을 잘 돕지 않는다고 역정을 내고는 했다.

종헌은 지쳐가고 있었다. 반면, 순정에겐 결혼 후 10여 년 만에 누려보는 고향의 행복이었다. 성실한 남편과 가까운 친인척이 있었고 그간에 보고 싶던 동네 언니 동생들과도 즐거웠다. 다만 종헌의 농사일이 시원치 않았지만 그때그때 어려운 일들은 어미인 동숙에게 의지하면 될 일이었다. 선이 마을에 시집온 새색시들은 동네 토박이 순정과 가까이 지내야 마을 사람들 간의 오래된 친소관계를 정확히 알 수 있었다. 순정은 마을 여인들 사이에서는 주요인물이 되어갔다. 마을 내의 나이가 든 남정네도 순정의 입장에서는 어려서부터 '오빠'라 부르며 따르던 치들이라 전혀 서먹서먹하지 않았으며 그들도 대부분 순정을 편하게 대했다.

그러던 어느 날 종헌이 귀숭굴에서 힘든 논일을 마치고 쇠꼴을 한 짐 가득 지게에 진 채 집에 도착했다. 흐르는 땀을 훔치고 집 안을 대충 둘러보니 아이들만 덩그러니 있었다. 집 안에 순정이 보이질 않았다. 순정이 힘들게 일하고 오는 남편을 위해 따뜻한 밥상을 차리는 것은 당연한 일이었다. 종헌은 순정이 보이지 않는 것이 섭섭하던 차인데 한참 동안을 기다려도 집으로 돌아오지를 않자 화가 치밀기 시작했다.

"이년이 지 애비를 닮아서 게을러터져가지고는…."
종헌은 혼잣말을 되뇌다 더 이상 참지 못하고 마을 안쪽으로 순정을 찾아 나섰다. 우선 장모인 동숙의 집으로 들어가 순정을 찾았다.

"저기, 여기 어멈 안 왔슈?"
"왜, 애가 어딜 갔어?"
"예, 집에 없길래, 여 왔나 싶어서유?"
"그려, 다 저녁때에 어딜 간 겨!"
동숙은 앞집 영미 어미를 불러 순정의 행방을 물었다.

"영미야, 우리 순쟁이 어디 있는지 모르냐?"
"야, 글씨, 아마 오늘 창석이네 전축 사 왔다고 해서 아마도 이 동네 여편네들 그 집에 가 있을 규!"
 이 소리를 듣자마자 종헌은 창석이네로 향했다. 창석이네는 입구에서부터 전축 소리가 쩌렁쩌렁 울리고 있었다. 사내들 여럿의 인기척과 '까르르 까르르' 숨넘어갈 듯 웃어젖히는 동네 아줌씨들의 웃음소리가 전축 소리에 묻어 나왔다. 종헌이 창석이네 현관문을 밀어제치고 들어섰다.

"여기 뭣들 하는 겨, 시방!"
 종헌의 눈에 정신없이 엉덩이를 흔들어 대는 순정의 뒷모습이 들어왔다. 순정은 동네 오빠 창석의 손을 잡고 신나게 뺑뺑이를 돌다가 현관 입구에 서 있는 남편의 모습이 눈에 와서 박혔다. 종헌은 아무도 의식하지 않고 순정의 손목을 낚아채어 질질 끌 듯 순정을 데리고 나왔다.

"이런 미친년이, 너 여기서 뭔 지랄을 하는 겨. 남편은 죽도록 이 논 저 논 논배미를 돌아쟁길 때, 니년은 딴 놈이랑 붙어먹느라 엉덩이를 이리저리 돌려대는 겨?"
"아니 수길 아빠! 왜 그러는 겨, 시방?"
"이게 미쳐도 단단히 미쳤나 베, 니가 이년아! 무슨 딴따라여? 지 아부지 닮아가지고는 노는 테는 환장을 해서 어디 서방이 시퍼런데 딴 새끼 손을 붙들고 뺑뺑이를 돌아 이년아!"
 종헌의 손이 막 올라갈 때쯤 멀리서 황급하게 달려오던 장모 동숙이 종헌을 막아섰다

"수길 애비야, 자네가 좀 참게, 순정이 너는 신랑 저녁 안 차려주고 뭐하고 있던 겨!"
"아이, 저녁이야 맨날 먹는 건데 좀 천천히 먹을 수도 있지요. 뭐 내가 대단한 잘못을 했다구 저 지랄인 겨?"

"이런 씨!"

"아서, 자넨 집에 가 있게!"

동숙은 순정의 소매를 잡고 자신의 집으로 들어가 우선 소란을 잠재웠다. 그날 저녁 순정은 친정에서 하룻밤을 묵었고 종헌의 저녁은 장모인 동숙이 차려냈다.

다음 날 이른 아침 아이들을 외갓집에 보내고 종헌은 한참을 혼자 투덜거리다 순정이 없는 집을 나서 번개들로 향했다. 오전 내내 뙤약볕 아래 어제부터 해오던 피사리를 하고 있었다. 한두 시간 지났을까, 서서히 서편 하늘이 점점 어두워지더니 소나기구름이 몰려오고 있었다. 그런데 갑자기 종헌이 일하던 논둑 너머 번개들과 도념 사이 흐르는 실개천에 누군가가 빠져 허우적거리는 모습이 보이는 것 아닌가, 젊은 처녀로 보이는 사람이 비탈진 실개천 둑에서 미끄러졌는지 허리깊이 실개천에 빠지는 모습이 종헌의 눈에 들어온 것이다. 실개천에서 물가로 나오는 턱이 어른 허리 정도는 되는 물길이라 종헌은 아무 생각 없이 그 처녀를 도와줘야겠다는 생각에 논에서 나와 성큼성큼 실개천으로 향했다. 자세히 보니 온몸이 흠뻑 젖은 채 실개천 한복판에 서 있는 아이는 황 씨네 딸 인선이었다. 인선은 아침나절 집 앞 대추나무에 날아든 산까치를 따라다니다 귀숭굴을 지나 번개들의 실개천까지 나와버렸던 것이다. 종헌이 인선이 빠져 있는 실개천 앞에서 다리를 걷어붙이고 허리까지 빠져 있는 인선이를 꺼내려 개천 둑을 내려서려는 순간 낮은 실개천 쪽으로 누운 띠풀에 발이 쭉 미끄러지며 실개천 속으로 풍덩 빠져버리고 말았다. 아마도 어제 새벽에 내린 비에 실개천 둑이 쉽게 허물어져서인 것 같았다. 갑자기 종헌이 인선과 똑같은 처지가 된 것이다. 잠시 허우적대던 종헌이 인선의 손을 잡고 실개천 둑 위로 올라섰다. 갑자기 서쪽 하늘의 먹구름이 머리 위에 머물더니 바람이 불기 시작하고 곧 굵은 소나기를 퍼붓기 시작했다. 쏟아지는 빗줄기를 피하려 주변을 살피니 종헌의 눈에 들어온 곳은 몇 년 전 도념 근처 이승물 앞장둑 위에 지은 양수장이었다. 종헌이 인선의 손을 잡고 세찬 소나기를 피해 양수장으로 뛰어갔다. 한참을 달려 온몸이 흠뻑 젖은 채 종헌과 인선이 양수장 문을 열고 안쪽으로 들어섰다. 종헌이 인선을 보니 얼굴은 물에 빠진 생쥐 모양인데 이미 한기가 들었는지 두 손을 겨드랑이에 끼고 떨고 있는 모양새다. 종헌이 인선의 젖은 머리카락을 손으로 대충 흔들어 물기를 털어주고 얼굴에 물기를 닦아내니 어느덧 어엿한 열여섯 처녀아이가 앞에 서 있는 것 아닌가. 종헌이 양수장 창문으로 밖을 보니 주위는 온통 어두운 채 비바람은 멎을 기색이 없었다. 둘은 양수장 구석 무릎높이 선반의 잡동사니를 치우고 나란히 앉으니 젖은 몸에 한기가 찾아오고 있었다. 인선이 아무런 거리낌 없이 옆에 앉은 종헌에 기대어 떠는 모습에 종헌이 인선을 감싸안았다. 종헌의 눈에 아직도 어린 '반푼이'인 줄 알았던 인선이 이제는 제법 봉긋한 젖가슴에 솜털이 빠진 뽀얀 목덜미가 어엿한 처녀로 보이기 시작했다. 방금 전까지 동네 천방지축 처녀아이인 줄 알고 있던 인선이 지금은 어엿한 성숙한 아가씨가 되어 종헌의 품속에 안겨 있는 것이었다. 갑자기 종헌이 당황하기 시작한 것은 인선이 종헌의 몸에 안겨 따뜻해져서인지, 처음으로 남자 냄새를 맡은 여인의 본능이었는지 인선이 더운 종헌의 가슴팍에 기대어 매달리고 있었다. 잠시 종헌의 호흡이 가빠져 올 때쯤 이제 물이 올라 익을 대로 익은 처녀아이의 향기가 종헌의 코를 찌르고 있었다. 자연스레 종헌의 손이 인선의 가슴을 감싸 쥐고 있었다. 여전히 소낙비는 쏟아지는데 양수장 한쪽 구석에 종헌과 인선이 어느새 알몸이 되어 서로의 온기를 나누고 있었다. 한동안 시간이 흐른 후 하나가 된 몸에서 김이 모락모락 피어나고 있었다. 여름날 길게 내리던 소나기가 이승물 동편으로 흘러가고 사내 냄새를 맡은 성숙한 처녀의 욕정으로 흠뻑 젖었던 인선은 자기 집으로,

마른하늘에 날벼락같이 예고 없이 찾아온 욕정에 젖었던 종헌은 번개들 자신의 논으로 각자 흩어졌다. 그 우연한 사고는 몇 달 후 인선의 배가 불러오며 송말 내에 큰 사건으로 발전했다.

#6-2 〈서풍: 바닷바람〉

어느덧 그해도 번개들에 가을일이 끝나가고 있었다. 이승물 서편, 선이에도 가을바람이 차가워졌다. 올해는 종헌의 부친인 석용이 사망한 지 몇 년이 지나 종헌은 아들 수길만을 데리고 고향인 구실로 부친 유석용의 기제사를 드리러 가는 길이다. 어느덧 아들 수길도 제법 자라서 버스를 타지 않고 도념, 율북, 어연, 황곡을 거쳐 고향으로 걸어갈 작정이었다. 제사 흥정이야 형인 종서가 어련히 다 했을 것이고 본인은 형님 드릴 술과 조카들 줄 과자 정도를 살 생각으로 어연리 점방에 들렀다. 그곳에 종헌의 어릴 적 친구 이종식과 문신기가 앉아서 대폿잔을 기울이고 있었다. 문을 열고 들어서는 종헌을 보자 두 친구가 자리에서 일어나 반갑게 종헌의 손을 잡았다. 종헌이 수길을 친구들에게 인사를 시키니 수길이 머리를 꾸벅였다 종헌이 점방에서 과자 한 봉지를 수길의 손에 쥐여주고, 친구들의 술단에 동석했다. 종헌이 자리를 잡자 종식이 먼저 입을 뗐다.

"올해 농사는 어땠냐?, 내가 너 보고 오산에다 집 사라고 했었는디 그보단 나서야 할 텐디!"
"니 말대로 오산에다 집이나 사서 세나 주고 싸장사나 했어야 했나 벼! 올핸 그나마 물이 안 껴서 벼폴기가 그런대로 괜찮어!"
"난 올해 션찮어! 올해는 안 끼던 벼멸구가 돌아서 먹을 게 없어!"
막걸리를 한 모금 축인 종헌이 종식을 보고 특별한 제안을 했다.

"언제 가을일 다 끝나면 모여서 어디 놀러나 가자!"
"그려, 지금 망둥이 살이 오를 땐데 망둥이 낚시나 함 갈까?"

"망둥이를 어디 가서 잡어, 갯벌에 빠져가며 그깟 거 잡아서 뭐에 써?"

문신기의 심드렁한 답변에 종헌이 배를 타고 잡자는 새로운 대안을 제시했다. 배는 종헌의 선창 친구에게 빌리고, 서해안 선창포구는 거리도 대충 구실과 선이의 중간 정도이니 문제 될 것이 없다고 서로가 동의했다. 약속은 가을일을 모두 끝내고 다다음 주 토요일로 잡았다. 종식이 신기를 데리고 경운기를 타고 선창(67)으로 오기로, 그리고 종헌은 버스를 타고 도착하겠다고 결정을 보았다. 그날 모든 약속은 일사천리로 이루어졌다. 종헌은 하던 대로 석용의 제사를 정성껏 지냈다. 다음 날 오후에 선창에 사는 친구에게 전화해서 사정 이야기를 하니 종헌의 방위병 동기인 선창 친구는 흔쾌히 자기가 단단히 준비를 해주겠노라고 호언장담을 해댔다.

다다음 주 토요일, 이미 선이의 번개들이나 구실의 한판들에 황금물결은 휑하니 비어갔다. 새벽에 내리던 이슬은 된내기로 바뀌었다. 갯가의 망둥이 살은 오를 대로 올랐을 것이다. 선창에서 세 친구가 만났다. 세 친구는 출항 준비로 분주한 종헌의 선창 친구와 인사를 나눴다. 술과 매운탕거리를 싣고 낚싯대를 주섬주섬 챙겼다. 잠시 후 선창 친구가 종헌을 위해 준비한 히든카드가 나타났다. 발안에 있는 방석집 '심영자'였다. 그들이 배에 오르자 조그만 통통배가 출발을 했다. 종헌의 선창 친구가 영자를 친구들에게 소개했다.

"영자야, 오늘 망둥이 껍질도 야무지게 벳기고 이 아자씨들도 많이 벳기 묵어라."

---

(67) 화성시 우정읍 주곡리 소재 포구.

"반가와요. 영자여요!"

종헌은 선창 친구의 배려에 어깨가 우쭐해져서 낚시는 고사하고 영자를 끼고 노느라 하루가 어떻게 지나가는지 정신이 없었다. 술에 취한 종식은 잡히지 않는 낚싯대를 하루 종일 드리웠다. 뱃전에서 졸고 있던 문신기는 심한 뱃멀미에 고생이 이만저만이 아니었다.

"종식아! 물지도 않을 망둥이한테 사정하지 말고, 여기 영자한테 물어달라고 사정혀 봐, 영자가 꽉 물어서 쪼여 준다잖어!"
"아니 내가 물어주긴 뭘 물어줘? 물속이라도 들어가서 낚싯바늘이라도 물어주라는 거여?"
"뭐는 뭐여! 한번 종식이 껍데기 홀딱 벳겨서 찐하게 물어줘 봐!"
"그래요, 종식 씨 이리와요, 내가 주둥이 한번 찐하게 물어줄 테니까."
"아니 얌전히 있는 주둥이는 뭐더러 물라구 그려, 물려면 가운데 벌떡 서 있는 놈이 있을 텐디, 그놈을 꽉 물어줘야지!"
"그거는 예서는 안 되고, 나중에 우리 가게로 한번 와요. 아이고 좀! 이제 그만 좀 주물러!"

종식이 들은 척도 않고 여전히 드리워진 낚싯대에 집중하자 종헌은 배 뒤편에 엎드려 있는 신기를 보고 한마디 해댔다.

"야, 신기야, 인자 물괴기 밥은 그만 줘, 물괴기 배 터지겄다. 뭘 그렇게 내장을 뒤집어 까면서까지 밑밥을 뱉어준다냐, 제비 새끼도 아니고."
"먹은 술은 비워내야 또 들어갈 거 아니냐! 그리고 영자야! 너 종식이 따먹기는 애초에 글러먹은 거여, 쟈는 불알 달린 춘향이여, 지 마누라한테 꽉 잡혀서 밖에서 물 버리는 일은 도시 없는 새끼여!"

걸쭉한 하루의 술판이 마무리되고 세 친구는 약속한 돈을 거둬 선창 친구에게 건넸다. 종헌은 영자에게도 제법 많은 팁을 손에 쥐여주었다. 종헌은 선창 친구 집에서 하루를 더 머물고 다음 날 버스를 타고 선이로 돌아왔다. 다음 날 오전, 집으로 돌아온 종헌을 순정이 맞았다.

"그래, 친구들이랑은 술을 얼마나 마신 겨?"
"뭔 술을 많이 먹었다구 그려, 망둥이 입질도 없는데 하루 죙일 뙤약볕에서 낚시하느라 생고생만 혔지, 선창 친구 놈이 미안혀서 집에서 따라주는 가양주(68) 한두 잔 받아먹다 보니께 늦어진 겨 그리고 갸가 나 방위 받을 때 우리 집 불나가지고 그나마 건진 살림살이 죄다 월촌리로 날라다 준 거잖어."

종헌의 말이 끝날 무렵 '따르릉, 따르릉' 전화벨 소리가 요란하게 울렸다.

"여보세요, 아 예! 안녕하세요. 잠시만요, 여보! 신기 씨 부인이라는디 받아봐요!"
전화를 건네받은 종헌은 말을 잇지 못하고 전화를 끊었다.

"여보, 나 좀 나갔다 와야겄어! 종식이가 많이 다쳤나 봐!"
전날 종식과 신기 두 친구는 저녁 무렵 술이 거나한 상태로 경운기를 끌고 구실로 출발했었다. '한뙤' 못 미쳐 밤마실 나가던 젊은 처녀를 피하다 수로에 경운기가 처박히는 바람에 종식이 수로와 경운기 사이에 끼어 척추에 심한 손상을 입었으며 신기는 그나마 다행히 찰과상만 입었다는 것이다. 종헌은 종식이 입원해 있는 평택의 종합병원을 다녀온 후 이 모든 사달이 자신의 제안으로부터 시작된 일이라 죄책감에 어찌

---

(68) 집에서 만든 술.

할 바를 모르고 있었다.

그리고 돌아오는 토요일 오후, 오전 근무만 하는 집배원이 그날의 마지막 배달물인 누런 봉투 하나를 순정에게 전달했다. 두툼한 봉투 속에는 애써 확대해서 보낸 사진 십여 장이 들어 있었다. 종헌의 선창 친구가 찍어서 보내온 사진이었다. 그 전주 종헌의 선상 술 파티가 적나라하게 담겨져 있었다. 순정은 한 장 한 장 사진을 살편 끝에 사진 뭉치를 마룻바닥에 누워 있던 종헌의 얼굴에 사정없이 집어 던졌다.

"야! 이 개 같은 놈아! 할 지랄이 없어서 잠자코 있던 친구들 꼬셔가지고 병신 만든 것도 모자라 어디 그지 같은 똥갈보 년을 옆에 끼고 앉아서 술을 처먹구 지랄이여, 아니 왜 사진 속에 니 손모가지가 그년 젖가슴에 파묻혀 있는 겨?"

"…."

"지난번 동네 사람들 모두 모인 자리에서 지루박 한번 추었다고 개지랄을 떨드니만. 그 새끼는 어디로 간 겨? 허이고 참! 너 우리 오삼춘이 대놓고 바람피운다고 그렇게나 숭을 보더니만 너나 니 동생이나 치마만 둘렀다 하면 그게 갈보 년이든 애 딸린 과부 년이든 환장하는 것을 보면 그게 그 잘났다던 그 유씨 집안 내력이냐?"

"그만혀, 저게 왜 종상이까지 들먹이구 지랄이여."

"내가 뭐 틀린 말 했어? 이눔아!, 멀쩡한 총각 놈이 까막과부⁽⁶⁹⁾도 아니고 애새끼가 둘씩이나 딸린 청상을 데리고 도망치는 놈이 제정신이냐?"

"…."

---

(69) 숫처녀 과부.

"하이고! 니가 장가들 때부터 군대도 안 댕겨왔으면서 제대했다고 후라이를 그렇게나 천연덕스레 까대더니만, 뭐 물괴기가 안 물어 생고생을 혀? 저게 아주 입만 열면 개구라여. 너 맨날 나보고 우리 아부지 닮아서 게으르네, 지저분하네, 어쩌네, 하고 지랄을 떨었지. 네 놈이야말로 니 아부지 빼다 박아서 어쩜 그렇게 낯빛 한번 안 바꾸고 사람을 속여 처먹고 안 그런 척 여우짓을 떨며 뒷구녕으로 호박씨나 까대구 말여."
"…."
"나가! 너 같은 놈이랑은 더 이상 안 살어! 안 나가? 니가 안 나가면 내가 나간다!"
현관문을 있는 힘껏 닫고 나가는 순정의 뒷모습을 보고 종헌이 혼자 중얼거렸다.

'아휴, 저년 저럴 때 보면 승질머리는 지 에미를 빼다 박은 겨!'
순정은 이번에도 친정집에서 하룻밤을 지냈다. 이번에는 종헌이 저녁을 굶어야 했다. 다음 날 아침 일찍 장모 동숙이 아이들만을 처가로 데려가서 아침을 먹였다. 종헌이 앞마당에 앉아 생각 없이 숫돌에 낫을 갈고 있는데 대문을 열고 생선 장수 너더리 장 씨가 들어섰다. 손에는 바지락이 한 바가지 들려 있었다.

"웬 일이셔유?"
"이, 일전에 애기 엄마가 바지락 싣고 올 때 한 바가지 놓고 가라고 혀서."
"야!"
"근디 애기 엄마는 어디 갔나?"
"삐져서 친정으로 가버렸슈!"
너더리 장 씨가 바지락을 우물가 바가지에 쏟으며 종헌을 지긋이 바라다보았다.

"이 사람아, 자네 엄니가 꽃 같은 사람이었어. 자네 엄니 함자나 제대로 아는가?"

"필녀유, 성필녀!"

"아녀 필례여 성필례."

"아저씨가 울 엄니를 어떻게 아셔유?"

"내가 순정이도 어려서부터 봐왔는디, 자네 엄니처럼 찔레꽃 향기가 나는 사람이여. 좀 잘해줘."

"뭘 더 잘해줘유. 밥 안 굶기고 등 따시면 됐지."

"봄바람에 흙먼지 날리다 비 내리고 태풍 부는 겨. 부부싸움은 소소하게 혀야지, 어여 가서 잘못 했다 그러구 데려와."

"아니 아저씨가 뭘 아신다구 자꾸…."

종헌의 말이 끝나기 전에 너더리 장 씨가 대문을 밀고 나섰다.

#6-3 〈동풍: 강바람〉

구실 유종헌의 고향집 뒤로는 황씨 집안 세 가구가 나란히 살았다. 그 중 맨 윗집은 약간의 비탈길을 올라 좁은 마당이 있는 집이었는데 그곳에 구실과 평택 읍내를 오가며 한량으로 사는 황지만이 살았다. 황지만의 집 마당 끝에서는 아랫집 황 씨 두 집의 안마당이 내려다보이는 곳이다. 황지만은 순정의 모친 황동숙의 먼 친척으로 순정이 구실로 시집가자 제일 먼저 반겨주던 먼 친척 오빠다. 황지만은 평택에 다니는 직장이 있는 것도 아닌데 통학생들로 붐비는 새벽 버스를 타고 평택으로 나가 평택시장에서 아침을 해결하고 시장 구석구석을 간섭해 댔다. 평택역 앞 '경동카바레'가 문을 열 때쯤 좋은 테이블에 자리를 잡고 하루를 보내는 것이 황지만의 주된 일과였다. 키는 크고 머리는 날아갈 듯 포마드를 기름지게 발라 빗어 넘겼다. 항상 스타일은 같았지만 깨끗하게 갖춰 입었다. 여인들에게는 한없이 낮고 부드러운 목소리로 속삭였다. 주변에 건달들과 무리를 지을 때는 껄껄껄 숨넘어갈 듯 웃어대는 특이한 웃음소리와 배짱 좋은 말솜씨로 자신이 빌린 돈은 떼어먹고, 남이 빌려준 돈은 자기가 대신 받아쓰는 재주가 있었다. 구실로 시집오는 모든 새색시는 황지만의 관심사였다. 그중 종헌의 친구 이종식의 몸매 좋은 처도 그의 리스트에는 항상 상위에 존재했다. 지난해 늦가을 이종식이 경운기 사고로 허리 아래를 못 쓰게 된 뒤, 시어머니와 자식 셋을 건사해야 하는 책임은 그의 처 김미희에게 너무나 버거운 짐이 됐다. 그런 그녀를 만날 때마다 위로해 주는 이는 구실의 늙은 부인들 빼고는 남자들 중엔 황지만이 유일했다.

종식이 병석에 누운 지 1년이 넘어가는 즈음, 김미희가 오랜만에 평택시장에 장을 보러 나왔다. 땀내 가득한 시골살이에서 이따금 하는 시장구경은 한숨 돌릴 여유였다. 장터 이곳저곳 힘들게 사는 사람들을 보며 뜻밖의 위안을 얻는 시간이기도 했다. 그날은 우연인 듯 장터 푸줏간 뒤편 외진 먹자골목 앞에서 황지만을 마주쳤다. 지만은 같은 동네 아낙을 우연히 만나 반가운 듯 인사를 건네고는, 아무런 머뭇거림도 없이 준비해 둔 제안을 해댔다.

"정수 엄마, 내 혼자서 먹기가 그래서 그러는디, 조 앞이 순댓국집 가서 순댓국 한 그릇 헐텨?"
"아이 괜찮아유, 안적 지는 배 안 고파유, 아저씨나 많이 드셔유!"
"아녀, 내가 혼자서 자리 다 잡구 먹기도 그렇고, 내가 한 그릇 사 줄 테니께 같이 가. 즘슴때 다 됐어."
지만은 굳이 괜찮다는 미희의 손목을 부여잡고 순댓국집 문턱을 넘었다.

"아줌니, 여기 순대 한 접시 하구 순대국밥 한 그릇 주셔유, 소주도 한 병 주시구유!"
미희는 불편했지만 순댓국집 안에는 다행히 알고 지내는 사람이 없었기에 그저 앉아 있을 수밖에 없었다. 넉넉히 썰어진 순대와 잘 삶아져 기름진 돼지 귓바퀴, 허파와 간이 한 접시 가득 담겨 나왔다. 맑은 순댓국 한 그릇이 미희 앞에 놓였다. 지만은 무표정한 모습으로 뻘건 다대기 한 숟가락에 후추를 조금 치고는 휘휘 저어 한 숟갈 맛을 보고는 약간의 소금과 뱃두리⁽⁷⁰⁾에 담긴 다진 파를 듬뿍 넣더니 미희 앞으로 밀어놓았다. 어느새 그녀 앞으로 소주가 한 잔 따라졌다. 지만은 거푸 서너 잔의

---

(70) 양념, 꿀 따위를 넣어 두는 작은 항아리.

소주잔을 들이켰다. 살짝 고개를 숙이고 있는 미희에게는 연신 먹으라는 듯 부드러운 손 신호를 보냈다. 그뿐이었다. 한참이 지나 지만이 자리를 정리하자 미희는 몇 숟가락 뜨지도 않은 순댓국을 그대로 남기고 자리를 떠날 수 있었다. 그 후로도 미희가 평택시장에 나타날 때마다 지만은 어쩌다 우연히 만난 듯 반가워했다. 미희가 평택시장에서 매번 마주치는 지만이 부담스러워 이웃집 아줌마와 함께 장을 보러 오는 날이면 지만은 그 이웃집 아줌마를 상대로 순댓국을 사거나 중국집으로 데리고 들어갔다. 그럴 때면 미희는 더불어 같은 자리에서 순댓국이나 자장면을 먹어야 했다. 지만은 미희 곁에 동석하는 아줌마가 있을 땐 어릴 적 종식과의 추억을 이야기하다가도 마지막에는 지금은 허리를 못 쓰게 된 종식에 대한 걱정을 한없이 해댔다.

그해 가을이 깊어질 무렵, 회화리 넓은 들은 추수가 끝나 드문드문 볏짚 낟가리가 쌓여갔다. 차가운 강바람은 세차지고 있었다. 잦은 안개와 쌀쌀한 날씨 덕에 이승물은 점점 고요해지고 사람의 발길은 끊어졌다. 평택에 장이 서는 그해 11월 5일, 지만은 간만에 평택시장에 나온 미희를 또다시 우연인 듯 만나 특별한 제안을 했다.

"정수 엄마, 내일 이승물 너머 우엉 심어놓고 안 캔 것이 있는데, 내일 내 삽 가지고 가서 캐볼 테니께 그것 좀 가져다 먹지 그려!"
"예?, 괜찮은디요!"
"아녀, 가을 우엉이 노인네들 해소천식에도 좋고, 애들 머리에도 좋댜. 정수 할머니 매일 기침하잖어? 내일 아침 10시에 황곶진 포구에서 보드라고!"
"…."
미희는 알 수 없는 표정과 함께 더 이상 말을 잇지 않았다.

3년 전, 구실 마을에서는 죽이 맞는 몇몇이 친목계를 만들고 1년여 회비를 모아 부부 동반 해외여행을 나간 적이 있었다. 종식과 지만은 같은 계원이라 부부 동반으로 중국 여행을 함께 다녀왔었다. 종식 부부는 해외여행이 처음인데다 호텔이란 곳에 묵어본 것도 처음이었다. 널찍한 호텔방 한구석, 미니바엔 술과 간식이 가득했다. 종식은 샤워를 마치고 나오는 미희를 보고 신이 나서 한마디 했다.

　"여보! 돈이 좋긴 좋아, 이것 맥주하고 안주하고 뭘 이렇게나 많이 준비를 했대? 우리 이거 죄다 먹구 잡시다!"
　"이거 돈 내야 되는 거 아녀?"
　"돈을 받는 거라면 가격표라도 붙여놨겠지, 여봐! 커피하고 물하고 죄다 공짜로 먹으라고 넣어놨겠지 구경이나 하라구 넣어놨겠어?"
　그날 종식과 미희는 미니바를 완전히 비우고 잠이 들었다. 다음 날 이른 아침, 일정을 서둘러야 한다는 가이드의 재촉과는 달리 호텔 로비에는 문제가 생겼다. 종식 부부의 미니바 요금이 꽤 큰 금액으로 청구되었는데, 종식과 미희가 가진 돈으로는 감당이 되지 않아 난처해하고 있었다. 그 상황을 보다 못한 지만이 나서서 함께 온 회원들에게 조금씩 갹출을 하여 미희의 손에 쥐여준 적이 있었다.
　미희의 남편 종식이 허리를 다쳐 병상에 누운 지도 어느덧 2년이 되어간다. 그간 남편과 모아놓은 돈은 1년 남짓 입원비와 치료비로 모두 바닥난 상태다. 물려받은 종답을 제외하면 팔 수 있는 땅도 없어서 올여름부터는 친정에서 돈을 융통해서 버텨온 처지다. 더욱 미희를 힘들게 하는 것은 남편의 변덕스러운 태도였다. 사고 전 종식은 미희에겐 나무랄 데 없는 말솜씨에 다정하고 상냥한 좋은 남편이었다. 그러던 종식이 2년 가까이 햇빛을 보지 못한 채 병상에서 누워 지냈다. 피부는 밀가루처럼 희고 머릿결은 제때 손질하지 않아 제멋대로 길어졌으며 뒤통

수는 잔뜩 눌린 채로 세 끼 차려진 밥을 먹고 누워만 있다 보니 배는 터질 듯 불러왔다. 얼마 전부터는 밥을 한 끼로 줄이고 나머지는 술로 끼니를 때우기 시작했다. 종식은 재활의 가능성이 없으며 사내구실이 안 되는 자신을 마냥 사랑으로 감싸달라고 미희에게 매달릴 수는 없었다. 점점 술에 절여지게 된 종식의 미희에 대한 태도는 심술궂은 의처증 남편으로, 게다가 폭력적으로 변해갔다. 이번 달만 해도 종식은 몇 차례나 정성껏 차린 밥상을 집어 던졌다. 미희는 며칠째 술에 잔뜩 취해 남편이 퍼부었던 말이 귓전을 떠나지 않고 있었다.

'어떤 새끼 똥구녕을 핥고 다니길래 남편 똥 싼 걸 안 치워주는 거여, 이 씨부럴 년아! 니년이 어떤 놈의 좆대가리를 아가리에 물고 댕기는지 내 모를성싶어!'

황지만이 김미희에게 황곶진 포구에서 보자고 말을 건넨 그다음 날, 지만은 긴 장화에 새로 산 삽을 한 자루 들고 넓은 쌀자루를 접어 허리춤에 찬 채로 미희를 기다렸다. 약속 시간이 20분 정도 지나자 마침내 고개를 들지 못한 채 미희가 나타났다. 지만은 삽을 어깨에 둘러멘 채 의기양양 앞장을 서고 미희는 고개를 숙인 채 서너 발 뒤처져 지만을 따랐다. 둘은 나룻배를 타고 이승물 동편으로 넘어갔다. 강 안쪽 우엉밭에는 줄기를 잘라놓고 캐지 않은 우엉이 제법 박혀 있었다. 우엉을 몇 뿌리 캐던 지만이 갑자기 삽자루를 바닥에 꽂아놓고 서너 길 장둑 위로 올라갔다. 남북으로 길게 늘어선 장둑 위에는 수 킬로미터의 거리를 조망할 수 있었다. 주변 어디에도 지나가는 사람의 흔적은 없었다. 지만은 성큼성큼 큰 걸음으로 모래밭 위에서 우엉을 정리하고 있는 미희에게 다가섰다.

"정수 엄마, 이 근처에 사람은 우리밖에 없는디. 개미 새끼 한 마리도 안 보이네. 우엉은 천천히 캐자고, 이쪽으로 와봐 좀 쉬었다 캐여!"
"인자 왔는디 뭘 벌써 쉬어유, 빨리 캐구 가야지!"
"아녀, 내가 삽질 몇 번 하느니까 벌써 허리가 아파서 그려, 저쪽에 가서 좀 쉬자니께!"
"그럼 그냥 아저씨만 가서 쉬셔유!"
"아이 왜 그려 다 알면서, 그러지 말고 이리 와봐!"
지만은 미희의 손목을 힘 있게 잡아끌었다.

한 손에는 우엉 담아갈 넓은 쌀자루를 잡고 장둑 밑 우엉밭의 움푹한 경계로 미희를 데려갔다. 지만은 포기하지 않겠다는 강력한 의지의 손길에서 출발했으나 미희로부터 거부 의사의 강도가 약해지는 것을 포착하면서부터는 한없이 부드러운 손길로 변해가며 미희의 마지막 속옷을 벗겨냈다. 미희의 하얀 속살이 전부 드러나자 지만이 마른침을 목구멍으로 꿀꺽 삼켰다. 미희의 가슴은 지만의 큰 손으로도 모두 움켜쥘 수가 없었다. 잘록한 허리는 몰아쉬는 숨결로 울렁거렸다. 결국 미희의 검붉은 젖꼭지는 지만의 입속으로 그대로 빨려 들었다.

"자, 자네도 빨어봐!"
지만의 잔뜩 성난 거시기는 미희의 입속에서 더욱 홍건해진 후 마침내 꽃잎이 벌어진 젖은 샘 깊숙이 쑥 미끄러져 들어갔다. 아프다는 지만의 굵직한 허리는 한동안 격하게 요동을 쳐댄 후 그 마지막을 미희의 몸속 깊숙이 뿜어댔다.

"워뗘, 우엉같이 굵고 실하지?"
그날 이승물 동편 회호리 벌판의 바람은 유독 거칠고 차가운데, 강 안쪽 미희의 가쁜 숨은 오랜만에 뜨거웠다. 미희의 귀밑머리는 촉촉이 젖어 있었으며 그 후로도 한동안 마르지 않은 것은 그녀의 눈가에서 흐르는 눈물이 여전히 그녀의 얇은 머리칼을 적시고 있어서였다. 미희는 그나마 지만에게 자신이 여자로서 인정받고 있다는 것이 아내로서, 엄마로서 그리고 며느리로서의 버거운 삶을 포기하지 않을 스스로의 핑곗거리로 생각하려는 듯했다. 지만과 미희 사이에 이승물 동편 뜨거웠던 나들이가 이루어진 후 둘만의 은밀한 만남은 수시로 이루어졌다. 시간과 장소에 크게 구애받지 않았다.

그리고 몇 년이 지나 꽃피는 봄날이었다. 지만이 미희의 집을 두리번거리다 빨래 걷으러 나온 미희를 탱자나무 울타리 밖으로 불러냈다.

"정수 엄마, 이번 주 토요일에 시간 돼야?"
"왜?"
"저, 안성산악회에서 토요일에 서산 팔봉산 등산하고 만리포에 가서 회 한 사라 한다는디 같이 갈텨?"
"아는 사람이라도 있으면 어떻게 할려구?"
"아녀. 거기는 정수 엄마 아는 사람은 한 사람도 옶써, 걱정 말어! 토요일 8시에 숙성리에서 중간에 탈 것이니께 미리 좀 나와 있어 잉?"

미희는 잠시 망설이다 고개를 끄덕였다. 그 주 토요일 이른 아침, 안성읍에서 출발한 버스는 평택읍에서 몇 명을, 그리고 오성면 숙성리에서 지만과 미희를 싣고 서산으로 향했다. 어느새 서풍은 온화해졌고 따뜻한 날씨에 산에는 진달래가 흐드러지게 피어 있었다. 관광버스가 당진을 지나 서산으로 넘어가려는데 중간지점 국도에 얼마 전 새로 들어선 휴게소가 있었다. 휴게소로 접어든 버스 기사가 두꺼운 마이크를 잡고 안내방송을 했다.

"이곳 휴게소에서 20분 정차합니다. 화장실 다녀오시고 정확히 11시에 출발합니다."

지만이 차 창가에 기대어 졸고 있던 미희의 손목을 잡아끌었다.

"정수 엄마! 내려봐!"
"난 화장실 안 가도 되는디!"
"아이 그냥 내려봐!"

미희는 지만의 손에 이끌려 버스에서 내려지고 휴게소의 후미진 쓰레기장을 돌아 건물 뒤편으로 향했다. 길게 늘어선 휴게소 건물 중간에는 보일러실이 있었다. 보일러실은 긴 걸쇠가 걸린 철문이 양쪽으로 열리게 되어 있었다. 지만은 철둔 걸쇠를 열고는 미희를 보일러실로 밀어 넣고 안에서 문을 닫았다. 이따금 기름보일러 돌아가는 소리가 났고 온갖 잡동사니들이 널브러져 있는 보일러실 안에 간신히 둘이 서 있을 수 있는 공간이 있었다.

"아니 이 좁은 구석에서 뭐 하자는 겨?"

지만은 바지를 즈섬주섬 내리고 미희를 돌려세웠다.

"미희야, 엎드려 봐!"
"여기서 어떻게 엎드려. 아니, 그냥 여관 가서 허면 되지 굳이 여기서 해야 혀?"
"아이 이년아, 빨리 그냥 좀 엎드려 봐!"

지만은 미희의 등산복 바지를 내리고 한 손으로 미희의 뒤 머리카락을 한 움큼 틀어쥐었다. 미희는 간신히 보일러실 벽에 손을 대고 반쯤 엎드렸다.

"아이 씨, 거기 아녀. 미치겄네!"

잠시 후 지만의 가운데 손가락이 미희의 밑을 훑고 습한 길을 내자 지만의 뻣뻣해진 고깃덩이가 그곳으로 죽 빨려들었다. 한동안 지만의 호흡이 거칠어지고 미희가 엉덩이를 출렁이며 힘겹게 버티고 있는데 밖에서 갑자기 '철커덕!' 철문 걸쇠 닫히는 소리가 들렸다.

"에이 씨발, 좆됐다!"

동시에 지만의 심각한 한숨이 터지고 단단히 붙어 있던 두 몸이 힘없이 분리되었다. 지만이 보일러실 문을 열어보려 했으나 단단히 닫힌 문은 꿈적도 하지 않았다. 갈라진 문틈 사이로 보이는 것은 산속 연분홍 진달래뿐이었다. 지만은 잠시 고민하다 보일러실 문을 두드리기 시작했다. 한참을 두드려도 인기척은 없었다. 미희는 보일러실 한쪽 구석에 쪼그려 앉아 머리를 숙이고 있었다. 이미 버스 출발시간이 한참 지난 뒤였다. 한참을 고민하던 지만이 며칠 전에 처음 장만한 휴대전화기를 꺼내 들었다.

"거, 119죠?"

그해 여름이 지나갈 무렵, 아침에 내린 소나기에 집에만 답답하게 갇혀 있던 구실 병태네 할매가 영순 어미를 찾아 대문을 들어섰다.

"뭐 혀?"
"이, 어서 오셔유!"
"영순 어멈? 저기 정수 할매 불러다가 막걸리 내기 민화투나 치까?"
"그 아줌니는 인자 기침 안 하나 몰러, 당최 기침을 해대서…, 정수 에미는 지 시에미 델구 병원이나 좀 댕겨오지 뭐 하나 몰러유!"

"갸는 지 병원 댕기기 바뻐서 그려."
"야? 갸가 어디 아프대유?"
"아프긴, 지만이 애 떼구 댕기느라 바뻐 그렇지 뭐."
"아니 정수 에미가 왜 지만이 애를 떼유?"
"갸들이 배꼽 맞춘 지가 언제부턴디! 지난주 토요일에 정수 에미가 수원에서 지만이 애를 떼구 왔다잖어."
"그걸 누가 그래유?"
"태정이 이모가 직접 보드 일러줬댜. 태정 에미가 용인이 고향이잖어, 동생이 아마 수원으로 시집갔나 보드라고. 그래서 태정이 이모가 시댁 결혼식에 갔다가 남문 근처 부인과 병원에서 정수 에미가 걸어 나오는 걸 봤는데 쫌 있다가 보니께 지만이가 병원에서 걸어 나오더니 다정히 같이 가드라."
"태정이 이모가 어떻게 지만이를 알어봐유?"
"아이, 태정 에미 시집오고 나서 갸 동생들 놀러 왔을 때 지만이가 맨날 태정이 이모 보고 만나달라구 그렇게나 쫓아다니구 했다잖어…."
"….”
"모르긴 몰러도 인자 정수 에미가 지만이 홀딱 벗껴 먹을 겨, 갸가 얌전한 고양이가 아녀, 여우 같은 살쾡이지! 지만이네 부뚜막이 아니라 다락에 올라가 있을 겨."
"그래봤자, 지만이는 듣랑 불알 두 쪽만 있는 놈이여유, 기냥 거시기만 핥다가 내려올 거유. 정수 에미도 누워 있는 남편한테 매 맞으면서 계속 살기는 쉽지 않아서 그럴 거유."
"그려, 아무래도 정수 애비가 이 풍진세상 뒤로하고 상엿소리 들을 날이 얼마 안 남은 것 같드만."

그리고 3년이 지난 어느 날 새벽, 아침 이슬이 축축이 내려앉고 먼동이 터오는 무렵 이종식의 집 뒤뜰 탱자나무 울타리 옆에 농약을 마신 종식이 거품을 문 채 쓰러져 있었다.

#6-4 〈시동생: 유종상〉

유종상은 유종헌의 동생이다.

유석용의 처 성필례의 사망 후 갓 낳은 아이인 유종헌을 3년간 그의 양성 할머니 이귀분이 키웠다. 종헌의 세 돌이 지난 1945년 12월에 그의 아비 유석용은 평택군 청북면 '생개'에서 김순복을 둘째 부인으로 데려왔다. 김순복은 남편의 두 아들을 키우며 3년마다 아이를 하나씩 세 아이를 낳았으나 모두 다 다섯 살 이전에 전염병이나 사고로 잃었다. 한 해는 아들 둘을 한 번에 잃는 일도 있었다.

1953년 김순복이 낳은 넷째 아이가 유종상이다. 종상은 종헌보다 열 살 어린 동생이다. 그리고 두 살 아래 막내딸 유명숙을 낳았다. 결국 유석용은 아들 셋에 딸 하나를 키워냈다. 많지 않은 식구에, 알뜰한 새 부인과 한 사람 몫을 다해내는 전처소생의 건장한 두 아들 덕에 유석용의 살림살이는 매년 나아졌다. 어린 종상이 학교를 다니는 데는 어려움이 없었다. 그런 가정형편은 1963년 봄, 종상이 열 살이 되었을 때 그의 어머니 김순복이 이름 모를 병으로 생을 마감한 후 달라졌다. 구실 유석용의 집에는 김순복의 사망 이후 살림할 여자의 손길이 필요했다. 유석용의 모친 이귀분은 이미 기력이 다해 자신의 셋째 아들 화용의 집에서 봉양을 받고 있는 상태라 모친으로부터 도움을 받을 수 없었다. 대신 유석용은 큰아들 유종서의 결혼을 서둘렀다.

1963년 가을, 유종서는 안중 사는 서인숙과 결혼식을 올렸다. 유석용은 안방을 큰아들 부부에게 내어주고 건넌방에서 나머지 아들 둘을 재우고 본인은 사랑채에서 막내딸 명숙을 데리고 잤다. 종상이 국민학교를 졸업할 무렵에는 여자 조카애가 둘이었고 중학교를 졸업할 무렵 셋째 사내아이인 집안의 장손 '유수정'이 태어났다. 집안의 모든 살림살이는 큰형수의 손에서 결정지어졌다. 큰형 종서의 결혼 이후 고용살이를 마치고 돌아왔던 둘째 형 종헌이 3년 만에 결혼식을 올렸다. 이듬해인 1968년엔 종헌이 아들을 낳자 갑자기 집안은 힘없는 노인 한 분과 두 형님 부부, 조카들이 넷, 그리고 종상과 명숙 모두 11명의 대가족이 되었다. 그렇게 복잡하게 가족 구성원은 잔뜩 늘었으나 종상은 점점 외로워지고 있었다. 어른도 아닌, 아이도 아닌, 누구의 관심에서도 벗어나 있는 고립된 존재였다. 그의 고립감을 조금이나마 덜 수 있는 것은 동생 명숙의 존재였고, 명숙의 동네 소꿉친구 홍영순만이 자신의 존재 의미를 확인시켜 주고 있었다.

홍영순은 매일같이 종상의 집 사랑채에서 명숙과 시간을 보냈다. 종상에게 영순은 허물없는 친동생 같은 존재이고, 엄마 없이 자란 친동생 명숙은 언제나 자신이 보살펴야 하는 주인집 아가씨 같은 존재였다. 영순은 덩치는 제법 큰 데다 눈은 예쁜 편인데 코는 작고 동그란데 살짝 들려 있으며 볼 아래가 불룩해 어린 나이에도 있는 집 자식으로 보였다.

1970년 늦가을, 종상은 이제 공업고등학교 2학년 재학 중이다.
한판들의 벼 타작이 마무리될 때쯤이면 종상의 집 뒤뜰 대추나무의 작은 이파리도 노랗게 변해가고 가지마다 주렁주렁 달린 대추가 붉게 물들어 갔다. 종상은 마루에 걸터앉아 일주일째 통기타를 들고 C코드만 튕기며 연습 중이다. 홍영순이 종상 앞에 서서 명령조로 부탁을 하는데 종상은 쳐다보지를 않는다.

"종상 오빠! 나 뒤란에 있는 대추 좀 따줘!"
"…."
"종상 오빠?"
"이년아! 니가 기어 올라가서 따!"
그 모습을 지켜보고 있던 동생 명숙이 마당 끝에 놓여 있던 작대기를 가지고 와서는 다시 오빠 종상에게 부탁했다.

"오빠가 좀 따줘!"
종상은 동생 명숙의 부탁은 무엇이든 들어주는 편이라 마지못해 뒤뜰로 향했다. 종상은 이리저리 후려칠 대추나무 가지를 찾으며 여전히 영순에게 투덜댔다.

"아니 저년은 맨날 남이 집에 와서 대추를 처먹겠다고 지랄이여! 니네 집에도 대추나무 있잖어 이년아!"
"오빠도 참, 우리 집엔 대추 따줄 오빠가 없잖어!"
"허유! 저 드런 년, 비켜 이년아! 작대기에 대가리 깨지지 말구!"
종상의 작대기질에 후드득 대추알이 떨어지고 영순은 두 손을 가슴 앞에 모은 채 좋아라 웃어댔다. 종상은 바닥에 떨어진 잘 익은 대추를 주워 동생 명숙의 손에 건넸다.

"종상 오빠! 이 봐라 나 대추 열 알은 주운 것 같은데, 오빠가 따준 대추를 열 알이나 받았으니께 낭중에 우리는 애를 한 열 명쯤 낳는 것 아녀?"
"아니 저년이 미쳤나, 야 이년아 니가 왜 내 애를 낳아! 야 명숙아! 너 빨리 쟤 데리고 나가서 놀아. 저기 이승물쯤 데려가서 놀아. 빠져나 뒤지게!"

"가자 영순아! 뭔 사달 나겠다!"
"그려, 우리 집에 가서 약과나 먹으면서 육백[71]이나 치자… 아참 오빠, 울 아부지가 나 시집갈 때 건는들 한 뙈기 떼어준다던데…."
"그려, 너나 그 땅 실컷 파먹구 살어. 이년아!"

홍영순의 부모는 그나마 구실 마을에서 종상이 가장 잘생겼다고 맘에 들어 했다. 게다가 고등학교까지 졸업할 것 같으니 사윗감으로는 더할 나위가 없다고 영순에게 늘 말해왔다. 1971년 종상은 고등학교를 졸업하고 집안일을 도왔다. 어차피 1년 이내에 군대 영장이 나올 상황이라 조용히 아버지를 돕다가 입대를 할 계획이었다. 유종상은 이듬해인 1972년 4월 입대를 하여 강원도 철원군 근동면에 자대배치를 받았다. 종상은 그사이 더 늘어난 조카들 틈을 벗어나 조용한 강원도 산골에서 휴식 같은 군 생활을 이어갔다. 종상의 무관심에도 영순의 편지는 매달 배달되었다. 영순은 평택에서 강원도 산골을 하루에 다녀올 수가 없는 노릇이라 면회를 가볼 생각을 하지는 못했다.

구실 유석용의 집은 신작로 옆에 붙어 있는 집으로 마당이 좁았다. 반면 뒷집 황지혁의 집은 마당이 넓고, 두 집은 마당 끝이 맞닿아 있었다. 석용의 집은 이따금 황지혁의 집 마당에 곡식을 말리거나 타작을 해야 할 일이 있었기에 신경 써서 가깝게 지내는 집이다.

황지혁은 종상보다 네 살 위의 형이다. 시골에서 서너 살 차이는 같이 놀 수 있는 나이 차이는 아니었다. 가끔 지혁의 심부름을 종상이 들어주

---

(71) 육백: 화투게임의 일종.

는 정도의 관계였다. 지혁은 연로한 홀어머니와 시집 안 간 누님과 함께 살고 있었다. 지혁은 물려받은 전답이 많지 않았기에 늘 서울에서 취직을 했으면 하는 바람이 있었다. 구실 아랫동네 숙성리 살던 지혁의 중학교 동창이 영등포 문래동 철공소 골목에 취직을 했다기에 몇 차례 놀러 간 적이 있었다. 영등포 일대는 인근 방직공장의 여공들이 저녁이면 쏟아져 나오는 곳이었다. 황지혁이 영등포역 근처 다방에서 김선예를 만난 것은 1972년 5월 어느 날이었다.

#6-5 〈바람 앞에 서 있는 여자: 김선예〉

　1953년 김선예는 강원도 홍천군 내면 광원리 을수골에서 태어났다. 오대산 넘어 소대산 아래에 굽이굽이 파인 계곡 언저리에는 낮은 지붕의 너와집들이 산재했다. 을수골 입구에서 십 리에 이르는 골짜기의 끝까지 논 한 마지기 없이 척박한 돌밭만 군데군데 놓였다. 주변의 산들은 경사가 심해서 화전을 부치기에도 적당치 않았다. 오대산에서 발원하는 내린천 계곡물은 한여름에도 얼음장 같아 '어름치' 빼고는 변변한 물고기도 살지 못하는 곳이었다. 남정네들은 그나마 약초꾼으로 살아야 가족에게 간간이 쌀밥 구경을 시킬 수 있었다. 아낙네들은 비탈지고 거름기 없는 돌밭의 귀한 흙을 모아 감자나 옥수수 두둑을 만들어야 했다.

　을수골에서 태어난 자식들이 일찍이 집을 떠나 독립하는 것은 특별한 능력이 있어서가 아니라 살기 위해서는 어쩔 수 없는 선택이었다. 김선예가 어렸을 때 그녀의 부친은 을수골을 떠나지 못하고 그곳에 영원히 묻히고 말았다. 비 오는 날 절벽에서 석이버섯을 따다가 발이 미끄러지면서 사고가 났다. 이북이 고향인 그녀의 모친만이 을수골을 벗어날 수 있었는데 딸인 선예를 데려가지는 않았다. 선예는 순식간에 고아가 되어 약초 캐는 할아버지 손에서 열네 살까지 자랐다. 선예는 학교를 다니지 못했다. 비탈진 마당의 풀 없이 작게 드러난 맨땅에 계곡에서 주운 곱돌로 그림을 그리거나 뒤뜰에 가득 피어난 민들레 홀씨를 이리저리 불고 다녔다. 오가는 사람이 없는 을수골 계곡 길을 할 일 없이 오르내리다가 간혹 손바닥만 한 제비나비의 뒤를 쫓거나 낮은 계곡물에서 비틀이 고등을 주웠다가는 다시 계곡물에 던져 넣었다. 선예는 친구 하나 없이 혼자 외롭게 자랐다.

을수골의 9월은 군불을 때지 않고서는 새벽에 추워서 잠을 잘 수 없는 곳이다. 그해 9월 초부터 삼 일간 올겨울 지필 장작을 패오시던 할아버지가 그날 저녁 따뜻한 아궁이 앞에서 갑자기 쓰러지셨다. 방에서 혼자 자고 있던 선예가 메케한 연기에 눈을 비비고 방문을 나왔을 때 아궁이에서 시작한 불길이 이미 마른 너와집 지붕 위로 번지고 있었다. 선예는 가까스로 화마를 피했으나 그녀의 할아버지는 낡은 너와집과 함께 그대로 장사 지내졌다. 500미터 정도 떨어져 있는 아랫집 아저씨가 선예의 집에 도착했을 때는 너와집 기둥은 모두 무너지고 울고 있던 선예만을 데리고 내려와야 했다. 다음 날 아침 선예 할아버지의 사망 소식은 광원리 마을 이장을 통해 수소문 끝에 서울의 큰딸에게 전해졌다. 이틀 후 큰딸은 이미 화장으로 마무리된 아버지의 시신을 수습해 아버지가 가꾸시던 감자밭 맨 위에 모시고 다음 날에 선예를 영등포구 신길동 자신의 집으로 데려왔다.

  선예의 큰고모는 영등포역 앞에서 다방을 운영했다. 처음부터 다방 주인으로 출발한 것은 아니었다. 다방 종업원으로 몇 년을 고생하던 끝에, 몇 년 전 홀로된 영등포시장 번영회장의 '가게를 하나 내줄 테니 같이 살자.'는 제안을 받아들였다. 그러나 그녀가 달리 할 수 있는 일은 없어서 결국에 다방 주인이 되는 수밖에 없었다. 선예는 고모 다방에서 손님들이 자리에서 일어나면 엽차잔과 커피잔을 치우고 행주로 테이블 닦는 일을 했다. 고모는 선예를 손님들 자리에 합석시키거나 커피잔을 나르게 하지는 않았다.

  1972년 5월 초, 선예가 스무 살이 되었을 때 평소 싸움이 잦았던 고모와 시장 번영회장의 계약 관계가 파국에 이르렀다. 다방 운영이 시원치 않은 데다 시장 번영회장의 잦은 손찌검이 선예 고모로 하여금 자신의 이름으로 되어 있던 부동산임대차계약을 변경하는 방식으로 몰래 다방을 팔아치우고 도망을 하려는 계획을 세우게 했다. 그러나 그 계획은 주변 복덕방 사장의 밀고로 시장 번영회장의 귀에 들어갔다. 선예의 고모는 선예만을 남겨두고 이틀째 잠적 중이다. 그날 저녁 늦게 다방 문을 걸어 닫은 건 선예였다. 선예가 집으로 돌아왔을 때까지 고모는 여전히 돌아오지 않았다. 대신에 술에 취해 얼굴이 벌게져서 눈이 반쯤 풀린 채 선예의 방문을 밀고 들어온 이는 실오라기 하나 걸치지 않은 시장 번영회장이었다. 선예는 있는 힘껏 그의 손아귀에서 벗어나고자 했으나 우악스러운 그의 손바닥이 그녀의 머리통을 사정없이 후려쳤다. 그리고 그녀의 윗옷을 허리춤에서 쥐어 잡고는 한 번에 벗겨내 버렸다. 마지막 자그마한 하얀 팬티 한 장은 그의 손아귀에 잡혀 힘없이 선예의 골반에서 아래로 말리며 바닥에 떨어졌다. 금세 선예의 얼굴은 시장번영회장의 뜨거운 콧김 아래 깔렸다. 올라탄 시장 번영회장에게 양팔이 틀어 쥐인 채 선예의 입속으로 그의 굵직한 혓바닥이 밀고 들어왔다. 선예가 이리저리 고개를 돌리며 외면하자 선예의 얼굴만 한 그의 손바닥이 선예의 뺨따귀를 그대로 내리쳤다. 결국 선예의 가녀린 허리 위로 터질 듯 두꺼운 시장 번영회장의 아랫배가 겹쳐졌다. 앞으로 '니 고모가 진 빚은 조카인 니년이 대신 갚아야 한다.'는 폭력적인 말로 족쇄를 채우고 번영회장은 있는 힘껏 자신의 폭력을 선예의 몸속에 쏟아내고는 자기 방으로 들어가 버렸다. 선예가 이곳을 벗어나 갈 곳이 없다는 것을 잘 알고 있던 번영회장은 그녀를 따로 잡아둘 필요가 없다고 생각했다. 고통과 두려움 속에 밤을 꼬박 새운 선예는 점심 무렵이 되어서야 고모가 운영하던 다방으로 향할 수 있었다.

황지혁은 삼 일째 같은 다방 같은 자리에 앉아 있었다. 숙성리 친구와 우연히 들른 다방이었다. 다방 아가씨는 따로 두 명이 있었는데, 계산대에는 마담이 아닌 마담의 딸이나 조카뻘로 보이는 갓 소녀티를 벗은 처녀가 앉아 있었다. 지혁이 서너 시간을 같은 자리에 앉아서 그녀를 바라다보고 있는데도 그녀는 눈길 한 번을 주지 않고 뭔가 골똘히 생각할 뿐이었다. 이따금 다방 아가씨의 호출에 빈 컵을 치우고 테이블을 정리하는 것이 그녀가 하는 일의 전부였다. 같은 다방 같은 자리에서 이틀을 지켜보다 삼 일째 되는 날 점심이 다 되어가는데도 그녀가 다방에 나타나지를 않았다. 기다리다 지친 지혁은 시장기도 돌고 더 이상 앉아 있을 수가 없어서 다방 문을 밀고 나섰다. 때마침 1층으로 내려가는 계단으로 선예가 힘겹게 올라오고 있었다. 지혁이 그녀를 가로막아 섰다.

"저기요… 저 좀 잠깐만 뵐 수 있을까요?"
"예?"
"예, 제가 오늘만 세 시간째 그쪽을 기다리다 막 나오는 참입니다."
"예? 왜요?"
"자세한 말씀은 좀 자리를 옮겨서 했으면…."

선예는 어제의 봉변에 충격이 가시지 않은 상태라 모르는 남자와 말을 섞거나 마주 앉아 이야기할 상황이 아니었다. 선예는 도망치듯 계단을 내려와 급히 달리기 시작했다. 오히려 당황한 것은 지혁이었다. 무슨 영문에 이런 반응을 보이는지 이해할 수가 없었다. 다만 삼 일간의 애태움이 그에게 용기를 내게 했다. 지혁은 포기하지 않고 그녀의 뒤를 따랐다. 그러나 그녀는 정해진 목적지가 없는 듯했다. 같은 골목을 정신 나간 여자처럼 몇 바퀴 돌더니만 제풀에 지쳐 영등포역사 앞 작은 공원 벤치에 멈춰 섰다. 그녀 앞에 황지혁이 다시 다가섰다.

"저 나쁜 사람 아닙니다. 무슨 오해가 있으신 것 같은데… 저는 그쪽이 그냥 너무 예뻐서 말이라도 한번 붙여보려고 그런 것뿐인데… 지가 서울에 있는 삼 일 내내 그쪽을 보러 왔거들랑요.”
 선예는 지혁을 빤히 쳐다보았다. 나쁜 사람으로 보이지는 않았다. 검게 탄 피부가 순박한 시골 청년으로 보였다.

“그럼, 아저씨! 나 좀 도와주실 수 있어요?”
“예? 무슨?”
“제가 고모를 찾아야 하는데, 제가 고모를 찾지 못하면 갈 곳이 없어요!”
“…우선 여기서 이러지 말고, 어디라도 들어가서…!”
 지혁은 선예를 데리고 근처 국밥집에 들어가서 같이 점심을 먹었다. 선예도 어제저녁부터 물 한 모금 먹지 못한 상태라 국밥 한 그릇을 깨끗이 비우니 정신이 맑아졌다.

“아저씨는 어디서 오셨어요?”
“예, 지는 평택에서 올라왔어요.”
“서울엔 뭐 하러 오신 건데요?”
“아니 그냥 중학교 동창 놈 만나러 왔는데, 사실은 그쪽 같은 분을 좀 만나고 싶어서…. 저기 이름이 어떻게?”
“선예예요. 김선예!”
“아! 예, 지는 황지혁입니다. 근데 제가 보기에 그 다방에서 일하는 아가씨 그러니까 다방 레지는 아닌 것 같던데?”
“예, 그냥 고모가 하시는 다방 일 도와주러 나온 거예요!”
“그렇죠… 제가 보기에 그래 보였어요!”
“평택이 어디예요? 서울에서 멀어요?”
“아니유, 그렇게까진 안 멀어요. 경기도 끄트머리에 있어요!”
“평택에선 뭐 하세요?”

"지금은 농사짓고 있는데, 선예 씨 같은 분 만나면 서울서 살고 싶어요!"

선예는 아담한 키에 흰 피부를 가졌다. 작은 얼굴에 커다란 눈망울, 오똑한 콧날에 옅고 가느다란 눈썹이 어여쁜 처녀였다. 목소리는 가늘지만 차분했다. 선예가 한동안 고개를 숙인 채 숨을 고르더니 고민 끝에 한마디 내뱉었다.

"아저씨! 나 평택으로 데려갈 수 있어요?"

선예의 묻는 말끝에 금방이라도 터져 나올 것만 같은 울음이 묻어 나왔다. 선예는 자신의 울먹임을 긴 한숨으로 덮으며 참아냈다. 지혁은 선예가 쏟아낸 말의 의미를 정확히 이해할 수는 없었으나 무조건 긍정의 대답을 해야 할 것 같았다.

"그럼요!"

지혁은 대답하고 나서 도대체 선예의 사정이 어떤 사정인지 궁금해서 물었다. 선예가 전하는 요지는 자신은 고아이고 고모 댁에 얹혀사는데 고모부와 고모가 이혼하게 된 바람에 자신의 갈 곳이 없어지게 되었다는 것으로 정리되었다. 그래서 결혼을 하자는 것인지, 잠시 잠자리를 제공해 달라는 것인지는 분명치 않았다. 다만, 평택에 내려가면 노모와 누이가 있는데 자신과 선예가 서로 사귀는 사이라고 이야기해도 되겠냐는 질문에 선예가 동의해서 둘은 다음 날 평택행 열차를 타자는 데 합의를 했다. 그날 저녁, 선예는 다시 다방에 들러 그날 매상액을 수금해서 옷가방과 함께 이것저것 필요한 것을 샀다. 고모 집에 있는 자신의 옷가지와 잡동사니는 다방 언니에게 부탁해서 다방에 보관하고 있으면 조만간 자신이 가지러 오겠노라고 이야기했다. 여전히 그녀의 고모 소식은 들을 수 없었다. 하루를 다방 근처 '동방여인숙'이라는 곳에서 홀로 보낸 선예는 다음 날 아침 일찍 영등포역에서 지혁을 만나 부산행 열차를 타고 평택으로 향했다.

　황지혁과 김선예는 황곶진 포구에서 배를 타고 이승물 서편 구실 마을로 들어왔다. 황지혁이 서울에서 색시를 데리고 돌아왔다는 소문은 구실 마을에 하루 만에 퍼졌다. 며칠 만에 돌아온 친척 동생이 색시까지 데리고 왔다 하니 육촌 형인 황지만과 황지성이 축하차 지혁의 집에 들어섰다.

"형님 오셨슈?"
"야 이눔 봐라, 이것 숭헌 놈이네! 너 얼마 전까지 황곡 담뱃집 딸내미 쫓아댕기다 차였다더니만 그새 딴 색시를 데리구 왔다매? 그것도 서울서!"
　대문을 걸어 들어오며 던지는 황지만의 말에 그의 사촌 동생 황지성이 보탰다.

"그려 능력도 좋아, 사실 우리 집안네 사내들이 인물이 좋잖어유!"
"그려 어디 인물만 좋냐? 어여 제수씨 얼굴 좀 보여주구 혀야재!"
　지혁이 툇마루에서 안방을 보고 선예를 불렀다.

"선예 씨! 잠시만 나와보셔요. 여기 육촌 형님들이 오셔서… 인사 좀!"
"허허! 아직 지 마누라 하나 제대로 못 휘어잡았네!"
　안방에서 장래의 시누이와 앉아 있던 선예가 방문을 열고 수줍게 나와 목례를 정중히 올리자 그 모습을 보던 황지만이 지혁을 보고 부러운 듯 칭찬을 늘어놓았다.

"허이구 이눔 재주도 좋아. 제수씨가 미인이여 미인, 아니 어디서 이런 미인을 꼬셔 왔댜. 그런 비법이 있으면 진작에 나한테도 좀 일러주지 그랬어."

선예는 부끄러운 듯 방향을 돌려 다시 방 안으로 들어갔다. 황지만은 선예의 뒷모습을 뚫어져라 쳐다보다 지혁으로 눈길을 돌렸다.

"그럼 결혼식은 어떻게 허는 겨?"
"그냥 처가 식구들은 서울서 대충 식사하면서 인사드리고 왔구요, 낼모레 평택 가서 사진이나 한 방 박고 올려구요. 처가 쪽에 가족이 없어서…!"
"그려, 그냥 간소하게 하고 살어. 그게 돈 버는 거여. 쓰잘데기 없는 데다 돈지랄할 필요 읎어!"

이렇게 김선예의 이승물 서편 생활은 시작됐다. 김선예가 황지혁을 만난 지 이틀 만에 평택으로 시집을 와버렸다. 지혁은 선예에게 온갖 정성을 쏟았다. 그나마 선예의 상처가 지혁의 노력 덕분에 아물어 가는 듯했다. 다만 문제는 다른 곳에 있었다. 의심 많던 지혁의 누이는 선예의 과거에 대하여 꼬치꼬치 물어댔다. 지혁의 모친은 선예가 얼굴만 반지르할 뿐 가녀린 몸매에 농사일 하나 부엌살림 하나 제대로 못할 것 같아 미덥지가 않았다. 사실 선예가 할 수 있는 일이라고는 설거지에 빨래 정도밖에 없었다. 그나마 지혁의 사랑이 극진했기 때문에 시어머니나 시누이로부터 쏟아지는 시집살이는 그간의 인생 역정에 비해 견딜 만한 것이었다.

선예는 이승물을 건너 평택으로 내려온 지 1년 만에 딸아이를 낳았다. 이제는 마당 끝 텃밭 농사도 어느 정도 익숙해졌다. 오래된 집이라 허름하고 살림살이는 궁색했어도 을수골에서의 어린 시절이나 신길동에서의 고통을 생각하면 모두가 견딜 만한 것이었다. 선예는 평택 생활을 나름 성공적으로 적응해 가고 있었다. 그리고 2년 후인 1975년 3월에 둘째 사내아이를 낳았다. 그리고 그해 6월부터 긴 장마가 있었다. 이승물에는 황톳빛 토사가 강물에 풀어져 떠밀려 갔다. 수리산과 오봉산 일대에서 출발한 물줄기는 군포와 수원, 용인 일대의 온갖 잡동사니를 실어 광활한 아산만 앞바다로 밀어냈다. 거친 이승물 물줄기를 만나는 강둑은 깊이 패지고 곳곳에 절개지가 만들어졌다. 장마가 끝나가고 다시 강물이 맑아질 무렵 강 하류에 밀려나 있던 고기 떼가 얕은 지류를 찾아 시커멓게 몰려다녔다. 이승물에서 구실 앞 한판들 수로로 고기 떼가 올라온다는 소식은 곧바로 지혁의 귀에 들어왔다.

"여보, 이승물에서 잉어 떼가 시커멓게 올라온다네. 정부미 자루 하나만 줘봐, 투망질 좀 허구 오게!"

마루에 한쪽 다리를 괴고 앉은 채 식은 옥수수를 뜯고 있던 시어머니가 시큰둥하게 지혁을 쳐다보았다.

"여름 잉어를 모에 쓰게? 매금내[72]에 비렁내나 잔뜩 나지!"
"어멈 해산한 지 몇 달 안 됐잖어유, 잉어라도 잡아서 과 먹여보려구요!"

선예가 건넌방에서 정부미 자루를 접어서 나왔다.

"여보, 메기 잡으면 메기찜이나 해 먹게 오실 때 텃밭에서 붉은 고추

---

(72) 흙냄새.

도 몇 개 따고 호박도 하나만 따다 줘요!"
"그려, 내가 큰 놈으로다 한 자루는 잡아 올 테니께 시래기나 잔뜩 불려놔!"

지혁은 투망을 좁쌀미 자루에 담아 어깨에 짊어지고 이승물로 향했다. 그리고 한참의 시간이 흘렀다. 지혁이 집을 나선 지 세 시간이 다 지나서 저녁이 가까운데도 지혁은 돌아오지 않았다. 저녁이 늦어질까 걱정인 시어머니와 시누이가 선예를 쳐다보며 걱정스레 물었다.

"아범이 왜 아직 안 돌아온다냐?"
"그러게요 어머니, 지가 좀 나가볼까요?"
"아녀, 아범이 길을 몰라서 못 찾어오겠냐?"
"아니 물꾀기를 얼마나 잘기에 안 들어오는 거여, 그냥 먹을 만치만 잡으면 되지. 그러지 말구 올케가 나가봐, 가서 그물이라도 좀 들어주면 낫것지!"
"예!"

선예의 대답이 나오고 자리에서 일어서려는데 헐레벌떡 지혁의 육촌 황지성이 대문을 열고 들어섰다.

"아줌니 큰일 났슈, 지혁이가 이승물에 빠졌나 봐유!"
황지성의 호들갑에 시누이가 무심하게 받았다.

"아니 빠졌으면 나오면 되지…."
"아녀, 손목에 감아놓은 투망 줄 때문인지 지혁이가 그물하고 엉켜서 바로 나오질 못했다나 봐, 주위에서 가까스로 끌어내서 원백봉에서 급하게 택시를 불러 평택종합병원으로는 나갔댜, 아줌니, 빨리 가보셔야 할 것 같어유!"

선예는 아이들을 앞집 유종서의 부인에게 맡기고 시어머니, 시누이와 함께 숙성리에서 택시를 불러 평택종합병원으로 출발했다. 괜찮지 않겠느냐는 시누이의 말과는 달리 선예의 예감은 자꾸 불안한 쪽으로 기울어져 가고 있었다.

평택종합병원 응급실에 도착한 선예 일행을 맞은 것은 하얀 시트로 덮여있는 지혁의 시신이었다. 지혁은 병원에 도착하기 전 이미 사망했으며 장례 절차를 위해 장례식장 안치실에 우선 안치를 하겠다는 설명이 더해졌다. 시어머니와 시누이, 그리고 선예는 작은 주차장을 가로질러 평택종합병원 지하 1층 장례식장으로 내려갔다. 나름 차분한 시어머니는 황지성에게 지혁의 주민등록증 사진을 확대해서 영정사진을 만들어 오고 구실 이장에게 일러 부고 사실을 인근 동네에 죄다 알리고, 선산 아래쪽 지혁의 부친 산소 약간 밑으로 묫자리를 정리해 놓고, '화남상회'에서 수의와 관을 맞추고 석물은 '진흥석재'에서 주문하라고 일렀다. 장례식장 특 1호실에 지혁의 위폐가 제단에 올려지고, 제물과 국화꽃이 장식되었다. 밤이 깊어져 구실의 지혁 친구들이 하나둘 조문을 오기 시작했다. 본격적인 장례식이 개시되었음을 알리는 것은 시어머니의 구성진 곡소리였다.

"으이구, 으이구, 으이구…,
으이구, 으이구, 으이구…,
으이구, 으이구, 으이구…,
뭔 그까짓 물괴기는 잡아먹어 보겠다구….

으이구, 으이구, 으이고…,
왜 그놈의 험한 곳엔 가가지구….

으이구, 으이구, 으이고…,
　(잠시 쉬었다가) 어서 와라. 촐상이 왔냐,
　으이구, 으이구, 으이구, 저기 가서 밥 먹어…,

　으이구, 으이구, 으이구… 조화는 저쪽으로 놓아요. 잘 보이게….
　으이구, 으이구, 으이구!"
시어머니의 곡소리는 밤 12시가 넘도록 이어졌다.

"엄마, 이제 좀 그만하고 옆에 가서 좀 쉬어!"
"그려, 그리고 내일 앞집 종상이 오면 접수 좀 봐달라고 혀, 돈봉투 관리는 지만이가 손대게 하면 안 된다. 이?,
　으이구, 으이구, 으이구… 아이구 어서 오셔유. 지금은 차편도 없었을 턴디,
　으이구, 으이구, 으이구!"
　선예는 나름의 시어머니 애도 방식과 전혀 동생의 죽음에 무반응인 시누이 사이에서 미망인으로서의 비통함과 보잘것없는 자신의 신세 한탄을 어느 수준으로 쏟아내야 할지 가늠되지 않았다.

#6-6 〈동서: 김선예〉

 황지혁의 사망 사고 4개월 전, 종상은 36개월의 군복무를 마치고 집으로 돌아왔다. 3년 만에 돌아와 보니 조카들은 많이 컸고, 동생 명숙은 영등포에서 낮에는 제사공장에서 일을 하고 밤에는 야간학교에 다니느라 기숙사 생활을 하고 있었다. 그리고 종상에게 가장 커다란 변화로 다가온 것은 뒷집 지혁의 집에 새댁이 들어온 것이었다. 그리고 여전히 변하지 않은 것은 영순의 끊임없는 애정 공세와 조카들 키우느라 여전히 자신에겐 무관심한 형수의 태도였다. 종상이 제대한 다음 날 영순이 종상을 찾아 대문을 들어서며 마루에 멍하니 앉아 있던 종상을 찾았다.

 "종상 오빠! 명숙이는 집에 언제 내려온대?"
 "야, 그걸 니가 알면 알겠지, 내가 어떻게 알어, 나 어제 제대했어, 명숙이 집에 없는 것은 니가 지금 얘기해서 아는 거여!"
 "그러니까 인제 알았으니까 오빠가 알아봐 줘, 명숙이 언제 오나?"
 '어쩜 저년은 저렇게 안 변하나 몰러.' 종상은 한숨으로 속내를 삼키며 맥락 없는 한마디를 내뱉었다.

 "인제 대가리가 커서 욕을 할 수도 없고!"
 "오빠! 그리고 왜 편지 안 보냈어… 내가 편지를 얼마나 많이 보냈는데!"
 "맞춤법이나 좀 맞게 써서 보내여, 그리고 뭔 소린지 하나도 모르겠는데 뭔 답장을 써!"
 "그냥 오빠가 하고 싶은 얘기 쓰면 되잖아!"
 "어서 가! 이년아!"

다음 날 영순 어미가 종상을 찾아왔다.

"야, 종상아!"

"예, 아줌니 오셨슈!"

"니가 우리 영순이한테 뭐라고 했길래, 애가 평생 한 번도 안 거른 끼니를 다 거른다."

"그냥 니네 집에 가라구 혔슈, 하도 말도 안 되게 따져대길래!"

"그러지 말구, 종상아, 영순이한테 좀 잘해줘, 니들 어려서부터 깨벗고 놀고 그랬던 오누이 같은 애들이잖어, 영순이같이 착하고, 응…, 착한 애가 어디 있냐, 좀 덜 야물어서 그렇지!"

"애는 착해유, 누가 뭐래유, 걔는 왜 나를 그렇게 못 잡아먹어서 안달이래유?"

"그냥 니가 좋아서 그려… 좀 어떻게 이쁘게 봐줘, 잉? 알었지? 부탁헌다!"

"아줌니도 어서 들어가셔유!"

답답해 미칠 것 같던 종상의 속이 가까스로 진정을 찾은 것은 그의 관심이 뒷집 새댁으로 옮겨지고 나서다. 종상이 자기 집 마당을 지나던 뒷집 새댁 선예를 보고 인사를 건넸다.

"안녕하셔유, 앞집 사는 총각이어유!"

"아, 예. 안녕하세요!"

"거의 한마당 쓰는 집이니께 뭐 필요하신 것 있으시면 부탁허시고 그러세유!"

"예, 고마워요!"

선예의 평택살이 행동반경이라는 것이 멀리 가야 윗집 황 씨네 친척 할머니를 찾아가거나 마당 끝 텃밭에서 일을 하거나 아니면 성긴 싸리나무 울타리 안에서 집 안을 돌아다니는 것이 대부분이었다. 그런 선예의 모습은 항상 앞집 총각 종상의 눈길에서 벗어나지 않는 범위 안에 있었다. 이따금 지혁이 술이라도 걸치고 들어오는 날이면 선예의 마당 끝에 널어놓은 멍석은 종상이 말아서 지혁의 집 외양간 옆에 세워놓았다. 선예가 곡식을 키에 담아 검불(73)을 까불어 낼 때면 종상이 손풍무를 가져다가 세차게 바람을 불어주었다.

 종상이 제대 후 4개월이 지나는 어느 날, 제대 후 처음으로 선이로 이사 간 둘째 형 종헌의 집에 며칠간 머물다 집으로 돌아온 날이었다. 종헌의 집에 머무는 동안 지루한 장마가 계속되었다. 특별히 할 일이 없어 며칠간 종헌에게 새끼 타래와 가마니를 짜주고 오는 길이었다. 늦은 저녁에 집에 도착해 보니 선예의 아이 둘이 모두 맡겨져 있었다.

 "웬 아이들이 이 늦은 시간에 내 방에서 자고 있어요? 형수?"
 "서방님, 뒷집 지혁이한테 뭔 일이 있는 것 같어! 지혁이네 식구들 모두 다 넋이 나간 표정으로 평택종합병원 간다고 나갔는데 아직 안 들어오네!"
 그때 밖에서 인기척이 들렸다. 황지성이었다.

 "형님! 형님! 계셔유?"
 "아니 어쩐 일이서유?"
 "저기 형수님, 뒷집 지혁이가 죽었슈, 다 저녁에 이승물에 빠져서 갔어유!"
 안방에서 듣고 있던 유종서가 급하게 문을 열고 나왔다.

---

(73) 풀잎이나 볏잎의 마른 것.

"뭐여? 지혁이가 죽었다구? 이게 무슨 일이다냐?"
"야, 그리됐슈 형님, 형님이 내일 아침 이장한테 알려주시구유, 형수님은 지혁이 애들 며칠 돌봐주셔야겠슈, 지혁 엄니가 죄송하다 전하라고 신신당부를 허셨슈!"
"야, 알었어유, 우리 집에서도 누가 가봐야 하는 것 아녀유, 이웃사촌이 죽었다는디!"
"예, 그럼 지가 바로 가볼게유!"
"그려 니가 먼저 가봐라, 가서 뭐 도와드릴 일 있는지 살펴보구, 난 내일 오전에 앞 논에 가루약 뿌리고 바로 갈 테니께."
 종상은 자전거를 타고 숙성리로 향했다. 숙성리에서는 지나가는 차를 얻어 타고 평택종합병원 장례식장에 도착했다. 장례식장에 들어서자마자 지혁 모친의 구성지고 우렁찬 곡소리가 종상을 맞이했다.

"으이구, 으이구, 으이구…. 어서 와라 종상아. 어떻게 왔어?"
"아니, 지나가는 차 잡어타구 왔지 뭐 없는 자가용 타구 왔겠슈, 갑자기 뭔 일이래요. 도대체!"
"이, 지혁이가 ㅈ 마누라 과 멕인다구 잉어 잡으러 갔다가 이승물에 빠졌단다."
"아니 물에 빠졌다구 사람이 이렇게 되유, 그 형 수영 좀 할 텐디?"
"아녀, 이승물 물귀신이 수영할 줄 안다고 피해진다니!"
"허이고 참나…!"
"저기 어여 가서 육개장에 밥 말어 먹어 어서, 그리고 낼부터 손님들 밀려 들어오면 니가 접수 좀 봐주고 해라. 알었제?"
"야, 걱정 마셔유!"
 종상은 주위를 찬찬히 둘러보았다. 지혁의 누이는 슬픈 기색이라고는 없이 그냥 피곤한 듯 구석에 기대여 간혹 졸며 앉아 있었고, 선예의 초점을 잃어 표정 없는 얼굴은 반쯤 넋이 나간 것처럼 보였다. 종상은 몇명 안 되는 문상객을 위해 음식을 나르거나 노름꾼들의 담배심부름을 하고 술 시중을 들었다. 다음 날 저녁 구실 마을 주민들의 단체 조문이 있은 후 문상객은 가끔 찾는 정도였다. 그날 저녁 늦게 선이의 종헌과 종친인 황동숙이 장례식장을 찾았다. 조문을 먼저 시작한 것은 종헌의 장모 황동숙이었다.

"으이구, 으이구, 으이구, 으이구, 으이구… 어떡한다니 으이구, 으이구, 으이구!"
"으이구, 으이구, 으이구… 아가씨 왔어, 으이구!"
"으이구, 으이구, 아니 뭔 일이래요. 언니, 새파랗게 젊은 애가 왜 죽어?"
"그러게나 말여…, 어떻게 여기까지 왔댜?"
"사우하고 버스 타고 왔어유!"
황동숙의 등장을 먼발치에서 보고 있던 친척 황지만이 다가왔다.

"아줌니 오셨슈!"
"그려, 조카도 와 있었구먼!"
"아줌니 이짝으로 오셔서 사이다나 한잔허셔유!"
"그려, 우리 사우 어딨나, 이짝으로 오라 허지!"
"저기 지순이랑 얘기 중이네요. 그런데 태국이 아재는 서울로 아예 올라가셨슈? 한번 뵈야 허는디!"
"그려, 그리고 자네도 태국이처럼 살면 안 돼야, 그 인간 따라 허지 말어!"
"허허… 아니 왜유, 태국이 아재가 어때서. 아줌니도 참!"
"아니 갈 놈들은 안 가고 어쩌다 지혁이 같이 아까운 놈이 갔다냐!"

황동숙은 평소 집안마다 문제아가 하나씩은 있기 마련이라고 생각했었다. 종상이 안사돈 어른인 동숙에게 정중히 인사를 드렸다.

"어이구 오셨어유!"
"그려, 우리 사돈총각이 그생이 많으셔. 어쩌겄어, 이웃지간에 이런 변고를 당했으니!"
"아니유, 괜찮어유!"
"그려, 고마워요!"
종헌의 조문이 마무리되자, 앉아 있던 지혁의 누이가 종헌을 맞았다.

"아니 어떻게 된 겨?"
"오빠 오셨슈? 그 잘난 믈괴기 잡것다고 설치다 이리됐슈, 언니도 같이 오셨슈?"
"아녀, 큰애 학교 때문에 못 왔어!"
"아니 벌써 큰애가 학교를 댕겨유?"
"그려 올해 갠신히 학교에 보냈다니께. 니도 인자는 시집을 가야지?"
"아이. 오빠 같은 사람 있으면 내일이라도 가쥬, 아무래도 지는 기냥 혼자 살아야 할 것 같어유. 오니라 애쓰셨는데 저쪽 가서 뭐 좀 드셔유. 오빠!"
종헌이 동숙의 옆 테이블에 자리를 잡자 종상이 음식 쟁반을 들고 왔다.

"작은성, 좀 늦으셨슈, 난 진작에 오실 줄 알었는데!"
"이, 장모님 모시고 오느라 좀 늦었다. 이 집 자식 노릇은 니가 다 허는구나!"
"앞뒷집 사이에 우리 빼고는 챙견할 사람도 없슈, 지만이 형님네 애들도 아직은 어리구!"

"그려 니가 산판일까지 마무리 잘하게 도와드려!"

"야, 뭐 여기서 문상 치르고 나면 구실 가서 상여 꾸밀 일도 아니고 선산이 낮아서 별것 없을 거유, 그리고 동네 사람들 많아서 달구질헐 사람도 많어유!"

"큰성은?"

"아칙에 댕겨갔슈!"

오고 가는 사람이 모두 다 선예의 눈치를 살폈으나 선예의 힘겨워하는 어깨와 알 수 없는 무표정에 말을 거는 사람 하나 없었다. 다만 시어머니만이 급작스러운 아들의 죽음에도 불구하고 마치 평생 이날을 준비해 온 사람처럼 분주히 장례식장 곳곳을 누비고 있었다. 지혁의 장례식을 사실상 주관한 것은 종상이었다. 장례식은 절차대로 진행되었다. 염습과 입관 후 성복제를 올리고 발인과 운구를 마친 뒤 미리 준비된 선산에 하관을 했다. 평토제를 끝으로 봉긋한 지혁의 봉분이 솟아올랐다. 모든 상례가 마무리된 후 주변 사람 모두가 종상의 노고를 치하했다.

지혁의 사망 후 사십구재를 치르고 나서부터 시어머니의 선예에 대한 시집살이는 더욱 강도를 더해갔다. 처음엔 꿋꿋하던 지혁의 모친도 어느 것 하나 제대로 돌아가는 집안일이 없자 그 탓을 모두 다 선예의 잘못으로 돌려댔다. 선예에 대한 불만은 선예가 눈에 보이건 말건 수시로 이루어졌다.

1976년 봄, 시어머니와 선예는 텃밭에서 고추 모종을 심고 있었다.

"거. 이랑 바닥을 박박 긁어서 북을 높이 세워줘야 고춧대가 안 쓰러지… 으이구, 저게 지 서방 바가지나 맨날 박박 긁어댈 줄 알았지, 뭐하나 지대로 하는 게 있어야지!"

선예가 말없이 고추를 심다가 고추 모종 하나가 부러져서 어찌할 바를 몰라 했다.

"아니 뭐 하는 겨, 아주 저년이 집안 살림을 다 말아 처먹으려는 겨, 아니 그 잘난 잉어 한 마리 과 먹었다고 지 서방을 생으로 잡아 처먹더니만 멀쩡한 고추 모가지는 왜 꺾어버리구 지랄이여!"
"엄니, 좀 제발, 인제 그만하세요!"
"아니 저년이 인자는 시에미한테도 대드는 겨? 시방, 너 지금 나한테 못 배운 거 자랑질하는 거냐? 어디서 근본 없이 굴러먹던 년을 들였다가 내 신세가 이 모양으로 조져버렸다냐… 흐이구!"
 선예의 시어머니는 지혁의 사망 후 석 달이 지나면서 급격히 욕설이 심해지고 폭력적으로 변해갔다. 그리고 그 증상은 점점 더 심해졌다. 그 양상은 딸인 시누이에게도 비슷하게 벌어지는 상황이라 마침내 시누이는 보따리를 싸서 식모살이라도 해보겠다고 이승물을 건너 서울로 올라가 버렸다. 선예는 남편의 사망이 둘째를 낳은 지 3개월 만에 벌어진 일이라 어린 딸과 이제 갓 낳은 아이를 돌보는 일과 앞으로 남편 없이 해나가야 할 일들이 켜켜이 쌓여 있을 뿐 시어머니의 시집살이에 신경 쓸 여력도 없었다. 어떻게든 애들을 키워내야 하는 것이 중요했다. 그나마 남정네의 힘이 필요한 큰일이야 두말없이 앞집 종상이 도와주고 있는 터라 다행이었다. 당연히 종상에 대한 선예의 신뢰는 깊어져 갔다.

 1976년 9월 초 선예의 마당에 고추를 널어 말리는 시뻘건 멍석 위로 시어머니가 갑자기 쓰러졌다. 그 모습은 마침 선예의 집을 기웃거리던 황지만에 의해 발견됐다. 지만의 신속한 조치 덕분에 시어머니를 평택종합병원으로 입원시킬 수 있었다. 이후 각종 검사가 이어졌다. 며칠 후 시어머니의 증상은 자궁 속의 암이 문제였고, 치매 증상이 있으며 앞으로 3개월을 넘기기는 힘들 것이라는 판정이 나왔다. 선예의 시어머니

병 수발이 새롭게 시작되었다. 서울 간 시누이와는 연락이 끊긴 지 석 달이 다 되어갔다. 한순간 집안의 모든 일은 선예의 어깨 위에 올려졌다. 앞으로 닥쳐올 농사일과 육아와 시어머니 병 수발에 선예는 절망해 갔다. 그나마 앞집의 큰 손녀딸 수진이가 자신의 딸과 아들을 가끔 돌보고 있었고, 농사일의 상당 부분은 종상이 알아서 도와주고 있었기에 간신히 버텨갈 뿐이었다. 이 모든 비극의 원인은 몇 년 전 영등포에서 있었던 자신의 선택이 가져온 결과였음을 부인할 수는 없었다. 선예는 자신 앞에 놓여진 고통의 강에서 버티고 있는 것이라기보다는 그 강물에 같이 휩쓸려 힘없이 떠내려가고 있었다. 문제는 시어머니의 자궁암 진단 직후, 더 심각한 형태로 찾아왔다. 한 달 만에 청구된 입원비와 치료비가 상상을 초월했다. 시어머니를 집으로 모셔 오기 위해서라도 이미 청구된 병원비는 해결해야만 했다. 앞집 종상의 집에서 일부를 빌릴 수는 있었으나 상당한 금액이 더 필요했다. 이 사실이 온 마을에 알려졌으나 선뜻 돈을 빌려주겠다고 나서는 사람은 없었다. 선예의 선택은 텃밭을 제외한 남편 앞으로 되어 있던 한판들의 논을 처분하는 것이었다. 그나마 땅값을 급매로 내놓은 터라 계약은 쉽게 성사됐다. 덕분에 계약금으로 일부의 병원비를 정산하고 한 달가량의 시간을 벌어서 시어머니는 평택종합병원에 한 달을 더 머무를 수 있었다. 그러나 선예의 시어머니는 그 한 달을 채우지 못하고 1976년 11월 초에 사망했다. 주변에서는 외아들을 잃은 충격이 얼마나 컸으면 5개월 만에 유명을 달리했겠냐며 안타까워하는 말들이 전해졌다. 연이은 줄초상이기도 해서 문상객도 별로 없는 조촐한 장례식은 조용히 마무리되었다. 선예의 시어머니는 지혁의 아버지 묘에 합장되었다. 항상 선예의 옆을 지키고 있던 것은 앞집 총각 종상밖에 없었다. 그나마 시어머니의 사망은 잠시나마 선예에게는 평온을 가져다주었다. 이미 땅을 처분해서 생긴 여유와 그간 시집살이의 주도적 가해자가 스스로 제거된 탓에 자신의 아이들을 돌볼 잠간의 여유가 생겼다.

 그러나 또 다른 시련의 바람은 다른 쪽에서 불어오고 있었다. 종상은 갑자기 청상과부에 빚더미에 올라앉은 것 같은 선예가 마냥 안타까워 보였다. 선예가 작은 시골집에서 이리 뛰고 저리 뛰며 분주해 보였지만, 그 모습은 늘 불안하고 답답해 보였다. 종상은 늘 알아서 선예를 챙겨주고는 했다. 이제 집안의 어른이 모두 사라진 선예의 집에 종상의 발길은 더욱 자연스럽게 이어졌다. 선예의 아이들은 종상을 삼촌이라 부르기 시작했다.

 지난 가을 선예의 시어머니가 고추 멍석 위로 쓰러지기 며칠 전에는 종상이 선예의 고추 멍석을 거둬들였었다. 덜 마른 고추를 쌀부대에 담고 멍석은 외양간 벽에 세워두었다. 고추를 가득 담은 쌀부대는 무게가 상당해서 선예는 혼자 감당이 되지 않았다. 부대의 위쪽은 종상이 잡고 아래쪽은 선예가 잡아들어 선예의 집 마루로 옮기고 있었다. 자루 무게에 허리를 제대로 못 펴던 선예의 헐거운 윗옷과 숙여진 그녀의 자세 덕에 선예의 깊은 가슴골이 가감 없이 종상의 눈에 와 닿았다. 움찔 종상은 눈을 피했으나 아직도 수유 중인 그녀의 풍만한 가슴이 여과 없이 종상의 눈에 들어찼다. 종상의 뛰는 심장 소리는 자신의 머릿속을 두드리고 있었다. 그날 이후 종상의 눈은 선예의 모습만을 찾고 있었다.

 그해 11월 말 늦은 저녁 식사를 마치고 종상은 오늘도 어김없이 선예의 가족에게 별일이 없는지 그저 마당을 한번 휘 돌아보려 했다. 선예는 피곤한 하루를 오랜만에 목욕으로 마무리하고 싶어 큰 솥에 물을 받아 데웠다. 선예는 물이 데워지자 자신의 머리를 흰 수건으로 감싸서 틀어올리고 하얀 속옷 바람으로 부엌에 들어섰다. 그 모습이 마당을 거닐던 종상의 눈에 스쳤다. 평소 가려져 있던 그녀의 하얀 목선과 가녀린 어깨선이 그대로 드러난 채 부엌으로 향하는 모습에 종상은 자신도 모르게 발길을 선예의 집 낮은 담장 쪽으로 옮겨갔다. 선예의 집 뒤편은 야트막한 산으로 이어져서 뒤쪽 담장이라고는 보잘것없는 흙담으로 어지간한 성인 남성은 그냥 훌쩍 뛰어넘을 수 있는 정도의 높이였다. 종상은 까치발을 하고 선예의 부엌 반대편 문 뒤에 다다랐다. 오래된 양쪽 부엌 문틈은 제법 넓게 벌어져 있어 부엌 안에서 일어나는 일을 방해 없이 모두 바라볼 수 있었다. 희미한 부엌 백열등 아래서 선예는 넓은 고무함지박에 데워진 물을 바가지로 퍼 담고 있었다. 고무함지박의 3분의 2정도 채워지자 종상이 있는 쪽을 향해 그나마 걸치고 있던 속옷을 벗기 시작했다. 금세 선예는 하얀 가슴을 드러내고 얇은 팬티를 벗었다. 그리고 다리를 벌리고 쪼그려 앉아 얼굴을 닦고 머리카락을 함지박에 넣어 흠뻑 적신 후 함지박 안으로 몸을 뉘어 미끄러져 들어갔다. 선예의 머릿결에서 흐르기 시작한 물은 선예의 얼굴을 지나 목선을 타고 가슴 위로 반질거리며 흘렀다. 선예는 백열등 아래 자신의 눈부신 가슴에 연신 물을 끼얹으며 손에는 잔뜩 비누칠을 하고는 미끄덩거리며 자신의 가슴을 문질러 댔다. 종상은 숨을 쉴 수가 없었다. 심장이 터질 듯 뛰고 있었다. 머릿속은 무엇인가에 맞은 것처럼 멍해졌다. 방 안에서 선예의 아이들이 엄마를 찾고 나서야 아득한 정신이 돌아왔다.

"왜? 엄마 금방 씻고 들어갈 거야, 조금만 기다려!"
선예는 남은 목욕을 재촉해서 마쳤다. 그리고 그녀는 경사진 허리선과 풍만한 뒤태를 종상에게 들키고는 수건으로 앞을 대충 가린 채 부엌을 나섰다. 종상이 자신을 진정시키는 데는 그 후로도 상당한 시간이 필요했다. 들어갔던 길을 거슬러 종상은 집으로 돌아왔다. 종상은 밤새 잠을 이루지 못한 채 선예의 모습만을 천장에 반복해서 그리고 있었다. 이

후로도 선예의 주기적인 목욕은 종상의 계속된 월담으로 이어졌다. 종상의 큰형수는 자신의 집안일은 잘 돕지 않으면서 뒷집 과부의 일에 솔선수범하는 종상을 못 마땅해했다. 명숙의 영등포행 이후 종상의 집에 들어올 핑계를 찾지 못했던 영순의 종상에 대한 불만도 의심의 눈초리로 변해갔다.

그해 12월 말 눈이 많이 내린 어느 날, 선예는 간만에 서정리 시장에서 장을 봐서 구실로 들어오는데, 눈길에 버스가 퍼져서 멀리 이승물의 어연리 입구에서부터 구실토 눈보라를 뚫고 걸어 들어오고 있었다. 이미 아이들은 앞집에 맡겨놓은 상태라 걱정할 것은 없었으나 민폐를 끼치는 것 같아 죄송했다. 눈길에 저녁 8시가 지나서야 도착한 선예는 우선 아이들이 있는 종상의 집으로 들어갔다.

"아줌니, 정말 죄송해요. 오다가 버스가 퍼져가지고 저기 이승물 입구부터 어연리로 걸어 들어오느라 많이 늦었어요. 죄송해요!"
"아녀. 애들은 내가 저녁 멕였고, 우리 수진이랑 노느라 피곤했는지 둘 다 곯아떨어졌어!"
"아, 예. 고마워요 아주머니, 이거 귤이라도 좀 드셔보셔요. 시장에서 몇 개 사 왔어요!"
"아유 이딴 걸 왜 사 오고 그려, 애들이나 멕이지, 저기 서방님. 이리로 와서 희수는 서방님이 좀 안아서 데려다줘요!"
종상은 두말없이 잠든 큰애를 안았고, 선예는 둘째를 업고 종상의 집을 나서 선예의 불 꺼진 집으로 들어갔다. 종상은 안고 있는 희수를 한 팔로 들어 어깨에 걸치고는 다른 한 팔로는 아랫목에 놓여 있는 요를 폈다. 그 위에 큰애 희수와 작은애 연수를 누이고 이불을 곱게 덮어주었다. 아이들은 여전히 곤히 잠들어 있었다. 선예가 작은 소리로 '고마워요 삼촌!'을 읊조릴 때 종상이 선예의 손목을 잡고는 마루를 지나 반대편 건넌방으로 끌고 들어갔다.

"아니 왜 그래, 수진이 삼촌!"
"저기 희수 엄마! 나 더 이상은 못 참았어. 내가 애들 그냥 키우면 안 되겠어?"
"아니 갑자기 뭔 소리를 하는 거야, 누가 누굴 키워?"
"나 사실, 희수 엄마 많이 좋아혀, 애들하고 당신 내가 책임지면 안 돼?"
"무슨 말도 안 되는 소리야, 수진이 삼촌은 아직 총각이야, 누구를 책임져?"
"아녀, 나 그냥 당신하고 살기로 작정했어, 그리고 내 마음 대충은 알잖어?"
"…, 나한테 잘해준 것은 너무 잘 알고 고맙지만, 이러면 안 되는 거야, 내가 여기서 어떻게 수진이 삼촌이랑 이러구 살어, 빨랑 나가, 애들 깨기 전에!"
"아녀, 희수 엄마도 내가 싫지 않으면 빼지 말어, 나 사실…, 씨팔 당신 사랑한다구!"
"…."

선예는 어이가 없어서 말을 잊지 못한 것도 있지만, 더욱 그녀를 멈추게 한 것은 종상이 울먹이며 던진 마지막 말의 진심이 그녀의 허한 가슴 한편을 훅 밀고 들어왔기 때문이었다. 선예의 찰나 같은 고민의 선은 종상의 사랑한다는 말을 묻힌 떨리는 손길에 의해 맥없이 무너졌다. 선예는 아무 말도 못 하고 종상의 손끝에 자신의 상처 난 허물도 벗겨지는 기분이었다. 선예는 오랜만에 뜨거운 남자의 사랑을 몸으로 받아들였다. 1977년 3월까지 종상은 수시로 선예의 방문을 두드려 댔고, 잠시 방에 머물다 새벽에 자기 방으로 돌아가는 일이 반복되었다.

    1977년 4월 토요일 오후, 그간에 죽은 육촌 동생의 집안을 살핀다는 핑계로 가끔 황지만이 선예의 집을 들여다보고는 했다. 선예의 지만에 대한 경계는 그녀의 시어머니로부터도 조심하라는 이야기를 전부터 들어온 터라 항상 일정한 거리를 두고 그를 맞이해 왔었다. 그날 지만이 선예의 대문 안으로 들어섰다.

"제수씨 별일 없으시지?"
"예, 아주버니 오셨어요!"
"애들은 어디 갔어?"
"밭일하느라 앞집 수진이한테 맡겨놨어요."
    황지만은 선예의 앞마당을 지나 대청마루에 걸터앉고는 들고 온 검정 비닐봉지를 하나 내밀었다.

"제수씨 이것 받어!"
"예? 그게 뭐예요?"
"이, 저기 유 씨네 뒷산에서 두릅을 좀 따 왔는디 제수씨 맛보라고 가져왔지. 자 받어!"
    지만의 쭉 내민 손이 민망해지지 않도록 선예가 한두 발 앞으로 나아가 비닐봉지를 받았다. 그 순간 난데없이 지만의 나머지 손이 선예의 팔목을 끌어당겨 선예를 자신의 왼쪽 옆에 끌어 앉혔다. 그리고는 선예의 치마 위에 두릅 봉지를 올려놓고는 거친 손으로 선예의 왼쪽 젖가슴을 힘껏 움켜잡았다. 어찌 피할 틈 없이 순식간에 벌어진 일이었다. 순간 놀란 선예가 지만의 손을 뿌리치자, 지만이 손바닥을 탁탁 털며 일어서서 눈을 게슴츠레 뜨고 선예에게 한마디 했다.

"제수씨, 뭐 힘든 일 있으면 나한테 얘기혀, 친척 좋다는 게 뭐여, 다 사정 봐주고 사는 게 친척이여. 내가 제수씨 과부 사정도 가끔은 봐줄 테니까, 부담 갖지 말고!"

선예는 순식간에 당한 일이라 경황이 없었으나 자신이 어떤 수위로 반응을 표현해야 할지 순간 고민을 했다. 이제사 뜬금없이 소리를 냅다 질러본들 자신의 편에 서서 정의를 실현해 줄 누군가가 나타날 것 같지 않았다. 물론 앞집 종상이 옆에 있었다면 큰 싸움이라도 벌어졌겠지만 종상이 자신의 편에 서서 정의를 실현하는 것 자체가 또 다른 형태의 사달로 번질 게 뻔한 것 아니겠는가. 선예는 자신이 할 수 있는 것이라고는 이제라도 야무진 항의를 해보는 것뿐이었다.

"뭐 하시는 거예요? 죽은 동생의 처를 이렇게 대하시면 어떻게 한대요, 남들이 알면 어떡할라고."

선예의 이 정도 반응에 지만이 기가 죽거나 어리둥절할 사람이 아니었다. 그가 예상했던 시나리오 중 하나에 불과했다.

"아니 뭐! 잘못된 것 있나, 그거는 내가 제수씨 가슴에 벌레가 붙어 있어서 털어준 거여…. 그런 것은 아무것도 아녀, 과부가 힘든 세상 살아가려면 더한 것도 참는 거지, 벌레 잡아주는 시아주버니에게 뭐라 그러면 쓰나!?"

사실 지만은 선예가 아무런 반응도 하지 못하고 받아들일 것이라 예상했었다. 선예는 이후 지만의 자신에 대한 성폭력이 어떻게 자행될 것인지 그려지고 있었다. 그리고 지만은 며칠째 선예의 마당을 지나며 안을 살피고 있었다. 지만과의 사건이 벌어진 그다음 주 일요일, 선예는 몇 해 전 자신이 지혁에게 그랬듯이 종상을 불러서 특별한 제안을 했다.

"수진이 삼촌!"

"왜 그려, 뭔 일이 있어?"

"삼촌, 나랑 우리 애들 데리고 여기 구실 뜰 수 있어?"

"갑자기 왜 그려?"

"나 이제 더 이상 여기서는 못 살 것 같아!"

"집하고 텃밭은 나중에 정리하고 작년에 땅 팔아둔 돈이 조금 있는데, 그것 가지고 우리 멀리 다른 데 가서 살래?"

사실 지난주 새벽에 종상이 선예의 집 대문을 밀고 나올 때 종상의 모습을 영순이 먼발치에서 바라다보고 있었다는 것을 알았기에 종상의 고민도 길어질 이유는 없었다.

"그려, 우리 내일 새벽에 어연리로 가서 첫차 타고 떠나자, 파주에서 소 키우는 친구 놈이 있는디 당분간 그놈에게 신세를 질 수 있을 거여!"

유종상과 김선예는 그 주 월요일 새벽에 아이 둘을 데리고, 이승물을 가로질러 새로 생긴 다리를 건너 이승물 동편으로 넘어갔다.

그리고 유종상과 김선예는 부부가 되어 또 하나의 가족이 되었다.

서(序) 2

유대의 바리새인들은 모세의 율법으로 예수를 정죄하였다.
그들은 당시 예수의 마음에 어떻게 합할 것인지는 찾지도 않으면서 율법 구절 하나하나는 진지하게 대하였다. 그러다가 결국 예수에게 구약의 율법을 따르지 않는다는 것과 메시아가 아니라는 죄명을 씌워 죄 없는 그를 십자가에 못 박았다.
그들은 모두 성경을 지키는 종들이었다.
그들은 성경의 이익과 존엄성, 그리고 성경의 명성을 지키기 위해 인자하신 예수를 십자가에 못 박았다. 그렇게 한 이유는 단지 성경을 옹호하고, 또 성경의 글귀가 사람의 마음에 자리 잡게 하기 위해서였다. 〈말씀 1권 - 하나님의 현현과 사역, 너는 마땅히 그리스도와 합하는 길을 찾아야 한다. 중에서〉

소용돌이치는 강물이 말했다.
'너희는 겉과 속이 다르게 외식하는 자.
형식적 경건주의자.
성경을 지키기 위해 예수를 죽인 너희는 바리새인이다.'
강물 속에 떨어진 필례가 대답했다.

'다만, 나는 흐르는 강물처럼 살았을 뿐인데….'

| 2부 |

동(東)편

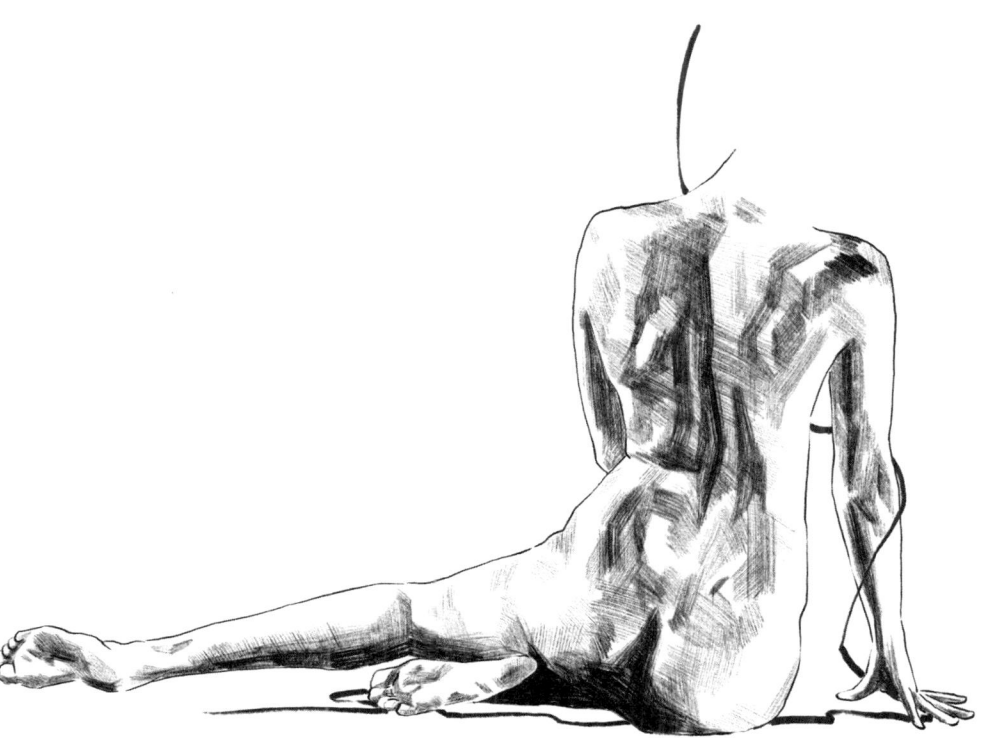

7. 이승물 동편: '약산'

#7-1 〈세상은 이승물 동과 서로 나뉜다〉

　선이의 여름밤은 광활한 들판에 쏟아져 내리는 별빛과 풀벌레 소리로 요란했다. 밤이슬이 소리 없이 내려앉고 달빛 없는 어두운 밤에 나풀대는 반딧불이 불빛에 이웃집 개 짖는 소리는 시원한 밤공기에 청명했다. 매년 7월 4일이면 강 건너 오산비행장 미군들의 화려한 불꽃놀이에 동쪽 하늘은 한참을 환한 붉은빛으로 물들다 천천히 어두워져 갔다. 선이 사람들은 저마다 시원한 마룻바닥에 모기장을 치고, 누워 잠든 아이의 얼굴에 부채질을 해대며 엉덩이를 토닥였다. 여름방학이면 사내아이들은 소를 몰고 이슬 마른 논둑길을 따라 이승물로 향했다. 일제 강점기 간척(74) 이후 선이 마을 앞 이승물은 나란히 앞장둑과 새장둑이 남북으로 길게 늘어섰다. 아이들은 긴 장둑 어딘가 소고삐에 묶인 쇠말뚝을 발로 꾹 박아놓으면 늙은 소는 하루 종일 아무런 간섭 없이 풀을 뜯었다. 쏟아지는 햇살은 졸린 소를 풀밭에 누이고 고단한 봄날의 노동을 되새김질하게 했다. 이승물 긴 장둑 어디든 등을 대고 누워 풀숲에 잠겨보면 찰진 모래땅에서 올라오는 시원한 기운이 어느새 이마의 땀방울을 식혀주고 주변은 온통 향긋한 풀내음으로 가득했다. 하늘 위 한눈에 담기

---

(74)　1900년대 초 평택지방에는 일제의 토지 침탈과 1930년대까지 일본인에 의한 간척사업이 이루어졌다.

지 않는 하얀 뭉게구름 떼가 천천히 동쪽으로 흘러 이승물을 넘었다. 선이 앞 월촌리와 작은말 앞 개울뿐만 아니라 번개들과 도념 입구의 작은 실개천도 애기부들밭을 지나며 물비린내를 이승물로 실어 날랐다. 맑은 개여울에는 산란기 잉어 떼가 서로의 비늘을 요란하게 비벼댔다. 가을이면 멀리 무봉산(75) 파란 하늘에서 시작된 전투기 편대의 하얀 비행운(76)은 머리 꼭대기 선이 하늘까지 길게 이어졌다. 가을 추수가 끝나고 넓은 들판이 맨몸을 드러나면 미군들의 낙하산이 뭉게뭉게 회화리 벌판 위로 잔잔히 내려앉았다.

선이에서 앞장둑을 넘어서면 이승물이다. 이승물은 좌우로 나란히 높이가 서너 길이나 되는 장둑이 두터운 초록을 입고 끝없이 늘어섰다. 장둑마다 장마철 하천 역류를 막아내는 거대한 수문 여럿이 장승처럼 버티고 서 있었다. 강물이 흐르는 장둑 안쪽으로 넓은 모래톱이 자연적으로 만들어져 수면보다 높은 하천부지 모래땅에는 보리나 밀 또는 우엉이나 마를 심었다. 일부 차진 진흙밭엔 두둑을 세우고 이승물 강물을 양수기로 퍼 올려 벼농사를 지을 때도 있었다.

1977년 초여름 이승물 일대에 심한 장마가 졌다. 붉은 탁류가 꼬리를 휘저으며 선이 앞장둑을 돌아 나갔다. 기어이 높아진 이승물 수위에 월촌리 앞을 흐르는 개천이 범람했다. 거대한 붉은 구렁이 같은 물줄기가 낮은 개천의 둑을 허물며 순식간에 선이 앞뜰을 밀고 들어왔다. 멀리 새장둑 안쪽부터 도리채와 논개들이 모두 하얗게 물에 잠기며 수면 위로

---

(75) 무봉산: 진위면 가곡리 소자 해발 209미터의 산으로 동측에 송전방죽과 안성시 양성면 일대가 펼쳐져 있는 곳이다.
(76) 비행기가 하늘을 날아갈 때 성기는 가늘고 긴 꼬리 모양의 구름.

한없는 평온이 자리 잡았다. 허리 높이까지 시커멓게 자라던 벼 포기가 모두 누런 황톳물 수면 아래 가라앉았다. 그다음 날엔 어김없이 장맛비는 멈추고 청량한 아침이 돌아왔다. 선이 마을 앞에 모인 동네 사람 모두는 말이 없었다. 한 해 농사를 망쳐버린 후 닥쳐올 앞날의 고초가 매섭겠지만 지금 당장엔 바다같이 고요한 이승물을 겸손히 바라볼 뿐이었다. 물론 심한 장마가 질 때면 강 안쪽 하천부지에 애써 가꾼 작물은 그대로 거칠게 몰아치는 붉은 강물에 쓸렸다. 여름이 기세를 잃어갈 때쯤 누군가의 망연자실은 어느덧 희미해지고 새로운 기대로 장둑 안 하천부지는 또다시 푸르게 변해갔다. 누군가는 새로운 씨앗을 뿌려대고 있었다. 물가의 낮은 모래톱은 언제나 곱디고운 은모래로 가득 채워졌다. 그곳은 선이 아이들의 놀이터이자 가끔은 무덤이기도 했다.

그해 무더운 8월 어느 날, 어린 수길은 안방 부엌에서 바닥이 검게 그을린 양은 냄비와 몇 개의 성냥개비, '바로타 UN팔각 통성냥'의 성냥 딱지 귀퉁이를 찢어 대문을 나섰다. 소먹일 옥수숫대를 작두에 썰고 있던 어미 순정의 눈에 분주한 수길의 뒷모습이 잡혔다.

"야, 너 또 어디가, 방학 숙제는 하고 노는 거여?"
"응, 일기만 쓰면 돼! 오늘 애들하고 천렵[77]하기로 했어, 수완아 가자!"
"일기는 한 달 내내 밀린 거 아녀?"
"날씨만 알면 금방 써! 엄마가 달력에다 날씨 좀 적어놔!"
"으이구, 너 오늘 갔다 와서 일기 다 써놔! 물은 가져가냐?"

---

(77) '천렵(川獵)'으로 냇가에서 물고기를 잡아 매운탕을 끓여 먹는 놀이를 이른다.

"모래톱에 구덩이 파놓았다가 그 물 떠서 끓이면 돼."
"너 모래사장에 사금파리 조심허구, 절대 깊은 곳으로 들어가면 안 된다. 큰 탈 나는 수 있어. 작년 이맘때 구실에서 엄마 아는 사람이 이승물에 빠져 죽었어. 절대 소용돌이치는 데는 들어가면 안 돼야."
"알었어, 나 헤엄 잘 쳐."

천렵에 필요한 국수, 고추장 준비는 아랫집 '낄륵이'가 맡았다. 젓가락은 연한 강가 버드나무 가지를 잘라 쓰면 되었다. 이미 해는 높아져 머리 위로 뙤약볕이 쏟아지는 데도 아이들은 넓은 모래톱에서 바람 빠진 공을 차거나 손수 간든 야구방망이로 맨손 야구를 했다. 몸이 더워져 지쳐갈 때쯤 너나 할 것 없이 비릿한 이승물에 몸을 던져 헤엄을 쳤다. 지난 장마에 굽이쳐 흐르는 강물은 곳곳에 진흙 강벽을 깎아내렸다. 그 밑에는 참게 굴이나 뱀장어 굴이 나 있었다. 시원한 굴속 틈틈이 물고기들이 보금자리를 틀었다. 아이들은 그물 하나 없이 맨손으로 천렵할 물고기를 잡아냈다. 강물에 물고기 내장을 발라내고, 미리 파놓은 모래톱 구덩이의 맑은 물을 받아 천렵국을 끓였다. 아이들은 냄비뚜껑에 국수를 담아 서로 머리를 맞대고 나눠 먹었다. 국물은 냄비째 돌아가면서 마셨다. 주변엔 강물이 떠내려온 온갖 땔감이 널려 있어서 불을 피우는 것은 일도 아니었다. 간혹 땔감을 모으던 아이들은 하늘 높이 떠 있는 종달새의 울음소리를 듣고 근처 둥지의 새알을 찾아내기도 했다. 아이들이 피운 장작불엔 햇감자가 시커멓게 구워지고 누구의 것인지 모르는 밀밭의 덜 익은 밀은 포기째 뽑혀서 잔불 위에 놓였다.

아이들은 겉이 시커멓게 구워진 감자를 나눠 먹고 구수하게 구워진 밀 꼬투리를 손에 비벼 밀알을 입에 털어 넣었다. 입가는 어느새 시커멓게 물들었다. 그러면 또다시 이승물에 몸을 던지면 그만이었다. 그렇게 선이 아이들의 여름날은 이승물에서 뜨거웠다. 이승물은 늘 그렇게 선이 아이들을 키워냈다.

이승물은 유속이 빠른 편은 아니나 커다란 수원지[78]와 광활한 경기 남부권의 강수가 모여 흐르는 곳이다. 유량이 많고 수심의 편차가 심해서 해마다 인명사고가 많았다. 지난 10년간 선이 아이와 후곡 아이 셋이 이승물에서 목숨을 잃었다. 이따금 술 취한 낚시꾼들이 강물에서 익사한 채로 발견되기도 했다. 먼 데 사람들도 이승물 물귀신이 사람들을 홀려 물속으로 끌고 들어간다고 말했다.

그해 8월 말 늦더위에 여덟 살 먹은 후곡 조 씨네 아이가 이승물에 빠져 나오질 못했다. 강가 진흙 턱에서 뛰어내리던 아이가 떠내려가는 노란 물거품 속으로 사라졌다. 몇 시간이 지나서야 이승물산 아래 양수장 기둥 밑 나뭇가지에 아이의 시신이 걸렸다. 송말도 다시 한동안 가라앉았다. 보름이 지나 황동숙이 이승물 너머 건과 밭을 매고는 집으로 향하던 길에 외손주 녀석을 보러 순정의 집에 들렀다.

"수길아! 이리 와봐."
"예, 할머니."
동숙이 속주머니에서 주섬주섬 사탕을 몇 개 꺼내어 수길의 손에 쥐여주었다.

"사탕은 수완이랑 나눠 먹고…, 너, 당분간 이승물 가서 헤엄치고 그러지 말어. 요사이 이승물 물귀신이 극성이다."
"할머니! 진짜로 이승물에 물귀신이 있어요?"
"그럼, 이 할미가 다 봤어."

---

(78) 황구지천의 수원지는 왕송저수지, 일월저수지, 이동저수지 등이 있다.

"에이, 어떻게 생겼는데요?"

"하얀 속옷을 입었는데 풀어헤친 머리카락은 새하얀 백발인데 길이가 열 발은 되고, 입을 벌리든 시커먼 송곳니가 한 자는 된다니께."

"허! 무섭것다!"

"옛날에 저 위 당제산 성황당에 살던 처녀귀신이 있었댜. 원래는 당제산 산신이랑 살았는데 봉제산 산신이랑 바람피우다 걸렸댜. 그래가지고 성황당에서 쫓겨나서는 저 아래 이승물산에 혼자 살고 있는데, 이 귀신이 새벽마다 검은 머리카락을 이승물에 풀어놓고 목욕을 해대서 이승물은 그렇게 검게 물들고 그 귀신은 백발로 변해서 다시 이승물산으로 올라간다. 그때 이승물에 풀어진 그 귀신 머리카락이 이승물에 빠진 사람을 옭아매서 물속 깊숙이 끌고 들어가는겨."

"우와. 할머니 그럴듯해요."

"이눔아 참말이여. 그래서 이승물산에 하얀 백로들이 그렇게나 날아드는겨."

"에이. 그럴 리가. 할머니도 맨날 이승물 건너다니시잖아요?"

동숙이 속바지 주머니에서 단단한 씨앗 두 개와 가느다란 바늘집을 꺼내 보였다.

"이게 귀신 쫓는다는 복숭아 씨앗이고, 이것은 말린 장대 등가시여."

"아니 생선가시는 왜 가지고 다니셔요?"

"이, 이승물 물귀신이 이 할미 잡아먹을 때 목에 걸려서 못 삼키라고…, 이거 옛날 할미가 좋아하던 사람이 준 거여."

외할머니 황동숙이 뜨거운 남풍이 불어오는 이승물 동편을 한동안 바라보며 생각에 잠긴 듯했다.

이승물 하구의 물은 유독 푸르렀다. 화선지가 먹물을 빨아들인 듯 한

없이 깊은 듯 검었다. 찬란했던 여름이 누구에겐 곧 슬픔과 두려움의 계절로 바뀌었다. 가을이 되면 이승물은 선이 사람들의 슬픔을 짙은 안개로 가두고 먼 곳으로 사라져 간 이들을 떠올리게 했다. 짙게 깔린 안개는 회화리 벌판의 찬 바람에 코끝이 시릴 때까지 이어졌다. 어느 순간 세상이 고요해질 때쯤 드넓은 회화리 벌판은 흰 눈으로 끝없이 덮였다. 이제 이승물은 꽁꽁 얼기 시작했다. 지나간 세월을 박제하고 숨 가빴던 세상을 차분히 잠재웠다. 한겨울 바람 피할 곳 하나 없는 이승물은 세상에서 가장 고요한 곳. 지난 봄날의 수줍은 기대와 화려한 여름의 추억과 가을의 풍요를 베풀고는 이승물은 겨우내 선이 사람들로부터 멀어져 갔다. 이제 더 이상 세상 위로 이승물은 흐르지 않았다. 죽어간 모두를 수면 아래로 묻어두고 그 위를 새하얀 눈으로 덮었다.

이승물 서편에 사는 이와 동편에 사는 이는 서로 다른 세상에 사는 사람들이었다. 이승물은 수심이 깊고 강폭이 상당한 데다 서편 선이 방향으로는 넓은 번개들이 동편 쑥고개 방향으로는 더 넓은 회화리 벌판이 그들을 갈라놓았다. 다만, 그 옛날부터 이승물 얼음 위 눈밭에는 피륙 장사 하는 여인네와 생선 장사 하는 남정네의 발자국만이 동서로 선명한 흔적을 남기고 있었다.

이승물 동편에도 마을이 있었다. 선이 마을 앞 이승물을 건너면 평택군 서탄면 회화리가 윗말인 '위해정이'와 아랫말인 '아래해정이'로 나뉘었다. 구한말 회화리에 회나무 정자가 있었던 것이 마을 명칭의 유래가 됐다. 1974년 아산만 방조제가 준공되기까지 서해의 바닷물이 회화리까지 들어왔다. 바닷물이 닿는 이승물 장둑 아래는 달랑게와 붉은 농게가 수많은 굴을 뚫어 터를 잡고, 민물에 사는 참게가 간기를 맡아 내려오는 곳이었다. 하루 두 차례 바닷물이 민물을 밀고 들어와 잠시 고요해진 후 다시금 하염없이 물러서는 바다와 육지의 경계가 마주하는 곳이 회화리 앞 이승물이다. 오래전엔 회화리에도 갯가의 마을에는 포구가 있었다. 그 뱃터를 '나들이'라 하여 서울 방면으로 건너가는 나루를 '서울나들이', 정남면 방면으로 건너는 나루를 '정남나들이'라 불렀다. 회화리 아래로는 무봉산 줄기에서 내려오는 진위천이 합류하고 그 진위천 건너를 '황구지리'[79]라 불렀다. 황구지리는 밀물 때 바닷물이 누렇게 밀려든다 하여 황구지라 했던 것이 지명이 됐다. 황구지리에는 조선시대부터 '황곶진'이라는 포구가 있었다. '황곶진'은 황곶포, 황구포라고도 불렸는데 가까이는 아산만 하구의 어부들이나 멀리는 서산이나 인천 용유도의 어부들이 숭어나, 새우젓, 어리굴젓, 강다리, 민어포 등을 싣고 포구로 들어왔다. 황곶진의 서편포구가 '율북'이다. 그 아래 넓은 '한판들'이 펼쳐지고 한판들 남서쪽 구석에 '구실' 마을이 놓였다. 회화리에서 이승물을 바라보았을 때 강 건너 남서쪽 대각선 끝자락에 '구실' 마을이 있었다.

  이따금 생선 장수 장승연은 서쪽으로 지는 해가 이승물 위로 붉은빛을 뿌려댈 때 강물 너머 구실을 바라보며 성필례를 생각하고 있었다.

---

(79) 2009년 K-55 미 공군기지 확장에 의해 수용됐고 주민들은 인근 고덕면 당현리에 마을을 조성해 이주했다.

#7-2 〈아비 없이 낳은 자식〉

이귀분은 유장용(정승환)의 모친이다.

해방 직전인 1945년 2월 '구실'에서는 유장용이 그날 있었던 윷놀이판의 사달 이후 자신이 더 이상 '전주 유씨'의 핏줄이 아니라는 사실을 받아들였다. 자기 뿌리의 흔적이나마 찾아보겠다고 구실을 떠나 이승물 동편 약산으로 향했다. 장용이 유씨의 핏줄이 아니라는 사실이 그날 한나절 사이에 마을 전체에 퍼졌음에도 누구 하나 장용을 찾아서 이후의 대책을 논의하거나 위로하는 이는 없었다. 이웃의 살갑게 지내던 어르신들이나 아주머니들도 장용을 어떻게 대해야 할지 가늠이 되지 않아서인지 장용이 눈에 스치면 집 안으로 다시 들어가거나 걸음을 재촉해 장용의 시선에서 벗어나고자 했다. 태어나 스물이 될 때까지 온몸으로 부대끼며 맺어온 고향 '구실'과의 인연을 모두 다 정리하고 떠나겠다는 자신의 호기로움은 아비로부터 한 번 버려진 자신이 다시 한번 풀 한 포기 없는 이승물 모래판에 스스로를 내던져 버리는 것과 같을 뿐이었다. 다만 자신이 던져진 이 공허함 속에서 어딘가 출구를 찾아야 한다면 그것은 아마도 자신의 출발이 어디서부터였는지를 따질 일 같았다. 그것은 당연히 이승물 동편 어미의 고향 '약산'에서 시작해야만 했다.

구실을 벗어나 겨우내 얼어서 굳어 있던 율북으로 가는 길은 이미 군데군데 옅은 물기가 배어 나와 진창으로 변해갔다. 매번 지나다니던 길인데도 한 발 한 발 조심스레 떼다 보니 그날은 유난히도 멀게 느꼈다. 다만, 아비를 찾아야겠다는 일념 하나가 장용을 계속해서 앞으로 끌어당기고 있었다. 황곶진의 서쪽 포구 '율북'은 입춘이 지난 지 며칠이 안 되어 여전히 이승물 서풍은 차가웠으나 어느덧 갈라진 얼음을 강 하구로 흘려보내고 강변 갯버들 가지엔 옅은 봄기운을 드리웠다. 유장용은 배를 타고 황곶진 동쪽 포구 항구지리에 도착했다. 그는 모친 이귀분의 고향인 안성군 양성면 미산리 약산마을로 발길을 재촉했다. 회화리 벌판에서 불어오는 찬 바람은 여전히 무명 누비 마고자 속 깊숙이 파고들었다. 다시는 돌아가서는 안 될 것 같은 그의 고향 '구실'이 멀어질수록 그의 머릿속은 온통 그려지지 않는 그의 아비 생각뿐이었다. 하루아침에 의붓자식이 된 자신의 억울함을 그의 아비를 찾아 쏟아내야 할 판이지만 자신을 낳기도 전에 떠나버린 무정한 아비를 그리워하는 일말의 부정에 대한 갈증이 자신에게 남아 있음을 이해할 수 없었다. 어려서 여느 어미라면 가벼이 넘길 사사로운 잘못에도 자신의 어미는 왜 그리 모질게 매질을 해댔는지, 그것은 씨 다른 형제 중에 자신을 편애해서 생길 불편을 만들지 않기 위함이었는지, 아니면 매정하게 떠난 자신의 아비에 대한 대를 이은 직접적인 복수였는지, 아니면 여전히 모르는 또 다른 이유라도 있었는지 마냥 혼란스러웠다.

이제 유장용은 가끔 그의 모친 이귀분에게 들어 어렴풋이 그려왔던 어머니의 고향마을 미산리 약산에 도착했다. 약산은 이승물을 거슬러 진위천 줄기를 따라 올라오면 마주하게 되는 커다란 송전방죽[80] 위에 놓여 있었다. 저수지 동쪽 입구인 난의실[81]을 지나 노로실[82] 앞에서 좌측으로 거슬러 올라가며 형성된 마을이다. 구릉진 산과 낮은 고갯길과 골짜기가 많은 곳이라 그 마을 입구를 약산이라 불렀다. 약산은 약초와

---

(80) 현 이동저수지.
(81) 현 양성면 난실리.
(82) 현 양성면 노곡리.

나물이 많이 나는 곳이다.

한참 시간을 거슬러 1907년, 미리내 성당의 강도영 신부[83]는 윗마을 상촌에 해성학원[84]을 열었다. 유장용의 모친 이귀분은 어려서 부모를 여의고 나이 많은 큰 올케의 손에 키워졌다. 이귀분이 열 살이 되던 해에 강 신부가 그녀의 올케를 설득해 해성학원에 입학하게 되었다. 이귀분은 한 학기만을 다닌 후 집안 형편상 학교를 계속 다닐 수는 없었다. 그 후로는 미리내 성당을 다니며 신부님 일을 정성으로 도왔다. 몇 년 전부터 신부님과 같이해 온 누에 치는 일에 더욱 열심이었다.

1923년, 어느덧 이귀분의 나이도 꽃다운 열여덟이 되었다. 귀밑 솜털이 빠지고 뽀얗게 하얀 볼살이 차올랐다. 주일마다 미리내 성당을 다니는 동안 얼마 전 아랫동네 난의실에 새로 이사 온 네 살 위 새댁 김정숙과 가까웠다. 김정숙과는 성당 일로 자주 보는 사이인 데다 늘 미사를 마치고 약산마을로 내려가는 길에 이귀분이 김정숙을 따라 걸으며 신혼생활이나 육아에 대해 묻고는 했었다.

김정숙은 부모님이 정해주신 노로실 출신 성진수를 만나 범티에서 신접살림을 시작한 후 3년 만에 딸아이를 낳아 난의실로 이사를 나온 새댁이다. 김정숙의 남편 성진수는 경성의 총독부 경무국 보안계 주사로 근무하다가 1917년경 동양척식㈜ 내 평택주재소에 파견을 나와 동척이 평택에 농장을 열면서부터 경성과 평택을 오가며 한 달에 한두 번 범티의 노모와 난의실의 정숙을 보러 들르곤 했다.

---

(83) 강도영 마르코 사제는 세 번째 한국인 사제로 서품되었으며 미리내 본당의 초대 주임으로 임명된 후 1929년까지 33년간 미리내 본당에 재임하며 많은 업적을 남겼다.

(84) '해성학원'은 1936년 폐교되었다.

아지랑이가 잔뜩 핀 늦은 봄날 오후, 귀분이 성당 다녀오는 길에 난의실 정숙의 집에 들렀다. 정숙은 딸아이를 업은 채 기저귀를 빨아서 빨랫줄에 널고 있었다.

"언니? 나, 언니네 뽕밭에서 오디 좀 따 먹어도 돼!"
"그래, 뽕잎도 한 소쿠리 따주고 가, 아니다. 우리 필례나 좀 업어줄래?"
"필례야 이리 와, 이 어여쁜 귀분이 이모가 업어줄게."
귀분이 돌배기 딸아이를 빼어 들자 정숙이 아이를 받아 귀분의 등에 업히고는 포대기를 야무지게 둘러주었다. 둘은 정숙의 집 앞 좁게 난 논길을 따라 뽕밭으로 향했다.

"그런데 신부님께서 나보고 제사공장(85) 만들면 취직시켜 준다는데!"
"어머! 잘됐네! 잠업전스소(86)에서 누에 키우는 법도 배우고, 제사공장에서 실 뽑는 것도 배우면 나중에 옷 짓는 법만 배우면 되겠네, 그리고 시집도 가고, 다음 주에 잠업전수소에 새로운 선생님 오실 건데 네가 좀 도와드리면 되겠다."
"선생님이 새로 오셔요?"
"한 학기 해성학원 수업도 하시고, 저녁엔 성도들 모아서 잠업 수업도 해주신다지, 아마!"

일주일 후, 이귀분이 해성학원에 새로 부임한 정시영 선생을 성당에

---

(85) '해성제사'는 1924년 미리 내 성당 인근에 만들어진 제사공장이다.
(86) 일종의 양잠학교. 1910년 이후 일본의 지원으로 한국 내 양잠업이 발전했고 전국에 28곳에 잠업전수소가 세워졌다.

서 만났다. 정시영은 4년 전 삼일만세운동 이후, 야학을 열고 '조선본위 교육운동'[87]에 참여했던 경성 출신 젊은이였다. 그간 아는 것이 힘이라는 생각에 적령기의 아동을 모아 학교 대신 야학을 열었다. 농한기엔 귀촌하여 농촌계몽운동 형태의 민족운동에 참여해 왔었다. 정시영은 훤칠한 키에 단정한 머리와 가지런한 눈썹을 가졌다. 흰색 셔츠를 받쳐 입고 넓은 어깨선이 도드라져 보이는 검은색 정장에 갈색 낡은 가죽가방을 어깨에 둘렀다. 강도영 신부가 정시영 선생을 성도들에게 소개했다.

"여러분들! 올여름에 해성학원 수업과 여러분들 누에농사를 지도해 주실 새로운 선생님을 모셨습니다. 경성에서 오신 정시영 선생님이십니다."

시영은 소개를 받고 뒤로 돌아 미소를 가득 담고 인사를 했다. 순간 귀분은 갑자기 머리가 멍해지고 가슴이 답답해졌다. 미사 시간 내내 신부님의 강독과 기도는 전혀 들리지 않았다. 그녀의 시선은 시영의 모습에서 벗어나질 않았다. 미사가 끝나고 신부님은 여전히 멍한 상태의 귀분을 불러 세워서는 정시영을 학교 뒤 사택으로 안내하고 내일부터는 둘이 주변 동네도 둘러보고 형제님들과 자매님들께 인사드리는 것을 도와주라고 부탁했다. 귀분은 싫은 내색 없이 짧은 대답과 함께 고개를 끄덕였다. 그리고 시영이 귀분을 보고 반갑다는 인사말을 건네자 귀분은 시영을 제대로 바라보지 못한 채 수줍게 들릴 듯 말 듯 한 목소리로 응답했다. 시영도 귀분의 양 갈래로 가지런히 땋은 머리와 하얗게 빛나는 피부 그리고 한없이 수줍어하는 모습에 기분 좋은 미소가 흘렀다. 귀분은 시영을 교사 뒤편 방 하나와 자그마한 부엌이 딸린 사택으로 데려

---

[87] 삼일 만세운동 이후 식민교육의 내용에 맞서 민족교육을 심화시키려는 목적에 민족의 대중적 역량을 증대시키기 위해 일어났던 농촌계몽운동으로 도시의 지식인이나 청년들이 앞장섰다.

갔다. 사택은 남쪽으로 제법 널찍한 마당이 있었다. 마당 끝은 키 작은 노간주나무가 빼곡히 심겨 울타리를 이뤘다. 울타리 너머 멀리 보이는 범티고개는 안성 방향으로 넘어가고 있었다. 귀분은 시영으로부터 내일 학교 주변 동네와 잠업전수소를 안내해 줄 것을 부탁받았다. 잠업전수소라야 학교 교사 옆 헛간에 누에를 키우는 공간으로 서너 명이 앉을 수 있는 탁자가 있는 것이 전부였다. 시영을 처음 만난 그날 귀분이 성당에서 약산으로 펼쳐진 긴 산자락을 내려오는 동안, 봄바람이 살랑거리고 계곡의 물소리가 요란했으나 어느 하나에도 귀분의 감각은 반응하지 않았다. 오로지 자신에게 부여된 신부님의 부탁을 어떻게 수행해야 할 것인가 하는 고민만이 그녀의 머릿속을 가득 채웠다. 그날 밤 귀분은 잠을 이룰 수가 없었다. 문지방 아래 키 작은 등잔불 위로 시영의 얼굴을 걸어놓고 밤새 궁금해할 뿐이었다. '어쩜 그리 그윽한 눈에 눈썹은 짙고 목은 가늘고 긴지, 피부와 치아가 하얀지, 목소리는 부드러운지, 키는 크고, 손가락은 가는지!'

다음 날 아침, 귀분의 늙은 올케가 이불속에 멍하니 누워 있는 귀분을 불러 아침나절 해야 할 밭일을 잔뜩 늘어놓는데 귀분의 귀에는 와닿는 말이 없었다. 귀분은 오늘도 성당에 가보겠다고 했다. 늙은 올케가 손쉽게 예상할 수 있는 늙은 오빠의 불호령을 내세워 겁박해 봐도 귀분의 눈치는 아랑곳하지 않고 아침 일찍부터 성당에 올라갈 생각만 가득 들어찼다. 어려서부터 자식처럼 키운 시누이가 이제 제법 시집갈 나이가 다 되어서도 여전히 철이 없어 보였지만 늙은 올케는 여전히 귀분을 친딸처럼 받아주었다. 오늘도 늙은 올케의 옅은 한숨이 귓가에 스쳐 가지만 귀분은 마당 끝 복숭아가 푸른빛이 옅어졌는지 눈을 가늘게 뜨고 살필 뿐이다. 귀분은 차려진 아침 밥상의 첫술을 뜨는 둥 마는 둥 하더니, 이내 숟가락을 놓고 마당으르 뛰어나가 약간의 붉은빛이 묻어나는 풋복숭아 몇 알 골라 땄다. 뽀득뽀득 깨끗이 씻은 복숭아를 동그란 대나무 채반에 담아 작은 보자기를 덮어 싸서는 시영의 사택으로 향했다.

"선상님! 식사는 하셨어유?"
"아, 네! 일찍 올라오셨네요. 잠시 기다리시면 준비하고 나올게요."
귀분은 사택 툇마루에 걸터앉아 다리를 앞뒤로 흔들고 따스하게 비치는 봄 햇살을 맞으며 그가 나오길 기다렸다. 반듯하게 차려입은 시영을 바라다보는 귀분의 입꼬리가 사랑스럽게 올라갔다. 둘이 나란히 상촌의 내리막을 걸어 내려가는 동안에도 귀분은 옆 눈으로 시영의 모습을 담으려 애를 썼다. 시영의 사택살이는 식사를 성당에서 신부님과 같이 해결했다. 방을 덥히거나 물을 끓이는 일은 시영이 손수 했으며 빨래도 사택 앞 우물에서 직접 해야 했다. 굳이 괜찮다는데도 귀분은 시영의 빨래가 쌓여 있는 날이면 기회다 싶어 시영의 빨래를 거품 가득 주물렀다. 시영이 수업 중이면 귀분은 시영의 방에 몰래 들어가 구석구석 방 청소를 하며 즐거워했다. 한동안 시영의 해성학원 아이들 수업이 끝나는 오후에 귀분은 시영과 함께 인근 난의실, 노로실, 쟁골, 윗장서, 아랫장서[88]로 뽕나무를 키우는 성도들을 찾아 나섰다. 시영은 낫을 들고 처진 뽕나무 가지를 자르고 귀분은 싱싱한 뽕잎을 땄다. 이따금 잘 익은 오디를 서로에게 건넸다. 인근 성도들의 잠실[89]을 둘러보고 부드러운 누에를 서로의 손 위에 올렸다.

"선생님! 개미누에가 다섯 잠 자고 실을 뽑아 고치를 지으면 그냥 번데기 상태로 끝인가 봐요, 한 번도 누에나방을 본 적이 없어요."

---

(88) 미산리 주변 마을의 이름이다.
(89) 누에를 사육하는 곳.

"그냥 두면 고치를 뚫고 하얗고 탐스런 누에나방이 되겠지만, 사람들에게 비단실을 풀어주려면 번데기 상태로 뜨겁게 삶아지는 거죠, 어쩔 수 없이!"

"나도 몇 밤 자고 일어나서 누에나방처럼 변했으면 좋겠어요. 이대로 그냥 고치 속 번데기로만 살다가 죽기는 싫은데…."

"누구든 마음만 먹으면 뭐든 될 수 있는 거예요. 껍데기를 가르고 그 경계를 벗어날 수 있다면, 아마도 누에나방이 될 수도 있을 거예요."

그해 귀분이 맞은 봄 햇살은 한없이 따사롭고 뽕밭은 유독 푸르렀다. 이른 아침 상촌에 오르는 길, 낮은 언덕배기 논둑에 한 아름 고운 소금을 뿌려놓은 듯 새하얀 조팝나무 더미는 솜털 구름처럼 포근했다. 마냥 부드러운 아침 햇무리는 영롱한 이슬에 부서져 귀분의 봄날을 축복하고 있었다. 다만, 야속한 세월은 어느덧 여름이 되어 아이들은 방학을 맞았고, 시영은 제사공장의 건축과 관련하여 신부님의 부탁으로 경성에 일주일가량 다녀오게 되었다. 시영이 경성으로 출발한 후 귀분의 허전함은 이루 말할 수가 없었다. 일주일 내내 가슴 한구석이 뻥 뚫려 있었다. 낮에 본 남쪽 하늘 희미한 낮달엔 시영의 얼굴이 가득 들어차 있었다. 귀분은 오늘도 이불을 뒤집어쓰고 일어나지를 않자 늙은 올케가 귀분을 불렀다.

"귀분아! 밥 먹어."
"…."
"어디 아프냐?"
"그냥, 입안이 씁쓸하고 속이 답답해서."
"니가 허구헌 날 성당일 한다고 쫓아다니다 몸살이 난 게지…."
"아녀, 언니, 난 언제쯤에나 시집가?"

"아니 왜 그려, 뭘 잘못 먹었냐?"
"그냥!"
"누가 너보고 같이 살자는 놈 있어?"
　귀분의 늙은 올케도 그녀가 왜 아픈지는 대충 눈치채고 있었다. 다만 부잣집 도련님처럼 보이는 그 사내와 자신의 철부지 딸 같은 시누이가 잘 어울릴 거란 생각을 하지는 않았다. 가끔 고뿔에 며칠 앓아눕듯이 한 철이 지나가면 귀분의 짝사랑도 자연스럽게 식어갈 거라 생각했었다. 다만, 이미 애기처녀 티를 벗고 물이 잔뜩 올라 있는 시누이의 혼사걱정을 해야 할 처지가 되었음을 알았다.

"너도 이제부턴 왈패처럼 놀지 말고 조신하게 다녀야 혀. 사내 조심허구."
"알았어요."
　그렇게 길기만 하던 일주일이 지나고 손꼽아 그리던 그날 오후, 시영이 상촌으로 돌아왔다. 며칠 전부터 상촌을 오가며 시영의 사택 주변만을 살피던 귀분이 흰색 셔츠의 소매를 접어 입고 작은 사택 마당을 빗자루로 쓸고 있는 시영의 모습을 발견했다. 하늘엔 하얀 층층구름 사이로 옅은 해가 숨고 있었다. 귀분은 집 앞 텃밭의 덜 익은 옥수수를 따서 삶았다. 속껍질 한두 잎을 남겨 조금이라도 온기가 남아 있길 바랐다. 금세 옥수수 몇 자루를 채반에 담아 시영의 사택으로 향했다. 급한 걸음을 옮기는데도 숨이 차는 줄도 모르고 누군가 옆에서 톡 하고 찌르면 금방이라도 웃음이 터져 나올 듯한 기분으로 상촌을 오르고 있었다.

　상촌마을에 도착할 무렵부터 주변의 바람이 습해지기 시작했다. 어느덧 남쪽 하늘엔 먹구름이 낮게 드리우더니 갑자기 소나기가 한두 방울 떨어지기 시작했다. 귀분은 검정치마 자락을 올려 잡고 채반을 치마폭에 살짝 가린 채 소나기를 맞으며 급하게 걸음을 옮겨 시영의 사택으로 들어섰다. 빗줄기를 피해 처마 밑에 서 있던 시영의 하얀 얼굴이 귀분의 눈에 들어찼다.

"선생님? 경성은 잘 다녀오셨어요?"
"아, 예! 갑자기 비가 쏟아지는데 어떻게…."
"선생님 안 계시는 동안 제가 잠업전수소 정리는 모두 마쳤구요. 이거 텃밭에 옥수수가 벌써 익었길래 한번 쪄봤는데…."

귀분은 옥수수를 시영에게 건넨 후 자기도 한 자루를 집어 들고 사택 툇마루에 걸터앉았다. 귀분은 툇마루에 앉아서 다리를 모아 앞뒤로 흔들고 멀리 비에 씻기는 범터고개를 바라다보며 시영과 나란히 앉아 있는 그 순간을 영원히 멈춰 세웠으면 하고 바랐다. 잠시 빗소리가 요란해지더니 사택의 처마 끝에서는 빗줄기가 모여 흘러서 마당의 마른 흙이 튀어 오르기 시작했다. 주위는 신선한 여름의 냄새로 가득했다. 마당의 흙먼지가 금세 잦아지고 세찬 소나기에 마당이 흥건해졌다. 어느덧 귀분의 젖은 어깨엔 한기가 들기 시작했다. 얼핏 봐도 추워 보이는 모습의 귀분을 보고 시영이 다정히 말을 건넸다.

"저기…, 비가 많이 오는데 안으로 들어갈래요!"

귀분은 예상치 못한 일이란 듯 잠시 머뭇거림이 묻어난 찰나를 지나 못 이기는 척 시영을 따라 방 안으로 들어섰다. 조금 전 요란해진 빗발에 방 안의 공기도 차가웠다. 며칠간 집이 비어 있어서인지 온기가 없었다. 시영은 반닫이 선반 위에서 가벼운 이불을 내려 귀분의 무릎 위를 덮어주고는 같은 이불 한쪽 구석으로 자신의 무릎을 덮었다. 여전히 내리는 빗소리는 세상으로부터 그 둘만을 분리해서 가두어 놓은 듯했다. 어느새 둘 사이를 버텨내던 경계는 알 수 없는 아늑한 분위기에 허물어지고 있었다. 귀분이 시영의 사택에 들어설 때부터 귀분의 저고리는 대부분 젖어 있었다. 귀분의 가슴골 좌우의 봉긋한 부분이 젖은 저고리 위로 윤곽을 그대로 드러냈다. 방 안은 금세 둘의 온기에 휘발된 살 내음으로 가득 차고 둘은 상대의 향긋하고 달콤한 냄새에 그윽하게 젖어 들었다.

둘 사이 의례적인 관심사 몇 마디가 잠시간 이어졌다. 둘은 더 이상 옥수수를 먹지는 않았다. 어느새 둘은 서로의 눈빛만을 응시하다 외면하길 반복했다. 서로의 눈빛에 많은 해석이 필요치는 않았다. 먼저 용기를 내어 눈을 감고 입술을 가져간 쪽은 귀분이었다. 시영이 귀분의 양쪽 붉은 볼을 두 손으로 감싸 잡고 귀분의 입술에 자신의 입술을 부드럽게 묻어냈다. 귀분은 탈피를 마친 누에나방이 되어 자신을 가두고 있던 고치를 찢어내고 있었다. 있는 힘껏 시영의 목을 두 팔로 가두고 절대 떨어지지 않을 각오로 그의 입술에 매달렸다.

그리고 잠시 후 젖은 허물을 벗고 자신을 찾아 날아든 수나방의 부푼 꼬리를 받아들였다. 귀분은 그간 자신을 가둬온 경계를 넘어 자유롭게 날아올랐다. 누에나방처럼 훨훨! 훨훨!

둘의 뜨거운 땀 내음이 이불속을 가득 채운 후 귀분의 호흡이 차츰 진정을 찾아가고 있었다. 시영은 자신이 벌여놓은 이 상황을 어찌 수습해야 할지 당황했다. 그런 시영을 바라다보는 귀분도 잠시간 기억해야 할 꿈결 같은 순간이 지나갔을 뿐이란 것을 쉽게 확인할 수 있었다. 결국 둘은 서둘러 자신들이 벌인 다시없을 우발적인 사고를 재빨리 수습해 버렸다. 금세 둘은 서로를 어떻게 대해야 할지를 결정하지 못하고 그렇게 한동안을 서먹서먹하게 서로의 주변만을 바라보고 있을 뿐이었다. 귀분이 평소에 상상 속으로 그려오던 시영과의 다정한 앞날에 대한 기대를 그 앞에 꺼내볼 용기가 나지는 않았다. 그렇게 둘은 다시 서먹서먹한 상태로 서로의 마지막을 확인하고 말았다.

그해 여름이 끝나갈 무렵, 시영은 귀농 활동과 임시 교사 생활을 마쳤다. 햇볕이 따가운 미리내 성당 앞 계단에 사람들이 모여들었다. 그간 시영의 봉사활동에 대한 감사의 표시로 강도영 신부가 기념사진을 촬영하도록 준비를 한 것이다. 한가운데 강 신부와 시영이 자리를 잡고 성당에 다니던 아이들과 잠업 수업에 함께 참여했던 성도들이 한자리에 모였다. 시영의 왼쪽엔 귀분이 자리를 잡았다. 독일제 폴딩카메라를 목에 건 사진사가 흩어져 있던 사람들을 모으는 신호를 기다렸다는 듯 귀분은 시영의 오른쪽 팔을 살며시 잡으며 그의 어깨 쪽으로 고개를 기울였다.

시영은 자신이 미산리에 남아 있을 수도, 귀분을 데리고 서울로 함께 올라갈 수도 없는 처지였다. 결국 귀분은 홀로 떠나는 시영의 뒷모습을 보며 연신 흐르는 눈물을 훔칠 뿐이었다. 시영은 다음 해 봄 가족과 함께 경성에서 북만주로 이주했으며 고려공산당[90] 청년회원이 되었다. 그 후 미산리에서 시영의 소식을 들은 이는 아무도 없었다. 시영이 떠난 지 두 달 후 귀분은 속이 게스껍고 배가 불러오기 시작했다. 이듬해 늦은 봄날 귀분은 시집가지 않은 처녀의 몸으로 아들을 낳았다.

다시 1945년 2월, 유장용이 그의 부친 정시영의 행적을 찾아 미리내에 도착했을 때 그를 맞이한 성당 신부님은 20대 초반의 앳된 베드로 신부님이다. 작년부터 4대 주임 신부님을 맡고 계셨으나 정시영에 대해서는 아는 바가 없었으며 주변의 누에 치는 이들에게 물어도 얼굴을 기

---

(90) 1921년 중국 상하이 및 러시아 이르쿠츠크에서 조직된 독립운동 단체.

억하고는 있으나 그가 정씨인지 어디 사람인지 아는 이가 없었다. 약산 마을 교인들 중 몇몇이 귀분의 이야기를 기억하고 있었다. 정시영이 떠난 다음 해 봄 귀분은 아들을 낳은 후 성당 사택에 한두 달 머무르다 갑자기 늙은 올케가 장티푸스[91]로 죽자, 그녀의 오빠가 이승물 건너 어딘가 사는 홀아비에게 시집을 보냈다는 이야기를 전할 뿐이었다. 미리내 성당에서 며칠을 지낸 장용이 베드로 신부님께 인사를 드리고 떠나려 했다. 베드로 신부도 장용 부친의 흔적을 찾는 일에 도움이 되지 못해 안타까워하고 있었다.

"형제님은 이제 고향으로 돌아가시는 겁니까?"
"아니요, 제가 자란 '구실'로 돌아가지는 않으려구요."
"성과 이름은 어떻게 하시려구요?"
"우선 유씨는 정씨로 바꿔야지요, 신부님이 좋은 이름 하나 지어주십시오."

베드로 신부가 한참을 고민하던 끝에 그럴듯한 이름을 입 밖으로 꺼냈다.

"정씨 성을 이어받아 기쁘다는 뜻으로 '승환' 어떻습니까?, 이을 승 자에 기쁠 환 자를 써서."
"아, 예. 좋네요."
"그리고 형제님! 제가 이곳 사정을 잘 몰라서 그러는데, 제가 돈을 좀 드릴 테니 비석 하나만 만들어 주실 수 있나요?"
"웬 비석이요?"

---

(91) 살모넬라균 종의 특정 아종에 감염되어 발열과 복통 등의 신체 전반에 걸친 증상이 나타나는 질환.

"저기 보이는 남쪽 범티고개 넘자마자 우측에 작은 산소가 하나 있는데, 제 큰어머니 산소입니다. 그곳에 비석 하나 세워드리려구요."

베드로 신부는 가방에서 종이 한 장을 꺼내어 장용에게 내밀었다. 앞쪽에 새길 묘비명으로 '김정숙의 묘'라 적혔다. 뒤쪽에는 시(詩) 한 편을 새겨달라고 부탁했다.

유장용은 미리내에서 며칠을 더 머무르며 베드로 신부의 부탁대로 비석을 세워주었다. 베드로 신부는 장용에게 이승물 건너 '부처내'라는 곳에 새로이 작은 공소[92]가 세워졌는데 그곳에 가서 공소를 관리해 달라는 부탁을 했다. 베드로 신부는 일본인 어머니(하야코)를 성당 사택에 모시고 살고 있었다. 신부는 오래전 돌아가신 아버지(성진수, 일본명: 나리타 진하케) 고향인 이곳의 재산을 정리해 성당에 봉헌한 뒤 곧 일본으로 떠날 계획이었다. 미리내 성당에는 새로운 신부님이 부임하실 것이나 부처내 공소는 맡아둘 사람이 마땅치 않았던 차였다.

유장용이 다시 항곶진에서 배를 탔을 때, 그의 이름은 '정승환(鄭承歡)'으로 바뀌었으며 다시 이승물 서편으로 돌아갔다.

---

(92) 본당보다 작아 본당 주임신부가 상주하지 않고 순회하는 구역의 천주교 공동체.

8. 사랑 없이 낳은 자식

#8-1 〈애인: 성진수와 하야코〉

성필례는 성진수와 김정숙의 딸이다.

성진수는 1893년 노로실 '범티'에서 태어났다. 노로실은 송전방죽 상류에 난의실 너머 있는 마을이다. 동서로 흐르는 개울이 송전방죽으로 향하고 개울 좌우에는 넓은 들이 펼쳐졌다. 그 넓은 들 북쪽과 남쪽은 모두 산으로 막혀 있는 동네다. 노로실 남쪽 범티마을에서 범티고개를 넘으면 경기도 안성으로 이어졌다. 남쪽으로 봉황산이 솟아 있어 그 산세가 험해 호랑이가 자주 출몰했다 하여 '범티' 또는 '호티'라 하였다. 범티고개 넘어 안성 쪽 마을을 '범골'이라 불렀다. 범티 마을은 노로실 중 가장 깊은 산골 마을이라 논이 귀해서 산비탈에 감자나 옥수수를 심어야 했다. 범티 마을 사람들은 형편이 좋은 편이 아니었다. 그나마 1920년대부터 미리내 성당 강도영 신부의 잠업전수소 덕에 비탈진 밭에 뽕나무를 심고 잠업을 하며 겨우겨우 먹고 살았던 곳이다. 성진수의 부친 성재필은 범티 건너편 북쪽 마을, 갓골의 양반 출신이나 집안의 막내로 태어나 물려받은 재산 없이 범티 마을로 들어와 살게 되었다. 수원 사는 이 씨를 부인으로 맞아 맏아들 성진수를 낳았다.

성진수가 15세가 되던 1911년 여름, 진수의 모친 이 씨에게 일본 살던 사촌 동생 이종무로부터 전갈이 왔다.

"영감! 내 사촌 종무가 낼모레 온다네요!"

"그려, 아니 일본서 산다매?"

이종무는 어려서 수원의 이씨 부인의 친정집에서 한동안 신세를 지다가 1895년 조선의 제2차 관비 장학생으로 '게이오 기주쿠(게이오의숙)'에 입학한 후 1903년 2월 즈선의 유학생 소환령으로 일시 귀국했다가 그다음 해 다시 도일하여 도쿄부 경찰청에서 순경으로 근무하고 있었다. 이후 지난해 한일병합이 이루어진 후 다시 귀국하여 어려서 같이 지내던 사촌누이를 15년 만에 찾아온 것이다. 이씨 부인은 오랜만에 만나는 사촌 이종무를 위해 보리개떡을 찌고 아직은 푸른색이 도는 덜 익은 참외를 따 왔다. 점심이 한참 지나갈 무렵 요란한 오토바이 소리가 대문 앞에서 멈추더니 이종무가 삐거덕거리는 대문을 밀고 들어섰다. 이종무는 오토바이 소리에 뛰쳐나온 조카 진수의 머리를 쓰다듬었다.

"니가 큰놈이구나! 많이 컸네. 갓난아이 때 보고 처음이구나!"

인기척을 느낀 이씨 부인이 부엌에서 나와 반갑게 종무를 맞았다.

"아이고, 어서 와. 그간 어떻게 지낸 겨?"

"누이 그간 잘 계셨소?"

이종무가 사촌누이 이씨 부인의 작은 손을 꼭 잡았다.

"매부는?"

"갓골 큰댁에 갔어. 시아버지 기제사라 내일 새벽에나 올 거여."

"아직도 그 동네는 노인네들 갓 쓰고 댕기나?"

"그려, 지난해 음력 시향 지낼 때 늙은이들끼리 쌈박질이 났는데, 연태 서로 처다도 안 보다가는 이제 제사 때라니께 언제 그랬냐는 듯이 모두 모이는 겨, 아주 양반 중에서도 상양반이라니께.”

"어디, 진수는 학교 잘 다녀요?"

"재작년에 보통학교(93)는 마쳤는데, 형편이 그래서 지금은 갓골 서당에 가끔 보내고 그려!"

"허이고! 누이는 맏아들을 그렇게 키우면 어떻게 해요, 지난해 병합도 되었고, 세상이 바뀌었는데, 애를 서당이나 보내면 쓰나, 기껏 키워서 매부처럼 젊은 놈이 장죽(94)물고 수염이나 훔치게 할 겨?"

"아니 그럼 어떻게 혀, 뭐가 쥔 게 있어야 중핵교를 보내든 말든 허지, 없는 꼬리를 어떻게 흔들어!"

"내가 보증을 서줄 테니까 애를 일본으로 유학 보내요, 가서 낮에는 일해서 돈 벌라 하고 밤에는 야간학교 다니면 돼요."

"그려? 야가 성실한 면은 있는디, 대범하지가 못해서 보낼 수가 있을까 몰러!"

이후로 한두 차례 이종무의 발길이 이어졌다.

다음 해 봄에 이종무를 따라 진수는 후쿠오카행 배편에 오를 수 있었다. 이종무는 그의 일본 유학 시절 지인의 소개로 진수를 교토의 '도시샤대학' 인근 하숙집에 맡겼다. 진수는 낮에는 스케모노상점(95)에서 일을 하고 저녁이면 교토부립 '야마시로 중학교'의 야간과정에서 또래보다 3년이나 늦은 유학 생활을 시작했다. '도시샤대학' 서쪽 '시라미네신궁' 근처의 하숙집에는 대학생이 세 명 있었다. 진수는 유일한 조선인 유학생이다. 그 집에는 올 초에 중학교를 졸업한 '하야코'라는 딸이 하

---

(93) 1906년 〈보통학교령〉에 의해 소학교가 보통학교로 변경되었다.
(94) 긴 담뱃대.
(95) 일본식 절인 채소를 판매하는 상점.

나 있었다. '하야코'는 자신의 방에 항상 〈st. louis blues〉를 틀어놓고 엔카보다는 자유로운 재즈를 듣는 감성적인 소녀였다. 이따금 동네 사내아이들과 공을 차며 놀았고, 발랄하고 적극적인 성격에 자기 집 하숙생들에게 허물없이 대해줘 불편하지 않게 하는 아이였다. 진수의 교토 생활의 출발은 낮에 스케모노 도시락 배달이나 상점 점원으로 일하는 것으로 시작됐다. 다음 해 가을부터는 주말에도 오사카의 '이와오코시' 공장에서 과자 만드는 일로 용돈벌이를 해결했다. 당초 범티 마을을 떠날 때부터 그의 오촌 당숙인 이종무의 요구사항은 공부를 열심히 하라는 주문이 아니라 어떻게든 혼자 일본에서 살아남으라는 것이었다. 이종무는 어린 진수가 세상의 급변을 몸소 부딪쳐 내다 보면 언젠가는 요긴하게 쓰이게 될 것이라는 믿음이 있었다.

진수는 일본 유학 생활 2년이 지나는 동안을 매일 아침 하숙집 안마당을 빗자루로 쓸어대고 대문 밖 후박나무의 낙엽을 자루에 쓸어 담았다. 식전 잠깐 동안의 간단한 노동이지만 진수 이외에 나서서 하숙집 살림살이를 거드는 하숙생은 없었다. 이른 아침마다 진수의 빗자루질이 마무리될 때쯤 하야코는 넓은 세숫대야에 따스한 물을 받아 진수 앞에 내려놓고 잘 접은 수건을 빨랫줄에 걸어주었다. 항상 뒤에는 하야코의 상냥한 미소가 남겨졌다. 하야코는 성실하고 단정한 진수의 모습에 끌리기도 해서지만 특별히 즈선인 유학생을 배려해야 한다는 별것 아닌 핑계로 그와 가까워지려 했다. 물론 밤낮 일이나 공부에 열심인 진수의 모습은 그의 하숙집 안주인의 눈에도 들었다. 그녀의 진수에 대한 호감 어린 칭찬은 자연스럽게 그녀의 딸 하야코의 마음에는 사랑의 확신 같은 것으로 번지기 시작했다. 어느새 진수가 토요일에 오사카 '이와오코시' 공장으로 향하는 한신선⁽⁹⁶⁾ 전차에는 햐야코가 함께 타기 시작했다. 진수의 근무가 일찍 끝나길 기다려 햐야코는 모찌와 아마자케⁽⁹⁷⁾를 사서는 공장 앞에서 진수를 기다렸다. 하야코가 진수의 손목을 잡아 이끄는 곳은 벚꽃 피는 오사카성. 진수의 고단한 하루도 햐야코의 손에 이끌려 오사카성 벚꽃 잎이 흩날리듯 그렇게 사라져 갔다. 하야코는 진수의 어눌하지만 나지막한 목소리와 차갑지만 단정한 그의 모습에 반했다. 가난한 조선인 유학생이라는 동정심에서 출발한 그녀의 철부지 사랑이 이제는 진수의 따뜻한 손에 자신이 매달려 그를 놓지 않으려 애쓰고 있다는 것을 알고 있었다.

진수도 외로운 타향살이에 자신에 대한 호감으로 잔뜩 부풀어 있는 하야코를 사랑하지 않을 수 없었다. 하야코의 따스한 눈빛만이 자신의 힘겨운 유학 생활을 버티는 힘이 되어주고 있다는 것을 받아들였다. 이따금 경도제대(교토대)에 유학 중인 조선인 유학생들을 마주치기는 했으나 가난한 중학생 신분이라는 스스로의 자격지심 때문인지 그들과 가까이 지낼 기회를 가져보지는 못했다. 어느덧 하숙 생활이 3년이 다 되어가던 어느 날 아침 식탁에서 하야코가 진수에게 졸업 후 조선으로 돌아가야만 하는지, 학교를 졸업하고 일본에서 직장을 구할 생각은 없는지에 대해 물었다. 심상치 않은 질문이 흘러나오자 기어코 하야코의 진수에 대한 눈빛을 살핀 그녀의 아버지 하시모토는 미간이 일그러지기 시작했다. 그에게는 무남독녀 외동딸이 조센징과 결혼하게 된다는 것은 용납할 수 없는 일이었다. 하시모토는 그날 아침 식사가 끝나기도 전에 단호한 목소리로 하야코에게도 진수에게도 명확하게 그의 의사를 전달

---

(96) 한신은 오사카와 교토 사이를 말하며 최초 한신 노선은 메이지9년(1876년) 개통되었다.
(97) 일본식 찹쌀떡과 전통 음료(감주).

했다. 둘은 더 이상 가까워질 수 없다고.

어느덧 3년의 세월이 지나갔다. 진수는 별 볼 일 없는 중학교 성적표와 가정형편상 고등학교나 대학 진학은 어려울 것이라는 냉정한 현실과 서로를 사랑하는 자신과 하야코, 그 둘의 사랑을 받아들일 수 없는 하야코의 아버지와 둘 간의 사이를 마냥 안타까워하는 하야코의 어머니에 둘러싸여 거미줄 같은 미로 속에 자신의 나아갈 길은 보이질 않았다. 그러던 어느 날 진수의 복잡한 상황을 정리해 버린 한 통의 전보가 도착했다. 범티 아버지의 건강이 급격히 나빠졌으니 급거 귀국하라는 어머니의 전보였다. 진수에게 남은 길이라곤 돌아가는 것뿐이었다.

일주일 후, 진수는 2학년 때부터 친하게 지낸 같은 반 동급생인 '요시다 겐토'에게 자신이 돌아갈 범티의 집 주소를 일러주고는 가끔 하야코가 잘 지내는지 살펴보고 사정이 생기면 편지를 해달라고 부탁을 남겼다. 그리고 하시모토 부부에게는 정중하게 감사의 인사를 전하고, 하야코에게는 자신이 곧 돌아오겠노라는 스스로도 지킬 수 있을지 모르는 허무한 약속을 남기고 후쿠오카행 열차에 몸을 실었다.

교토를 출발한 지 삼 일이 지나 성진수는 귀국했다. 진수를 맞은 건 여전히 쌀쌀한 범티의 골바람이었으나 그의 모친 이씨의 따스한 작은 손은 그의 자랑스러운 아들의 거칠어진 손아귀를 간신히 부여잡고 있었다. 3년 만에 돌아오는 아들을 문지방 너머에서 힘겹게 앉아서 맞이하는 그의 부친은 흐트러진 저고리 매무새를 수습하고 앉아 진수의 큰절을 받았다. 그는 아비의 건강을 걱정하는 진수의 염려에 여전히 남아 있는 미약한 자존심 같은 것을 내세우고 있었다.

"아녀, 주책맞은 니 엄니가 엄살떨어서 그려 괜찮어! 쿨럭쿨럭!"

그러나 진수는 누가 봐도 힘겨운 부친의 숨소리가 자신의 귀에 닿았을 때 어느 정도 부친의 건강 상태를 짐작했다. 3년 만에 보는 부친의 눈매는 반쯤 뜨기도 힘겨워 보였다. 헐거워진 탕건 속 상투는 비틀어졌으며 귀밑 흰머리가 산만히 날리는 데다 언제 다듬었는지 모를 코털이 콧수염 사이를 비집고 나와 겹쳐 있었다. 검버섯이 잔뜩 핀 손등은 기름기라고는 오간 데 없고 메마른 각질만이 허옇게 일어나 있었다. 대충의 짐작으로도 부친의 마지막이 얼마 남지 않았음을 금방에 알아차렸다.

"진수 너도 이제 나이가 찼으니께 짝을 찾아야지, 이 애비가 전부터 안성에 참한 신붓감을 봐뒀으니까 내일 큰아버지 따라서 그 댁으로 인사를 다녀와."

부친은 자신의 건강이 허락하는 시간 내 그나마 큰자식이라도 혼례를 치르게 하고 싶다는 간절한 바람을 당신이 오래전부터 신붓감을 봐뒀다는 데 유독 힘을 실어 전달하려는 듯했다. 부친은 더 이상의 구차한 설명을 생략한 채 문지방 너머 한동안 누워 생긴 자신의 흔적에 그대로 다시 버무려져 누웠다.

다음 날 진수는 인사를 다녀온다고 당장 혼례를 올리는 것은 아니니 부친의 뜻에 따르라는 백부의 당부와 슬쩍 등 떠미는 모친의 의지에 범티고개를 넘어 안성군 공도면 '상마정'으로 향했다. 그간 그의 부친은 안성장에 나갈 때마다 '상마정' 친구 집에 들러 친구의 여식 '김정숙'을 어려서부터 눈여겨보았었다. 비록 진수의 집안이 가난한 양반 집안이지만 일본에서 유학한 전도유망한 청년이라는 그의 이름표 하나에 정숙의 부모는 딸을 흔쾌히 내어줄 결심이 서 있었다. 진수의 백부와 예비 장인 간의 상대방 혼주에 대한 덕담과 신랑과 신부에 대한 칭찬이 충분해지자 뜻깊은 시간이었음을 서로에게 확인하고 진수의 결혼은 거의 마무리만을 남겨둔 상황이 돼버렸다. 마지막으로 진수의 눈에 들어온 것은 아직 소녀티도 벗지 못한 채 봄볕에 나물 캐느라 검게 그을린 정숙의 어리둥절해하는 모습이었다. 그러나 둘의 결혼은 진수의 부친인 성재필이 사망하고 다시 1년이 지나서야 이루어졌다. 그사이 정숙의 집에서는 키우던 황소가 자식을 보고 있었다.

1916년, 성진수의 결혼 1년 전. 그간 진수는 일본 유학 시절 자신의 동급생인 '요시다 겐토'가 조선총독부 경무국에 전출을 오게 되었다는 소식을 전해 받았다. 조선인 출신 경무국 주사를 채용할 것이니 경성에서 보자는 소식이었다. 진수는 오촌 당숙인 이종무가 이미 일본 경찰로 출세를 한 상태라 일경에 대한 아무런 거부감이 없었다. 그간 교토로 돌아갈 기회만을 절실히 필요로 했던 때라 잔뜩 기대에 차서 '요시다 겐토'가 경성에 도착하기 하루 전에 미리 경성에 도착해 있었다. '요시다 겐토'의 경성행은 지난 1910년 병합 이후 총독부가 실시한 일제 토지조사사업이 막바지에 다다르면서 국내 토지의 소유 및 경작과 관련된 업무에 경찰 인력의 투입이 필요해서였다. 일제는 해방 후 10년간의 토지조사사업 후 토지 신고에 반감이 있거나 미온적이었던 농민을 소작농의 지위로 강등시켰다. 전 국토의 40%에 달하는 토지에 대해 국유지화하거나 동양척식주식회사를 필두로 일본인 농업회사에 소유권과 경작권을 확보하게 하는 데 혈안이 되었다. 그 방식은 사기와 폭력적인 방식으로 이루어졌다.

진수에게는 조센징이 아닌 일본인 신분이 필요했다. 이름은 스스로 '나리타 진하케(成田珍洙)'라는 일본식 이름으로 바꿨다. 그 신분을 세탁하는 가장 확실한 방법은 일제의 경찰이 되는 것이었다. 그의 일제에 대한 충성 서약은 진정하고도 절박했다. 그의 다부진 맹세와 '요시다 겐토'의 추천에 힘입어 그는 1916년 가을 경무국 순경이 되었다. 경성에서 주로 근무하다 내년부터는 고향 인근인 동척 평택농장, 진위흥농㈜을 오가며 근무하라는 명령이 내려졌다. 그러자 그가 맨 먼저 한 일은 교토의 햐야코에게 자신의 상황을 편지로 전하는 것이었다. 얼마 후 하야코의 답장은 그녀가 여전히 그를 사랑하고 있으며 언젠가는 아버지가 자신의 뜻을 받아주게 될 것이라는 희망적인 소식이었다. 진수에게 삶의 목표란 자신의 본분에 걸맞은 총독부에 대한 충성과 그로부터 얻고자 하는 일본인으로서의 당당한 신분을 하야코와 그녀의 아버지 하시모토에게 증명하는 것이었다. 그것은 명백하게도 동포를 사정없이 짓밟고 나서야 자신의 지고지순한 사랑을 찾아 나설 수 있을 것이라는 감성적이지만 사실적이고 자칫 치명적일 수 있는 과정임은 분명했다. 그렇게 그는 일본인이 되어갔다. 이 과정의 어디에도 상마정의 '김정숙'이 들어설 자리는 없었다.

#8-2 〈무촌: 성진수와 김정숙〉

1917년 이른 봄, 동척 평택농장에 설치된 주재소에 근무하던 진수를 찾아온 이는 검은색 중절모에 흰색 도포를 걸친 그의 백부였다. 백부는 모친 이 씨와 상의 끝에 진수의 부친 1년 상이 끝나는 음력 2월 보름에 김정숙과 혼례를 거행시키겠다는 통보를 했다. 그것도 출세한 진수의 지위를 고려하여 상마정 김씨 문중 재실 앞에서 처가 종친을 모두 초대해 거행하겠노라는 통보였다. 진수의 망설임이나 의견은 고려의 대상이 아닌 듯 그냥 자연스럽게 혼례식이라는 것이 치러지게 되어 있음을 받아들이라는 말투였다.

진수가 해맑고 사랑스러운 하야코와 대바구니 둘러메고 검게 수줍은 정숙과 무심한 그의 종친과 어머니, 여전한 하야코의 아버지 하시모토의 강고한 태도에 둘러싸여 갈 길을 몰라 할 때 또 한 번 그 상황을 정리한 것은 하야코의 편지 한 통이었다. '아버지는 도저히 진수를 받아들일 수 없으며, 와세다대학 출신의 명문가 대학생과 다음 달 결혼식을 올리게 될 것 같다.'는 눈물의 편지였다.

때맞춰 진수의 결혼은 그의 의지와 상관없이 물 흐르듯 진행되어 갔다. 어느덧 소녀티를 벗어가는 정숙은 2년 전 보았던 진수의 모습이 어떻게 변했을지 궁금할 뿐이었다. 김씨 문중 재실 앞은 다음 날 치러질 혼례상 준비로 부산했다. 신랑 측 초행은 백부가 상객으로, 큰집 사촌들이 후행으로 따랐다. 초행길에 사모관대는 신랑이 일본에서 신식 문물을 접한 엘리트임을 감안하여 간편복으로 결정됐다. 신붓집에 인사하는 초행례를 간략히 마치고 진수는 정숙의 집 사랑채에서 하룻밤을 묵었다. 시집가기 전 마지막 날 밤에 어머니의 마른 팔을 베고 누운 정숙은 희망과 기대에 부풀어 잠을 이루지 못했다. 반면 진수는 눈물을 삼키며 다음 달 누군가에게 시집을 간다는 하야코 생각에 잠을 이룰 수 없었덧

혼례 날 아침이 밝았다. 정숙은 긴 녹색 원삼을 걸치고 비녀에 드림댕기를 내리고 족두리를 썼다. 원삼 아래 가려진 발에는 꽃신을 신었다. 연지와 곤지를 찍고 다소곳이 고개를 숙여 시선을 아래로 향하게 했다. 표정을 근엄하게 하라는 어머니의 염려에도 연신 입가에 미소가 지어졌다. 그러나 한참을 기다려도 혼례가 진행될 기미가 없었다. 문제는 사랑방에서 발생했다. 신랑인 진수 앞에 사모와 단령(관복)과 흉배, 각대와 흑화가 놓였다. 진수는 혼례복 입는 것을 거부하고 있었다. 자신은 더 이상 조선 사람이 아닌 일본인이었다. 백부의 노여움과 간절한 달램에도 진수의 태도는 완강했다. 더 이상 혼례를 미룰 수 없는 백부는 일본 순사 제복을 그대로 입고 혼례를 올리겠다는 진수의 뜻을 꺾을 수 없었다. 진수가 그나마 그 자리를 박차고 도망칠 수 없었던 것은 한평생 자신을 위해 헌신한 어머니와 철모르고 따라나설 정숙을 위해서 지금의 상황은 자신이 운명으로 감당해야 할 부분이라는 생각이 그를 붙잡아두어서였다. 그보다 중요한 것은 자신의 이러한 사정을 모르고 있는 교토의 하야코를 위한 자신만의 변명 같은 증표를 하나쯤은 만들고자 해서였다.

혼례는 전통례의 순서로 이루어졌다. 다만, 신랑의 복장을 두고 주변에서 수군거릴 뿐 이를 문제 삼아 나서는 사람은 없었다. 전안례와 교배례가 마무리되고 진수와 정숙은 청실과 홍실을 달아놓은 표주박 두 개를 마지막 합환주로 교환함으로써 합근례를 끝으로 둘은 엄연한 부부가 되었다. 혼례가 마무리되고 주변 사람들 모두 잘 어울리는 한 쌍이라는 정해진 해답을 뱉어내곤 열심히 준비된 잔칫상을 해치웠다. 어느덧

주변에 어둠이 내리고 부산하던 하루가 저물었다. 신방은 정숙의 집 안방에 차려졌다. 잘 차려진 술상과 외롭게 켜져 있는 화촉 옆에 얼굴을 들지 못하는 정숙이 고개를 숙이고 있었다. 무표정하게 혼자서 연신 술잔을 비우는 진수의 슬픔만이 한동안 신방을 채울 뿐이었다. 밖이 조용해질 무렵, 진수는 정숙의 족두리를 풀고 술을 한 잔 따라서 정숙 앞에 내려놓았다. 진수가 술에 취해 홀로 금침에 쓰러지자 의미를 알 수 없는 술잔만을 응시하던 정숙은 외로운 화촉의 불후리(화선)를 바라보며 스스로 입김을 불어 자신의 눈물 속 아련해지는 불빛을 꺼야만 했다.

다음 날 이젠 새색시가 된 정숙을 잘 부탁한다는 장모의 간곡한 부탁과 3년 전 키우던 황소를 팔아서 마련한 세간을 내일 싣고 범티고개를 넘어가겠노라는 장인의 뿌듯한 목소리를 뒤로 하고 진수는 범티의 집으로 향했다. 정숙은 신행(98)길이 산등성이 비탈길의 고된 걸음인 데다 첫날밤 알 수 없는 진수의 태도와 자신 앞에 닥쳐올 미래에 대한 불안감에 얼굴은 굳어지고 하루 곁의 기대와 설렘은 이미 썰물처럼 사라졌다.

정숙의 시댁은 정 많은 시어머니와 어린 시동생 둘이 있었다. 진수와 동생들 사이에 아이 둘을 장티푸스로 잃고 10년 만에 얻은 쌍둥이 동생(현수, 인수)이다. 결혼 후 신랑 진수는 주로 경성에서 근무하다가 한 달에 한두 번 동척 평택농장이나 진위흥농에 내려올 때면 집에 들르곤 할 뿐이었다. 시어머니는 진수가 집에 들어올 때면 진수와 정숙이 둘만의 시간을 보내도록 갓골 큰집으로 두 아들을 데리고 다녀오고는 했다. 시어머니는 정숙에게 진수가 내려오면 꼭 잠자리를 가질 것을 요구했으나

---
(98) 신부가 신랑을 따라 시집으로 가는 길.

진수는 가족에게 필요할 정도의 돈 봉투만을 던져놓을 뿐 정숙을 가까이 하지 않았다. 어쩌다 동척 평택농장에서 있던 회식에서 거나하게 술에 취하는 때에나 술김에 한 번씩 정숙을 안아볼 뿐이었다. 정숙은 결혼 후 3년이 되어서야 태기를 느끼기 시작했다. 정숙은 시어머니의 지극한 돌봄 덕에 이듬해 진달래가 범티고개를 물들일 때 예쁜 여자아이를 낳았다. 아이의 이름은 시댁 백부가 '필례'라고 지었다. 결혼 3년 만에 자식이 생긴 진수는 난의실에 새집을 얻어 정숙과 필례를 데리고 나왔다. 정숙의 부탁으로 인근 밭뙈기를 사서 뽕나무를 심도록 했다. 정숙이 진수의 사랑 없이도 삶을 이끌 수 있었던 것은 결혼 후 다니기 시작한 미리내 성당과 '필례' 덕분이었다.

'필례'가 세 살이 될 무렵인 1923년부터 진수의 발길은 점점 횟수가 줄어갔다. 이따금 성당에서 만난 약산 사는 성당 동생 귀분의 결혼 생활에 대한 짓궂은 질문에도 대답해 줄 특별한 경험이 없었다. 오로지 범티의 시어머니를 들여다보고 필례를 업은 채 뽕나무를 베어다가 누에를 키우는 재미가 그녀의 삶을 의미 있게 만들 뿐이었다. 진수가 자신의 피붙이인 필례에 대하여도 왜 그렇게 무덤덤한지 도대체 이해가 되지 않던 어느 날, 성당에 미사를 마치고 집으로 돌아가는 길에 갓골에서 성당에 다니던 한 아주머니가 뜬금없이 정숙을 불러 세웠다.

"이봐, 필례 엄마!"
"예, 아주머니!"
"거시기… 요즘 필례 아빠는 자주 내려와?"
"바쁜가 봐요, 한 달에 한 번 정도 다녀가요."
"필례 아빠 집안네가 우리 동네잖어, 갓골. 내 그래서 하는 말인데 남편 경성 올라가면 어디서 지내는지 한번 물어봐!"

"경무국 기숙사에서 지낸다고 하던데요"

갓골 아주머니는 한참을 망설이며 근심 어린 표정을 짓더니만 마침내 꺼내려던 말을 마저 꺼냈다.

"내… 자네가 하도 착하고 안쓰러워서 그려. 필례 아빠가 자네랑 결혼하기 전에 일본에서 유학했잖어. 그때 사귀던 일본 여자가 있었는데, 아마 올 초에 경성으로 들어왔댜!"
"아니…, 누가 그래요?"
"원래 그 집안이 좀 시끄럽잖어. 서로 자식새끼들 잘못 가르쳤다고 싸우다가 필례 아빠가 자기 홀어머니와 자네 안 챙기고 딴살림 차렸다는 얘기가 흘러나왔나 보더라구! 자네가 조강지처인데 남편 단속 잘해야 혀! 땅이 굳어야 돌도 괴는 법이고, 기둥이 흔들리면 서까래가 내려앉는 법이여."

정숙은 잠시 멍하니 서서 움직이지도 못하다가 제대로 인사도 나누지 못하고 힘없는 발걸음을 집으로 옮겼다. 자신이 처한 신세는 그간의 남편 태도에 비추어 받아들일 수도 있는 일이었다. 그러나 자신의 핏줄인 필례가 불쌍하고 안쓰럽다는 생각에 더욱 목이 메고 흐르는 눈물마저 차갑게 식어 피부 속으로 시커멓게 가라앉는 듯했다. 억울하고 분함이 목구멍으로 쏟아져 나올 것 같은데도 그저 한 달에 한 번이나 볼까 말까 하는 남편에게 언제 다시 이 고통을 되새겨 쏟아낼 수나 있을까 싶었다.

죽은 시아버지인 범티 아저씨는 어려서부터 자신을 무척이나 예뻐해 주셨다. 정숙이 이웃 동네 사내들이 눈에 들어올 때쯤 아버지는 일찌감치 자신을 성진수에게 시집보내겠다고 결정해 버렸다. 옆 마을 전문학교 다니는 어떤 오빠가 마음속 크게 들어찰 때도 이왕에 정해진 운명을 거슬려 보려는 생각은 꿈에도 하지 못했다. 남편을 처음 보았을 때 자신을 바라보는 냉정한 눈빛은 많이 배워서 똑똑한 사람들의 제 잘난 특징 같은 것이라 생각했었다. 늘 지적이고 언변이 좋은 사람을 존경하고 부러워해 왔다. 결혼 후에도 여전한 남편의 시선에 대한 불만은 무식한 자신의 불필요한 조급함 같은 자격지심 때문일 것이라 생각했다. 아기도 낳고 살림살이도 늘면 달라지겠지 기대했었다. 세상이 아무리 신식으로 바뀌더라도 가벼운 서방보다야 무뚝뚝한 지아비가 여전히 미덕이 아니겠는가, 스스로도 미덥지 못한 평계를 여전히 들고 있었다.

'저 잘난 인간은 나를 백년해로할 부인으로 한 번이라도 생각을 해본 적이 있을까? 술집 작부를 품어도 그 순간은 행복하고 사랑스러운 눈빛이어야 하는 것 아닌가? 나는 단지 저 인간의 지고지순한 사랑 타령 한 가운데 던져진 모난 걸림돌이란 말인가? 그냥 나는 저 인간에게 처음부터 그리고 여전히, 마침내 끝까지 남으로 남는 것인가?'

정숙은 슬펐다. 그렇게 정숙은 남 같던 남편이 그저 남이었다는 사실을 확인했을 뿐 그나마 필례만을 바라보고 살아야겠다는, 하나밖에 없는 선택지를 찾아내는 것은 그리 어렵지 않았다. 그러나 마음은 여전히 쓰리고 허전하고 아팠다.

그로부터 석 달 후인 1924년 초여름, 정숙의 안색이 검어지고 먹는 것이 시원치 않다는 소식이 범티 시어머니의 귀에 들어갔다. 안성 장에서 보약탕을 한 재 지은 이씨 부인이 난의실 정숙의 집에 들어서서 누워 있는 정숙을 찾았다.

"어멈아, 어디가 아프다냐? 안색이 왜 그러냐?"
"어머님 오셨슈, 그냥 소화가 잘 안되어서 그래요."

"얼른 일어나 병원이라도 다녀와야지, 필례는 어떻게 건사할려고! 그나저나 아범은 자주 들르냐?"

"…."

"왜?"

"엊그제 돈 몇 푼 던져놓고 경성으로 올라갔슈…. 엄니! 혹시 지가 잘못되더라도 우리 필례는 엄니가 잘 좀 키워주셔요."

정숙의 목소리에 힘이 실리지 않았다. 쓸데없는 소리를 한다는 시어머니의 야단 따위는 정숙의 가슴 한편 어디에도 와닿지 않았다. 진수가 두 달 만에 정숙을 찾았을 때 정숙은 이미 복수가 차오르기 시작했다. 진수가 수원에 있는 경기도립병원으로 정숙을 옮겼을 때는 이미 때를 놓친 후였다. 정숙은 1924년 7월 급성 C형 간염에 따른 간경화로 꽃다운 25세의 짧은 생을 마감했다. 나라를 빼앗긴 것도 서러운 판에 서방과 자식을 일본 년에게 빼앗기게 된 것이 얼마나 억울했겠냐는 나름의 사인 분석이 난의실 곳곳에서 회자됐다. 정숙은 범티고개 너머 '상마정'이 내려다보이는 언덕배기에 묻혔다. 어쩌다 한 번씩 그녀의 쌍둥이 시동생들이 벌초를 했다. 정숙이 죽은 지 21년째인 1945년 이른 봄, 정숙의 낮은 봉분 앞에 베드로 신부에 의해 비석이 하나 세워졌다. 비석 뒤에는 윤동주의 시[99]가 한 편 적혀 있었다.

'슬퍼 하는자는 복이 있나니
슬퍼 하는자는 복이 있나니
슬퍼 하는자는 복이 있나니
슬퍼 하는자는 복이 있나니
슬퍼 하는자는 복이 있나니
슬퍼 하는자는 복이 있나니

---

(99)　1948년 발표된 윤동주의 시집 [하늘과 바람과 별과 시] 중 '팔복'이라는 시.

슬퍼 하는자는 복이 있나니
슬퍼 하는자는 복이 있나니

저희가 영원히 슬플 것이오.
(마태복음 5장 3~12절)'

9. 독립운동가의 자식

장승연은 장종진과 박순덕의 아들이다.

#9-1 〈내외: 장종진과 박순덕〉

1910년 8월 29일 [한일병합조약]이 순종 황제의 조칙 형태로 발표되었다. 조선과 일본은 하나의 나라가 되었다. 그로부터 한 달 후인 1910년 9월 30일 오전, 충남 결성군 상서면 속동의 장영규를 명여[100]가 찾아왔다.

"이숙과 이모님 모두 그간 무탈하셨슈?"
"그려 어서 와라, 니 작년에 집안 살림 다 팔아버리고 머슴들은 다 면천했다면서 집안 내에서 성화 안 혀? 동학 난리통에도 별 탈 없이 버텨온 문중인디…."
"언 놈들은 나라도 다 팔아먹는 판인디, 그깟 재산 좀 팔아먹는 게 뭐 대수래요! 나라가 있어야 안동 김씨도 있는 것이지, 문중은 엠비! 붓자루 틀어쥐고 먹물 잔뜩 뿌려대 봤자 개구리 낯짝에 물 붓기유, 아무짝에

---

(100) 백야 김좌진.

도 소용없슈! 결국엔 왜놈들 목구녕에 시퍼런 칼을 쑤셔 넣어야 헌데니께요."

명여의 눈빛과 말투는 단호했다. 젊은 처조카의 일갈에 장영규의 가슴에 묵직한 무언가가 자리 잡을 만하려는 그때, 갑자기 대나무반자에 누런 한지를 겹겹이 덧대어 바른 천장에서 '드르륵드르륵' 요란한 소리가 들렸다. 명여의 잔뜩 힘이 들어간 눈빛이 천장으로 향했다. 아마도 겉벼를 잔뜩 훔쳐 먹은 고양이만 한 집쥐가 천장을 가로질러 달리는 듯싶었다. 명여의 이숙 장영규와 이모 이씨 부인도 눈길이 천장으로 옮겨졌다. 장영규가 이씨 부인에게 타박을 해댔다.

"내가 고양이 새끼를 키울 게 아니라 쥐약을 놔야 한다구 했잖어! 뭔 쥐새끼 달려가는 소리가 무슨 개새끼 내뛰는 소리처럼 들리는 겨?"
"그놈의 고양이가 야무지게는 생겼는데 쥐를 지대로 못 잡나 보네요. 그러지 말구 당신이 쥐덫을 한번 지대로 놔 봐유."
"그려, 고양이 한 마리 키워봐야 쥐새끼가 한 부대면 감당이 되겠어? 머리를 써야 돼야… 천장 올라가는 길목을 찾어서 쥐덫을 놔봐야겠어, 덫을 놔야 돼야!"

둘 간에 심각한 대화가 오가더니 뜬금없이 장영규의 시선이 명여에게 다시 옮겨졌다. 잠시간에 소동이 사라질 시간이 필요했는지 장영규가 한참 뜸을 들이다 명여에게 물었다.

"근디 우짠 일이여?"
"야, 이숙께 부탁드릴 일이 있어서 왔슈."
"잉, 혀봐!"

명여가 다시 헛기침으로 한숨을 돌리고 잠시간 침묵을 만든 후 말을 이었다.

"지가 행촌[101]에 있는 나머지 전답을 서산 사는 최중식에게 부탁해서 처분할 작정인디, 그 돈은 아숙께서 당분간 맡아두셨다가 지가 군자금을 마련해서 만주로 넘어가거든 그때 좀 보내주셨으면 해서유. 그리고 종진이는 제가 데려다가 호명학교[102]에서 가르쳐 볼 테니께 보내시구유."

명여는 재 너머 하촌마을의 땅을 하인들에게 나눠주며 면천한 하인 천 서방에게 장영규의 집안을 좀 살펴달라고 부탁했었다. 장영규에게는 잔일은 천 서방 시키고 호명학교 일도 가끔 들여다봐 달라고 부탁했다. 명여가 대문을 나설 때쯤 뒤에서 장영규가 한마디 던졌다.

"일본 놈들 때려잡을려면 덫을 놓고 기둘려야 되는 겨."

명여의 방문 이후 장영규의 아들 장종진은 다니던 서당을 그만두고 호명학교의 학생이 되었다. 그해 마른 논의 가을걷이가 끝나갈 무렵 명여의 이야기대로 서산 최중식의 동생이라며 최중철이 명여의 갈산면 행촌 논 1만 2천 평의 매매대금이라며 1만 엔을 가져왔다.[103] 다음 해인 1911년 명여는 서간도에 독립운동 기지 건설을 위한 군자금 모집차 경성부 돈의동의 먼 친척인 김종근을 만나러 갔다가 그의 밀고로 체포되어 서대문 형무소에 2년 간 동안 갇혀야 했다. 명여의 처분한 재산과 호명학교를 맡아서 관리해야 했던 장영규의 삶도 어느덧 서슬 퍼런 일제의 칼끝 앞에 놓인 신세가 됐다. 호명학교의 살림살이는 천 서방을 시켜서 관리했으며 경여의 숨겨놓은 재산과 자신의 신분이 최대한 노출

---

(101) 현, 홍성군 갈산면 행산리.
(102) 김좌진이 1907년 신학문 교육을 통한 주권 회복과 민족독립운동을 위해 고택을 개조해서 세운 학교.
(103) 1910년경 김좌진 장군이 다한광복회 활동 자금 마련을 위해 최중철 선생에게 토지를 처분한다는 소유권 이전 확약서 필사본이 2022년 발견되었다.

되지 않도록 표정을 무겁게 하고 언행을 조심했다.

　명여가 석방되던 해 열세 살 먹은 아들 종진에게는 일찌감치 배필을 정해줬다. 박순덕은 봉화산 아래 '사정동' 출신으로 열다섯 살에 바닷가 마을 속동 장종진의 배필로 시집을 왔다. 어린 나이에 배필을 얻은 종진에게 순덕이 갖는 의미는 특별할 것이 없었다. 어른들로부터 꼬마신랑이라는 놀림거리가 되는 것이 싫을 뿐이었다. 나이 어린 종진에게는 순덕에 대한 남편으로서의 노릇 따위는 관심이 없었다. 오로지 명여의 뜻이나 자취를 따라 명예롭게 살아보겠다는 일념뿐이었다. 1918년 명여가 경성부 재동을 떠나 만주로 망명하여 대한광복회 부사령관이 되었다는 소식이 전해졌다. 이듬해인 1919년 삼일 만세운동의 불길은 홍성에서도 여지없이 일어났다. 종진은 18세의 나이에 홍성장에서 벌어진 만세운동의 맨 앞줄에 서 있었다. 곧바로 일경에 체포되어 서대문 형무소에 수감됐다. 3개월의 수감 생활 동안 종진이 가까이한 사람은 경기도 평택에서 만세운동을 주도한 혐의로 수감되었던 서탄면장 윤기선이었다. 다행히 종진은 미성년자라는 이유로 3개월 만에 석방되었다. 윤기선은 모진 고문을 버텨야 했으며 그 후유증으로 평생을 고통에 시달려야 했다. 종진은 석방 후 명여가 있는 만주로 가기 위해 경성의 중동중학교 속성과에 입학해 상경했다. 상경 후 종진은 심양, 상해, 운남성을 오가며 독립운동가들을 찾아 나서 일제와 대항할 수 있는 학식과 훈련을 쌓고 있었다.

　한편, 속동의 순덕은 석방 후 집을 찾지 않는 남편 종진을 대신해 어린 시동생과 시부모를 부양해야 했다. 명여가 수감된 후 맡겨둔 돈으로 전답을 사서 소작을 주고 있었던 때라 그나마 집안 사정이 나쁘지는 않았다. 시아버지 장영규는 명여의 방문 이후 군자금 모집과 학교 일에 매진할 뿐이었다. 논밭일은 천 서방이 도와주기는 했으나 대부분 시어머니와 순덕의 몫이었다. 그해 가을일이 시작될 무렵부터 평소 건강이 좋지 않던 시어머니가 가끔 눈이 침침하다 하시더니 간신히 뒷간을 오고 갈 정도로 시력이 급격히 나빠져 대부분의 시간을 집 안에서 보내야만 하는 신세가 되었다. 가을일이 끝나 갯가에 찬바람이 불기 시작하면서부터 부지런한 순덕은 속동 갯벌에 널려 있는 석화를 따서 인근 궁리포구에서 생굴로 팔거나 값이 저렴할 때는 인근 아낙네의 굴을 사들여 어리굴젓을 담아 겨우내 서부면과 천북면 일대에서 어리굴젓 행상을 하며 가족의 생계를 책임져야 했다. 열다섯 살 어린 나이에 시집을 왔으나 어린 신랑과 오붓한 한대를 보낸 기억이 전혀 없었다. 순덕은 자신의 처지에 대해 불평을 늘어놓을 곳조차 없었다. 단지 고향인 사정동에 한 번씩 다녀오는 것이 그나마 위안이었다. 종진이 고향을 다시 찾은 건 1920년 겨울이었다. 종진은 다음 해 초에 운남성 운남군관학교 교도대에 편입이 결정된 후 그해 겨울을 부모님과 그의 아내 곁에서 보내려 고향인 홍성으로 내려오고 있었다. 눈발이 흩날리는 날씨에 장영규가 화롯불에 알밤을 굽다 말고 대문 앞을 들어서는 아들 종진을 맞이했다. 종진의 어머니는 종진과 눈을 제대로 마주치지 못하고 그나마 손에 익은 감각으로 손뜨개질을 하고 있었다.

"너는 몇 달째 소식도 없이 어디를 댕겨오는 겨?"
"예, 아부지, 심양에 좀 댕겨왔슈!"
"그래, 명여 소식은 들은 겨?"
"예, 지난 10월에 사령관님이 만주 청산리에서 왜놈들에게 대승[104]

---

[104] 청산리대첩은 1920년 10월 김좌진, 이범석 등이 이끈 북로군정서군과 홍범도가 이끈 대한독립군이 간도 일대에 출병한 일본군 5만 명을 상대로 대파한 전투.

을 거뒀다고 소문이 떠들썩했슈. 지도 내년 봄에 운남군관학교에 입학해서 사관 교육을 받으려구유, 그리고 심양에서 연진[105] 형님을 뵈었는데, 사령관님 군자금을 보내달라는데유."

"그려, 근디, 그 돈을 어떻게 보낸다냐?"

"예, 조만간 연통이 올 거여유!"

"근디 엄니 눈이 좀 불편해 보이시는디…."

"니 엄니 인자 눈이 잘 안 뵌단다."

1919년 7월 10일 상해임시정부는 내무총장 안창호에 의해 대한민국 임시정부 국무원령 제1호 〈임시연통제〉가 공포되면서 업무가 개시되었다. 종진이 만세운동 당시 만났던 서탄면장 윤기선의 친척 윤대선(서탄공립보통학교 선생)이 경기 남부의 연통조직이었으며 충남 조직원 중 일원이 장종진이었다. 윤대선과 장종진 사이의 연통은 서산 삼길포의 새우젓배 선장 윤덕만을 통해서 이루어졌다. 윤덕만의 새우젓배는 삼길포와 홍성의 궁리포구를 오가며 천수만 일대의 굴을 사서 평택의 황곶진까지 들어가 새우젓과 어리굴젓을 평택 일대에 공급했었다. 윤덕만은 윤대선의 먼 친척이다.

1921년 1월 어느 날, 연통을 받은 종진이 아버지 장영규에게 군자금 이동과 관련해 의논했다.

"아버지, 지가 다음 달 명여 형님의 자금을 가지고 단동으로 들어가야 할 것 같어유!"

---

(105) 김좌진의 친족형제.

"그려, 그렇잖아두 그간 맡아두었던 돈은 급하게 전답을 정리해서 맹글어는 놨는디, 그 돈을 어떻게 들고 갈려는 겨?"

"그냥 품에 넣어가는 것은 위험할 것 같구요, 곡석에 넣어서 보내는 방법이 있는데 잃어버리는 경우가 왕왕 있다네유!"

"가는 길은 어떻게 잡은 겨?"

"삼길포의 윤 선장님 배를 타고 평택 항곳진으로 들어가면 쑥고개라는 곳에 열차 임시정류장(송탄역)이 생겼는데, 그곳에서 경성으로 들어가려구요. 그다음은 아마도 경성에서는 단동으로 보내는 열차 편이 마련돼 있는 것 같어유!"

"그러면, 니 처가 만든 어리굴젓 속에 돈을 담아서 가면 되겄네!"

"젓갈 속에 어떻게 돈을 숨겨 간데유?"

장영규는 한동안을 아무 말 없이 골몰하더니 며느리 순덕을 불렀다.

"얘, 아가야! 물을 좀 끓여야겠다."

순덕이 문을 열고 들어섰다.

"예? 물을 얼마나 끓여유?"

"잉, 염소 두 마리를 모두 잡을 테니께 잔뜩 끓여!"

"염소를 두 마리씩이나요?"

"그려, 니도 태기가 있는 것 같구, 종진이도 먼 길 떠나야 할 테니 염소나 잡아서 몸보신이나 혀보자. 그리고 아가 너는 어리굴젓 한 말을 새로 담그고, 작년에 삭힌 황새기젓은 아직 남아 있지?"

"예…!"

장영규는 이미 영웅이 되어 있는 처조카의 명예로운 일에 이제야 내세울 만한 기여를 하게 된 것 같아 가슴이 벅찼다. 장영규는 외양간 옆에 매여 있던 묵은 염소 두 마리를 모두 잡았다. 염소의 네 발목을 도려

내고 껍질을 모두 벗긴 후 배를 조심스레 갈랐다. 염소의 위를 깨끗이 잘라낸 뒤집은 후 여러 차례 물로 씻었다. 위의 한쪽에 명주실을 단단히 묶고 한쪽 입구에 입을 대고 바람을 불어 넣었더니 제법 큰 풍선이 되었다. 한쪽을 마저 묶은 장영규는 종진에게 뒤뜰 감나무 가지에 잘 매달아 두라고 일렀다. 보름 후, 한겨울 찬 바람에 염소의 위를 몇 차례 뒤집어 말린 끝에 염소 위는 조직이 단단해져 물 한 방울 새거나 들어가지 않게 되었다. 장영규는 한쪽에 각 1만 엔씩 돈을 넣고 염소 위의 앞뒤를 다섯 차례나 단단한 명주실을 겹겹이 꼬아 묶은 후 콩댐[106]을 한 기름종이로 겉을 쌌다. 작은 새우젓 항아리 두 개를 비우고 돈다발이 된 염소 위를 항아리 바닥에 넣고는 각각의 항아리에 순덕이 담가놓은 어리굴젓과 황석어젓을 가득 채웠다. 항아리 위는 한지와 무명천으로 덮고 주둥이는 새끼줄로 묶은 후 세로로 여섯 번, 가로로 세 번을 엮어 단단히 묶었다. 종진은 아버지의 분부대로 윤덕만에게 뱃사람이 입던 비린내 나는 누비바지와 저고리를 구해달라고 부탁했다. 종진은 열흘 전 어리굴젓에 군자금을 담아 보내겠다는 연통을 넣었다.

  1921년 2월 15일 오후 홍성의 궁리포구. 아침 일찍 천수만 일대로 숭어잡이를 나선 배들이 포구로 귀항하고 있을 때, 윤 선장의 배는 출항 준비를 하며 장종진을 기다리고 있었다. 윤 선장은 이미 궁리포구에 들어오기 전 당암포구에서 널찍한 갯굴을 서너 망태기 실어 왔다. 뱃전에 정신없이 쌓여 있는 꽃게잡이 자망그물을 이리저리 대충 감아 선미 쪽으로 밀어내고 젓갈 항아리 놓을 자리를 미리 손봐두었다. 잠시 후 멀리서 장종진이 다가오고 있었다. 미리 구한 해진 누비바지와 땟국물에 전

---

[106] 불린 콩을 갈아서 들기름에 개어 장판에 바르는 일.

저고리 차림이 영락없는 뱃사람으로 보였다. 종진은 가지가 제법 길게 나온 물지게 갈고리에 젓갈 항아리 두 개를 매달고 익숙하지 않은 듯 뒤뚱대며 뱃전에 다가섰다. 젓갈 항아리를 건네받은 윤 선장이 미리 마련한 자리에 젓갈 항아리를 가지런히 두고 앞뒤로 묵직한 갯굴 망태기를 받쳐 흔들리지 않게 했다. 윤 선장의 배는 종진을 싣고 안면도 방향으로 향했다. 시간이 사리물때 중 급히 써는 때라 배는 금세 간월도, 당암포구를 지나 드르니항으로 미끄러지더니 어느새 넓은 서해로 나올 수 있었다. 어느새 물길이 바뀌고 때아닌 마파람에 배는 자연스레 서산 방향으로 떠밀렸다. 멀리 수평선에 노을이 얹어졌다. 뱃전에 부딪힌 파도가 하얗게 부서지는 중에도 틈틈이 보이는 붉은 노을은 세상을 평온히 덮고 있었다. 종진의 얼굴이 노을에 물들었는지 붉어졌다. 2만 엔이라는 거금을 들고 만주까지 향해야 하는 그 첫 여정에 종진은 긴장한 표정을 감출 수 없었다. 삼길포로 향하는 내내 윤 선장과 종진은 같은 노을을 바라보면서도 서로 간에 한마디 말이 없었다. 저녁 무렵 배는 서산 삼길포에 도착해 윤 선장의 집에서 하루를 머물렀다.

다음 날 아침, 동이 트기 전 그날 새벽에 잡아 올린 숭어와 꽃게를 몇 상자 실었다. 윤 선장의 배는 물때에 맞추어 아산만에 접어들어 평택의 황곶진으로 향했다. 그날 황곶진에 도착한 배는 30여 척에 달했다. 종진을 맞이한 건 서탄면의 윤대선이었다. 윤대선은 경성행 기차표와 만주국 관동도독부에서 인수한 남만주철도㈜의 '물품인도요청서'를 장종진의 손에 쥐여줬다. 윤덕간은 새벽에 도착한 서산 꽃게잡이 배에서 덩치 큰 선원 한 명을 부르고 있었다. 쑥고개 경부선 임시정류소에선 물품에 대한 간략한 검사가 있었다. 일본 순사가 어리굴젓 항아리를 발로 툭툭 차며 종진에게 명령했다.

"웬 냄새 나는 항아리를 열차에 실으려 하나? 열어봐라!"
잔뜩 긴장한 종진이 말없이 어리굴젓 항아리를 칭칭 동여맨 새끼줄을 풀었다. 혹시라도 일이 잘못될 경우 어느 방향으로 도주로를 정해야 할지 주변을 살폈다.

"이게 무엇인가?"
"간월도 어리굴젓과 황새기젓입니다."
"열어보라니까!"
종진이 어리굴젓 항아리를 덮은 천과 한지를 마저 걷어내자 시뻘건 어리굴젓이 가득했다. 일본 순사가 한참을 들여다보더니 고민 끝에 옆에 있던 하급 순사에게 지시를 내렸다.

"이것 나뭇가지 가져다 저어봐라!"
종진이 떨리는 목소리를 가다듬어 혹시나 하고 준비해 둔 말을 꺼냈다.

"만철의 고토 신페이 총재께서 직접 주문하신 물품입니다. 잡것이 들어가면 윗분들이 곤란해해서요…!"
옆에서 지켜보던 윤 선생이 일본 순사의 주머니에 돈을 몇 푼 찔러 넣으며 거들었다.

"저희가 만주국으로 보내는 첫 물건이라 정성껏 보내야 해서요, 막대기로 헤집으면 어리굴젓 다 터집니다요. 냄새나는 물건을 싣게 되어 송구하구요. 저희가 다음에는 순사님 드실 것은 따로 준비하도록 하겠습니다."
"어허, 빨리 나뭇가지 가져와 봐."
일본 순사는 아랑곳하지 않고 망설이던 하급 순사를 재촉해 댔다. 마지못해 하급 순사가 철길 옆 제멋대로 자란 왜싸리나무 한 가지를 꺾어 들고 오자 윤대선의 낯빛이 바뀌고 걸치고 있던 안경을 성급히 벗었다. 잠시 후 하급 순사가 왜싸리나무 가지를 시뻘건 어리굴젓 항아리에 푹 찔러 넣었다. 그 순간 서너 발짝 멀리서 윤대선의 안경이 내려가는 것을 신호로 윤덕만이 사람들 사이를 헤집고 달려오더니 하급 순사를 밀치며 나뒹굴었다. 곧이어 달려온 덩치 큰 장정 하나가 보란 듯이 일본 순사 앞에서 윤덕만의 멱살을 틀어쥐고 있는 힘껏 따귀를 올려붙였다. 휘청이는 윤덕만이 하급 순사를 부여잡고 자빠지니 어리굴젓 항아리에 꽂혀 있던 나뭇가지가 시뻘건 어리굴젓을 주변으로 튕겨냈다.

"요런 상녀리 새끼가 낸 돈을 떼어먹고 도망을 가!"
윤덕만이 간신히 일본 순사 뒤로 몸을 피하자 덩치 큰 장정이 우악스럽게 일본 순사를 밀쳐내고 윤덕만 위로 덮치더니 솥뚜껑만 한 손바닥으로 연거푸 윤덕만이 면상을 내리쳤다.

"야! 이놈들 뭐야, 이놈들 잡아."
하급 순사가 덩치 큰 장정에게 매달려 보지만 이리저리 휘두르는 팔에 별 볼 일 없이 나가떨어졌다.
"뭐여? 요놈을 잡어요. 요놈이 내 돈을 5백 원씩이나 떼어먹고 도망을 가는 거라니께."
한동안 고성이 오가고 주위 사람들의 시선이 모아진 틈에 종진은 재빨리 어리굴젓 항아리를 한지와 천으로 덮고는 풀려진 새끼줄을 다시 단단히 묶었다. 우여곡절 끝에 어리굴젓과 황석어젓 항아리가 경성행 열차에 실렸다. 한동안을 일본 순사 앞에서 실랑이를 벌이던 윤덕만도 꽃게잡이 선원에 멱살이 잡힌 채 황곶진 방향으로 사라졌다. 이후 경성에 도착한 종진은 연통조직의 도움으로 경성을 출발해 단동의 삼달양행[107]에 도착했다. 어리굴젓과 황석어젓은 장춘의 상원양행[108]으로 보냈다. 본인은 단동의 독립군 연락소인 이륭양행[109]의 배를 타고 상해로 들어갔다. 그해 한두 차례 충남 일대와 경기 남부권에서 모금된 독립군자금은 종진이 만들어 놓은 루트를 이용해서 단동으로 옮겨졌다. 매번 쑥고개 임시정류장을 지키는 일본 순사에게는 약간의 용돈과 자그마한 어리굴젓 한 단지가 건네졌다. 종진의 상해행 이후 경성까지의 배달은 종진의 처 순덕이 맡았다. 그해 함경도와 평안도 일대 연통조직이 적발되어 연통제가 위축되기까지 장영규도 자기 재산의 상당 부분을 처분하여 아들 종진에게 보냈다.

---

(107) 단동에 잡화상으로 설립한 독립운동가들의 연락 거점이다.
(108) 장춘에 곡물 상점으로 설립한 독립운동가들의 연락 거점이다.
(109) 아일랜드계 영국인 조지 루이스가 1919년 5월 단동에 설립한 무역선박회사로 비밀리에 대한민국 임시정부 교통국의 역할을 수행하였다.

#9-2 〈홀로 자식 : 장승연〉

장종진이 상해로 떠난 그해 가을 순덕은 홀로 아들을 낳았다. 장영규는 손자의 이름을 '승연'이라 지었다. 장승연은 아비 장종진이 죽었다는 1931년 7월까지 그 아비의 얼굴을 한 번도 보지 못했다. 종진이 상해로 떠난 후 순덕의 삶은 정신적으로도 경제적으로도 더욱 피폐해졌다. 이듬해 봄에는 몇 달간 누워서만 지내던 순덕의 시어머니가 유명을 달리했다. 집안은 이름 없는 독립운동가(종진은 아나키스트로 이름을 중국 이름 '심웅'으로 바꾸어 활동했음)의 가문이라 내세울 것도 없었고 살림살이는 여느 소작농과 다를 바 없었다. 어린 아들 승연의 보채는 울음소리는 순덕 자신의 굶주림이 원인이라는 것을 쉽게 알 수 있었다. 승연이 곤히 잠들어 있는 새벽이면 순덕은 바람 찬 속동 갯벌에 나가 석화를 따다 어리굴젓을 담갔다. 그나마 날이 풀리는 때면 승연을 둘러업고 어리굴젓 항아리를 머리에 이고는 여전히 이 마을 저 마을로 행상을 다녔다. 등에 업혀 있던 승연이 자지러지게 울 때면 어느 틈엔가 광목으로 만든 기저귀가 흠뻑 젖어 차가워져 있었다. 순덕의 가슴도 서러움으로 한없이 젖어 들었다. 자신의 비참한 삶에 나라의 독립이 무슨 대수이겠는가? '내 자식 배나 곯지 않았으면….' 열다섯 살에 시집와서 결혼 생활이라야 2년 전 겨울 한 달간 남편과의 잠자리가 전부였다. 그리고 언제 끝날지 알 수 없는 궁핍과 불안함에 어찌 기나긴 세월을 살아갈 것인지 앞이 막막했다. 그녀를 지탱케 하는 것은 자신의 마른 가슴팍을 파고드는 승연의 본능적인 어미에 대한 간절한 눈빛뿐이었다. 그렇게 모진 세월은 순덕을 끊임없이 흔들었고 그녀의 흔들림 없는 자식 사랑은 그나마 승연의 눈빛을 다정하게 키워냈다.

세월이 흘러 장승연이 아홉 살이 되던 1929년 가을, 신 선생이라는 독립지사가 예산 사는 최 선생이라는 미곡상을 데리고 장영규를 찾아왔다. 신 선생은 3년 전 상해로 망명해 중국노동대학을 졸업한 후 망명 전 동지로 규합한 최 선생과 무장 항일투쟁에 전기를 마련할 중대한 사건을 모색하고 있었다.

"어르신 안녕하십니까? 저는 신 아무개라 합니다. 심웅 선생의 소개로 찾아뵙게 되었습니다."
"심웅 선생이 누구십니까?"
"아, 예! 어르신 아드님이 중국에서 사용하는 이름입니다."
"아! 네. 종진이는 어디서 어떻게 지낸답니까?"
"심웅 선생은 북만주에서 백야 선생과 한족총연합회를 조직하여 농무 및 조직선전부장을 맡고 계십니다. 다름 아니라 저희가 내년 여름께 군자금을 마련해서 상해로 들어가고자 하는데 어르신의 도움으로 안전하게 자금 이동이 가능하다고 들어서 도움을 청하고자 찾아뵈었습니다."
"자금을 어떻게 마련하시겠다는 거요?"
옆에서 둘 간의 대화를 듣고만 있던 최 선생이 잠시 망설이다 말을 꺼냈다.

"예, 제가 예산에서 싸장사를 하고 있는데, 호서은행에서 미곡수매자금을 대출받아서 상해로 넘어가려고 합니다. 아드님과도 충분히 상의해서 결정한 일입니다."
장영규는 자식이 독립운동조직의 중요인물이 된 것 같아 흐뭇해하면서도 그 즉시 사안이 위험하다는 판단이 들었다. 이제 막 아이티를 벗고 있는 손주 승연의 안위가 걱정되어 쉽게 대답할 수 없었다. 고민을 해보고 최 선생에게 다시 연락을 주기로 이야기를 마무리한 후 그들을 돌려보냈다.

그로부터 몇 달 후인 1930년 1월 명여가 만주에서 순국했다는 비보가 장영규에게 전달됐다. 그의 긴 고민도 명여의 비보로 끝이 나고 그다음 달 최 선생을 불러들여 그들의 실행에 동참하기로 했다. 다만 한 가지 걸리는 것은 그의 손주 승연에 대한 문제였다. 일이 잘못될 경우 자신이나 며느리 순덕에게 무슨 일이 닥칠지 모르는 상황에서 승연을 그대로 데리고 있다는 것이 너무나 위험해 보였다. 장영규는 승연이 안전하게 지낼 곳을 마련해 주어야 된다고 생각하고 연통조직을 통해 승연의 거처를 마련해 달라는 부탁을 하게 된 것이다. 이 소식은 서산을 거쳐 평택군 서탄면에 닿는 순간 해결이 됐다. 그로부터 한 달 후 최 선생이 찾아왔다.

"어르신! 승연이는 경기도 평택에 있는 윤기선이라고 전에 서탄면장 하시던 분 집안에서 맡아주시겠다고 합니다. 윤 면장님이나 그 육촌인 윤대선 선생이 모두 아드님과 친분이 있는 분이라 믿고 맡기셔도 될 것 같습니다. 인근엔 회화강습소가 있기는 한데 올해 연말에 서탄공립보통학교가 새로 생긴다니 학교에도 보낼 수 있을 것이라고 합니다." 장영규는 며느리 순덕을 불러 승연을 서탄면 윤 면장 댁에 보내자고 설득했다. 그해 2월 최 선생은 예산의 호서은행 본·지점에서 15차례에 걸쳐 미곡수매자금 5만 8천 원의 거액을 대출[110]받아 대부분을 장영규에게 맡겨두고 일부를 몸에 지닌 채 함경남도 정평을 거쳐 국경을 넘어 북경으로 잠입하는 데 성공했다. 장영규는 다시 키우던 염소 두 마리를 잡은 후 어리굴젓과 황석어젓을 단동의 이륭양행으로 보냈다. 그들이 맡긴 군자금은 1930년 5월 안전하게 톈진의 독립군 비밀집회소에 도착했다. 그

---

(110) 호서은행 탈취 사건은 1930년 2월 일연 신현상과 미곡상 최석영이 벌인 사건은 무정부주의운동자금으로 쓰다 일본 경찰에 체포된 사건이다.

러나 호서은행 탈취 사건 이후 수사에 혈안이 되어 있던 일제 경찰은 신 선생과 최 선생이 3월에 텐진에 잠입했다는 첩보를 접수했다. 5월 1일 비밀집회장소를 급습하여 10여 명의 독립지사를 체포하고 탈취된 자금을 확보하기에 이르렀다. 다행히 북경의 유모 애국지사 등의 구명운동으로 나머지 독립지사는 석방되었으나 신 선생과 최 선생 및 탈취한 호서은행 자금은 조선으로 다시 압송되었다.

그해 11월 그들에 대한 재판의 예심이 종결되고 12월 초 공주지방법원에서 신 선생이 2년, 최 선생이 4년의 형이 확정되었다. 그때까지 그들은 장영규의 존재를 발설하지 않았다. 끝까지 탈취 자금을 자신들이 직접 옮겼다고 주장했던 것이다. 신 선생과 최 선생이 체포된 지 한 달 후 윤덕만은 장영규를 찾아 그들의 체포 소식을 전하고 승연을 서둘러 서탄면 윤 면장 댁으로 보내라는 전갈을 해왔다. 장영규는 며느리 순덕에게 승연을 서탄면으로 데려가도록 했다. 그리고 순덕은 당분간 친정집에 머무르라 일렀다.

1930년 7월 장승연은 항곶진에서 윤덕만의 새우젓 배에서 내려 이승물 동편 서탄면 금암리 땅을 밟았다. 장승연은 이듬해 1931년 7월에 부친인 장종진의 사망 소식을 윤대선으로부터 듣게 되었다.

10. 쑥고개

#10-1 〈손녀딸〉

1924년 7월 말, 며느리 김정숙이 죽은 후 난의실 정숙의 집에는 필례의 친할머니 이씨 부인이 이사를 왔다. 이씨 부인은 느지막이 세 살 난 어린 손녀딸을 키우는 신세가 됐다. 젊디젊은 며느리의 마지막 거친 숨결에서 전해지던 '필례를 잘 키워달라.'는 애절한 호소는 이씨 부인의 뼛속 깊숙이 새겨졌다. 이씨 부인은 필례를 온갖 정성을 다해 키워냈다. 그것은 죽은 며느리에 대한 아들 성진수의 속죄를 어미인 자신이 대신해야 한다는 자기 각성에서 비롯된 것도 사실이다. 필례에 대한 손길은 신성한 의례를 치르듯 매번 정성을 다했다. 아들 진수의 손녀딸에 대한 살갑지 않은 시선에 대해서도 어르고 달래거나 때로는 모질게 나무랐다. 부모의 부재가 이따금 필례를 외롭게는 했으나 이씨 부인과 주변 이웃들 덕에 그 그늘이 깊지는 않았다.

1929년 4월 어느 따뜻한 봄날 필례는 이제 여덟 살이다. 엊그제 새로 깐 노란 병아리 서너 마리가 줄지어 어미 닭을 따라 햇살 가득한 담장 밑을 지났다. 병아리를 쫓아가던 필례가 담장 밑에 자그마한 연보랏빛 꽃 무더기가 곱게 핀 것을 보았다. 필례가 가뜩이나 작은 체구에 무릎을 턱 밑에 고이고 양쪽 팔로 다리를 감싼 채 바닥에 한껏 쪼그리고 앉아서 하염없이 꽃을 들여다보았다. 봄 햇살에 머리와 잔등은 따뜻했다. 어린 필례는 하늘거리는 작은 꽃잎에 자신의 모습을 묻어내고 있었다. 필례는 할머니에게 작고 예쁜데 슬퍼 보이는, 자신을 닮은 그 꽃의 이름을 물었다. 할머니는 그 꽃의 이름을 '꽃마리'라 부른다고 했다. 꽃마리는 물망초 같아서 한번 보면 자꾸 들여다보게 되고 잊히지 않는 필례 같은 꽃이라 했다.

필례는 하염없이 꽃마리의 작은 꽃부리에 얼굴을 비춰보려는 듯 빠져들고, 이씨 부인은 필례의 뒷모습을 하염없이 바라보면서 자신의 가슴 깊숙이 담고 있었다. 이씨 부인은 조만간 필례를 학교에 보낼 생각이었다. 자꾸 침침해져만 가는 본인의 눈 상태로 보아 필례가 학교에 들어가기 전에 옷을 한 벌 지어주어야겠다는 생각을 해왔다. 이씨 부인은 볕이 좋아 툇마루가 어느 때보다 밝은 어느 날 집 앞 개울 너머 늘어진 실버들을 몇 가지 꺾어 들고 와서는 필례를 툇마루에 세우고 치수를 쟀다.

"필례야 치마 벗어봐, 죄다가!"
"아이 왜, 싫어!"
"다리속곳은 딱 맞춰서 입어야 돼야, 이 할미가 깨끼바느질[111]로 단단히 만들어 줄 테니께…!"

이씨 부인은 하늘하늘한 버드나무 가지의 겉껍질을 훑어내고 하얀 속대를 필례의 가녀린 속살에 맞추어 댔다. 이제 얼마나 더 필례를 어루만지고 닦일 수 있을지 모른다는 생각이 들었다. 자신이 정성껏 키워낸 필례의 구석구석을 어루만지며 그간의 세월을 되새기고 있었다.

---

(111) 얇은 옷감의 안과 밖에 표시가 나지 않도록 솔기를 곱솔로 박아 시접을 모두 잘라내는 바느질법.

"우리 필례는 엉덩이에도 보조개[112]가 있네, 나중에 낭군님이 좋아하시겠다!"

이씨 부인은 지난 안성 장에서 사 온 무명천을 재단해 필례의 다리속곳, 속속곳, 속바지, 허리치마를 만들었다. 치맛말기가 흘러내리지 않게 단단히 묶으라 이르고, 치마는 반드시 왼쪽으로 여미라고 가르쳤다. 그리고 명년에는 가슴가리개도 만들어 주리라 약속했다. 사흘 후 만들어진 옷이 너무 크다는 필례의 불만은 열 밤만 자면 금방 맞게 될 것이라 달래며 넘어갔다. 필례가 학교에 다니면서부터 자신은 다른 아이들과 달리 붙잡을 어미의 손이 없다는 것을 알아차렸다. 이따금 얼굴을 볼 수 있는 아버지는 할머니 옆 치갓자락을 잡고 맞이해야 할 정도로 늘 낯설었다. 필례는 다른 아이들처럼 '엄마!, 엄마!'라고 부르며 울지 않았다. 울면서 부를 어미가 없었기에 그냥 고개를 숙이고 흐르는 눈물을 발끝에 떨구며 소리 없이 우는 아이였다. 지난해 부쩍이나 졸라대는 필례의 엄마 타령에 이씨 부인이 '이게 니 어미다.'라며 던져준 부모의 혼례식 사진 속 엄마 정숙을 수도 없이 들여다보고 또 보았다. '죽기 전 엄마가 성당에 다녔으니 지금은 성당 안에서 살고 있을 것이다.'라는 할머니의 말이 믿을 것이 못 된다는 것을 잘 알고 있었지만 필례가 주일마다 미리내 성당을 찾는 것은 기억이도 없는 엄마를 만난다는 나름의 의미가 있었다. 또한 정숙을 기억하는 다른 교우들이 필례를 안쓰러워하고 사랑스러워한다는 것을 필례도 잘 알고 있었다. 필례가 함박 웃을 땐 양쪽 볼 보조개가 깊어져 누구라도 필례의 보조개를 한 번쯤 찔러보고 싶은 충동이 든다며 누구는 고무신을 사다 주거나 머리띠, 학용품을 사다 주기도 했다. 필례는 이제 막 꼬투리가 터진 목화솜같이 예쁘고 사랑스럽

---

[112] 허리에 움푹 파인 골반 보조개(비너스의 보조개).

다. 강도영 신부가 성당 안뜰에서 놀고 있는 필례를 보고 머리를 쓰다듬었다.

"이야! 우리 필례는 어쩌면 이렇게 예쁘게 생겼대?"
"우리 할머니가 그러는데요, 제가 밤에 자다 일어나서 복숭아를 먹었는데 하얀 복숭아벌레도 몇 마리 씹어 먹었거든요, 그래서 이렇게 예뻐진 거래요!"
"아이고, 그랬구나!"
신부님은 필례를 품 안 가득 안아주었다. 필례는 누구의 딸이 아닌, 그냥 우리의 딸로 사랑받고 자랐다.

1932년 5월경, 이제 필례는 열두 살이다. 필례가 대문을 들어서며 급하게 할머니를 찾아댔다. 숨넘어갈 듯 급히 할머니를 찾더니 물에 흠뻑 젖은 채 한 팔에 제법 커다란 메기를 당당히 들고 마당에 서 있었다. 화들짝 놀란 이씨 부인이 어찌 된 일인지를 필례에게 물었다.

"할머니 내가 개울에서 애들하고 놀다가 이놈의 시커먼 메기가 막 후다닥 올라오드라구, 그래서 잡아버렸어. 헤헤!"
"아니, 니가 어떻게 이 큰 메기를 잡았어?"
"이놈이 막 물길을 헤집고 올라오길래 내가 그냥 치맛자락으로 깔구 앉아버렸지 뭐, 석현이가 자기 붕어 다섯 마리랑 바꾸자는데 안 바꾼다고 그러구 막 달려온 거여!"
"하이고… 대단하다. 우리 필례! 할미가 메기찜 해줄 테니께 텃밭에서 호박잎 좀 따 와!"
"근데 할머니! 나 여기서 피가 나는데…!"
필례는 자신의 허벅지를 가리키며 할머니를 바라보았다.

"잉, 그려 인자 달거리 하나보다… 괜찮어! 우리 필례가 샥시가 다 되었다는 신호여!"

그날 저녁 필례는 메기찜을 잘 먹고는 곤하게 잠이 들었다. 이씨 부인은 그늘 없이 씩씩하게 잘 자란 필례의 머리를 저녁 내 쓰다듬었다. 다음 날 이씨 부인은 분꽃씨와 홍화씨를 얻어서 앞마당 양지바른 곳에 뿌렸다. 그해 가을 분꽃은 씨앗을 맺었고 다음 해 6월엔 홍화가 노란 꽃을 피웠다. 다음 해 7월 어느 날, 방학을 맞아 잔뜩 그을린 필례의 얼굴을 뚫어지게 바라보던 할머니가 필례를 불러 작은 활명수 병 하나를 쥐여 주며 아랫집 석현이 아줌마에게 유채 기름 한 병을 얻어 오라고 심부름을 시켰다. 이씨 부인은 작은 돌절구에 말린 분꽃씨와 조개껍질을 곱게 빻고 몇 차례 고운 채에 걸러 미리 준비한 작은 분갑에 곱게 담았다. 잘 말려둔 홍화 꽃잎을 곱게 갈아 필례가 얻어온 유채 기름에 개었다. 허드레 고치를 얻어 풀솜을 뜯어 동그란 분첩도 만들었다.

"필례야, 이리 와서 앉아봐, 할미 얼굴 보구. 이제 우리 필례가 얼마나 예쁜 샥시가 될런지 어디 한번 보자!"
"이게 뭔데?"
"각시분하고 입술연지여, 가만히 있어봐!"

이씨 부인은 거칠한 두 손으로 필례의 가녀린 얼굴을 동그랗게 쓰다듬고는 자신이 만든 분을 면보에 찍어 필례의 얼굴에 꼼꼼히 펴 발랐다. 유채 기름에 개어놓은 입술연지는 이씨 부인의 오른손 새끼손가락에 얹히어 필례의 작은 입술 위에 칠해졌다.

"이제 우리 필례 시집가도 되겠네!"
필례도 좋아서 함박웃음을 지었다.

"할머니! 나 이뻐?"

"그럼, 이 세상에서 니가 젤로 이뻐!"

필례가 열네 살이 되던 1934년 봄날에 이씨 부인은 어두워진 눈을 비벼가며 필례에게 몸에 맞는 다리속곳, 가슴가리개를 만들어 주었고, 속적삼과 저고리, 조끼말기치마를 지어주었다. 그리고 꼭 커서는 '너를 사랑하는 사람'과 만나서 행복하게 살아야 한다고 되새겨 주었다. 이제 필례는 5월의 찔레꽃 향기만큼이나 사랑스럽다.

그리고 그해 가을, 쓰르라미⁽¹¹³⁾가 낮게 울어 차가운 바람이 더욱 슬퍼진 저녁 무렵, 아들 성진수와 새며느리 하야코, 그리고 쌍둥이 아들이 지켜보는 가운데 이씨 부인은 마지막 거친 숨을 거두었다. 몇 해 전부터 다리의 궤양이 낫지를 않더니 시야가 흐려지고 끝내 소변을 못 보는 신부전증으로 세상을 떠난 것이다. 그녀의 손이 마지막까지 힘없이 붙잡고 있는 것은 필례의 손이었다. 그해 봄부터 아들 성진수는 동척 평택지사와 진위흥농의 중간지역인 신장동에 새로 집을 짓고 있었다. 노모의 건강이 급격히 나빠지고 있었고, 자신이 죽게 되면 필례는 꼭 아비인 자신이 데려다 키워야 한다는 노모의 신신당부가 있었다. 성진수는 아내 하야코를 설득해 진위천이 내려다보이는 언덕 위에 도코노마⁽¹¹⁴⁾가 있는 전통식 일본 가옥을 지어 필례를 데려다 키우자고 설득해 왔었다. 하야코는 경성에서 낳은 아들 병용이 아비인 성진수와 오랜 시간을 같이 보내게 해주겠다는 생각이 맞아떨어져 쑥고개행에 동의했었다. 삼일장 끝에 할머니를 꽃상여에 실어 보낸 필례는 온통 할머니의 부재에 대한

---

(113) 쓰름매미, 매밋과의 곤충으로 몸의 길이는 3.1cm 정도이며 어두운 황록색에 검은 얼룩무늬가 있다.

(114) 일본식 주택에 있는 자그마한 다실.

혼란만이 있을 뿐 앞으로 자신의 인생이 어떻게 흘러가게 될지 알 수가 없었다.

 그렇게 1934년 늦은 가을, 필례는 난의실에서 이승물 동편 쑥고개에 그의 아비가 지은 집으로 이사를 왔다.

#10-2 〈업둥이〉

　1930년 6월 장승연이 황곳진에서 내려 걸어 들어간 곳은 회화리 동북 방향 금암리다. 금암리 한복판에 서탄면사무소와 주재소가, 그 좌측에 일본인이 세운 진위흥농㈜이 있었다. 그 우측에는 내년 개교를 목표로 서탄공립보통학교가 한참 신축 중이다. 윤대선의 집은 보통학교 동북쪽 '골안말'이라는 동네에 있었다. 보통학교와 골안말 사이 계단식 논들이 펼쳐졌다. 그 위에 자그마한 안말 방죽이 자리 잡았다. 윤대선은 보통학교 설립 전 회화강습소에서 한문을 가르쳤다. 그 육촌 형님인 윤기선이 서탄면장이었던 1919년 그를 도와 만세운동에 앞장섰었다. 당시 체포된 윤기선의 비호로 윤대선은 큰 화를 입지 않았으나 윤기선에 대한 감정적 빚이 지난한 독립운동의 여정으로 그를 밀어 넣었다.

　1930년 1월 윤덕만과 함께 최 선생이 윤대선을 찾아왔을 때 이미 전후의 사정을 알고 있는 터라 승연을 맡아두는 것에 대해 굳이 윤기선의 허락까지 필요치는 않았다. 어떡하든 자신이 승연을 책임져 보겠노라 결심했다. 만세운동 이전의 윤대선은 평택의 '진동학교'나 '진흥의숙'의 민족 지사들과 교분이 있었으나 1919년 7월 임시연통제가 발효되고 장종진에 의해 경기남부 연통조직원이 된 후로는 일경에 노출되는 활동을 자제해 온 덕에 승연을 안전하게 데리고 있을 것이라 생각했다. 윤대선의 부친이 몇 해 전 돌아가신 후라 사랑채가 비어 있어 몇 가지 짐만 광으로 옮기니 작은아이 기거할 자리로는 충분했다. 윤대선이 갓 배에서 내려 금암리로 걸어 들어온 박순덕과 그녀의 아들 장승연을 맞이했다. 박순덕 뒤에 수줍게 서 있는 승연의 손을 잡아 자기 앞에 세우고는 허리를 굽혀 승연과 눈높이를 맞췄다. 윤대선은 승연에게 자기를 선생님이라 부르라고 이르고 누가 물으면 외숙이라 하고 어디에서 왔냐고 물으면 서산 삼 길포에 왔다하라고 친절하게 가르쳤다. 박순덕은 헤어지는 아들을 위해 속바지 허리춤 주머니에서 돈을 몇 푼 꺼내서 승연의 손에 건넸다. 어미가 한 달에 한 번은 와서 볼 테니, 특히 윤 선생님 말씀을 잘 듣고 공부도 열심히 해야 하며, 놀지만 말고 선생님 댁 집안일도 많이 도와드리라고 일렀다. 언제 다시 올 것이냐는 승연의 질문엔 대사리 만조 때 물이 많이 들어오면 서산 윤 선장의 배를 타고 와서 자신을 만나보고 가겠노라며 승연을 안심시켰다. 박순덕은 윤대선의 소매를 두 손으로 잡고서는 어린 자식을 맡기는 자신의 부족한 사정의 양해를 구했다.

"선상님! 애 월사금[115]은 지가 매달 보내드릴 거구, 먹는 것은 지가 어리굴젓 판 돈으로 어떡해서든 벌충해 볼게유, 우리 애 좀 잘 돌봐주셔유! 그리고 이것은 엊그제 담근 곤쟁이젓인데 청보리밥에 비벼 잡숴보시라고 조금 담아왔어유."

순덕은 정성스레 싼 승연의 옷 보따리를 내려놓고 며칠 전 홍성 장에서 새로 산 검정 고무신을 승연의 발에 신겼다. 그렇게 승연은 어미 순덕과 떨어졌다. 순덕이 몇 차례 어리굴젓 항아리를 경성으로 옮길 때면 윤대선의 집에 들러 승연의 얼굴을 들여다보았다. 순덕은 이따금 자신이 담근 어리굴젓과 곤쟁이젓, 우럭포, 대갱이포 등을 한 보따리씩 가져왔다. 그리고 돌아가는 길에 승연의 방에 하룻밤을 묵어갔다. 순덕은 밤새 승연을 끌어안고 잤다. 잘난 독립운동 덕에 집안 대부분의 전답을 팔아버린 터라 홍성에서 굶기나 평택에서 굶기나 매한가지라 생각했다. 아무래도 시아버지나 자신의 처지가 위태로울 수 있기에 어쩔 수 없는

---

[115] 학교에 다달이 내던 수업료.

선택이었다. 그해 가을이 저물어 갈 때까지 승연은 진위천 건너 황곶진에 나가서 오가는 나룻배를 바라보는 일이 주된 일과였다. 근처에 회화 강습소가 곧 폐교를 앞두고 있어서 승연이 바로 다닐 학교가 마땅치 않아 윤대선의 어린 아들과 놀아주거나 안말 방죽을 생각 없이 거닐었다. 이따금 면사무소 옆 진위흥농 사무실 앞에 쪼그리고 앉아 지나가는 사람을 무심코 바라보고는 했다. 얼마 전부터 토지 매수 사업에서 대부 사업으로 업종을 변경하고 있던 진위흥농 사무실에 성진수가 들어섰다.

"김 주임? 저 현관 앞 기둥 아래 어린애가 앉아 있던데, 왜 애들을 회사에 들이고 그러시나?"
"예, 얼마 전부터 보이더라구요, 애는 제법 커 보이는데, 아직 학교를 안 다니는지 같이 노는 아이도 없이 가끔 혼자 와서 저렇게 앉아 있다가 돌아가곤 허네요!"
"오꼬시 몇 개 줘서 내보내요!"
김 주임은 손에 오꼬시 서너 개를 쥐고 가서 승연을 불러 세웠다.

"너 어디 사니?"
"안골 윤 선생님 댁에 사는데유!"
"그럼 네 성이 윤가냐?"
"아니요 장가여유!"
"이것 먹고 딴 데 가서 놀아, 여기서 앉아 있지 말구!"
승연은 김 주임이 건네는 오꼬시 몇 개를 손에 쥐고 자리에서 일어나서는 진위천 방향으로 힘없이 걸어갔다. 승연을 회사 밖으로 내보내고 들어오는 김 주임에게 성진수가 물었다.

"뉘 자식이랍니까?"

"아마도 회화강습소 윤 선생 댁에 기거하는 것 같은데, 윤씨가 아니라는 것 보니 어디서 얻어다 키우는 아이인가 본데요!"
"업둥이라! 거, 안됐네!"
성진수에게는 승연의 헝클어진 머리와 단정치 못한 허리춤이 눈에 박혔고 낮은 소리로 혀를 차고 있었다. 성진수는 얼마 전부터 급격히 건강이 나빠 보이는 어머니 이씨 부인을 위해 김 주임에게 소소한 부탁을 해 왔었다.

"그리고, 지난번 부탁한 일은 잘 다녀오셨어요?"
"아! 예, 난의실 어머님 찾아뵙고 전달해 드렸구요, 이명래 고약을 사서 가져다드리긴 했는데, 고약을 붙일 일인지는 잘 모르겠던데요, 소갈증이 있으신 것 같던데."
"필례는요?"
"잘 지내는 것 같아요. 많이 컸더라구요!"
올해부터 난의슅의 이씨 부인이 자신의 건강상 문제를 이유로 아비인 진수가 필례를 데려가야 하지 않겠느냐는 말을 끄집어낼 때마다 경성의 일이 바쁘다는 핑계로 당분간 내려오기가 어렵다고 에둘러치기는 했으나 언젠가는 필례를 쵀리고 경성으로 올라가든지 아니면 자신이 하야코를 설득해서 쑥고개로 내려와야 한다고 생각하고는 있었다.

#10-3 〈계모〉

하야코는 필례의 새어머니이다.

하야코는 지난 1917년 아버지 하시모토의 결정에 따라 도쿄의 청년 '야마다 다로'와 결혼을 해서 이듬해 사내아이를 낳았다. 남편과의 사이는 좋을 것도 나쁠 것도 없는 그냥 그런 일본 여느 가족의 부부 사이였다. 그러던 1923년 9월 1일 정오에 하야코가 부친의 생신을 축하하러 도쿄를 떠나 교토의 친정에 도착할 무렵 일본에서는 간토대지진[116]이 발생했다. 며칠 후 들려온 소식은 지진으로 무너진 고민카(전통주택)에 화재가 발생했고 남편 '야마다 다로'와 아들 '야마다 료'는 탈출할 수 없었다고 했다. 지진이 발생하기 하루 전 일본 큐슈지방에 상륙한 태풍의 여파가 여전히 남아 있어 도쿄는 화염의 소용돌이에 빠져들었다. 이틀간의 여진이 멈춘 후에야 시신을 수습했으나 화재로 인해 시신의 형태를 제대로 알아볼 수 없었다고 했다. 수많은 사상자들로 인해 당장에 제대로 된 장례를 치를 수 없어서 가까운 친척들이 남편과 아들을 무연고 시신으로 처리해 그 유골을 도쿄도 위령당에 모셨다는 소식도 들렸다. 간토대지진 발생 후 도쿄부는 수도로서의 기능을 상실했다. 간토 지방에서만 사천여 개의 자경단이 조직되어 육천여 명이 넘는 조선인과 중국인 등에 대한 학살이 자행되었다. 수많은 조선인이 총칼과 죽창에 쓰러졌다. 일부는 산채로 불태워지기도 하고 무고한 임산부와 아이들의 피해도 잇따랐다.

---

(116) 한국에서는 관동대지진이라고도 한다. 1923년 9월 1일 11시 58분 일본 도쿄도 등을 포함한 미나미칸토 지역을 중심으로 일어난 해구형 지진으로 10만 명 이상의 사망자와 3만 7천 명이 실종되었다.

도쿄부와 가나가와현 전역에 계엄령이 선포되었다. 하야코는 남편과 아들의 사망 소식에도 곧바로 드쿄로 향할 수가 없었다. 결국 하야코는 친정어머니의 만류로 당분간 교토의 친정에서 머물러야 했다. 간토대지진 후 근 한 달여간 벌어진 '간트대학살'로 인한 극심한 사회적 혼란이 어느 정도 잦아들고 나서야 하야코는 도쿄로 향할 수 있었다. 도쿄에 도착한 하야코를 맞은 건 폐허가 되어버린 자신의 집터였다. 남편과 아들의 흔적은 도쿄도 위령당 어디에서도 찾을 수는 없었다. 일본정부가 피해민을 위해 내놓은 대책은 야스쿠니 등에 임시거처를 마련하는 정도밖에 없었다. 하야코는 어쩔 수 없이 교토로 발걸음을 돌렸다.

교토 생활이 4개월 정도 지나가고 하야코의 슬픔이 어느 정도 잦아들 무렵, 하야코의 어머니는 오래된 편지 몇 통을 하야코 손에 쥐여주었다. 그간 경성의 성진수가 보내온 편지였다. 며칠의 고민 끝에 하야코는 동척서울사무소의 성진수에게 늦은 답장을 보냈다. 하야코의 몇 차례 이어진 편지에서는 일본인 남편과 아들의 사망 소식과 그 끝에는 그가 보고 싶다는 내용이 포함되었다. 간토대지진이 발생한 다음 해인 1924년 2월 마침내 하야코는 후쿠오카에서 부산행 배를 타고 경성으로 향했다.

현해탄을 건너 몰아치는 차가운 북서풍이 하야코의 경성행을 반기지 않는 듯 매서웠다. 하야코는 뱃전에 부서치는 파도 너머 어떤 새로운 세상이 펼쳐질지 가늠되지 않았다. 낯선 곳에서의 생활에 대한 불안감이 뱃길 내내 사라지지 않았다. 막상 경성으로 떠나는 딸을 보고 눈물을 보인 이는 아버지 하시모토였다. 큰 시련 끝에 새출발하는 딸을 위해 하시모토는 자신이 운영하던 가게를 처분하고 제법 큰 돈을 하야코의 손에 쥐여주었다. 돌아올 기약 없이 교토를 떠나는 외동딸 하야코를 위해 하시모토가 믿을 곳이라고는 경성의 성진수밖에 없었다. 하시모토는 자신의 딸을 잘 돌봐달라는 장문의 편지를 써서 성진수에게 보냈다. 이제 이 뱃길 끝에는 성진수가 서 있을 것이다. 하야코는 곧 만나게 될 진수와의 재회를 상상하며 지금의 불안을 이겨내고 있었다.

　어느덧 부산항에 여객선이 접안하고 부두와 연결된 잔교 위를 하야코가 걸어 내려오고 있었다. 하야코는 탄탄한 모직 원단에 목 주위 깃이 탐스러운 털로 장식된 코트를 입었다. 단단히 조여진 허리벨트 덕분에 여전히 아름다운 몸매가 묻어나왔다. 제법 커다랗고 각진 가죽가방을 빨간색 장갑을 낀 손으로 들고 있었다. 약간은 비뚤게 눌러쓴 둥글게 창이 있는 모자 덕에 하야코는 군중들 속에서도 쉽게 눈에 띄는 모습이었다. 성진수는 멀리서도 하야코를 금세 알아봤다. 앞에 서 있던 사람들 틈을 비집고 나아가 성진수가 하야코 앞에 섰다. 진수를 발견한 하야코는 약간의 무릎을 굽혀 목례를 했다. 진수는 망설임 없이 하야코를 격하게 끌어안았다. 하야코의 입가엔 가벼운 미소가 흐르는 동안 진수의 눈가엔 뜨거운 눈물이 흘렀다. 성진수와 하야코가 헤어진 지 9년 만에 재회했다. 그들은 곧 진수가 마련한 차편으로, 부산역으로 이동했고 경성행 열차에 몸을 실었다.

　하야코가 경성에서 처음 며칠을 진수와 같이 머문 곳은 총독부 철도국이 운영하는 '조선호텔'이다. 며칠 뒤 하야코는 진수의 도움으로 경성 남촌의 남산 밑 언덕 위에 방이 안쪽에 달린 찻집을 얻었다. 돈은 아버지 하시모토가 마련해 준 것으로 충분했다. 하야코가 연 찻집의 이름은 '혼마치 킷사텐(진고개 다방)'이다. 당시 일본인들은 청계천 남쪽에 거류지를 확보하여 그곳에 집단으로 거주했다. 그곳을 '남촌'이라 불렀다. 진수는 하야코의 경성 생활 적응을 위해 아무래도 일본인들 사이에서 지내는 것이 나을 거라 생각했다. 하야코의 찻집에서는 커피와 홍차, 일본식 녹차, 라무네(레모네이드) 등을 팔기 시작했다. 그대부터 성진수는 경무국 기숙사를 나와 하야코의 찻집 안채에서 동거를 시작했다. 둘은 여느 부부와 다를 바 없었다.

하야코의 경성 생활도 어느덧 5년이 지났다. 도쿄에서의 남편과 아들을 잃은 상실도 어느 정도 아물어 갔다. 하야코는 교토를 떠나 경성이라는 낯선 곳에서 감정적 고립이 없던 것은 아니다. 그녀가 경성에 들어온 지 다섯 달 만에 성진수의 븐부인이 병으로 죽고부터는 성진수의 부인으로서 경성 주재 일본 관료의 부인들과도 다소간의 교류가 생겼다. 몇 년간 조선인 남편과 생활한 덕에 조선인의 풍습이나 조선인이 일본인 여성을 대하는 태도에 대한 이해가 있어서 나름 잘 적응해 가는 편이었다. 게다가 이제는 어엿한 남편이 된 성진수의 하야코에 대한 사랑은 온갖 정성으로 넘쳐났다. 그새 둘 사이에는 아들 병용이 태어났다.

지난해 아들 병용이 첫돌을 맞을 때 난의실 시어머니를 처음 찾아뵀다. 그때 남편의 딸 필례를 처음 보았다. 하야코는 자신이 필례를 데려다 키우게 될 것이라는 생각해 본 적이 없었기에 필례에겐 자신을 그냥 아주머니라 부르라 했다. 이씨 부인도 상냥한 하야코가 싫지는 않았다. 뽀얀 손주 녀석을 안고 내려온 터라 망설임 없이 하야코를 새로운 며느리로 받아들였다. 하야코는 5년간의 경성 생활 덕에 사람들과 의사소통에는 커다란 어려움이 없었다. 그로부터 4년이 더 흐른 1934년 봄부터 남편 성진수는 쑥고개 신장동에 새로 집을 짓기 시작했다. 시어머니의 거동이 불편해지고 간혹 몸이 붓기 시작하면서 필례를 데려와 키워야 할 것 같다고 남편이 전부터 말해온 상황이 현실로 다가왔다. 남편의 딸인 필례가 벌써 열네 살이나 되었기에 몇 년간 돌봐주고 나면 시집을 보낼 수 있을 것이라는 남편의 말에 결국은 필례를 받아들였다.

그해 가을 시어머니인 이씨 부인이 죽고 그다음 달 하야코는 신장동 새집으로 이사를 왔다. 새집의 안채는 일본식으로 마루와 방에 다다미를 깔았다. 마루 미닫이문 오른쪽으로 도코노마를 들여 글씨 족자와 도자기로 장식했다. 부엌과 목욕탕은 1층에, 그 사이로 계단을 놓아 2층에 방을 들였다. 그리고 부엌 옆에는 작은 방을 하나 더 놓았다. 사랑채는 한옥의 형태로 지어졌다. 대문 오른쪽으로 사랑방을 데우는 아궁이가 있었고 그 위에 무쇠솥을 걸었다. 대문 안쪽을 돌아 댓돌을 딛고 올라서면 제법 큰 사랑방이 놓였다. 대문 좌측에는 땔감과 가축을 키울 수 있는 나뭇간과 외양간을, 그 옆으로 광을 들였다. 하야코가 이사를 와보니, 잠시 갓골 큰댁에 맡겨놓았던 필례가 하루 먼저 이사를 와 있었다. 새로 지은 집의 대문을 들어서는 하야코가 미리 와 있던 필례를 발견했다. 하야코는 옆에 손을 꼭 쥐고 있는 어린 사내아이를 필례 앞에 내세웠다. 이름은 '성병용'이며 필례의 친동생이니 잘 데리고 놀아달라는 부탁이 따랐다. 필례는 딱히 업어줄 나이는 지나 보이는, 생경하지만 아버지의 핏줄이라고 소개하는 남동생을 어떻게 대해야 할지 고민됐다. 병용은 필례를 누나라 부르며 잘 따르는 편이었으나 정작 필례는 어린 남동생에 대한 특별한 애정의 표현이 부족한 편이었는데 그건 하야코에 대한 일정 부분의 반감과 그동안 오랜 시간을 외롭게 홀로 지낸 탓이기도 했다. 이삿짐 정리로 한참을 분주하게 보낸 후 저녁이 되어갈 무렵 하야코가 필례를 불렀다.

"필례야, 너는 목욕물 좀 끓여라, 아줌마 피곤해서 목욕을 해야겠다."
"예…? 예!"

필례는 앞마당 구석에 파놓은 우물가에서 물을 길어 사랑방 부엌에 걸린 솥에 물을 붓고 불을 지폈다. 제법 가을이 깊어져 날씨는 쌀쌀했다. 나뭇간을 채운 솔가리[117]를 태우는 냄새가 좋았다. 따뜻한 불가에서 어찌 되었든 새로 맞이한 어머니이니, 그녀의 어지간한 부탁이라면 들어주는 것이 자식 된 도리에 맞을 거라 생각했다. 그렇게 필례의 집안 내 살림살이가 시작됐다. 필례는 하야코가 차려주는 미소된장국, 다쿠앙, 우메보시, 아부래기볶음은 그런대로 적응할 만했다. 다만 어려운 것은 매일같이 벗어놓는 하야코와 병용의 옷을 자신이 세탁해야 하는 것이었다. 하야코는 남편인 진수의 옷은 자신이 직접 손빨래하거나 신장동에 새로 생긴 세탁소에 맡겼으나 자신의 옷은 필례에게 빨래를 맡겼다. 그제 벗어놓은 하야코의 흰색 블라우스가 아직도 빨래 바구니에 담겨 있는 것을 본 하야코가 필례를 불렀다.

"필례야, 너 왜 그제 벗어놓은 블라우스를 아직도 안 빨고 있니? 빨랫줄에 널린 것은 전부 다 뭐니, 니 속옷이니?"
"예!"
"아니 니 빨래만 저렇게 널어놓고 내 빨래하고 병용이 속옷은 아직도 안 빨았단 말이야? 그리고 여자애가 무슨 속옷을 저렇게나 많이 입어?"
"…."
"이제 여성용 훈도시[118]가 나온다던데, 그거 한 장 사 입으면 될 것을 웬 속옷을 몇 벌씩 입고 난리야!"

필례는 그냥 고개를 숙이고 얼굴이 붉어진 채 하야코의 야단을 들어야만 했다. 성진수가 저녁 밥상머리에서 시무룩한 필례의 모습을 보고 하야코에게 물었다.

---

(117) 솔가리: 말라서 땅에 떨어져 쌓인 솔잎.
(118) 일본의 성긴 남성이 입는 전통 속옷으로 면 재질로 되어 있다.

"애가 왜 그려? 뭔 일 있었어?"

"아니 자기 속옷만 잿물에 애벌빨래하고, 헹궈서 두드리고, 또 잿물에 삶고, 다시 헹궈서 말려가지고 다듬이질하고 다림질하고… 내가 맡겨놓은 옷은 며칠째 빨래통에 그대로 구겨져 있잖아요. 그리고 며칠 전에 사 온 내 화장석감(119)으로 자기 속옷을 빨잖아요!"

"그래도 당신 빨래를 왜 애를 시키고…."

"아니 집에서 노는데 자기 엄마 빨래도 못 해줘요, 난 제 나이 때 우리 엄마 빨래 다 해줬는데. 그리고 무슨 속옷을 몇 벌씩이나 입고 그런데요. 세상 편해진 지가 언젠데 아직도 옛날 복식을 못 버리고 저런대요?"

성진수가 필례를 바라보며 말했다.

"그려 고쟁이를 열두 겹 입어도 보일 것은 다 보이는 법이여. 그냥 간단하게 속바지 하나만 입으면 되지! 일본에서는 여자들이 속옷을 안 입어!"

"할머니가 만들어 준 것인데… 눈도 잘 안 보일 때."

다음 날 하야코는 밀린 빨래를 직접 했다. 며칠이 흘러 부엌 옆 빨래 바구니는 꽉 차 있는데 빨랫줄에는 여전히 필례의 다리속곳, 속속곳, 고쟁이만 널려 있자, 하야코는 필례의 빨래를 걷어 둘둘 말아서는 사랑채 나뭇간에 던져버렸다. 저녁 무렵 필례가 집에 들어왔을 때 자신의 속옷이 나뭇간에 버려진 것을 보고는 저녁밥을 먹지 않고 버려진 속옷을 가져다 다시 빨래를 시작했다. 그 모습이 눈에 들어온 하야코가 성큼성큼 우물가로 걸어 나오며 필례에게 일갈했다.

"그냥, 버려! 내가 훈도시 사다 준다니까!"

---

(119) 화장석감: 화장용 세안비누.

"이야(싫어), 키라이(싫다구)!"

필례의 앙칼진 대답과 동시에 하야코의 손바닥이 필례의 하얀 뺨을 후려쳤다. 순간, 필례의 세상은 진공상태로 변했고 그 공간은 시커먼 먹물로 채워진 듯했다. 이어진 귓줄의 끝에서 감정 없이 바라보던 무관심한 아비의 시선 속에서도 필례는 주변의 모두로부터 사랑받는 존재였다. 지금의 상황에 자신이 어떻게 반응해야 하는지 알 수가 없었다. 단지 자신에게는 쓸모없는 눈앞의 존재에 의해 무너져 버린 자신의 처지가 서러움으로 다가오긴 했다. 그렇다고 그 존재 앞에서 소리 내어 울고 싶지는 않았다. 또 다른 예측할 수 없는 반응이 생겨나지 않도록 고개를 숙여야 하는 자신과 떨리는 자신의 손끝이 느껴질 때 뜨겁지도 시리지도 않은 눈물이 흐르기 시작했다. 필례는 잠시의 머뭇거림을 뒤로하고 집 밖으로 뛰쳐나갔다. 그저 자신의 눈에서 흐르는 눈물을 보이기 싫었다. 숯고개 내리막을 왼쪽으로 돌아 내려가면 다리를 하나 건너 왼쪽은 회화리 방향으로 이어졌다. 그 중간에 궁리공소라는 몇 년 전 생긴 작은 성당이 하나 있었다. 필례의 발길은 궁리공소를 향해서 내달리고 있었다. 필례는 궁리공소의 차가운 담장이 손에 닿을 때부터 그간 한 번도 부르지 않았던 엄마를 목 놓아 부르며 울기 시작했다.

"엄마! 엄마! 엄마! 엄마!"

#10-4 〈연인〉

한편, 승연은 윤대선의 집에서 지낸 지 3년이 지나고 있었다. 1931년 3월에 서탄공립보통학교가 개교하기 전부터 윤 선생님으로부터 한글과 한문을 틈틈이 배운 후에 보통학교에 입학했다. 당시 조선인은 4년제 보통학교에 일본인은 6년제 소학교에 다녔다. 윤 선생 댁에서 승연이 지내기에 불편한 점은 특별히 없었다. 다만, 남의 집에 얹혀산다는 부채 의식이 승연에게는 제법 눈치 보이는 일이었다. 승연은 학교에 다녀오는 것을 제외하고는 주로 윤 선생 댁 농사일을 도왔다. 간혹 사리 때 황곶진에 배가 들어오면 포구로 나가 윤 선장의 배에서 생선을 나르거나 배안 청소를 도왔다. 그때마다 윤 선장은 승연에게 적은 돈이나마 용돈을 쥐여주었으며 홍성의 할아버지와 어머니의 소식을 전했다.

승연은 그날 오전부터 진위천 변에 윤 선생 댁 늙은 암소를 매어놓았다. 저녁 무렵 소를 데리러 회화리 쪽으로 내려가고 있었다. 남쪽 적봉리 너머 하얀 초저녁달을 바라보며 갈바람이 스산하다 생각했다. 그리고 잠시 후 뒤에서 한 여자아이가 자기를 지나쳐 내달리는 모습을 보았다. 그 여자아이는 한참을 뛰어가더니 회화리 궁리공소 담장을 잡고 통곡하며 울어댔다. 그 여자아이는 승연을 전혀 의식하지 못하는 듯했다. 그 여자아이를 지나치고 나서도 서너 번을 뒤돌아보았다. 여전히 '엄마'를 부르며 울더니 제풀에 지쳐 공소 담장에 등을 기댄 채 두 다리를 쭉 뻗고 앉아 있었다. 승연이 근처 진위천 변에 묶여 있던 암소의 고삐를 쥐고 공소에 다다르자 그제야 그 여자아인 승연의 존재를 확인한 듯 눈물을 훔치더니 자리를 털고 일어섰다. 승연이 혼잣말하듯 내뱉은 말은 너무도 선명하게 그 여자아이의 귓가에 닿았다.

"날이 찬데, 예서 이러다 감기 들겄다!"
"누구냐? 너 나 우는 것 다 봤냐?"
"그려, 뭐 하늘이 무너졌다고 그렇게 울어대나!"
"남이사!"
"여기서 울면 성당에서 귀신 나온다고 소문나, 얼른 집에 가라."
"넌 어디 사냐?"
"저기 안말 살어, 근데 너 계속 반말이다!"
"내가 누이 같구먼 뭐!"

그렇게 승연과 필례는 1935년 가을에 이승물 동편 궁리공소 앞에서 만났다. 몇 걸음 사이에 퉁명스럽게 나눈 짧은 대화는 알 수 없는 동질감으로 승연을 가득 채웠다. 처음엔 승연이 소를 끌고 앞장을 서서 걸었다. 그 뒤를 필례가 두 손을 양쪽 겨드랑이에 끼운 채 뒤따라 걸었다. 어느덧 적봉리 산 너머 상현달은 희미하게 둘의 그림자를 만들고 이승물에서 불어오는 차가운 서풍은 둘의 걸음을 재촉하였으나 승연과 필례는 늙은 소의 걸음걸이에 맞추어 천천히 숯고개 방향으로 향했다. 어느덧 둘은 소를 사이에 두고 나란히 걷고 있었다. 잠시간 곁눈질에 서로의 모습이 살짝살짝 스쳤다. 승연은 지금 옆에서 나란히 걷고 있는데도 조금 전의 투덜거리던 필례의 모습을 기억해 내려 애를 썼다. 가슴이 답답해지고 호흡이 불규칙해졌다. 이따금 귓전에 울리는 자신의 심장 소리가 부끄러워서인지 얼굴이 열감으로 훈훈했다.

필례는 고개를 돌려 대놓고 승연의 표정을 확인하고 싶었지만 그럴듯한 이유를 찾을 수 없었다. 다시 승연의 목소리를 듣고 싶어졌으나 괜한 시비를 살려낼 길은 없었다. 서로는 숨소리도 들리지 않도록 말없이 걷고는 있었으나 한순간도 서로의 존재를 놓치지는 않았다. 둘이 금암리 앞 다리에 도착했을 때 승연이 고개를 돌려 필례의 얼굴을 바라보았다.

필례도 기다렸다는 듯 승연의 얼굴을 마주했다. 잠시 두 눈이 마주친 후 아무 말도 없이 승연은 안말로, 필례는 신장동 자신의 새집으로 방향을 잡았다. 먼저 상대의 뒷모습을 확인한 것은 필례였다. 늙은 소를 몰고 천천히 걷는 승연의 모습이 들어왔다. 필례가 몸을 돌리자 승연이 힘없이 고개를 숙이고 천천히 걷는 필례의 뒷모습을 찾았다. 잠시 후 필례가, 또다시 승연이 서로의 사라져 가는 뒷모습을 아쉬워하며 바라보고 있었다. 승연은 필례의 눈망울을 필례는 승연의 목소리를 밤새 붙들고 있었다.

그다음 주 일요일, 필례는 지난주에 있었던 속옷 사건 이후 할머니가 지어주신 속옷을 잘 다려서 종이상자에 넣었다. 아버지가 사 온 반바지 모양의 검은색 팬츠를 입기 시작했다. 그날은 무슨 생각에서인지 늦은 오후에 집을 나섰다. 필례의 뒷모습을 바라보고 하야코가 한마디 했다.

"필례, 너 또 어디 나가니?"
"성당!"
"너 저녁에 목욕물 끓여야 한다. 빨리 들어와!"
필례가 걸음을 재촉하며 혼잣말로 불만을 쏟아냈다.

'엠병 맞게 맨날 목간은 하구 지랄이여, 그놈의 허물 다 벗겨지겄다!'
필례가 뛰쳐나가 다다른 곳은 궁리공소다. 궁리공소는 1928년 평택 본당에 소속된 작은 공소로 적봉산 북쪽 진위천 너머 벌판 위에 서 있었다. 공소를 순회 중인 젊은 신부님께 인사를 드리고 자신이 양성면 미리내 성당을 한동안 다녔노라고 이야기한 다음 앞으로 매주 성당에 들러 미사를 드리겠다고 했다. 이듬해 봄부터 필례는 바쁜 농사철에 인근 아이들을 성당에서 잠시 맡아 돌봐주는 탁아소의 선생님 노릇을 했다. 공소를 다니는 교우들은 필례를 선생님이라 부르기 시작했다. 모내기 준비로 바쁜 농사철 일요일에 금암리 마을 입구에서 부역이 있었다. 안말 윤 선생 댁에서는 승연이 부역을 대신 나왔다. 부역은 금암리 마을 입구 신작로에서 궁리공소로 이어지는 마을 길 위에서 있었다. 진위천 변 쪽 무너진 마을 길을 찾아서 보수하는 일이다. 승연이 동네 어른들과 한참을 파인 도로를 보수하며 궁리공소 앞에 다다랐을 때 필례를 다시 보게 되었다. 필례가 성당 유치부 어린아이들 여러 명을 모아놓고 이야기를 하자 아이들이 합창하듯 대답했다.

"여러분! 아침은 먹었어요?"
"네!"
"오늘은 선생님하고 저기 들판에 나가서 꽃다지도 따고, 삐래기도 뽑아 먹고 놀 거예요. 알았죠?"
"네!"
"저기 성당 안에 계시는 예수님은 여러분 같은 어린양을 이끄시는 목자세요. 그러니까 여러분은 예수님 말씀을 잘 따르는 어린양이 되어야겠죠?"
"네!"
"그러면 여러분은 착하고 귀여운 어린양이고 여기 선생님은 누구일까요?"
아이들이 선뜻 대답을 못 하고 있는데 키 큰 한 남자아이가 대답을 내놓았다.
"늑대요!"
"얘, 이렇게 예쁜 늑대가 어딨냐! 선생님은 어린양 중에 대장 양이예요. 알았죠?"
"네!"

"그러니까 대장인 선생님을 잘 따라와야 해요!"

필례는 말하는 내내 웃으며 승연을 바라보고 있었다. 승연은 아이들이 필례를 따라 떠날 때까지 자리를 뜨지 못했다. 아이들을 앞세우고 공소를 나서는 필례가 승연에게 말을 건넸다.

"너도 다음 주일부터 성당에 나와라!"
"…왜?"
"너, 나 보고 싶지 않았냐?"
"…아니."
"우리 할머니가 그랬어. 나는 한 번만 보면 계속 보고 싶어지는 얼굴이라고…."

다음 주 일요일부터 승연이 궁리공소를 찾기 시작했다. 필례가 인근 동네 아이들을 잘 돌봐주는 덕에 공소 인근 부녀자들의 필례에 대한 칭찬이 이어졌다. 그러던 어느 일요일 오전, 한 부인이 필례를 불러 세웠다.

"저기요 선생님?"
"예?"
"저기 전에 미리내 성당 다니셨다고 하던데, 이름이?"
"예, 필례에요, 성필례!"
"아이고! 그래 맞구나, 니가 필례구나. 내가 니 어렸을 때 업어주고 기저귀도 갈아주고 그랬어. 니 엄마하구 친했거든. 어릴 때 니가 나보고 이모라 부르고 그랬어. 어쩜 이렇게 멀쩡하게 컸냐!"
"아… 예! 안녕하세요!"

그 부인은 약산에서 구실로 시집갔던 이귀분이다. 잠시 둘 간의 침묵이 흘렀다. 필례는 딱히 이어갈 말이 없었으나 귀분의 짧은 침묵 속에는 자신이 약산을 떠나온 긴 세월 위에 어린 필례의 애달픈 삶을 상상하고 있었다.

"근데 아주머니는 지금 어디서 사셔유?"
"잉. 지금은 이승물 넘어 구실이라는 데 살어. 그리고 그냥 이모라고 불러!"
"예, 이모!"
"니 엄마가 참 좋은 사람이었어. 정 많고 착하구…, 근데 어쩌다 그렇게 일찍 돌아가셨는지 원!"

사실 이귀분은 김정숙이 죽기 1년 전인 1923년 정시영의 아들을 낳아 이승물 서편 구실에 사는 유학규의 둘째 부인으로 시집을 갔었다. 귀분이 약산을 떠나기 전 정숙을 찾아갔을 때 정숙은 시집가는 귀분을 위해 바늘과 비단실, 무명실, 들무가 담긴 반짇고리함을 건넸었다. 3년 후인 1926년, 사촌오빠 혼례식에 참석차 친정인 약산 마을에 왔을 때 정숙의 사망 소식을 들었다. 그때 네 살 난 어린 필례를 멀리서 본 후에 10년이 지나 처녀가 다 된 필례를 다시 보게 된 것이다. 이귀분은 시집을 가면서 본인은 주일마다 성당을 다니겠다라는 허락을 받았었다. 덕분에 매 주일이면 평택 본당에서 미사를 드리다가 몇 년 전부터 이승물 건너 궁리공소가 지어진 후로는 간혹 배를 타고 황곶진에 내려 궁리공소를 들르고는 했다. 귀분이 필례에게 할머니 이씨 부인의 안부를 물었다.

"할머니는 잘 계셔?"
"재작년에 돌아가셨어요!"
"그려, 어떡한다니! 그럼, 지금은 누구랑 같이 지내는 겨?"
"아부지랑, 그리고 일본 여자랑 같이 살어유!"

1935년 7월에는 성진수가 다니던 진위흥농㈜이 해산했다. 다만, 해산 후에도 토지대금의 채권 회수와 문서 정리, 소작인 간 분쟁 사건 등으로 다음 해 봄까지 사무실은 유지되었다. 그간 이승물 일대의 토지 개간, 매수와 경작 사업에 매진하던 일제는 '자작농창정(自作農創定)을 위한 영단(英斷)'이라고 언론에 보도하고 당시 총독부가 추진하던 농촌진흥운동과 연계해 진위흥농이 보유하고 있던 전답 40여만 평을 인근 소작농 200여 명에게 불하했다. 이는 일제가 1931년 만주사변 이후 1932년 중국 동북지방에 만주국을 세우면서부터 수탈의 관심이 만주로 이전한 탓이다. 강제 병합 후 조선 반도에서 일제의 토지조사사업, 산미증산계획, 농촌진흥운동으로 이어지는 식민지 정책은 조선인 농민들을 급속히 몰락시켰다. 그들은 절대적 빈곤에 허덕이다 상당수가 만주나 시베리아로 이주하게 되었으며 1934년에 이르러서는 그 수가 72만 명에 달했다. 또한 조선인의 독립투쟁 본거지가 만주로 이전함에 따라 만주국 산하에 일경의 보충이나 만주로 이주한 조선인을 통제하고 독립운동가의 체포 활동에 필요한 조선인 부역자가 필요했다. 그 대표적인 대상자가 성진수였다.

 성진수가 신장동으로 이사 온 지 몇 해가 되지 않아 진위흥농은 문을 닫고 총독부에서는 성진수를 포함한 조선인 출신 하급 관료를 조선인 치안 담당자로 만주국으로 파견할 계획을 세웠다. 성진수는 만주국 파견을 늦추려 갖은 핑계를 대고 있었다. 진위흥농의 토지 불하가 마무리되고 그해 가을걷이가 끝난 다음 불하받은 소작농 간의 토지 경계에 대한 분쟁 해결차 성진수가 회화리 들을 방문했을 때 일이다. 그해 여름 장마로 인해 일부 천변 토지가 유실되면서 실제 불하받은 땅의 경계를 확정할 수 없는 상황이라 소작인 간 언쟁이 심했다. 이를 해결하고자 성진수가 김 주임을 앞세워 현장을 방문했다. 이미 소작인 간 멱살잡이 직전의 싸움이 벌어졌다.

"에라, 이 염병할 놈아, 작년 그러께 내가 요기다 콩 포기를 심었냐 안 심었냐? 그러니까 요기까지가 내 땅이제!"
"지랄을 해라. 씨부랄 니가 참외 먹고 똥 싼 자리가 저기여. 내가 똥은 니 논둑에다만 싸라고 했지? 예서 두 발은 더 들어가여 혀. 아니 그러지 말고 홍농이 알아서 금을 거줘유!"
둘 간의 말싸움을 듣고 있던 김 주임이 나섰다.

"저기 이러지들 마시고 그냥 이 중간에다 둑을 쌓는 것으로 하시죠!"
"아이, 옘비! 아니라니께…. 에이 드러워서, 여기는 아녀유!"
"내가 저런 놈이랑 옆에서 논을 부쳐 먹어야 되니 나 참, 에이 드런 눔아!"
"이런 개 후레새끼가!"
옆에서 주먹다짐 직전의 실랑이에 신경도 안 쓰던 성진수의 눈에 이승물 강둑 위로 어린 남녀가 사이좋게 걸어가고 모습이 들어왔다.

"김 주임? 저기 건너편 여자아이 우리 필례 아녀요?"
"맞는 것 같은디요."
"저 옆에 같이 가는 놈은 누구여?"
"어디… 저기 안말 윤 선생 댁 의붓아이 승연이 같은디요."
"아니 왜 쟤들이 같이 다니고 그러나?"
"같은 또래고 아마도 성당 다니면서 친구가 되었나 보네요!"
"…"
진수는 설명할 수 없는 불만의 눈빛을 김 주임에게 던지며 잠시 침묵이 흘렀다. 성진수는 갑자기 자신에게 스며드는 왠지 모를 불편함을 느껐다. 며칠 후 저녁상에 성진수가 필례를 불렀다.

"필례야, 밥 먹어라!"
"야!"
"필례 너도 인자 열다섯 살 아니냐, 이제 쫌 있으면 시집갈 나이여!"
"야?"
"근본도 없는 놈을 만나거나 혀서는 안 돼여, 이 애비가 배필은 정해 주는 거여, 함부로 사내놈이랑 돌아댕기고 그러면 안 돼여, 알았냐?"
 영문을 알 수 없는 필례는 대답하지 않았다. 그날 저녁 필례는 집을 몰래 나와 숯고개를 내려와서는 금암리 입구 다리에서 승연을 기다렸다. 차가운 이승물 서풍에 필례의 몸이 움츠러들고, 자연스레 승연의 따듯한 팔을 부여잡고 이승물 방향으로 걸었다.

"승연아? 아부지가 없는 니가 나은 거냐, 엄마가 없는 내가 나은 거냐?"
"너는 그나마 아부지랑 같이 살잖어, 난 엄마랑 떨어져 있구!"
"그래봐야 내 아부지는 일본 놈이잖어!"
"얼어 죽을 독립운동 한답시고 아들 얼굴 한번 보지도 못하고 죽어버린 울 아부지보다 나은 것 아녀?"
"승연아, 니 옆에는 내가 있잖어. 그니께 나보단 니가 더 나은 거여!"
"…그려!"
 필례는 우직한 승연의 왼쪽 팔을 자신의 가슴 가까이 끌어안고는 궁리공소로 걸어갔다. 캄캄한 시골길에 회화리, 금암리, 적봉리의 불빛들이 하나둘씩 꺼져갔다. 이승물 위에 찬란히 반사되는 달빛만이 가득한 강둑 위에서 필례는 승연의 목을 끌어안고 깊은 입맞춤을 나눴다. 차가운 달빛만이 그 둘의 머리 위로 끝없이 쏟아졌다.

'필례야! 너는 내가 행복하게 해줄 겨!'
 승연은 늘 속으로 해오던 다짐을 필례 앞에서 다시금 되뇌었다. 승연의 눈빛은 너무나 다정했다.

#10-5 〈장승연의 일시 귀향〉

 장승연이 보통학교를 졸업한 1936년 2월에 승연은 홍성의 석동마을 본가를 찾았다. 몇 년 전 윤 선생 댁으로 들어온 후 방학 때 한두 번 고향에 다녀왔었다. 장영규는 아들 종진의 사망 소식을 접한 후에야 소작농으로 전락한 집안 사정과 생이별을 한 며느리와 손주의 처지가 눈에 밟혔다. 대문턱을 넘어서는 아들을 본 순덕이 반갑게 달려가 승연의 손을 잡았다. 좁고 낡은 툇마루에 앉아 있던 할아버지 장영규가 옆으로 몸을 돌려서 승연을 맞았다. 승연은 할아버지께 큰절을 올렸다. 잠시 후 순덕은 먼 길에 시장했을 승연을 위해 먹을 것을 찾아서 내어왔다. 순덕이 부엌에서 꺼내온 것은 겉이 쭈글쭈글해진 찐 감자였다.

 "승연아 이것 먹어. 한겨울 지내느라 먹을 게 변변치 않다. 내 싱건지 한 사발 떠 올 테니께 이것 먹고 있어!"
 "가을에 말려둔 곶감 없냐? 그거라도 꺼내줘!"
 승연은 굳이 설명하지 않아도 집안 사정이 어떻게 돌아가는지 짐작됐다. 배를 타고 오는 동안 자신의 보통중학교 진학에 대한 말을 꺼낼 수 있을 것인가 걱정했었다. 다만, 그것이 부질없는 걱정이었다는 것을 당장에 알아차렸다. 무엇보다 자신에게 이제는 속동으로 돌아와 농사를 지으라는 말이 그의 할아버지에게서 나올 것 같은 또 다른 걱정으로 바뀌었다.

 "어디, 윤 선생 댁은 모두 무고하시더냐?"
 "야, 별고 없으셔유!"
 "그려… 그러면 니는 언제까지 그 댁 신세를 질려는 겨? 인자 배울 만치 배웠응께 집에서 농사짓다가 착한 규수 찾아서 장개도 가고 혀야지!"
순간 승연의 머리에는 필례의 모습이 떠올랐다.

"할아부지! 지는 기냥 쑥고개에 있을려구요!"
"아니 몇 년을 그 집에서 널 돌봐줬는데 어떻게 더 신세를 진다냐, 그건 아녀!"
승연은 머뭇거릴 새도 없이 답변이 터져 나왔다.

"지가 쑥고개에서 엄니가 담가주는 어리굴젓하고 윤 선장님한테서 생선도 떼서 장사를 해볼라구요!"
"니가 장사밑천이 어디 있다구 그려!"
"엄니랑 윤 선장님한테는 미리 물건을 떼다가 나중에 팔아서 드리면 될 것 같아서유. 그리고 황곶진 포구 일하고 근처 회화리 들판에 간기(120)가 다 빠져서 농사일이 제법 많아유. 거서 일해서 모아가지고 밑천은 알아서 만들게유!"
승연의 임기응변식 답변이었으나 스스로가 그럴싸했다. 다만 그 답변 어디에도 필례에 대한 언급은 없었다. 옆에서 이를 듣고 있던 박순덕이 고심 끝에 한마디 했다.

"그려, 속동에 있어도 매한가지여, 니 애비가 가산 다 팔아가지고 독립운동인가 뭔가 한답시고 ‥ 너를 거지새끼 만들은 거 아니냐, 그려 그냥 열심히 장사하고 헛짓거리 안 하고 살면 돼야, 니는 글도 알고 셈도 잘할 테니께…. 그래도 가끔은 속동으로 들어와서 할아버지 일도 좀 도

---

(120) 간척된 논의 소금기.

와드리고…!"

장영규는 며느리가 하는 말의 시작과 끝에 자신에 대한 원망과 측은함이 동시에 묻어남을 잘 알고 있었다. 덕분에 승연에게 해줄 조부의 우려와 격려는 다음번으로 미뤄졌다. 삼 일 후 승연은 시신도 없는 아버지의 가묘에 재배했다. 순덕이 담가준 어리굴젓 한 말을 지게에 지고 윤덕만의 배에 올라 황곶진으로 향했다.

이것이 장승연이 생선 장수 너더리 장 씨로 평생을 살게 된 출발이 됐다. 승연이 가져온 어리굴젓은 윤 선생 댁 사모님에 의해 그리고 필례가 성당 교우들에게 소문을 내어 일주일 만에 모두 팔아치웠다. 이후 승연은 매일을 황곶진에 몰려드는 어선에서 생선을 지게에 지고 날랐다. 모내기 철에는 품앗이 인력을 대신해서 일당백이 농사꾼이 되어 멀리는 이승물 건너 선이의 번개들까지 논일을 다녔다. 1937년 봄에는 윤 선생 댁에서 나와 황곶진에서 가까운 적봉리에 방 한 칸을 얻어 독립했다. 가을엔 지게를 벗어 던지고 널찍한 짐 자전거를 구해 생선 궤짝을 뒤에 싣고 평택 일대로 행상을 시작했다. 승연의 힘겨운 삶은 매주 일요일 궁리 공소에서 필례를 만남으로써 보상받고 있었다. 승연과 필례 간 주일의 만남은 주변 누구도 이상하게 여기지 않을 정도로 자연스러웠으며 구설수에 오르지 않았다. 다만, 그 둘의 관계가 못마땅한 것은 필례의 아버지 성진수뿐이었다.

1937년 가을 어느 날, 신장동 성진수의 집 저녁 밥상머리에 성진수와 필례, 하야코가 마주 앉았다.

"지난달에 북경에서 전쟁이 났어. 다행히 우리 일본군이 밀어붙여서 조만간 상해까지 남진할 모양이드구만. 그래서 그러는데 아무래도 내년에는 우리도 신징(지린성 장춘시)으로 들어가서 자리를 잡어야 할 것 같어!"

"만주로 이사를 간다구요?"

"그려, 니 새엄마랑은 그간 이야기를 나누어 왔는디, 니한테는 처음 얘기하는 거여. 너도 따라서 신징으로 들어갈 겨?, 아니면 인자 나이도 찼으니께 신랑 자리를 알아봐 줄까?"

"이제 필례도 열여덟 되는데 그냥 시집을 보내요. 필례 너도 그것이 좋겠지?"

"…뭔 시집이유! 난 아무 데에도 안 갈 거유, 난 그냥 이 집에 살 거유!"

"안 돼. 이 집을 조만간 팔아서 가야 돼. 얘!"

"뭐 그럼, 난 그냥 수녀님 될래유. 아부지나 만주로 가셔유!"

필례가 한껏 짜증 난 목소리로 일갈하자 성진수가 버럭 화를 냈다.

"아니 왜 그려 어린 것이 아부지가 허자면 따라서 허는 것이지. 너 왜 그놈 때문에 그러는 겨?, 그 생선 장수! 어디서 근본도 없는 눔허고 붙어먹구는 애비 허자는 일에 토를 달구 지랄이여!"

"맘대로 하셔유… 만주로 가시든지 말든지, 아예 교토로 가버리면 안 되나…?"

필례는 먹던 숟가락을 내려놓고 집 밖으로 나섰다.

11. 아프지 않은 사랑이 어디 있으랴

#11-1 〈이별〉

　지난 1931년 만주사변 이후 6년 만인 1937년 7월에 일제는 베이징에서 중일전쟁을 개전했다. 개전 후 베이징과 텐진을 점령한 일제는 그해 말엔 상하이를 거쳐 난징까지 점령했다. 그동안 수만 명을 살육하고 강간하고 약탈해 갔다. 중일전쟁 전체 기간에 중국인 1,200만 명이 죽었다. 일본인과 조선인 수백만 명도 전쟁의 지옥에 빠져 들었다. 그 기간 동안 조선 반도에서 일제의 수탈은 극에 달했다. 개전 이후 일제의 식민지 정책은 더욱 악랄해졌다. 내선일체, 일선동조론을 내세워 신사를 설치했다. 매일 아침 천황이 있는 동쪽을 바라보고 허리를 굽혀 예를 올리는 동방요배가 강요되었다. 1939년부터는 조선인의 이름을 일본식으로 바꾸라는 창씨개명이 의무화되었다. 한편 일제의 막대한 병력징집에 따른 일본 본토 내에서의 노동력부족도 심각한 지경에 이르렀다. 1938년 4월 일제의 〈국가총동원령〉이 공표되었다. 1939년 여름부터 신일철주금, 미쓰비시그룹, 미쓰이그룹 등에서는 조선인의 일본 본토로의 도항을 쉽게 하여 본토 내의 노동력 부족 현상을 조선인으로 채우자는 계획이 수립되었다. 그 일차적 방식은 모집의 형태였으며, 그 첫 번째 시범사업에 따라 전국에 모집인원이 배정되었다.

　징용이 시작된 것이다. 그 모집의 주체는 각각의 회사 이름으로 이루어졌으나 실제 모집을 담당했던 것은 총독부 산하 경무국에 의해 상당 부분 이루어졌다. 많은 조선 청년이 연행되듯이 일본 본토로 넘겨졌다. 동척 평택농장 내 경무국 주재소에도 인원 배정표가 배포되었다. 평택에서는 15명의 노동자를 모집해야 했다. '조선인은 재조선 일본인으로 황국신민의 일원이니 일본 본토의 선진화된 시설에서 근로를 제공하고 일본인과 차별 없이 고액의 임금을 지급할 계획이니 신체 건강한 미혼 남성은 지원하라.'는 선전 문구가 배포되었다. 성진수의 만주행은 일제의 조선 반도 내 수탈이 강화되면서 1939년까지 미루어졌다. 재작년부터 성진수와 필례 사이에 승연을 두고 벌어진 설전이 여러 차례 있었다. 성진수는 결단해야만 했다.

1939년 가을 어느 날, 경무국 평택주재소에 긴장된 모습의 성진수가 급하게 들어서자 앞자리에 앉아 있던 젊은 순사가 벌떡 일어섰다.

"엊그제 배정된 조선인 근로 지원자 명단은 어찌 됐어? 몇 명이여?"
"예, 한두 명 모자랍니다."
"그려. 거, 지원자는 뭐를 제출해야 되는 거여?"
"그냥 지원서에 인적 사항 쓰고 도장 하나 박으면 되는데요. 다른 주재소는 지원자 모자라서 길 가는 놈 연행해서 강제로 도장 받고 그러나 보던데요."
"그려! 그러면 내가 대상자가 될 놈의 이름을 하나 적어줄 테니께 그놈 인적 사항 파악해서 지원자명단에 포함시켜!"
"예, 알겠습니다."

성진수는 승연의 이름과 거주하는 집의 약도를 적어주었다. 평택군 근로 지원자 명부 마지막에 장승연이란 이름이 올라왔다. 1939년 11월 말 전국의 조선인 근로자 모집이 종료되고 근로 지원자의 이동계획이 수립되었다. 다음 주 주말에 열차 편이 마련되었으며 지원자를 태우기 위해 평택역 앞에 집합하게 했다. 평택역 집합 하루 전 성진수는 평택주재소의 순사 둘을 따로 불러 은밀하게 지시를 내렸다. 내일 오전에 출발하는 징용공 호송 열차에 승연을 반드시 태워 보내야 하며 처음엔 잘 달래서 좋게 좋게 어르다 말을 듣지 않으면 다리 한쪽을 부러뜨려서라도 반드시 실어 보내야 한다고 재차 일렀다.

 1939년 11월 25일 토요일 새벽, 장승연의 방문을 두드리는 이가 있었다. 전날 안성시 공도면 일대로 행상을 다녀온 처지라 온몸이 쑤시고 축 처진 이 새벽에 누군가 찾아와 자신을 부르니 승연은 비몽사몽간에 옷을 간신히 주워 입고 방문을 밀고 나왔다. 승연의 셋방 앞에는 불 켜진 지프차와 정복을 차려입고 근엄한 자세를 한 순사 둘이 서 있었다. 무슨 일이냐는 승연의 질문에 순사 한 명이 용건을 말했다.

 "장승연 씨가 자랑스러운 재조선 황국신민으로서 대일본제국의 애국 근로자 모집에 지원해서 당당히 합격되어 이제 근무지로 출발해야 하니, 어서 준비하고 갑시다."
 승연은 도대체 알아들을 수 없는 말에 어리둥절해했으나 명색이 제복 입고 칼을 길게 찬 순사가 둘씩이나 찾아와서 자기를 불러대니 우선 그들이 시키는 말을 따르지 않을 수 없었다. 승연은 웃옷을 더 챙겨 입고 나오라는 순사의 지시에 따라 얇은 저고리를 하나 더 걸치고 방문을 나서니 대기하고 있던 지프차가 요란한 엔진 소리를 내며 승연 앞에 멈춰 섰다. 승연은 순사의 재촉으로 지프차에 몸을 밀어 넣었다. 어디로 가느냐의 질문에 대한 대답은 가보면 안다는 것이었다. 영문도 모른 채 30분을 달려 평택역에 도착하니 이미 10여 명의 젊은 청년들이 모여 있었다. 승연이 옆에 서 있던 같은 또래로 보이는 청년에게 물었다.

"다들 어디를 가는 거유?"

"형씨는 언제 통보받았슈?"

"무슨 통보를 받어유?"

"난 그제 통보를 받았는데 가을일이 마무리 안 돼서 며칠만 미루면 안 되냐 했더니 합격자 전원이 부산항에 모여서 한방에 일본으로 넘어가야 돼서 안 된다구 하더라구요."

"난 뭔 착오가 있는 것 같은디, 난 무슨 지원인가 뭔가를 한 적이 없는디!"

"그럼 주변에서 누군가 추천을 해줬나 보쥬! 월급을 순사 월급의 두 배는 쳐준다고 했으니께 몇 달 고생하고 오면 목돈을 만질 수 있지 않겠슈?"

"뭔 월급을 두 배씩이나 쳐줘유?"

"그려유, 내가 회사 모집 담당자랑 면담할 때 들은 얘기유!"

　승연은 뭔가 착오가 있다는 생각은 들었으나 주변에 같은 처지인 청년이 10여 명은 되었고, 별도의 동요가 없었다. 늘 궁색하던 자신의 처지에 순사 월급의 두 배를 쳐준다는 말에 솔깃했다. 게다가 자신을 차에 실어 온 순사 둘은 여전히 자신만을 주시하고 있었다. 무엇보다도 무슨 일이 벌어지는지가 궁금했다. 자신을 데려온 평택주재소 순사가 합격자들을 일렬로 세우고 인원수를 헤아렸다. 15명의 인원이 맞는 것을 확인하고는 합격자들에게 열차표를 한 장씩 나누어 주었다. 그렇게 승연은 합격자들 속에 휩쓸려 얼결결에 부산행 열차에 몸을 실었다. 열차는 천안, 대전, 대구에서 사람을 추가로 실었다. 승연이 탄 객차에는 평택 일대에서 모집된 근로자와 천안 일대에서 모집된 근로자가 탑승했다. 열차가 울산을 지나갈 무렵, 객차의 문이 열리고 제복을 입은 순사를 양쪽에 대동한 채 모집책으로 보이는 담당자가 들어섰다.

"환영합니다. 여러분들! 저는 미쓰비시그룹의 인사업무를 담당하는 시미즈 유타 부장입니다. 저희 미쓰비시그룹에서는 올 1월부터 재조선 황국신민에게 본토에서의 일자리를 제공하여 높은 임금과 다양한 복지를 제공해 왔습니다. 덕분에 그 반응이 좋아 수차례 추가 모집이 있었고, 영광스럽게도 여러분들의 채용이 승인되어 자랑스러운 미쓰비시가족이 된 것입니다. 다 같이 박수로 축하합시다."

객실에서는 박수 소리가 한두 군데서 들려오더니 순식간에 열차에 탄 모두가 박수를 치고 있었다.

"자 제가 지금부터 여러분들이 일본에서 지내시는 데 꼭 필요한 신분증을 나눠드릴 테니 호명되시는 분은 앞으로 나와 신분증을 수령하시기 바랍니다."

시미즈 유타 부장의 호명 후에는 '네.' 하는 답변과 함께 조선인 근로자가 한 명씩 자신의 신분증을 받아서 기재 사항을 확인했다. 한동안 호명이 계속되어도 승연의 이름이 불리지 않자, 승연은 자신이 열차에 잘못 오르게 된 것이 맞는다는 생각과 함께 이렇게 좋은 기회가 갑자기 사라지게 생긴 것 아닌가 하는 아쉬움이 교차하고 있었다. 한두 명의 호명이 이어진 후,

"장승연!"
"예, 여기유."

승연의 이름이 마지막에 호명됐다. 그리고 승연에게도 신분증이 주어졌다. 손바닥 안에 들어오는 빳빳하고 네모난 종이 위에는 성명과 직명, 광부번호, 주소, 채용일시가 적혀 있었다. 호명이 마무리된 것 같자, 승연이 시미즈 유타에게 물었다.

"그런데, 여기 광부번호가 뭐여유? 뭔 일로 채용이 된 거여유?"

"네, 개별적으로 자세한 직무는 여러분들 각자가 배치된 사업장에서 별도의 설명이 있을 겁니다. 그럼 다시 한번 여러분들의 입사를 진심으로 환영합니다. 감사합니다."

시미즈 유타는 다른 노란 봉투를 건네받고 급하게 다음 객차로 이동했다. 이미 객차 안에서는 월급은 통장으로 받게 되고 그중의 반은 부모님께 송금이 가능하고 나머지는 생활비로 쓰게 될 것이라는 이야기들이 들려왔다. 누구는 야간학교에 다닐 수도 있다고 들었다는 둥, 자신은 6개월만 다니고 돌아올 것이라는 둥 온갖 사설이 오고 갔다. 열차는 순식간에 부산역에 도착했다. 인원수를 파악한 후 지체없이 부산항에 정박해 있던 여객선에 승선했다. 100여 명은 되어 보이는 조선인 근로자 중 피곤한 듯 선실 벽에 기대거나 바닥에 눕는 이도 있었다. 잠시 후 늦은 점심 도시락이 선실로 배달되었다. 흰쌀밥과 간장에 조린 짭조름한 돼지고기와 매실장아찌, 생선구이를 담은 잘 차려진 도시락이었다. 정신없이 서로 도시락을 나눠 받고 젓가락을 대는 순간 여객선은 뱃고동을 울리면서 움직이기 시작했다. 승연의 앞에 놓여진 도시락 위로 필례의 얼굴이 스쳤다. 순간 일이 단단히 잘못되었음을 깨달았다. 승연은 급하게 시미즈 유타를 찾았다. 시미즈 유타는 배에 오르지 않았다. 그들을 지키고 있는 것은 무장한 일경뿐이었다. 자신이 배를 잘못 탔다고 소리지르는 승연을 순사 한 명이 데리고 배의 맨 위 칸 사무실로 올라갔다. 승연의 설명을 한참 들은 순사는 서류를 찾기 시작했다. 승연의 인적 사항이 적힌 '재조선인 근로자 지원서'에 자신의 이름과 날인된 도장을 확인했다. 내려가서 조용히 앉아 있으라는 순사의 호통에 승연은 사무실에서 내려와 멍하니 3등 칸 마룻바닥에 앉아서 자신의 머리를 감싸 쥐었다. 후쿠오카항에서는 전혀 달라진 일경의 태도가 그들을 맞이했다. 대열에서 약간만 벗어나거나 늦어져도 곤봉으로 허리춤을 밀어댔다. 간단한 생필품 자루를 배급받고 후쿠오카에서 니가타현으로 향하는 열차를 타고 이동했다. 일부가 니가타현에서 내리고 승연은 니가타항에서 배를 타고 홋카이도로 향했다.

승연이 떠난 다음 날, 필례는 궁리공소에서 오지 않는 승연을 기다리고 있었다. 며칠 전 승연과 필례는 자전거를 타고 난의실 쪽으로 놀러 가자는 약속을 미리 해놓은 상태였다. '얘가 어디를 간 겨, 지가 먼저 자전거 타고 놀러 가자 해놓고서는 바람을 맞혀, 어디 나타나기만 해봐라.' 필례의 공허한 혼잣말은 오후까지 이어졌다. 필례는 늦가을 해가 공소첨탑 위에 걸릴 때쯤 적봉리 승연의 셋방으로 향했다. 승연의 집에는 자전거가 그대로 있었다. 쌓여 있는 빈 생선 궤짝과 저녁에 빨아 널은 듯한 승연의 작업복 바지가 빨랫줄에 그대로 걸렸다.

"승연아, 안에 있는 겨?"
아무런 인기척이 들려오지 않았다. 다시 한번 '승연아'를 외치고 방문을 밀고 들어갔다. 방 안은 방금 일어나 빠져나간 이불이 그대로 나뒹굴고 있을 뿐 승연의 흔적은 찾을 수 없었다. 다음 날에는 골안말 윤 선생 댁을 찾아서 승연의 행방을 물었다. 원하는 답변이 없었다. 집에 없으면 홍성에 내려갔지 않았겠느냐는 반문만이 돌아왔다. 사흘이 지나도 승연의 모습이 보이질 않자 필례는 황곶진 포구에서 윤 선장을 찾았다. 윤 선장 배는 며칠 후 들어온다는 소식과 함께 필례의 헛걸음은 일주일을 넘어서고 있었다. 그다음 주 필례가 윤 선장을 만나고 승연을 본 지가 꽤 되었고 고향인 홍성으로 내려가지는 않았다는 소리를 들었을 때 필례는 절망했다. 결국, 눈앞에서 승연이 감쪽같이 사라져 버렸다. 며칠 동안을 정신 나간 애처럼 돌아다니는 필례를 지켜본 하야코가 성진수에게 필례의 증상을 털어놓았다.

"요즘 필례가 어디에 정신이 팔렸는지, 도무지 정신을 못 차려요. 불러도 잘 알아듣지도 못하고…."
"…."
"며칠째 뭘 제대로 먹는 게 없어요."
"뭘 잃어버렸나부지…, 그냥 냅둬! 그나저나 올겨울 지나면 신징으로 들어가야 돼야, 집도 매쳐놓고 병용이 학교도 전학시킬 준비를 해야혀!"
성진수는 여전히 필례를 불러 만주로 따라나서든지 아니면 시집을 가라고 재촉해 댔다.

"아니, 뭔 시집갈 데나 정해나 놓고 시집을 가라시든지 마라시든지 하셔유. 뭐 시집은 혼자서 가유? 말만 잔뜩 재촉해 대고는 뭔 대책도 없으믄서…."
"이년아, 니가 시집을 가겠다고만 혀 봐, 내가 별모레라도 신랑 자리 알아봐서 시집보내 줄 테니께."
"내는 수녀님 된다잖어유. 그냥 좀 제발 내비둬유… 가뜩이나 승질 나 죽겠는데…!"
"아니 이년이 어디 애비 앞에서 눈구녕에 쌍가래톳을 세우고 지랄이여!"
"에잇…."
필례는 그해 겨우내 공소에 모습을 비치지 않았다. 필례가 어디가 아픈 것 같다는 소문이 공소안에 퍼졌다. 그 소문은 이귀분의 귀에도 들어갔다. 이귀분이 성진수의 집을 수소문해 필례를 찾아왔다. 낯선 이의 방문을 하야코가 맞았다. 귀분은 자신이 궁리공소에 다니는 필례의 고향 이모뻘 되는 사람이라고 소개했다. 궁리공소에 나오지 않는 필례가 걱정이 되어 찾아왔노라고 사정을 이야기하니 하야코는 안채 부엌 옆 필례의 방으로 귀분을 안내했다. 귀분이 인기척을 내고는 필례의 방으로 들어섰다.

"아니, 필례야. 어디 아프냐? 왜 젊은 애가 누워 있구 그려?"
"아니 이모님이 어떻게 오셨슈!"
"니가 몇 달째 공소에도 안 보인다고 혀서 얼굴이나 보려구 찾아왔지."
"별일 아니유…!"
"아녀, 우째 복숭아같이 뽀얗던 얼굴이 이렇게나 상했냐? 왜 그려, 이모에게 얘기를 혀봐!"
"…."

한참을 망설이던 필례가 반쯤 돌아앉아서 이야기를 풀었다. 아버지가 만주로 이사를 한다는 이야기와 자기는 따라갈 생각이 없다는 이야기에, 그 결과 아버지는 자신을 누군가에게 시집을 보내려 한다는 이야기가 자연스럽게 필례의 입에서 흘러나왔다. 그렇다고 당장에 시집을 보낼 혼처가 있는 것도 아니라는 말에 귀분은 자신이 키운 전처소생 유석용이 생각났다.

유석용은 새어머니 이귀분이 아들 유장용을 데리고 구실 마을로 들어왔을 때, 아버지 유학규의 분부대로 장용을 친동생이라 생각하고 대했다. 마음씨 좋은 새어머니 귀분을 잘 따르는 편이라 귀분은 전처소생이지만 유석용을 친아들처럼 키웠다. 그리고 장남인 석용의 체면을 다른 동생들 앞에서는 보란 듯이 세워주는 편이었다. 그런 석용이 스물두 살이 되어 혼기가 차서 늘 장가들일 걱정을 하고 있었다.

#11-2 〈시집과 징용〉

그다음 주 이귀분이 평택주재소로 성진수를 찾았다.

"아저씨, 저 잘 모르시겄쥬?"
"뉘신지…?"
"저… 필례 어릴 때 난의실에서 몇 번 뵌 적 있는데, 약산 살던 귀분이라구…!"
"아, 어! 그려 생각나는구먼. 그때 우리 필례도 업어주고 뽕잎도 따주고 한다고 가끔 필례 엄마가 얘기하곤 했어. 근데 우짠 일이여?"
"아, 예, 기냥, 사실 필례 재문에 찾아뵈었어유. 몇 년 전 지가 다니는 공소에 필례가 나오면서부터 다시 보게 되었는데, 요 근래 필례가 앓아누워 있다고 혀서 엊그제 지가 한번 문병차 들여다보았거든요."
"음…!"
"필례가 아부지 말도 안 듣고 속 썩이는 것 같기도 하던데…!"
성진수는 필례 얘기가 듣어질 것 같자 귀분을 주재소 밖으로 데리고 나왔다. 둘은 주재소 마당 끝 느티나무 아래 의자에 앉았다.

"필례가 뭐라 그려? 그놈 얘기도 하던가?"
"그놈이라뇨?"
"필례가 승연이 그놈 얘기는 안 해여? 갸가 그놈 때문에 앓아누운 거여."
귀분도 필례와 승연이 가까운 사이라는 것은 눈치껏 알고 있었지만 필례의 문제가 승연이 때문일 것이라는 것은 상상하지 못했다.

"그러게요, 승연이도 안 보인 지 꽤 된 것 같은데요."
"그놈은 일본으로 아예 돈 벌러 들어가서 안 돌아올 텐데 뭐!"
"필례에게 듣기로는 아저씨 댁이 만주로 들어가신다고 하던데요?"
"필례는 도무지 안 따라나설 것 같구 해서 얼른 시집이나 가라고 하고 있어."

잠시 귀분의 망설임이 있은 후,

"저, 아저씨, 그래서 말인데유. 필례 만주로 안 데려가실 거면 저희 집으로 시집보내시면 안 돼유?"
"뭐?"
"제가 재취로 들어가니, 전처소생으로 큰아들놈이 하나 있는데, 애는 의젓하구 성실해유. 이제 혼기도 꽉 찼구유. 필례 저희 집으로 보내시면 밥은 안 굶길 테고 지가 어려서부터 이뻐하던 애니께 시집살이는 안 해도 될 규!"

며칠이 지난 후 성진수는 이승물을 넘어 구실 마을 이귀분의 집을 찾았다. 귀분의 늙은 남편 유학규는 젊잖은 사람이었다. 유석용은 키는 왜소하고 가슴은 안으로 말린 듯했지만, 눈빛은 야무진 데가 있어 보였다. 가진 전답은 많지 않지만, 집 앞 정미소에서 월급을 받아가면서 부업을 할 수 있으니 계집 하나 건사하는 것은 문제가 되지 않을 것이라는 유학규의 말에 믿음이 갔다. 결국 성진수는 필례를 이귀분의 집으로 시집보내기로 결심했다.

장승연이 행방불명이 된 지 5개월이 되어서야 홍성에서는 박순덕이 승연을 찾아 나섰다. 박순덕이 평택주재소에 들렀을 때, 승연이 스스로 지원을 해서 미쓰비시 탄광에 근로자로 채용되어 일본으로 넘어간 사실이 확인되었다는 설명을 들었다. 그 후 승연의 흔적은 숯고개 일대에서 사라졌다. 몇 차례 귀분이 필례를 찾아왔고, 성진수의 부탁으로 필례의 쌍둥이 작은아버지 성현수가 필례의 세간살이를 장만했다. 필례는 승연의 행방불명에 대해서 어떻게 받아들여야 할지를 몰랐다. 그녀가 만주행에 동행할 경우 승연과는 영원한 이별일 것이라는 생각은 분명해졌다. 결국 그녀의 아비를 따라 만주로 떠나지는 않겠다는 결심은 굳어졌다. 다만 그녀가 당장 위로받고 의지할 수 있는 사람은 이귀분 뿐이었다. 이미 할머니와 승연을 잃은 필례에게는 귀분만이 자신을 받아주는 유일한 사람이었으며 그녀를 따를 수밖에 없는 상황을 받아들여야 했다. 필례는 귀분을 따라나서기로 했다. 필례에게 귀분은 이모에서 중신어미로 다시 하루아침 사이 시어미로 신분이 바뀌었다.

1940년 5월 말. 승연이 사라진 지 6개월이 지나서 성진수가 만주로 떠나기 일주일 전에 별다른 초행례 없이 이귀분의 손에 이끌려 필례는 황곶진 포구를 떠나 이승굴 서편 구실로 시집갔다. 성진수가 만주로 떠나기 하루 전에 이제는 사돈이 된 이귀분이 성진수를 찾았다. 이귀분이 바깥사돈 성진수 앞에서 잠시 머뭇거리더니 힘겹게 입을 뗐다.

"저기 아저씨, 내일 만주로 떠나신다면서유?"
"그려, 사부인이 무슨 일이셔?"
"사실 어려운 부탁이 하나 있어서 왔어유. 혹시 만주로 들어가시면 사람을 하나 찾아봐 주셨으면 해서유. 아저씨가 경찰이시니께 혹시나 찾으실 수 있지 않을까 해서 말씀드려 보는 거예유."
"누굴 찾으려구?"
"이름은 정시영이라고 원래 경성에서 살다가 오래전 상촌 미리내 성당에 다녀간 사람인디 사실 제 아들놈 애비 되는 사람이에유. 그때 헤어지고 나서 만주로 들어갔다고 들었어유."

"왜 이제 와서 그 사람을 찾으려구?"

"언제고 아들놈이 지 애비를 찾겠다고 하면 뭔 이야기래도 해줘야 할 텐데, 어디에서 어떻게 사는지는 알아야겠기에 한번 어려운 부탁이지만 말씀드려 보는 거예유."

"그려, 내가 혹시 찾게 되면 필례 편으로 소식을 전해주도록 허지."

"예. 고마워유. 그리고 필례는 지가 잘 데리고 있을 테니께 염려 마셔유."

"그려, 고맙네."

한편, 1939년 12월 1일 오전. 장승연은 홋카이도 오타루항에서 내렸다. 삿포로시에서 하루를 더 묵었다. 다시 열차를 타고 도착한 곳은 홋카이도 중서부 지방에 있는 미쓰비시 비바이[121] 탄광이다. 승연이 배치 받은 탄광은 토키와다이(常盤台)지구에 있었다. 홋카이도의 겨울 날씨는 승연의 상상을 초월했다. 주변은 온통 한 길이 넘는 눈밭으로 채워졌다. 매서운 칼바람은 승연의 얇은 저고리를 그대로 뚫고 찔러왔다. 판잣집으로 보이는 수용소는 삼각 지붕이 가파르게 솟았다. 도착하자마자 안전교육이 있었다. 대략의 탄광 지구 내 갱도 지도와 각종 장비의 사용법이 소개됐다. 니가타항에서 배를 타고 오는 동안 모든 근로자의 간략한 신체검사와 신체 사이즈에 대한 계측이 있었다. 승연에게 몸에 맞는 겨울용 작업복과 속옷 두 벌, 양말 세 켤레, 작업화, 작업모가 주어졌다. 개인에게 주어진 물품은 다음 달 월급에서 공제된다고 고지됐다. 이미 작업을 마친 광부들이 갱도 밖으로 탄차에 실려 나오고 있었다. 그중 누구도 눈을 마주치려 하지 않는 듯 보였다.

---

[121] 홋카이도 중앙에 있는 비바이시의 탄광으로 이시카리 탄전의 일부분이며 미쓰비시 광업, 미쓰이 광산 등 대규모 광산이 있었다.

비바이 탄광의 첫날 아침, 여섯 시 기상나팔 소리가 매서운 겨울바람을 가르고 울렸다. 작업복과 작업모를 쓰고 식당으로 집합하라는 관리자의 지시가 있었다. 식당에서는 간단한 식사가 제공됐다. 무엇이 담긴지 모르는 도시락이 한 사람씩 분배됐다. 곧이어 식사를 빨리 마치라는 재촉이 있었다. 어느새 승연의 몸을 실은 탄차는 갱도 속으로 빨려 들었다. 탄차를 타고 175미터에 달하는 수직갱도를 내려가 들어간 깊이는 2킬로미터가 넘었다. 숨이 턱턱 막혀왔다. 어느덧 지열과 갱도에 흐르는 물길이 만든 높은 습도에 짙은 탄가루가 날려 제대로 숨을 쉬기 어려웠다. 승연의 지옥 같은 나날이 시작됐다. 승연은 자신이 살아서 도망칠 수 있을 것인가에 대한 자문으로 며칠째 잠을 이룰 수 없었다. 하루하루가 반복되는 질문과 해답 없는 나날이었다. 다만, 주변의 처지가 모두 다 같았기 때문에 견딜 수 있는 것임은 자명했다. 비바이 탄광의 징용공 생활이 일주일째 지나가고 있었다. 탄차 뒤에서 우메보시를 다져서 만든 주먹밥으로 점심을 때우고 있을 때 누군가 옆으로 와서 앉으며 승연에게 말을 걸었다. 천안에서부터 같은 열차를 타고 온 황점석이다.

"여기 홋카이도로 들어와서 살아서 도망간 사람은 한 놈도 없댜. 그래도 어떡해서든 도망을 쳐브리려면 돈이 있어야 되니께 월급을 받으면 현찰로 가지고 있어야지 그놈들에게 맡기면 안 된댜! 지금은 빠져나간다 해도 이 날씨엔 바로 얼어 죽을 테고, 난 봄 지나면서 예서 나갈겨."
"이 섬이 조선 반도만큼이나 크다는데 어떻게 빠져나간댜?"
"아니면 기냥 이 탄가루에 깔려 죽는 겨!"
"맨날 8시에서 늦으면 밤 10시까정 이곳에 탁혀 있는데 어떻게 탈출로를 알아본댜?"
"몇 달 전에 먼저 들어온 치가 그러는디, 결국엔 배를 타고 사할린 쪽으로 빠져나가는 수밖에 없을 거랴!"

비바이 탄광은 근로자의 월급에서 수용소 숙박비와 식대, 보급품비를 제하고 나머지 얼마 안 되는 돈은 회사가 통장을 개설해 보관하고 있다가 퇴사 시점에 지급하는 방법으로 근로자를 통제하고 있었다. 다만, 몸이 아픈 근로자의 치료비와 약값은 현금으로 지급했다. 승연은 3개월이 지날 때부터 폐병이 생겼다는 핑계를 대고 약값으로 일정액을 현찰로 모아서 탈출을 모색하기 시작했다. 승연이 이곳 홋카이도에서 죽을 수 없는 이유는 오직 하나 필례 때문이었다. 필례가 자신을 기다리고 있을 것이란 확신은 신앙과도 같았다. 단지 말 한마디 없이 사라진 자신을 찾고 있을 필례가 너무도 안쓰러울 뿐이었다. 비바이 탄광은 자신들이 배에서 내린 오타루항에서도 이틀에 걸쳐 기차로 이동한 곳이라 이 광산을 탈출한다고 해도 이 황량한 홋카이도에서 숨어서 살지 않는 한 바다를 건너 섬을 빠져나가는 것은 기대하기 어려운 상황임을 잘 알고 있었다. 승연은 탄광에서의 격무에 하루하루 지쳐갔다. 다만 지쳐 쓰러져 숙소에서 눈을 감으면 어김없이 피어나는 필례의 얼굴이 그나마 자신의 생존을 확인해 주고 있었다.

　그러던 1940년 여름 어느 날, 비바이 광산에서 갱내 가스폭발 사고(122)와 그에 따른 갱내 화재가 발생했다. 갱내에는 조선인 근로자가 매몰되어 있거나 일부 광부가 탈출을 목전에 두고 있을 때 미쓰비시 측에서는 추가 가스누출을 막기 위해 탄광 입구를 봉쇄해 버렸다. 일부 갱도는 화재진화를 위하여 물로 가득 채웠다. 조선인과 일본인 109명이 사망한 참사가 벌어졌다. 마침내 승연과 점석에게는 두 번 다시 오지 않을 기회가 온 것이다. 폭발 사고 당일 사고 수습에 정신이 없는 밤 10시

---

(122) 실제 폭발 사고는 1941년 3월 발생했으며 폭발 사고로 사망한 조선인 징용자는 32명에 달했다.

무렵 승연과 점석은 수용소 뒷문을 열고 도주를 감행했다. 무조건 서쪽으로 숨어 다다른 곳은 이시카리 강가였다. 칠흑 같은 밤을 산에서 보낼 수는 없어서 강가 인근 '호린지사'라는 절에 숨어들었다. 인기척을 느낀 주지가 사찰을 둘러보다 승연 일행을 발견했다. 승연은 주지에게 자비를 구하고 하룻밤을 묵고 떠날 것이며 항구의 위치를 알려달라고 부탁했다. 주지는 내일 새벽에 떠날 것을 요구하고 이시카리강을 따라가면 삿포로시의 이시카리항이 나온다고 일러주었다. 다음 날 새벽 4시 홋카이도는 위도가 높은 탓인지 벌써 주변은 훤하게 밝았다. 승연과 점석은 서둘러 이시카리강을 따라 남쪽으로 향했다. 낮 동안 마을이 보이는 곳은 산속으로 들어가서 모습이 드러나지 않도록 걸었다. 해가 저물어 어둑어둑해지기 시작할 무렵부터는 강가를 따라 좁은 논길을 걸었다. 어떡하든 이시카리항에서 홋카이도 북쪽으로 향하는 배를 무조건 잡아타고 사할린 방향으로 탈출로를 잡을 계획이었다.

사흘을 걸어서 승연과 적석이 이시카리항에 도착했을 때 그들을 기다리고 있는 것은 '호린지사' 주지의 신고를 받고 기다리던 일본 헌병이었다. 곧바로 승연과 점석은 헌병대에 체포되어 다시 기차에 태워졌다. 그들이 도착한 곳은 삿포르시 인근 에오로시 수력발전소 건설 현장[123]의 '다코베야'였다. 이틀 동안의 취조는 오로지 갖은 구타와 고문으로만 이어졌다. 기둥을 등지고 팔이 묶인 채 무차별적으로 구타를 당하던 승연이 정신 줄을 놓으며 머리가 앞쪽으로 떨어질 때 일본 헌병의 곤봉 모서리가 승연의 이마 한가운데를 쳐올렸다. 승연의 이마가 사선으로 찢어

---

(123) 1939년 착공한 에오로시 발전소는 발전용수 확보를 위해 산속 12킬로미터의 도수(道水) 터널을 뚫는 공사를 전 행했는데 1940년부터 매년 100~200여 명의 조선인이 강제 동원돼 현장에 투입되었다.

지고 이마에서 흐르는 피는 승연의 코끝에서 발아래로 주르륵 흘렀다. 이마에 깊은 상처가 파였다. 체포된 지 사흘째, 한두 마디 형식적인 질문과 답변으로 취조가 마무리됐다. 점석은 다른 사업장의 다코베야로 이감되고 승연은 계속 에로로시 발전소 다코베야에 감금된 상태였다. 다코베야는 방 한 칸에 화장실, 세면대, 식사를 모두 해결해야 하는 목구조였다. 감금된 일본인들은 다코베야가 문어를 잡는 데 사용하는 항아리처럼 한번 들어가면 빠져나올 수 없는 곳이라 지어진 이름이라며 감금된 죄수들이 사람을 뜯어먹는 곳이라 했다. 승연이 다코베야에 들어가면 잠금장치가 채워지고 밖에는 감시자를 세웠다. 승연은 사실상 감옥에 갇힌 신세가 됐다. 식사는 하나의 통에 한 번에 주어졌다. 선 채로 서로를 밀치면서 짐승처럼 퍼먹었다. 100여 명이 한방에 지내는 다코베야도 있었다. 승연이 밖으로 나갈 수 있는 때는 에오로시 발전소의 터널 공사에 투입되는 낮 시간 동안이었으며 조금이라도 꾀를 피울 때면 어김없이 몽둥이 매질이 시작됐다. 승연은 자신의 삶이 다코베야에서 항아리에 갇힌 문어처럼 자기 팔다리를 뜯어먹고 살거나 아니면 죽어서야 나가게 될 것이라는 결론밖에 없었다.

승연이 다코베야에서 9개월을 더 버틴 1941년 3월 어느 날, 에오로시 수력발전소 갱도에는 겨울잠에서 깨어난 배가 빨간 무당개구리 몇 마리가 갱도 내 수로에 들어와 있었다. 승연은 무당개구리 두 마리를 잡아서 바지주머니에 넣었다. 승연에게 다코베야는 죽기 직전이 되어서야 나가거나 아니면 죽어서야 나가게 될 곳이었다. 승연은 이틀 후 잠이 들기 직전 일주일 전에 모아둔 상한 음식과 개구리 두 마리의 내장을 대충 제거한 채 급하게 씹어 먹었다. 두 시간이 흐른 후 심한 복통과 함께 토사가 시작됐다. 피곤한 잠자리를 설치게 된 다코베야의 동료들은 소리를 지르며 난리를 쳐댔다. 보초를 서던 일본 헌병은 승연을 다코베야에서 나오게 할 수밖에 없는 상황이었다. 승연은 흰 눈을 까뒤집고 부글거리는 복부를 쥐어짜 입안 가득 거품을 만들어 물었다. 당장에 인명사고를 당하게 생긴 헌병은 승연을 초소 옆 사무실에 뉘어둔 채 동료를 찾으러 자리를 비웠다. 그 사이 승연은 사무실 뒷문을 열고 반대편 산속으로 숨어들었다. 산속을 헤맨 지 이틀 만에 승연이 도착한 곳은 역시나 삿포로시였다. 다코베아에서 9개월을 버틴 승연에게 훗카이도의 3월 날씨 정도는 죽음 앞에 서 있는 그에게 그다지 커다란 장애가 되지 않았다. 승연은 어린아이들을 찾아 삿포로역의 위치를 묻고 밤이 되길 기다렸다. 복장은 인근 주택가의 빨래를 훔쳐서 허름한 작업복을 벗고 새 옷으로 갈아입었다. 그가 가야 할 곳은 비바이 북쪽 다키카와시에서 루모이시 항구를 거쳐 훗카이도 최북단 왓카나이항에서 배를 타고 사할린으로 넘어가는 길뿐임을 진작부터 알았다. 저녁 무렵 삿포로역에서 서 있는 탄차의 행선지를 확인하고 자정이 넘어 승연은 다키카와시로 향하는 탄차에 몸을 숨겼다. 이틀을 탄차에서 버틴 승연이 다키카와시 도착 전 기차의 속도가 느려질 때 탄차를 뛰어내려 다다른 곳은 어슴푸레 밤이 찾아오고 있던 '니쇼사'라는 절이다. 누군가의 도움 없이 자력으로 훗카이도를 벗어나는 것은 현실적으로 불가능해 보였다.

 승연은 먼저 '니쇼사'의 주지 스님을 찾았다. 승연은 자신의 목숨은 스님의 손에 달렸으며 이 쪽에서 할복하든지 아니면 스님의 도움으로 훗카이도를 벗어나고 싶다고 간청했다. 그리고 자신이 이럴 수밖에 없는 것은 자신을 애타게 기다리고 있을 한 여인 때문이라는 것을 주지에게 설명했다. 승연의 뜨거운 눈물은 결국에 아이누족 출신인 니쇼사 주지의 마음을 움직였다. 주지는 짙은 눈썹에 유독 얼굴 주변에 털이 많은 사람으로 여느 일본인과는 확연히 구분되는 외모를 가진 사람이었다. 아이누족은 1896년 메이지 유신 이후 자신들만의 개별적인 부족국가를 유지하다 일본으로 편입되는 과정에서 많은 아픔을 겪은 민족이라 여전히 일제의 차별 대상이기도 한 소수민족이다. 주지가 그런 아이누족 출신이라는 것은 승연에게는 천운과도 같았다. '니쇼사' 주지는 다코베야를 목숨 걸고 탈출한 승연의 목숨을 취할 수는 없는 일이었다. 주지는 빈방에 승연을 재우고 다음 날 사할린 유즈노사할린스크 근처의 일본인 사찰에 보내는 편지와 함께 왓카나이항에서 사할린 코르사코프항으로 넘어가는 배편을 주선할 사람의 연락처와 함께 적지 않은 엔화를 쥐여주었다. 승연이 입은 옷을 벗기고 승복으로 갈아입혔다.

다음 날 오전 승연은 루모이시항에서 니쇼사 주지의 지인 소개로 왓카나이행 배편을 얻어 탈 수 있었다. 왓카나이항에서는 니쇼사 주지의 주문대로 유즈노사할린스크의 일본인 사찰에 보내는 공물을 사서 코르사코프항으로 향하는 배편에 올랐다. 그렇게 승연은 홋카이도를 가까스로 벗어날 수 있었다. 승연은 보름 후 일본이 점령하고 있는 사할린 남부를 지나 러시아국경을 넘었다. 승연이 일본행 배를 탄 지 1년 9개월이 지난 1941년 8월이 되어서야 승연은 홋카이도를 탈출해 연해주와 청진을 거쳐 숯고개 자신의 집으로 돌아오고 있었다.

#11-3 〈해후〉

승연이 징용을 다녀온 사이 필례는 유석용과의 사이에 3개월 된 아들 유종서를 낳아 키우고 있었다. 승연이 숯고개에 도착해서 곧바로 찾은 곳은 필례의 집이다. 물론 이미 주인이 바뀐 상태였다. 그다음 궁리공소를 찾았다. 2년 전 가을부터 필례는 공소에 나오지 않았으며, 아버지를 따라 만주로 간 것이 아니냐는 소문만이 무성했다. 승연이 단서를 찾은 것은 필례의 고향 난의실로 향했을 때였다. 필례의 집안 어른들이 노로실 갓골에 일부가 살고 있는데 필례의 행방을 알 수 있을 것이라 했다. 갓골의 성씨 집안을 통해 들은 이야기는 성진수는 만주로 떠났으며 떠나기 직전 필례는 평택 어딘가에 시집을 보내고 떠났다는 정도의 소식이었다. 필례의 쌍둥이 숙부는 경성 어딘가에 살고 있는데 정확한 주소는 알 수 없다고 했다. 승연은 어디에 있는지 모를 필례를 직접 찾아 나서야 했다. 자신의 도일과정에 분명 알지 못하는 야로[124]가 있다고 짐작해 왔었다. 2년 전 자신을 데려갔던 순사를 찾아 복수라도 하고 싶은 심정이었으나 그렇다고 홋카이도를 도망친 자신에게 어떠한 불이익이 발생할지를 모르는 상황에서 섣불리 복수를 꿈꿀 입장도 아니었다. 우선 필례를 찾는 게 급했다. 승연은 자신이 떠나기 전 살던 집주인의 주선으로 바로 옆집에 방을 하나 마련했다. 필요한 돈은 승연이 돌아왔다는 소식을 전해 들은 어머니 박순덕이 마련해 주었으며 윤덕만으로부터 전해 받았다. 그사이 조부 장영규는 지난겨울 폐렴으로 돌아가시고 홍성에서 시아버지와 자식을 잃고 망연자실하던 모친 박순덕을 오

---

[124] 남에게 드러나지 않는 손셈이나 수작을 속되게 이르는 말.

랜 세월 혼자 지내던 서산 윤덕만이 설득을 해 살림을 합쳤다는 소식을 들었다. 속동의 과수댁이 서산 갯마을로 재가를 간 후 승연이 고향인 홍성을 내려갈 일은 아예 사라져 버린 것이다. 승연은 다시 행상을 시작했다. 물건을 파는 데는 크게 관심이 없었다. 이 마을 저 마을 2년 전 시집온 새색시가 있는지를 물어보면 될 일이었다. 그렇게 승연이 생선 장수를 하며 양성면, 진위면, 서탄면, 평택 읍내 일대를 돌아다녔다. 그러나 승연은 필례의 흔적을 찾을 수 없었다. 승연이 사는 이승물 동편에 필례는 없었다.

1941년 찬 바람이 나고 가을 추수가 마무리될 때쯤 승연은 박순덕이 보내준 어리굴젓 항아리를 실은 자전거를 황곶진 포구에서 배에 실어 이승물 서편으로 향했다. 며칠째 정남면 일대를 돌다가 그날은 부처내를 거쳐 선이에 도착했다. 선이 마을 찬우물 위 감나무 아래에서 연시를 주워 먹던 한 노인이 승연을 불러 세웠다.

"어리굴젓 안 짜?"
"예 어르신, 슴슴해유."
"거 뻘건 게 맛나게 생겼구먼!"
"한 탕기 드릴까유?"
"아녀 난 점심 먹었어, 안 사!"
"아, 예. 그런데 이 동네는 참 아늑하고 좋네유. 동네 이름이 뭐예유?"
"송말! 선이라구 하기도 하구."
"어르신 혹시 여기 한 2년 전에 시집온 새댁이 누가 있어유?"
"우리 동네 새댁이라면… 글쎄… 성칠이 처가 몇 년 전에 시집온 것 같은디."
"그 집이 어디여유?"

"저기 굴뚝 보이잖어, 저 집이여!"
"예, 어르신 고맙습니다."
승연은 바삐 자전거를 끌고 노인이 일러준 집으로 향했다. 승연이 그 집 마당을 들어서며 사람을 찾자 안주인 황동숙이 승연을 맞았다.

"계셔유?"
"예, 누구세유?"
황동숙은 얼마 전 사서 바른 '배달기름' 덕분인지 머리카락은 반지르르 윤이 나고 외까풀의 커다란 눈을 동그랗게 떴다. 허리를 꼿꼿이 펴서인지 가슴은 더욱 도드라져 보였다. 무슨 시비라도 걸려는지 성큼성큼 승연의 코앞에 다가서는 동숙을 보고 승연이 멈칫했다.

"아니 혹시 이 집에 성필려 라는 사람이 사나 혀서유?"
"아닌데 우리 집인데, 그런 사람은 없어유!"
"아, 예. 지가 잘못 알았나 보네유."
"근데 어리굴젓 파는 아저씨 맞쥬? 아까부터 어리굴젓 소리가 들려서 마침 사려고 나오려는 참이었는데. 어리굴젓 좀 줘봐요. 맛 좀 보게!"
승연이 가지고 다니던 수저에 어리굴젓을 떠서 동숙의 앞에 내미니 동숙이 손으로 어리굴젓을 집어 입에 넣었다.

"하이고 간이 딱 맞네. 한 사발만 줘봐유!"
동숙은 승연이 어리굴젓을 담고 있는 순간에도 어리굴젓 몇 개를 더 집어 먹었으면서 승연을 빤히 쳐다봤다.

"우리 동네는 언제부터 다녔슈?, 오늘 첨 보는데."
"예, 저도 오늘 처음 들어와 봐요, 사람을 찾으러 다니는 중이라!"

"잃어버린 동생 찾나 보다!"
"아! 예, 쌀 반 됫박이에유!"
"콩도 받쥬?"
"예, 콩도 반 됫박만 줘유!"
승연과 동숙은 이렇게 선이에서 처음 만났다.

다음 날 승연은 도넘, 율북 일대를 돌았다. 이틀 후 승연의 발길은 이승물 서편 백봉산 근처 구실로 향했다. 구실 마을도 승연이 처음 들러보는 곳이다. 신작로가 마을을 양쪽으로 관통해 지났다. 신작로 옆 언덕배기에는 정미소의 방앗소리가 우렁차게 울려 퍼졌다. 승연은 '어리굴젓 사요.'를 낮은 목소리 읊조리며 신작로 옆 정미소를 지나고 있었다. 정미소에서 쌀겨 가루를 잔뜩 뒤집어쓴 사내가 승연을 불러 세웠다. 유석용이 장승연을 만났다.

"어이, 거 굴 장수!"
"예!"
"생굴이여?"
"아니요, 어리굴젓입니다."
"거, 한 사발만 주고 가쇼, 얼마요?"
"예, 쌀 반 됫박인데요."
유석용은 정미소 건너 자신의 집을 향해 부인을 불렀다.

"여보! 여보!"
"야!"
"광에서 쌀 반 됫박만 퍼 와봐!"
"왜요?"

"왜요는 무슨 왜요여, 어리굴젓 살라고 그러지!"

한참 후 필례가 바가지에 쌀 반 됫박과 어리굴젓 담을 그릇을 가지고 집 밖으로 나왔다. 등 뒤에는 어린아이를 둘러업었다. 승연과 필례는 유석용을 사이에 두고 2년 만에 얼굴을 마주했다.

"거 좀 많이 담어요, 다음부터 단골 삼으려면!"

승연의 눈은 필례의 얼굴을 떠나지 못한 채 자신의 자전거 뒤의 어리굴젓 항아리에서 사기그릇으로 어리굴젓을 가득 퍼 담고 있었다. 처음에 필례는 등에 업은 아들 종서가 버둥거리는 탓에 승연을 제대로 알아보지 못했다. 필례가 승연의 쌀자루에 자신이 퍼 온 쌀 반 됫박을 집어넣는 순간 알 수 없는 승연의 떨림을 알아차렸다. 필례가 승연이 따라주는 어리굴젓을 건네받을 때 필례는 숨을 쉴 수 없었다. 급하게 뒤돌아서 집으로 뛰어 들어갔다. 사정을 알 수 없는 유석용은 급하게 뛰어 들어가는 필례의 뒷모습을 보고 나무랐다.

"뭘 또 태우고 있나 보네, 조심혀, 애 다쳐!"

필례가 듣기를 바라며 대문 너머로 지르는 소리였다. 승연은 가볍게 목례하고 자리를 떠났다. 승연은 어떻게 자신이 집으로 돌아왔는지 기억이 없었다. 돌아오는 길에 온통 그의 눈앞을 가리는 것은 아이를 업은 필례의 모습뿐이었다. 필례가 시집을 갔다는 소식은 전해 들어서 어느 정도는 예상하고 있던 모습이었음에도 남의 애를 업은 필례의 모습에 자신이 지키고 꿈꿔온 세상이 온전히 무너져 먼지처럼 흩어져 버렸음을 알았다. 가치 세 치나 되는 탱자나무 가시가 자신의 심장을 마구마구 찌르는 듯 고통스러웠다. 승연의 흐르는 눈물은 마른 눈물 줄기를 몇 차례나 반복해서 적시고 찢어진 가슴으로는 숨을 제대로 쉴 수가 없었다. 승연은 일주일째 행상을 나가지 못했다. 구실의 유석용의 집에서도 필례의 알 수 없는 눈물이 이틀째 이어지자 석용이 필례를 다독였다.

"여보 왜 그러는 겨?, 내게 뭐 섭섭한 것 있어서 그려?"
"아녀요. 당신 잘못 아녀요. 그냥 내 혼자 사는 게 힘들어서 그려요."
 필례가 시집온 후 처음에는 그저 부끄러운 새색시라 차분하고 말이 없는 줄 알았지만 첫애를 임신하고부터는 성격이 꽤나 밝고 쾌활했었다. 며칠 전 굴 장수를 만난 이후로 사람이 달라졌다. 석용의 생각에는 굴 장수와 필례가 과거에 알던 사이가 분명해 보였다. 필례가 이렇게 힘들어하는 것을 보면 대충은 짐작이 가는 일이었으나 지금의 상황에 석용이 나서서 필례의 과거사를 들추는 것은 불필요한 일이라 생각했다. 석용의 입장에서는 당분간은 그냥 지켜볼 뿐이었다. 필례가 사흘 동안이나 집 안에 누워 가라앉아 있자 석용이 따로 살고 있던 모친 이귀분을 불러들였다. 필례가 간만에 자신의 집에 들른 시어머니 이귀분에게 부탁을 했다.

"엄니, 제가 부탁이 하나 있슈!"
"그려, 뭔 일인데?"
"엄니, 이번 주 일요일에 종서 좀 봐주셨으면 혀서유!"
"왜 그려 어딜 다녀올라구?"
"야, 엄니 지가 이승물 건너 궁리공소에 좀 다녀왔으면 해서요."
"2년 내내 가자고 혀도 한 번도 안 가더니만 웬일로 그곳을 가려고 그러냐? 내가 종서 업고 같이 가주까?"
"아녀요, 그냥 옛날 살던 집 좀 둘러보고, 성당 친구들도 만나보고 올려구요. 혼자 다녀올게요."
"그려, 그럼 맘 푹 놓고 천천히 댕겨 와, 종서는 내가 잘 보고 있을 테니께!"

 돌아오는 주일에 필례는 슬북 배터에서 황곶진 포구로 향하는 배에 올랐다. 그녀가 향한 곳은 궁리공소도 자신의 신장동 옛집도 아닌 적봉리 승연의 셋방이었다. 필례가 승연의 도일 전 옛 셋방을 서성일 때 옆집 문 앞에 서 있는 승연의 자전거를 발견했다. 필례가 승연이 세 들어 살고 있는 집 안으로 들어섰다.

"저기요?"

 밖에서 나는 인기척에 누워 있던 승연이 몸을 일으켜 세웠다. 승연이 방문을 열었을 땐 이미 필례가 방 안으로 들어서고 있었다. 필례는 승연의 허리를 버럭 끌어안고 소리 없이 울기 시작했다. 승연도 필례를 있는 힘껏 안았다. 둘은 뜨거운 눈물을 흘리고 있었다. 도대체 왜 이제야 왔냐는 필례의 낮은 원망의 소리는 그녀의 울음 속에 묻혔어도 승연의 귀에 선명히 박혔다. 승연은 연신 필례의 얼굴을 떨리는 두 손으로 쓰다듬고 머리카락을 넘겨가며 말로는 다 표현할 수 없는 그리움을 쏟아냈다. 둘은 서로 그간의 사정을 묻거나 따지지 않았다. 둘은 손을 마주 잡고 마침내 어린아이처럼 엉엉 울고 있었다. 잠시 후 승연은 필례의 저고리 고름을 풀기 시작했다. 필례도 잠시 멈칫할 뿐 각오한 바였다. 여전히 가녀린 필례의 속살이 드러났다. 승연은 소중한 자신의 사랑을 몇 년 만에 다시 찾아서는 곱게 곱게 어루만지듯 필례를 깊이깊이 확인해 갔다. 둘은 서로가 서로에게 얼마나 소중한 존재였는지 확인시켜 주고 있었다. 둘은 한 몸이 되어 뜨겁게 눈물을 흘리고 있었다. 둘 사이에 정적이 한참 흐른 후 먼저 말을 꺼낸 것은 필례였다.

"승연아! 이제 우리 집에는 오지 마, 내가 자주 공소로 미사 보러 올 테니까 거기서 보자, 우리 집에까지 힘들여 오지 마!"

"필례야, 늦게 와서 미안혀, 난의실에 너를 못 데려가서…!"

"괜찮어, 살아서 왔으면 된 거여, 괜찮어! 어쩌다 이마에 상처는 이렇게나 깊게 파인 거여?"

필례는 그해 1월부터 궁리공소에 다시 다니기 시작했다. 그러나 필례가 공소에서 미사를 드리지는 않았다. 평소에 승연은 이따금 어미 순덕이 보내오는 어리굴젓과 황곶진에서 구입한 생선을 가지고 행상을 나가곤 했으며 필례가 황곶진에 도착하는 일요일만을 기다리고 살았다. 필례가 황곶진에 내리는 일요일에는 승연은 자전거에 태워 필례가 어릴 적 뛰어놀던 난의실이나 미산리를 다녀오거나 몇 년 전 둘이 걸었던 이승물 장둑 위를 나란히 걸을 때도 있었다. 필례와 승연이 재회한 지 3개월이 지나면서부터 필례는 둘째 애의 태기를 느끼기 시작했다. 다시 3개월이 지나 배가 불러오자 필례는 승연을 찾는 일을 중지했다. 필례의 발길이 또다시 3개월 넘게 끊기자 이번에는 참지 못한 승연이 필례를 찾았다. 이미 필례는 산달을 한 달여 앞둔 만삭의 몸이었다. 승연이 필례의 집에 도착했을 때 마침 필례의 남편 유석용은 집을 비운 상태로 보였다. 필례의 집 앞 정미소에도 사람은 없어 보이고 얼핏 들여다본 필례의 집안에도 남자의 신발이 놓여 있지는 않았다. 승연은 생굴을 한 사발을 퍼 들고는 필례의 집 앞마당에 무턱대고 들어섰다.

"계세요, 계세요?"

부엌에 있던 필례가 순간 익숙한 목소리에 화들짝 놀라서 뛰쳐나왔다.

"아니 왜 그려, 우리 집에 오질 말라니께!"

승연이 필례의 집 앞에 도착하고 있을 때 석용은 다음 달 출산을 앞둔 필례를 위해 서정리 시장에서 미역 한 뭇을 사 들고 이승물을 지나 어연리에서 구실에 다 접어들고 있었다. 신작로를 걸어 집에 도착해 갈 무렵, 집 앞에 작년에 보았던 그 굴 장수의 자전거가 눈에 들어왔다. 본능적으로 석용은 자신이 이대로 집에 들어가서는 안 될 것 같은 생각이 들었다. 작년 이맘때 굴 장수가 다녀간 후 며칠간 필례가 눈물지었던 기억이 새롭게 떠올랐다. 석용은 뒷집 황 씨네 마당을 돌아 자신의 외양간을 가로질러 부엌으로 난 싸리문을 제치고 안방 부엌으로 들어서 손에 쥐고 있던 미역을 광 한구석에 내려놓고는 앞마당에서 벌어지고 있는 승연과 필례 간의 대화를 생생히 엿듣고 있었다.

"왜 공소에는 안 오는 겨? 누구 말라 죽는 꼴 볼려 그려?"
승연은 이미 만삭으로 불러온 필례의 배를 내려다보고 있었다.

"뱃속의 애는 누구 애여, 내 애 아녀?"
"아녀, 니 애 아녀, 어여 가. 쫌 있으면 애 아빠 들어와!"
필례는 승연의 등을 우악스럽게 떠밀어 대문 밖으로 밀어냈다.

"내가 다음 달에 해산이여. 내가 애기 낳고 찾아갈 테니께 오늘은 어서 가 제발!"
필례가 말없이 돌아서는 승연을 돌려보내고 다시 안마당에 들어오는 것을 본 석용은 부엌 싸릿문을 제치고 외양간을 돌아 뒷집 마당으로 나간 후 마을을 한 바퀴 돌아서 자신의 집으로 다시 들어섰다. 그사이 승연이 구실 마을의 신작로를 벗어나 숙성리 방향으로 나가는 모습이 보였다. 필례가 대문을 들어서는 남편을 보자 그간의 당황스러움을 가라앉히고 차분히 석용을 맞았다.

"다녀오셨어요?"
"그려, 누가 집에 다녀갔어?"

"아, 아녀요, 아무도 다녀간 사람 없어요."

"아니 회관 앞 신작로에서 보니께 굴 장수가 우리 집을 다녀가던 것 같던데 굴 좀 사놓지 그랬어?"

필례가 놀라며 에둘러쳤다.

"아녀요. 안 산다는데, 굳이 한 사발만 사달라고…."

석용은 필례의 말이 끝나기도 전에 뒤돌아 댓돌에 고무신을 벗어놓고 방 안으로 들어가 버렸다. 필례가 저녁 준비를 하려고 부엌에 들어서 쌀을 꺼내려 광에 들어서니 한구석 건나물 담은 소쿠리 위에 못 보던 미역 한 뭇이 놓여 있었다.

필례는 한 달 후인 1942년 12월 초에 둘째 아들 유종헌을 낳았다.
석용은 첫애와는 달리 그렇게 기뻐하는 눈치가 아닌 데다 갓 낳은 아들의 얼굴을 유독 뚫어지게 바라보았다. 필례는 둘째 아들 종헌을 낳은 지 보름이 지나 얼음이 얼기 전 12월의 이승물을 건너 승연의 집으로 향했다. 이른 아침을 차리고 장에 다녀온다는 핑계를 둘러댔다. 며칠 전부터 석용은 내년에 자신이 일하고 있는 구실 방앗간에서 사용할 가마니 구입차 한두 차례 어연리 동척창고를 다녀온 일이 있었다. 그날 황곳진 포구에서는 이승물 서편 어연리 동척창고에 가마니를 보관하기 위하여 두 척의 나룻배가 배 한가득 가마니 더미를 실어 건너편 율북으로 나르고 있는 날이었다. 한편 이승물 동편의 승연은 필례가 오기만을 몇날 며칠째 기다렸다. 드디어 점심이 지나갈 무렵 필례가 이승물을 건너 적봉리 승연의 방문을 밀고 들어왔다. 한 달 반만의 재회였다. 승연은 방문을 밀고 들어오는 필례를 덥석 끌어안았다.

"아들이여, 딸이여?"

"아들!"
필례의 낮은 답변 끝에 잠시간 침묵이 흘렀다.

"필례야, 우리 갓난애만 더 리고 북간도로 가자!"
"뭔 소리여?"
"내가 사할린에서 건너와 하바로프스크에서 청진으로 들어오기 전에 북간도에 들렀을 때, 그곳에 내 죽은 아버지를 기억하시는 분들이 있더라구. 조선 사람들 죄다 건너와서 북간도 땅 개간하고 잘살고 있다고 넘어오는 게 어떻겠냐고 한 적이 있어. 니 큰애는 할머니보고 키우라 하고 둘째만 데리고 북간도로 넘어가자."
"…."
"나는 너 없이 이대로는 살 수가 없어!"
"…."

대답 없는 필례의 모습에 승연이 무너지고, 무너지는 승연을 보고 필례가 무너졌다. 필례도 승연이 없이는 살아갈 자신이 없었다. 게다가 지난달 승연이 자신의 집을 다녀간 날부터는 남편 석용이 자신과 승연의 사이를 대충이나마 눈치채고 있다는 생각을 해왔었다.

"그려, 가자 북간도! 만주 들어가기 전에 아부지가 주고 간 돈이 좀 있어. 그 돈 정리되고 이승둘 물이 풀리거든 넘어올 테니께 그때 우리 북간도든 만주든 같이 가자! 그리고 승연아, 내가 어떻게 되더라도 너는 살아야 혀, 니가 살아 있어야 그 속에서 그나마 내가 살아 있는 거여!"
승연은 필례의 낮은 목소리에 묻어나는 진심을 충분히 알아차렸다. 재차 다짐 같은 것은 필요 없었다. 필례가 승연으로부터 약간의 말린 생선을 얻고, 돼지고기 한 근을 산 후 승연의 자전거에 실려 황곶진에 도착했을 땐 오전부터 해오던 가마니 운반작업이 막바지에 이르고 있었다. 벌써 포구는 어둑해지고 건너편 율북에 희미한 불빛이 하나둘 켜지기 시작했다. 포구에는 여전히 얼핏 보기에도 많아 보이는 가마니 더미가 쌓여 있었다. 이승물을 건너려는 사람은 필례가 유일했다. 나룻배 사공은 가마니 더미를 모두 실어보고 자리가 나면 태워서 건네주겠노라고 일렀다. 황곶진 포구에서 건너는 마지막 배는 가마니 더미를 잔뜩 싣고 앞쪽 선수에는 필례가 작은 보따리를 무릎 위에 끌어안고는 쪼그려 앉았다. 필례는 쌓인 가마니 뒤로 승연을 돌려보내는 손짓을 한 뒤 멀리 보이는 구실 마을을 응시했다. 삐거덕 노 젓는 소리에 배는 어느덧 이승물 한복판에 도착했다. 주위는 이미 어둑어둑해져 있었다. 갑자기 이승물 서풍이 불어서였을까 배가 기웃거리고 산더미처럼 쌓여 있던 가마니 더미가 휘청거렸다. 뱃사공이 방향을 잡으려 노를 세게 젓는 순간 선수에 쌓여 있던 가마니 더미가 필례를 덮쳤다. 한 무더기의 가마니 더미와 필례가 이승물 검푸른 강물에 빨려 들었다. 앞쪽을 향해 괜찮냐는 뱃사공의 반복된 외침만이 허공을 맴돌았다.

그렇게 필례는 차가운 이승물 바닥에 가라앉았다.
그리고 그 장면은 율북 배터 너머 언덕 위에서 유석용이 차분히 내려다보고 있었다.

1942년 12월, 하루 동안 피고 지는 보랏빛 달개비꽃처럼 필례는 그렇게 짧게 머물다 갔다. 유종헌의 모친 성필례는 자신의 어미보다 짧은 생을 마감했다.

#11-4 〈생선 장수와 피륙 장수〉

　1941년 초. 선이 사는 황동숙은 지난 가을에 둘째 아들을 낳았다. 아이는 가뜩 작은 데다 윗입술과 입천장이 갈라진 채 태어났다. 아이에게 젖을 물리면 동숙의 젖꼭지와 아이의 잇몸 사이 틈이 벌어져 공기가 새고 아이의 젖 빠는 힘이 약했다. 자신의 불은 젖가슴이 아이의 갈라진 잇몸을 채우도록 깊이 물렸다. 그나마 아이가 힘겹게 빨아낸 젖은 갈라진 입천장 틈새를 타고 코로 넘어갔다. 동숙의 품속에서 아이가 쉽게 지쳐 잠들면 그제서야 잠든 아이를 내려다보며 동숙이 울기 시작했다. 결국 그해 이른 겨울에 동숙은 그 아이를 급성장염으로 잃었다. 아이의 백일 옷 대신 거친 수의를 입혔다. 큰딸 순분을 낳고 2년 만에 얻어 어렵게 키우던 아들을 기어이 잃었다. 동숙은 죽은 아이의 젖내 밴 배냇저고리와 기저귀를 버리지 못했다. 자신의 가슴팍 가운데를 한 움큼 파내어 버린 듯 허했다. 번개들이 내려다보이는 찬우물 근처 낮은 무덤들 사이에는 매년 이름을 얻지 못하고 죽어간 아이들이 묻혔다. 한동안 동숙은 찬우물을 지나가지 못했다. 제대로 된 베옷이나 관도 없이 광목에 싸이거나 작은 멍석에 말려 낮게 묻힌 아이들의 흔적은 한두 해가 지나면 풀숲의 작은 둔덕으로 변해갔다. 아주 어린 아이의 죽음은 그렇게 잠시 선이의 공기를 차갑게 식히고 어느새 지나가 버리는 소나기구름 같았다.

　남편 최성칠은 애를 잃은 지 보름이 지나자 잠자리에서 치근댔다. 그리고 3개월 후 동숙은 또다시 임신했다. 동숙이 이승물 너머 건파밭[125]

---

(125) 마른논에 볍씨를 뿌려 밭곡식처럼 키우다가 물을 대주는 농사법을 건파(乾播)라 한다.

을 매는 더운 여름날 하혈이 시작됐다. 점성 출혈이 하루 동안 이어졌다. 이내 심한 복통이 밀려왔다. 한차례 여우비가 지나간 7월의 어느 날 동숙은 셋째를 유산했다. 아직 배가 불러오지 않은 때라 동숙의 유산 사실은 아무도 알 수 없었다. 따라서 동숙이 위로받을 일은 애초부터 없었던 것과 같았다. 동숙의 원망은 남편 성칠에게 향했다. 한동안 부부간에 말이 없었다. 두 달 만에 술 냄새를 풍기고 비틀거리며 안방문을 들어선 성칠이 동숙의 등 뒤에 붙어서 거친 손으로 그녀의 젖가슴을 파고들었다.

"저리 치워! 아니 뭘 처 잡숫고 다니길래 밤마다 들러붙고 난리여?"
"아이고, 왜 그려?"
"내가 당신 애 받어내다 제명에 못 죽겄어. 애 잃은 지 얼마나 지났다고 또 뎀비고 지랄이여?"
"뭘 연태 그걸 갖구 그려. 애 잃는 집이 어디 우리 뿐이여?"
"아유 지겨워 죽겄어, 이 손 안 치워유! 아니 그리고 맨날 장리쌀 내 먹는 주제에 어디서 돈이 나서 허구헌 날 술을 퍼먹고 들어온댜. 이렇게 살다간 자식새끼를 낳아도 굶겨 죽이는겨…. 내가 올 가을일 끝나면 보따리 장사라도 시작할라니까 그렇게 알어유. 거 뒤돌아서 거시기나 주무르다 그냥 자."

동숙의 핀잔에 성칠은 못 이기는 척 돌아누웠다.

성칠의 귀숭굴 논은 수렁배미 논이라 중간중간 수렁이 있었다. 수렁에서 항상 흘러나오는 물길 주변의 농사는 늘 별 볼 일 없었다. 논에 모내기할 때나 추수철에도 수렁배미 논은 허벅지까지 빠져들게 했다. 늦가을 아침 수렁 속 냉기는 사타구니 안쪽 깊숙이 사정없이 찔러왔다. 품앗이할 때도 누구도 선뜻 수렁 근처에 들어가려 하지 않았다. 나중에 성칠의 수렁배미에서 고생했다는 푸념을 듣지 않으려면 주인인 성칠이 스스로 수렁으로 들어가는 것이 자연스러웠다. 그러나 매년 그 수렁으로 들어가 모를 내고 벼를 베어야 하는 것은 동숙의 몫이었다. 동숙은 수렁 앞에서의 망설임이 다가올 고통만을 크게 할 뿐이란 것 잘 알고 있었다. 바깥 살림은 겉으로는 성칠의 입을 통해 원만하고 훌륭하게 이루어지는 듯 보였지만 그 대부분에 동숙의 꼼꼼한 손길이 닿지 않은 데가 없었다. 동숙의 고단한 삶 손에서도 성칠의 가장으로서의 체면은 중요했다. 월촌리가 가깝긴 해도 타지에서 들어온 신세였고, 황씨 집안과 가깝지 않은 사이인 테다 자식들 교육 측면에서도 집안 어른으로서의 체면에 문제가 생겨서는 안 될 일이었다. 동숙은 사실상 가장이어야만 했다. 동숙은 더 이상 남편에게 불평을 늘어놓지 않았다. 결국엔 자신이 이끌고 부양해야 할 피부양자로 생각했다. 그렇게 동숙은 자신의 삶의 한가운데이자 맨 앞에서 그리고 맨 뒤에서 살았다. 동숙은 도무지 나아질 기미가 없는 살림살이와 아이를 한둘 잃으면서 겪은 고통이 더해져 시집온 지 몇 년 만에 생활전선에 직접 뛰어들지 않으면 안 되는 상황으로 내몰렸다. 동숙이 스스로 해낼 수 있을 것으로 생각하는 돈벌이는 보따리 장사뿐이었다. 그해 여름내 동숙은 선이에 들르는 보따리장수들을 유심히 관찰했다. 여름철 행상은 주로 과일 장수, 그릇 장수, 죽세공품 장수 등이었다. 그해 9월 어느 날 동숙의 집 앞으로 화장품 장수가 지나고 있었다.

"저기 아줌니… 비누 좀 보여주고 가셔유!"
"그려요!"

화장품 장수는 성칠의 집 사랑채 툇마루에서 보따리를 풀어 보였다. 동숙은 화장품 담긴 함지박 안에 있던 거울을 꺼내 자신의 얼굴을 군데군데 뚫어지게 쳐다봤다. 그 모습을 빤히 바라보던 화장품 장수가 말했다.

"그려, 새댁도 색경 좀 보고 살어… 요즘 세숫비누 좋은 것 많이 들어왔어, '미쓰와', '화황', '가다이', '미활비누' 이 중에 골러 쓰시면 돼야."
"아니 빨랫비누는 없나 보네!"
"그러지 말구 새댁도 여름내 피부 상한 거 좀 봐, '동동구리무'하고 새로 나온 '서울분'이나 '박가분' 사서 발라봐요, 금방 서방님이 불끈 성나서 밀고 들어올 겨!"
"아줌니도 참, 근데 요즘 화장품 말고는 모가 잘 팔려요?"
"글쎄, 광목이나 작업복 가지구 댕기는 이가 생기긴 했는데, 요 며칠 잘 안 보이데. 여기도 여편네들끼리 겹치면 곤란해서 물건 잡기가 만만치는 않어. 그러지 말구 삼미화장품 신제품 나왔으니께 한번 발라봐요."
"기냥, 미발액이나 한 병 놓고 가셔유."
"그려 이거 '배달기름'(126)인데 잘 펴 바르면 들기름 들이부은 것처럼 윤이 날 겨!"
"근데 아줌니는 물건을 어디서 떼 오는 거여유?"
"경성 올라가서 '중앙물산시장(127)'에서 떼 오거나 행상인 중 한 사람에게 물건 해달라고 돈을 맡기거나 해야지 뭐. 아니 새댁도 보따리 장사 해볼려 그려?"
"아녀유, 그냥 궁금해서유. 많이 파셔유."
"그려 이 동네에서는 힘들 거여, 여기서 이승물 너머 쑥고개까지는 나가야 할 텐데 거리가 얼마여!"

1941년 초가을 동숙의 집에 어리굴젓 장수가 찾아와서는 사람을 찾은 적이 있었다. 동숙은 어리굴젓 장수에게도 행상에 관해 이것저것 물었다.

---

(126) 개화기 머릿기름의 일종.
(127) 남대문시장의 일제 강점기 이름.

"근디 아저씨는 어리굴젓 팔구 받은 곡석은 어디서 사 먹어유?"

"그냥 먹을 때도 있고, 모었다가 쑥고개 신장동 쌀가게에서 사고 그래유."

"물건을 팔아도 쌀 짐이 성겨서 댕기는 게 힘들 것 같네. 근디 아저씨는 물건을 어디서 떼 와유?"

"항곶진 포구에서 받어유."

"아저씨 집이 혹시 쑥고개여유?"

"그려유!"

"아저씨 언제 시간 될 때 지가 경성 가서 피륙을 떼다가 좀 팔아볼려구 그러는데 쑥고개에서 으리 집까지 짐 좀 이 자전거로 실어다 주실 수 있으셔유? 제가 수고비는 솔찬히 드릴게유."

"…예, 뭐 시간만 괜찮다면야, 근디 언제유?"

"아니 지금 당장은 아니구유, 아저씨 담에 우리 동네 들어오시면 제가 그때 날짜는 일러드릴게유."

"아니, 거기 아저씨보고 가져다 달라시지?"

"울 아저씨 지게질로는 여기까지 못 와유!"

그 후로 선이 마을에 승연이 다시 들어온 것은 6개월이 지난 1941년 3월이었다. 동숙이 지나가는 승연을 불러 세웠다.

"거 아저씨!"

"아, 예!"

"아니 내가 부탁한 지가 언젠데 이제사 들어와유. 내가 물건 떼 오면 쑥고개에서 좀 실어다 달라고 부탁했잖아유."

"아! 죄송해유, 지가 좀 바빠서."

"내가 날 풀리면 댕겨 올라구 진작부터 쌀 두 가마나 사서 밑천을 만들어 놨는데, 혼자서는 못 이고 올 것 같아 부탁을 좀 하려고 했드니만 사람이 그렇게나 신용이 없어유!"

"그럼 언제 실어다 드릴까유?"

"이번 주 일요일 즘슴때쯤 지가 서울역에서 기차를 타서 송탄역에 내릴 테니께 그때 역으로 좀 와줘유. 수고비는 한 2원 50전이면 되것쥬."

"아니 일요일은 지가 안 돼유, 약속이 있어서…!"

"그려유…. 그러면 하루 땡겨서 토요일 즘슴에 출발하는 기차에 맞추어서 나와야 돼유, 그리고 아저씨 못 만나면 어디로 찾아가야 돼유?"

승연은 동숙에게 자신의 이름과 셋방 주소를 적어주었다. 그 주 토요일 다 늦은 오후가 되어서야 동숙은 커다란 보따리 두 개를 가지고 기차에서 내렸다. 한참을 기차역에서 기다리던 승연이 동숙이 실어 온 평판 마끼에 감긴 광목[128], 옥양목[129], 모시, 베 등을 겹겹이 자전거 짐받이에 쌓아 올려 실었다. 군복처럼 생긴 작업복 더미는 동숙이 머리에 이었다. 승연과 동숙은 송탄역을 나와 쑥고개를 내려 회화리 방향으로 향했다. 동숙이 앞장서서 잰걸음을 재촉했다. 금세 승연의 자전거가 동숙을 지나쳐 이승물 동편 모래턱이 보이는 장둑 위에 다다랐다. 승연은 자신의 자전거에 실려 있는 옷감을 내려놓고 보이지도 않게 뒤처져서 오고 있는 동숙을 향해 자전거를 돌렸다. 동숙이 머리에 이고 있는 나머지 짐을 자전거에 싣고 다시 이승물 장둑에 다다랐다. 동숙은 급히 걸음을 옮기느라 치맛자락을 허리춤에서 추켜 다시 묶고 하얀 버선 발목이 다 드러나게 걷고 있었다. 다행히 모래턱의 강물이 동숙의 허벅지를 넘지는 않았다. 승연은 바지를 벗고 고쟁이 바람으로 이승물을 건넜다. 둘의 힘겨운 피륙 운반은 두 시간이 넘도록 계속되었다.

---

(128) 무명실로 짠 무명천의 일종.
(129) 평직으로 짜서 표백한 면직물의 일종.

"아저씨 고마워유, 진짜 고생하셨슈!"
"아녀유!"
"이거 수고비하고, 그리고 집에 들어가시기 전에 탁주라도 한잔하시라고 조금 더 드려유!"

승연은 당초 이야기한 2원 50전을 제외한 50전을 말없이 동숙에게 돌려주고 발길을 돌렸다. 아무런 불평도 없이 뒤돌아 떠나는 승연의 모습이 땅거미 속으로 흐려질 때까지 동숙은 승연의 뒷모습을 바라보고 있었다. 다음 날부터 동숙은 이승물을 오가며 피륙 장사를 시작했다. 우선은 이승물 서편 삼미재, 부처내, 요골, 한두골, 동짓골, 오가리, 도넘에서 율북까지 보따리를 이고 돌았다. 장마철과 뜨거운 한여름에는 행상일을 나갈 수가 없었다. 이승물 스위가 낮아지는 가을부터는 이승물 동편 회화리, 마두리, 금암리, 하북을 포함한 진위면 일대를 돌아다니며 피륙을 팔았다. 이승물 동편에서 피륙을 팔고 물건 값으로 받은 곡식을 다시 이승물을 건너 선이까지 가져오는 것은 너무 힘든 일이었다. 하루는 동숙이 일전에 받아둔 주소를 보고 승연을 찾았다. 그간 행상길에 마주치면 동숙은 승연을 반갑게 아는 체해 왔었다.

"계셔유?"
"누구유?"
승연은 자신을 찾아온 동숙을 금방 알아차렸다.

"여는 웬일이여?"
"장 씨 내가 부탁이 있어서요, 이게 쌀 한 말 반은 될 것인디, 도저히 내가 이것을 들고 이승물을 못 건널 것 같아서 장 씨 집에 맡겨놨다가 여기 신장동에서 사볼려구 그려유."
"벌써 장사에 이골이 났나 보네. 시작한 지 몇 달이나 되었다고… 그려요, 맡겨놓고 가."

동숙은 속바지에서 손안에 잡히는 수첩을 꺼내더니 날짜와 '쌀 한 말 반'이라고 적고 승연에게 확인시켰다.

"아예, 이거 한 가마니 되거든 장 씨가 쌀가게에서 사 줘유, 내가 서푼은 떼줄 테니까, 그리고 이 보따리는 내일 아침에 가져갈 테니 좀 맡겨주고, 내일은 하북 쪽으로 돌아야 하는디 이 보따리를 이고 갔다 다시 넘어오기가 뭣해서…!"

"그려유!"

승연은 동숙에게 같은 행상인으로서의 동료의식을 느꼈다. 정 많은 승연은 동숙의 요구를 거절하지 못했다. 이따금 주일을 기다렸다 필례를 만나는 것 이외에 결국 승연이 해야 할 일은 행상일 뿐이었다. 그리고 동숙은 앞으로 날씨가 차가워질 테니 끼어보라고 두툼한 실장갑을 승연에게 내밀었다.

"나 좀 저기 이승물 앞까지 태워줘요!"

잠시 망설이던 승연은 자리를 털고 일어나 동숙을 자전거 뒤에 싣고 궁리공소를 지나 이승물 쪽으로 자전거를 몰았다. 동숙은 두 다리를 한쪽 방향으로 모아 걸터앉았다. 두 손은 승연의 허리춤을 조심스레 잡았다. 이후 이승물 동편에서 동숙의 장사는 승연의 집에 보따리와 쌀 짐을 맡기는 것만으로도 훨씬 수월해졌다.

1942년 11월 어느 날, 이승물 일대에서 1년 전부터 피륙 장사를 하던 여인이 서탄면 수월암리 일대에서 장사를 하다 보따리를 머리에 이고 금암리로 들어섰다. 금암리 면사무소 옆 정자나무 아래에서는 이미 동숙이 피륙 보따리를 풀고 서너 명에게 흥정을 하고 있었다.

"아줌니… 이참에 한복 한 벌 장만허셔유, 보셔유. 이게 요즘 젤 잘나가는 겨울용 비단인디 요 친으로다 민저고리와 치마 한 벌 짓고, 살짝 말린 털배자(130) 하나 턱 걸치시면 바로 대갓집 안방마님 되시는 거여유!"

"옷 한 벌 지을려면 얼마나 끊어야 허는 겨?"

"아이고 아줌니는 날씬허셔서 조금 덜 들어가겄네, 재 너머에서 저고리 4마에 치마 8마 해서 12마 끊었는디, 아줌니는 지가 볼 때 10마면 돼유. 더는 필요 없유, 만약 옷 지으시다 옷감 모자라시면 지 치맛자락이라도 잘라드릴 테니께 걱정 마셔유!"

"너무 적게 잡는 것 아녀?"

"아줌니도 참, 지야 많이 팔면 좋쥬, 아줌니가 하도 몸매가 이쁘셔서 그란다니께."

"그래, 줘봐. 쌀로는 얼마나 드려야 되야?"

"두 말은 받아야 되는디, 두 되 빼서 한 말 여덟 되만 주셔유. 그리고 거기 아저씨는 이 바지 사서 입으셔유. 보니께 엉덩이 다 해졌네."

이 상황을 금암리를 갓 넘어온 선배 피륙 장수가 목격했다. 동숙이 이미 피륙 보따리를 풀어놓은 상태라 선배 피륙 장수는 자리를 그대로 지나쳐 금암리 입구 다리에서 동숙이 장사를 마치고 나오기만 기다렸다. 동숙이 서탄면사무소 앞 정자에서 장사를 마치고 회화리 방향으로 가로질러 느티나무로 향하자 선배 피륙 장수도 걸음을 재촉해 같은 곳으로 향했다. 두 피륙 장수는 느티나무에 거의 동시에 도착했다. 이내 회화리 느티나무 밑에서 동숙과 선배 피륙 장수 간 싸움이 붙었다. 마침 승연은 마두리 일

---

(130) 배자는 저고리 위에 덧입는 옷으로 일반적으로 소매 없는 상의를 의미하며 털배자는 안에 털을 대고 만든 배자를 말한다.

대에서 바지락을 팔다가 회화리 느티나무를 지나가기 전이었다.
 "이봐, 나이도 어린 것이 경우가 있어야지, 이 좁아터진 바닥에서 내가 진작부터 피륙을 팔고 있었으면 너는 다른 없는 물건을 떼다 팔아야지 같은 물건을 가지고 나오면 어떡하자는 거여?"
 "아니 거기가 언제부터 피륙 장사를 했다고 남보고 이 물건을 팔라 마라 참견을 하는 겨."
 "내가 작년 동짓달부터 피륙을 팔기 시작헌 거여, 이것아!"
 "뭐? 이것아? 이런 드런 년이 어디서 이것아여? 너 나한테 한 번만 더 이것아 저것아 허면은 그냥 그 아가리를 똥꾸녕까지 확 찢어버린다!"
 그 자리를 모른 척하고 지나치려던 승연을 동숙이 잡아 세운다.

 "어! 이봐요, 장 씨!"
 "…."
 "장 씨! 내가 장 씨한테 피륙 좀 사다가 실어달랜 게 작년 음력 8월 아녀?, 추석 무렵!"
 사실 동숙은 올 3월부터 피륙 장사를 시작했다. 승연은 별말을 하지 않았다. 승연의 가물가물하다는 표정에 동숙이 승연을 몰아붙였다.

 "아, 생각 안 나? 작년 가을에 잃어버린 동생 찾는다고 우리 집에 왔을 때 내가 부탁했잖어!"
 "어… 그려 그때 그랬어!"
 "들었지! 너 이 개같은 년아, 앞으로 이승물 일대에서 한 번만 더 피륙 팔고 돌아댕기면 네년 대가리 털을 몽창 다 뽑아버릴 겨, 갑시다 장 씨!"
 동숙은 보따리를 이고는 승연의 소매를 끌고 이승물 방향이 아닌 적봉리 승연의 셋방 쪽으로 향했다. 동숙이 피륙 보따리를 승연의 툇마루에 내려놓으며 한마디 했다.

"아까는 미안했어유! 아 그 씨부럴 년이 어찌나 텃세를 부려대던지… 이 보따리 좀 놓고 갈려구."

"내일 아침엔 내가 일찍 나가봐야 돼서 보따리는 여기 툇마루에 내놓고 가는 줄 알어."

"내일 어디를 일찍부터 나가는디? 그리고 나 좀 이승물까지 태워다 줘유!"

"구실, 그리고 나 조만간 북간도로 넘어갈 생각이여. 앞으로 내 집에 곡석이나 보따리 닽기고 그러지 말어!"

"북간도? 여기서 그 멀다는 북간도를 왜 넘어갈려 그려? 아니 몰래 처녀라도 보쌈해서 도망을 치려는 겨. 웬 북간도?"

"그것은 거기가 신경 쓸 일 아녀."

동숙은 가끔 물건 보따리나 쌀 짐을 맡기러 올 때마다 승연의 집 안에서 여자의 흔적을 발견했었다. 빨래를 개어놓은 모양새나 설거지를 정리해 놓은 모양새는 평소 남정네 솜씨는 분명 아니라고 느꼈었다.

"혹시, 장 씨 여자 생겼어?"

"…"

동숙은 더 이상 깊이 묻지 않았다. 그리고 승연이 부인하지 않는 것으로 받아들였다. 승연은 갈 길이 먼 동숙을 자전거 뒤에 싣고 궁리공소를 지나쳐 이승물로 달렸다. 평소와 달리 동숙의 두 손은 승연의 허리춤이 아닌 자전거의 짐받이를 위태롭게 잡고 있었다. 다음 날 일찍 승연은 동숙의 보따리를 툇마루에 내어놓고 이승물을 건너 필례의 집으로 향했다.

그해 12월 보름경. 동숙은 그해 가을까지 이미 팔려서 부족한 물건과 겨울 방한용 옷가지를 경성 중앙물산시장에서 장만해가지고 송탄역에서 내렸다. 이틀 전 황곶진 포구에서 익사 사고가 있었다는 소문은 숯고개 일대에 퍼졌다. 경성에서 사 온 물건을 적봉리 승연의 집에 맡기고 이승물을 넘어가려는 참이었다. 승연은 집에 없었다. 물건을 내려놓고 적봉리에서 나와 회화리 방향으로 길을 걷고 있는데 황곶진 포구에 사람들이 하얗게 모여 있었다. 동숙은 궁금하던 차에 다리를 다시 건너 포구로 향했다. 멀리 포구 건너편 율북 배터에도 사람들이 잔뜩 모여 있었다. 그리고 건너편 포구 아래에 우마차 위에는 버선발을 한 여자의 시신이 뉘어져 있었다. 시신의 다리 위쪽은 가마니로 덮였고, 치마 밑은 하얀 버선발만이 여자의 시신임을 말하고 있었다. 포구에 있던 사람들 간에 안타까운 말들이 오갔다.

"젊은 여자라던데… 이틀 만에 떠올랐다!"
"자기가 배에서 뛰어내린 것은 아니고, 배에 실린 가마니 더미가 무너지면서 사고가 났다나 봐."
"한겨울이라 물이 많이 찼을 텐디… 불쌍해라!"
"이놈의 이승물 물귀신은 매년 사람을 한둘씩은 꼭 데려가나 봐."

동숙은 포구의 가장 아래쪽에서 승연을 발견했다. 승연은 무릎을 꿇고 배를 정박시키는 데 쓰는 쇠기둥을 한 손으로 버티고 나머지 한 손으로는 연신 눈물을 훔쳤다. 눈물인지 콧물인지 모를 분비물을 온통 얼굴에 뒤집어쓴 모습이었다. 승연은 몸을 제대로 가누지 못했다. 소리 내어 울지 않는 것은 고통이 그 소리마저 집어삼켜서라는 것을 동숙은 알 수 있었다. 건너편 필례를 실은 마차가 사라지고 한참이 흘렀는데도 승연은 꿈쩍도 하지 않았다. 사람들이 각자의 애도를 마치고 모두 돌아가 버린 후 동숙이 승연의 팔을 잡아끌었다.
"인자 그만 가."

한두 번 동숙의 손목을 뿌리치던 승연은 결국 동숙이 이끄는 대로 힘없이 끌려갔다. 동수을 바라보는 승연의 눈에 저녁노을에 일렁이는 이승물 물결이 반사된 것인지, 아직도 흘려야 하는 눈물이 겹겹이 쌓이는 것인지 승연의 눈빛은 끝내 마르지를 않았다. 둘은 아무 말도 하지 않은 채 한동안을 걸어 승연의 셋방에 다다랐다.

"너도 얼른 가."
쓰러지는 승연을 두고 동숙은 말없이 일어섰다. 승연의 집에 맡겨놓으려 했던 물건을 다시 머리에 이고 동숙은 이승물 서편을 향해 걸었다.

동숙이 승연의 집을 다시 찾은 건 한 달이 지나서다. 승연의 셋방 툇마루에 빈 술병이 널브러졌다 동숙은 집을 나와 신장동 푸줏간에 들러 쇠고기 한 근을 끊었다. 동숙이 승연의 부엌에서 고깃국을 끓이는데도 승연은 인기척조차 없었다. 동숙은 고깃국을 끓여 누워 있는 승연 앞에 내려놓았다. 동숙의 모습을 본 승연은 아무 말 없이 몸을 추스르고 앉았다.

"에라이, 이 모지리 등신아! 같이 빠져 죽지도 못할 놈이 누가 알아준다고 여태 유세여!"
동숙은 방문을 닫고 승연의 집을 나섰다. 동숙이 돌아간 후 한참을 앉아 있던 승연이 동숙이 끓여놓은 고깃국을 먹기 시작했다. 거의 한 달 만에 먹어보는 제대로 된 음식이다. 그렇다고 한 달 내내 굶은 것은 아니었다. 무슨 정신에서인지 쌀을 씻어 밥을 지어 먹었다. 하루 24시간이 아프지는 않았다. 심하게 체했을 때처럼 가끔 걷잡을 수 없이 쏟아져 나오는 통증 없는 고통이 있을 뿐이었다. 머릿속은 필례의 웃음소리와 필례의 냄새와 필례의 부드러운 살결로 가득 차 있는데, 무언가는 입으로 들어가고 부풀어 오른 탕광은 오줌을 시원하게 밀어내고 터지는 설사 뒤에 찾아오는 편안함은 여전히 부드러웠다. 그리고 하루 종일 아무 일도 안 하고 누워 있는 날은 너무나 무료했다. 방 안 가득 축축하고 무거운 무언가가 짓누르고 있다는, 자신이 만들고 있는 착각은 남쪽으로 난 그의 방문을 뚫고 들어오는 밝은 햇살에 여지없이 사라졌다.

승연은 3년 전 필례와 생이별했다. 필례의 죽음은 이별보다 아프지는 않았다. 이별은 운명적으로 재회를 잉태하고 있었다. 이별은 수많은 날을 고통 속으로 몰아넣어 가슴을 저미고는 또다시 재회의 기대로 치유되다간 다시 깊은 고통으로 빠져들게 했다. 필례의 상실은 승연의 모든 기대의 사라짐이다. 승연이 꿈꿔온 필례의 세상은 이제 더 이상 존재하지 않았다. 완벽한 상실은 의지의 영역에 있지 않았다. 그래서 그리 아프지 않았다. 다만 끝없이 공허하고 허무했다. 이제 승연의 머릿속에서 필례가 사라지는 시간이 늘기 시작했다. 가끔 깊이 찔러오는 고통이 여전히 남아 있기는 하지만 잠시 숨을 고르고 나면 금세 사라졌다. 그렇게 시간은 승연을 치료하고 있었다.

그리고 한 달 후 동숙은 머리에 보따리를 이고 손에는 쌀자루를 쥐고 힘겹게 궁리공소를 지나고 있었다. 갑자기 누군가 뒤에서 동숙의 쌀자루를 낚아챘다. 승연이 자전거에 쌀자루를 싣고 동숙에게 말했다.

"보따리 우리 집에 두고 가."
동숙은 승연의 뒤를 따라 적봉리로 향했다. 둘은 아무런 말이 없었다. 동숙은 승연의 방 안에 보따리를 내려놓고 저고리를 벗기 시작했다. 동숙의 터질 듯한 하얀 젖가슴이 치마 위로 튀어나왔다. 동숙은 말없이 승연을 밀어 눕히고 승연의 허리춤을 풀어헤쳤다. 동숙은 자신의 치마 속을 정리한 후 금세 부푼 승연의 가운데를 틀어쥐고 자신의 몸속 깊숙이 밀어 넣었다. 누워 있는 승연의 두 손은 자신의 젖가슴으로 가져왔다. 동숙의 옅은 신음 소리는 한동안 방 안을 맴돌고 동숙의 탄탄한 허리는 승연의 마지막 한 방울의 슬픔마저 모두 빨아내 버리려는 듯 격하게 요동쳤다. 동숙은 승연을 자신 인생의 일부로 받아들이기로 했다. 어쩌면 이 남자의 불행이 자신을 덮쳐올지도 모른다는 생각을 하면서도 그렇다고 이 남자와 새로운 행토을 꿈꾸는 것도 아니었다. 다만 부인할 수 없는 사실은 자신이 이 남자를 사랑한다는 것이었다.

승연은 하얀 구절초 꽃밭에 누운 듯 그윽하고 아늑했다. 누워서 바라다보는 동숙의 얼굴에 잠시 잠시 필례의 얼굴이 겹쳐 보였다. 어느 틈에 동숙의 하얀 얼굴이 필례의 얼굴을 뚫고 자신을 응시하고 있었다. 동숙이 필례를 밀어내고 자신을 채우려는 의도를 알 듯했다.

'이 여자가 나를 구원하려는구나!
내 곪아 터진 슬픈 사랑을 빨아내고 자신의 사랑으로 채우려는구나!
이렇게 아픈 내가 당신의 사랑을 받아들여도 되는 겁니까?
이 여자는 그렇다고 말하는구나!'

"네 이름이 뭐냐?"
"빨리도 묻는다. 동숙! 홍동숙!"
"동숙아! 너와 나는 어떻게 되는 거니?"
"너는 나랑 있는 동안은 행복할 수 있을 거여, 내가 너를 사랑하니까! 나를 믿어! 너는 너 하던 대로 나는 나 하던 대로 그냥 그렇게 살면 되는 거여."

동숙은 이번엔 자전거 뒤에서 승연의 허리를 감싸 잡고 따뜻한 승연의 등에 얼굴을 기댔다. 그리고 이승물 차가운 물로 뒷물을 하고 서편

자기 집으로 돌아갔다.

동숙이 이승물 서편에서 행상을 하는 동안은 남편인 성칠이 동숙의 쌀 짐을 지게에 지고 날랐다. 그리고 이승물 동편에서는 또 다른 남편인 승연이 동숙의 쌀 짐을 자전거에 실어 날랐다. 동숙은 성칠에게 이승물 동편에서 행상을 할 때에는 '하북' 사는 화장품 장수에게 보따리를 맡기고 돌아온다고 말했다. 이승물 동편에서 누구라도 승연에 대해 물을 때면 '황해도 살던 어머니 이종사촌의 조카 동생뻘' 되는 먼 친척이라 했다.

이승물 동편에서 동숙은 승연의 요구가 있으면 언제든 그를 받아들였다. 집으로 돌아온 후 성칠에게는 동편 행상의 고단함을 핑계로 잠자리를 거부했다. 1945년 3월 승연은 동숙과의 사이에서 해방둥이 딸을 낳았다.

그 이름은 승연이 '순정'이라고 지었다.
성은 이승물 서편 성칠의 최 씨를 따랐다.

동숙은 이승물 서편에서 성칠과의 사이에서는 아들 하나와 딸 셋을 더 두었다. 그리고 1959년 승연은 동숙과의 사이에서 아들 하나를 더 낳았다. 그리고 이름은 '태식'이라 지었다. 성은 여전히 '최'씨였다. 동숙은 이승물을 보름 단위로 서편과 동편으로 오갔기 때문에 자식들이 누구의 자식인지 정확히 알고 있었다.

1950년부터 3년간 전쟁 중에 동숙은 행상을 하지 않았다. 이따금 승연이 이승물을 건너 순정을 들여다보았다. 승연은 휴전 후 쑥고개 안쪽으로 이사했다. 동숙이 막내딸을 낳고 행상을 그만두고 나서는 이승물 동편에 오는 일은 거의 없었다. 이따금 특별한 일이 생겨 승연과 의논할 일이 있을 때 이승물을 넘는 게 다였다. 승연도 동숙을 찾아가거나 찾아오기를 바라지 않았다. 이따금 동숙과 의논할 일이 생겨서야 이승물을 한 번씩 넘어가고는 했다.

#11-5 〈자식들의 혼례식〉

1966년 음력 10월, 이승물 서편.
구실 유종헌과 선이 최순정의 혼례청이 최성칠의 마당에 차려졌다.
순정의 혼례 날짜를 잡기 한 달 전 동숙은 오랜만에 승연을 찾았다.

"순정 아부지!, 우리 순정이 시집보낼라구요!"
"그려, 신랑 자리가 누구여?"
"구실 사는 유종헌이라고 우리 동네 작은말 승환이가 중매 섰어."
"누구? 유종헌이, 누구 아들이여?"
"구실 방앗간 앞집 유석용이라고 허리 굽은 이 있잖어. 그 집 둘째여."
"내가 구실은 들어가 본지 하도 오래돼서."
"혼례 날짜를 언제로 잡을까요?"
"올해에는 삼재가 없다는디 아무 때나 잡어!"
"당신 올 꺼쥬?"
"그려, 먼발치에서라도 우리 순정이 시집가는 거는 봐야지!"
"그려유 택일 되면 다시 건너올게유!"
"태식이 그놈은 왜 그렇게 개구진 겨? 엊그제 가보니까 이마를 다 찢어먹었던디."
"뭐, 지 아부지 닮았겠지!"

장승연은 순정의 혼례식이 있는 날, 여느 부모처럼 흰색 와이셔츠에 가다마이를 차려입고 기지바지에 검정 구두를 신었다. 동네 사람들 맨 뒤에 서서 자신이 낳은 딸의 혼례식을 흐뭇하게 지켜보았다. 신랑의 전안례가 있은 후 신부가 절을 두 번 하고 그 후 신랑의 답례가 있었다. 신랑이 신부에게 절을 하는 순간 신랑의 사모가 머리에서 벗겨졌다. 멋쩍은 신랑이 사모를 주섬주섬 다시 썼다. 신랑 신부가 합환주를 나누고 혼례가 무사히 마무리되어 사진 촬영이 있었다. 신랑 유종헌과 신부 최순정이 나란히 장승연을 보고 섰다.

그 순간 장승연은 유종헌의 이마를 자세히 들여다보고 있었다. 종헌의 이마 가운데가 옴폭 파여 있었다. 어딘가 몹시도 낯익은 얼굴이었다. 갑자기 장승연의 눈시울이 뜨거워졌다.

장승연은 뒤쪽에서 성큼성큼 걸어 나와 신랑 유종헌 앞에 섰다.

"축하하네!"

승연은 필례를 생각하고 있었다.

에필로그
(epilogue)

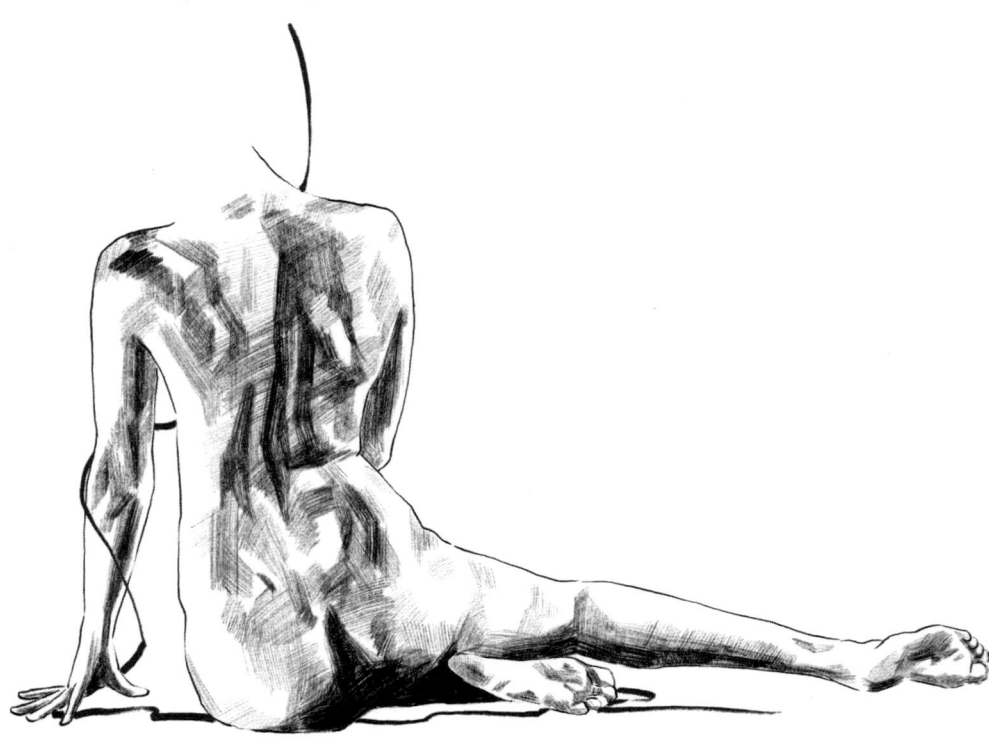

1. 유지(遺志)

다시 지금, 모친 최순정의 사십구재가 있던 날.

"따르릉! 따르릉! 따르릉!"
한참을 울리는 핸드폰을 마지못해 수길이 받았다.

"어디라고요? 태율법무법인이요?"
"네 그런데요. 장남 유스길 맞습니다. 그런데 왜 그러시죠?"
"네? 무슨 신탁이요? … 네! 수완이와 수인이도 같이 있습니다."
"네. 알겠습니다. 그럼 다음 주 월요일에 뵙겠습니다."
전화가 끝나자 수완이 수길에게 물었다.

"형, 뭔 전화여?"
"뭔 신탁을 해지해서 원금과 수익금을 분배해 준단다. 니들도 모두 월요일에 태율법무법인으로 통장 가지고 오라는데."
"오빠 뭔 소리야?"
"다음 주 월요일 10시까지 서울로 올라오랴. 주소는 문자로 찍어준대고."
그렇게 모친 최순정의 사십구재는 아무것도 정리된 것 없이 그렇게 마무리됐다

다음 주 월요일 10시, 삼성역 근처 태율법무법인 회의실에 세 남매가 모였다. 잠시 후 외삼촌 최태식이 데스크 여직원의 안내를 받아 회의실

문을 열고 들어오자, 수길이 태식을 발견한다.

"어?, 외삼촌이 어쩐 일이세요?"
"니들도 연락을 받았니? 엊그제 전화가 와서 통장 가지고 나보고 올라오라 혀서 와보는 거여."
"도대체 무슨 일이래요?"
잠시 후 나이가 지긋한 변호사와 정장을 깔끔하게 차려입고 가죽가방을 둘러멘 젊은 펀드매니저가 회의실로 들어섰다.

"안녕하십니까? 모두들 자리에 앉으시지요. 저는 태율법무법인 김경래 변호사이고, 이쪽은 '다울투자신탁'의 김건호 부장이십니다."
"어느 분이 최태식 씨?, 그리고 유수길, 수완, 수인… 네 분 모두 와주셨군요. 감사드립니다."
수길이 연유를 묻는다.

"무슨 일로 우리를?"
"예, 15년 전, 그러니까 아이엠에프 끝나갈 무렵인 1998년 말에 저희 고객 중에 한 분이 사망하시면서 본인 재산의 30%는 국제전쟁고아를 지원하는 재단에 기부하셨고, 10%는 미망인 김수연 씨에게, 10%는 양녀인 이미애 씨에게 상속하신 후, 나머지 50%는 여기 계시는 '다울투자신탁'에 수익자지정신탁을 하셨습니다. 그리고 그 수익자로 여기 계시는 여러분들을 지정하셨는데, 그때 이미 상속세는 모두 신탁원금에서 납부된 상태이고요, 그리고 신탁기간은 여러분 가족이신 고 유종헌 선생님과 고 최순정 여사님이 사망한 후 그 사실을 저희가 안 날로부터 일주일까지로 설정해 두셨습니다. 그래서 저희가 최순정 여사님의 사망사실이 보름 전에 확인이 돼서 일주일 전에 신탁재산을 모두 다 처분하고 이렇게 여러분께 분배를 해드리려는 겁니다."
"그래서 뭘 얼마나 분배를 해주신다는 건지…?"
"여러분께 분배될 금액은 여기 김 부장님이 설명해 주실 겁니다."
"네. 그간 수탁자인 저희 '다올투자신탁'에 신탁원리금은 삼성전자, 현대차, 엘지화학 주식으로만 운영되도록 설계를 요청하셔서 투자수익에서 매년 저희 신탁사 관리수수료와 법무법인의 자문비용을 제외한 수익을 계속 재투자하다 보니 현재 320억 원 정도가 여러분에게 수익금으로 돌아가게 되었습니다."

그리고 각자에게 돌아갈 분배금액을 알려주었다. 최태식이 나서서 물었다.

"도대체 어떤 분이 우리에게 그런 거금을 남겨주셨다는 겁니까?"
"네, 성함은 익명으로 하라고 유언하셨고, 저희가 알기로는 주차장 사업과 미군 부대 내 시설 관련한 건설업으로 돈을 많이 모으신 것 같더라구요. 아마도 고 유종헌 선생님과 최순정 여사님께는 본인의 존재를 알리려 하지 않으셨던 것 같습니다."
"아니 왜 하필 우리한테, 다른 형제들도 많은데?"
"이런 일은 가족 아니면 일어나지 않는 일 아닌가요? 그리고 그분이 '일지(日誌)' 같은 것을 적으셔서 남기셨는데 그것은 유수길 님에게 전하라고 유언하셨습니다."
"그분 남겨진 가족분들을 만날 수는 없는 겁니까? 미망인과 양녀는 어떤 분이십니까?"
"미망인은 피상속인이 사망하시기 1년 전에 혼인신고를 하신 분이고 양녀는 전 부인과 사이에 입적한 분이신데, 지금은 두 분 모두 돌아가신 것으로 알고 있습니다."
"그리고 마지막으로 각서를 한 부씩 써서 날인해 주셔야 하는데, 각서 내용은 간단합니다."

에필로그(epilogue)

각서는 각자 지금의 자기 이름으로 나머지 인생을 잘 살겠다는 내용이었다. 그렇게 유수길은 뜻하지 않은 방식으로 거액의 로또에 당첨되었다.

2. 파국(破局)

#2-1 〈제거〉

 2013년 10월 그날 오후, 몇 번이고 통장 잔액을 확인한 유수길이 복잡한 심정으로 집에 돌아왔다. 월요일이라 연이어 백화점에 아르바이트를 세운 장민경이 남편 우수길을 맞았다. 민경은 법무법인이 남편을 부른 이유는 무슨 사기라도 당한 것 아니냐고 따져 물었다. 수길은 한참 동안을 거실 창밖만 바라보며 말이 없었다. 답답해하던 민경이 이유를 재차 물으니 수길이 무엇인가 결심한 듯 헛기침을 하고 아내에게 고개를 돌리며 입을 뗐다.

 "민경아! … 우리 그만 … 이혼하자!"
 "…?"
 갑작스러운 말에 넋이 나간 듯 어리둥절해하던 민경이 잠시 고민을 하다 시누이 유수인에게 전화를 걸었다. 지난주 시어머니 사십구재의 여파 탓인지 전화를 받는 시누이의 말투 또한 냉랭했다. 뜬금없이 남편이 이혼을 하자는 말의 단서를 찾고자 했던 민경에게 시누이 역시 남편에게 직접 물어보라는 말로 되돌렸다. 민경이 진지한 표정으로 다시 정색을 하고 수길에게 물었다.

 "민서 아빠, 이야기를 해봐. 도대체 왜 갑자기 이혼을 하자는 건지? 어떻게 다른 사람도 아닌 유수길이 나한테 한마디 이유도 없이 이혼하잔 이야기를 할 수 있어?"

"이제 그만 나를 놔주고…, 박상길이한테 가!"

어느덧 1년이 지나가고 있었다. 유수길은 그간 10년 넘게 갈고 닦은 법률지식으로 그가 물려받은 재산이 혼전 상속재산으로 이혼 시 협의분할 대상이 아닌 특유재산이라는 것을 알고 있었다. 늘 아내와는 이혼 이야기를 꺼내면 갑자기 로또처럼 쏟아진 상속재산에 대한 분배에 합의점을 찾을 수 없었다. 그렇게 부부는 각자 다른 방향으로 멀어져갔다.

그리고 2014년 10월 어느 날, 며칠 전부터 아내 민경이 휴대폰을 들고 어디인가로 문자메시지를 보내고 있었다. 아마도 영숙이 처제가 아니라면 분명 박상길일 게다. 조만간 아내의 외출이 있을 것이라 예상했다. 수길은 어김없이 주말 아침에 등산을 하겠다고 집을 나서는 민경의 뒤를 밟았다. 엊그제 산 500미리 고성능 망원렌즈가 달린 카메라는 이미 트렁크에 넣어 놓았다. 아내 민경의 결정적 불륜장면을 손수 카메라에 담아 지난 1년간의 지리한 싸움을 끝내려는 생각이었다. 아파트 주차장에서 버스를 타려고 기다리는 민경을 주시하고 있었다. 시내로 나가는 버스를 그대로 지나친 민경 앞에 뜻밖에도 낡은 1톤 트럭 한 대가 멈춰 섰다. 적재함에 녹슨 케이지를 잔뜩 실은 트럭에는 '성심농장'이라 적혔다. 수길이 몇 달 전 새로 산 '레인지로버'를 타고 민경의 뒤를 따랐다. 트럭은 영동고속도로를 한동안 달리더니 양지IC를 나와 '성심보육원' 입간판을 지나쳐 산속으로 향하는 오솔길로 사라졌다. 일반도로와 달리 앞뒤로 달리는 자동차가 없어서 그 트럭을 바로 뒤쫓을 수는 없었다. 한동안을 길가에 멈춰 선 수길이 그 오솔길을 따라 다시 차를 몰았다. 하나의 고개를 넘어선 순간 멀리 '성심농장'이라는 작은 간판이 눈에 들어왔다. 농장 주위로는 군데군데 개를 키우는 사육장이 놓여 있고 여러 마리 덩치 큰 개들이 줄에 묶여 있는 것으로 보였다. 수길은 약간의 공간이 있는 도로 옆에 차를 세운 후 카메라를 들고 농장이 내려다보이는 능선을 걸어 올랐다. 한참을 오른 후에야 농장 안 낮은 건물의 침실 유리창이 눈앞에 들어왔다. 망원렌즈 너머 수길의 눈에 아내 민경의 모습이 잡혔다. 어느새 샤워를 마친 민경이 가슴을 훤히 드러낸 채 창문 밖을 바라보며 수건으로 머리를 말리고 있었다. 잠시 후 수길이 카메라 셔터를 누르는 순간,

'퍽!'

누군가의 마취총에서 발사된 작은 주사기가 유수길의 목에 박혔다. 마침내 장민경이 오른쪽 하지정맥류를 제거했다.

장민경이 유수길을 제거 후 열흘 만에 경기경찰청 광역수사대 영상녹화조사실에 '나이스침대 점장' 박상길이 참고인 신분으로 앉아 있었다. 잠시 후 광수대 담당 수사관이 서류뭉치를 가지고 들어섰다. 곧바로 박상길에 대한 간략한 인정신문 후 본격적인 질문이 있었다.

"박상길 씨가 장민경 씨에게 만들어 건넨 계좌에 유수길 씨의 돈 60억 원이 이체된 건 알고 계셨습니까?"

"아니요, 몰랐습니다."

"장민경 씨를 마지막에 만난 게 언제입니까?"

"그날 통장을 만들어 건넨 날이 마지막입니다."

"장민경 씨가 뭐라며 통장을 만들어 달라고 했습니까?"

"그냥 자기가 아이들 데리고 호주로 들어갈 건데, 남편 모르는 돈이 있어 제 명의로 비트코인인가 하는 암호화폐를 사서 자기 지갑에 옮기겠다고 했습니다."

"장민경 씨 본인 명의의 통장을 만들지 않는 것에 대해서 이상하다고 생각하지는 않았습니까?"
"평소 남편과의 사이가 좋지 않은 것으로 알고 있어서 크게 신경쓰이지는 않았습니다."
"장민경 씨와는 언제부터 알고 지낸 사이입니까?"
박상길이 한참을 말이 없이 고개를 숙이고 있었다. 담당수사관이 재차 물었다.

"박상길 씨?"
"같은 고아원 출신입니다."
박상길이 수사관 너머 유리벽에 비치는 자신의 모습을 바라보고는 한참을 생각에 잠겼다.

#2-2 〈보육원 가족〉

　세월을 거슬러 1991년 초, 장민경이 유수길을 만나기 2년 전이다. 실업계 야간고등학교를 졸업한 민경이 공장기숙사에서 나와 수원시 영화동 단독주택 2층에 작은 월세방을 구했다. 어려서부터 민경을 후원하던 '성심보육원' 원장할머니가 작은 전기밥솥과 소소한 부엌 살림살이를 사 들고 민경의 월세방을 찾았다.

"이 정도면 지낼 만허겄다."
"예, 혼자 지낼 건데 충분해요."
"민경아? 인자 니도 다 커서 독립을 허는디, 니 에미를 찾아볼 생각은 없는 겨?"
"…안 찾을 거예요. 혹시라도 엄마를 찾게 되면 무슨 '용서'라는 것을 하게 될까 봐, 그게 무서워서요."
"그려…, 어딘가에서 죗값을 단단히 치루고 있것지, 혹시라도 맘 바뀌면 이 원장할미 죽기 전에 얘기혀. 그리고 보육원에 있던 늬 나머지 짐은 상길이하고 영민이가 가져올 꼐다."
"상길 오빠가 군대를 간다면서요?"
"그려 안 가도 되는 군대를 굳이 지원해서 간다더라, 입대 전에 보육원 허드렛일 도와준다고 지금 들어와 있어."
　민경이 자그마한 부엌 문지방에 쪼그려 앉았다. 이제는 늙어 짙은 눈이 더욱 깊어져 눈두덩이 해골처럼 드러난 원장할머니 김정자가 마치 민경의 어미처럼 부엌 살림살이를 정리하는 것을 바라보았다. 잠시 후 커다란 가방 두 개를 상길과 영민이 하나씩 들고는 2층 난간에 차례로 올라섰다.

에필로그(epilogue)

"민경아!"

"오빠!"

민경이 영민에게 두 손을 흔들며 수화로 '영민아, 안녕'이라 말했다. 영민의 왼쪽 이마에 커다란 반창고가 붙어 있는 것을 보고 민경이 원장 할머니에게 이유를 물었다.

"영민이 쟤가 보육원에 개집을 새로 만들겠다고 망치질을 하다가 못이 이마에 튀어 세 방이나 꿰맨 겨. 벙어리가 장님 될 뻔했다니까, 아무래도 흉 지겠더라."

그 소리를 듣고 민경이 수화로 '조심하지 그랬어. 넌 누굴 닮아서 그 모양이냐?'라고 야단을 치고는 고개를 돌려 상길을 바라봤다.

"오빠! 다니던 회사는 어떡하고?"

"회사는 무슨…."

지난달 상길이 다니던 낚싯대 공장이 화재로 문을 닫은 상태였다. 민경은 상길을 좋아하고는 있었지만 같은 고아 출신으로 그와 평생을 같이할 생각은 없었다. 민경이 이사를 하고 열흘이 지나 입대 전에 술이나 한잔하자며 상길이 민경을 다시 찾았다. 둘은 수원 북문에 있는 조용한 카페 '엘 데스티노' 구석 테이블에 마주 앉았다. 그간 보육원에서 같이 지내던 친구들 이야기와 민경의 회사 생활 이야기로 술자리가 소소히 무르익었다. 잠시 술에 취해 화장실을 다녀온 민경이 상길을 테이블 안쪽으로 밀고 옆자리에 앉았다. 얼굴이 붉게 상기된 민경이 상길을 바라보았다. 한참을 망설이던 끝에 민경이 입을 뗐다.

"오빠…, 내가 오빠 좋아하는 거는 알지?"

잠시 후 상길의 입속으로 민경의 혀끝이 밀고 들어왔다. 자연스레 상길의 손끝이 포근한 민경의 스웨터 속을 파고들었다. 그날 밤 상길은 입대 전 민경과 하룻밤을 보냈다. 이후 이따금 주말이 되어 민경이 김포에서 군복무 중인 상길을 면회하고 다음 날 돌아오고는 했다. 그간 민경은 다니던 ○○방적에서 △△합섬으로 회사를 옮겼다. 성육보육원에서 같이 자란 벙어리 조영민이 △△합섬 방적부를 그만두면서 그의 소개로 회사를 옮기게 된 것이다. 벙어리 조영민은 민경보다 두 살 어린 동생인데, 보육원을 나와서는 민경의 주위를 맴돌고 있었다. 조영민은 선천성 난청으로 자신은 시끄럽게 짖는 개소리가 전혀 들리지 않는다며 보육원 뒤편에서 민경이 좋아하는 개나 키우고 살겠다며 회사를 그만둔 상태였다.

그렇게 1년이 지나던 어느 날, 민경이 다니던 △△합섬 방적부에서 지게차를 운전하는 오만석이 그날 생산한 콘(cone)을 잔뜩 싣고 제직부에 들어섰다. 평소 가깝게 지내던 제직2팀 이민자를 찾았다. 오만석은 지난주부터 잔업이 없는 날에는 수원의 '한국관나이트클럽'에서 웨이터 보조로 아르바이트를 시작했었다.

"민자 씨, 내가 부킹은 무조건 책임져 줄 테니께, 제직2팀 회식 끝나고 한국관으로 와서 꼭 '돼지엄마'를 찾아야 돼."
"알았어. 근데 무조건 양주병 까는 깔삼한 대학생들로 해줘야 된다."
"걱정 말고 내가 수성여대 학생들이라 밑장을 깔아줄 테니께 미리 말이나 맞춰놔."
"그려, 내일 회식 끝나면 바로 갈게."
민경을 포함한 제직2팀 회사동료들이 회식자리 후 한국관나이트클럽으로 향했다. 나이트클럽 영업이 거의 끝나갈 무렵 민경의 테이블을 몇 차례 기웃거리던 유스길이 결국에 술에 잔뜩 취한 민경 앞을 막아섰다. 유수길도 지난주 제대를 하고 대학친구들과 간만에 즐거운 한때를 보내고 있었다. 수길은 한눈에 민경이 들어왔다. 수성여대 국문학과에 다닌다는 민경이 사실은 △△합섬 재직부에 근무하고 있다는 사실은 웨이터 보조 '돼지엄마' 오만석 손에 만 원짜리 한 장이 쥐어지는 순간 알 수 있었다. 유수길은 삼 일째 △△합섬 정문 앞에서 민경을 기다리고 있었다. 갑자기 민경에게 서울에 있는 번듯한 대학의 법대생이라는 그가 외롭게 자란 자신을 구원할 것이라는 희망이 생기기 시작했다. 수길과 민경의 데이트는 매주 주말에 이루어지고 급격히 가까워지고 있었다. 하루는 민경의 자취방 앞에 데이트를 마친 수길과 민경이 서 있었다. 늦은 밤 짙은 안개가 내려앉아 가로등 불빛은 뿌옇게 흐렸다.

"이제 그만 가봐요."
"아니 먼저 들어가, 내 들어가는 것 보고 갈게."
"어서 가요. 난 집에 다 왔는데 뭐."
"그래, 그럼 이번 주 토요일에 만나서 영화나 한 편 보자."
"응! 잘 가, 수길 오빠!"

수길이 뒤돌아서 길게 난 어두운 골목길을 걸어갔다. 민경은 한동안 수길의 뒷모습을 바라보고 있었다. 한참을 걸어가던 수길이 민경을 보며 들어가라는 손짓을 했다. 민경도 그 손짓에 맞춰 손을 흔들었다. 수길이 몇 발 더 멀어지며 어두운 골목 모퉁이로 사라졌다. 그 순간 수길의 그림자를 지나치며 또 다른 누군가의 그림자가 골목을 들어서고 있었다. 어둑한 골목을 뛰어오며 반갑게 민경을 부르는 목소리는 박상길이었다.

"민경아!"
골목을 바라보고 있던 민경이 화들짝 놀랐다.

"오빠, 갑자기 어쩐 일이야?"
"나 포상휴가 받았어."

상길이 당황한 민경의 손을 잡고 서둘러 그녀의 자취방으로 들어갔다. 그리고 상길은 휴가기간 3일을 민경의 자취방에서 보냈다. 민경은 이것을 끝으로 상길과 헤어지려 했다. 수길에 비해 그와의 미래에는 희망이 없어 보였다. 그러나 하필 그 삼 일 동안에 그녀에게 아이가 들어섰다. 민경이 임신 4주차에 전에 다니던 산부인과 병원을 찾았다. 이미 몇 달 전 임신중절을 한 병원이다. 리소토미 체어에 다리를 벌리고 앉아 있는 민경에게 제법 나이가 돼 보이는 의사가 말했다.

"참, 애도 잘 들어선다. 이번엔 안 돼."
"제가 미성년자도 아니니까 보호자도 필요 없는 거잖아요?"
"그땐 아가씨가 보호자도 없는데 아기 아빠가 선천성 난청이라니까 유전질환이 의심돼서 해준 거고. 이번엔 보호자 있어도 안 돼요, 지난번 수술한 지 4개월도 안 지났어. 회복도 제대로 안 된 몸에 잘못하다가는 평생 아이를 못 가질 수도 있어요. 잦은 임신중절수술에 자궁내막이 손상되고 유착이 되면 불임이 될 수도 있는 거야. 그것을 '애셔만 증후군'이라 한다고. 이번엔 아기 아빠와 상의해서 그냥 낳아요. 그러니까 평소에 피임을 잘 좀 하라 했잖아요."

상길이 부대에 복귀하고 한 달이 지나갈 구렵 민경으로부터 편지가 한 통 도착했다. 이제 그만 자신을 떠나 행복하라는 편지였다. 사랑하는 사람이 생겼으니 자신을 찾지 말아달라는 부탁도 덧붙였다. 두 달이 지나갈 무렵 민경은 유수길에게 자신이 수길의 아이를 임신했다고 말했다. 민경의 임신 사실을 알게 된 수길은 그의 부모를 만나 결혼을 허락받겠다고 했다.

에필로그(epilogue)

이듬해인 1995년 늦은 봄, 민경이 민서를 출산했다. 가을에 결혼한다는 사실은 군복무를 마친 상길의 귀에도 들어갔다. 상길은 한동안 방황을 하다 결국에는 부산에서 원양어선을 타고 3년간 국내를 떠나 있었다.

그리고 다시 10년의 세월이 흘렀다. 얼마 전 늦은 나이에 전문대를 졸업하고 가구회사에 입사한 박상길이 1년 만에 승진을 하여 안양에 있는 백화점 가구매장의 관리자 겸 판매원이 되었다. 그날은 구내식당으로 늦은 점심을 먹으러 내려갔었다. 옆 매장 '리우드가구' 매니저가 새로운 아르바이트 판매원을 데리고 밥을 먹고 있었다. 식판을 든 상길이 반갑게 인사를 하고 식탁 맞은편에 앉았다. '리우드가구' 매니저가 상냥하게 상길을 맞았다.

"식사가 늦으셨네요?"
"아, 네! 고객 하나가 진상을 부려서 처리하느라 좀 늦었습니다. 새로 오신…?"
"네. 제가 다음 주부터 휴가 기간이라 새로 알바를 해주실 분이세요."
둘의 이야기를 듣고 있던 새로운 아르바이트 판매원이 고개를 들지 못하고 있었다.

그녀의 왼쪽 가슴엔 '매니저 장민경'이라 쓰여 있었다. 그렇게 박상길과 장민경은 재회했다.

#2-3 〈벙어리 처제 - 조영숙〉

다시 2014년 11월, '유수길 살인사건'의 공범 조영민이 잡혔다. 유수길이 성심농장 근처에 세워놓은 '레인지로버' 블랙박스에 마취총을 들고 성심농장 뒷문을 나서는 조영민이 찍혀 있었다.

조영민은 1977년 7월 용인에 있는 지붕이 하얀 정신병원에서 태어났다. 정신이 온전치 못한 어미는 그를 낳고 몇 달 만에 간질로 죽었다. 조영민이 '성심보육원'으로 들어온 때는 그가 태어난 지 한 달이 안 돼서다. 날 때부터 소리에 대한 반응이 없자 서둘러 병원에서는 그의 조부모를 설득해 그해 8월 20일에 인근 '성심보육원'에 위탁했다. 아비를 알 수 없다 하여 당시 '성심보육원' 원장의 성씨를 따서 '조영민'이라 이름 지었다.

수원지검 검사실에서 공범 조영민에 대한 심문이 있었다. 검사와 조영민 사이의 심문은 필담으로 이루어졌다. 간단한 인적사항과 주소를 확인한 검사가 조영민에게 물었다.

"직업이 무엇입니까?"
"용인에서 개를 사육합니다."
"유수길 씨를 살해한 약물이 대형동물 마취제 일종인 '케타민'이라는데 본인이 직접 유수길 씨에게 마취총을 쏴서 주사했습니까?"
"예."
"본인은 '케타민'을 어떻게 구했습니까?"
"가끔 모견이 제왕절개를 할 때가 있어서 상비하고 있던 마취제입니다."

"장민경 씨와는 어떤 사이입니까?"
조영민이 잠시 고민하다 답변을 적었다.

"가족."
"장민경 씨의 휴대폰에 저장된 '조영숙' 씨가 본인 맞습니까?"
"네. 맞습니다."
"마지막으로 유수길 씨 시체는 지금 어디 있습니까?"
"…."
"조영민 씨, 유수길 씨를 어디에다 묻었어요?"
"아니 묻지 않았습니다."
"그럼 도대체 어떻게 했어요."
잠시 침묵이 흐른 후 조영민이 여전히 무표정한 모습으로 적어 내렸다.

"개 삶아주었습니다."

 장민경이 유수길을 제거한 후 6개월이 지나 수원지방법원 형사2부 법정에 피고인 장민경이 들어섰다. 방청석엔 유수완과 유수인이 나란히 앉아 있었다. 잠시 후 법복을 가지런히 차려입은 세 명의 판사가 들어서고 곧바로 검사의 구형이 있었다.

"존경하는 재판장님, 피고 장민경은 배우자의 상속재산을 탈취할 목적으로 배우자 유수길을 잔인하게 독살했습니다. 공범 조영민의 자술서를 보더라도 조영민과 함께 사체를 토막 내 유기한 혐의가 명백함으로 피고인을 사형에 처해주시기 바랍니다."
 그로부터 1개월 후 동일한 법정에서 장민경에 대한 선고공판이 있었다.

"사건번호 2014형제 12495 피고인 장민경.
주문, 피고인을 무기징역에 처한다."

장민경이 선고공판 후 교도소에 수감된 지 6개월이 지난 어느 날, 시누이 유수인이 교도소를 찾아 장민경을 면회했다. 수인은 1년 전 아는 찜질방 언니 소개로 부동산전문 투자회사의 펀드매니저를 만나 한동안을 내연의 관계로 지내다 그의 권유로 가지고 있던 돈 중 50억 원을 투자했으나 결국 폰지 사기를 당한 상태였다. 그간 씀씀이가 커진 수인은 돈이 필요했다.

"언니, 잘 지내요?"
"그래, 서방님도 잘 지내고?"
"작은오빤 어려서부터 따라다니던 그 애 딸린 미혼모 데리고 기여코 캐나다로 이민 갔어요."
"잘됐네."
"그런데, 언니? 오빠를 왜 그랬어요?"
"…."
한참을 말이 없던 장민경이 입을 열었다.

"민서 아빠가 논술 선생이라 그런지 말이 너무 많았어. 민서 아빠가 그랬어. 그때 아버지의 말을 들었어야 했다고, 내가 고아로 태어나 어떤 놈의 더러운 피가 내 몸 안에 흐르고 있는지 모른다면서… 나는 그냥 내 앞에서 아무 말 없이 조용한 벙어리가 더 좋더라구. 그런데 무슨 일이야 아가씨가 나를 다 찾고?"
"아니, 민서와 해인이는 내가 좀 돌봐줘야 할 것 같아서요. 우리는 다 같은 '유씨 일가'잖아요!"

에필로그(epilogue)

장민경이 잠시 머뭇거리다 입을 뗐다.

"아가씨, 민서와 해인이가 '유씨'일 거라 생각해?"
"…언니?"
수인이 잠시 머뭇거리다 궁금한 것을 마저 물었다.

"공범 조영민은 누구예요?"
"응! 해인이 아빠? 내 진짜 남편!"

- 끝 -

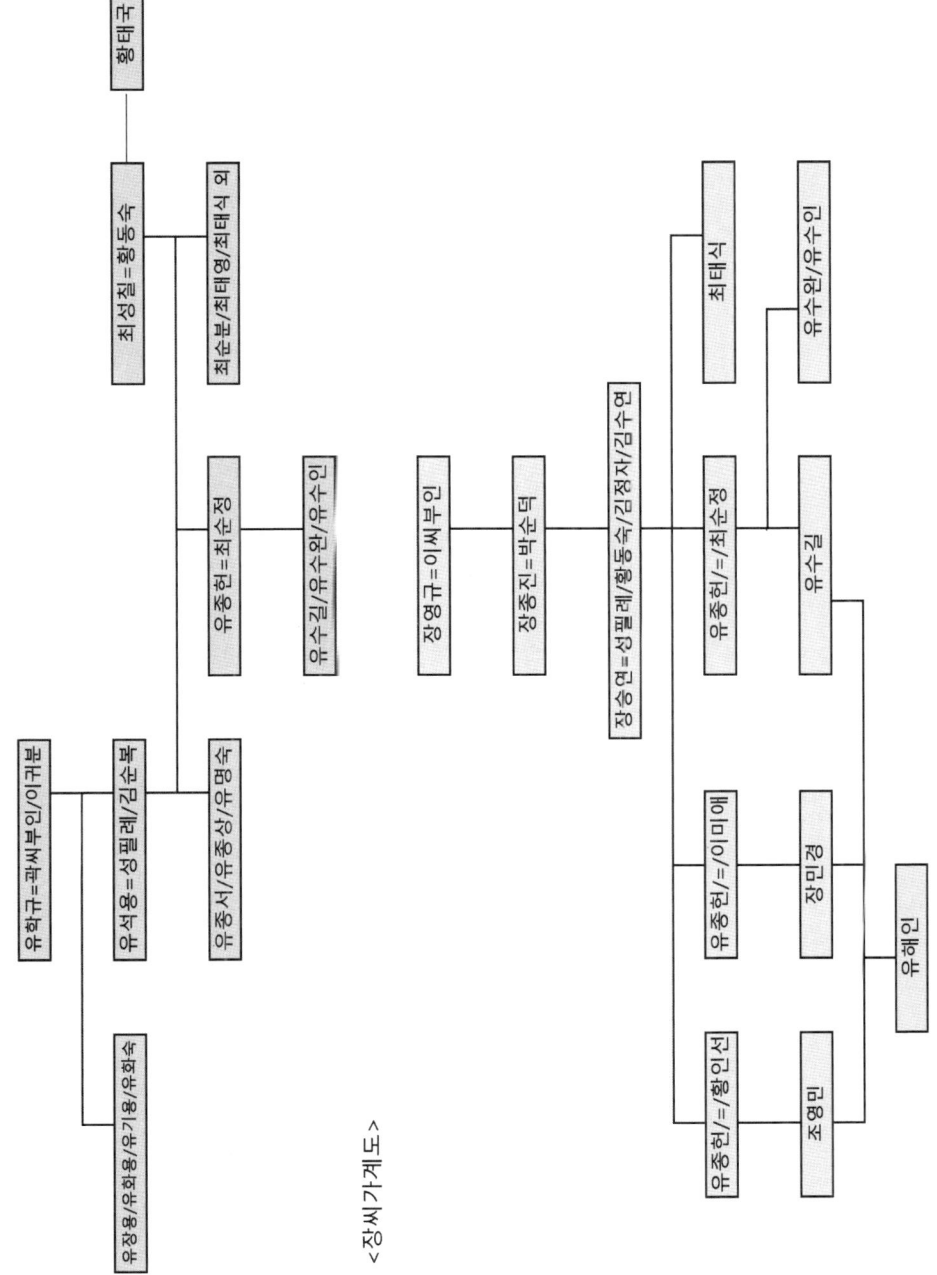

에필로그(epilogue)

<작가후기>

봄, 양재천에서

양재천 좌2·하17 가로등이 서 있다.

늙은 수양벚나무가 가로등에 기대어
하염없이 가지를 남쪽으로 흘렸다.

시간은 벗나무 등걸을 검게 그을리고
칠년 전 매미의 춘몽을 기억해
고목의 가지를 빌려 이소(離巢)자리를 내주었다.

그 너머
젊은 느릅나무는
작년에 둔 자식들을 여전히 떨구지 못하고
잠시 후 늙은 고목이 쏟아내는 새 꽃잎을 보리라.

나는
밀미리 다리 넘도록
자꾸만 뒤를 돌아본다.

- 블루나일